Christina Bartel

Sie träumte von Liebe

Roman

FRIELING

Bibliografische Information der Deutschen Nationalbibliothek
Die Deutsche Nationalbibliothek verzeichnet diese Publikation in der Deutschen Nationalbibliografie;
detaillierte bibliografische Daten sind im Internet über http://dnb.d-nb.de abrufbar.

Rheinstraße 46, 12161 Berlin
Telefon: 0 30 / 76 69 99-0
www.frieling.de

ISBN 978-3-8280-2730-5
1. Auflage 2009
Umschlaggestaltung: Michael Reichmuth

1. Kapitel

Der leuchtend weiße Mond stand hoch am Himmel über Los Angeles, Kalifornien. Eine sternenklare Januarnacht neigte sich ihrem Ende zu. In wenigen Stunden würde die Sonne am Horizont aufgehen und den neuen Tag willkommen heißen.

In dieser wunderschönen Nacht folgten Steve und Joan in ihrem blauen Cabriolet dem Pacific Coast Highway, der kilometerlangen, kurvenreichen Küstenstraße entlang dem Pazifik. Die meterhohen Felsen der Santa Monica Mountains auf der einen, der atemberaubende Blick auf den Ozean auf der anderen Seite.

Um drei Uhr in der Früh hatten sie die Party ihres gemeinsamen Freundes Tony verlassen und befanden sich inzwischen auf dem Rückweg von Ventura nach Los Angeles, wo sie ein neuer Studientag an der *University of California, Los Angeles* erwartete. Während Joan Ende des Monats das fünfte Semester ihres Marketingstudiums beendete, würde Steve im Sommer seinen Abschluss in Medizin machen.

Der kühle Januarwind wehte durch das heruntergekurbelte Fenster der Fahrerseite herein, wobei Joans lange blonde Haare bei jedem Windzug flatterten. Sie hatte ihren Kopf gegen die Scheibe des Seitenfensters gelehnt, die Augen geschlossen und lauschte der Musik.

„Der Song ist klasse", sagte Steve und drehte das Radio lauter. Vergnügt stimmte er in das Lied ein. Lächelnd sah Joan ihren Freund an, und obwohl sie den Text nicht einwandfrei konnte, begann sie ebenfalls zu singen.

„You're Beautiful! You're Beautiful!", sangen sie albern zu der lauten Musik und zum ersten Mal seit langer Zeit war Joan einfach nur glücklich. Die Anspannung, das Einsiedlerleben der vergangenen Monate fiel erstmals von ihren Schultern. Seit zwei Jahren kannten Steve und sie sich und vor eineinhalb Jahren waren sie als Paar in eine der Studentenbuden auf dem Campus gezogen. Obwohl Joan immer häufiger die Decke auf den Kopf fiel, was daran lag, dass Steve sich im letzten Studienjahr fast ausschließlich für seine Bücher zu interessieren schien, liebte sie ihn nach wie vor. Erst in der Neujahrsnacht vor einer Woche hatten sie gemeinsame Pläne für das neue Jahr geschmiedet. Es gab keine Zweifel daran, dass Steve sein Medizinstudium im Sommer bestand, und wer wusste schon, was diesem jungen Mann wirklich im Kopf herumging? Er hatte immer gesagt,

eine Hochzeit käme für ihn erst nach dem Studium infrage, erinnerte Joan sich in diesen Minuten lächelnd …

„Ist der irre?", rief Steve plötzlich inmitten der lauten Musik und stieg augenblicklich auf die Bremse, als die grellen Scheinwerfer des entgegenkommenden Autos ihnen direkt in die Augen strahlten. Mit hoher Geschwindigkeit hielt das Auto auf ihrer Spur auf sie zu. Reifen quietschten, hinterließen schwarze Bremsspuren auf dem Asphalt. Steve riss das Lenkrad herum, doch in dem Moment änderte das andere Auto ebenfalls die Richtung und sie stießen mit voller Wucht zusammen. Die Motorhaube verschob sich in den Innenraum, quetschte ihre Körper ein. Wie Stoffpuppen wurden sie vor- und zurückgeschleudert, als ihr Auto auf Steves Seite gegen die Felsen krachte. Binnen Sekunden verloren sie die Besinnung.

Wo eben noch laute Musik zu hören gewesen war, herrschte nun eisige Stille. Wie ein Schleier hing die Ruhe über den Fahrzeugen. Es verging eine Viertelstunde, ehe ein Auto die Straße entlanggefahren kam. Den beiden männlichen Insassen bot sich ein schreckliches Bild. Die Unfallwagen waren übel ineinander verkeilt, überall lagen Glassplitter und Teile der Autos herum.

Ohne Zögern sprangen beide Männer aus ihrem Fahrzeug und rannten zu dem näher liegenden Unfallwagen, einem Jeep, in dem ein etwa 40-jähriger Mann eingeklemmt hinter dem Steuer saß. Aus tiefen Platzwunden in seinem Gesicht rann Blut heraus, die Augen standen weit offen. Vermutlich war die merkwürdige Verrenkung des Kopfes schuld an seinem Tod.

„Dem können wir nicht mehr helfen", sagte der eine, nachdem er zur Sicherheit nach dem Puls des Verletzten gefühlt hatte. Derweil hatte sein Freund den Rettungsdienst informiert.

Eilig liefen sie um den Jeep herum, um nach den Insassen des zweiten Wagens zu sehen, doch das Gewirr von Blech war so schwer ineinander verkeilt, dass die Männer an keine der Autotüren gelangen konnten.

„Die hat es arg erwischt", sagte der Mann, der bereits nach dem Puls des Toten getastet hatte, als er im Schein der Scheinwerfer ihres eigenen Autos aus einigen Metern Entfernung ins Wageninnere blickte und Steve in einem fürchterlichen Zustand über das Lenkrad gebeugt liegen sah. Aus dessen Gesicht klafften tiefe Wunden. Joan dagegen hing seitlich in ihrem Sitz. Sie war sowohl von der rechten Autoseite als auch von der Motorhaube eingequetscht, die sich durch den Aufprall auf die Felsen in den Innenraum verschoben hatte.

„Denkst du, sie leben noch?" Beide Männer starrten auf die zwei jungen Menschen.

Sein Freund zuckte mit den Schultern. „Sieht nicht gut aus …“

In dem Moment hörten sie Sirenengeheul näher kommen, und innerhalb weniger Minuten hielten Krankenwagen und Polizei. Augenblicke später traf auch die Feuerwehr ein. Während die Polizisten die Männer befragten, die den Unfall gemeldet hatten, rannten die Sanitäter und der Notarzt zu den Unfallautos, um sich ein Bild von den Verletzungen der Insassen zu machen, und bestätigten den Tod des Jeepfahrers.

„Von hier aus kommen Sie nicht heran. Wir müssen erst den Jeep wegschaffen“, sagte der Leiter der Feuerwehr zum Notarzt und gab seinen Leuten ein Handzeichen.

Der Notarzt nickte. „Denken Sie, die Motorhaube hält mir stand?“

„Was schlagen Sie vor?“

„Wenn es mir gelingt, nach dem Puls der beiden zu fühlen, kann ich Ihnen sagen, wie schnell Sie arbeiten müssen“, erklärte der Notarzt nüchtern.

„In Ordnung, aber sobald sich das Auto nur ein Stück rührt, kommen Sie sofort zurück“, sagte der Leiter der Feuerwehr in bestimmendem Ton, da er aus Erfahrung wusste, dass die kleinste Erschütterung den Zustand der Verletzten verschlimmern konnte. Noch waren sie sich nicht darüber im Bilde, wie schwer die beiden eingequetscht waren. Sie konnten gravierende Beinquetschungen oder Arterienverletzungen davongetragen haben, sodass sie innerhalb von Minuten verbluten würden, wenn sich der Druck veränderte.

Während die Feuerwehrmänner mit schwerem Geschütz herankamen, um den Jeep zur Seite zu heben, kletterte der Notarzt vorsichtig auf die Motorhaube von Steves Wagen. Er bewegte sich langsam und gleichmäßig voran, bis er vor der gerissenen Windschutzscheibe hockte. Dort beugte er sich vorsichtig vor, quetschte den Arm dicht an den Felsen vorbei ins zersprungene Seitenfenster und legte die Finger an Steves blutenden Hals.

„Der Junge ist tot!“, rief er zu den wartenden Männern hinüber.

„Und das Mädchen?“, fragte der Sanitäter, worauf der Notarzt seinen Arm aus dem Fenster zog und sich abermals langsam über die Motorhaube bewegte. Als er an der linken Autoseite angelangt war, hielten die Feuerwehrmänner mit ihrer Arbeit inne, sodass er auch dort seinen Arm durch das Seitenfenster strecken konnte. Mit angespanntem Arm legte er die Finger an Joans Hals.

„Sie lebt!“, rief er. „Aber ihr Puls ist kaum noch zu spüren.“

Von da an arbeiteten die Feuerwehrmänner zügig, doch mit größter Vorsicht, um Joan nicht noch mehr zu verletzen. Nachdem man den toten Mann aus dem Jeep geborgen hatte, trennten die Männer der Feuerwehr das Gewirr der beiden

Autos und hoben mithilfe der Greifarme des Rettungskrans den Jeep einige Meter zur Seite. Daraufhin legte einer der Feuerwehrmänner eine Decke über die Reste des zersplitterten Seitenfensters, sodass sich der Notarzt nicht selbst die Arme aufschnitt, während er sich durch das Fenster ins Innere des Wagens lehnte und seine Patientin mit einer Infusion versorgte.

„Beeilt euch, sonst stirbt mir das Mädchen hier weg!“

Die Feuerwehrmänner taten, was in ihrer Macht stand, dennoch vergingen weitere 20 Minuten, ehe sie das Dach vollständig abgetrennt und die Seitentür herausgeschnitten hatten. Danach kam der schlimmste Teil; die Befreiung von Joans eingeklemmten Beinen.

Mit Sirenengeheul wurde Joan schließlich in das nächstliegende Krankenhaus nach Malibu gebracht, wo ein Ärzteteam für sie bereitstand und man schnell entschied, sie sofort zu operieren. Sie durften keine Zeit verlieren, da ihre Patientin neben dem hohen Blutverlust auch schwere innere Verletzungen davongetragen hatte.

Mitten in der Nacht wurden Brian und Rachel durch das Läuten des Telefons geweckt. Müde blickten sie auf den Wecker: Es war kurz nach fünf Uhr.

„Entschuldigen Sie meinen frühen Anruf, aber spreche ich mit Mr. Brian Farley?“, fragte eine junge Frauenstimme in einer geräuschvollen Kulisse.

„Ja, der bin ich“, sagte Brian noch im Halbschlaf.

„Sir, es geht um Mrs. Joan Farley.“

Augenblicklich setzte Brian sich im Bett auf. Er war hellwach. „Wer sind Sie? Was ist mit meiner Schwester?“

„Was ist mit Joan?“, fragte Rachel leise, doch Brian hob die Hand und brachte seine Freundin zum Schweigen.

„Mrs. Farley hatte einen Autounfall. Ein Rettungsteam hat sie aus dem Autowrack geborgen und zu uns ins Krankenhaus gebracht. Derzeit wird sie operiert“, sagte die Krankenschwester voller Anteilnahme.

Oh mein Gott. „Wird sie durchkommen?“, würgte Brian hervor.

„Sie hat sehr viel Blut verloren und schwere innere Verletzungen erlitten“, erwiderte die Krankenschwester. „Ich versichere Ihnen, die Ärzte werden alles für Ihre Schwester tun, Sir.“

„Ich komme, so schnell ich kann.“

Sowie das Gespräch beendet war, sprang Brian aus dem Bett und erzählte Rachel vom Unfall seiner Schwester, während er sich eilig anzog. Er hatte sich von der Krankenschwester die Adresse in Malibu geben lassen und wollte sofort losfahren.

„Warte einen Augenblick ... ich fahre mit dir", sagte Rachel geschockt.

Eine halbe Stunde später trafen sie in der Notaufnahme des Krankenhauses ein und fragten sich bei den Krankenschwestern durch, bis sie endlich eine Schwester fanden, die von dem Unfall gehört hatte.

„Mrs. Farley wird noch operiert. Der behandelnde Arzt wird zu Ihnen kommen, sobald die Operation beendet ist", sagte sie freundlich.

Voller Anspannung warteten Brian und Rachel eine Stunde lang auf dem Gang vor dem OP-Bereich. Alle fünf Minuten stand Brian auf und ging ungeduldig den Gang auf und ab, bis Rachel ihn abermals bat, sich zu setzen.

„Ich halte diese Warterei nicht aus!", sagte er plötzlich und sprang erneut auf. Verzweifelt fuhr er sich mit der Hand über seine kurzen Haare, den Hinterkopf hinunter in den Nacken.

„Es wird sicher nicht mehr lange dauern, Liebling", versuchte Rachel ihn zu beruhigen und legte die Arme um seine Hüfte. Brian schloss die Augen und küsste zärtlich ihre Stirn.

„Ich werde meine Eltern anrufen."

Rachel nickte. „Ich warte hier."

Matthew und Isabelle Farley wollten soeben von zu Hause aufbrechen, als ihr Sohn sie in New York anrief und ihnen von dem schrecklichen Unfall ihrer Tochter erzählte, doch es war nicht viel, was er ihnen mitteilen konnte, sodass er versprach, sie wieder anzurufen, wenn er selbst Näheres von dem behandelnden Arzt erfahren hatte.

„Dr. Cooper", stellte sich der Arzt eine halbe Stunde später mit festem Händedruck vor. Dr. Cooper war ein mittelgroßer, rundlicher Mann Mitte vierzig, aus dessen schmalem Gesicht die viel zu große schwarze Brille hervorstach.

„Doktor, wie geht es meiner Schwester?"

„Es grenzt an ein Wunder, dass Miss Farley den Unfall überhaupt überlebt hat." Er seufzte und rückte seine verrutschte Brille auf der kleinen Nase zurecht. „Neben drei gebrochenen und einigen angeknacksten Rippen, mehreren schweren Prellungen, einer Platzwunde am Kopf und dem gebrochenen linken Handgelenk wurden ihre Leber, Lunge und Milz arg in Mitleidenschaft gezogen. Die Milz mussten wir entfernen, Leber und Lunge konnten wir vorerst ausreichend versorgen." Rachel drückte Brians Hand noch fester. Es schien, als sei kein Körperteil von Joan verschont geblieben, doch wenigstens lebte sie noch. „Dazu kommt, dass sie noch immer im Koma liegt."

„*Im Koma*! Oh mein Gott!" Rachel hielt sich die Hand vor den Mund und begann leise zu weinen. Brian, der neben ihr stand, legte seinen Arm um sie und zwang sich selbst zur Ruhe, was ihm erhebliche Mühe bereitete.

Brian sah dem Arzt an, dass ihm solche Szenen zuwider waren. Er schien einer dieser Ärzte zu sein, die sich nur sehr wenig Zeit für die Angehörigen ihrer Patienten nahmen und ihnen kurz und bündig die Art der Verletzungen aufzählten.

„Wird … wird sie wieder aufwachen?“, fragte er mit glasigem Blick.

„Ihr Zustand ist nach wie vor kritisch. Wir müssen die nächsten Tage abwarten, dann kann ich Ihnen vermutlich Genaueres sagen.“

„Dr. Cooper, Sie werden in Zimmer 32 benötigt“, sagte eine Schwester, worauf der Arzt nickte, ihr aber zu Brians Verwunderung nicht folgte.

„Mr. Farley“, fuhr Dr. Cooper an Brian gewandt fort, „derzeit können wir nicht genau sagen, auf welche der Verletzungen das Koma zurückzuführen ist. Die Wahrscheinlichste ist die schwere Gehirnprellung, die Ihre Schwester bei dem Unfall davongetragen hat. Der Neurochirurg hat das EEG geprüft und geht von keiner dauerhaften Schädigung des Gehirns aus, sodass Hoffnung besteht, wenn Mrs. Farley überlebt. Dennoch hat er eine zweite Operation erwogen, um den Gehirndruck zu lindern.“

„Warum haben Sie nicht gleich operiert?“, fragte Brian verständnislos.

„Wir befürchten, dass Ihre Schwester den Eingriff in ihrem momentanen Zustand nicht überleben würde. Sobald die Werte stabil sind, werden wir uns nochmals über die Notwendigkeit einer Operation beraten.“

„Ich möchte, dass meine Schwester in ein Krankenhaus in L. A. verlegt wird, wo Ärzte sie behandeln, die derartige Operationen häufiger durchführen“, forderte Brian den Arzt auf.

„Mr. Farley, ich verstehe durchaus Ihre Bedenken, aber eine Verlegung wäre zum jetzigen Zeitpunkt unverantwortlich. Auf dem Weg hierher hatte Ihre Schwester einen Herzstillstand, und während der Operation hätten wir sie ebenfalls beinahe verloren. Ich betone nochmals, wie kritisch ihr Zustand ist. Einen Transport nach L. A. würde sie vermutlich nicht überleben.“

Als sie sich daraufhin von dem Arzt trennten und wenige Minuten später die Intensivstation betraten, wurden sie von einer Krankenschwester in einen separaten Raum geführt, wo sie in spezielle Kittel schlüpften. Brian versuchte sich vorzustellen, in welcher Verfassung sie Joan vorfinden würden, doch Joans Anblick stellte seine schlimmsten Vorstellungen weit in den Schatten. In einem Gewirr aus Verbänden, Schläuchen und Monitoren hätte er seine Schwester beinahe nicht wiedererkannt. Langsam, nicht ohne den Blick von Joan abzuwenden, ging Brian durch den Raum zu ihrem Bett und setzte sich auf den Hocker. Mit Tränen in den Augen betrachtete er seine jüngere Schwester, deren leichenblasses Gesicht aus dem dicken weißen Verband heraussah. Eine lange Schürfwunde, die mittlerweile nicht mehr blutete, zierte die rechte Schläfe bis hinunter zur Wange, ihr gebrochenes Handgelenk war gestützt und in Verbände gehüllt worden. Die inneren Verletzungen waren von außen nicht ersichtlich, aber Brian wusste, dass sie einen erheblichen Anteil an dem Zustand seiner Schwester beitrugen.

Brians Blick glitt zu dem Beatmungsgerät hinüber, das Joans Lungen mit dem lebenswichtigen Sauerstoff versorgten. Sein Herz verengte sich vor Schmerz … und Selbstvorwürfen. Er hatte die Verantwortung für seine Schwester gehabt. Er hatte seinen Eltern versprochen, auf sie achtzugeben, und nun lag sie mit schweren Verletzungen im Krankenhaus und kämpfte um ihr Leben. Brian schloss die tränenverschleierten Augen und ließ den Kopf auf das Laken neben Joans Hand sinken.

Rachel hatte sich bisher in den hinteren Teil des Zimmers zurückgezogen, doch als sie bemerkte, wie Brians Körper nach einem Moment kaum spürbar zuckte, trat sie zögernd hinter ihn und legte die Hand auf seine rechte Schulter.

„*Warum*? Warum ausgerechnet sie?“, fragte er mit brüchiger Stimme.

„Ich weiß es nicht“, sagte Rachel leise mit Tränen in den Augen. „Aber sie wird es schaffen. Sie ist sehr stark.“

Brian nickte und legte seine Hand auf die ihre. Die Sorgen, die er sich Joans wegen machte, standen ihm nur allzu deutlich im Gesicht geschrieben. Er hatte furchtbare Angst, seine geliebte Schwester zu verlieren. Sein Ein und Alles – seine Seelenverwandte. Sie war ein Teil von ihm; eine Tatsache, die Rachel am Anfang ihrer Beziehung zu Brian nicht hatte akzeptieren wollen. Doch schon nach kurzer Zeit war ihr klar gewesen, warum die beiden Geschwister ein so inniges Verhältnis zueinander hatten. Bereits in ihrer frühesten Kindheit hatten Brian und Joan sich einzig aufeinander und nicht auf ihre selbst ernannten Freunde verlassen können, die zumeist nur aus zweierlei Gründen die Nähe der Geschwister suchten: der Ruhm und das Geld. In beides waren die Farley-Geschwister hineingeboren worden. Während unzählige New Yorker Jungendliche sie darum beneideten, die einzigen Kinder – und damit Erben – von Matthew Farley, dem angesehenen Geschäftsmann und Gründer der Modekette *Farley's*, zu sein, sahen Brian und Joan ihr sogenanntes Glück eher als unabwendbares Schicksal, das sie ihr Leben lang begleiten würde.

Matthew Farley hatte mit einer Handvoll Menschen und einem bescheidenen Budget das Modehaus *Farley's* in New York eröffnet und war seitdem unzähligen Steinen ausgewichen, die ihm zwischen die Füße geworfen wurden. Nun, fast

30 Jahre später, war *Farley's* eines der drei größten Modehäuser in Amerika. Mit Filialen in London, Paris, Rom und Madrid waren sie in Europa noch ein Name unter vielen; ein Zustand, den Matthew Farley beabsichtigte, in den nächsten Jahren zu ändern.

Bereits vor Brians Geburt gehörten Matthew und Isabelle Farley zur obersten Gesellschaft New Yorks. Die Anfangsjahre waren schwierig gewesen, da sie beide aus normalen Arbeiterfamilien stammten und sich erst in der High Society zurechtfinden mussten, aber im Laufe der Zeit hatten sie sondiert, wer ihre wahren Freunde waren und wer nur hinter ihrem Geld her war. Nicht nur einmal hatte man versucht, Matthew geschäftlich auszubooten, doch er war noch heute mit dabei. Erst kürzlich wurde er von einer Journalistin eines angesehenen Magazins nach dem Grund dafür gefragt, und er hatte geantwortet: „Niemand sollte den Ehrgeiz und das Durchhaltevermögen eines einfachen Arbeiters unterschätzen. Nur wer ein Unternehmen aufgebaut hat, die Höhen und Tiefen kennt, der weiß wirklich um die Existenz seines Lebenswerkes zu kämpfen."

Isabelle Farley hielt sich bereits seit vielen Jahren offiziell aus den Geschäften ihres Mannes heraus, beriet ihn lediglich im Hintergrund. Sie war es, die für die Presse zuständig war, und somit sorgte Isabelle dafür, dass sie sich von Zeit zu Zeit auf einer der allabendlichen Partys oder Komitees sehen ließen, obwohl sie sich zumeist zu Tode langweilten. Ihr Herz gehörte ausschließlich den Benefizveranstaltungen, die die Farleys sehr gern mit ihrem Namen und einer großzügigen Spende vertraten. Dies weckte allgemein den Anschein eines äußerst luxuriösen Lebens, doch was die wenigsten Menschen wussten, war, dass die Familie selbst eher bescheiden wohnte. Zwar besaßen sie ein Penthouse mit Dachterrasse in der Fifth Avenue, das über zwei Etagen bewohnbar war, und ein Wochenendhaus in Brooklyn Heights mit direktem Blick auf den East River, doch die Einrichtungen waren längst nicht so exquisit, wie es sich die meisten Leute vorstellten. Seit Jahren versuchten die hartnäckigsten Fotografen, beide Domizile von innen abzulichten, aber Isabelle lehnte jegliche Anfragen vehement ab. Die Familie führte zwei strikt getrennte Leben, und ihr Privatleben ging niemanden etwas an.

An diesem *zurückgezogenen* Leben, wie die Zeitungen es nannten, wollte die New Yorker Presse seit jeher teilnehmen. Vor ihrem Penthouse lauerten auch noch nach Jahren täglich Fotografen, deren Blitzgewitter losging, sobald sich jemand von der Familie sehen ließ. Eine Zeit lang hatte Matthew darauf bestanden, dass seine Kinder keinen Schritt ohne einen Bodyguard vor die Tür setzten, aber auch darüber gab es bald die wildesten Gerüchte. In den

Klatschzeitungen erschienen die langweiligsten Bilder, dennoch erfanden die Journalisten erstaunliche Storys dazu. Unbekannterweise arbeiteten für Isabelle zwei Personen, die sich tagtäglich mit sämtlichen Zeitungen und deren Inhalt bezüglich der Familie Farley beschäftigten und wenn nötig die entsprechenden Leute zur Rechenschaft zogen. Sie waren es auch gewesen, die Isabelle vor einigen Jahren über Brians Drogenskandal unterrichtet hatten, noch ehe die Story gedruckt wurde. Es war lediglich ein getürktes Foto aufgetaucht, das Brian in einer Gruppe Junkies zeigte, und die Journalisten schrieben ihre Storys dazu, doch diese Geschichte war eine zu viel gewesen. Brian entschied sich gegen sein bisheriges Leben und beschloss, sein Wirtschaftsstudium in L. A. weiterzuführen. Obwohl er seinen Eltern mit seinem Entschluss das Herz brach, mussten sie zugeben, dass sie ihren Sohn verstanden. Mit seinen 20 Jahren galt er als *die* männliche Partie New Yorks, gut aussehend, und hinter seinem Namen verbürgten sich Milliarden.

Erst in Los Angeles hatte Brian wirklich zu leben begonnen. Es schien, als wäre er aus einem Käfig entflohen. Auf der anderen Seite des Landes kannte ihn niemand, sodass er nicht länger befürchten musste, von Fotografen verfolgt zu werden. Zum ersten Mal in seinem Leben konnte er tun und lassen, was er wollte, und es gefiel ihm. Nachdem er sein Wirtschaftsstudium mit Auszeichnung beendet hatte, bekam er im Anschluss daran bei *Farley's* eine Stelle. Für Matthew war seit jeher klar, dass sein Sohn eines Tages sein Lebenswerk übernehmen würde, und ob er dies von New York oder L. A. aus tat, war einerlei.

Ein Jahr nach Brians Umzug an die Westküste lernte er Rachel Maldione bei einer Wohltätigkeitsveranstaltung in Los Angeles kennen. Vom ersten Moment an war er von der geborenen Italienerin fasziniert, die sich mit so viel Wärme für andere Menschen einsetzte. An jenem Abend unterhielten sie sich lange und angeregt. In den darauf folgenden Wochen sahen sie sich fast täglich, sie lernten einander kennen und lieben. Diese Liebe verband sie nun seit mehr als drei Jahren.

„Brian … Schatz?“, drang Rachels Stimme leise zu ihm durch, als er für einige Minuten seinen Erinnerungen nachgehangen hatte.

„Entschuldige“, sagte er und setzte sich in seinem Stuhl auf. „Ich dachte gerade daran, wie glücklich Joan und Steve gewesen sind … und nun so etwas.“

„In solchen Situationen wird uns wieder bewusst, wie schnell das Leben vorbei sein kann.“

Brian und Rachel blieben die ganze Nacht über im Krankenhaus. Während Rachel einige Stunden schlief, saß Brian unentwegt am Bett seiner Schwester, hielt ihre Hand und sprach leise zu ihr. Joans Zustand war nach wie vor bedenklich. In der Nacht hatte sie Fieber bekommen, und man bezweifelte, dass sie überleben würde.

Nach einer zermürbenden Nacht auf der Intensivstation fand Brian am nächsten Tag endlich eine Krankenschwester, die in der Unfallnacht Dienst gehabt hatte. Er erhoffte sich, von ihr mehr Informationen zu erhalten als das wenig Aufschlussreiche von Dr. Cooper.

„Wir haben nur sehr wenige Informationen erhalten, Sir", sagte die junge Schwester mit Bedauern zu Brian und Rachel. „An dem Unfall waren zwei Autos beteiligt, und anscheinend hat Miss Farley als Einzige überlebt."

„Wissen Sie, wer die anderen Personen waren?", hakte Brian nach.

„Soweit ich hörte, zwei Männer. Ein etwa 40-jähriger Mann und der junge Fahrer Ihrer Schwester, aber die Namen der Verstorbenen sind uns nicht bekannt."

„*Steve* …", sagte Brian leise.

„Er muss nicht mit ihr gefahren sein", wandte Rachel ein und dankte der Schwester, die mitfühlend nickte und sich diskret zurückzog.

„Rachel, ich kann ihn nicht erreichen. Ich habe mit Freunden von Joan und Steve telefoniert, die alle bestätigten, dass sie in der Unfallnacht gemeinsam eine Party verlassen haben."

„Vielleicht ist er in ein anderes Krankenhaus eingeliefert worden", sagte Rachel, die sich weigerte, an den Tod des Freundes zu glauben. „Wir sollten uns an die Polizei wenden."

Ehe sie das Krankenhaus verließen, gingen sie im Schwesternzimmer vorbei und informierten die Intensivschwester darüber, dass sie vermutlich erst in einigen Stunden wiederkommen würden.

„Sollte sich ihr Zustand verändern, dann rufen Sie mich bitte unter dieser Nummer an", bat Brian und reichte der Krankenschwester seine Visitenkarte.

„Selbstverständlich, Mr. Farley."

„Entschuldigung", sagte der Pfleger, der soeben ins Zimmer gekommen war. „Sind Sie die Angehörigen von Mrs. Joan Farley?"

„Ja", antwortete Rachel.

„Ist etwas mit meiner Schwester?", fragte Brian erschrocken.

Der Pfleger zuckte mit den Schultern. „Sie möchten bitte in Dr. Coopers Büro kommen."

Keine zwei Minuten später klopfte Brian an die Bürotür von Dr. Cooper und trat von Rachel gefolgt ins Zimmer.

„Gibt es neue Erkenntnisse, was den Zustand meiner Schwester betrifft?“, fragte Brian den Arzt, ehe er sich auf den ihm angebotenen Stuhl setzte. Rachel nahm neben Brian Platz und musterte den Arzt aufmerksam, der ihnen gegenüber hinter seinem Schreibtisch saß.

„Leider befindet sich Mrs. Farley noch immer in einem kritischen Stadium. Das Fieber konnten wir senken, doch um ehrlich zu sein …“ Er räusperte sich. „Es tut mir leid, aber ich kann Ihnen nicht viel Hoffnung machen. Die inneren Verletzungen sind schwerwiegend und der hohe Blutverlust lag weit über dem, was ein menschlicher Körper verkraften kann. Es grenzt an ein Wunder, dass sie noch immer lebt.“

„Was soll das heißen, Doktor?“, fragte Brian mit zittriger Stimme. „Lassen Sie meine Schwester einfach so sterben?“

Dr. Cooper beugte sich auf seinem Schreibtisch vor. Die Hände verschränkt, sah er Brian eindringlich an. „Wir tun hier alles, um Ihre Schwester zurück ins Leben zu holen, aber nun sind wir an unsere Grenzen gestoßen. Ich kann nichts mehr für Sie tun. Jetzt liegt es an ihr zu kämpfen.“

„Sie sprachen davon, dass sie noch Tage im Koma liegen könnte …“

„Wir müssen sogar von Monaten oder gar Jahren ausgehen.“

„Jahre“, sagte Rachel leise.

„Angenommen, sie wacht wieder auf. Wird sie dann wieder völlig gesund werden?“

„Das kann man im Einzelfall nicht genau sagen. Je länger ein Patient im Koma liegt, desto wahrscheinlicher sind Hirnschädigungen. Bei Ihrer Schwester kommt die schwere Gehirnprellung hinzu. Diese kann ohne schwerwiegende Folgen bleiben oder aber häufige Kopfschmerzen, Gedächtnis- oder Verhaltensstörungen und schwere Lähmungen nach sich ziehen.“ Dr. Cooper sah Brian und Rachel mitfühlend an. „Sie müssen auf alles gefasst sein.“

Lähmungen, Gedächtnisausfall, Pflegefall … Immer wieder hallten diese Worte in Brians Kopf umher, bis er aufspringen und laut schreien wollte.

„Mr. Farley …“, begann Dr. Cooper nach einem Moment des Schweigens. „Sie haben mich gestern nach Steve Baxter gefragt. Ich habe heute mit der Polizei gesprochen und erfahren, dass Mr. Baxter das Auto gefahren hat, in dem Ihre Schwester verunglückte.“

Entgeistert sah Brian den Arzt an. „Ist er schwer verletzt?“

„Diese Auskunft unterliegt meiner ärztlichen Schweigepflicht. Ich kann …“

„Er ist der Freund meiner Schwester“, fuhr Brian Dr. Cooper ins Wort. „Sie waren so gut wie verlobt.“

„Unter diesen Umständen sieht die Sache anders aus", sagte Dr. Cooper in ruhigem Ton und rückte seine Brille auf der Nase zurecht. „Tatsächlich wurde Mr. Baxter in unser Krankenhaus gebracht, doch leider muss ich Ihnen mitteilen, dass er den Unfall nicht überlebt hat. Es tut mir sehr leid."

„Oh Gott!", sagte Rachel und schlug die Hand vor ihren Mund, als die Tränen ihr ins Gesicht schossen. Brian blickte geschockt und unfähig, ein Wort zu sagen, den Arzt an. Er konnte nicht glauben, was er soeben erfahren hatte. Er wollte nicht glauben, dass der junge Mann, mit dem er sich morgen zum Joggen verabredet hatte, schon vor zwei Tagen gestorben war. Steve, 25 Jahre jung.

Wenige Minuten nach 16 Uhr rollte das Privatflugzeug von Matthew Farley über die Rollbahn. Die Limousine des Beverly Wilshire Hotels erwartete sie bereits. Es vergingen keine fünf Minuten, bis der Träger mithilfe des Chauffeurs die Koffer von Isabelle und Matthew im Kofferraum der Limousine verstaut hatte und sie sich zur Zeit der *Rush Hour* auf L. A.s volle Straßen begaben. Auf dem San Diego Freeway kamen sie nur stockend voran, sodass Isabelle ungeduldig auf ihre Armbanduhr blickte.

„Wie kannst du jetzt nur ans Geschäft denken?", fragte Isabelle verständnislos ihren Mann, der in seinen Unterlagen las. Sie konnte nicht wissen, dass Matthew das Geschriebene drei-, gar viermal lesen musste, da er sich nicht konzentrieren konnte.

„Die Arbeit lenkt mich von der Sorge um Joan ab." Liebevoll griff Matthew nach Isabelles unruhiger Hand, die so viel kleiner als die seine war, hob sie an seinen Mund heran und küsste ihre Fingerspitzen zärtlich. „Sie wird aus dem Koma erwachen", sagte er, fest davon überzeugt, als würde er ihre Gedanken kennen.

„Ich hoffe, du hast recht …"

Matthew nickte und umschloss ihre Hand mit der seinen. Er wusste, wie sehr sie die Ankunft im Krankenhaus herbeisehnte. Seit Brians Anruf herrschte eine angespannte Stimmung zwischen ihnen, da Isabelle noch am selben Tag nach L. A. hatte fliegen wollen, Matthew jedoch aufgrund wichtiger Firmenverhandlungen verhindert gewesen war. So hatte Matthew ihren Flug um einen Tag verschoben. Obwohl er diesbezüglich keine andere Wahl gehabt hatte, waren seine Gedanken beinahe ununterbrochen bei Joan gewesen. Ebenso wie Isabelle sorgte Matthew sich um das Leben seiner einzigen Tochter. Gleich nach Brians Anruf hatte er im Schwesternzimmer des Krankenhauses angerufen und die Krankenschwestern angewiesen, ihn stündlich einmal telefonisch über Joans Zustand zu unterrichten.

Schwester Claire verließ mit dem neuen Verbandsmaterial gerade das Schwesternzimmer, als ihr zwei unbekannte Gesichter am Ende des Ganges entgegengelaufen kamen. Sie schätzte den hochgewachsenen, breitschultrigen Mann auf Ende vierzig. Selbst in diesem Moment, in seiner wachsenden Sorge um einen nahen Angehörigen, sah er für sein Alter noch ungeheuer attraktiv aus; wobei sein volles schwarzes Haar nur das I-Tüpfelchen war. Beim Näherkommen sah sie, dass er einen perfekt geschnittenen schwarzen Anzug trug, der dazugehörige lange, schwarze Wintermantel hing über seinem linken Arm. An seinem anderen Arm hatte sich eine etwas kleinere Frau untergehakt. Auch ihr sah man sofort an, dass sie nicht mit ihrem Geld sparen musste. Ihr weinrotes Kostüm war schlicht, doch allem Anschein nach nicht sehr preisgünstig gewesen. Es passte hervorragend zu ihren kurzen braunen Haaren und rundete ihren sanftmütigen Körper ab, der über den Gang zu schweben schien. In ihrem ganzen Wesen strahlte die fremde Frau eine vertrauenswürdige, sehr warmherzige Aura aus. Sie gehörte eindeutig zu den wenigen Menschen auf dieser Welt, die man auf Anhieb sympathisch fand.

„Mr. und Mrs. Farley?“, fragte Schwester Claire, als sie einander gegenüberstanden, und sah Matthew darauf kurz nicken.

„Wie geht es unserer Tochter?“, fragte er die Schwester. In seinem Blick lag etwas Seltsames, etwas, das ganz und gar nicht zu seinem Erscheinungsbild passte: Furcht. Es war der sorgenvolle Blick eines Vaters.

„Unverändert. Sie liegt auf der Intensivstation. Ich bringe Sie hin.“

Schweigend folgten sie Schwester Claire den Gang hinunter zur Intensivstation. In einem Durchgangszimmer erhielten sie die grüne Schutzkleidung, dann wurden sie an geschlossenen Türen mit Glasfenstern vorbeigeführt, hinter denen die Patienten lagen. Schließlich blieb die Schwester vor einer der Türen stehen. Als Matthew und Isabelle durch die Glasscheibe ins Zimmer blickten und ihre Tochter auf dem Krankenbett inmitten der Geräte und Schläuche sahen, erschraken sie zutiefst. Die zitternde Hand vor dem Mund, sah Isabelle zu ihrem Sohn auf, der am Bett saß und die Hand seiner Schwester hielt. Rachel stand etwas abseits mit dem Rücken zu ihnen am Fenster.

Schwester Claire spürte ihr Zögern und ließ sie gewähren. Wenn sie sich an den Anblick gewöhnt hatten, würden sie von selbst ins Zimmer ihrer Tochter gehen. Leise öffnete Schwester Claire die Tür und trat ans Bett ihrer Patientin, um die Monitore zu überprüfen. Diesen Kontrollgang wiederholten die Schwestern alle fünf Minuten. Falls sich in der Zwischenzeit ihr Zustand veränderte, würden die Geräte sofort Alarm schlagen.

Als die Schwester das Thermometer in die Hand nahm, um Joans Temperatur abzulesen, hob Brian den Kopf und sah sie fragend an. „Es ist ein wenig gesunken“, sagte sie lächelnd und schrieb eine kurze Notiz in die Akte. Dann legte sie zwei der mitgebrachten weißen Mullbinden auf den kleinen Tisch neben dem Bett und nahm die übrigen mit, ehe sie das Zimmer wieder verließ.

„Ich hole mir einen Kaffee – soll ich dir eine Tasse mitbringen?“, fragte Brian seine Freundin und erhob sich von seinem Stuhl.

„Das kann ich doch machen“, erwiderte Rachel und drehte sich zu ihm um. „Bleib du bei …“ Sie verstummte, als sie Brians Eltern in der Tür stehen sah.

Augenblicklich wandte Brian sich um. „Mom! … Dad!“ Erleichterung stand ihm ins Gesicht geschrieben. Er war froh, seine Eltern endlich in L. A. zu wissen. Hier bei ihrer Tochter, die noch immer nicht über den Berg war.

„Mom …“ Mit einer langen Umarmung begrüßte er seine Mutter, der Tränen in den Augen standen, und umarmte Matthew mit einem Schulterklopfen. „Schön, dass ihr da seid“, sagte Brian und trat näher ans Fenster, damit Rachel mit einer Umarmung und einem sachten Kuss auf die Wange seine Eltern ebenfalls begrüßen konnte.

Isabelle trat ans Bett und strich mit zittrigen Fingern über das leblose, vom Unfall gezeichnete Gesicht ihrer Tochter. Matthew stand neben seiner Frau und berührte Joans Hand.

„Die Schwester sagte, ihr Zustand sei unverändert“, kam es Matthew leise über die Lippen.

Brian nickte zustimmend. „Sie liegt noch immer im Koma.“

„Hast du mit dem Arzt sprechen können?“

„Dr. Cooper sagte, wir müssen abwarten, wie sie die nächsten Tage übersteht. Es ist ungewiss, wann sie aufwachen wird.“ Über Einzelheiten des Gesprächs mit Dr. Cooper hatte Brian seine Eltern am Telefon noch nicht aufgeklärt.

„Wird sie durchkommen?“, fragte Isabelle schluchzend.

Brian tat der kummervolle Blick seiner Mutter im Herzen weh. „Ihr Zustand ist kritisch. In der Nacht hatte sie hohes Fieber.“ Bemüht, seine Fassung nicht zu verlieren, wandte Brian seinen Eltern den Rücken zu. „Ich weiß es nicht, Mom …“, sagte er mit feuchten Augen und blickte aus dem Fenster.

„Ich möchte mit dem Arzt sprechen. Ist er noch im Haus?“, wollte Matthew von seinem Sohn wissen.

Brian drehte sich zu seinem Vater um. „Soweit mir bekannt ist, ja.“ Doch er klärte ihn darüber auf, dass Dr. Coopers Zeit zumeist knapp bemessen war.

„Nun, er wird sich für mich Zeit nehmen müssen“, sagte Matthew mit bestimmter Stimme, da er nicht vorhatte, sich mit wenigen Worten abspeisen zu lassen.

„Wisst ... wisst ihr schon, wie der Unfall geschehen ist?", fragte Isabelle, während sie sich die Augen mit einem Taschentuch trocken tupfte.

„Wir haben vorhin mit der Polizei gesprochen", begann Brian. „Der Fahrer des anderen Wagens war betrunken und hat wohl immer wieder die Fahrspur gewechselt. Sie hatten keine Chance ..."

„*Sie*?", fragte Matthew verwundert.

„Joan und Steve."

„Steve war bei ihr im Auto?"

Brian nickte. „Die Polizisten sagten, dass er nur Sekunden zum Reagieren gehabt hätte, ehe die beiden Autos frontal aufeinanderfuhren."

„Ist er schwer verletzt?", fragte Isabelle und bemerkte den merkwürdigen Blick ihres Sohnes, den er mit Rachel wechselte. „Brian, wie schlimm ist es?"

„Mom", sagte Brian leise und sah den leblosen Körper seines Freundes wieder vor sich, als er sich im Krankenhaus von ihm verabschiedet hatte. „Steve hat den Unfall nicht überlebt."

Isabelle schloss die tränenverschleierten Augen. Unbewusst verstärkte sie den Druck auf Joans Hand, so als wollte sie ihr Kraft geben. Da spürte sie Matthews Hand auf ihrer Schulter.

Steves Verlust traf sie völlig unvorbereitet. Erst Weihnachten hatte sich die Familie, einschließlich Rachel und Steve, in New York getroffen, um die Feiertage miteinander zu verbringen. Trotz anfänglicher Abneigungen gegen die Wahl ihrer Tochter hatten Isabelle und Matthew Steve im vergangenen Jahr besser kennengelernt und nach kurzer Zeit verstanden, warum Joan diese Wahl getroffen hatte. Steve war so ganz anders als die Männer, die sie aus New York kannte. Er lebte ein freies Leben; ein Leben, das Joan sehr schnell zu lieben lernte. Wann immer es Steves Zeit erlaubte, traf er sich mit seinen vielen Freunden oder ging abends auf deren Partys, doch dabei hatte er niemals sein Ziel, sein Medizinstudium bestmöglich zu beenden, aus den Augen verloren. Steve, dessen Eltern ihr Leben lang für wenig Geld schwer gearbeitet hatten, kannte viele harte Seiten des Lebens und hatte sich geschworen, in allen Dingen sein Bestes zu geben. Mit seinen 25 Jahren genoss er wie kein anderer Freund von Joan den Respekt, die Achtung und das Vertrauen von Matthew Farley. Matthew hatte Steve freundlich in die Familie aufgenommen, und mit der Zeit war er zum Schwiegersohn in spe geworden.

Nachdem sie den ersten Schock über Steves Tod verkraftet hatten, ließen

Matthew und Isabelle ihre Tochter ein letztes Mal in Brians Obhut, um mit dem behandelnden Arzt zu sprechen. Dr. Cooper war jedoch nicht gewillt, seine Zeit mit den immer gleichen Fragen einer Familie totzuschlagen. Gehetzt schüttelte er Matthew und Isabelle die Hand und informierte sie mit knappen Worten über Joans Zustand. Daraufhin wollte er sich von ihnen verabschieden, aber er hatte nicht mit einem Mann wie Matthew Farley gerechnet. Einem Mann, der es gewohnt war, dass man ihm zuhörte. Unter Geschäftsleuten galt Joans Vater als taktischer Mann, der seine Geschäfte mit viel Scharfsinn abschloss. In diesen Minuten war es jedoch die Angst in seiner Stimme, die Dr. Coopers eigentliches Vorhaben änderte.

Wie Brian einen Tag zuvor, klärte der Arzt Matthew und Isabelle ausführlich über die schweren inneren Verletzungen und den bedenklichen Zustand ihrer Tochter auf. Des Weiteren erläuterte Dr. Cooper die möglichen Folgen des Komas, hielt aber von Spekulationen Abstand, die die Verfassung seiner Patientin betrafen, wenn sie aufwachen sollte. Der Hoffnungsschimmer, dass dies trotz Joans schlechter allgemeiner Verfassung eintrat, war schwindend gering, doch es war das Einzige, woran sie sich in diesen Stunden klammerten.

Tagelang sah Brian zu, wie Joan um ihr Leben kämpfte. Das Fieber stieg und fiel im Wechselschritt, sodass niemand mehr eine Prognose über ihre Chancen stellen wollte. „Es liegt in Gottes Hand“, hatte die afroamerikanische Krankenschwester zu Brian gesagt und zum ersten Mal in seinem Leben bereute er, dass es ihm an Gottesvertrauen fehlte.

„Ich kann mich nicht daran erinnern, wann ich zuletzt einen Angehörigen gesehen habe, der Tag und Nacht am Bett einer Komapatientin gewacht hat“, sagte Schwester Claire betrübt zu ihrer Kollegin, als sie im Beobachtungsraum standen und durch die Glasfront Brian Farley am Bett seiner Schwester sitzen sahen. „Noch dazu mit solch einem Job. Ich hörte, er sei die rechte Hand des Filialleiters von *Farley's* in L. A., und anscheinend gefällt es einigen Leuten nicht, dass er hier ist.“

Schwester Betty zuckte mit den Schultern. „Der PR wegen wird er es nicht tun. Seit sie bei uns ist, hat sich kein Fotograf blicken lassen.“

„Ich glaube, dafür hat er gesorgt …“

Während die Krankenschwestern gegenüber Matthew und Isabelle zumeist reserviert auftraten, waren sie zu Brian und Rachel äußerst freundlich. Die beiden Schwestern, die sich um Joan kümmerten, hatten ihnen angeboten, sich jederzeit Kaffee oder Tee aus dem Schwesternzimmer zu nehmen.

Auch nach einer Woche hatte sich Joans Zustand nicht verändert. Ihre Werte hatten sich laut Dr. Cooper zwar stabilisiert, doch sie war noch immer nicht aus dem Koma erwacht. Wie der Arzt verlauten ließ, bestand weiterhin Grund zur Hoffnung, da Joan eine Woche nach dem Unfall noch immer lebte. Das Koma war eine Schutzmaßnahme des Körpers, um zu genesen. Je nach Schwere der Verletzungen konnte ein Mensch über Wochen, Monate oder gar Jahre im Koma liegen. Niemand konnte voraussagen, wie lange dieser Zustand bei Joan andauern würde.

Brian, der sich in der Vergangenheit schwer in Geduld geübt hatte, saß stundenlang am Bett seiner Schwester und dachte über das Leben nach. Er hielt Joans Hand und redete mit ihr, ungeachtet dessen, ob sich eine der Schwestern im Raum befand oder sie allein waren.

„Manchmal würde ich gern die Zeit zurückdrehen. Wir hatten früher so viel Spaß miteinander.“ Brian seufzte leise und stützte die Ellenbogen auf dem Bett ab. Den Kopf lehnte er müde dagegen. Er schwieg einige Minuten und lauschte dem leisen Piepsen, das von einem der Geräte herrührte. Ansonsten war es im Zimmer still. „Erinnerst du dich …“, begann er schließlich leise. „… wie wir Mom und Dad als Kinder zu Weihnachten erschreckt haben, als über Nacht plötzlich die Geschenke unter dem Weihnachtsbaum verschwunden waren? Sie dachten, es wären Einbrecher gewesen, dabei hatten wir die Geschenke versteckt.“ In Erinnerung an jenes Weihnachtsfest aus seiner Kindheit musste Brian lächeln. „Sie haben nie wieder die Geschenke einen Tag vor Weihnachten unter den Baum gelegt.“ Er griff nach dem kleinen Behältnis mit Wasser auf dem Nachtschrank und tupfte Joan mit dem nassen Wattebausch die trockenen Lippen feucht.

„Mr. Farley, wollen Sie nicht nach Hause fahren? Es ist bereits nach Mitternacht“, sagte Schwester Claire bei ihrem nächsten Kontrollgang zu Brian.

„Nein … Ich möchte sie die Nächte über nicht alleine lassen“, antwortete Brian wie an jedem Abend der vergangenen sieben Tage.

Voller Verständnis sah Claire ihn an. „Ich weiß, ich kann Sie nicht zum Gehen überreden. Aber dann lassen Sie mich wenigstens eines sagen“, bat sie ihn. „Ich finde es toll, dass Sie sich so um Ihre Schwester kümmern.“

„Wir sind Seelenverwandte. Sobald einer von uns leidet, leidet der andere mit ihm.“ Man sah ihm seinen Kummer in den traurigen Augen an. Die Sorge um seine Schwester beschäftigte ihn rund um die Uhr, sodass er nachts nur wenige Stunden Schlaf fand.

„Es gibt nicht viele Angehörige wie Sie …“

Vorsichtig hob er Joans Hand, in der eine Kanüle steckte, und führte sie dicht an seinen Mund hinauf. Liebevoll küsste er ihre Finger. „Das ist das Mindeste, was ich für sie tun kann. Bei ihr sitzen und mit ihr sprechen …“

„Es ist mehr, als die meisten Menschen in Ihrer Situation tun würden. Viele kehren in ihr eigenes Leben zurück und erinnern sich erst sehr viel später wieder an den Angehörigen“, sagte sie betrübt.

„Das ist nicht meine Art“, erwiderte Brian traurig. Niemals könnte er seine Schwester im Krankenhaus allein zurücklassen, um sein altes Leben fortzuführen. Es wäre, als würde er sie im Stich lassen, als würde er nicht mehr an ihre Genesung glauben. Er konnte sie nicht einfach so aus seinem Leben streichen, sie und ihren Zustand ignorieren und dann plötzlich wieder auftauchen, wenn sie zu sich gekommen war. Eines stand für ihn fest: Egal, wie lange Joan im Koma liegen mochte, niemand, absolut niemand würde ihn von seinen täglichen Besuchen bei ihr abhalten können.

Dennoch war ihm bewusst, dass es nicht so weiterging. Seit einer Woche saß er Tag und Nacht an Joans Bett und hatte das Krankenhaus nur verlassen, um heimzufahren, zu duschen und sich frische Kleidung anzuziehen. Außer Joan gab es für ihn nichts. Rachel beschwerte sich wegen seiner knapp bemessenen Zeit nie bei ihm, aber Brian spürte, dass sie seine nächtlichen Aufenthalte im Krankenhaus nicht mehr gern sah. Sie wollte ihn eine Zeit lang für sich allein haben, selbst wenn es nur eine Stunde am Tag war.

Neben der Vernachlässigung seiner Freundin, musste Brian sich dazu zwingen, an seine Verpflichtungen bei *Farley's* zu denken. Er konnte seinen Vorgesetzten nicht ewig mit seiner Rückkehr ins Geschäft hinhalten. Auch wenn ihm das Modehaus *Farley's* eines Tages zur Hälfte gehören würde, so war er wie jeder andere Mitarbeiter angestellt und konnte seinen Job verlieren.

Während Brian darüber nachdachte, wie er seine zeitaufreibende Arbeit, Rachel und die Besuche bei seiner Schwester unter einen Hut bekommen sollte, legte er den Kopf auf seinen verschränkten Armen auf die Bettdecke. In seine Grübelei versunken, schloss er die Augen und schlief bald darauf ein.

Am Morgen darauf brach auf der Intensivstation das gewohnte Treiben aus. Inmitten des Trubels schlief Brian mit dem Oberkörper auf dem Bett. In der Nacht hatte Schwester Claire ihn schlafend vorgefunden und ihm eine Decke über den Körper gehängt.

Bei ihrem routinemäßigen Rundgang betrat Schwester Betty Joans Zimmer und wechselte leise die Infusion aus, als plötzlich lautes Piepsen den Raum erfüllte. Augenblicklich schrak Brian aus seinem Schlaf hoch und sah mit angstvoller Miene zu Joan hinüber.

„Es ist alles in Ordnung, Mr. Farley", beruhigte die Schwester ihn sofort. „Ich habe nur die Infusion gewechselt. Tut mir leid, dass ich Sie dadurch geweckt habe."

Müde fuhr Brian sich mit den Händen übers Gesicht. „Wie geht es ihr?", fragte er, als die Schwester die Geräte überprüfte.

„Unverändert." Sie beobachtete, wie Brian sich über Joans Gesicht beugte und ihr zur morgendlichen Begrüßung einen sanften Kuss auf die Stirn gab. „Ihre Verletzungen brauchen Zeit, um zu heilen. Haben Sie Geduld mit Ihrer Schwester."

„Geduld war bisher nicht seine Stärke", sagte Rachel lächelnd, die soeben ins Zimmer getreten war. „Hallo, Liebling", begrüßte sie Brian mit einem zärtlichen Kuss auf den Mund, während Schwester Betty sich aus dem Zimmer zurückzog.

„Schatz, hallo. Was machst du denn so früh hier?", fragte er verwundert.

„Mein Termin wurde abgesagt. Ich dachte, du freust dich vielleicht."

„Das tue ich, entschuldige." Er lächelte und stand von dem Stuhl auf. „Setz dich und sag Joan Hallo."

„Brian … ich kann das nicht", sagte sie zögernd.

„Was meinst du?"

„Ich bin nicht wie *du*. Ich kann mich nicht stundenlang an ihr Bett setzen und zu ihr sprechen. Trotz all dem, was die Ärzte gesagt haben, ich glaube nicht, dass sie uns hören kann."

„Du hältst meine Gespräche also für sinnlos?", fragte er verletzt.

„Liebling, nein … So habe ich das nicht gemeint." Sie stockte, wählte ihre Worte mit Bedacht. „Wenn du davon überzeugt bist, dass deine Stimme sie zu uns zurückbringen kann, dann sprich mit ihr. Bereue es nicht später."

„Hältst du mich für verrückt, weil ich ihr immerzu etwas erzähle?", fragte Brian ernst.

„Im Gegenteil. Ich bewundere dich dafür." Zärtlichkeit lag in ihrer Stimme. „Ich bewundere deinen Optimismus, deine Hoffnung …" Tränen stiegen in ihre Augen. „Ich würde alles dafür geben, wenn ich dasselbe empfinden könnte, aber schau sie dir an", sagte sie mit tränenerstickter Stimme und sah zu Joan hinunter, deren Körper nach wie vor durch Schläuche mit den Geräten verbunden war. „Ohne das alles wäre sie doch längst nicht mehr bei uns …"

„Sag so etwas nicht, Rachel", bat er mit brüchiger Stimme, worauf sie zu ihm aufblickte und in seinem Gesicht ihre eigene Verzweiflung wiedererkannte. Er trat zu ihr und zog sie wortlos in seine Arme. Minutenlang hielten sie sich mit den Armen umschlossen.

„Jetzt heule ich schon am frühen Morgen", sagte Rachel schließlich lächelnd und schniefte in ein Taschentuch.

Brian lächelte schwach und fuhr ihr sanft über den Arm. „Kann ich etwas für dich tun?" Erst in Rachels Armen war ihm wieder bewusst geworden, dass er in den vergangenen sieben Tagen kaum an sie gedacht hatte, so sehr war er mit Joan beschäftigt gewesen.

„Vielleicht könntest du heute Nacht in unserem Bett schlafen." Sie spürte, wie Brian einen Moment lang zögerte.

„Okay." Zärtlich küsste er ihre Stirn.

„Danke", hauchte sie an seiner Wange. „Ich gehe mich frisch machen. Kann ich dir etwas mitbringen? Einen Kaffee vielleicht?"

„Sehr gern."

Eine Viertelstunde später kehrte Rachel an die Tür zu Joans Zimmer zurück und klopfte gegen die Glasscheibe, damit Brian hinauskam.

„Mhm, der tut gut", sagte Brian nach dem ersten Schluck entspannter. „Wie geht es *deinen* Kindern?", fragte er Rachel, die als Psychologin in einem Heim in Los Angeles arbeitete, das sich um misshandelte und missbrauchte Kinder und Frauen kümmerte. Vor eineinhalb Jahren war sie zur Leiterin des Heims ernannt worden und somit für die Organisation von Präsentationen und Ausstellungen sowie für die Suche nach neuen Spendern zuständig. Die Organisation „Hilfe für Kinder in Not" hatte in allen größeren Städten von Amerika ihre Einrichtungen, in Los Angeles führten die einzelnen Fäden zusammen. Ein Team um Rachel herum verwaltete die Spendengelder und prüfte, wo diese am dringendsten benötigt wurden.

„Ich glaube, besser als dir", sagte Rachel ehrlich, da ihr die dunklen Ringe unter seinen Augen Sorgen machten. „Ich muss dich für einige Tage allein lassen. Wir haben eine Schenkung für San Francisco erhalten. Der Spender ist Schauspieler und möchte die Übergabe mit Presse und Fernsehen abwickeln."

„Eine nette Geste mit persönlichen Hintergedanken", sagte Brian spitz.

„Brian, wir sind für jeden Dollar dankbar, und nicht alle Spender wollen so geheimnisvoll behandelt werden wie die Farleys."

„Mein Vater rühmt sich eben nicht gern mit seinem Geld. Für ihn sind andere Qualitäten wichtiger."

„Und deshalb mag ich ihn", sagte Rachel lächelnd. „Um auf meine Reise zurückzukommen. Ich hatte vor, im Anschluss an San Francisco nach Washington zu fliegen, um mir den Umbau des Hauses anzuschauen und mit den Bauleuten zu sprechen. Meinst du, du kommst so lange ohne mich zurecht?" Sie hatte

Verpflichtungen, aber in diesen Tagen ließ sie Brian nur ungern allein. Wenn sie nicht da war, würde er ununterbrochen an Joans Bett sitzen und kaum etwas zu sich nehmen.

„Ich komme klar. Wann fliegst du?“, fragte er, den Blick durch die Glasscheibe auf seine Schwester gerichtet.

„Dieses Wochenende.“ Das war in drei Tagen.

Brian trank den Rest seines Kaffees und warf den Becher in den Mülleimer neben ihm.

„Liebling, vielleicht solltest du dich nachher im Geschäft melden …“, begann Rachel vorsichtig, da sie wusste, was er davon hielt. „Brenda rief mich heute Morgen an und gesagt, dass einige wichtige Termine anstehen, die du unbedingt wahrnehmen müsstest.“

„Sie ist meine Sekretärin. Sie sollte sie umlegen können …“

„Brian, sie kann nicht alles …“

„Ich weiß, Schatz“, unterbrach er Rachel und wandte den Blick von Joan ab. Liebevoll legte er seine Hände an ihre Hüfte und sah sie sanft an. „Es tut mir leid, Liebling. Ich weiß, ich war in den vergangenen Tagen schwer zu ertragen.“

„Du sorgst dich um Joan, das ist doch verständlich.“

„Aber beinahe hätte ich dich dabei vergessen.“ Seine Hände fuhren ihren Rücken hinauf, sein Gesicht kam dem ihren näher und dann küsste er sie zärtlich. „Ich liebe dich, Rachel.“

„Ich liebe dich auch“, flüsterte sie und genoss den Moment der Zweisamkeit. Dann löste sie sich ein wenig von ihm und sah mit betrübtem Blick zu Joan hinüber. „Mach dir nicht so viele Sorgen um sie. Die Ärzte tun ihr Möglichstes, damit sie wieder zu uns zurückkehrt.“

„Ich frage mich die ganze Zeit, was dann sein wird“, sagte Brian unsicher. Ebenso wie er sich darauf freute, dass seine Schwester aufwachte, so hatte er auch Angst davor. Bisher war es ihm relativ gut gelungen, die Gedanken an mögliche Lähmungen, Gedächtnisbeeinträchtigungen oder Veränderungen ihres Gehirns nicht an sich heranzulassen, aber von Tag zu Tag wurden gerade diese Auswirkungen des Komas immer wahrscheinlicher. Wenn Joan aufwachte und feststellte, dass sie gelähmt war … Wenn sie ganz einfache Dinge wie Essen, Schreiben oder den Gang zur Toilette neu erlernen musste. Wenn sie sich nicht mehr an ihre Familie und Freunde erinnerte. Vielleicht nie wieder mit ihm lachte. Er wollte nicht darüber nachdenken. Es schmerzte zu sehr.

Mitte Januar fand der Trauergottesdienst für Steve in einer kleinen, unscheinbaren Kirche in L. A. statt. Als Brian, in seinen schwarzen Mantel gehüllt, nach seinen Eltern und Rachel in die Kirche getreten war, sah er bekümmert den braunen Sarg auf dem kleinen Altar stehen. Sein Blick glitt zu dem großen Foto davor, auf dem Steve ihnen lächelnd entgegensah. Brians Kehle verengte sich. Unwillkürlich musste er an Joan denken. Falls sie je aus dem Koma erwachte, würde sie nie die Chance bekommen, sich von Steve zu verabschieden. Bemüht, nicht an den möglichen Tod seiner Schwester zu denken, folgte Brian seinen Eltern und setzte sich neben Rachel in die zweite Reihe.

Alle Freunde von Steve waren gekommen. Sie saßen schweigend und unter Tränen auf den Bänken hinter den Verwandten, hielten einander an den Händen und reichten sich gegenseitig Taschentücher. Ihren jungen Gesichtern war der Verlust des Freundes anzusehen.

Vom Schmerz gezeichnet kamen Steves Eltern den Gang entlang. Mr. Baxter stützte seine Frau, als sie langsam durch die Kirche gingen und ihre Plätze in der ersten Reihe einnahmen. Voller Trauer um ihren Sohn weinte Mrs. Baxter während des gesamten Gottesdienstes. Jeder der Anwesenden hörte ihr lautes Schluchzen. Tröstend hatte ihr Mann einen Arm um sie gelegt, doch an seiner Haltung sah man, wie schwer es auch ihm fiel, seinen Sohn in dem Sarg vor ihnen liegen zu sehen. Der Tod seines einzigen Kindes traf ihn völlig unerwartet. Niemals hatte er geglaubt, dass sein Sohn vor ihnen die Welt verlassen würde.

Nachdem die letzten Töne von „Amazing Grace“ verklungen waren, wurden alle zum Altar gebeten, um von Steve Abschied zu nehmen. Nacheinander traten Steves Freunde vor, viele von ihnen weinten. Während sie ihre Blumen auf seinen Sarg legten, hörte man einige leise sagen: „Ich werde dich vermissen“, oder: „Du warst ein guter Kumpel.“ Bedrückt und mit gesenkten Köpfen verließen sie die Kirche.

Schließlich standen Matthew und Isabelle auf und legten einen großen Strauß weißer Rosen zu den übrigen Blumen. Unter Tränen berührte Isabelle den Sarg und ließ sich von Matthew aus der Kirche führen. Sie hatten den Freund ihrer Tochter sehr gemocht und litten unter seinem tragischen Tod. In naher Zukunft wäre Steve ihr Schwiegersohn geworden.

„Joan hat dich sehr geliebt“, sagte Brian leise und blickte auf den mit Blumen bedeckten Sarg, in dem sein Freund lag. „Egal, wo du bist, Steve … versprich mir, dass du sie nicht zu dir holst.“ Brian schloss einen Augenblick lang die Augen. Einzelne Tränen rannten über seine Wange. Als er die Augen wieder öffnete, spürte er Rachel dicht neben sich stehen. Er umschloss ihre Hand mit der seinen und wandte sich vom Altar ab. Seinen Arm um Rachels Hüfte gelegt, liefen sie schweigend den Gang entlang und traten hinaus an die frische Januarluft. Ein leichter Wind wehte über sie hinweg.

Am Rande des Parkplatzes erkannte Brian eine Gruppe junger Leute, die zuvor beim Gottesdienst gewesen waren. Manche rauchten eine Zigarette, während sie sich angeregt unterhielten. Worüber sie sprachen, konnte Brian nicht verstehen, aber er vermutete richtig, dass Steve im Mittelpunkt stand. Vermutlich erzählten sie einander von ihren Erlebnissen mit ihm. Da er allgemein beliebt und für jeden Spaß zu haben gewesen war, gab es wahrscheinlich jede Menge zu erzählen.

Brian hätte sich gern zu der kleinen Gruppe gesellt, um seine Geschichten über Steve auszuplaudern und ihn so in Erinnerung zu behalten, doch Mr. und Mrs. Baxter luden sie in ein ruhig gelegenes Restaurant ganz in der Nähe des Friedhofes ein. Bei Tisch wurde kaum ein Wort gewechselt. Es gab kein passendes Thema, dazu war die Stimmung zu gedrückt.

Vom Restaurant aus fuhren Isabelle, Matthew und Brian ins Krankenhaus, um nochmals nach Joan zu sehen. Bekümmert saß Isabelle am Bett ihrer Tochter und betrachtete sie mit Tränen in den Augen. Der Besuch im Krankenhaus fiel ihr an diesem traurigen Tag besonders schwer. Sie fühlte mit Mrs. Baxter und trauerte um Steve, den sie sehr lieb gewonnen hatte.

Matthew dagegen machte die lange Warterei wahnsinnig. Er konnte nicht länger zusehen, wie seine Tochter leblos im Bett lag, und darauf warten, dass sich ihr Zustand veränderte. Er wollte etwas tun. Er wollte seiner Tochter helfen. Diese sinnlose Warterei brachte ihn zum Nachdenken, und je mehr er grübelte, desto schmerzhafter wurden seine Gedanken. Immer wieder stürzten dieselben Fragen auf ihn ein: Wie lange würde sie wohl noch im Koma liegen? Würde er seine Tochter ebenfalls zu Grabe tragen müssen, oder hatte sie Glück und überlebte ihren schweren Unfall? Doch wenn sie überlebte, in welchem Zustand befand sie sich dann? Wie sähe ihr Leben dann aus? Gedächtnisverlust? Lähmungen? Würde sie zum Pflegefall werden? Die Reihe der unbeantworteten Fragen war endlos und ließ Matthew kaum zur Ruhe kommen. Die Grübelei ließ ihn immer verzweifelter werden.

Sichtlich unwohl ging Matthew durch den Raum zu seinem Sohn, der am Fenster stand, und legte die Hand auf dessen Schulter. „Begleitest du mich in den Park?“, bat er seinen Sohn, der darauf nickte. „Wir bleiben nicht lange, Liebling“, sagte Matthew zu seiner Frau, berührte sachte ihre Hand und folgte dann Brian auf den Gang hinaus. Schweigsam verließen sie nebeneinander die Intensivstation und gingen die Gänge des Krankenhauses entlang. Am Hinterausgang traten sie durch die doppelseitige Glastür hinaus ins Freie und folgten langsam den Sandwegen des kleinen Parks.

Es war Brian, der nach einer Weile zu erzählen begann. „Gestern Abend habe ich Joan Geschichten aus unserer Kindheit erzählt. Wir hatten so viel Spaß miteinander. Ich erinnere mich an ihr frohes Lachen, an ihre leuchtend blauen Augen."

Matthew lächelte. Genau diese blauen Augen waren jedes New Yorker Weihnachtsfest riesengroß geworden. Neugierig hatte sein kleines Mädchen ihre Geschenke ausgepackt. Ihre Augen hatten zu leuchten begonnen, wenn sie eine Puppe in ihre Arme schloss oder ihr erstes Fahrrad aus der Packung hüllte. Stolz hatte Matthew sie dabei beobachtet.

„Es ist sehr schwer für mich, deine Schwester dort drinnen liegen zu sehen", gestand Matthew seinem Sohn. „Zu wissen, dass ich nichts für sie tun kann ... bricht mir das Herz."

Brian verstand nur zu gut, was sein Vater meinte. „Manchmal bedrückt mich ihr Anblick so sehr, dass ich aus ihrem Zimmer fliehen muss. Dann gehe ich hier im Park spazieren und ordne meine Gedanken."

„Ich will sie nicht verlieren ..."

„Wir werden sie nicht verlieren, Dad. Sie wird wieder aufwachen." Davon war Brian vollkommen überzeugt. Er bemühte sich, jegliche Gedanken, die zwangsläufig mit dem Tod seiner Schwester zusammenhingen, zu verdrängen. Für ihn stand fest, dass sie aufwachte. Es war nebensächlich, wann sie ins Leben zurückkehrte und in welchem Zustand sie sich dann befinden würde. Seine Liebe zu ihr würde nie geringer werden.

Am nächsten Tag brachte Brian seine Eltern und Rachel zum Flughafen. Sie würden fast zur selben Zeit fliegen, nur ihr Ziel war ein anderes. Zuerst verabschiedete sich Brian von Rachel, die in einigen Tagen zu ihm zurückkehren würde, dann begleitete er seine Eltern zu ihrem Flugzeug.

„Du weißt, dass wir nur ungern zurück nach New York gehen ... Dr. Cooper sagte, wir können nichts für sie tun", erklärte Isabelle mit Tränen in den Augen ihrem Sohn.

Enttäuscht sah Brian seine Mutter an. Er wusste von Matthews dringender Abreise, da dessen Anwesenheit in New York benötigt wurde, doch hatte er gehofft, dass zumindest seine Mutter noch eine Weile in Los Angeles bleiben würde.

„Du könntest dich zu Joan setzen und ihr etwas erzählen ..."

„Schatz, ich glaube nicht, dass sie mich hören kann." Liebevoll strich sie ihm mit der Hand über die Wange, beugte sich zu ihm und hauchte einen Kuss auf seine Wange. „Wir telefonieren jeden Tag miteinander. Ich werde bald wiederkommen", versprach sie ihrem Sohn. „Pass gut auf sie auf."

„Das werde ich, Mom", sagte er leise und umarmte seine Mutter zum Abschied ein letztes Mal. Schließlich sah er zu, wie ihr Flugzeug langsam auf das Rollfeld fuhr und kurz darauf in Richtung New York startete. Zum ersten Mal in seinem Leben fühlte Brian sich einsam und allein gelassen.

Die Tage vergingen, ehe sie richtig begonnen. Während Matthew und Isabelle mit der Sorge um ihre gemeinsame Tochter in New York bemüht waren, ihren Verpflichtungen weitgehend nachzukommen, hatte auch Brian wieder zu arbeiten begonnen. Abwechselnd verbrachte er die Nächte in ihrem Appartement in Santa Monica oder im Krankenhaus, von wo aus er zu *Farley's* fuhr und der Vormittag mit Besprechungen und etlichem Schriftverkehr in seinem Büro verging. Jegliche Arbeit, die er nicht zwangsweise im Büro erledigen musste, nahm Brian am Nachmittag mit ins Krankenhaus. Dort blieb er dann bis zum Abend, erzählte Joan von seinem langen Tag und arbeitete seine mitgebrachten Unterlagen durch. Unterdessen hörte Joan über den Walkman ihre Lieblingsmusik.

Nach drei Wochen schien Joans Zustand weiterhin unverändert. Ihre sichtbaren Wunden, die Abschürfungen an Armen und Beinen sowie die Platzwunde an der Stirn, verheilten sehr gut. Wie Dr. Cooper Brian mitteilte, würden noch einige Wochen verstreichen, ehe die gebrochenen Rippen und das gebrochene Handgelenk völlig geheilt waren. Er war jedoch sehr zuversichtlich, dass dies ohne Komplikationen geschehen würde. Joans Leber schien sich allmählich zu erholen, ihre Lunge aber würde wohl erst mit der Zeit ihre volle Funktionsfähigkeit zurückgewinnen. Die einzige gute Nachricht, die sie in diesen Tagen erhielten, betraf die geplante Operation des Neurochirurgen. Anscheinend war der Druck in Joans Gehirn gesunken, sodass man vorerst auf eine weitere Operation verzichten konnte.

Jeden Tag arbeitete die Physiotherapeutin eine Stunde lang mit Joan, damit deren Muskeln vom langen Liegen nicht erschlafften. Mit Fingerspitzengefühl versuchte sie die natürlichen Reize ihrer Patientin zu stimulieren, um sie somit ein Stück näher ins Leben zurückzubringen. Immer häufiger sah Brian der Physiotherapeutin zu, wie sie die Arme und Beine von Joan dehnte, bis sie ihm eines Tages auf seine Bitte hin die Übungen genau zeigte, damit auch er sie am Nachmittag bei seiner Schwester durchführen konnte.

„Sie haben eindeutig den falschen Beruf gewählt", sagte eine bekannte Frauenstimme hinter Brians Rücken, als er am Abend die Übungen mit Joan machte, die die Therapeutin ihm gezeigt hatte.

„Lassen Sie das nicht meinen Vater hören, Schwester Claire", sagte Brian lächelnd, bevor diese in sein Blickfeld trat und die Monitore kontrollierte. „Es gab keine Abweichung", meinte er und deutete mit dem Kopf auf den Monitor.

Schwester Claire lächelte. „Sie machen das sehr gut, Doktor."

„Alles, nur kein Arzt! Ich mag keine Krankenhäuser", wehrte Brian ab. „Die netten Krankenschwestern selbstverständlich ausgenommen", rettete er sich in letzter Sekunde.

Claire lachte. „Aber Sie hätten es auch schlechter treffen können. Ich kann nur davon träumen, mir von meinem Lohn ein Kleid von *Farley's* zu leisten."

„Wenn Sie das nächste Mal in der Nähe sind, Claire, schauen Sie bei mir vorbei. Ich bin sicher, wir finden etwas für Sie."

Sie sah ihn verschreckt an. „Mr. Farley, ich wollte Sie nicht …"

Brian lächelte. „Ich weiß. Machen Sie mir trotzdem die Freude?"

„Wenn ich in der Nähe bin …", versprach sie ihm, obwohl sie nicht daran glaubte, dass er sich dann an sie erinnern würde. „Bleiben Sie nicht zu lange. Gönnen Sie sich ein paar Stunden mehr Schlaf." Sie widmete ihren Blick abermals den Geräten zu und notierte etwas in der Krankenakte.

„Ich bin an wenig Schlaf gewöhnt. Ich …" Mit einem Mal stockte Brian. Die Schwester blickte von ihren Unterlagen auf und sah, wie er auf seine Schwester hinunterstarrte.

„Mr. Farley, stimmt etwas nicht?"

„Sie hat meine Hand gedrückt …"

Schwester Claire warf einen Blick auf ihre Patientin, die mit geschlossenen Augen in ihrem Bett lag. Sie sah auf die Monitore, die jedoch keine Veränderungen anzeigten. „Das war sicher nur ein Reflex", erklärte sie.

„Sie hat meine Hand gedrückt", beteuerte Brian diesmal mit Nachdruck. Er ließ sich nicht von Schwester Claires offensichtlichen Zweifeln beirren und wandte sich mit deutlicher Stimme an seine Schwester. „Joan, ich möchte, dass du noch einmal meine Hand drückst. Ich weiß, du schaffst es." Er wartete einen Moment, aber sie reagierte nicht. „Joan, du hast in den vergangenen Wochen so hart gekämpft, nun gib nicht auf! Drück noch einmal meine Hand. Streng dich ein klein wenig an", ermutigte er sie, und kaum hatte er seine Bitte ausgesprochen, spürte er einen leichten Druck in seiner Hand, der von ihren Fingern ausging. „Das war sehr gut!", freute Brian sich über die Regung seiner Schwester. Tränen traten in seine Augen. Nun reagierten auch die Geräte. Gebannt beobachtete Schwester Claire Brian. „Ich weiß, Joan, ich verlange sehr viel von dir, aber jetzt möchte ich, dass du versuchst, deine Augen zu öffnen." Gespannt blickte er in Joans Gesicht und hoffte darauf, dass sie die Augen aufschlug. „Joan, kannst du für mich ein Auge aufmachen? Oder für mich lächeln? Ich habe dein Lächeln so vermisst …" In ihrem Gesicht zeigte sich jedoch keine Regung. Nachdem Joan minutenlang nicht auf seine unablässigen Bitten reagierte, glaubte er schon, er hätte sie wieder an den Ort verloren, aus dem sie versuchte zu fliehen, doch da griff sie fester als zuvor mit ihrer Hand zu. „Das war sehr gut, Kleines. Und bestimmt sehr schwer für dich. Wir machen eine kleine Pause. Ruh dich ein wenig aus", sagte er leise, ohne ihre Hand loszulassen. Mit feuchten Augen blickte er auf seine kleine Schwester hinunter. Diese Minuten waren so unglaublich. Plötzlich zuckten kaum merklich Joans Augenlider. „Oh mein Gott …" Brian glaubte seinen Augen nicht trauen zu können. Nach vier Wochen zwischen Leben und Tod kam Joan allmählich ins Leben zurück. Vor Freude wollte er seiner Schwester um den Hals fallen, hielt sich jedoch zurück. „Claire, haben Sie das gesehen?"

„Sprechen Sie weiter mit ihr. Ich hole einen Arzt." Schon eilte Schwester Claire hinaus.

„Joan, ich habe es gesehen", sagte Brian dicht zu ihr hinuntergebeugt, damit sie ihn besser verstehen konnte. Er hielt ihre Hand, küsste überwältigt ihre Finger. „Du musst deine Augen aufmachen … bitte … versuche es, mir zuliebe …"

In dem Moment kamen Dr. Cooper und Schwester Claire ins Zimmer. Als hätte Joan auf weitere Zuschauer gewartet, öffnete sie ihre Augen einen Spalt.

„Das ist wunderbar, Jo!", würdigte Brian ihre ungeheure Leistung. Arzt und Schwester sahen einander voller Freude an, griffen jedoch nicht ein, da beide fanden, dass Brian das hervorragend machte. „Kannst du deine Augen noch ein wenig weiter öffnen? Versuch mich anzuschauen", drängte er Joan weiter, um zu verhindern, dass sie wieder einschlief. Prompt bekam er ein lautes Stöhnen als Antwort, so als wollte sie ihre Missstimmung über seine grenzenlosen Forderungen äußern. Dann schlug sie ganz plötzlich ihre Augen auf, nur um sie gleich darauf wieder zu schließen. Ihre Anstrengungen waren gewaltig. „Hallo, Kleines …", sagte Brian durch einen Tränenschleier. „Ich bin bei dir. Du brauchst keine Angst zu haben. Ich bleibe hier …"

Da öffnete Joan erneut ihre Augen. Diesmal sah sie ihn einen Augenblick lang an und lächelte, ehe sie die Lider wieder schloss. Einen Moment darauf war sie eingeschlafen.

„Mr. Farley, Sie sollten heimfahren. Es ist sehr unwahrscheinlich, dass Ihre Schwester heute noch einmal aufwachen wird", erklärte Dr. Cooper. „Gönnen Sie ihr etwas Ruhe."

„*Ruhe*? Sie hat beinahe fünf Wochen geschlafen", sagte Brian, der seine Schwester nun nicht mehr allein lassen wollte.

„Das kommt nur uns so vor. Ihre Schwester hat diese Wochen hart gekämpft, um zu überleben. Vergleichen Sie es mit einem sehr langen Marathonlauf. Sie hat soeben erst die Hälfte geschafft."

Was genau Dr. Cooper damit meinte, erklärte er Brian anschließend in seinem Büro. Nun, da Joan aus dem Koma erwacht war, würde sich erst das ganze Ausmaß des Unfalls erkunden lassen. Er erklärte, dass einige Untersuchungen auf Joan zukamen, die ihnen Klarheit über die Auswirkungen der Gehirnprellung und des Komas verschafften. Sollten sich diese Schäden als gering darstellen, so musste sie noch mindestens vier Wochen, vermutlich jedoch länger, im Krankenhaus bleiben und mithilfe einer täglichen Physiotherapie wieder zu Kräften kommen. Seit ihrer Einlieferung hatte sie fast zehn Kilo verloren und mit den Übungen, die ihre Muskeln trainierten, hatte die Physiotherapeutin erst vor knapp zwei Wochen beginnen können, sodass Joan arge Probleme beim Laufen und beim Bewegen ihrer Arme haben würde.

„Sie ist aufgewacht!", rief Brian freudenstrahlend ins Telefon.

„Wer?", fragte Rachel am anderen Ende verwirrt. Da erst begriff sie, von wem Brian sprach. „Oh mein Gott! *Joan?* Sie ist aufgewacht?"

„Sie hat meine Hand gedrückt, die Augen geöffnet und mich angelächelt", sagte er, noch immer von dem Ereignis aufgeregt.

„Das ist wundervoll, Schatz. Gott hat meine Gebete erhört …"

Er hörte ihr leises Schluchzen durchs Telefon und sehnte sich danach, sie in die Arme schließen zu können, doch Rachel war für zwei Tage in San Diego.

Brian ignorierte den Rat von Dr. Cooper und verbrachte die Nacht am Bett seiner Schwester. Von den Ereignissen zu aufgewühlt, fand er keinen festen Schlaf, und so betrachtete er Joan bis spät in die Nacht hinein. Schließlich übermannte ihn die Müdigkeit, und als die Nachtschwester um fünf ins Zimmer trat, schlief er mit verschränkten Armen zurückgelehnt auf seinem Stuhl.

Am nächsten Morgen wurde Brian von den gedämpften Geräuschen geweckt, die das rege Treiben auf dem Gang vor Joans Zimmer vermuten ließ. Mit geschlossenen Augen bewegte er seine Arme und die Schulter, die durch das lange Sitzen verkrampft waren. Dann erst öffnete er seine Augen und wandte den Blick zu seiner Schwester hinüber. Überrascht sah er, dass Joan ihn anschaute.

„Hey … du bist ja wach", sagte Brian sanft. Lächelnd stand er von seinem Stuhl auf, beugte sich zu ihr hinunter und küsste liebevoll ihre Stirn. „Ich habe dich vermisst." Joan lächelte und nickte als Antwort. „Wie fühlst du dich? Hast du Schmerzen?", fragte Brian besorgt, worauf Joan kaum merklich den Kopf schüttelte und plötzlich das Gesicht verzog. „Dank mir, spätestens jetzt. Tut mir leid.", sagte er mit gequältem Blick. Da erinnerte er sich an Dr. Coopers Worte am Vorabend. „Dein Arzt sagt, du brauchst viel Ruhe, um wieder völlig gesund zu werden. Möchtest du, dass ich dich allein lasse?" Er bemerkte die plötzliche Angst in ihrem Gesicht, als sie abermals den Kopf schüttelte. Diesmal schien es ihr weniger Schmerzen zu bereiten. „Rachel wird dich heute Abend besuchen kommen. Sie hat sich sehr gefreut, als ich ihr von deinem Erwachen erzählte, und lässt sich entschuldigen. Sie ist in San Diego, irgendeine Konferenz", erklärte Brian, während er seinen Stuhl näher an ihr Bett heranzog und sich setzte. Lächelnd nahm er ihre Hand in die seine. „Ich kann dir gar nicht sagen, wie glücklich ich darüber bin, dass du wieder bei uns bist. Du hast mich ganz schön erschreckt." Joan öffnete ihren Mund und fuhr sich mit der Zunge über die Lippen. „Warte, ich tupfe sie dir", sagte Brian und griff nach dem Wattebausch, um ihr gleich darauf Wasser auf die trockenen Lippen zu tupfen. Indessen wandte Joan den Blick nicht von ihm ab.

„Ich glaube, das genügt erst einmal. Sobald die Schwester kommt, frage ich, ob du etwas Wasser trinken darfst, einverstanden?" Joan nickte und legte ihre rechte Hand auf die von Brian. Sie öffnete ihren Mund, als wollte sie etwas sagen, doch es war nur ein sehr leises Krächzen zu hören. „Was möchtest du mir sagen, Jo?", fragte Brian und rückte näher an ihr Gesicht, um sie besser verstehen zu können. Joan versuchte es nochmals, aber es kam kein Laut heraus. Darüber verärgert, schloss sie missmutig den Mund. „Schon gut, du brauchst nichts zu sagen. Das strengt dich noch zu sehr an", sagte Brian lächelnd und küsste ihre Finger. „Wir alle haben dich schrecklich vermisst, Schwesterchen. Mom und Dad waren hier und haben dich jeden Tag besucht." Er bemerkte das Fragezeichen in ihrem Blick und beantwortete ihre unausgesprochene Frage. „Sie mussten dringend nach New York zurück, aber es ist kein Tag vergangen, an dem wir nicht miteinander telefoniert haben. Gestern Abend habe ich in New York angerufen und ihnen erzählt, dass du aus dem Koma erwacht bist. Sie werden morgen hier eintreffen."

Sie zwinkerte und öffnete abermals ihren Mund. Doch als ihr trotz sichtlicher Bemühungen die Worte wieder im Hals stecken blieben, zog Joan die Stirn kraus und sah ihren Bruder verzweifelt an.

„Versuche es mit kurzen Wörtern", sagte er ruhig, obwohl sein Herz wild schlug. In dieser Minute gingen ihm viele Dinge durch den Kopf. All die Wochen hatte er sich nichts sehnlicher gewünscht, als das sie aufwachte. Dabei hatte es keine Rolle für ihn gespielt, wie der Zustand seiner Schwester danach sein würde. Erst jetzt machte er sich erstmals darüber Gedanken, dass durch die schwere Gehirnprellung oder das Koma geistige Schäden bei Joan entstanden sein könnten. „Lass dir etwas Zeit. Du bist gerade erst wieder aufgewacht und ..."

„Br...ria...n ...", kam es mit einem Mal leise über ihre Lippen. Augenblicklich verstummte er und lächelte sie an. „Dan...ke ..."

Brian standen Tränen in den Augen. „Wofür denn?" Er hob ihre Hand an seinen Mund hinauf und küsste ihre Finger. „Du hast mir so unglaublich gefehlt ..."

„Du ... mir ... au...ch ...", flüsterte sie.

Plötzlich durchbrachen seine angestauten Gefühle, seine nun ausgestandenen Ängste das Schutzschild seines Körpers. Mit verschleiertem Blick sank sein Kopf auf die Bettdecke gegen Joans Bauch hinunter. Ihre rechte Hand fest umklammert, schloss Brian die Augen und ließ seinen Tränen freien Lauf. Da spürte er Joans verbundene Hand auf seinem Kopf, spürte, wie ihre Finger langsam über seine kurzen Haare fuhren. Es war, als wollte sie ihm zeigen, dass sie für ihn da war.

In den nächsten Tagen schlief Joan sehr viel. Zumeist war sie nicht länger als eine halbe Stunde am Stück wach, dann schlief sie erschöpft wieder ein. Doch in dieser kurzen Zeit sah sie Brian, Rachel oder ihre Eltern an, die abwechselnd an ihrem Bett saßen, und hörte ihnen zu, wenn sie über Dinge sprachen, die sie verschlafen hatte.

Vier Tage nachdem Joan aus dem Koma erwacht war, saß Brian am späten Nachmittag allein an ihrem Bett, las in seinen Unterlagen und wartete darauf, dass sie die Augen aufschlug. Seit einer Stunde war er bereits bei ihr, als sie plötzlich leise stöhnte.

Brian legte die dünne Mappe auf die Beine seiner Schwester und beugte sich zu ihr vor.

„Joan?", fragte er leise, doch sie gab keinen Laut mehr von sich. „Hey, du hast lange genug geschlafen." Er beobachtete sie noch einen Moment, aber sie erwachte nicht. Schließlich widmete er sich seinen Unterlagen, doch während er dies tat, hörte er sie immer wieder leise stöhnen und sah, wie ihre Hände zuckten. „Joan, was ist denn los?" Misstrauisch ließ er die Mappe auf seinen Schoß sinken und berührte ihre Hand. Er spürte, dass irgendetwas mit ihr nicht stimmte. Vermutlich träumte sie.

Mit einem Mal schlug Joan ihre Augen auf. Sie waren angsterfüllt, ließen Brian schaudern. Irritiert sah sie sich im Zimmer um. Sie fühlte sich nicht wohl, das sah Brian ihr an ihrer kraus gezogenen Stirn an.

„Hey", sagte er sanft. „Du hast nur schlecht geträumt. Es ist alles in Ordnung."

„Wo ... bin ... ich?", fragte sie leise.

„In einem Krankenhaus in Malibu", erklärte Brian und nahm ihre Hand in die seine. Da hörte er, wie hinter ihm jemand die Tür öffnete und ins Zimmer trat. Er wandte den Rücken herum und sah Dr. Cooper.

„Was ist ... mit mir ... passiert?", kam es mit sichtlicher Anstrengung aus Joans Mund, worauf Brian sich zu ihr drehte und sie mit besorgtem Blick ansah.

„Erinnerst du dich denn nicht?" Joan schüttelte den Kopf und stöhnte unter den Schmerzen auf, die die plötzliche Bewegung auslösten. Ihr Kopf fühlte sich an, als hätte jemand mit einem Baseballschläger zugeschlagen.

Indessen wandte Brian den Blick zu Dr. Cooper, der am Ende des Krankenbettes stand. Seine Hände ruhten auf dem Gestänge.

„Das ist nach einem tiefen Koma nicht ungewöhnlich", erklärte Dr. Cooper in ruhigem Ton. Ihm war Joans Problem bereits bekannt, doch die neuerlichen Untersuchungen hatten keinerlei Hinweise auf eine Beeinträchtigung des Erinnerungsvermögens gegeben. Zudem waren die ersten Tests positiv ausgefallen. Joan kannte sämtliche ihrer persönlichen Daten, konnte ihre Besucher richtig zuordnen und wusste über Ereignisse aus der ganzen Welt Bescheid. Sie konnte sich an alles erinnern, nur eben nicht an den Tag des Unfalls. „Ich bin sicher, dass die Erinnerungen in einigen Tagen zurückkehren werden", fuhr Dr. Cooper zuversichtlich fort. „Mrs. Farley, Sie haben eine sehr lange und anstrengende Reise hinter sich. Davon hat sich ihr Gehirn noch nicht erholt. Gönnen Sie sich und Ihrem Körper etwas Ruhe."

Für einen Moment schloss Joan ihre Augen und hörte nicht, wie der Arzt nach einem knappen Nicken zu Brian ihr Zimmer verließ. Als sie Brian wieder ansah, fiel ihm ein, dass er ihre Frage noch nicht beantwortet hatte.

„Du hattest einen schweren Unfall", sagte Brian, während er ihre Hand fest umschlossen hielt. „Du bist ins Koma gefallen."

„Wie ... lange?", presste sie leise hervor.

„Etwas mehr als vier Wochen."

Joan nickte und verzog das Gesicht vor Schmerz. Sie schloss die Augen und er glaubte, sie sei wieder eingeschlafen, aber da öffnete sie die Lider und sah ihn mit sorgenvollem Blick an.

„Kleines, kann ich etwas für dich tun?", fragte Brian leise. Er legte seine Hand an ihre Wange und streichelte sie liebevoll, als Joan den Mund öffnete. Unsicherheit stand in ihr Gesicht geschrieben. „Sag mir, was dir durch den Kopf geht."

„Wo ...", kam es endlich über ihre Lippen, „... ist ... Steeeve?"

Der Schreck über diese unerwartete Frage musste ihm allzu deutlich im Gesicht stehen, denn plötzlich lief ihr eine einzelne Träne aus dem rechten Auge. Brian hatte umsonst gehofft. Ihr war nicht entgangen, dass Steve kein einziges Mal an ihrem Bett gesessen hatte, wenn sie aufgewacht war.

Erwartungsvoll sah Joan ihren Bruder an, der sich überlegte, wie er die Nachricht von Steves Tod noch einige Tage hinauszögern konnte. Dr. Cooper hatte eindringlich gesagt, dass sie jegliche Aufregung von Joan fernhalten sollten. Sie brauchte absolute Ruhe. Doch der Arzt hatte vergessen, ihm zu sagen, wie er Steves Tod vor ihr verbergen sollte.

„Joan, er kann nicht zu dir kommen."

„Er ... will ... nicht", sagte sie mit traurigem Blick. „Ich bin ... nicht mehr ... wie vorher."

„Das hat damit absolut nichts zu tun. Wenn er könnte, würde Steve dich niemals in dieser Situation alleine lassen", erklärte Brian, von seinen Worten fest überzeugt.

Sie schöpfte neue Hoffnung. „Warum ... ist er ... dann ... nicht ... hier?"

„Jo ...", nannte er sie sanft beim Kosenamen, „... Steve saß mit dir im Auto. Ihr hattet beide den Unfall."

„Wie ...geht es ... ihm?", fragte sie mit sorgenvollem Blick. „Ist er ... schwer ... verletzt?"

Brian, der sich unweigerlich an Steves Beerdigung erinnerte, traten Tränen in die Augen. Er wusste nicht, wie er seiner Schwester die schreckliche Nachricht mitteilen sollte. Vielleicht wäre es das Sinnvollste, wenn er sie zu ihrem eigenen Schutz belog, ihr nichts von Steves Tod erzählte.

„Brian ...", drängte sie ihn.

„Jo ...", begann er leise. Erwartungsvoll sah sie ihn an. Als Brian zu ihr aufblickte und sie mit traurigen Augen ansah, wusste sie, was geschehen war.

Kaum merklich schüttelte sie den Kopf. „Ich habe ihn ... in meinen Träumen ... gesehen." Tränen liefen aus ihren Augen. „Wir sind den Weg ... gemeinsam ... gegangen. Hand ... in Hand ...bis zur ... Gabelung. Er wollte ... den dunklen Weg ... gehen, aber ich hatte ... Angst. Der andere Weg ... war viel ... heller, und ich habe ... dich gesehen." Sie schluchzte laut. „Plötzlich ... war er ... nicht mehr ... bei mir. Warum ... hat er mich ... allein gelassen?"

Durch einen Tränenschleier sah Brian sie an. Er konnte sich nicht im Ent-

serntesten vorstellen, was Steves Tod für sie bedeuten musste. Sie hatte ihn unendlich geliebt. „Ich weiß es nicht, Kleines."
„Lass … mich … allein …", bat sie ihn unter Tränen.

2. Kapitel

Mit jedem Tag verbesserten sich Joans anfängliche Sprachprobleme zusehends. Die Worte kamen noch ein wenig holprig und verlangsamt über ihre Lippen, aber Dr. Cooper war angesichts der neuen Computertomografie sehr zuversichtlich, dass ihr Sprachvermögen vollständig zurückkehren würde. Einzig die starken Kopfschmerzen, unter denen Joan litt, schienen die Nachwirkung der Gehirnprellung zu sein.

Nach einer Woche war Joans Gesamtzustand so stabil, dass Dr. Cooper seine Patientin auf die normale Station verlegte. Noch am selben Tag begann die Physiotherapeutin mit einer für Joan abgestimmten muskelaufbauenden Therapie. Gut gelaunt plapperte sie auf ihre Patientin ein und es schien sie nicht zu stören, dass sie nie eine Antwort bekam.

Schlief Joan nicht, dann lag sie stumm in ihrem Bett, starrte an die Decke oder weinte leise in ihr Kissen. Niemand drang zu ihr durch, nicht einmal Brian, der sie täglich besuchte.

„Du hattest einen Schutzengel", sagte Brian leise, da sie angesichts ihrer schweren Verletzungen sehr viel Glück gehabt hatte.

„Nein … ich hatte zwei. Steve hat mir seinen geliehen", flüsterte Joan unter Tränen. Es war das erste Mal, dass sie mit jemanden sprach, seit sie von Steves Tod erfahren hatte. Langsam wandte sie den Kopf zu Brian herum und blickte ihn mit traurigen Augen an. „Es tut mir leid. Ich wollte euch nicht verstoßen."

„Ich weiß", sagte er sanft und nahm ihre Hand zwischen die seinen. „Du brauchtest Zeit für dich und deine Trauer."

„Ich vermisse ihn so …"

„Ich weiß, Kleines … ich weiß …"

Es war nicht nur Steves fröhliche Art, die sie vermisste, sondern auch seine wunderschönen grünen Augen. Seinen liebevollen Blick, wenn er ihr sagte, dass er sie liebte. Es gab so viel, was sie ihm noch hätte sagen wollen, wofür sie ihm danken wollte, doch all ihre Gedanken endeten letztendlich in drei kleinen, aber sehr bedeutungsvollen Worten: *Ich liebe dich.* Dafür war es nun zu spät. Steve würde ihr nie wieder zuhören und mit ihr lachen. Er hatte sie für immer verlassen.

Als Dr. Cooper am nächsten Morgen zu ihr ins Zimmer kam, fragte Joan ihn erstmals, wie ihre weitere Behandlung aussah. Vor zwei Wochen war sie aus dem Koma erwacht, doch sie hatte noch keinen Fuß aus ihrem Bett gesetzt.

„Da sowohl Ihr Handgelenk als auch Ihre gebrochenen Rippen sehr gut geheilt sind und Ihnen keine Probleme mehr bereiten, denke ich, dass die Physiotherapeutin nun mit der muskelaufbauenden Therapie beginnen kann. Sie haben sehr lange gelegen und an Gewicht verloren …“, erklärte er ihr, während er auf dem Stuhl neben ihrem Bett saß. „… deshalb werden Sie sich erst wieder Schritt für Schritt ans Laufen gewöhnen müssen.“

„Was genau bedeutet das, Doktor? Heißt das, ich kann meine Beine nicht mehr bewegen?“

„Mrs. Farley, Sie sind nicht querschnittsgelähmt“, klärte Dr. Cooper sie auf. „Denken Sie an eine Marionette, die sich nur dann bewegt, wenn ein Mensch an den Fäden zieht. Anstelle der Fäden haben wir Muskeln. Ihre Muskeln wurden jedoch in den vergangenen sechs Wochen kaum bewegt, sie sind erschlafft. Wenn Sie jetzt das Bett verließen, würden Ihre Beine unter der Last Ihres Körpers zusammenbrechen.“

„Aber durch die Physiotherapie werde ich doch wieder laufen können?“, fragte sie hoffnungsvoll.

„Anfangs werden Sie Probleme haben, aber ich versichere Ihnen, nach einigen harten Wochen Physiotherapie laufen Sie aus unserem Krankenhaus“, sagte Dr. Cooper lächelnd.

Der März verging, und bei jedem seiner Besuche fiel Brian auf, wie Joan mehr und mehr zu Kräften kam. Nach kurzer Zeit waren ihre Arme so kräftig, dass sie sich mit ihrem Rollstuhl allein fortbewegen konnte – der erste Schritt in die Unabhängigkeit. Joan verschwendete keine Zeit, arbeitete hart an sich und ihrem Körper, und bald stellten sich die ersten Erfolge bei der Therapie ihrer Beine ein. Mariella, Joans Physiotherapeutin, war sehr stolz auf ihre Patientin. Nach wochenlangem Muskeltraining konnte Joan sich mithilfe von zwei Krücken auf ihren eigenen Füßen halten und einige Schritte gehen. Damit hatte Joan einen weiteren Pass des Berges erklommen, doch es würden noch Wochen vergehen, bis sie den Gipfel endlich erreicht hatte.

Neben der täglichen Therapie mit Mariella traf Joan sich dreimal in der Woche mit einer Psychologin, der sie jedoch weitaus weniger Sympathien als Mariella entgegenbrachte. Anfangs hatte Joan sich ihr nur schwer öffnen können – was hauptsächlich daran lag, dass sie mit Fremden nicht gern über persönliche Dinge sprach. Dennoch überwand sie mit der Hilfe ihrer Psychologin ihre Angst vor dem Alleinsein. Ihr Lebenswille kehrte zurück, während der Hass, den sie zumeist auf sich selbst gerichtet hatte, allmählich verebbte. Nur noch selten, in besonders schweren Stunden, wünschte Joan sich, in jener Nacht mit Steve gestorben zu sein. Doch auch diese Gedanken wurden immer seltener.

Es wurde April. Der Frühling beglückte sie mit warmen Temperaturen um die 25 Grad Celsius, sodass Joan, wann immer sich ihr die Gelegenheit bot, einige Stunden im Park des Krankenhauses verbrachte. Während sie mit ihrem Rollstuhl die Sandwege entlangfuhr und dann und wann anhielt, lauschte sie dem Rauschen des Ozeans. In diesen Momenten wünschte sie sich, sie könnte einfach aufstehen, an den Strand rennen und ins Wasser springen.

Brian, der seine Schwester jeden zweiten Tag im Krankenhaus besuchte, brachte ihr jedes Mal frische Frühlingsblumen mit und stellte sie in die Vase auf ihrem Nachtschrank. Dann erzählte er Joan stundenlang alle Neuigkeiten, während sie im Park spazieren gingen oder, was nur selten vorkam, in ihrem Zimmer saßen. Beide fühlten sich an ihre gemeinsame Kindheit erinnert und genossen die Momente der Zweisamkeit.

„Haben Mom und Dad sich bei dir gemeldet?“, fragte Brian seine Schwester, als sie auf einer Bank Platz genommen hatten, damit Joan sich etwas erholen konnte. Ihre Krücken standen hinter der Bank.

„Ja, gestern“, antwortete sie und setzte sich ihre Sonnenbrille auf. „Dad erwähnte ein Angebot, das er dir unterbreitet hat. Worum geht es dabei?“, fragte sie interessiert.

„Er bietet mir an, nach Europa zu gehen – Mailand. Ich soll dort die Neueröffnung unserer Filiale überwachen und diese vorerst für ein Jahr leiten.“

„Wow! Was für ein Karrieresprung“, sagte Joan lächelnd. „Ich freue mich für dich.“ Sie wusste, dass er insgeheim immer darauf hingearbeitet hatte, eines Tages eine der Filialen zu leiten. Einzig New York zog er dabei nicht in Betracht. Der ständige Rummel um seine Person würde ihn verrückt machen.

„Ich würde sein Angebot gern annehmen, aber …“

„Natürlich machst du das“, sagte Joan bestimmt. „Das ist gar keine Frage.“ Da traf sie den unsicheren Blick ihres Bruders und ahnte, warum er mit der Zusage zögerte. „Rachel? Sie weiß es noch nicht, oder?“, fragte sie sanft.

Brian wandte den Blick von ihr ab. „Wie kann ich darüber nachdenken?“ Er seufzte. „Wir haben in L. A. unser Leben. Rachel hat einen Job, der ihr viel bedeutet. In Mailand würde sie von vorn beginnen.“

„Vielleicht stört sie das nicht. Kam dir je in den Sinn, dass sie sich auf Italien freuen könnte? Schließlich leben ihre Eltern in Rom und sie hat sie sehr lange nicht mehr besucht.“

Joan bemerkte, wie er über ihre Worte nachdachte, und überließ ihn einige Minuten seinen Gedanken. Sie sah zu einem Pärchen hinüber, das sich auf einer Decke in den Armen lag, und versuchte die schmerzvollen Gedanken an Steve zu verdrängen. Die Psychologin hatte ihr gesagt, dass eine Zeit kommen würde, in der die Erinnerungen an Steve ihr nicht zwangsweise die Kehle zuschnürten. Sie würde seinen tragischen Tod überwinden und nur noch an die schönen Augenblicke mit ihm denken, doch dazu musste sie Steve erst einmal loslassen.

„Ungelegen käme es nicht", sagte Brian plötzlich mehr zu sich selbst. Unbewusst hatte er die Worte laut ausgesprochen.

„Wie darf ich denn das verstehen?", fragte Joan, aus ihren eigenen Gedanken gerissen.

„Oh … ich habe nur laut gedacht", versuchte Brian sie zu besänftigen, aber er hatte bereits ihre Neugier geweckt.

„Brian, was heckst du aus?"

„Nichts!", log er und verkniff sich ein Lächeln. Er wusste, sie würde nicht Ruhe geben, ehe sie erfahren hatte, worum es ging.

Joan zwickte ihm in die Seite. „Los, erzähl es mir!"

„Okay, aber du hältst deinen Mund", mahnte er seine kleine Schwester, die vor Ungeduld fast platzte.

„Mach es nicht so spannend!"

„Ich will Rachel bitten, meine Frau zu werden." Joans Mund blieb offen. Damit hatte sie nicht gerechnet. Die beiden lebten seit Jahren zusammen, und noch nie war das Wort *Hochzeit* zwischen ihnen gefallen. „Ich denke schon seit längerem darüber nach. Dein Unfall hat mir den entscheidenden Anstoß gegeben", erklärte er ruhig. „Mir ist bewusst geworden, dass plötzlich alles zu Ende sein kann. Ich liebe Rachel und ich will mit ihr alt werden."

„Ich freue mich, dass ich dein Anstoß gewesen bin", sagte Joan lächelnd. „Wann willst du sie fragen?"

„Wenn du recht hast und wir tatsächlich nach Mailand gehen, dann werden wir ganz sicher einen Abstecher nach Rom machen und Rachels Eltern besuchen. Dort könnte ich Rachel im Beisein ihrer Eltern bitten, meine Frau zu werden."

„Oh mein Gott! Du willst vor ihren Eltern um ihre Hand anhalten?"

„Rachel liebt diese alten Traditionen."

„Wie romantisch …"

„Sie ist nun einmal der wichtigste Mensch in meinem Leben. Ich will, dass sie glücklich ist."

„Mit dir kann man nur glücklich werden, Bruderherz."

Es war, wie Joan es vorausgesagt hatte. Mit dem Tag von Rachels Zustimmung gab es unzählige Dinge bis zu ihrer Abreise Mitte Mai zu erledigen. Sie beschlossen, ihr Appartement nicht zu verkaufen, sondern einem Freund für die Zeit ihrer Abwesenheit zu vermieten, bis dieser seine eigene Wohnung beziehen konnte. Zudem kümmerte sich Rachel um eine geeignete Vertreterin für ihren Posten, den sie erst nach ihrer Rückkehr wieder wahrnehmen würde, und hatte erste Kontakte zu einer Organisation in Mailand geknüpft, die sich ebenfalls um misshandelte Kinder kümmerte.

„Hast du dir schon überlegt, was du tust, wenn du hier entlassen wirst?", fragte Brian seine Schwester eines Aprilabends, als sie gemeinsam auf ihrem Krankenbett saßen und fernsahen.

„Ich denke, ich werde unsere Studentenbude räumen und mir eine kleinere Wohnung suchen", sagte sie wehmütig, da sie die *Bude* sehr gemocht hatte. Aber ohne Steve war es einfach nicht mehr dasselbe. Während ihres Krankenhausaufenthaltes bezahlten ihre Eltern die Miete, die Steve und Joan sich vor ihrem Unfall geteilt hatten. Eine Geste, die Joan zu schätzen wusste, aber sie hatte sie nur angenommen, weil man sonst Steves und ihre Sachen vor die Tür gestellt hätte.

„Und dein Studium?", hakte er nach.

„Ich weiß nicht … Der Gedanke, ohne Steve an die Uni zu gehen …"

Verständnisvoll legte Brian seinen Arm um ihre Schulter. „Was hältst du davon, mit uns nach Mailand zu kommen?"

Joan sah zu ihrem Bruder. „Ich soll mit euch kommen?"

„Ich habe mit Rachel gesprochen, und auch sie hält es für eine gute Idee. Nach allem was geschehen ist, brauchst du Abstand von L. A. Du hast mir immer von Europa vorgeschwärmt."

„Es ist dort auch sehr schön", sagte sie lächelnd, da er wusste, wie sehr sie Europa liebte. Seit der Reise mit einer Freundin vor einigen Jahren war sie nicht mehr dort gewesen. Joan dachte einen Moment über sein verlockendes Angebot nach, ehe sie antwortete: „Ich würde euch sehr gern begleiten."

„Herr, dir sei Dank! Sie hat Ja gesagt", sagte Brian erfreut und umarmte sie. „Mir fällt ein Stein vom Herzen. Ich hatte Bedenken, dich allein in L. A. zurückzulassen – du machst allein nur Unsinn", neckte er sie lächelnd.

„Oh, du hast recht. Ich bin ohne dich völlig unfähig."

„Das nenn ich eine Erkenntnis!"

Während Joan in den folgenden Wochen viele Stunden mit Mariella im Trainingsraum verbrachte und immer sicherer an ihren Krücken lief, kümmerten

Brian und Rachel sich um die Vorbereitungen ihrer langen Reise. Brian suchte in Mailand nach einem geeigneten Haus, das er vorerst für ein Jahr mieten wollte, kündigte die Studentenbude auf dem Campus und ließ Joans und Steves Sachen einlagern. Lediglich die Kleider seiner Schwester brachte er in sein Appartement.

„Jedes Mal, wenn ich dich besuche, sehe ich deutliche Fortschritte", sagte Brian Ende April erfreut zu ihr. Nach einem anstrengenden Tag im Büro war er am späten Abend außerplanmäßig noch zu ihr gefahren und hatte soeben von ihren langen Rundgängen durch das Krankenhaus erfahren.

„Ich möchte dir etwas zeigen." Ihre Augen strahlten, als sie in grauer Trainingshose und T-Shirt das Bett verließ und, noch etwas unsicher, langsam im Zimmer umherlief.

„Hey, das ist ja großartig! Du brauchst deine Krücken nicht mehr", freute Brian sich. „Seit wann kannst du so gut laufen?"

Sie grinste. „Das sollte eine Überraschung werden."

„Die ist dir gelungen. Komm her, Kleines", sagte Brian lächelnd und zog Joan in seine Arme. „Ich bin sehr stolz auf dich."

Sie küsste seine Wange. „Es wird Zeit, dass ich hier endlich rauskomme."

Brian nickte zustimmend. „Mailand ist der Anfang eines neuen Lebensabschnittes."

Wie von Dr. Cooper angesetzt wurde Joan am ersten Maifreitag aus dem Krankenhaus entlassen. Ehe sie den Ort verließ, der für vier Monate ihr Zuhause gewesen war, dankte sie besonders Dr. Cooper und Mariella für deren Hilfe. Sie wusste, wie viel diese zwei Menschen für sie getan hatten. Dem einen verdankte sie ihr Leben, der anderen, dass sie an diesem Tag auf ihren eigenen Beinen das Krankenhaus verlassen konnte.

„Ich habe die Wohnung wie du wolltest, ausgeräumt und deine Sachen in unserem Gästezimmer untergestellt", sagte Brian, als sie in sein Mercedes-Cabrio stiegen. „Ich dachte, wir fahren gleich zu uns, damit du genug Zeit zum Packen hast." Am Sonntag würden sie bereits im Flugzeug nach Mailand sitzen.

„Brian?"

„Mhm?" Er sah zu ihr hinüber.

„Kannst du mich vorher … zu ihm bringen?", bat Joan ihren Bruder leise. Nun wusste er, warum er ihr den schwarzen Rock und die schwarze Bluse mitbringen sollte, die sie angezogen hatte, ehe sie losgefahren waren.

Brian legte seine Hand auf die ihre und nickte. „Natürlich."

Auf der Fahrt nach Santa Monica nahmen sie den Pacific Coast Highway.

Währenddessen blickte Joan unentwegt aus dem Seitenfenster hinaus aufs offene Meer. Ihre Gedanken glitten zu jener Nacht, in der Steve und sie viel Spaß gehabt hatten. Auf der Heimfahrt hatten sie gesungen und gelacht. In Erinnerung daran rannen Tränen über ihre Wangen.

Brian sah von Zeit zu Zeit kurz zu seiner Schwester hinüber und konzentrierte sich dann wieder auf die Straße. Nach einer halben Stunde erreichten sie den Santa Monica Freeway, den sie wenige Minuten darauf verließen und durch ruhigere Straßen fuhren. Schließlich hielt Brian auf einem Parkplatz in unmittelbarer Nähe des Friedhofs.

„Das ist es", sagte Brian leise, worauf Joan sich die Tränen aus den Augen fuhr, die Autotür öffnete und ausstieg.

Mit langsamen Schritten ging sie untergehakt bei ihrem Bruder über die Wiesen des Friedhofs, entlang an hunderten Gräbern. Noch nie zuvor war sie hier gewesen, sodass sie mit klopfendem Herzen die Namen auf den Grabsteinen las, die aus dem grünen Gras ragten. Auf einigen standen frische Blumen, andere waren kahl.

Plötzlich blieb Brian stehen. Joan sah erst ihn und dann den Grabstein zu ihren Füßen an. Ihre Augen waren auf den schlichten weißen Stein gerichtet. *Steve Baxter. Geliebter Sohn und Freund*, las sie und ließ ihren Tränen freien Lauf. Unaufhaltsam liefen sie ihre Wangen hinunter.

Rücksichtsvoll zog Brian sich auf eine Bank in einigen Metern Entfernung zurück, damit Joan sich in aller Ruhe von Steve verabschieden konnte.

„Selbst wenn wir geahnt hätten, dass uns nur zwei Jahre miteinander bleiben, wir hätten die Zeit nicht anders verbracht …", flüsterte Joan unter Tränen. „Es war die schönste Zeit in meinem Leben. Die wundervollsten Momente haben wir miteinander geteilt." Sie führte die rote Rose an ihren Mund, küsste die Blüten mit all ihrer Liebe und beugte sich hinunter. „Ich werde dich niemals vergessen, Steve. Ich liebe dich … ich werde dich immer lieben." Mit zittriger Hand legte sie die Rose vor Steves Grabstein auf den Rasen. Sie stand für den jungen Mann, der an einem gewöhnlichen Januarmorgen gestorben war …

Zwei Tage darauf landeten sie um 18 Uhr Ortszeit auf dem Flughafen Malpensa in Mailand. Der Chauffeur des Grand Hotel erwartete sie bereits und fuhr sie ohne lange Verzögerung ins Hotel, wo sie die nächsten Tage verbringen würden. Matthew Farley hatte zwei Suiten für seine Kinder reservieren lassen. Nachdem sie eingecheckt hatten, aßen sie im Restaurant des Hotels zu Abend. Die anschließenden Stunden bis zum Morgen verbrachte Joan allein in ihrer Suite, während Rachel und Brian ins *Plastic* tanzen gingen.

Ihr Umzug in das von Brian gemietete Haus verschob sich um einige Tage, doch eine Woche nach ihrer Ankunft in Mailand betraten sie zum ersten Mal das ruhig gelegene, im viktorianischen Stil erbaute Haus. Im Erdgeschoss befand sich das geräumige Wohnzimmer mit einer beigefarbenen Eckcouch und einem Kamin. Ein langer Esstisch für acht Personen verband das Wohnzimmer und die offene Küche. Aufgrund der hohen Fensterfront, durch die man in den großen Garten hinausblicken konnte, strömte in beide Räume sehr viel Licht.

Über eine Steintreppe am Eingang des Hauses gelangte man in den oberen Stock, der zwei Schlaf- und zwei separate Badezimmer bereithielt. Warme Braun- und Terrakottatöne verliehen dem Haus erst das richtige Flair. In dem wunderschön bepflanzten Garten gab es außerdem einen großen Pool mit Grillecke.

Die ersten Tage verließ Joan kein einziges Mal das Haus. Sie packte ihre zahlreichen Koffer aus und begnügte sich mit dem Einrichten ihres möblierten Zimmers, indem sie es mit Bildern, persönlichen Fotos und einigen Blumen verschönerte. Am Abend, wenn Brian und Rachel nach Hause kamen, wartete ein köstliches Abendessen auf sie, doch Joan aß nie mit ihnen. Brian wollte sie zu ihnen bitten, aber meistens war ihre Tür verschlossen, und auf seine Bitten, sie zu öffnen, reagierte sie nicht.

Eine Woche nach ihrem Einzug klopfte Brian an die Tür zum Zimmer seiner Schwester und drückte die Klinke hinunter. Er hatte Glück, diesmal war sie nicht abgeschlossen. Sieben Tage waren vergangen, und er hatte seine Schwester kaum zu Gesicht bekommen. Wenn er morgens das Haus verließ, schlief Joan noch, und abends war ihre Tür schon geschlossen.

Joan saß in ihrem braunen Schaukelstuhl vor der geöffneten Balkontür und blickte in den Abendhimmel hinaus.

„Hey", sagte Brian von der Tür aus leise. Erst da wandte Joan den Kopf zu ihm herum.

„Hallo."

Brian schloss die Tür hinter sich und setzte sich auf ihr Doppelbett, das mit der Kopfseite an der Wand stand und mittig ins Zimmer ragte. Nur Joan wusste, dass man in den Morgenstunden aus dem Bett heraus einen herrlichen Blick durch die Balkontür auf den Sonnenaufgang hatte.

Besorgt musterte Brian seine Schwester. Ihm war das Foto mit Steves Gesicht in ihren Händen nicht entgangen. „Wie geht es dir?", fragte er sanft.

Joan zuckte kaum merklich mit der Schulter.

„Hast du dich etwas eingelebt?"

„Es ist ruhiger … das ist schön."

Er nickte. „Und was machst du den ganzen Tag über?"

Joan zog die Mundwinkel zu einem schmalen Lächeln hoch. „Brian, ich bin alt genug. Du brauchst nicht auf mich aufzupassen."

„Du wirst immer meine kleine Schwester bleiben, und ich habe …" Schon einmal versagt, dachte Brian im Stillen.

„Du hättest den Unfall nicht verhindern können", sagte Joan, als hätte sie seine Gedanken gelesen, und streckte ihm ihre Hand entgegen.

Brian hob seine Hände und umschloss Joans Hand mit den seinen. „Ich weiß, Schwesterchen …", sagte er in Erinnerung an Steve bedrückt. Aber dann schob er die Gedanken an seinen Freund in die hinterste Ecke seines Gehirns. „Hast du nicht Lust, dir morgen mit uns das Geschäft anzusehen und anschließend einen Einkaufsbummel zu machen?", fragte Brian seine Schwester hoffnungsvoll. Seit ihrer Ankunft vor zwei Wochen hatte sie außer dem Flughafen und dem Hotel noch nichts von Mailand gesehen.

„Brian, es ist zu früh. Ich kann noch nicht unter so viele Menschen gehen. Bitte versteh das."

Er nickte. „Okay, aber du versprichst mir, dass du nicht den ganzen Tag in deinem Bett bleibst. Setz dich an den Pool, lies ein Buch oder lass dich meinetwegen auch nur bräunen. Bitte!", flehte er seine kleine Schwester an.

Joan lächelte. „Ich verspreche es dir."

In der darauf folgenden Woche sollte Brian keine Gelegenheit bekommen, ihr Versprechen zu überprüfen. Joans blasses Aussehen sprach jedoch für sich. Allem Anschein nach verbrachte sie den ganzen Tag im Haus.

Die Tage, an denen Joan allein zu Hause war, vergingen ereignislos. Ewigkeiten schienen zwischen Tag und Nacht zu liegen. Minuten verstrichen so langsam wie Stunden. In der Nacht sehnte Joan den Tag herbei, am Tag die Nächte, in denen sie manchmal von Steve träumte. Stundenlang saß sie in ihrem Schaukelstuhl am offenen Balkon, im gemütlichen Wohnzimmer oder, was in der letzten Zeit häufiger vorkam, im Garten und wartete darauf, dass es endlich dunkel wurde und die Nacht hereinbrach.

Im Gegensatz zu Joan konnte der Tag für Brian nicht lang genug sein. Meist war er bereits um sieben Uhr auf der Baustelle von *Farley's* anzutreffen, um die Arbeiten im Geschäft zu beaufsichtigen, die dank der vielen Bauleute zügig vorangingen. Während er den Vormittag im Geschäft verbrachte, telefonierte er immer wieder mit seinem italienischen Ansprechpartner Mr. Bandero, der hauptsächlich für die Einstellung des Personals zuständig war, Brian jedoch auch andere kleine Dinge abnahm, die bis zur Eröffnung am 1. Juli erledigt sein mussten. Er traf sich mit den Inneneinrichtern, mit Vertretern der Werbefirma, den Geschäftspartnern des neuen Stofflieferanten, bei dem die erste Produktion ihrer Modelle beinahe abgeschlossen war, und gab den zwei bedeutendsten Zeitungen Mailands ein Interview. Als *das Ereignis des Jahres* wurde die Eröffnung von *Farley's* in Mailand angekündigt. Alle erdenklichen Leute der Modebranche und der High Society waren eingeladen worden, und Brian rechnete mit regem Zulauf.

Unterdessen suchte Rachel einige Einrichtungen in Mailand auf, die sich für missbrauchte und misshandelte Kinder und Frauen einsetzten. Es gab die unterschiedlichsten Organisationen, doch sie alle hatten dasselbe Ziel: die psychologische Betreuung der Geschädigten. Rachel sprach mit den leitenden Personen, machte zahlreiche Fotos und ließ sich ausführlich über die jeweilige Einrichtung in Kenntnis setzen. Zum Schluss versprach sie jedem Einzelnen, dass sie sie bei den nächsten Spenden in Los Angeles berücksichtigen würde.

Neben diesen zeitaufreibenden Tätigkeiten sahen sich Brian und Rachel nur am Abend, und diese wenigen Stunden gehörten dann nur ihnen.

„Allmählich mache ich mir Sorgen um Joan", sagte Brian eines Juniabends nachdenklich zu Rachel, als sie mit einem Glas Wein am Pool saßen. „Wir sind seit einem Monat in Mailand, und sie hat kein einziges Mal das Haus verlassen."

„Lass ihr etwas Zeit", sagte Rachel und schmiegte sich gegen seine Brust. „Steve ist erst seit fünf Monaten tot, und während der Rehabilitation hatte sie kaum Zeit, um zu trauern."

„Sie sollte sich eine Beschäftigung suchen, um nicht zu viel nachzudenken", sagte er und fuhr ihr mit den Fingern zärtlich über den nackten Arm.

Rachel zog die Augenbrauen hoch. „Nicht jeder Mensch überwindet seine Trauer, in dem er bis spät in die Nacht hinein arbeitet. Jeder trauert auf seine Weise."

„Joan entfernt sich von uns", stellte er bekümmert fest. „Von mir ..."

„Das siehst du falsch. Sie hat sich in ihre Trauer um Steve zurückgezogen, nicht von dir."

Brian seufzte. „Früher konnten wir über alles reden, es gab keine Geheimnisse zwischen uns. Aber nun ..."

„Liebling, versetz dich doch in ihre Lage. Was würdest du tun, wenn ich plötzlich nicht mehr da wäre?"

Entsetzt sah Brian sie an. Allein der Gedanke zerriss ihm das Herz. „Daran möchte ich gar nicht denken …“

„Joan hat Steve ebenso sehr geliebt“, gab sie zu bedenken.

„Habe ich dir heute schon gesagt, wie sehr ich dich liebe?“, fragte Brian liebevoll.

Rachel lächelte. „Das hast du ganz vergessen.“

„Dann hole ich es jetzt nach“, flüsterte er und umhüllte ihre Wangen mit seinen großen Händen. „Ich liebe dich.“ Er beugte sich zu ihr hinunter und küsste sie erst zärtlich, dann leidenschaftlicher.

Drei Tage vor der Eröffnungsfeier von *Farley's* überredete Brian seine Schwester, Rachel und ihn in die Stadt zu begleiten, um sich das Geschäft anzusehen. Der überwiegende Teil war fertig, nun mussten nur noch die Feinheiten erledigt werden.

Farley's befand sich inmitten des *goldenen Dreiecks* von Mailand, wo die exquisitesten Geschäfte der Mode- und Schmuckbranche vorzufinden waren. Neben *Versace, Krizia, Armani* und *Valentino* waren hier auch *Faraone, Buccellati* und *Bulgari* ansässig. In dem zweistöckigen Haus, das einzig die Kollektion von *Farley's* beherbergte, kam ihnen ein Italiener wie aus dem Buche entgegen. Der schwarzhaarige Mann im Alter ihres Vaters reichte Brian seine braun gebrannte Hand. Er trug ein weißes Hemd, dessen obere Knöpfe geöffnet waren, sodass das ebenfalls schwarze Haar seiner Brust zu sehen war. Lächelnd begrüßte er Rachel und küsste ihre Hand.

„Mr. Bandero, ich darf Ihnen meine Schwester Joan vorstellen“, machte Brian sie miteinander bekannt.

„Es freut mich, Sie endlich kennenzulernen, Mrs. Farley“, sagte Mr. Bandero lächelnd und küsste ihr ebenfalls die Hand.

Um ein Lächeln bemüht, nickte Joan ihm zu und widmete sich dann der Einrichtung und den ausgestellten Modellen. Brian, der den prüfenden Blick seiner Schwester bemerkte, schwieg und folgte ihr langsam, während er ihre Meinung abwartete. Er schätzte ihr Gespür für das gewisse Etwas und hoffte, sie würde ihm einen Tipp für den letzten Schliff geben.

„Sag mir, was ich noch tun kann“, sagte Brian hoffnungsvoll, nachdem Joan ihren Rundgang durch das zweistöckige Geschäft beendet hatte. Und tatsächlich machte sie zwei Vorschläge, die sie sich am nächsten Tag in der Umsetzung ansahen.

„Wow! Jetzt ist es perfekt.“ Erfreut legte Brian den Arm um seine Schwester und küsste ihre Wange.

Die Eröffnung von *Farley's* wurde tatsächlich zum *Ereignis des Jahres*. Neben den geladenen Prominenten und den bedeutenden Personen aus der Politik- und Filmbranche bewunderten zahlreiche Presseleute die wunderschönen Abendkleider, die die Mannequins auf der breiten Treppe zwischen den beiden Etagen vorführten.

Matthew, der nur zu diesem Anlass aus New York angereist kam, war von der Eröffnung mehr als begeistert. Voller Stolz klopfte er seinem Sohn auf die Schulter und bestaunte dessen Werk. Damit hatte Brian bewiesen, dass er nun durchaus in der Lage war, seine erste Filiale zu übernehmen.

„Schatz, du siehst wunderschön aus", sagte Matthew leise zu seiner Tochter, die ein langes hellblaues Seidenkleid mit tief ausgeschnittenem Rücken von *Farley's* trug, und küsste ihre Wange. „Du wirst deiner Mom von Tag zu Tag ähnlicher."

Lächelnd legte Joan ihre Hand an seine rechte Wange und küsste seine linke Wange, als Matthew einen alten Freund in der Menge bemerkte.

„Da hinten steht Richard Barckley. Erinnerst du dich an meinen Londoner Freund?", fragte Matthew seine Tochter, die plötzlich seine Hand auf ihrem nackten Rücken spürte, während er sie sachte durch die Menge in Richtung Richard Barckley schob. Nach wenigen Schritten legte Joan die Hand an den Arm ihres Vaters und blieb inmitten der Menschenmenge stehen.

„Geh du nur zu ihm, Dad. Mir ist heute nicht nach alten Freunden."

„Bist du sicher?", fragte Matthew sanft.

Joan nickte. „Lass ihn nicht weglaufen, Dad. Ihr habt euch lange nicht gesehen."

„Das haben wir zwei auch nicht, Kleines", wandte Matthew väterlich ein. Er hatte ihre Trübseligkeit bemerkt und ließ sie nur ungern allein.

„Geh schon", drängte sie ihren Vater lächelnd, doch ihre Augen strahlten nicht mit. „Wir haben die nächsten Tage für uns, Dad. Richard ist nur heute Abend hier."

Er nickte zustimmend. „Gib mir Bescheid, wenn du heim möchtest. Ich begleite dich", sagte Matthew.

An diesem Abend wurde Joan einige Male von jungen Männern angesprochen, doch sie lehnte jede Bitte um einen Tanz ab. Nach einer Weile wurde ihr die große Menschenansammlung zu viel und sie zog sich in den hinteren, ruhigeren Teil des Geschäftes mit einem Glas Champagner zurück.

„Sind Sie auch diesem Trubel entflohen?", fragte plötzlich jemand dicht hinter ihr und Joan seufzte innerlich. Wie hatte sie nur glauben können, hier vor Männern sicher zu sein?

„Verzeihen Sie meine Direktheit …“, sagte Joan, ohne sich zu dem fremden Mann umzudrehen. „… aber ich habe kein Interesse an einem Tanz mit Ihnen.“

„Gut, dann sind wir schon zwei“, sagte er gelassen und trat neben sie.

Unwillkürlich musste Joan lächeln. „Sie wollen sich also nur mit mir unterhalten?“

„Dazu muss ich erst herausfinden, ob sich ein längeres Gespräch mit Ihnen lohnt“, sagte der Fremde, während seine Augen auf die Gäste des Abends gerichtet waren. Er spürte jedoch ihren fragenden Seitenblick an sich haften. „Diese Frauen dort drüben zum Beispiel sind auf Männerjagd.“ Er deutete zu zwei blonden Frauen in knappen Kleidern hinüber, die mit mehreren Männern gleichzeitig Blicke tauschten.

„Was ist daran so schlimm?“

„Dass sie nicht nach ihrem Herzen, sondern nach dem Geruch von Geld entscheiden.“

„Und das macht sie uninteressant?“

„Für mich ja.“ Zum ersten Mal traf sich ihr Blick und Joan sah in die braunen Augen eines jungen Italieners. Er musste etwa in ihrem Alter sein. „Ich möchte mehr von einer Frau, als dass sie einem reichen Mann nachrennt und sein Geld ausgibt.“

„Dann gehören Sie zu der Kategorie Mann, die ihrer Frau eine Karriere nicht missgönnen, sondern sie dabei unterstützen?“

Er lächelte. „So etwas in der Art.“

Eine Zeit lang unterhielten sie sich über unverfängliche Themen und spotteten über die anderen Gäste. Schließlich erfuhr Joan von ihrem Gegenüber, dass er an der hiesigen Universität Modedesign studierte, und so tauschten sie angeregt ihre Ansichten über die Modebranche aus.

„Nun, da wir uns besser kennengelernt haben …“, sagte der junge Fremde nach beinahe einer Stunde. „Wie wäre es jetzt mit einem Tanz?“

„Ich dachte, Sie wollten nicht mit mir tanzen“, erinnerte Joan ihn.

„Ich fürchte, ich habe gelogen“, sagte er reumütig und hielt ihr seine Hand entgegen. „Darf ich bitten?“

Sie lächelte. „Gern, obwohl ich glaube, dass Sie das die ganze Zeit im Sinn hatten.“

„Vielleicht werden Sie die Wahrheit eines Tages erfahren.“

„Das glaube ich nicht“, sagte sie und ließ sich von ihm zu den anderen tanzenden Paaren führen. Einen Moment darauf spürte sie seine Hand auf ihrem nackten Rücken. Ein eigenartiges Kribbeln durchfuhr sie.

Nachdem Joan sich am späten Abend von dem Unbekannten verabschiedet hatte, stieg sie zu ihrem Vater auf die Rückbank der schwarzen Limousine. Während Matthews Aufenthalt in Mailand stand ihm der Chauffeur des Grand Hotels rund um die Uhr zur Verfügung, aber Matthew wollte die Vorzüge der Limousine nur bei wichtigen, öffentlichen Einladungen in Anspruch nehmen.

„Hast du dich gut mit Paolo Bandero unterhalten?", fragte Matthew seine Tochter auf der Fahrt interessiert.

Verwundert wandte Joan den Kopf zu ihm herum. „*Bandero*? Ist er ..."

„Der Sohn von Mr. Bandero", führte Matthew ihren Gedanken zu Ende.

„Ich hatte keine Ahnung, wer er ist. Er hat sich mir nicht vorgestellt."

Matthew zog die Brauen hoch. „Worüber habt ihr euch denn so lange unterhalten?"

„Dad! Du sollst mich nicht immer beobachten!", mahnte sie ihren Vater in gespielter Entrüstung.

„Du bist mein kleines Mädchen, ich werde immer ein Auge auf dich haben", sagte er schmunzelnd, worauf sie stöhnte: „Das sind ja schöne Aussichten."

Matthew lächelte und nahm ihre Hand zwischen die seinen. „Wenn ich mich recht erinnere, sind es nur noch wenige Wochen, bis mein kleines Mädchen Geburtstag hat. Hast du etwas Besonderes geplant?"

Sie schüttelte den Kopf und richtete ihren Blick aus dem Seitenfenster hinaus. „Nicht dieses Jahr ..."

Verständnisvoll nickte Matthew und sprach ihren Geburtstag in den nächsten drei Tagen nicht mehr an. Nach einem gemeinsamen Abendessen im *La Scaletta* verabschiedete Joan sich im Auto mit einer festen Umarmung von ihrem Vater, da dieser am darauf folgenden Morgen zurück nach New York fliegen würde.

Doch in den gemeinsamen drei Tagen mit ihrem Vater war sie häufiger vor der Tür gewesen als in den Wochen seit ihrer Ankunft. Sie hatte Blut geleckt und wollte mehr von Mailand sehen. Sie wollte diese fremde Stadt kennenlernen. Brian war jedoch in seiner Arbeit so eingespannt, dass er nur wenig Zeit für seine Schwester und Rachel übrig hatte. So erkundeten Joan und Rachel die Stadt allein. Sie besichtigten den Mailänder Dom, sahen den älteren Italienern zu, wie sie auf den Bänken sitzend die Tauben auf dem Domplatz fütterten, und besuchten die *Pinacoteca Ambrosiana*, die eine beachtliche Gemäldesammlung bereithielt. Sie bummelten durch die *Galleria Vittorio Emanuele II*, dem beliebtesten Treffpunkt der Mailänder, und aßen dort in einem der Restaurants zu Mittag. An den Abenden, an denen Brian geschäftliche Treffen wahrnehmen musste, zogen sie los, um im *Navigli-Viertel* das rege Nachtleben in den zahlreichen Musikkneipen kennenzulernen. Das Viertel strahlte mit seinen engen Gassen einen Hauch Venedigs aus. Tagsüber schlenderten sie die engen Straßen entlang und überquerten die Brücken, die über die beiden Kanäle *Naviglio Grande* und *Naviglio Pavese* führten, um an weiteren kleinen Geschäften, Restaurants und Cafés vorbeizukommen. Immer wieder blieben sie stehen, betraten die Geschäfte und plauderten mit den Italienern.

Zu Joans Geburtstag führte Brian seine beiden Frauen ins *Al Porto* in der Piazza Generale Cantore aus. Anschließend gingen sie ins *Plastic* tanzen und ließen den Abend mit einem Glas Wein am Kamin ausklingen.

„Jetzt, wo du 22 bist, stelle ich dir eine sehr wichtige Frage", sagte Brian mit ernstem Gesichtsausdruck. „Wie stellst du dir dein weiteres Leben vor?"

Joan lachte auf. „Das haben wir uns als Kinder jedes Jahr zum Geburtstag gefragt …"

„Du erinnerst dich?", fragte er lächelnd.

„Wie könnte ich das vergessen? Dein größter Wunsch mit etwa zwölf war, ein waschechter Cowboy mit eigener Ranch zu sein."

Sie hielt sich beschämt die Hand vor die Augen. „Erinnere mich nicht daran!"

Rachel lachte und lauschte den minutenlangen Erzählungen der beiden, als sie einander die Kindheitsträume des jeweils anderen in Erinnerung zurückriefen. Sie lachten und alberten herum, bis ihnen die Bäuche wehtaten.

„Du willst also von meinen Träumen erfahren?", sagte Joan schließlich wieder ernster.

„Wir stehen mit beiden Beinen zu sehr in der Realität, um noch an die Verwirklichung unserer Träume zu glauben", wandte Brian ein.

„Erst mit dem Tod eines Menschen sterben auch dessen Träume."

„Damit magst du recht haben." Er lächelte. „Okay, dann erzähle mir von deinen Träumen, Schwesterchen. Sag mir, wie du dir das nächste Jahr vorstellst."

„Ich wünschte, ich wäre glücklich", sagte sie leise und sah ihn an. „Ich möchte mein Leben wieder genießen … lachen … und es nicht mit Problemen verkomplizieren. Und irgendwann lerne ich vielleicht auch einen netten Mann kennen, der Steves Stelle ersetzt." Tränen schimmerten in ihren Augen.

„Es wird niemals jemand kommen, der Steve ersetzt", sagte Brian mitfühlend. „Aber du wirst mit Sicherheit wieder jemanden kennenlernen, der dich so liebt, wie Steve es getan hat."

Unter Tränen nickte Joan ihm zu. Nur einmal in ihrem Leben wollte sie glücklich sein, mehr verlangte sie nicht. Sie hatte geglaubt mit Steve ihr Glück gefunden zu haben, aber es sollte nicht lange halten. Und wenn sie nun ehrlich zu sich war, dann musste sie sich eingestehen, dass Steve und sie in der kurzen Zeit ihrer Beziehung viele Schwierigkeiten hatten bewältigen müssen. Es war ein ständiges Auf und Ab gewesen, da sie sich selbst durch den Beschlag der Medien in ihrer Welt eingeengt gefühlt hatte. Steve, der nie viel von den Medien gehalten hatte, war nur einmal mit ihr nach New York gereist, um ihre Eltern zu besuchen. Vier Tage lang hatte er die ständige Beobachtung der Fotografen ertragen, ohne sich bei ihr zu beschweren, doch dann erschien ein Artikel über seine Vergangenheit, sein bisher *langweiliges* Leben, in der Zeitung und sie waren noch am selben Tag nach Los Angeles zurückgeflogen. Danach hatte er sie kein einziges Mal mehr nach New York begleitet.

Schaute Joan nun aber in die Zukunft, dann wollte sie mit einem Mann ihr Glück finden, ohne dass sie stets um ihre Liebe kämpfen musste. Das war ihr größter Wunsch – ihr Traum.

Nach wochenlangen Versuchen gelang es Rachel im August endlich, Kontakt zu der Oberin eines Klosters aufzunehmen, das sich eine Autostunde außerhalb von Mailand befand. Seit Jahren war das Kloster, das sich um misshandelte Kinder kümmerte, in Los Angeles allen bekannt, doch niemand hatte es bisher besucht.

Mit ihrer Fotokamera ausgerüstet, begleitete Joan Rachel erstmals bei einer ihrer Touren und hielt sich während der Fahrt genau an den Zettel, auf den der Weg zum Kloster von einer Nonne geschrieben worden war. Die Fahrt führte sie in eine einsame Gegend, in der marode Bauernhäuser und verlassene Höfe an die Anfänge von Mailand erinnerten. Inmitten dieser Ruhe fuhren sie die einzige Straße entlang, die vermutlich einst die Verbindungsstraße unter den einzelnen Gehöften gewesen war.

Als sie nach einer Fahrt ins scheinbar Endlose bereits dachten, sich völlig verfahren zu haben, erblickten sie zwischen dicht bewachsenen Bäumen ein großes, altertümliches Kloster, das von einem hohen Zaun umgeben war.

„Meinst du, wir sind hier richtig?“, fragte Joan ihre Freundin skeptisch und stieg aus dem Auto. Gefolgt von Rachel trat sie an das hohe Eisentor und spähte durch den rostigen Zaun hindurch.

„Es würde zu der Beschreibung der Nonnen passen“, erklärte Rachel selbst verwundert, da das Grundstück nicht wie ein Zufluchtsort für misshandelte Kinder und Frauen aussah. Das graue Gemäuer schien heruntergekommen und seit Jahren nicht mehr betreten worden zu sein. Überall wucherten große Sträucher und Bäume ineinander, sodass der Blick auf das Haus fast unmöglich war.

„Wir sollten umkehren und irgendjemanden nach dem richtigen Weg fragen“, sagte Joan und wandte sich zum Gehen um. Als sie nur noch wenige Schritte vom Auto entfernt war, rief Rachel sie leise beim Namen und Joan drehte sich zu ihrer Freundin um. Da sah auch Joan die Nonne hinter dem Zaun, die aus dem Nichts aufgetaucht war. In ihrer schwarzen Tracht kam sie langsam den schmalen Sandweg entlanggelaufen und blieb Rachel gegenüber auf der anderen Seite des Tores stehen.

„Kann ich Ihnen helfen?“, fragte sie freundlich, doch das Tor blieb geschlossen.

„Ich bin Rachel Maldione …“, stellte Rachel sich auf Italienisch vor und deutete lächelnd auf Joan, die inzwischen neben sie getreten war. „… und das ist Joan Farley.“

„Si. Bitte kommen Sie“, sagte die Nonne und öffnete mit einem alten Schlüsselbund das schwere Eisentor. Kaum dass Joan und Rachel das Grundstück betreten hatten, fiel das Tor krachend ins Schloss zurück. Schweigend schlossen sie sich der Frau an, die Joan auf Ende sechzig schätzte. Ihr Gang war schleppend und an ihrer leicht gebeugten Körperhaltung war zu erkennen, dass sie ihr Leben mit schwerer körperlicher Arbeit verbracht hatte. Während sie dem schmalen Sandweg durch die herunterhängenden Äste der Bäume folgten, war Joans Blick auf das Kloster gerichtet, das nur von Weitem heruntergekommen wirkte. Je näher sie dem alten Gemäuer kamen, desto schöner fand Joan es. Der erste Blick hatte sie getäuscht, und in den folgenden Stunden sollten sie von der Oberin erfahren, dass genau dies beabsichtigt wurde. In Mailand selbst wusste kaum jemand von der Existenz des Klosters, was ein entscheidender Vorteil war, um die Kinder und Frauen vor denjenigen zu schützen, vor denen sie geflohen waren.

Die Rückseite des Klosters, die vom Tor nicht zu erkennen gewesen war, offenbarte ihnen den vollen Glanz des Hauses. Auf Anhieb gefiel ihnen, was sie sahen. Der Sandweg endete und ging in eine riesige Rasenfläche über, auf der unzählige Hühner laut gackerten und einige Jungen mit einem Ball spielten.

„Schwester Evelyn wird Sie gleich empfangen“, sagte die alte Nonne und lief die breiten Steinstufen der Treppe hinauf. Dann war sie im Haus verschwunden.

Lächelnd warf Rachel ihrer Freundin einen Blick zu. „Es ist schön hier.“

Neugierig sahen sie sich von ihrem Platz aus um. Neben dem Kloster grenzten die ebenso alten Ställe an, die noch immer fünf Pferde und zwölf Kühe beherbergten. Die Nonnen melkten die Kühe jeden Tag selbst, obwohl keine von ihnen je zuvor auf einem Bauernhof gelebt hatte. Diese und viele andere Aufgaben hatten sie sich mit der Zeit selbst angeeignet, um sich und ihren Gästen ein angemessenes Leben zu sichern. Hier draußen gab es keine Männer, die ihnen bei den schweren Arbeiten halfen.

„Guten Tag“, sagte plötzlich hinter ihnen eine Frauenstimme in perfektem Englisch. Joan und Rachel wandten sich erschrocken um und standen einer jungen Nonne in schwarzer Tracht gegenüber. In ihren Augen lag ein freundlicher Ausdruck, als sie ihre Gäste anlächelte und die Stufen hinunterstieg. „Willkommen im St. Christoph's. Ich bin Schwester Evelyn.“ Sie streckte ihnen lächelnd die Hand entgegen, worauf sie sich ihr vorstellten.

Wie sie nach einigen Minuten von Schwester Evelyn erfuhren, war sie Amerikanerin und lebte seit ihrer Geburt im Kloster. Seit vier Jahren war sie in Mailand und verbrachte ihre Zeit im St. Christoph's. Vor Kurzem erst hatte sie ihren 27. Geburtstag gefeiert.

„Mich haben die Erzählungen über das St. Christoph's hergeführt. Ich wollte helfen“, erklärte sie ihnen.

„Was ist so besonderes an *diesem* Zufluchtsort?“, fragte Joan verwundert, während Rachel Schwester Evelyn verstand.

„Was die Nonnen hier erschaffen haben, wäre in Los Angeles niemals möglich. Schau dich um, dann verstehst du es“, sagte Rachel beeindruckt und Schwester Evelyn lächelte. Sie erinnerte sich an ihren ersten Tag, an den Anblick des Klosters, der sie sofort in seinen Bann gezogen hatte. Etwas Magisches, Geheimnisvolles ging von dem alten Gemäuer aus. Auch nach vier Jahren war sie gern hier, sie hatte ihre Entscheidung, Amerika zu verlassen, nie bereut. Hunderte von Kindern und Frauen waren seit ihrer Ankunft gekommen und wieder gegangen, aber der Schmerz in ihren Augen war immer derselbe. Die verlorenen Kinderaugen verbargen weder den körperlichen Schmerz noch die Angst.

„Wir sind auf Hilfe von außen angewiesen“, erklärte Schwester Evelyn ihnen, während sie hinüber zu den Ställen gingen. „Derzeit leben fast 30 Mädchen und Jungen und 15 Frauen bei uns“, fuhr sie fort.

„Wie viele Nonnen und Schwestern kümmern sich um all das hier?“, fragte Rachel interessiert und ließ den Blick über die endlosen Felder hinter den Stallungen schweifen. Sie konnte sehen, dass darauf noch immer Obst und Gemüse angebaut wurde.

„17“, antwortete Schwester Evelyn in belanglosem Ton.

Rachel blieb der Mund offen stehen. „17 Frauen bewirtschaften diese Felder, versorgen die Tiere und kümmern sich um fast 50 misshandelte Kinder und

Frauen?", fragte sie fassungslos. Ihre Bewunderung für die Nonnen stieg ins Unermessliche. „Das ist unglaublich."

An diesem Abend verließen sie erst nach sieben Uhr das St. Christoph's. Rachel hatte die Oberin persönlich kennenlernen dürfen und ein sehr langes und interessantes Gespräch mit ihr geführt. Sie war davon überzeugt, ebenfalls helfen zu können, indem sie speziell für das Kloster eine Wohltätigkeitsveranstaltung mit Fotos und Gesprächssausagen in Los Angeles organisierte. Dabei bekämen dann mögliche Spender erstmals einen näheren Einblick in die Arbeit einer Hilfsorganisation außerhalb Amerikas. Dankbar für jede Unterstützung willigte die Oberin ein und freute sich über die beiden jungen Frauen, die sie von nun an jeden Tag besuchen kämen.

„Du begleitest Rachel?", fragte Brian beim Abendessen seine Schwester überrascht, da sie nie zuvor sonderliches Interesse an Rachels Arbeit gezeigt hatte.

„Ich möchte helfen", erklärte Joan.

Er lächelte. „Das finde ich gut."

Der Sommer verging mit ihren täglichen Besuchen im Kloster viel zu schnell. Obwohl ein Tag dem anderen glich, langweilten sie sich niemals in der Gesellschaft der Kinder und Frauen des St. Christoph's. Morgens brachen Rachel und Joan zu ihrer einstündigen Autofahrt auf, verbrachten den Tag mit Gesprächen und Spielen im Kloster und fuhren am späten Nachmittag wieder heim, wo sie mit Brian zu Abend aßen.

Im September brachte ein alter Mann zwei völlig verängstigte Mädchen ins Kloster. Er vermutete, dass sie sich tagelang auf seinem Hof versteckt hielten, ehe er die abgemagerten Mädchen entdeckt hatte. Ihre kleinen Körper waren mit Narben und frischen, noch blutenden Schrammen übersät, als der Mann sie zu ihnen brachte. Beim Anblick der ausdruckslosen Augen verkrampfte sich Joans Herz. Noch nie zuvor hatte sie etwas so Grauenvolles gesehen.

In den nächsten Wochen versuchten die Nonnen und auch Rachel die Mädchen, die vermutlich Schwestern waren, in Gespräche zu verwickeln, doch keine der Frauen brachte sie zum Sprechen, was vermuten ließ, wie tief die Angst der Mädchen saß.

Als Joan eines Tages mit einer der Stuten über die Wiese gelaufen kam, sah sie, wie die Mädchen sie von der untersten Steinstufe des Klosters beobachteten. Langsam überquerte sie die Wiese weiter in Richtung der Stallungen und überlegte, ob sie zu den Schwestern hinübergehen sollte. Irgendetwas schien die Mädchen an ihrem Anblick zu interessieren, denn noch nie zuvor hatten sie die Köpfe in der Gegenwart eines Erwachsenen erhoben. Selbst zu den anderen

Kindern hatten sie keinen Kontakt aufgenommen, sie lebten für sich, zurückgezogen und immer auf der Hut.

„Möchtet ihr eine Runde auf ihr reiten?", fragte Joan die Mädchen aus einigen Metern Entfernung, ehe sie sich bewusst wurde, was sie da tat, denn sie hatte keinerlei Erfahrung mit misshandelten Kindern. Rachel war die Expertin, sie dagegen war nur mitgekommen, um die Kinder zu beschäftigen. „Traut euch ruhig, sie beißt nicht", sagte Joan unsicher. Die Mädchen tauschten einen Blick und sahen Joan scheu an, die nun lächelte. „Ich verspreche euch, ich beiße auch nicht." Da standen die Schwestern in ihren weißen Kleidern tatsächlich von der Stufe auf. Die Jüngere der beiden hielt sich dicht an ihre Schwester, die wiederum ihre Hand hielt. Mit langsamen Schritten kamen sie über den Rasen zu Joan und dem Pferd gelaufen.

„Sie ist ganz zahm", sagte Joan und streichelte der Stute über die lange Mähne. „Ihr könnt sie auch streicheln, wenn ihr wollt", bot sie ihnen mit sanfter Stimme an und beobachtete, wie die Ältere der Schwestern die Hand ihrer Schwester losließ und näher an die Stute herantrat. Mit ausdruckslosem Gesicht berührte sie das Fell am Bauch der Stute und streichelte sie mit ihrer flachen Hand. „Das gefällt ihr", sagte Joan lächelnd und das Mädchen schien sich in ihrer Gegenwart ein wenig zu entkrampfen. Sie schien zu spüren, dass von Joan keine Gefahr ausging. „Ich bin Joan", stellte sie sich im beiläufigen Ton vor, während sie mit der Hand über die Nüstern der Stute fuhr. „Verrätst du mir eure Namen?"

Das Mädchen hielt inne und sah sie scheu an. In ihrem Blick lag tiefe Angst. Wovor sie Angst hatte, wusste Joan nicht, doch sie hatte sie bei beiden Mädchen bemerkt, sobald sich ihnen jemand näherte.

„Laila", sagte die Ältere plötzlich und sah ihre Schwester an. „Das ist Celia."

„Ihr habt sehr hübsche Namen." Sie lächelte, als sie bemerkte, wie geschickt nun auch Celia mit der Stute umging. „Du machst das wunderbar, Celia. Woher könnt ihr das so gut? Lebt ihr auf einem Bauernhof?"

Laila zögerte, dann nickte sie und nahm die Hand ihrer Schwester.

„Ich muss die Stute zurück in den Stall bringen, aber wenn ihr möchtet, könnt ihr noch eine Weile bei ihr bleiben", schlug Joan ihnen vor. Als sie keine Antwort bekam, setzte sie sich mit der Stute langsam in Bewegung. Nach wenigen Schritten bemerkte sie, dass die Schwestern ihr folgten.

Mit jedem weiteren Tag drang Joan auf ihre eigene Art zu den Mädchen durch und erfuhr aus den wenigen Worten, die die Schwestern sprachen, dass sie 13 und elf Jahre alt waren. Nach einigen Wochen erzählte Laila unter Tränen von ihrer geliebten Mutter, die vor vier Jahren gestorben war. Mit dem tragischen

Tod der Mutter hatte sich das Leben der Mädchen von Grund auf verändert. Von einem zum anderen Tag war der streng erziehende Vater mit seinen beiden Töchtern allein. Er hatte schon immer die Hand gegen sie erhoben, wenn sie Unfug angestellt hatten, doch nun ließ er seine Wut über den Tod seiner Frau bei jeder Kleinigkeit, jedem Widerspruch an Laila und Celia aus. Laila erzählte Joan, wie sie ihre kleine Schwester wieder und wieder vor der strafenden Hand des Vaters geschützt und dafür doppelte Prügel von ihm bekommen hatte. Nicht nur einmal schlug er sie bis zur Bewusstlosigkeit und brach ihr etliche Male die Rippen. Dennoch musste Laila unter schlimmen Schmerzen auf dem Bauernhof weiterarbeiten. In diesen Wochen glaubte sie die schrecklichste Zeit ihres Lebens zu durchleben, doch als ihr Vater eines Tages in ihr Zimmer kam und sie bat, lieb zu ihm zu sein, wurde sie eines Besseren belehrt. Seither verging er sich regelmäßig an ihr. Monate darauf hatte sich auch Celias Blick verändert.

Im September und Oktober bekam das Kloster so viel Zulauf wie noch nie zuvor. Immer öfter kamen junge Frauen zu ihnen, die jahrelang misshandelt worden waren. Verzweifelte Mütter gaben ihre Kinder in der Hoffnung auf ein besseres Leben in die Obhut der Nonnen und kehrten zu ihren Männern zurück. Meistens hörten diese Kinder nie wieder etwas von ihren Eltern, doch Joan dachte, dass dies vielleicht besser so war. Sie waren der Hölle entkommen und hatten nun zum ersten Mal die Chance auf ein normales Leben. Ein Leben ohne Gewalt.

Neben dem großen Ansturm auf das Kloster bemerkte Joan, dass die körperlichen Verletzungen ihrer Schützlinge zunehmend schlimmer wurden. Längst blieb es nicht mehr bei Schlägen und Vergewaltigungen. Zu ihnen kamen Frauen, deren Gesichter durch die harten Schläge kaum mehr erkenntlich waren. Hinter tiefen Narben, Blutergüssen und geschwollenen Augen schien es niemanden mehr zu geben. Um ein Haar wären sie zu Tode geprügelt worden. Blickte man in die Augen der Frauen, dann sah man bei den meisten, dass es Momente gegeben hatte, in denen sie sich nichts sehnlicher als ihren Tod gewünscht hatten. Unter den Mädchen und jüngeren Frauen gab es etliche, die zur Prostitution gezwungen worden waren. Bei einigen von ihnen stellte der Arzt so schwere Verletzungen im Intimbereich fest, die erkennen ließen, dass sie niemals eigene Kinder bekommen würden könnten. Viele von ihnen waren nicht älter als 15 Jahre.

Eines Nachmittags, als Joan mit Laila und Celia bei den Pferdeställen stand und die Pferde mit Futter versorgten, hielt ein roter Kleinwagen vor dem großen

Eisentor des Geländes und begann laut zu hupen. Erschrocken zuckten alle drei zusammen.

„Ihr bleibt beide hier bei den Pferden", sagte Joan zu den Mädchen und folgte der jungen Nonne, die über den Rasen gelaufen kam. Mit schnellem Schritt rannten sie den schmalen von Ästen verhangenen Weg entlang und nur das Eisentor trennte sie von dem aufgebrachten jungen Mann, dessen weißes Hemd mit Blut durchtränkt war.

„Helfen Sie mir!", rief er ihnen aus der geöffneten Beifahrertür zu. Ein Blick ins Wageninnere zeigte ihnen eine dunkelhaarige junge Frau.

Augenblicklich schloss die Nonne das Tor auf und rannte um den Wagen herum. Was sie darin erblickte, verschlug ihr die Sprache. Die junge Frau, kaum älter als sie selbst, saß bewusstlos auf dem Beifahrersitz. Der Oberkörper war voller Blut. Jemand hatte ihr mit einem Messer die Brust aufgeschlitzt.

„Sie muss ins Krankenhaus!", sagte Joan, die gegen ihren Brechreiz ankämpfte.

„Dort kann sie nicht hin", sagte der Junge, der das Mädchen offensichtlich hatte beschützen wollen, denn an seinem Arm rann ebenfalls Blut hinunter.

„Kommen Sie … helfen Sie uns!", forderte die Schwester ihn auf und packte die Arme des Mädchens an.

Mithilfe des jungen Mannes trugen sie die Verletzte ins Kloster und brachten sie in das Behandlungszimmer, wo Schwester Ruth zu ihnen stieß, die früher als Krankenschwester gearbeitet hatte.

„Wir haben hier nicht die Möglichkeiten, sie zu behandeln. Sie wird verbluten", entgegnete Joan aufgeregt, da sie die Blutung nicht stoppen konnten.

„Informieren Sie den Doktor. Er muss sofort herkommen", wies Schwester Ruth die andere Schwester an, die sogleich aus dem Zimmer eilte.

Keine zehn Minuten später kam der alternde Arzt mit seiner Arzttasche ins Zimmer gerannt, der für jegliche ärztliche Maßnahmen gerufen wurde, und beurteilte die Schwere der Verletzung.

„Es sieht schlimmer aus, als es ist", sagte der Arzt und sah zu den beiden jungen Frauen auf. „Ich brauche Sie beide. Ich muss die Wunde nähen."

„Ich habe so etwas noch nie gemacht", platzte Joan hervor.

„Keine Angst, Sie werden Schwester Ruth und mir nur die Instrumente reichen. Schwester, gehen Sie sich die Hände waschen", wandte er sich darauf an Schwester Ruth, die nickte und für einen Moment verschwand.

„Wird sie durchkommen?", fragte Joan den Arzt, als sie allein waren. „Sie hat sehr viel Blut verloren …"

„Wir werden unser Möglichstes tun“, antwortete der Arzt völlig ruhig, während er dem Mädchen ein Narkotikum spritzte. Er sah kurz zu Joan auf. „Ziehen Sie sich die Handschuhe über“, wies er sie an.

Nachdem Schwester Ruth zu ihnen zurückgekehrt war, verdrängte Joan jegliche Gedanken an den Umstand der Verletzung und konzentrierte sich einzig auf die Anweisungen des Arztes und der Schwester.

Auf ihrer einstündigen Heimfahrt schwiegen Joan und Rachel. Sie dachten beide an das junge Mädchen, das nach der Operation noch nicht aufgewacht war. Der Arzt hatte jedoch gemeint, dass sie es schaffen würde.

„Du solltest dich umziehen gehen“, sagte Rachel, als sie das Auto vor dem Haus abstellte und einen Blick auf ihre Freundin warf. An Joans Kleindung klebte das Blut des Mädchens.

„Oh Gott! Was ist passiert?“, fragte Brian, von ihrem Anblick schockiert. „Ist euch etwas zugestoßen?“

„Uns geht es gut, Liebling“, beruhigte Rachel ihn. „Es gab einen Zwischenfall im Kloster.“

„Von wem ist das Blut?“

„Es ist nicht meins, Brian“, sagte Joan und flüchtete die Treppe hinauf in ihr Zimmer. Dort zog sie sich ihre Kleidung aus und stieg unter die Dusche.

„*Rachel*“, sagte er mit fester Stimme. „Was ist passiert?“

Da erzählte Rachel ihm von dem Ereignis im Kloster, Joans Einsatz bei der Operation und dass das Mädchen noch nicht zu sich gekommen war.

„Ihr werdet nicht mehr ins Kloster fahren. Es ist zu gefährlich“, erklärte er in Sorge um sie entschieden, doch als sich ihre Blicke trafen, wusste er, dass Rachel seiner Aufforderung nicht folgen würde. Sie war sich der ständigen Gefahr bewusst, der sie sich als Helferin aussetzte, aber es war nicht nur ihr Job, sondern vielmehr der innere Drang, diese Frauen und Kinder vor ihren Peinigern zu beschützen. „Sei wenigstens vorsichtig“, bat Brian seine Freundin besorgt.

„Das verspreche ich dir. Ich setze mich keiner unnötigen Gefahr aus.“

In dieser Nacht schlief Joan kaum. Sie wurde die Bilder nicht los, sah das blutüberströmte Mädchen wieder auf dem Beifahrersitz liegen. Immer wieder sah sie das viele Blut vor sich. Es klebte an ihrer Kleidung … ihren Händen … und ihrem Gesicht. Zum wiederholten Male wachte Joan schwitzend auf und schaltete das schwache Licht der Nachttischlampe an, um so zurück in die Wirklichkeit zu gelangen.

Der Morgen schien wie jeder andere zu sein. Nachdem Joan ihre Kleidung in den Müll geworfen hatte, wusch sie sich abermals die Hände und setzte sich zu Brian und Rachel an den Frühstückstisch.

„Begleitest du Rachel wieder ins Kloster?", fragte Brian seine Schwester in der Hoffnung, sie würde seine Frage verneinen.

Joan aber nickte. „Ich möchte nach dem Mädchen sehen."

Brian schüttelte den Kopf und sah zu Rachel. „Nach dem gestrigen Tag kennst du meine Meinung. Fährst du dennoch?"

„Ich muss, Brian … Bitte versteh das."

„Tut mir leid, aber das kann ich nicht", sagte er verdrossen, schob mit einem lauten Knarren seinen Stuhl zurück und eilte aus der Küche.

„Briiiaaan!", rief Rachel ihm nach. Da hörten sie, wie die Eingangstür ins Schloss fiel.

„Was hat er denn?", fragte Joan und begann den Tisch abzuräumen.

„Er ist um uns besorgt."

Joan lächelte. „Brian macht sich immer um uns Sorgen."

Als sie eineinhalb Stunden darauf im Kloster eintrafen, wurden sie bereits von Schwester Evelyn erwartet. Lächelnd kam sie von den Pferdeställen zu ihnen herübergelaufen.

„Laila und Celia werden morgen von ihrer Großmutter abgeholt. Sie hat die Verantwortung für beide übertragen bekommen", teilte sie ihnen erfreut mit.

Joan lächelte. „Endlich eine gute Nachricht", sagte sie, obwohl sie die Mädchen vermissen würde. In den vergangenen Monaten waren sie Freundinnen geworden. „Und was ist mit ihrem Vater? Ist er im Gefängnis?", fragte sie hoffnungsvoll.

„Er hatte einen Unfall", sagte Schwester Evelyn leise. „Er war auf dem Weg zu uns, als er betrunken von der Straße abkam und gegen einen Baum fuhr. Man konnte ihm nicht mehr helfen." Die Schwester senkte den Blick und gedachte dem Mann. Für Joan und Rachel war er ein Schwein, das nicht annähernd seine gerechte Strafe bekommen hatte.

Am nächsten Tag fuhren Joan und Rachel eher als üblich ins Kloster. Joan wollte die Stunden vor der Abreise der Mädchen mit ihnen verbringen. Laila und Celia waren aufgeregt, da sie ihre Großmutter vor Jahren zuletzt gesehen hatten und sie kaum kannten. Als schließlich das kleine blaue Auto vorfuhr, fielen die Mädchen in Joans Arme. Tränen liefen über ihre Wangen, während sie einander ein letztes Mal fest drückten.

„Es wird euch an nichts fehlen", flüsterte Joan.

„*Du* wirst uns fehlen", sagte Laila mit Tränen in den Augen.

„Ihr werdet mir auch fehlen." Abermals zog Joan sie in ihre Arme und beobachtete Minuten darauf, wie die beiden in das Auto ihrer Großmutter stiegen. Vom Tor aus winkten die Nonnen sowie Rachel und Joan ihnen nach. „Sie werden bei ihr ein besseres Leben haben", sagte Joan leise.

An den darauf folgenden sieben Tagen kümmerte Joan sich ausschließlich um das verwundete Mädchen, das die meiste Zeit über schlief. Täglich wechselte sie den Verband, und als sich der Arzt die Wunde erneut ansah, schien er zufrieden zu sein. Er hatte einen Großteil des Gewebes entfernen müssen, sodass die Brust nun sehr viel kleiner als die andere war, doch ihm genügte, dass das Mädchen überhaupt noch lebte.

Einige Tage darauf hatte sie sich von dem Blutverlust weitgehend erholt und sah sich in Joans Beisein zum ersten Mal nackt im Spiegel an. Tränen rannten aus ihren Augen, als sie ihren Oberkörper schnell wieder bedeckte. In ihrer Verzweiflung zerschlug sie bei der nächsten Gelegenheit den Spiegel in ihrem Zimmer und schnitt sich die Pulsadern an den Handgelenken auf. Joan fand sie in ihrem Bett, die Arme voller Blut … Es war bereits zu spät. Der letzte Hauch Leben hatte diesen misshandelten Körper verlassen.

Der Schock über den Selbstmord saß bei allen tief. Die Kinder lachten noch weniger als sonst, sprachen nur wenig miteinander und unterließen das Spielen tagelang ganz. Alle dachten an das Mädchen, das als Erste hinter den Stallungen beerdigt wurde.

Der unerwartete Tod des Mädchens traf Joan so schwer, dass sie Rachel zwei Tage darauf mitteilte, sie nun nicht mehr ins Kloster zu begleiten. Sie hatte sich überwiegend allein um das Mädchen gekümmert, lange Gespräche mit ihr geführt und von ihr erfahren, was an jenem Tag geschehen war. Zu niemandem verlor Joan darüber ein Wort. Allein dem Mädchen bei ihren Erzählungen zuzuhören hatte sie viel Überwindung gekostet. Sie konnte sich nicht vorstellen, wie sie derartige Qualen so lange überlebt hatte.

Die Misshandlungen wurden tagtäglich schlimmer, und Joan konnte dies nicht länger ertragen. Das schreckliche Leid der Mädchen und Jungen erdrückte sie, schnürte ihr die Kehle zu … nahm ihr den Atem …

Der Dezember verging, und während Joan die Weihnachtsfeiertage in Gesellschaft von Brian und Rachel auf einigen Partys verbrachte, vermisste sie Steves aufheiternde Art mehr denn je. Oftmals war es nur ihm gelungen, dass sie solch langweilige Veranstaltungen einigermaßen amüsant überstanden hatte.

„Darf ich Sie um den nächsten Tanz bitten?", fragte nach einer Weile, in der sie allein an der Bar gestanden hatte, plötzlich eine ihr bekannte Männerstimme hinter ihr.

Mit einem Lächeln im Gesicht wandte Joan sich zu Paolo Bandero um. „Diesmal sind Sie also ehrlich und fragen mich gleich."

„Nachdem ich beobachten konnte, wie Sie zahlreiche Männer abgewiesen haben, wollte ich eigentlich gehen."

„Und was hat Sie veranlasst, dennoch zu mir herüberzukommen?"

„Sie", sagte er sanft. Ihre Blicke begegneten sich. „Sie sahen einsam aus."

Das stimmte vermutlich sogar, dachte Joan, wandte den Blick von ihm ab und nippte an ihrem Champagnerglas. „Sie haben mich also beobachtet ..."

„Vielmehr Ihr bezauberndes Kleid, Mrs. ... Oh, ich kenne Ihren Namen noch gar nicht." Sein Lächeln war umwerfend.

„Joan Farley", stellte sie sich vor und reichte ihm die Hand.

Die Überraschung über ihren Namen stand Paolo ins Gesicht geschrieben, als er ihre Hand nahm und ihre Finger küsste. „Sie müssen verzeihen, dass ich Sie nicht sofort erkannt habe, Mrs. Farley."

„Joan – wenn es Ihnen recht ist. Im Übrigen bin ich sehr froh, dass man mich nicht überall erkennt."

Er nickte verständnisvoll, aber Joan glaubte nicht, dass er eine Ahnung davon hatte, was sie meinte. „Es freut mich, Sie wiederzusehen, Joan. Ich bin Paolo Bandero."

„Ich weiß. Man hat es mir zugetragen", sagte sie lächelnd. „Möchten Sie jetzt vielleicht tanzen?"

„Einer Aufforderung von Ihnen sollte man ohne zu zögern nachkommen, sonst bietet sich einem vielleicht nie wieder diese Gelegenheit."

„So schrecklich bin ich gar nicht", sagte Joan beiläufig, als sie zu den anderen tanzenden Paaren hinübergingen.

„Dann täuscht mich mein Eindruck von Ihnen nicht. Obwohl, ich bin der Ansicht, dass nur die besten Freunde einen Menschen wirklich beurteilen können", sagte er und legte seine Hand knapp oberhalb ihres Pos.

„Und dazu zählen Sie sich?"

„Das wäre eine Anmaßung!" Er drehte sie herum. „Aber ich würde mich sehr freuen, wenn wir uns besser kennenlernen würden, Joan."

Im Laufe der nächsten Monate trafen Joan und Paolo sich mehrmals wöchentlich zum Lunch und verbrachten immer häufiger den Nachmittag miteinander. In kürzester Zeit wurden sie gute Freunde, die einander sehr ähnlich waren. Paolo zeigte Joan alle interessanten Sehenswürdigkeiten von Mailand, schleppte sie zum Shoppen ins *goldene Dreieck* zu *Versace*, *Krizia* oder *Valentino* und schenkte ihr eine wunderschöne Muschelkette aus einem Geschäft im Navigli-Viertel. Nachdem er seine Touristenführung beendet hatte, führte er sie schließlich in seine Welt ein. Er stellte sie seinen zahlreichen Freunden vor und ging mit Joan am Abend auf deren Partys.

Eines Abends im März folgte Paolo ihrer Einladung und kam zu ihnen nach Hause zum Essen, zu dem die drei ihn eingeladen hatten. Es wurde Zeit, dass sie sich besser kennenlernten, hatte Brian gesagt, und führte ein langes, aufschlussreiches Gespräch mit Paolo. Nachdem Mr. Bandero ihm einige Entwürfe seines Sohnes gezeigt hatte, erfuhr Brian nun von Paolos leibhaftiger Liebe zur Mode. Er musste zugeben, dass ihn nicht nur Paolos bisherige Zeichnungen beeindruckt hatten, sondern auch dessen frische Ideen, die ihm noch im Kopf herumschwirrten. Aus diesen Gründen sicherte er Paolo eine Stelle als Designer bei *Farley's* zu, sobald er sein Studium beendet hatte.

„Das müssen wir ausgiebig feiern!", sagte Paolo enthusiastisch, als sie allein am Pool saßen. „Was hältst du von einem Wochenende in Rom?"

„Du willst mit mir nach Rom?"

„Du sagst das in einem Ton, als würde ich dich dort heiraten wollen", meinte er lächelnd und legte seine Hand auf die ihre. „Keine Angst, das habe ich nicht vor."

Joan hob die Augenbraue. „Mir graut es davor, was du alles anstellst, wenn wir zwei allein in einer fremden Stadt sind." Zum ersten Mal dachte sie daran, dass sie nicht nur sehr gute Freunde, sondern auch Mann und Frau waren. Sie hatte Paolo nie Hoffnungen gemacht, sich ihm nie auf leidenschaftliche Art genähert. Für Joan war es seit jeher eine rein freundschaftliche Beziehung zwischen ihnen, doch seit einiger Zeit hatte sie den Eindruck, dass Paolo durchaus an mehr als Freundschaft interessiert war. ‚Ich weiß nicht, Paolo …"

„Komm schon, Joan. Du schwärmst mir seit Langem vor, wie sehr dir Rom damals auf deiner Europatour gefallen hat, und nun bekommst du die Gelegenheit, noch einmal dorthin zu fahren."

Sie zögerte mit ihrer Entscheidung, während er ihr minutenlang alle erdenklichen Ausflüchte ausredete, die ihr durch den Kopf gingen.

„Okay, okay, ich komme mit", ließ sie sich schließlich von ihm überreden.

„Du wirst es nicht bereuen", sagte er erfreut und umarmte sie.

Am Freitagabend, drei Tage darauf, trat Brian in die geöffnete Zimmertür von Joans Zimmer und sah ihr einen Moment schweigend zu, wie sie mit dem Rücken zu ihm ihren Koffer packte, der weit geöffnet auf ihrem Bett lag.

„Was läuft da zwischen dir und Paolo?", fragte Brian schließlich.

Joan wandte den Kopf zu ihm herum und sah ihn mit verschränkten Armen gegen den Rahmen ihrer Tür lehnen. „Wir haben viel Spaß miteinander. Er zeigt mir Mailand, wir gehen essen, unterhalten uns und gehen abends auf die Partys seiner Freunde", erklärte sie ihrem Bruder nüchtern.

„Mehr nicht?", hakte er nach.

„Nein, Brian … mehr ist da nicht." Ihr Blick begegnete dem ihres Bruders, und da erkannte er, dass ihr Herz noch immer an Steve hing. Obwohl sie seinen Tod überwunden hatte, waren die Gefühle für ihn nicht mit ihm gestorben.

„Versprichst du mir etwas, Schwesterchen? Wenn der Richtige kommt, dann gib ihm eine Chance."

„Okay."

„Hey, ich meine es ernst."

„Ich weiß, aber dafür ist es noch zu früh. Ich bin noch nicht so weit."

Am späten Abend stiegen Joan und Paolo auf dem Flughafen Leonardo da Vinci aus ihrem Flugzeug und ließen sich von einem der Taxis zu ihrem Hotel fahren, das sich unmittelbar an der Spanischen Treppe befand. Von der Dachterrasse aus betrachtet, lag ihnen Rom zu Füßen.

Paolo hatte ihnen zwei getrennte Zimmer gebucht, die durch eine Tür miteinander verbunden waren.

„Bist du zu müde, um mit mir noch in eine Diskothek zu gehen?", rief Paolo durch die geöffnete Zwischentür zu ihr hinüber.

„Ich gehe mich frisch machen und ziehe mir etwas Passendes an", rief Joan zurück und verschwand in ihrem Badezimmer.

Eine Viertelstunde darauf stand sie in einem zartrosafarbenen Spaghettikleid und Pumps vor ihm. Die Haare trug sie offen über der Schulter.

„Wow!", stieß Paolo bei ihrem Anblick aus. „Du kannst dich durchaus sehen lassen", sagte er lächelnd.

Bis in die frühen Morgenstunden tanzten sie ausgelassen im *Loft*. Erst um drei Uhr ließen sie sich von einem Taxi zurück ins Hotel fahren, wo sie außer dem Portier und der Empfangsdame niemanden begegneten. Auf eine Äußerung von Paolo betraten sie lachend den Fahrstuhl und stiegen zwei Stockwerke höher noch immer lachend aus.

„Ich bin zu aufgekratzt, um schlafen zu gehen", sagte Paolo, als er seine Zimmertür aufschloss. „Kommt du noch auf ein Glas Champagner mit zu mir?"

„Aber nur eines, dann habe ich wirklich genug." Sie folgte ihm in sein

Zimmer und setzte sich auf das Doppelbett. Ihre Handtasche legte sie neben sich ab und nahm das Glas Champagner, das Paolo ihr reichte.

„Auf deinen Bruder, der mich bei *Farley's* einstellt."

„Auf dich und deine hervorragenden Entwürfe."

„Mein Gott, Joan! *Farley's*!", sagte er noch immer ungläubig. „Niemals hätte ich damit gerechnet, gleich nach meinem Studium unter so einem bedeutenden Namen arbeiten zu dürfen. Ist dir bewusst, wie bekannt ihr in Mailand innerhalb der letzten Monate geworden seid?"

„Leider", flüsterte Joan.

Paolo, der vor ihr stand, blickte verwundert zu ihr hinunter. „Warum?"

„Weil ich nur wenige Jahre von meinem Leben ohne Bodyguards, Fotografen und Journalisten verbracht habe", erklärte sie nüchtern. „Ich habe es gehasst, überall fotografiert zu werden. In ganz New York gab es nur unser Appartement, mein Zimmer, in dem ich für mich sein konnte." Nachdenklich sah sie an ihm vorbei und blickte aus dem Fenster. „Ich hatte viele Freunde, aber keiner von ihnen kannte mich so, wie du mich kennst. Die meisten wollten mit mir gesehen werden, es interessierte sie nicht, wer ich wirklich war."

Paolo setzte sich neben sie aufs Bett und berührte ihre Hand, die auf ihrem Schenkel lag, mit der seinen. Langsam wandte sie den Kopf zu ihm herum.

„Würdest du so ein Leben führen wollen?"

„Die meisten Menschen würden jetzt wohl mit Ja antworten, aber wenn ich es mir recht überlege, dann ist mir meine uneingeschränkte Freiheit lieber als alles Geld der Welt."

„Ich hatte nie die Wahl." Doch wenn sie an ihre Kindheit dachte, wurden ihr all die schönen Erinnerungen wieder bewusst. Ihre Eltern waren immer für sie da gewesen.

Paolo bemerkte den traurigen Ausdruck in ihren Augen, beugte sich zu ihr und küsste zärtlich ihre Wange. „Hey, ich ertrage es nicht, wenn die Frau, die ich liebe, traurig ist …", flüsterte er in ihr Ohr. Joan wich zurück und sah ihn verwirrt an. „Schau nicht so überrascht. Du musst es gespürt haben", sagte er sanft. Paolo verlor sich in ihren Augen, als seine Lippen die ihren zärtlich berührten. Anfangs war sie wie erstarrt, doch dann erwiderte Joan seinen leidenschaftlichen Kuss. „Ich habe mich in dich verliebt, Joan", sagte er leise und küsste sie abermals. Voller Leidenschaft drückte er sie in die Kissen hinunter und fuhr mit seiner Hand ihren Rücken entlang. Ein Kribbeln durchfuhr Joan.

„Wir sollten das nicht tun", sagte sie unter seinen Küssen.

„Sag mir, dass ich aufhören soll", raunte er an ihrem Hals. „Joan … oh

Gott …" Er begehrte sie wie keine andere Frau vor ihr, doch würde er nichts tun, was sie nicht auch wollte.

„Wir zerstören unsere Freundschaft … Paolo …" Den Mund noch an dem seinen, schob sie seinen Körper sachte mit den Händen fort. „Ich kann nicht." Verwirrt stand sie von seinem Bett auf und strich sich ihr Kleid glatt.

„Es tut mir leid. Ich war zu schnell", sagte er mit sanfter Stimme.

„Schon okay. Ich sollte jetzt gehen. Bis morgen", sagte sie, ohne ihn anzusehen, lief in ihr Zimmer hinüber und schloss die Tür hinter sich.

Mit einem Kribbeln im Bauch sank sie auf ihr Bett und musste sich eingestehen, dass sie seine Zärtlichkeiten genossen hatte. Dennoch war es eine Dummheit gewesen. Sie hätte es niemals so weit kommen lassen dürfen. Paolo liebte sie, daran gab es nun keine Zweifel mehr, doch sie wurde durch ganz andere Gefühle geleitet. Sie wusste, dass es jeder Mann hätte sein können. Nach so langer Zeit hatte sie einem Mann nur wieder einmal nahe sein wollen.

Zurück in Mailand, unternahm Paolo noch einige Annäherungsversuche, Joan aber ging nie wieder darauf ein. Der Mai kam, und obwohl es Paolo schwerfiel, konnten sie ihr ungezwungenes, freundschaftliches Verhältnis wieder aufbauen. Für Joan waren sie wie Bruder und Schwester, die sich in der Stadt zum Kaffeetrinken trafen und sich über alles unterhielten. Sie gingen gemeinsam auf Partys, doch sobald Joan von Paolos Freunden zum Tanz aufgefordert wurde, war es Paolo selbst, der ihnen einen eindeutigen Korb gab. Bald darauf wurde gemunkelt, dass sie ein Paar wären und er sie für sich allein wollte. Hätten sie sich zu einer anderen Zeit gekannt, dann würde sie Paolo übel nehmen, dass er ihre Verehrer reihenweise abblockte. Doch noch war sie nicht an einer neuen Beziehung interessiert und weinte deshalb den Männern nicht nach. Zum ersten Mal seit Steves Tod war sie wieder glücklich. Ihr Leben war völlig ungezwungen, frei von Sorgen und Ängsten. Sie brauchte keinen Mann in ihrem Leben, ihr genügte Paolos nette Gesellschaft.

„Ich werde Anfang Juni zurück nach Los Angeles fliegen", erklärte Joan beim Frühstück Rachel und Brian, nachdem sie einige Tage darüber nachgedacht hatte. „Sobald das Semester beginnt, möchte ich mein Studium fortsetzen. Mir fehlt noch ein Jahr."

Überrascht wechselten Brian und Rachel einen Blick. „Bis dahin sind es noch einige Monate", erklärte Brian enttäuscht. Er hatte geglaubt, sie würde noch zwei, vielleicht drei Monate in Mailand bleiben und erst dann zurückfliegen. „Was willst du in der Zwischenzeit tun?"

„Ich werde Theo fragen, ob er meine Hilfe im Café benötigt, und wenn das nicht klappt, finde ich einen anderen Job." Steve und sie hatten neben ihrem Studium in dem Strandcafé des 40-Jährigen als Kellner gearbeitet, um ihre Miete bezahlen zu können.

„Und wo willst du wohnen? Die Zimmer im Studentenwohnheim sind längst vermietet."

„Ich suche mir ein kleines Appartement", beruhigte sie ihren Bruder.

„Bis du etwas Geeignetes gefunden hast, kannst du in unserem Gästezimmer wohnen", schlug Rachel vor und ignorierte den Blick, den Brian ihr zuwarf. Es war an der Zeit, dass er seinen Beschützerinstinkt zurückschraubte und seine Schwester losließ. Sie war alt genug, um ihr Leben selbst in die Hand zu nehmen.

Joan buchte ihren Flug für den 2. Juni und verbrachte die verbleibende Zeit überwiegend mit Paolo, der über ihre Pläne, Mailand den Rücken zu kehren, tief betrübt war. Selbst wenn er ihr Herz niemals für sich gewinnen konnte, so wollte er Joan zumindest als Freundin nicht verlieren.

„Du musst mich unbedingt in L. A. besuchen kommen, Paolo. Dann zeige ich dir meine Stadt und du lernst meine Freunde kennen."

Ihr Vorschlag erstaunte ihn. „Hast du keine Angst, dass ich eines Tages tatsächlich vor deiner Tür stehen könnte?"

„Warum sollte ich?", fragte sie verwundert. „Du bist mein bester Freund und ich werde dich in L. A. schrecklich vermissen."

„Was hältst du davon, wenn ich meine Stelle bei *Farley's* in L. A. antrete?"

„Du würdest irgendwann deine Heimat, deine Familie und deine Freunde vermissen. Mir geht es jetzt so", sagte sie leise.

Während Joan ihre Abreise plante, stand Brian mit seinem Vater in ständigem Kontakt, was Rachels und seine Zukunft betraf. Da Brian den Anlauf der neuen Kollektion abwarten wollte, würden sie mindestens bis Anfang September in Mailand blieben. Wenn alles zu seiner Zufriedenheit verlief, würde er sein *Baby*, wie Rachel das Geschäft gern nannte, verlassen und Mr. Bandero die Geschäftsleitung anvertrauen. Im Anschluss daran versprach er Rachel, mit ihr mindestens zwei Wochen bei ihren Eltern in Rom Urlaub zu verbringen, wo Brian ihren Vater um die Hand seiner Tochter bitten wollte.

Mitte Mai stiegen die Temperaturen bereits über 30 Grad Celsius, und nach einer langen Einkaufstour mit Paolo sehnte Joan sich nach einer Abkühlung im Pool.

„Wohin gehen wir heute Abend?", fragte Joan ihn, als sie auf den Liegestühlen lagen und sich sonnten. Dann und wann blinzelte Paolo und betrachtete ihren wunderschönen Körper, der für ihn unerreichbar schien. Seine einzige Beruhigung lag darin, dass Joan auch an keinem anderen Mann Interesse zeigte. Sie hatte das Thema immer gemieden, aber er vermutete, dass sie tief verletzt worden war und einige Zeit für sich allein brauchte.

„Raphael hat morgen Geburtstag. Du erinnerst dich bestimmt an ihn, du hast ihn vor zwei Monaten auf Maxims Party kennengelernt", sagte er und sah zu ihr hinüber.

„Der gut gebaute Kerl mit dem verführerischen Lächeln?", fragte sie mit geschlossenen Augen grinsend, als sie sich an die schmachtenden Blicke der anderen Frauen erinnerte.

Paolo stöhnte. „Die Party beginnt heute Nacht und wird vermutlich bis zum Mittag andauern."

„Klingt gut. Ich bin dabei", erklärte Joan.

Wenige Stunden später mischten sie sich bereits unter Raphaels Gäste, die in dem großen Haus seiner Eltern kaum Platz fanden. Paolos Erzählungen zufolge verbrachte sein Freund seine Zeit auf allen erdenklichen Partys in ganz Europa. Oftmals war er wochenlang weg, ohne dass einer seiner vielen Freunde in Mailand wusste, wo er sich gerade aufhielt. Paolo hatte sich daran gewöhnt, und wann immer Raphael in der Stadt war, machten die beiden einen Drauf.

„Raphaels Vater ist einer der bedeutendsten Geschäftsmänner", sagte Paolo ihr, während sie an der Bar auf ihren Cocktail warteten. „Niemand kann genau sagen, für wie viele Generationen er in seiner Familie ausgesorgt hat, Raphael wird jedenfalls niemals arbeiten müssen. Ihm gefällt seine Art, das Leben zu leben – er liebt es, mit Champagner und wechselnden Frauen zu feiern."

Gerade als Joan antworten wollte, erblickte sie Raphael inmitten seiner Gäste. Ihre Blicke begegneten sich einen Moment. Selbst aus dieser Entfernung konnte Joan bestätigen, was Frauen an seinen durchdringenden Augen so faszinierte. Er schien jede Einzelne im Raum zu verzaubern. Doch auch der Rest an ihm war nicht außer Acht zu lassen. Raphael hatte kurz geschnittene rabenschwarze Haare und seine stark gebräunte Haut stach deutlich unter allen Anwesenden hervor. Sobald er die Hand eines Freundes fester drückte, spannten sich unter seinem schwarzen Hemd die durchtrainierten Muskeln seiner Oberarme.

Raphael benötigte einige Minuten, bis er durch die Menge seiner zahlreichen Freunde gelangte und zu ihnen herüberkam. Mit einem Schulterklopfen begrüßte er Paolo und sah dann zu Joan.

„Du erinnerst dich sicher an Joan", sagte Paolo, die Hand an Joans Rücken.

„Wie könnte ich so eine schöne Signorina vergessen", erwiderte Raphael lächelnd, hob ihre Hand und küsste zärtlich ihre Finger. „Darf ich um den nächsten Tanz bitten?", fragte er mit einem umwerfenden Lächeln.

„Sehr gern", sagte sie und ließ sich von Raphael durch die Gästemenge zur Tanzfläche leiten. In dem Moment begann ein Cha-Cha-Cha und Joan hielt inne. „Oh – den habe ich seit Jahren nicht mehr getanzt. Vielleicht sollten wir lieber aussetzen …"

„Einen Cha-Cha-Cha verlernt man nicht", erwiderte Raphael, ihre Hand noch immer festhaltend, und begann mit den ersten Schritten. Joan war überrascht, wie gut er sie führte, sodass die erlernten Tanzschritte dank ihm bald zurückkehrten.

Diesem Tanz folgten zwei weitere mit schnellem Rhythmus, danach wurde ein langsameres Stück angespielt und Raphael zog Joan sachte an seinen Körper. Sie spürte seine Hand knapp oberhalb ihres Pos, wollte jedoch erst einlenken, wenn er mehr wagte.

„Läuft zwischen euch etwas?", fragte Raphael später seinen Freund beiläufig, als Joan sich an der Bar einen Drink besorgte.

„Lass die Finger von ihr!", warnte Paolo ihn.

Raphael grinste nur. „Glückwunsch, mein Freund. Scheint etwas Ernstes zu sein."

„Zwischen uns läuft nichts", klärte Paolo ihn innerlich zerknirscht auf. „Trotzdem ist Joan für dich absolut tabu. Sie ist eine sehr gute Freundin und ich werde nicht zulassen, dass du sie für eine Nacht benutzt."

Raphael grinste. „Es könnten gern auch zwei werden."

„Such dir eine andere", sagte Paolo eindringlich und sein Blick verriet, wie ernst er seine Worte meinte.

Wenige Minuten nach halb vier wurde das Licht im unteren Wohnbereich des Hauses gelöscht, es blieb jedoch genügend Licht, um die zwei Jungen zu erkennen, die etwas Großes, das unter einem Tuch verborgen war, ins Wohnzimmer schoben. Ein Mädchen folgte ihnen und stellte die Geburtstagstorte auf den Tisch.

„Raphael, wo steckst du?", rief sie laut in den Raum. „Trau dich zu mir", sagte sie, worauf Paolo seinen Freund grinsend anstieß.

„Hast du eine Ahnung, was sie mit mir vorhat?", fragte Raphael leise.

„Nein – aber wenn du nicht freiwillig gehst, dann verrate ich dich", antwortete Paolo.

„Und das nennt sich Freund."

Joan, die das flüsternde Gespräch der beiden mit angehört hatte, lächelte.

„Ich bin hier, Michaela“, sagte Raphael nun lauter als zuvor und ging in Richtung der vielen Kerzen. Lächelnd bedankte er sich bei seiner guten Freundin mit einem Wangenkuss und sagte nach genauerem Zählen: „Du weißt aber schon, dass du zu viele Kerzen angezündet hast, oder?“

„Ehrlich? Das tut mir sehr leid, Raphael.“

„Warum nur glaube ich dir kein Wort?“

Als seine Freunde schließlich ihr Geschenk, eine blonde Gummipuppe, enthüllten, schwor Raphael, sich bei ihnen zu revanchieren.

„Wir denken an die Zeit, in der dir keine Frau mehr hinterherlaufen wird“, sagte einer der Jungen. „Und das, wenn du erlaubst zu sagen, ist nicht mehr allzu lange hin.“ Raphael, der selbst ähnliche Geschenke machte, nahm es wie erwartet mit Humor.

„Da hast du ja das Passende bekommen“, sagte Paolo grinsend. Joan, die neben ihm stand, nippte lächelnd an ihrem Cocktail.

„Noch habe ich so etwas nicht nötig“, entgegnete Raphael und warf Joan einen vielsagenden Blick zu. „Wollen wir tanzen?“

„Tut mir leid, Paolo hat sich gerade verpflichtet.“ Joan stellte ihr halb leeres Glas auf den Tisch und griff nach Paolos Hand.

„Wie war das? *Noch habe ich so etwas nicht nötig*? Das, mein Freund, war gerade dein erster Korb“, sagte Paolo lachend und lief mit Joan auf die Tanzfläche.

„Ich bekomme immer, was ich will“, sagte Raphael leise und beobachtete die beiden, wie sie eng umschlungen tanzten. Plötzlich legte Joan ihre Hand an Paolos Wange und küsste ihn leidenschaftlich. Innerlich triumphierend wandte Raphael den Blick ab und trank aus seinem speziellen Cocktail.

„Ist alles okay mit dir?“, fragte Paolo sie verwundert. Seit Rom war sie auf Distanz gegangen, und nun küsste sie ihn mit einem Verlangen, dass er Mühe hatte, sich zu beherrschen.

„Mir geht es wunderbar. Ich komme mir wie ein Vogel vor. Endlich bin ich frei.“ Kichernd ließ sie sich in seine Arme fallen. „Ich kann fliegen …“

Paolo lachte. „Du bist betrunken!“

„Stimmt nicht!“ Stürmisch küsste sie ihn wieder, doch diesmal hielt Paolo sie an den Armen fest und drückte sie zurück.

„Hey, das bist nicht du, Joan“, sagte er sanft und fragte sich, wann sie so viel getrunken hatte. „Wenn ich zulasse, was du vorhast, dann wirst du mich morgen dafür hassen.“

„Ich treffe meine Entscheidungen selbst!“, maulte sie ihn an.

„Nicht in diesem Zustand. Ich bringe dich nach Hause.“

„Nein“, wiedersprach sie. „Es ist so schön hier … außerdem habe ich Hunger.“

Paolo seufzte. „Okay, ich hole dir etwas. Aber essen wirst du im Auto“, sagte er bestimmt und führte sie zu einem Stuhl. „Du bleibst hier sitzen, bis ich wiederkomme.“

„Ja, Dad“, sagte sie grinsend.

Paolo eilte durch die Menge hindurch, die sich trotz der Morgenstunden kaum verkleinert hatte, und verschwand aus ihrem Blickfeld.

„Hey, Joan“, sprach sie nur einen Moment darauf jemand an. Joan wandte den Kopf herum und erkannte Raphael. „Willst du einen Schluck?“, fragte er und hielt ihr eine geöffnete Champagnerflasche entgegen.

Sie nickte und trank einen kräftigen Schluck aus der Flasche. „Danke.“

„Paolo hat einen Freund von früher getroffen, den er lange nicht gesehen hat. Er bat mich, dich heimzufahren. Ich hoffe, dass ist dir recht?“ Er reichte ihr abermals die Flasche.

„Hm … ist gut“, antwortete sie und stand auf. Mit der Flasche in der rechten Hand folgte sie Raphael vor die Tür und stieg in dessen roten Ferrari. Während Raphael die Straße entlangfuhr und dabei aus der Flasche trank, spürte Joan bereits die Wirkung des Champagners. Ihr wurde schwindlig und dann und wann schwanden ihr die Sinne. Schließlich schlief sie auf dem Beifahrersitz ein.

Benommen wand Joan sich. Sie stöhnte leise, da ihr Kopf schmerzte. Als sie schließlich zu sich kam und die Augen öffnete, sah sie, dass sie im Bett eines ihr unbekannten Schlafzimmers lag. Sie fühlte sich elend und bei jeder Bewegung drehte sich das Zimmer. Trotz des Schmerzes in ihrem Kopf versuchte sie aufzustehen, aber irgendetwas schnürte ihren Arm ab. Verwirrt wandte sie den Blick zu ihrem Arm hinauf und stellte erschrocken fest, dass sie mit einer Fessel am Bettgestänge angebunden war. Da durchfuhr ein heftiger Schmerz ihren Kopf. Mit den zittrigen Fingern der freien Hand berührte sie unsicher die schmerzende Stelle an ihrem Hinterkopf. Ängstlich zog sie die Hand zurück und sah Blut daran kleben.

Verschwommen erinnerte Joan sich an die Party, zu der sie mit Paolo gegangen war. Sie hatten getanzt und gelacht … und viel getrunken. Doch sie konnte sich nicht entsinnen, wann und vor allem mit wem sie die Party verlassen hatte. Dies war jedenfalls weder Paolos Wohnung noch ihr eigenes Bett und ihr aufgeschlagener Hinterkopf und ihre Bewusstlosigkeit verhießen nichts Gutes. Schlagartig blickte sie an sich hinunter und sah bestürzt, dass sie nur mehr ihren Slip und ihre geöffnete Bluse trug. Der Panik nahe, riss sie wild mit der angebundenen Hand an der Fessel, doch sie löste sich nicht. Auch ihre Versuche, sie mit der freien Hand zu lockern, schlugen fehl. Schließlich gab sie nach einigen Minuten auf und schloss mit zittrigen Fingern die Knöpfe ihrer Bluse. Verzweifelt versuchte sie sich daran zu erinnern, wie sie in dieses Bett gekommen war, als sie im Nebenzimmer Schritte wahrnahm. Plötzlich stand Raphael nur in seiner Boxershorts lächelnd in der Tür.

Verächtlich sah Joan ihn an. „Was hast du mit mir gemacht?", fragte sie mit zittriger Stimme.

„Baby, du warst großartig …"

„Du hast mich vergewaltigt!", stieß sie erschüttert hervor. Ihr wurde übel.

„Davon kann keine Rede sein. Schließlich hast du dich nicht gewehrt", sagte er grinsend und durchquerte den Raum.

„Ich war bewusstlos! Du hast mich vergewaltigt."

Mit wenigen Schritten war Raphael bei ihr, griff grob in ihre Haare und zog sie zu sich hoch. „Wage es nicht, mich zu beschuldigen", sagte er mit hasserfülltem Blick. „Ich habe dich nicht gegen deinen Willen angerührt." Doch Joan wusste es besser. Sie hätte niemals freiwillig mit ihm geschlafen.

„Du bist krank!"

„Nein, verrückt nach dir."

Sie saß vor ihm, als er ihr Gesicht mit beiden Händen umfasste und sie verlangend küsste. Angeekelt riss Joan erneut an der Fessel, die sich keinen Millimeter löste. Mit dem linken Arm versuchte sie Raphael abzuwehren, aber er war stärker und drückte sie zurück auf die Matratze. Hilflos schlug sie um sich, bis er ihr wütend eine harte Ohrfeige verpasste. Ihre Schläfe platzte auf. Blut rann in ihr Auge und die Wange hinunter.

Hastig zog er ihren Slip hinunter, schob trotz ihrer Abwehrung ihre Beine mit den Knien auseinander und leckte sie dazwischen. „Baby, du machst mich heiß!", raunte er und schob mehrere Finger in sie. Schmerzlich zuckte Joan zusammen. Durch ihr blutunterlaufendes Auge sah sie, wie er ein kleines Röhrchen aus dem Nachttisch nahm und den weißen Inhalt auf ihrem Bauch verteilte. Während er seine Finger tiefer in sie schob, zog er das weiße Pulver durch die Nase ein. „Das turnt mich an!" Abrupt zog er die Finger aus ihrer Vagina und versuchte, ihren Mund zu öffnen, um ihr eine Pille hineinzudrücken. Joan aber wehrte sich vehement unter ihm. „Wie du willst. Wir können es auch auf die harte Tour machen."

„Lass mich gehen … bitte …", flehte sie halb benommen. Durch seine Schläge war ihr linkes Auge geschwollen, sodass sie ihn nur durch einen Schleier sah.

„Jetzt fängt der Spaß doch erst richtig an", sagte er und entledigte sich seiner Hose. Im nächsten Moment biss er ihr in die Brustwarze und drang grob in sie ein. Joan schrie auf und wand sich unter ihm. Er stieß tiefer in sie, wollte ihr zeigen, dass sie ihm gehörte. Er stöhnte laut zwischen ihren Brüsten, als plötzlich im Nebenzimmer sein Handy zu klingeln begann.

„Verdammt", keuchte er und entzog sich ihr. Noch immer erregt verließ er das Zimmer und schloss bis auf einen Spalt die Tür.

Ängstlich lauschte Joan seinen Worten. Es war vielleicht ihre einzige Chance, Hilfe herbeizuholen. Sie musste es wagen. Unter Schmerzen rollte sie sich auf ihre linke Körperseite, berührte mit der freien Hand den Nachttisch neben dem Bett und tastete halb blind darüber. Schließlich fand sie, was sie suchte. Sie hatte das Telefon entdeckt, als Raphael vorhin nach dem Röhrchen gegriffen hatte. Vorsichtig hob sie den Hörer ab und gab eine Telefonnummer ein.

„Farley", meldete sich Brian augenblicklich. In Sorge um seine Schwester hatte er das Telefon fortwährend bei sich getragen. Seit Stunden telefonierten sie herum. Wie Paolo ihnen erzählt hatte, war Joan bei seiner Rückkehr mit dem Essen nicht mehr an ihrem Platz gewesen. Vergeblich hatte er sie auf der Party gesucht, doch nicht gefunden.

„Brian, hilf mir …", stammelte Joan leise.

„Oh Gott … Joan! Wo steckst du?" Sofort kam Rachel zu ihm gelaufen.

„Ich bin bei Raphael …" Es knackte in der Leitung und Brian dachte bereits, sie hätte aufgelegt, doch da hörte er seine Schwester leise weinen. „Brian … er tut mir weh …" Da tutete es in der Leitung. Sie ist unterbrochen worden.

„Mit wem hast du gesprochen?", schrie Raphael sie an. „Wütend griff er nach ihrer Hand und band auch diese mit einer Fessel am Bettgestänge fest.

„Sie werden mich finden", brachte Joan schluchzend hervor. Ihre geschwollenen Augen schmerzten so sehr, dass Joan sie nicht öffnete.

Sein Schlag traf sie unerwartet, doch mit voller Wucht. „Freu dich nicht zu früh!", sagte er boshaft. Er grinste und drückte abermals ihre Beine auseinander. Joan versuchte sich verzweifelt zu wehren, doch da spürte sie sein Glied an ihrem Bein. Er begehrte sie wieder und stieß in sie – schmerzhafter als zuvor. Er wollte sie immerfort. Sie erregte ihn …

Während Joan sich in Raphaels Gewalt befand, telefonierte Brian mit Paolo und erzählte ihm von Joans Anruf. Als er Raphaels Namen erwähnte, wandte Paolo ein. „Das glaube ich nicht. Ich kenne ihn."

„Wo könnte er sie hingebracht haben?", drängte Brian ihn, da sie keine Zeit verlieren durften. Er ahnte, dass dieser Kerl die Leitung unterbrochen hatte.

„Es kommt nur seine Wohnung infrage", sagte Paolo und teilte Brian die Adresse mit. Es war bereits nach elf Uhr morgens. Bei dem Verkehr auf den Straßen würden sie mindestens eine halbe Stunde benötigen. Brian mochte sich nicht vorstellen, was dieser Kerl bis dahin mit Joan angestellt hatte.

Seit sechs Stunden war Joan in Raphaels Gewalt und er schien nicht genug von ihrem Körper zu bekommen. Fortwährend stillte er seine sexuelle Lust an ihr und strafte ihre Abwehr mit Schlägen, die sie allmählich betäubten. Ihr ganzer Körper tat ihr weh, es gab keine Stelle, die Raphael verschonte. Bei jeder seiner Berührungen zuckte sie schmerzlich zusammen und wünschte sich nichts sehnlicher als ihren Tod.

Halb benommen spürte Joan, wie Raphael sie unsanft auf die Seite drehte, wobei sich die Fesseln tief in ihre Handgelenke schnürten. Mit wachsendem Verlangen lag er hinter ihr und berührte ihre Brustwarzen, die von seinen groben Händen und seinem Mund schmerzten. Kaum dass sie seine erneute Erregung wahrgenommen hatte, rollte Raphael sie hastig auf den Bauch herum, schob ihre Beine auseinander und stieß unerbittlich in sie hinein. Joan riss ihre schmerzverzerrten, vom Blut verschleierten Augen auf.

In diesem Moment kam Brian die Treppe hinaufgelaufen, die zu dem offenen Schlafzimmer führte, und schreckte vor dem Anblick der beiden Nackten zurück. Nur Sekunden verharrte er am Treppenansatz, dann stürmte er zum Bett und packte Raphael an den Schultern.

„Du mieses Schwein!", schrie er wutentbrannt und zerrte Raphael von Joan hinunter und aus dem Bett. Unbarmherzig schlug Brian auf seinen nackten, vom Koks beeinträchtigten Gegner ein, ehe dieser munter wurde und sich ebenfalls zur Wehr setzte. Wild schlugen sie aufeinander ein, rangelten miteinander und rissen zahlreiche Gegenstände mit sich, ehe sie auf den kleinen Glastisch stürzten, der unter ihrem Gewicht zerbrach. Brian rappelte sich auf und ballte dicht vor dem Gesicht seines Gegners die Hand zur Faust, um zuzuschlagen, doch Raphael, der blutverschmiert auf den Trümmern des Glastisches lag, regte sich nicht mehr.

Erst da ließ Brian von ihm ab und wandte den Blick zum Bett hinüber, auf dem Joan noch immer splitternackt lag. Mit zwei Schritten war er bei ihr und löste die festen Knoten ihrer Fesseln, die einen blutenden Abdruck in ihren Handgelenken hinterließen.

„Nein … lass mich …", kam es flüsternd über ihre Lippen.

Zaghaft berührte Brian ihren Arm, doch Joan erkannte ihn durch ihre geschwollenen Augen nicht. „Jo … ich bin es … Brian", sagte er mit Tränen in den

Augen, da sein Kopf nicht begreifen wollte, was ihr dieser Kerl über Stunden angetan hatte. Fassungslos wagte Brian einen raschen Blick auf ihren mit Blut und blauen Flecken bedeckten Körper, zog eilig sein Hemd aus und legte es über ihren nackten Körper. „Joan, hörst du mich?“, fragte er sorgenvoll, da sie sich nicht mehr rührte, und sah in das geschundene Gesicht seiner Schwester.

Plötzlich öffnete sie einen Spalt weit ihre Augen. „*Brian …*“, entfuhr es ihr.

„Kleines, ich bin bei dir. Es ist vorüber“, flüsterte er und streichelte zärtlich ihre Stirn. „Ich bringe dich von hier fort, aber du musst mir helfen …“ Da sah er, wie ihre Augen zufielen und ihr Kopf zur Seite sackte. „Komm schon, Jo! Bleib bei mir!“, flehte Brian und schlug ihr mit der flachen Hand gegen die Wange, um sie wach zu halten, doch langsam glitt sie in ein schwarzes Nichts hinüber.

3. Kapitel

Raphael sah ihr mit einem breiten Grinsen in die Augen, dann beugte er sich zu ihr hinunter und versuchte sie zu küssen, aber Joan drehte ihren Kopf immer wieder von ihm weg. Da packte er ihren Kiefer fest mit der Hand und zwang sie zu einem Kuss … leise raunte er an ihrem Ohr, wie sehr er sie begehrte, und zugleich spürte sie seine Lust.

Joans Schrei drang durch das ganze Haus und riss Brian und Rachel aus dem Schlaf. Sofort sprang Brian auf, rannte zum Zimmer seiner Schwester hinüber und eilte an ihr Bett, in dem Joan zusammengekrümmt lag. Sie weinte fürchterlich und stieß ihn immerzu von sich. Dabei entging ihm nicht, dass sie bei jeder seiner Berührungen zuckte.

Verzweifelt saß er neben ihrem Bett am Boden, und während Tränen über seine Wangen liefen, hörte er seine Schwester leise weinen. Brian blieb bei ihr, selbst als er seine Fassung zurückgewonnen hatte. Irgendwann verstummte schließlich ihr Schluchzen. Müde wandte Brian sich zu ihr um und sah, dass sie eingeschlafen war. Mit zittriger Hand berührte er sachte Joans Wange.

Dieser kurzen Nacht folgten drei weitere, in denen Joan von Albträumen heimgesucht wurde, sodass sie kaum schlief. Tagsüber lag sie wie in Trance in ihrem Bett und konnte stundenlang auf ein und dieselbe Stelle starren, doch in den Nächten quälten die Erinnerungen sie wieder und wieder.

Vier Tage waren vergangen und Joan hatte kein einziges Wort mit ihnen gewechselt. Sie lag in ihrem Bett, weinte und schlief abwechselnd und ließ sich weder von Brian noch von Rachel anfassen, die sich um ihre geschwollenen Augen kümmern wollte.

„Was können wir tun?", fragte Brian seine Freundin, nachdem Joan sie abermals abgewiesen hatte.

„Sie will unsere Hilfe, unsere Nähe nicht", sagte Rachel traurig. „Wir können ihr nur zeigen, dass wir für sie da sind. Ich fürchte, wir müssen warten, bis sie auf uns zukommt."

Brian nickte, obwohl Geduld nicht zu seinen Stärken zählte. „Wird sie es schaffen? Ich meine …" Er suchte nach den richtigen Worten. „Kommt sie allein damit zurecht?"

„Ich weiß es nicht, Schatz. Sie ist unglaublich stark, aber …" Schluchzend fiel sie in seine Arme. „Sie muss mit jemandem darüber sprechen."

„Ich weiß, Liebling." Bekümmert fuhr er ihr durch die Haare. Nur mit Mühe konnte Brian seinen abgrundtiefen Hass verbergen. Seine unglaubliche Wut, die in ihm brodelte.

Am nächsten Morgen telefonierte Brian mit dem zuständigen Polizisten, der sich um den Fall kümmerte. Noch im Krankenhaus hatte er Brians Anzeige gegen Raphael aufgenommen. Die Fotos, die eine Krankenschwester von Joans unzähligen blauen Flecken und ihrem Gesicht gemacht hatte, genügten, um ihn auch ohne Joans Aussage zur Fahndung auszuschreiben. Doch was Brian erfuhr, war alles andere als erfreulich. Die Polizei suchte Raphael in ganz Mailand, aber anscheinend war er untergetaucht. Der Polizist ließ vermuten, dass Raphael sich nicht mehr in Mailand aufhielt.

„Ich will, dass dieses Schwein für das, was er meiner Schwester angetan hat, büßt", sagte Brian verärgert, da dieser Kerl nicht ungestraft davonkommen durfte.

„Das wollen wir auch, aber leider kann ich Ihnen derzeit nicht viel Hoffnung auf eine baldige Verhaftung machen. Es tut mir sehr leid, Signor."

„Sagen Sie das der Frau, die sein nächstes Opfer wird", antwortete Brian verärgert und beendete das Gespräch. „Verflucht noch mal!", rief er wütend und warf das Telefon auf die Couch. „Dieser Mistkerl ist untergetaucht!", klärte er Rachel auf, die soeben von Joan kam. „Er wird sich auf irgendeiner Insel sonnen, Champagner trinken und sich mit seinen Freunden amüsieren …"

Als Paolo später zu ihnen kam, konnte auch er von keinen Ergebnissen berichten. Seit Tagen fragte er bei all seinen Freunden nach Raphael, doch niemand hatte ihn seit seiner Geburtstagsparty mehr gesehen.

„Wie geht es ihr?", fragte Paolo leise und sah zu Brian, der an der geschlossenen Terrassentür stand und hinaus in den Garten blickte.

„Ich weiß es nicht", gestand Brian sich selbst ein und wandte sich zur Couch um, auf der Paolo Platz genommen hatte. „Sie spricht nicht mit uns."

„Selbst mit Rachel nicht?"

Brian schüttelte den Kopf. „Und ich werde sie nicht dazu bewegen können, zu einem Psychologen zu gehen. Paolo, ich weiß nicht, was ich tun soll. Mit der Anzeige habe ich mich weiter gewagt, als gut für uns ist. Wenn die Presse davon erfährt …"

„Das wäre für Raphaels Familie ebenso unangenehm. Sein Vater wird alles dafür tun, dass die Vergewaltigung nicht öffentlich bekannt wird. Vermutlich hat er Raphael eine so schnelle Flucht ermöglicht."

„Dann haben wir wenigstens vorerst von der Presse nichts zu befürchten", sagte Brian erleichtert, da er sich vorstellen konnte, wie die Journalisten über Joan herfallen würden. Die Vergewaltigung würde der Skandal sein, nachdem die Klatschpresse seit Jahren vergeblich suchte.

„Hast du mit euren Eltern darüber gesprochen?"

„Wie soll ich ihnen erklären, was dieser Kerl mit Joan angestellt hat? Ich kann den Gedanken daran selbst kaum ertragen und unsere Eltern würden sich bis an ihr Lebensende schreckliche Vorwürfe machen, weil sie das Jahr in Mailand vorgeschlagen haben." Brian sah ihn direkt an. „Ich würde ihnen das Herz brechen …"

„Und das wirst du nicht tun", sagte Joan plötzlich mit entschlossener Stimme.

Erschrocken wandten Brian und Paolo sich zur Treppe um, auf der Joan in ihrem Morgenmantel stand. Paolo, der sie seit jener Nacht zum ersten Mal wiedersah, verspürte beim Anblick ihrer geschwollenen blauen Augen dieselbe Wut wie Brian. Zugleich standen sie von der Couch auf und waren sich unschlüssig, ob sie dort verharren oder zu Joan gehen sollten. Der Drang, sie in ihre Arme zu schließen, war bei beiden gewaltig.

„Ich kann nicht ändern, was geschehen ist, aber ich kann meine Zukunft wieder in meine Hände nehmen. Deshalb werde ich morgen zurück nach L. A. fliegen", sagte Joan entschieden, als auch Rachel zu ihnen stieß. „Wenn Celia und die anderen es geschafft haben, dann werde auch ich damit leben können", erklärte sie leise und wandte sich von ihnen ab. Langsam lief sie die Treppe hinauf und schloss ihre Tür hinter sich.

Am nächsten Tag fuhren Brian und Rachel sie nach dem Frühstück zum Flughafen und begleiteten sie zum Schalter, wo sie sich voneinander verabschiedeten. Während Rachel und Brian in ihr Auto stiegen, startete über ihnen die Maschine nach Los Angeles. Mit Tränen in den Augen sah Joan aus dem Fenster und dachte an das hinter ihr liegende Jahr in Mailand zurück. Ein Jahr, das nicht schöner und zugleich so schrecklich sein konnte. Es war das erste Jahr nach Steves Tod gewesen. Damals war sie nach Mailand geflüchtet, um den Verlust zu verwinden, und nun floh sie nach Los Angeles zurück, um zu vergessen …

Nachdem der Arzt Joan im Mailänder Krankenhaus gründlich untersucht und ihr Blut abgenommen hatte, stellte sich heraus, wie Raphael sie gegen ihren Willen in seine Wohnung hatte bringen können. Bereits während der Party musste er Joan unbemerkt Drogen in ihren Cocktail gegeben haben, sodass sie sich an kaum etwas erinnern konnte, was vor ihrem Erwachen in seiner Wohnung geschehen war. Bevor Joan entlassen wurde, hatte der Arzt ihr nahegelegt, sich in den nächsten Wochen bei ihrer Ärztin in Los Angeles vorzustellen, damit diese die Heilung ihrer Wunde beobachtete. Durch den ständigen Kampf mit Raphael hatte Joan etliche Verletzungen in der Vagina davongetragen, die der Arzt hatte nähen müssen. Er versicherte Brian und Rachel jedoch, dass eine Schwangerschaft in einigen Jahren grundsätzlich nicht ausgeschlossen war, doch ob je eine normale Entbindung in Frage käme, wollte er zu diesem Zeitpunkt nicht sagen. Zuerst musste die Wunde ohne Probleme verheilen, und dazu war die Überwachung durch ihre Ärztin notwendig.

Die erste Woche verbrachte Joan weitgehend in Brians und Rachels Appartement in der Ocean Avenue. Mit der Ausrede, sie sei krank, bat sie Bob, den Portier des Appartementhauses, ihr einige Lebensmittel zu besorgen und ins Appartement hinaufzuschicken. Erst nachdem die Prellungen an Armen und Beinen und die Schwellung ihrer Augen nicht mehr zu sehen waren, traute sie sich wieder hinaus. Ihre Ausflüge an die frische Luft blieben jedoch kurz. Zumeist eilte sie zum nächsten Supermarkt, kaufte das Notwendigste ein und kehrte wieder ins Appartement zurück, wo sie den restlichen Tag überwiegend im Bett des Gästezimmers verbrachte.

Das Telefon klingelte. Joan stöhnte laute. Es läutete erneut, doch erst beim vierten Klingeln öffnete sie verschlafen die Augen und tastete mit der Hand zum Telefon, das auf dem Nachttisch lag.

„Ja?", fragte sie gähnend.

„Joan? Bist du das?" Sie erkannte die Stimme ihres Bruders.

„*Brian*, was willst du denn so früh von mir?" Sie stöhnte und rollte sich auf den Rücken herum. „Wie spät ist es?", fragte sie leise.

„Bei dir elf Uhr", antwortete Brian von seinem Büro aus. Bei ihm war es bereits später Nachmittag. „Jo, was ist los? Fühlst du dich nicht gut?"

„Es ist alles okay, Brian."

„Hey", sagte er sanft. „Ich spüre doch, dass mit dir etwas nicht stimmt. Willst du mir nicht sagen, was los ist?"

„Ich bin nur müde. Die Nacht war sehr kurz."

Während er mit der linken Hand den Hörer hielt, stützte er sich mit dem Ellenbogen des rechten Arms auf seinen Schreibtisch auf und fuhr sich mit Daumen und Zeigefinger das Nasenbein hinauf. „Hast du nach wie vor Albträume?"

Joan zögerte einen Moment und dachte an die Nächte seit jenem Tag, in denen sie immer wieder aus dem Schlaf hochgeschreckt war. „Kaum noch", log sie, obwohl die Albträume sie noch immer jede Nacht begleiteten. Doch sie hatte zu lange gezögert; Brian kannte sie gut genug, um die Wahrheit aus ihren wenigen Worten herauszuhören.

„Ich habe mit Dad telefoniert“, wechselte er das Thema.

Schweigen am anderen Ende der Leitung. Joan schloss die Augen und zog die Bettdecke bis an die Brust hinauf. „Was … was hast du ihm erzählt?“, hörte er sie schließlich fragen.

„Nichts. Ich dachte …“ Er stockte, als seine Sekretärin in sein Büro trat. Schnell winkte er sie hinaus. „Ich dachte, du solltest es ihnen selbst sagen.“

Tränen brannten in ihren Augen. „Warum? Was nützt es ihnen, wenn sie davon wissen?“

„Sie sind unsere Eltern“, erklärte Brian ruhig.

„Warum sollten sie sich auch noch Vorwürfe machen? Brian, es war weder deine noch ihre Schuld. Wann begreifst du das endlich?“

Brian erstarrte hinter seinem Schreibtisch. Er hatte nicht gewusst, dass seine Gefühle so offensichtlich gewesen waren. Immerzu hatte er versucht, sie vor ihr zu verbergen.

„Es betrifft allein mich, also lass mich auch allein damit fertig werden“, sagte sie mit feuchten Augen und legte den Hörer auf. Obwohl er ihr gegenüber nie eine Anmerkung gemacht hatte, wusste sie von seinen Selbstvorwürfen und Schuldgefühlen. Beides konnte sie nicht länger ertragen.

Als es gleich darauf erneut klingelte, hob Joan nicht ab. Stattdessen verließ sie das Bett und ging ins Badezimmer, wo sie sich unter die Dusche stellte und das Wasser aufdrehte.

In den nächsten Stunden läutete ihr Telefon immer wieder. Es war Brian, der sie über den Anrufbeantworter bat, ans Telefon zu gehen, aber während sie auf der Couch saß und seinen Worten lauschte, folgte sie seiner Bitte kein einziges Mal.

Am Abend dann ertönte der Summer ihrer Sprechanlage. Joan, die im Bademantel im Sessel saß, stellte die Musik leiser, stand auf und ging zur Eingangstür. „Bob, was gibt es?“, fragte sie den Portier freundlich durch die Sprechanlage.

„Verzeihen Sie die Störung, Mrs. Farley. Bei mir ist Mr. Nicholas Blake. Er lässt anfragen, ob er sie einige Minuten sprechen könnte?“

Joan seufzte. Ein Freund Brians, der sich sicher auf dessen Drängen hin nach ihrem Wohlbefinden erkundigen sollte. „Bob, sagen Sie ihm, dass es mir gut geht.“

„Das ist alles, Mrs. Farley?“

„Ja. Danke, Bob“, sagte sie und hängte den Hörer in die Anlage zurück.

Nach einer weiteren von Albträumen geplagten Nacht, in der sie mehrmals schweißgebadet aufgeschreckt war, sah Joan am Morgen in den Spiegel im Badezimmer und bedauerte die junge Frau, die sie darin erblickte. Wo war die Stärke geblieben, die sie all die Jahre so deutlich gezeigt hatte? Steves Tod, den schweren Unfall und die Rehabilitation hatte sie überwunden und überstanden, also würde sie diesen Abschnitt ihres Lebens auch bewältigen.

„Nimm dich endlich zusammen, Joan Farley", sagte sie zu ihrem Spiegelbild. „Es ist an der Zeit, dass ich mein Leben wieder in die Hand nehme."

Sie war fest entschlossen, sofort damit zu beginnen. Sobald sie geduscht und ausgiebig gefrühstückt hatte, zog Joan sich ihr zartrosafarbenes geblümtes Trägerkleid an und verließ das Appartement. Ihr Weg führte sie geradewegs zu dem kleinen Friedhof. Als Joan nach so langer Zeit wieder vor Steves Grab trat, sich hinunterbeugte und die Rose vor den weißen Stein legte, verspürte sie zum ersten Mal in ihrem Leben Seelenfrieden. Die Sehnsucht nach Steve und das erdrückende, schmerzende Gefühl in ihrer Brust, wenn sie an die gemeinsame Vergangenheit dachte, waren endgültig verschwunden. Sie hatte sich von ihm gelöst, und sie konnte nicht sagen, was ihr mehr Angst einjagte: der fremde, doch angenehme Seelenfrieden oder die Tatsache, dass sie keinen Schmerz mehr empfand, wenn sie an Steve dachte.

Nach ihrem Besuch auf dem Friedhof schrieb Joan sich für das kommende Semester an der *University of California, Los Angeles* ein. Ab September wollte sie ihr Marketingstudium wieder aufnehmen.

Mittlerweile war Joan seit vier Wochen in Los Angeles. Ende Juni stiegen die Temperaturen weit über die 30-Grad-Grenze. Nach wochenlanger Trockenheit gab es keine Stelle, an der die Erde nicht ausgedorrt war und förmlich nach Wasser schrie. Die Strände entlang dem Pazifik waren dicht belegt. Jeder, der die Möglichkeit hatte, stürzte sich in die hohen Wellen.

Joan lief barfuß den Sandstrand hinunter und lächelte, als sie von Weitem das Strandcafé sah, in dem sie bis zu ihrem Unfall mit Steve gearbeitet hatte. Das *Theo's* war das einzige Café weit und breit, das einen direkten Zugang zum Strand von Santa Monica hatte. Die meisten Gäste kamen in Badehose und Bikini und wählten einen Platz an den Tischen mit den Korbstühlen, die auch draußen im Sand standen.

„Joan!", rief ihr die Kellnerin lächelnd entgegen und wartete mit einem vollen Tablett in der Hand, bis Joan zu ihr herankam.

„Hey, Julie", sagte Joan und umarmte sie kurz.

„Seit wann bist du wieder in L. A.?"

„Seit ein paar Wochen“, antwortete Joan und folgte ihr durch die besetzten Tische hindurch.

„Und da kommst du erst jetzt zu uns!“ Julie drehte den Kopf zu ihr herum. „Sag das bloß nicht Theo. Er wird ausflippen.“

„Ist er da?“

Julie nickte. „Klar. Der alte Bursche steht wie eh und je hinter der Theke.“

Joan lächelte. Das alles hatte sie in Mailand vermisst. Das Meer, den Strand, das *Theo's* und ihre Freunde.

Von der Tür bis zur Theke wartete eine lange Schlange, doch ungeachtet dessen ging Joan an den Wartenden vorbei und erblickte Theo hinter der Theke. Er hatte sich kein bisschen verändert. Wie immer trug er Shorts und Badeschlappen, sein kräftiger Oberkörper war jedoch wie üblich unbekleidet. Obwohl er inzwischen die vierzig überschritten hatte, sah man ihm sein Alter nicht an. Jeden Abend, nachdem er das Café geschlossen hatte, ging er ins Fitnessstudio, um sich fit zu halten, und am Morgen verbrachte er mindestens eine Stunde auf seinem Surfbrett.

Gerade als Theo seinen Gästen den Rücken zugedreht hatte, trat Joan hinter die Theke, stellte ihre Tasche auf den Boden und wandte sich an ein junges Mädchen.

„Was darf es für dich sein?“ Sogleich hörte sie sich die Bestellung an.

„Jo!“ Überrascht sah Theo sie an. Er strahlte. „Ich dachte, du bist in Mailand!“

„Ich habe deine Hilfeschreie bis dorthin gehört.“ Lachend umarmte er sie, aber Joan löste sich schnell aus seinen Armen. „Unterhalten wir uns später. Sag mir einfach, wo ich dir am besten helfen kann.“

Dankend nahm Theo ihre Hilfe an, da ihm seit einigen Tagen zwei Kellnerinnen fehlten. Julie und das andere Mädchen liefen sich die Hacken ab. Seit ihrer Öffnung am Mittag hatte es nicht fünf Minuten gegeben, in denen sie sich einen Moment hatten ausruhen können.

„Erst sind sie alle heiß auf den Job“, erklärte Theo ihr nach einigen Minuten, „dann merken sie, wie hart die Arbeit ist, und sind nach zwei Tagen wieder weg. Jeden Morgen bete ich dafür, dass ich nicht eines Tages alleine hier stehe.“ Er reichte seinem Gast zwei Gläser und kassierte ab.

„Ich würde gern wieder bei dir arbeiten, Theo“, sagte Joan, während sie den Cocktail für ihren Kunden mixte.

„Wirklich?“

„Ich könnte schon morgen anfangen. Ich will mein Studium wieder aufnehmen. Alles wie beim Alten“, fügte sie leichthin hinzu. Da streifte ihr Blick eines der vielen Bilder an der Wand. Drei Menschen waren darauf zu erkennen: Theo, Steve und sie.

„Wir waren ein eingespieltes Team“, sagte Theo, der ihren verstohlenen Blick bemerkt hatte. „Auf euch war immer Verlass …“

Nach Feierabend fand Theo sie gedankenverloren an einem der Tische vor. Sie saß am Eingang in einem der Korbstühle, den Blick auf das Foto von Theo, Steve und ihr gerichtet. Zum ersten Mal erlebte er sie nicht fröhlich, lachend oder lächelnd. Diese Seite, diese Trübseligkeit war ungewöhnlich für sie, und doch hatte Theo sich längst gefragt, wie es in ihrem Herzen aussehen mochte.

„Du vermisst ihn, hm?“ Erledigt setzte Theo sich in den Stuhl neben sie. Joan wandte den Kopf zu ihm und lächelte schwach.

„Es tut nicht mehr so weh, wenn ich an ihn denke“, sagte sie leise und verdrängte die aufsteigenden Tränen. „Aber ja … ich vermisse ihn.“

„Ich bin da, wenn du jemanden zum Reden brauchst. Obgleich ich nicht so aussehe, ich bin ein guter Zuhörer.“ Er lächelte.

„Ich weiß, Theo. Danke.“ Sie beugte sich hinüber und küsste seine Wange.

Im Laufe der darauf folgenden Woche besichtigte Joan vor ihrem Dienst im *Theo's* drei Wohnungen, deren Anzeige sie in der Zeitung gelesen hatte. Die ersten zwei waren in jeder Hinsicht ein Desaster. In beiden stank es, als hätte ein Toter über Monate darin gelegen. Joan wusste, dass sie aufgrund ihres kleinen Einkommens keine große Auswahl hatte, doch deshalb wollte sie nicht in solch einem Loch wohnen.

„Sag mir, wie viel du für eine bessere Wohnung benötigst, und ich gebe dir das Geld“, bot Brian ihr an, als sie ihm von der Enttäuschung erzählt hatte.

„Ich nehme dein Geld nicht an, Brian. Ich schaffe es allein.“

„Warum bist du nur so stur?“

Joan lächelte. Vielleicht hatte er recht und sie war stur. Sie aber sah es aus einer anderen Sicht. Sie wollte ohne den Rückhalt durch ihre Eltern oder Brian ihr eigenes Leben führen. Und dazu gehörte auch, dass sie für sich selbst sorgte.

Nach etwas Geduld fand Joan schließlich eine Wohnung in Venice, die ihr auf Anhieb gefiel. Sie besaß eine kleine, gemütliche Küche und ein ebenso kleines Badezimmer, das anstelle der Badewanne nur eine Dusche enthielt. Joan, die sehr gern badete, ging diesen Kompromiss ein. Das geräumige Schlaf- und Wohnzimmer dagegen besaß einen Balkon.

Nachdem Joan den Mietvertrag unterzeichnet hatte, strich sie neben ihrer Arbeit im Café das einzige Zimmer ihrer Wohnung und begann es einzurichten.

Zwischendurch fuhr sie immer wieder ihre Sachen, die Brian in Kartons verstaut hatte, mit dem Auto ihres Bruders in ihre erste eigene Wohnung.

Im Juli verbrachte Joan ihren 23. Geburtstag zurückgezogen in ihrer Wohnung. Im Nachthemd saß sie auf dem Bett und pustete die einzelne Kerze auf der kleinen Torte aus, die sie sich selbst am Vortag gekauft hatte. Es war das erste Mal seit Jahren, dass es keine große Feier für sie gab. Noch vor Tagen hatte sie sich vor ihrem Geburtstag gefürchtet, aber nun störte sie das Alleinsein nicht so sehr, wie sie angenommen hatte.

„Wie geht es dir, Schwesterchen?“, fragte Brian sie, nachdem er ihr zum Geburtstag gratuliert hatte.

„Ich fühle mich gut“, antwortete Joan lächelnd, und zum ersten Mal glaubte Brian ihr. Bereits bei ihrem letzten Telefonat war ihm ihre bessere Stimmung aufgefallen. Ihre Stimme hatte glücklicher geklungen, sodass Rachel und er auf Joans Drängen hin beschlossen hatten, doch bis Anfang September in Mailand zu bleiben und anschließend nach Rom zu fliegen. Ab 1. Oktober würde Brian dann die Leitung der Filiale in Los Angeles übernehmen.

Der August verflog wie im Wind, die hohen Temperaturen blieben ihnen jedoch standhaft erhalten. Während des heftigsten Waldbrandes in der Umgebung von Los Angeles, den Tausende Feuerwehrmänner beinahe drei Wochen lang ununterbrochen bekämpften, verloren sieben Menschen ihr Leben. Darunter befanden sich auch zwei Kinder, die im Wald gespielt hatten und vom Feuer eingeschlossen worden waren. Bei dem Versuch, sie aus der Flammenhölle zu retten, starben zwei Feuerwehrmänner. Als Joan in den Sechsuhrnachrichten davon erfuhr und die schrecklichen Bilder der Zerstörung im Fernsehen sah, wurde ihr übel. Sie rannte ins Badezimmer und übergab sich.

„Obwohl es fürs Geschäft gut ist, habe ich diese Hitze allmählich satt“, stöhnte Theo, wischte sich die feuchte Stirn ab und griff nach seiner Wasserflasche.

Joan lächelte ihn an. „Ruh dich aus, alter Mann. Ich übernehme die Bestellung für dich.“ Sie füllte drei Gläser mit Orangensaft, steckte jeweils einen Strohhalm hinein und ging mit dem Tablett nach draußen. Von dort kam sie einige Minuten später mit einem befüllten Tablett zurück und erreichte gerade noch rechtzeitig die Theke, ehe sie schwankte und Theo sie augenblicklich stützte.

„Komm, setz dich“, sagte er in väterlichem Ton und führte sie zu einem Stuhl, auf den Joan sich widerwillig setzte.

„Es geht schon wieder“, beruhigte sie ihn und nahm das Glas Wasser, das Theo ihr daraufhin reichte. „Das kommt von der Hitze …“

„Du bleibst hier sitzen, bis du wieder Farbe im Gesicht hast“, ordnete Theo an, obwohl es ihr anscheinend wirklich besser ging. „Wehe du stehst vorher auf", sagte er und drohte ihr mit seinem Zeigefinger, worauf sie lächelte.

In der Woche nach dem Labor Day, den sie ausgiebig im *Theo's* gefeiert hatten, begann Joan das erste Semester nach ihrer einjährigen Pause an der Universität in Los Angeles. Mit viel Freude stürzte sie sich in ihr Studium und ließ keine einzige Vorlesung ausfallen. Sobald ihr Tag als Studentin zu Ende war, fuhr sie mit dem Fahrrad zum Café, um dort zu arbeiten, bis Theo die Türen schloss. An den Wochenenden arbeitete sie sogar von früh bis abends im Café, da sie nur so am Monatsende genügend Geld für ihre Miete zusammenbekam.

„Wenn du so weitermachst, gehst du daran zugrunde", warnte Theo sie eines Abends, als er die Tür abschloss. Seit Tagen schon bemerkte er, wie angespannt und entkräftet sie war, und nach dem heutigen Tag wollte er nicht länger zusehen. Am Morgen hatte er zufällig mit angehört, wie Joan sich in der kleinen Toilette übergeben hatte, nachdem sie einem Gast eine Extraportion Mayonnaise zu seinem Sandwich serviert hatte.

„Du hast ja recht, Theo. Im Moment habe ich ziemlich viel Stress, aber das legt sich bestimmt wieder", war Joan sich sicher.

Theo sah sie mit besorgtem Blick an und brummte zerknirscht, da er wusste, welch ein Sturkopf sie sein konnte. Wenn er zu diesem Zeitpunkt jedoch eine Ahnung davon gehabt hätte, dass sie sich seit zwei Wochen regelmäßig übergeben musste, dann hätte er Joan persönlich zu einem Arzt gebracht.

An besonders heißen Tagen sehnte Joan sich den Abend regelrecht herbei, da diese letzten Stunden des Tages ihr allein gehörten. Sobald das *Theo's* schloss, rannte sie ins kalte Wasser des Pazifiks und schwamm eine Weile, um ihre Füße und Arme zu entspannen, die von der schweren Arbeit im Café schmerzten. Immer häufiger fühlte sie sich schlapp und ausgepowert und die tägliche Übelkeit ließ ebenfalls nicht von ihr. Beides schob sie auf den Virus, den sie sich anscheinend vor einigen Wochen eingefangen und noch nicht überstanden hatte. Doch trotz dieser spürbaren Veränderungen ihres Körpers verringerte sie weder ihr Lernpensum noch die Stunden im Café. Sie stürzte sich in beide Arbeiten, bis sie schließlich im *Theo's* zusammenbrach.

„Du siehst nicht gut aus, Joan", sagte Theo, nachdem sie wieder zu sich gekommen war und er sie zu einem Stuhl in der Küche geführt hatte, und betrachtete bekümmert das blasse Gesicht seiner jungen Freundin.

Sie lächelte schwach. „Ein nettes Kompliment."

„Ich meine es ernst, Jo. Du solltest dich gründlich durchchecken lassen", meinte er mit väterlich besorgter Stimme.

„Ich habe mir einen Virus eingefangen, der mich etwas schwächt“, tat sie ihren Zusammenbruch leichthin ab.

„Dein Virus ist sehr hartnäckig“, gab er jedoch zu bedenken, da die ersten Anzeichen beinahe vier Wochen zurücklagen. „Du solltest das von einem Arzt abklären lassen.“

„Okay, ich lasse mir einen Termin geben.“

„Und lässt damit Wochen verstreichen? Nein, du gehst sofort zum Arzt und wartest dort, bis man dich untersucht. Vorher will ich dich hier nicht sehen.“

„Aber …“

„Kein Aber!“, sagte Theo entschieden und duldete keinen Widerspruch.

Noch am selben Nachmittag saß Joan im vollen Wartezimmer ihrer Gynäkologin und wartete darauf, dass sie endlich aufgerufen wurde. Als dann schließlich ihr Name durch die Sprechanlage drang, stand sie auf und betrat das Untersuchungszimmer, wo Dr. Smith sie lächelnd begrüßte.

„Hallo, Joan. Du warst lange nicht mehr bei mir“, sagte die hochgewachsene, schwarzhaarige Frau, die die vierzig erst knapp hinter sich hatte, und schloss hinter ihnen die Tür.

„Ich war in Europa“, erklärte Joan und nahm auf dem angebotenen Stuhl auf der anderen Seite des Schreibtisches Platz. Seit ihrem Umzug nach L. A. war Dr. Smith nicht nur ihre Frauenärztin, sondern auch die erste Ansprechpartnerin bei allen anderen medizinischen Problemen.

„Ich war vor einigen Jahren in Europa, Paris. Es war wunderbar“, sagte die Ärztin, in Erinnerung daran lächelnd, und klappte die Akte ihrer Patientin auf. „Nun, was führt dich zu mir? Die üblichen Untersuchungen?“

„Ich fühle mich seit einigen Wochen zunehmend schwächer. Eine Zeit lang war mir regelmäßig übel und heute bin ich ohnmächtig geworden“, zählte Joan der Ärztin ihre Beschwerden auf. „Ich habe wahrscheinlich nur zu viel um die Ohren. Ich studiere wieder an der UCLA und arbeite nebenbei in dem kleinen Café am Strand.“

„Das *Theo's*?“

„Ja, genau. Waren Sie schon einmal dort?“

„Ein einziges Mal.“ Dr. Smith lächelte. „Ich habe zu wenig Zeit.“

„Die sollten Sie sich aber nehmen.“

„Das versuche ich, aber es funktioniert nicht.“ Sie klappte die Patientenakte zu und bat Joan, sich auf die Liege zu setzen. Nachdem die Ärztin ihr Blut abgenommen hatte, führte sie die gynäkologische Untersuchung durch und wurde merkwürdig still.

Joans Lächeln verschwand und wurde durch ein ausdrucksloses Gesicht ersetzt. Sie nahm weder die tickende Uhr an der Wand noch den Lärm auf der Straße wahr. „Dr. Smith, ist es etwas Ernstes?“, fragte sie nach einem Moment argwöhnisch.

„Joan, wie soll ich sagen ...“ Langsam rollte die Ärztin mit ihrem Hocker an ihre Seite. Bei der Untersuchung waren ihr sofort die zahlreichen Narben in der Vagina ihrer Patientin aufgefallen, die erst unlängst genäht worden waren. Da derartige Wunden bei einem normalen Geschlechtsverkehr niemals entstehen konnten, deutete alles auf eine brutale Vergewaltigung hin. „Dir hat jemand sehr wehgetan, nicht wahr?“, fragte Dr. Smith behutsam.

Joan, die noch immer auf dem gynäkologischen Stuhl saß, wandte den Blick von ihrer Ärztin ab. Bisher war sie jedem Gespräch über diese Nacht erfolgreich ausgewichen. Sie hatte geglaubt, das Geschehene längst verarbeitet zu haben, doch erst jetzt bemerkte sie, dass dem nicht so war. Zurückblickend erkannte sie, dass sie in den vergangenen Wochen jegliche Gedanken an die Vergewaltigung mit aller Gewalt verdrängt hatte, ehe die Erinnerungen daran sie wieder zerfressen konnten.

„Joan, ich denke, du bist schwanger“, sagte Dr. Smith vorsichtig.

Augenblicklich riss Joan den Kopf herum. „Das ist unmöglich!“, sagte sie fassungslos und sah ihre Ärztin an, die ihr einen mitfühlenden Blick zuwarf.

„Deine Übelkeit, die Schwächeanfälle, das Schlappheitsgefühl. Wir sollten eine Ultraschalluntersuchung machen, damit wir Gewissheit haben“, erklärte Dr. Smith ruhig, da sie des Schockzustands ihrer Patientin gewahr wurde.

Ungläubig schüttelte Joan den Kopf. „Das kann nicht sein ...“

„Wir werden es gleich herausfinden, Joan“, sagte Dr. Smith und zog das Ultraschallgerät neben den Untersuchungsstuhl. „Jetzt wird es auf deinem Bauch etwas kalt werden“, bereitete sie Joan auf das Gel vor, das sie ihr sogleich auf den Bauch schmierte.

Während die Ärztin ihr mit der Sonde langsam über den Bauch fuhr, hatte Joan die Augen geschlossen. Tränen standen darin, die nur auf den Augenblick warteten, sich ihren Weg hinaus zu bahnen. Sie bekamen ihre Chance, als Dr. Smith Joan die Schwangerschaft bestätigte.

„Ich kann es nicht bekommen! Nicht von diesem Kerl ...“, sagte Joan völlig aufgelöst, nachdem sie sich wieder angezogen hatte. Ihre Gedanken spielten Achterbahn. Ihre Gefühle überschlugen sich. Mit einem Mal kehrten die Erinnerungen an Raphael so deutlich in ihr Gedächtnis zurück, dass Joan glaubte, an dem Schmerz und der Scham zu ersticken. „Was ist mit einem Abbruch?“, fragte sie mit tränenverschleiertem Blick ihre Ärztin.

„Im Gegensatz zu vielen meiner Kollegen würde ich in deinem Fall einen Abbruch sogar befürworten, aber …“ Sie sah Joan mitfühlend an. „… da du bereits in der 14. Woche bist, ist es dafür zu spät.“ Dr. Smith hielt es für überflüssig, ihre Patientin zu fragen, warum sie nicht schon eher zu ihr gekommen war. So wie sie die Situation auffasste, hatte Joan die Vergewaltigung aus ihrem Kopf verbannt, statt sie zu verarbeiten. „Joan?“, begann die Ärztin erneut. „Du warst doch sicher anschließend im Krankenhaus. Hat man denn dort keine Ausschabung vorgenommen?“

„Ich weiß nicht …“

„Hattest du nachher wieder sexuellen Kontakt?“ Sofort schüttelte Joan den Kopf. „Warum nimmst du denn die Pille nicht mehr?“, erkundigte Dr. Smith sich, als Joan ihre Tränen mit der Hand wegwischte.

„Ich habe sie nie gut vertragen, und nach Steves Tod … Es gab keinen Grund mehr.“

Dr. Smith nickte verständnisvoll. „Wenn du jemanden zum Reden brauchst, ich bin jederzeit für dich da.“ Sie wusste, dass sie ihre Patientin in dieser Situation nicht allein lassen durfte.

„Was soll ich jetzt tun?“

„So grausam es für dich klingen mag – zuerst einmal dein Baby zur Welt bringen“, sagte die Ärztin mit weicher Stimme. „Es kommt Ende März. Bis dahin wirst du dir überlegen müssen, ob du dein Leben mit deinem Baby verbringen möchtest oder ob du es zur Adoption freigibst.“ Sie hielt einen Moment inne und sprach dann weiter. „Joan, denke immer daran, dass das Baby auch ein Teil von dir ist. Dieser kleine Mensch wird immer zu dir gehören.“

Fünf Tage darauf lag Joan gedankenverloren in ihrem Bett und starrte an die Zimmerdecke. Seit sie von der Schwangerschaft erfahren hatte, war sie weder aus ihrer Wohnung gegangen noch hatte sie das Bett verlassen. Sie wusste nicht einmal mehr, wann sie zuletzt etwas gegessen hatte.

Mit einem Mal wurde Joan aus ihren Gedanken gerissen. Ihr Telefon klingelte. Joan, die nur Theo über ihr Fortbleiben informiert hatte, stöhnte genervt auf. Es konnten nur Brian, Rachel oder ihre Eltern sein – in der Universität vermisste sie niemand – und keinen von ihnen wollte sie im Moment sprechen.

„Joan … bitte geh ans Telefon“, hörte sie die besorgte Stimme ihrer Ärztin schließlich auf dem Anrufbeantworter. „Joan, bitte … Wenn du nicht abnimmst, lässt du mir keine Wahl. Ich werde die Polizei alarmieren, die notfalls deine Tür aufbricht."

Da griff Joan nach dem Telefon, das auf ihrem Nachttisch lag, und meldete sich.

„Hallo", sagte Dr. Smith erleichtert. „Wie geht es dir?"

„Ich liege im Bett und heule."

„Und das mit Sicherheit seit fünf Tagen", stellte die Ärztin fest. „Hast du jemanden, mit dem du sprechen kannst?"

„Ich muss mir selbst erst klar werden, wie ich darüber denke ..."

„Versprichst du mir, dass du zwischendurch an die frische Luft gehst? Es würde euch guttun."

„Uns ...", ließ Joan sich langsam durch den Kopf gehen. Es hörte sich noch immer ungewohnt an und womöglich, so dachte sie, würde sie sich nie daran gewöhnen.

Nie zuvor hatte sie sich mehr nach einem Menschen gesehnt, der sie in seine Arme schloss. Sie vermisste die Behaglichkeit, die sie als kleines Mädchen stets von ihrer Familie geboten bekommen hatte. Von ihren Eltern, die sie fortwährend behütet, aber nie in Watte gepackt hatten, und Brian, der ihr stundenlang hatte zuhören können. Der ihr liebste Mensch befand sich jedoch nach wie vor am anderen Ende der Welt und hatte trotz ihrer häufigen Telefonate keine Ahnung, wie einsam sie sich fühlte. Sie wusste, dass ihn ihre gespielte Fröhlichkeit täuschte, doch konnte sie Gespräche derartiger Wichtigkeit nicht am Telefon führen. So ließ Joan eine weitere Woche verstreichen, in der sie ihre Arbeit im Café und ihr Studium wieder aufnahm, ohne mit ihrer Familie über die Schwangerschaft gesprochen zu haben.

Am Mittwoch darauf landete Rachels und Brians Maschine auf dem Los Angeles International Airport. Angesichts ihrer offiziellen Verlobung vor Rachels Eltern stiegen sie freudestrahlend aus dem Flugzeug und fuhren auf direktem Weg in ihr Appartement, wo sie die nächsten Stunden im Bett verbrachten. Nachdem sie sogar noch zu drei Stunden Schlaf gekommen waren, klingelten sie am Abend bei Joan, die sie eingeladen hatte. Während Brian und Rachel sich die kleine Wohnung ansahen, bestellte Joan beim Chinesen.

„Habt ihr euch schon einen Termin für eure offizielle Verlobungsfeier ausgesucht?", fragte Joan, um ein Lächeln bemüht, als sie Brian und Rachel gegenüber in dem Sessel saß und ihre Nudeln mit Stäbchen aß.

„Darüber haben wir noch nicht gesprochen", antwortete Rachel und lächelte ihren Frischverlobten an. Da erzählte Brian seiner Schwester ausführlich von dem zweiwöchigen Urlaub in Rom und seinem Antrag vor Rachels Eltern. Glücklich beugte er sich zu Rachel und küsste sie zärtlich.

„Ich erwarte ein Baby", platzte Joan plötzlich heraus.

Augenblicklich sahen Brian und Rachel zu ihr hinüber. Langsam verschwand das Lächeln aus seinem Gesicht. „Seit wann gibt es wieder jemanden in deinem Leben?", fragte er irritiert, denn ein ungutes Gefühl übermannte ihn.

Joan schüttelte den Kopf. „Es ist … von ihm."

„Wie bitte!?", sagte er entrüstet. „Das ist nicht dein Ernst! Du kannst unmöglich das Kind von diesem Kerl bekommen. Du musst es abtreiben."

„Ich darf mich dazu wohl gar nicht äußern", erklärte sie nüchtern.

„Du kannst nicht das Kind von diesem Kerl bekommen", wiederholte Brian eindringlich und setzte sich aufrecht hin.

„Ich habe keine Wahl."

„Wie meinst du das?", fragte er gereizt.

„Es ist zu spät für einen Abbruch. Ich bin im dritten Monat."

„Wunderbar!", sagte er sarkastisch und schüttelte ungläubig den Kopf. „Ich kann das nicht glauben."

„Brian, beruhige dich", sagte Rachel bestimmt, obwohl die Nachricht sie ebenso schockierte, und Brian stand auf. Erschüttert lief er im Zimmer hin und her und zwang sich selbst zur Ruhe. „Ich habe mit diesen Dingen wenig Erfahrung, aber ich dachte, im Krankenhaus hätte man dich untersucht", wandte Rachel sich mit sanfter Stimme an Joan.

„Warum haben die Ärzte das nicht verhindert?", fragte Brian außer sich. Wie kann sie nur das Baby ihres Vergewaltigers bekommen?"

„Verdammt, Brian, ich weiß es nicht!", sagte sie verärgert. „Ich weiß nur, dass ich schwanger bin und es für eine Abtreibung zu spät ist. Ja, ich hätte die Anzeichen eher bemerkten müssen", gab sie zu. „… aber ich habe diese Nacht aus meinem Gedächtnis verdrängt. Sie existierte für mich nicht."

Sie sah, wie Brian wortlos die Arme vor seiner Brust verschränkte und sich mit dem Rücken zu ihr zum Fenster umdrehte. Auch wenn er sich ihnen gegenüber zurückhielt, so merkte Joan, dass er über ihre Eröffnung über alle Maßen schockiert war. Er verspürte einen ungeheuren Hass auf Raphael, wünschte, er hätte ihn damals nicht nur zusammengeschlagen. Zugleich wollte er auf liebevolle Weise für seine Schwester da sein. Joan konnte sich vorstellen, wie Brian sich in diesem Moment fühlte. Eine Woche lang hatten sie dieselben Gedanken beschäftigt.

„Willst du für das Baby nach der Geburt sorgen?", fragte Rachel sie nach einem Augenblick des Schweigens.

„Ich weiß es noch nicht …“

Während Joan sich in den darauf folgenden Wochen häufiger mit Rachel im Café oder zum Bummeln verabredete, sahen sich die Geschwister in dieser Zeit kaum. Brian benötigte einige Wochen, um den Hass auf Raphael zu zähmen und dieses Gefühl gegen seine bedingungslose Liebe zu seiner Schwester einzutauschen.

Ende Oktober leitete Brian bereits seit vier Wochen *Farley's* in Los Angeles, als Joan ihn mittags im Büro überraschte. Seit Brian von der Schwangerschaft erfahren hatte, waren sie einander nur zufällig begegnet oder wenn Rachel sie zusammengeführt hatte. Joan, die ihrem Bruder Zeit gelassen hatte, machte nun den ersten Schritt. Im sechsten Monat konnte sie ihre Schwangerschaft nicht mehr verbergen, der gewölbte Bauch sprach für sich.

In ihrem neuen hellblauen Umstandskleid betrat Joan das Vorzimmer zu Brians Büro und begrüßte Brenda, die langjährige Sekretärin ihres Bruders.

„Oh, es hat mich getreten“, sagte Brenda lächelnd, die ihre Hand auf Joans Bauch gelegt hatte.

Just in diesem Moment trat Brian aus seinem Büro und sah sie überrascht an. „Jo, was machst du denn hier?“

Sie lächelte. „Hast du Zeit für einen gemeinsamen Lunch mit mir?“

„Brenda …“, sagte er und blickte über ihre Schulter hinweg zu seiner Sekretärin. „Habe ich Zeit für meine Schwester?“

Sie nickte. „Ihr nächster Termin ist erst in drei Stunden“, erklärte Brenda.

„Okay, warte einen Augenblick.“ Brian eilte in sein Büro und kehrte gleich darauf mit seinem Jackett zu ihr zurück. „Wenn Mr. Kofell zurückruft, erreichen Sie mich auf dem Handy“, sagte er zu Brenda und hielt seiner Schwester die Tür auf.

„Dir macht dein Job hier wirklich Spaß, oder?“, fragte Joan ihn neugierig, während sie den durch Scheiben verglasten Gang hinunter zum Fahrstuhl gingen.

Brian lächelte. „Ja, er macht mir Spaß. Er ist anstrengend und sehr zeitaufwendig, aber ich liebe meine Arbeit.“

„Das sieht man dir an.“ Joan freute sich für ihn. Er hatte lange und sehr hart dafür gekämpft, um eines Tages diesen Posten zu bekommen.

„Und du?“, fragte er sanft. „Wie fühlst du dich?“

„Dick!“, antwortete sie lachend. Auch Brian lachte.

Da hielt der leere Fahrstuhl auf ihrer Etage und sie stiegen ein. Sobald sich die Türen geschlossen hatten, legte Brian seine flache Hand auf ihren gewölbten

Bauch. Über seine unvorhergesehene Zuneigung überrascht, wandte Joan den Kopf zu ihm um.

„Ich habe euch vermisst", sagte Brian lächelnd, worauf Tränen der Rührung in ihre Augen stiegen. Als das Baby sich mit einem kräftigen Tritt gegen die Bauchdecke bemerkbar machte, lief auch Brian eine Träne über die Wange. „Ich freue mich auf dich, kleiner Mann."

„*Kleiner Mann*?"

„Nur ein Mann kann so fest treten", erklärte er, zog sie liebevoll in seine Arme und drückte ihren Kopf sachte gegen seine Brust. Mit der Zeit hatte sein Herz über seinen Verstand gesiegt. Zwar befürchtete Brian noch immer, dass sie angesichts des Babys die Vergewaltigung niemals würde vergessen können, doch mittlerweile freute er sich, Onkel zu werden.

Von diesem Tag an sahen sie sich wieder häufiger, und wann immer es Brians Job zuließ, holte er seine Schwester vom *Theo's* ab und begleitete sie barfuß im Anzug den Strand entlang nach Hause.

„*Farley's* sollte eine Kinderabteilung bekommen", meinte Brian bei einem ihrer abendlichen Spaziergänge beiläufig.

„Vielleicht nimmst du Umstandsmode gleich mit ins Sortiment auf. Ich könnte Probe laufen", zog sie ihren Bruder lächelnd auf.

„Hey, ich meine es ernst!"

„Ich weiß, tut mir leid. Du führst dich nur so auf, als würdest du Vater werden."

„Er wird schließlich vorerst keinen haben." Brian suchte ihren Blick, aber sie wich ihm aus.

„Wir zwei brauchen niemanden." Sie fuhr sich über ihren Bauch. „Wir kommen sehr gut allein zurecht."

Irrte er sich, oder lag Einsamkeit in ihrer Stimme? „Bist du dir sicher?", fragte er vorsichtig und fing sich einen strengen Blick von ihr ein.

„Willst du mir wieder dein Geld anbieten?"

„Wenn du es nicht geschenkt möchtest, dann kannst du es mir gern irgendwann zurückzahlen."

„Ich komme klar, Brian." Sie wusste nicht, wie oft sie sein Angebot bereits abgelehnt hatte, sie zählte längst nicht mehr mit. Tatsächlich kam Joan über die Runden. Sie war nicht reich, doch bemühte sie sich, monatlich eine kleine Summe von ihrem Gehalt aus dem *Theo's* für das Baby zurückzulegen.

Mit dem Dezember begannen schließlich die Weihnachtsvorbereitungen. Joan, die nur auf Rachels Drängen hin ihre Wohnung dürftig weihnachtlich dekoriert hatte, fand zum ersten Mal in ihrem Leben wenig Gefallen an den Feiertagen. Im siebten Monat fiel ihr die Bewegung zusehends schwerer, sodass sie im Café die Arbeit hinter der Theke übernommen hatte. Zudem litt sie unter Stimmungsschwankungen, die mittlerweile nicht nur ihre Nerven, sondern auch die ihrer Mitmenschen strapazierten. Sie konnte sich über Kleinigkeiten schrecklich aufregen, sich weinend dafür entschuldigen und danach wieder lächeln.

„Begleitest du uns zur Weihnachtsparty von *Farley's*?“, fragte Rachel sie eines Abends eine Woche vor Weihnachten in der Küche ihres Appartements, als sie Joan und sich einen alkoholfreien Cocktail aus Fruchtsäften mixte.

Joan runzelte die Stirn. „Ich will euch kein Anhängsel sein.“

„Das bist du seit deiner Geburt“, neckte Brian sie, der soeben unbemerkt zur Tür hereingekommen war.

„Hey!“ Rachel warf ihm einen strengen Blick zu, aber Brian zuckte unschuldig mit der Schulter.

„Du hast Glück, dass ich gute Laune habe“, erwiderte Joan lächelnd, worauf Brian ihr einen Kuss auf die Wange drückte. Anschließend trat er zu Rachel und gab ihr einen zärtlichen Kuss.

„Darf ich fragen, wo du uns kein Anhängsel sein willst?“, fragte Brian interessiert und trank einen Schluck vom Cocktail seiner Verlobten.

„Bei der Weihnachtsparty von *Farley's*“, antwortete Rachel.

„Wo ist das Problem?“, wandte Brian sich mit fragendem Blick an seine Schwester. „Du bist eine Farley …“

„Vor allem bin ich dick“, schnitt Joan ihm ins Wort.

„Daher weht der Wind. Du findest dich unattraktiv. Du denkst, weil du schwanger bist, sieht dich kein Mann mehr an.“

Joan stöhnte. „Falsch, denn es interessiert mich nicht, wer mich wie ansieht. Im Übrigen mache ich mir über Männer im Moment keine Gedanken.“

Rachel, die die Vorboten bemerkte, warf Brian einen warnenden Blick zu, den er jedoch ignorierte. „Vielleicht änderst du ja deine Meinung, schließlich wirst du in drei Monaten Mutter, und mein Neffe sollte nicht ohne Vater aufwachsen.“

„Meinst du nicht, das geht nur mich etwas an?“, fragte Joan verärgert.

Brian ging über ihre Anmerkung hinweg. „Ein sehr guter Freund von mir ist wie du Single …“

„Liebling …“, sagte Rachel und berührte sachte seinen Arm.

„… und er liebt Kinder“, schloss er ab.

„Brian, ich bin erst vor wenigen Monaten vergewaltigt worden. Es kostet mich unendlich viel Überwindung, deine Berührungen zu ertragen, aber die eines anderen Mannes …" Allein der Gedanke daran jagte ihr nach wie vor schreckliche Angst ein. „Ich bin noch nicht so weit."

Erst da wurde ihm seine Taktlosigkeit bewusst. Er hätte sich ohrfeigen können. „Jo … es tut mir leid. Ich wollte nicht …"

Joan hob abwehrend die Hand und brachte ihn damit augenblicklich zum Schweigen. „Lass es gut sein", sagte sie, stand von ihrem Stuhl auf und griff nach ihrer Handtasche. „Ich wünsche euch einen schönen Abend."

„Joan, warte. Ich fahre dich heim", beeilte Brian sich zu sagen, ehe sie zur Tür hinausgehen konnte.

„Ich nehme den Bus."

Nachdem Joan das Appartementhaus verlassen hatte, lief sie zur nächsten Bushaltestelle und stieg in einen Bus ein, der in der Nähe ihrer Wohnung halten würde. Die ihr bekannte Strecke durch die vertraute Gegend dauerte nicht lange, doch von der Haltestelle aus hatte sie ein ganzes Stück zu Fuß zu gehen, und bereits nach wenigen Gehminuten wurden ihr die Beine schwer. 20 Minuten später erreichte sie schließlich erschöpft das Haus, in dem sie wohnte, und trat gerade zur Tür hinein, als ihr Nachbar den Fahrstuhl verließ.

„Joan, hallo", rief er ihr freundlich zu, eilte zum Fahrstuhl zurück und stellte sich in die Lichtschranke, damit dieser nicht ohne seine schwangere Nachbarin nach oben fuhr.

„Danke, Andrew, aber das ist nicht nötig. Seitdem er ständig stecken bleibt, nehme ich lieber die Treppe."

„Okay, wie Sie meinen." Er trat aus dem Fahrstuhl und kam ihr entgegengelaufen. Unter seinem Arm klemmte ein kleines Paket.

„Sie haben es aber eilig, Andrew."

„Ich muss zur Post – das Weihnachtspaket für meine Mutter abgeben", meinte er bereits an der Haustür.

„Da wird sie sich freuen."

„Ich hoffe es!", rief er und war verschwunden. Joan wunderte sich immer wieder über ihren gleichaltrigen Nachbarn, der seine Angelegenheiten stets in letzter Minute erledigte und somit im Dauerstress war.

Erledigt ging Joan langsam zur Treppe. Beim Gedanken an die dritte Etage überlegte sie, ob sie ausnahmsweise den Fahrstuhl nehmen sollte, entschied sich jedoch dagegen. So viel Glück, wie sie hatte, blieb ausgerechnet dann der Fahrstuhl stecken, wenn sie damit fuhr. „Wir schaffen das auch so", sagte sie leise zu ihrem Baby und fuhr sich mit der Hand über ihren gewölbten Bauch. Wie zur Bestätigung bewegte sich das Baby. Joan wartete einen Moment, dann lief sie schleppend die ersten Stufen der langen Treppe hoch. Sie nahm sich vor, nicht haltzumachen, ehe sie den ersten Absatz geschafft hatte. Da trat das Baby sie plötzlich so arg in den Bauch, dass sie vor Schreck das Gleichgewicht verlor, taumelte und von der Stufe abrutschte, auf der sie stand. Noch bevor sie wusste, was mit ihr geschah, schlug sie mit dem Hinterkopf auf der Steintreppe auf und stürzte die Stufen bis zum Fahrstuhl hinab.

Erst einige Minuten darauf erlangte Joan das Bewusstsein zurück. Sie lag auf dem Bauch und stöhnte vor Schmerzen, die von ihrem Bauch herrührten.

„Hilfe!", rief sie so laut sie konnte, aber es war nicht laut genug. Niemand schien sie zu hören. „Es wird alles gut werden, Kleines", versuchte sie sich und ihr Baby trotz der wiederkehrenden Schmerzen zu beruhigen. Mit größter Anstrengung stützte sie sich mit zittrigen Händen auf dem Boden ab und drehte sich langsam auf den Rücken um. „Nein! Bleib bei mir", sagte sie mit angsterfüllten Augen, als sie das Blut zwischen ihren Beinen entdeckte. Da wurde ihr bewusst, dass die Schmerzen vorzeitige Wehen waren. „Oh mein Gott! Warum ist denn hier niemand! *Hilfe*!", rief sie laut schluchzend und versuchte aufzustehen, aber vor Schmerzen konnte sie sich nicht rühren.

Eine halbe Stunde später fand Andrew sie auf der Treppe in ihrem eigenen Blut liegen. Von Schmerzen gepeinigt sah Joan ihn mit angstvollem Gesicht an. Sie hatte starke Wehen.

„Halt! Da dürfen Sie nicht hinein, Sir!", rief eine Krankenschwester und hielt Brian mit festem Griff davon ab, den Kreißsaal zu betreten.

„Ich muss wissen, wie es meiner Schwester geht", sagte er voller Sorge und ließ sich nur mühsam von der Krankenschwester und Rachel zu der Wartebank bringen, wo er sich setzte.

„Wir möchten zu Joan Farley", sagte Rachel, die nach außen hin ruhig wirkte. „Man sagte uns, dass sie schwer gestürzt ist und in den Wehen liegt. Das Baby kommt 14 Wochen zu früh."

Die Krankenschwester nickte. „Warten Sie hier. Ich werde mich erkundigen." Sogleich eilte sie den Gang hinunter und verschwand.

„Es ist meine Schuld", murmelte Brian vor sich hin. „Wenn ich sie nicht unter Druck gesetzt hätte … Ich hätte darauf bestehen müssen, sie heimzufahren."

Rachel setzte sich neben ihren Verlobten auf die Bank und ergriff seine Hand. „Liebling, suche bitte nicht die Schuld bei dir. Was auch immer geschehen ist, ich bin mir sicher, dass du es nicht hättest verhindern können."

Als Rachel an Brian vorbeiblickte, sah sie die Krankenschwester auf sie zukommen. Diese hielt zwei Tassen Kaffee in den Händen und reichte sie ihnen.

„Der Arzt hat sich soeben zu einem Kaiserschnitt entschlossen“, erklärte die Krankenschwester ihnen mitfühlend. „Es wird eine Weile dauern, bis Sie ihn sprechen können.“

„Egal wie lange es dauert – wir werden warten“, entschied Brian, worauf die Schwester nickte und sich abwandte.

In der darauf folgenden Stunde terrorisierte Brian die Krankenschwestern regelrecht mit seinen ständigen Fragen, wie es Joan und dem Baby ging, aber niemand gab ihm eine Auskunft. Die Warterei und die Ungewissheit machten ihn wahnsinnig. Selbst Rachel, die ebenfalls verzweifelt war, konnte ihn nicht beruhigen.

Als zum wiederholten Male die Türen zum Bereich des Kreißsaals geöffnet wurden, wandten sie gespannt die Köpfe um. Diesmal kam der Mann in grüner OP-Kleidung direkt auf sie zu und stellte sich als Joans behandelnder Arzt vor.

„Brian Farley, ich bin ihr Bruder.“ Er umklammerte Rachels Hand. „Wie geht es meiner Schwester und dem Baby, Doktor?“

„Der Kaiserschnitt ist den Umständen entsprechend gut verlaufen. Ihre Schwester hat sehr viel Blut verloren und bleibt bis auf Weiteres auf der Intensivstation. Sobald sie aus der Narkose aufgewacht ist und sich ihre Werte normalisiert haben, kann sie auf Station verlegt werden“, erklärte er ihnen.

„Und das Baby?“, fragte Rachel.

Der Arzt sah sie zögernd an. „Wir konnten es leider nicht retten. Es tut mir sehr leid“, sagte er mit sichtlichem Bedauern. Von den Worten des Arztes erschüttert, schloss Rachel die Augen. Schluchzend legte sie ihren Kopf gegen Brians Brust, der den Arzt geschockt ansah.

„Wäre Ihre Schwester eher im Krankenhaus gewesen, hätten wir das Baby per Kaiserschnitt geholt und es sofort im Brutkasten versorgt. Vielleicht hätte es überlebt, aber die Chancen waren gering“, fügte der Arzt hinzu.

Schluchzend zog Rachel ein Taschentuch hervor und schnäuzte sich die Nase.

„Können wir zu ihr?“, fragte Brian den Arzt, der die Bitte schon ablehnen und sie auf den Nachmittag vertrösten wollte. Zögernd nickte er und führte sie in einen kleinen Raum, wo sie von der diensthabenden Intensivschwester einen grünen Kittel bekamen. Nachdem sie die Kittel angezogen hatten, folgten sie dem Arzt schweigend die Gänge entlang und betraten schließlich nach ihm den Beobachtungsraum, der durch eine Glasscheibe zu Joans Zimmer getrennt war.

Eine ältere Krankenschwester sah auf, als sie eintraten, und wandte sich dann wieder ihrer Arbeit zu.

Langsam traten Rachel und Brian an die Glasscheibe und sahen Joan auf der anderen Seite im Intensivbett liegen. Ihr Gesicht war durch den Blutverlust blass, der Bauch unter der Decke flach …

„Durch die Schmerzmittel wird ihre Wahrnehmung in den nächsten Stunden beeinträchtigt sein“, erklärte der Arzt. „Wir geben ihr die Nacht über ein leichtes Schlafmittel, sodass sie erst morgen früh zu sich kommen wird. Es sollte jemand bei ihr sein, wenn sie es erfährt.“

Noch vor der Besuchszeit am nächsten Morgen gestattete der Arzt ihnen, zu Joan ins Zimmer zu gehen. Während Joan noch immer schlief, saßen sie an ihrem Bett und hielten ihre Hand.

Als Joan von ihrem behandelnden Arzt vom Tod ihres Babys erfuhr, schloss sie die Augen, ballte ihre zittrigen Hände, bis die Knochen weiß hervortraten, und riss an der Infusion, die in ihrem Arm steckte. Sofort griff der Arzt nach ihren Armen und wies die herbeieilende Krankenschwester an, eine Spritze aufzuziehen. Nur einen Augenblick darauf injizierte er das Beruhigungsmittel, das Joan bald darauf einschliefen ließ.

4. Kapitel

Was war es?“, fragte Joan zwei Tage darauf den Arzt an ihrem Bett leise. Mittlerweile war sie auf Station verlegt worden.

„Ein Junge. Er war völlig gesund“, fügte der Arzt mitfühlend hinzu. Er hatte selbst zwei Kinder und wollte sich den unerträglichen Schmerz über ihren Verlust nicht vorstellen.

Mit geröteten Augen sah sie ihn irritiert an. „Aber warum hat er dann nicht überlebt?“

Nach seiner langjährigen Erfahrung stellte der größte Teil der Eltern in vergleichbaren Situationen diese Frage, und er wusste, dass vielen von ihnen die ehrliche Antwort beim Verarbeiten der Trauer half.

„Beim Abgang des Fruchtwassers hat sich die Nabelschnur um den Hals des Fetus gelegt und abgedrückt“, erklärte er mit sanfter Stimme.

Joan schloss die tränenerfüllten Augen. Er ist erstickt, dachte sie erschüttert. Erst nach einem Moment schlug sie die Augen wieder auf. „Wo ist er?“

„Hier im Krankenhaus. Mrs. Farley, es sind noch einige Fragen offen“, begann ihr Arzt unsicher, da er nicht wusste, ob der Augenblick gut gewählt war. Andererseits musste dieser Punkt sehr bald geklärt werden. „Der Fetus war bereits überdurchschnittlich groß“, setzte er an, als er ihre Aufmerksamkeit hatte. „Nach dem Gesetz entscheiden die Eltern in solchen Fällen, ob der Leichnam beigesetzt oder mit anderen Extremitäten verbrannt werden soll …“

„Ich möchte ihn sehen.“

„Das würde ich Ihnen nicht empfehlen, Mrs. Farley. Sie sollten sich den Anblick ersparen“, sagte er vorsichtig.

„Bringen Sie mich zu meinem Sohn!“

Der Anblick ihres toten Babys brach Joan das Herz. Es fühlte sich an, als würde ihr jemand wieder und wieder mit einem Messer ins Herz stechen. Es blutete und blutete und starb irgendwann.

Im Beisein von Joan, Rachel und Brian wurde Andrew Farley, der Tapfere, neben anderen Babys und Kindern auf demselben Friedhof beigesetzt, auf dem auch Steve beerdigt worden war. Für Joan war es wichtig, dass sie an einen Ort gehen konnte, an dem sie sich ihrem Sohn nahe fühlte – zudem war er dort nicht allein.

Nach der Beisetzung blieb Joan eine Weile allein vor dem Grab ihres kleines

Babys stehen und erinnerte sich mit Tränen in den Augen an die Bewegungen ihres Sohnes, die sie noch vor einer Woche gespürt hatte. Als der Schmerz schier grenzenlos wurde, sank sie schluchzend auf den grasbedeckten Boden vor dem Grab ihres Sohnes.

Tagelang lag Joan in ihrer Wohnung im Bett und weinte in ihr Kopfkissen. Sie befand sich in einer Zeitschleife. Wieder und wieder durchlebte sie ihren Sturz im Treppenhaus, hörte nachts ihre eigenen Hilferufe und sah das viele Blut an ihren Beinen. Die Tage, die Stunden, selbst die Minuten vergingen so langsam wie nie zuvor. Nur der grausame Schmerz in ihrer Brust war immer da. Er ging, wohin Joan ging.

Brian und Rachel besuchten sie abwechselnd und brachten ihr Lebensmittel vom Supermarkt mit, Joan aß jedoch kaum etwas. Sie verbrachte die Tage und Nächte in ihrem Bett und stand nur auf, wenn sie zur Toilette musste. Weinend lag sie zwischen ihren Kissen und hielt das Ultraschallbild ihres ungeborenen Sohnes in den Händen. Sie sprach nicht, denn kein Wort konnte den Schmerz beschreiben, den sie durchlitt. Ihr war das Herz entrissen worden. Die zurückgebliebene Wunde war tief und blutete stark.

„Ich habe Joan gegenüber schreckliche Schuldgefühle, weil wir zwei so glücklich sind", sagte Rachel wenige Tage nach der Frühgeburt, als sie in Brians Armen lag. Soeben hatten sie miteinander geschlafen. „Wir erleben eine so schöne, bedeutende Zeit miteinander. Unsere Hochzeit …"

„Ich weiß, Liebling", sagte Brian mit ebenso gemischten Gefühlen, denn auch er hatte sich sehr auf das Baby seiner Schwester gefreut. „Joan hatte ihr Leben gerade erst in den Griff bekommen. Es ist unbegreiflich, warum sie so hart bestraft wird."

„Ich verstehe nicht, warum Gott das tut", erklärte Rachel mit Tränen in den Augen. Da spürte sie, wie Brian ihr liebevoll den Kopf küsste.

Schon nach Steves Tod hatte Brian bemerkt, wie Joan sich von Tag zu Tag ein Stück mehr aus dem Leben zurückzog. Erst Paolo war es gelungen, die Mauer, hinter der sie sich verbarg, zum Bröckeln zu bringen. Nun war diese erneut aufgebaut – wahrscheinlich höher denn je.

„Joan?", fragte Brian sanft vom Ende ihres Bettes aus, seine Schwester reagierte jedoch nicht. Es war Morgen, sie hatte die Augen geschlossen, aber er wusste, dass sie nicht schlief. Die Tränen an ihrer Wange waren noch nicht getrocknet. „Kleines, ich kann mir vorstellen, wie sehr du unter der Frühgeburt leidest, aber du musst allmählich wieder unter Menschen gehen. Niemand verlangt von dir, dass du zur Universität oder ins Café gehst …" Er beobachtete sie, vernahm aber keine Reaktion. Leise seufzte er. „Morgen ist Heiligabend“, begann er ohne große Feierstimmung. „Rachel und ich haben beschlossen, dieses Jahr auf keine Party unserer Freunde zu gehen. Stattdessen werden wir bei uns daheim feiern und möchten, dass du dabei bist.“ Er hielt es für angebrachter, ihr die Anwesenheit von ihren engsten Freunden Lynn und George zu verschweigen. Und auch dass Nicholas kommen würde, behielt er besser für sich. „Ich werde dich morgen um sechs Uhr abholen“, sagte er entschlossen, wandte sich um und verließ ihre Wohnung. Allmählich war er es leid, ständig gegen eine Wand zu reden. Das Baby war tot. Eine Tatsache, an der weder sie noch er etwas ändern konnte.

Es sollte das erste Weihnachtsfest werden, das Isabelle und Matthew nicht gemeinsam mit ihren Kindern feierten. Joan hatte seit ihrer Krankenhausentlassung nur einmal mit ihren Eltern telefoniert und ihnen erklärt, dass sie dieses Jahr mit Freunden feiern würde. In Wahrheit, so wusste nur sie selbst, würde sie die Feiertage jedoch im Bett verbringen.

Brian und Rachel sagten ihren Flug nach New York ab, da sie Joan nicht allein in Los Angeles zurücklassen wollten, und erzählten Isabelle und Matthew von einer sehr „wichtigen“ Feier, die sie auf keinen Fall verpassen durften. Ihr Angebot, dieses Jahr nach Los Angeles zu kommen, lehnte Brian schnell ab, weil er wusste, wie wichtig ihnen Schnee zu Weihnachten war. Zudem behauptete er ihnen gegenüber, dass sein privater Terminkalender randvoll sei und sie somit wenig von ihm hätten.

Es war bereits Mittag des Heiligabends, als Joan die Augen öffnete und auf einen kleinen Stapel Post blickte, den jemand neben sie auf ihr Bett geworfen hatte. Joan, die auf dem Bauch lag, drehte sich schläfrig auf die Seite herum und nahm den obersten Brief in die rechte Hand. Eine Rechnung – was sollte es sonst sein? Sie schob die übrigen Briefe auseinander, sodass sie die Absender lesen konnte, und hielt plötzlich inne. Die Post enthielt einen Brief aus Mailand. Erwartungsvoll setzte sie sich im Bett auf, öffnete das Kuvert und hielt ein Schreiben vom Polizeirevier in ihren Händen. Sie überflog die ersten Worte, bis sie den bedeutenderen Teil erreichte. *Aufgrund unzureichender Beweismittel wird die Anklage auf Vergewaltigung gegen Herrn Raphael Santo fallen gelassen …* Mit zittrigen Händen ließ Joan den Brief neben sich auf das Bett sinken. Langsam legte sie sich auf die Seite und zog ihre Beine an den Bauch hinauf. Raphael hatte gesiegt …

Am frühen Abend wartete Brian mit seinem Auto vor dem Santa Monica Hospital auf seinen Freund, der jeden Moment Feierabend hatte. Dr. Nicholas Blake war Krebsspezialist im Santa Monica Hospital, das die größte Anerkennung auf dem Gebiet der Onkologie an der gesamten Westküste genoss. Nachdem Nicholas in kürzester Zeit sein Medizinstudium in Boston mit Auszeichnung beendet hatte, war er nach Los Angeles gegangen, um dort am Santa Monica Hospital sein letztes Jahr als Arzt im Praktikum zu verbringen. Sein unerbittlicher Ergeiz und sein Engagement für seine Patienten führten letztendlich dazu, dass man ihm im Anschluss an sein Praktikum eine Stelle als Stationsarzt auf der Onkologie anbot. Seither waren fünf Jahre vergangen. Fünf Jahre, in denen er sich neben der Behandlung seiner Patienten mit der gleichen Begeisterung in die Forschung gestürzt hatte. Mittlerweile war er Oberarzt, führte neu erforschte Therapien an seinen Patienten durch und erzielte zudem als Chirurg im Operationssaal unglaubliche Erfolge, die ihm große Anerkennung über seinen Fachbereich hinaus verschafften. Die Kombination aus Chirurg und Onkologe in einer Person war selten, und umso mehr wurde er geschätzt.

„Hast du lange warten müssen?", fragte eine ihm bekannte Stimme aus einiger Entfernung.

Brian, der mit dem Gesäß an der Motorhaube seines Autos lehnte, wandte sich um und sah Nicholas mit einem beigefarbenen Jackett in der rechten Hand geradewegs auf ihn zukommen. Die kurzen schwarzen Haare waren das Einzige, was an ihm dunkel war. In seiner lässigen, hellen Kleidung entsprach er eher dem typischen Kalifornier, als Brian es in Anzug und Krawatte tat. Privat mied Nicholas weitgehend elegante Anlässe. Anders sah es aus, wenn er seinen Verpflichtungen als Oberarzt nachging und sich nach seinen Vorträgen auf den anschließenden Partys zeigte, auf denen er zumeist interessante Gesprächspartner fand.

„Nicht der Rede wert", antwortete Brian, als sein langjähriger Freund vor ihm stand, und begrüßte ihn mit einem Schulterklopfen. „Komm, steig ein. Wir müssen Joan noch abholen", meinte er und fuhr vom Parkplatz.

„Wie lange kennen wir uns jetzt schon? Vier Jahre?", schätzte Nicholas. Ohne den Blick von der Straße abzuwenden, nickte Brian. „Wie kommt es, dass ich in all den Jahren deiner Schwester noch nie begegnet bin?"

„Vermutlich, weil du zu viel arbeitest", erwiderte Brian grinsend. Obwohl er selbst ein Arbeitstier war, nahm er sich im Gegensatz zu seinem Freund auch Zeit für seine Verlobte und seine Familie. Nicholas dagegen hatte niemanden.

„Ich lebe für meine Patienten und bin bereit, für sie meine Freizeit zu opfern. Und es ist gewiss kein großes Opfer."

„Jetzt wird mir klar, warum du Single bist. Du bist für fremde Menschen da, doch für dein eigenes Glück tust du nichts."

„Hätte ich eine deiner Kandidatinnen heiraten sollen?" Nicholas zog die Brauen hoch. „Ich konnte mit keiner ein vernünftiges Gespräch führen."

„Wer hat gesagt, dass du mit ihnen reden sollst?"

Nicholas schüttelte lächelnd den Kopf. „So etwas brauche ich nicht, Brian. Wenn ich mit einer Frau zusammenlebe, dann sollte sie vor allem meine Arbeit verstehen und respektieren. Ich möchte meinen Patienten helfen, doch dieser Weg ist nicht immer einfach. Ich kämpfe mit ihnen gegen den Krebs und das braucht seine Zeit. Aber oftmals lohnt sich mein Einsatz, und ich kann nicht in Worte fassen, welch ein unbeschreibliches Gefühl es ist, wenn wieder jemand überlebt."

„Es ist kostbare Zeit, die du mit einer Frau verbringen solltest, mein Freund", riet Brian ihm, obwohl er die Aufopferung seines Freundes aufgrund seiner Vergangenheit nachvollziehen konnte. „Wie war das mit Betty, Angela und Susanne? Alles tolle und intelligente Frauen, aber keine ist länger als drei Monate bei dir geblieben. Du bist 27 Jahre. Lass dir von einem Ehemann in spe einen Rat geben: Wenn du nicht ewig Single bleiben willst, dann ändere deine Taktik."

„Mein Vorsatz für das neue Jahr?", fragte Nicholas lächelnd.

„Zumindest ein Anfang", erklärte Brian und bog in die Straße ein, in der Joan wohnte. Einige Minuten darauf hielt er vor ihrem Haus. Wie Brian erwartet hatte, stand Joan nicht am Eingang, sodass sie ausstiegen und ins Haus gingen.

Als Brian ihre Wohnungstür aufschloss und verärgert den kleinen Flur entlangging, deutete nichts darauf hin. Es gab keine Anzeichen für den Anblick, der sich ihm im Wohn- und Schlafzimmer bot. Joan lag mit aufgeschnittenen Pulsadern in ihrem Bett. Ihr rechter Arm lag in der Blutlache, die sich auf dem Bett ausgebreitet hatte. Die blutüberströmte linke Hand hing aus dem Rand des Betts hinaus, der Teppich darunter war von Blut durchtränkt.

„Jo!" Brian stürmte zu ihrem Bett und ergriff ihre rechte Hand. „Was hast du getan?!", schrie er sie verzweifelt an.

Da schaute Nicholas ins Zimmer und eilte sogleich ans Bett. Er beugte sich zu Joan hinunter und legte seine Finger an ihren Hals, um nach ihrem Puls zu fühlen. Ihr Puls war schwach. Sie mussten sich beeilen. „Sie lebt!", rief er Brian zu. Schnell zog er sein weißes Hemd aus, zerriss es in zwei Hälften und band jeweils eine davon notdürftig um ihre blutenden Handgelenke. „Sie muss ins Krankenhaus." Sein Freund reagierte nicht. „Brian, komm schon!", fuhr Nicholas ihn an und packte ihn unsanft an den Armen. „Wir dürfen keine Zeit verlieren, sonst wird sie es nicht schaffen!"

Da sah Brian zu ihm auf. „Was kann ich tun?“, fragte er hilflos.
„Öffne mir die Türen“, wies Nicholas ihn an, während er Joan auf seine Arme hob und Brian mit schnellen Schritten folgte.
Auf dem Weg zum Santa Monica Hospital hupte Nicholas immerzu und überfuhr etliche Warnschilder und rote Ampeln. Mit quietschenden Reifen hielt er schließlich vor der Notaufnahme und sprang mit nacktem Oberkörper aus dem Auto.
„Hey, ich habe hier eine Frau mit schweren Schnittverletzungen!“, rief Nicholas dem Pfleger am Eingang zu. „Suchen Sie einen freien Behandlungsraum!“ Er öffnete die Hintertür, hob Joan aus dem Wagen und lief von Brian gefolgt in die überfüllte Notaufnahme. „Ich bin Arzt! Geben Sie mir irgendeinen verdammten Raum“, sagte Nicholas gereizt, worauf der Pfleger sie mit schnellen Schritten durch die wartenden Menschen hindurch zu einer Tür führte und diese aufstieß.
„Dr. Shepard, eine Schnittverletzung“, sagte der Pfleger.
Nicholas drängte sich an ihm vorbei ins Behandlungszimmer und legte die Schwester seines Freundes auf die Liege. Sogleich kam Dr. Shepard zu ihm.
„Sie müssen hier warten, Sir“, sagte die Krankenschwester zu Brian und schloss die Tür vor seiner Nase.
Das Blut an Brians Hemd und seinen Händen war noch nicht getrocknet, als Rachel 20 Minuten darauf in die Notaufnahme gerannt kam. „Liebling, was ist passiert?“, fragte sie, angesichts des vielen Blutes außer sich vor Sorge.
„Sie hat sich die Pulsadern aufgeschnitten.“ Er kämpfte mit den Tränen. „Nicholas ist bei ihr.“ Er zog Rachel in seine Arme. „Ich habe sie in den Tod getrieben …“, sagte er verzweifelt.
„Das ist Unsinn! Niemand konnte wissen, wie sie damit fertig wird. Nicht einmal *du*.“ Tränen rannen aus ihren Augen und die Wangen hinunter.
Eine weitere halbe Stunde verging, ehe Nicholas aus dem Behandlungszimmer trat und eine der Krankenschwestern ansprach. „Schwester, können Sie mir ein Hemd besorgen?“, bat er sie und ging dann zu seinen Freunden.
„Nick, wie geht es ihr?“, fragte Brian, dem der Schock über den Anblick seiner Schwester noch immer anzusehen war.
„Sie hat sehr viel Blut verloren und bekommt eine Transfusion, aber sie wird durchkommen“, erklärte Nicholas.
„Können wir zu ihr?“, erkundigte sich Rachel erleichtert.
Nicholas nickte. „Ich bringe euch zu ihr.“ Er führte sie den Gang hinunter und

um die Ecke herum, wo sie nach einigen Minuten die Intensivstation erreichten, auf die man Joan Farley zur weiteren medizinischen Beobachtung gebracht hatte. Verwundert bemerkte Nicholas, wie Brian kurzerhand die Klingel zur Intensivstation drückte, der Krankenschwester erklärte, zu wem sie wollten, und sich ohne Schwierigkeiten die Bänder des grünen Kittels am Rücken zusammenband. Danach half er Rachel. Es war offensichtlich, dass er eine gewisse Routine darin besaß – eine Tatsache, die Nicholas erschreckte.

Aufgrund der Narkose- und Beruhigungsmittel würde Joan die Nacht durchschlafen und erst am Morgen zu sich kommen, erklärte Nicholas ihnen, als sie an ihrem Bett standen.

Zögernd legte Brian seine Hand auf die seiner Schwester. Er glaubte, einen Déjà-vu zu erleben, als er sie tief schlafend in dem Intensivbett liegen sah. Ihre Haut war blass, was von dem hohen Blutverlust herrührte, und ihre Handgelenke waren mit weißen Verbänden verbunden. Vor nicht allzu langer Zeit hatte er sie täglich auf einer Intensivstation besucht, und nun lag sie wieder hier, nach einem Selbstmordversuch.

„Habt ihr eine Ahnung, warum sie das getan hat?“, fragte Nicholas leise. Für ihn war es unverständlich, warum eine so junge Frau sich das Leben nehmen wollte. Er gab zu, er wusste nicht viel über die Schwester seines Freundes, doch eines konnte er sagen: Beide hatten immer ein gutes Leben führen können. „Gab es in der Vergangenheit schon einmal Anzeichen … dafür?“ Bewusst wählte Nicholas nicht das Wort Suizidversuch.

„Das Leben hat es in letzter Zeit nicht gut mit ihr gemeint.“ Brian begegnete dem fragenden Blick seines Freundes. „Ich bin mir sicher, dass das eine Kurzschlusshandlung war.“

Nicholas nickte. „Ich hoffe, du hast recht.“ Er spürte, dass Brian ihm nicht alles gesagt hatte und er den Grund für den Suizidversuch seiner Schwester kannte, dennoch wollte er ihn nicht heute Nacht zu einem Gespräch drängen. Morgen war auch noch ein Tag. „Ihr könnt mich jederzeit anrufen“, bot er seinen Freunden an.

„Danke für alles, Nicholas“, sagte Rachel und umarmte ihn kurz. „Tut mir sehr leid, wie dein Weihnachtsfest gelaufen ist.“

„Macht euch um mich keine Gedanken.“ Er küsste Rachels Wange und wandte sich um. Nachdenklich ging er den Gang hinunter.

„Warum hast du ihm nicht erzählt, was geschehen ist?“, fragte Rachel ihren Verlobten verständnislos. „Vielleicht könnte er ihr helfen.“

„Nicholas ist kein Psychologe, Schatz.“ Zärtlich küsste er ihre Stirn. „Sobald

Joan aufgewacht ist, werde ich mit ihr sprechen und herausfinden, was wirklich in ihrem Kopf vorgeht. Und dann informiere ich unsere Eltern."

„Sie war von Anfang an dagegen. Brian, sie wird sich von dir abwenden."

„Das Risiko muss ich eingehen", sagte er ruhig, aber Rachel sah ihm an, wie viel Überwindung ihn diese Worte kosteten. Es würde nicht leicht für ihn werden, sich über Joans Bitte hinwegzusetzen und dadurch vielleicht seine Seelenverwandte zu verlieren, doch wenn er ihr damit eine Chance auf ein neues Leben gab, dann würde er das Opfer ohne zögern bringen.

Nachdem Nicholas mit der diensthabenden Krankenschwester auf der Onkologie gesprochen und von ihr erfahren hatte, dass alles ruhig war, ging er in sein Büro. Eine Zeit lang versuchte er sich vergeblich auf das Durchlesen einiger Unterlagen zu konzentrieren, doch immer wieder kehrten seine Gedanken zu Joan Farley zurück. Schließlich klappte er die ungelesene Akte zu und lehnte sich in seinem Sessel zurück. Ein einziges Wort hallte wieder und wieder in seinem Kopf: Warum? Warum hatte Joan Farley das getan? Warum hatte sie nicht mehr leben wollen? Und warum verschwieg Brian ihm, seinem besten Freund, den Grund dafür?

Eine Weile saß er grübelnd in seinem Büro. Nicholas wusste nicht, wer oder was ihn antrieb, aber irgendetwas zog ihn zurück zur Intensivstation. Als er Minuten später an Joans Bettende stand und die Schwester seines Freundes musterte, fragte er sich, was sie erlebt hatte, dass sie so handelte. Wie verzweifelt musste sie gewesen sein, dass sie ihren Tod als einzigen Ausweg gesehen hatte? Während Nicholas die junge Frau mit den zarten Gesichtszügen betrachtete, nahm er sich vor, Joan Farley zurück ins Leben zu helfen.

Indessen saß Brian allein auf der Couch in seinem Wohnzimmer und ließ zum ersten Mal Gedanken an das Baby zu, Gedanken, denen er seit einer Woche vehement ausgewichen war. Er glitt an den Punkt zurück, an dem seiner Meinung nach alles begonnen hatte. Joans Unfall in einer gewöhnlichen Januarnacht vor nun beinahe zwei Jahren. Steves Tod hatte sie zutiefst erschüttert. Zum ersten Mal in ihrem Leben hatte sie jemanden verloren, den sie aus tiefsten Herzen geliebt hatte. Mit der Zeit war diese Wunde vernarbt, doch dann kam ihre Reise nach Mailand. Dieser Tag hatte alles ins Rollen gebracht. Hätte Brian damals geahnt, welch schreckliche Zeiten auf sie zukommen würden, er wäre niemals ins Flugzeug gestiegen.

Am Morgen stand Nicholas an Joans Bett, als sie allmählich erwachte. Leise zog er sich den Hocker an ihre Seite und beobachtete, wie ihre Augen flackerten und Joan sie schließlich aufschlug. Desorientiert sah sie sich im Zimmer um, wandte den Kopf zur Seite und entdeckte ihn. Erschrocken zuckte sie zusammen.

„Sie brauchen keine Angst zu haben, Joan“, sagte Nicholas sanft. Verwirrt sah sie den fremden Mann an, dessen ruhige Stimme eine unheimliche Vertrautheit in ihr weckte. „Sie sind im Santa Monica Hospital. Ich bin …“ Ohne auf seine Worte zu achten, ließ Joan ihren Blick auf ihre verbundenen Handgelenke sinken. „In einigen Tagen kommen die Verbände ab“, hörte sie den Mann sagen. „Außer zwei kleinen Narben wird nichts zurückbleiben.“

„Wen … wen interessieren denn meine Hände“, sagte Joan gleichgültig.

„Sie sollten sich dafür interessieren“, entgegnete er und versuchte ihren Blick einzufangen, aber Joan wandte den Kopf zur anderen Seite und schloss die Augen. „Joan, warum haben Sie das getan?“, fragte er einfühlsam. Sachte berührte er ihre Hand, die sie vor Schreck sofort wegzog und unter der Bettdecke versteckte.

Ängstlich sah sie ihn an. „Wer sind Sie?“

„Brian ist ein guter Freund von mir. Ich heiße Nicholas Blake.“ Joan missachtete seine ausgestreckte Hand, sodass er sie mit einem leisen Seufzer zurückzog. „Ich möchte Ihnen helfen.“

„Ich brauche keinen Seelsorger!“, fuhr sie ihn an und wandte sich um.

Nicholas sah enttäuscht ihren Rücken an und fragte sich, was er erwartet hatte. Sie hatte sich schließlich das Leben nehmen wollen. Wenn jemand diesen Schritt gewagt hatte, dann konnte man ihn nicht von einer Minute zur nächsten davon überzeugen, wie lebenswert das Leben trotz allen Übels war. „Ich werde wiederkommen, und vielleicht sprechen Sie dann mit mir.“

Mit geschlossenen Augen hörte Joan, wie er seinen Stuhl an die Seite stellte und um ihr Bett herumging. Sie spürte seinen Blick an sich haften, öffnete ihre Augen jedoch nicht. Dann ging die Tür auf und jemand betrat das Zimmer.

„Schwester“, hörte sie ihn sagen. „Miss Farley ist soeben aufgewacht. Bitte informieren Sie ihre Angehörigen.“

„Natürlich“, antwortete die Krankenschwester und trat ans Bett heran, um bei der Patientin den Blutdruck zu messen. Als sie die Manschette anlegen wollte, riss Joan die Augen auf und zog hastig ihren Arm unter die Decke. Da begegnete sie Nicholas' Blick, der in der Tür stand und sie lächelnd ansah. Er würde sie nicht so schnell aufgeben, wie sie vermutlich hoffte. Joan Farley war eine harte Nuss, aber jede Nuss konnte geknackt werden. Und er war geduldig.

Am 26. Dezember wurde Joan auf die Psychiatrie verlegt. Aus medizinischer Sicht war sie stabil, aber sie sollte zur genaueren Beobachtung noch einige Tage im Krankenhaus verbringen. Während sie in den Tagen nach der Frühgeburt ununterbrochen geweint hatte, lag sie nun mit starrem Blick in ihrem Bett. Sie isolierte sich völlig von ihrer Umgebung und zeigte keine Reaktion, wenn man sie ansprach. Lediglich wenn man sie anfasste, zuckte sie ängstlich zurück.

„Nicholas, warum wurde sie auf die Psychiatrie verlegt?", fragte Brian seinen Freund aufgebracht vor dem Zimmer seiner Schwester.

„In ihrem Zustand kann sie nicht entlassen werden. Ihr Arzt befürchtet, dass sie es nochmals versuchen wird, und ich bin seiner Meinung."

Entgeistert sah Brian ihn an. „Ihr könnt sie doch nicht in die Klapse schicken! Sie ist nicht verrückt!"

„Brian, das hat niemand behauptet", sagte Nicholas ruhig. „Aber du darfst die Augen nicht verschließen. Deine Schwester wollte sich das Leben nehmen. Ein Psychologe kann nach einigen Gesprächen mit ihr am besten beurteilen, wie ihr psychischer Zustand ist und ob sie weitere Suizidversuche unternehmen wird."

„Aber er kennt sie nicht!" Unruhig lief Brian vor ihrer Tür auf und ab. Die Hilflosigkeit stand ihm ins Gesicht geschrieben. Er sah seine Schwester bereits in einer Zwangsjacke in einem kleinen, abgeschlossenen Raum einer Irrenanstalt sitzen. „Wie soll ein Fremder wissen, was sie denkt?"

„Lass uns das Gespräch mit dem Psychologen abwarten."

Am Nachmittag betrat ein Mann Anfang fünfzig mit einer Akte Joans Zimmer. Er trug einen dunkelgrauen Anzug, passend zu seinem ergrauten, lichten Haar, das an manchen Stellen die Kopfhaut durchscheinen ließ. Seine kleine Brille saß am unteren Ende seiner spitzen Nase und schien jeden Moment hinunterzurutschen. Nicholas, der schon einige Male mit dem Psychologen zusammengearbeitet hatte, schätzte ihn für seine ausgezeichneten Einschätzungen, nicht jedoch als Menschen. Für ihn gab es nur Fälle. Die lebendigen Menschen, die sich hinter diesen Fällen verbargen, ignorierte er, obwohl diese mit seinem Urteil leben mussten.

Während des Gesprächs hinter verschlossener Tür wartete Nicholas auf dem Gang davor und fragte sich, wie die Schwester seines Freundes auf den Psychologen reagieren mochte. Er hatte mehrere Anläufe gewagt, um mit ihr ein belangloses Gespräch zu führen, doch noch immer war sie die Kratzbürste, die ihn mehr amüsierte als aufregte. Er wusste, dass dies nur eine Fassade war. Sie versteckte sich, wollte ihr wahres ICH niemandem zeigen.

Plötzlich ging die Tür auf und der Psychologe verließ das Zimmer. Verwundert, da keine zehn Minuten vergangen waren, sah Nicholas den kopfschüttelnden Mann an.

„Ein schwieriger Fall“, erklärte der Psychologe auf ihn zukommend knapp.

„Können Sie deutlicher werden?“

„Ich kann nicht hellsehen, Dr. Blake. Die junge Lady muss mehr sagen als *Verschwinden Sie*. So zieht sich die Prozedur nur unnötig in die Länge.“ Er schüttelte abermals den Kopf, rückte seine Brille zurecht und ging mit durchgedrücktem Rücken den Gang hinunter.

Nicholas seufzte. So etwas hatte er erwartet. Doch sie schadete sich selbst damit am meisten, denn wenn der Psychologe auch nach weiteren Sitzungen keine Erkenntnisse über sie bekam, würde seine Beurteilung sehr einfach ausfallen. „Sie tun weder Brian noch dem Psychologen einen Gefallen, wenn Sie mit ihnen reden“, erklärte Nicholas, sobald er ihre Tür geöffnet hatte. Langsam durchquerte er das Zimmer und blieb am Ende ihres Bettes stehen. „Selbst wenn Sie sich Wochen und Monate gegen alle Menschen auflehnen, die Ihnen helfen möchten, denken Sie ernsthaft, Brian würde Sie in der Psychiatrie zurücklassen?“

Mit verschränkten Armen saß Joan aufrecht im Bett und musterte ihn von Kopf bis Fuß. „Sie haben einen schicken Kittel. Bekommt heutzutage jeder so einen am Eingang?“

Nicholas lächelte in sich hinein. „Ja und manche Leute haben das Glück, dass ihnen die Arme am Rücken zusammengebunden werden.“

„Und sie bekommen ein riesiges Pflaster über den Mund?“, fragte sie euphorisch.

„Nur bei guter Führung.“ Wir werden sehen, wer dieses Spiel länger von uns durchhält, dachte Nicholas.

„Welch ein Glück! Können Sie mir einen Gefallen tun und mich dorthin verlegen lassen?“ Ihr flehendes Lächeln war wunderschön. „Und dann entfernen Sie die Stimmen aus meinem Kopf“, sagte Joan und griff sich mit beiden Händen an ihren Kopf.

Nicholas setzte sich neben ihr Bett auf den Hocker. „Welche Stimmen?“ Sie reagierte nicht, schloss die Augen und presste die Hände gegen ihren Kopf. „Joan? Erzählen Sie mir von den Stimmen.“

„Sie quälen mich … Tag und Nacht … die Dämonen in meinem Kopf.“

„Was sagen Ihnen die Stimmen?“

Sie schüttelte langsam den Kopf. „Nein!“

„Kommen Sie, Joan“, bat er sie einfühlsam. „Was sagen Ihnen die Stimmen?“

„Dass es meine Schuld ist.“

„Was ist Ihre Schuld, Joan?“, fragte er behutsam.

„Nein ...“, flüsterte sie, als sie Andrews Gesicht vor sich sah. Mit schmerzerfülltem Blick sah sie durch Nicholas hindurch.

„Joan?“, drang seine Stimme zu ihr durch.

„Nein ... lassen Sie mich allein“, schluchzte sie und vergrub ihren Kopf zwischen den angewinkelten Beinen und ihrer Brust.

„Joan?“ Sanft berührte er ihren Arm. Erschrocken wich sie vor ihm zurück.

„Gehen Sie!“, fuhr sie ihn aufgebracht an.

Nicholas nickte und stand von dem Hocker auf. „In Ordnung, ich lasse Sie allein. Wir reden ein anderes Mal weiter.“

„Nein, Sie sollen nicht wiederkommen!“

„Aber genau das werde ich tun.“

„Warum lassen Sie mich nicht endlich in Ruhe?“, fragte sie mit tränenverschleiertem Blick. Sie wollte, dass er ging und nie wiederkam.

„Und Sie aufgeben?“ Er betrachtete sie eingehend und entschied, dass es sich lohnte, sie immer wieder zu besuchen. „Das ist nicht meine Art. Tut mir leid.“ Nicholas wandte ihr den Rücken zu und verließ geradewegs das Zimmer. Einen Moment blieb er vor der geschlossenen Tür stehen, dann ging er kopfschüttelnd den Gang hinunter zum Fahrstuhl.

Am selben Abend traf Nicholas sich in der Cafeteria des Krankenhauses mit Rachel und Brian. In seinem weißen Kittel kam er zu ihnen an den Tisch und begrüßte Rachel mit einem Kuss auf die Wange.

„Was sagt der Psychologe?“, kam Brian gleich zur Sache.

„Nicht viel. Joan hat ihn rausgeworfen“, antwortete Nicholas und trank einen Schluck seines Kaffees, den seine Freunde für ihn mitbestellt hatten.

„Was geschieht, wenn sie nicht mit dem Psychologen spricht?“

„Kooperiert sie nicht mit ihm, dann weist er sie zur Weiterbetreuung in eine psychiatrische Klinik ein.“ Er sah zwischen seinen Freunden hin und her, die einander an den Händen hielten. „Ich habe vorhin mit Joan gesprochen.“

„Was meinst du damit, du hast mit ihr gesprochen?“, fragte Brian irritiert, da seine Schwester bisher jeden von sich weggestoßen hatte.

„Sie erzählte mir von Stimmen in ihrem Kopf.“

„Stimmen?“ Brian schüttelte den Kopf. „Oh nein, sie hört keine Stimmen. Sie ist nicht wahnsinnig!“

„Ich glaube nicht, dass sie wahnsinnig ist“, sagte Nicholas.

Brian sah ihn überrascht an. „Nein?“

„Sie braucht fremde Hilfe und etwas Zeit. Deine Schwester leidet unter schweren Schuldgefühlen, und soweit ich das nach unserem kurzen Gespräch beurteilen kann, hat sie das Vertrauen zu anderen Menschen verloren", erklärte Nicholas und bemerkte, wie sich Brian und Rachel einen vielsagenden Blick zuwarfen. Er wünschte, wenigstens sie würden mit ihm über den Grund des Suizidversuches sprechen. Gerade als er das Thema erneut ansprechen wollte, ertönte sein Piepser. „Entschuldigt mich einen Moment." Er ging zum Tresen der Cafeteria, wo er sich von der Bedienung das Telefon reichen ließ und eilig die vierstellige Durchwahlnummer vom Schwesternzimmer der Onkologie eingab. Gleich darauf kehrte er an ihren Tisch zurück. „Ich werde auf Station benötigt. Wir reden morgen in Ruhe weiter, okay?"

„Natürlich", meinte Rachel.

„Fahrt heim, es war ein langer Tag. Bis morgen", sagte Nicholas, wandte sich um und lief mit schnellen Schritten davon.

Als Isabelle und Matthew Farley von ihrem Sohn am Telefon von der Vergewaltigung ihrer Tochter erfuhren, brach eine bisher heile Welt für sie zusammen. Es verging ein Moment, ehe sie begriffen, was ihrem kleinen Mädchen angetan worden war. Brian hörte seine Mutter am anderen Ende leise weinen, während er ihnen mit brüchiger Stimme von der Frühgeburt, dem Tod des Babys und Joans Selbstmordversuch erzählte.

Erst jetzt wurde Matthew bewusst, dass er die ganze Zeit nicht gewusst hatte, was seine Kinder in Mailand und die Monate danach wirklich getrieben hatten. Am Telefon hatte Joan stets glücklich geklungen. „Warum hat sie sich nicht an uns gewandt?", fragte er Brian, noch von der Nachricht bestürzt.

„Sie wollte niemanden damit belasten. Weder euch noch Rachel oder mich. Ich habe mehrfach versucht, mit ihr darüber zu sprechen, aber sie blockte jedes Mal ab."

„In welchem Krankenhaus liegt meine Kleine? Und wer behandelt sie?"

Brian nannte ihm beide Namen und fragte dann seinen Vater, ob sie nach L. A. kämen, um mit Joan zu sprechen, denn er fürchtete, dass sie dem Psychologen gegenüber weiterhin stillschweigen waren würde.

„Weiß Joan, dass du uns alles erzählt hast?"

„Nein", sagte Brian leise.

„Dann, fürchte ich, wird sie uns nicht sehen wollen."

„Dad, ihr seid ihre letzte Chance. Mit mir spricht sie nicht", sagte er verzweifelt. „Sie werden Joan langfristig in die Psychiatrie einsperren, wenn sie glauben, dass sie wieder versucht, sich umzubringen."

„Das würde ich niemals zulassen, Brian", sagte Matthew mit entschlossener, aber ruhiger Stimme. „Ich werde mit Joans Arzt telefonieren und versuchen, eine Verbindung mit Joan zu bekommen."

„Und wenn sie nicht mit dir sprechen will?"

„Nun, dann werde ich höchstpersönlich nach Los Angeles fliegen müssen, um sie zur Vernunft zu bringen. Sollte sie psychologische Betreuung benötigen, wird sie diese auch annehmen."

Erleichtert sah Brian seine Verlobte an, die während des Telefonats neben ihm gestanden hatte. „Dad?"

„Ja?"

„Danke. Ich wusste keinen anderen Weg, als euch zu informieren."

„Du hast das Richtige getan, Brian. Auch wenn es sehr schmerzlich für deine Mutter und mich ist", erklärte Matthew bedrückt. „Sobald es Joan besser geht, möchte ich in aller Ruhe mit dir über Mailand sprechen."

„In Ordnung, Dad."

Nachdem sie das Gespräch beendet hatten, streckte Rachel ihm ihren Arm entgegen. Brian, der die Bilder der grausamen Vergewaltigung wieder vor sich gesehen hatte, nahm ihre Hand und zog sie in seine Arme.

„Wann hat das alles endlich ein Ende?", flüsterte sie an seiner Brust. In den vergangenen Tagen war ihr häufiger durch den Kopf gegangen, dass all ihre Probleme, vor allem ihre nächtlichen Träume, mit Joan zusammenhingen. Brian litt unter Schuldgefühlen gegenüber seiner Schwester. Er wollte ihr helfen, mit ihr über die Vergewaltigung und den Tod des Babys sprechen, und kam nicht damit zurecht, dass sie seine Hilfe verweigerte. Und sie, Rachel, stand zwischen ihnen und kam nicht umhin, Joan allmählich für ihre Engstirnigkeit zu verachten. Natürlich, sie hatte schlimme Dinge erlitten und einen schweren Verlust zu verarbeiten, doch darüber durfte sie nicht ihre Familie wegstoßen und immer wieder beschimpfen. Für Rachel war die Familie der Halt, das wohlbehütete Zuhause, und wenn sie daran dachte, wie Joan diese mit allen Mitteln zu verdrängen versuchte, dann wurde sie fürchterlich wütend auf sie.

Als Brian am frühen Nachmittag des nächsten Tages in Joans Zimmer trat, wandte sie bei seinem Anblick den Kopf um und sah aus dem Fenster. Eine halbe Stunde redete er auf sie ein, ohne eine Reaktion von ihr zu bekommen.

„Jo, bitte sprich mit dem Psychologen", sagte Brian an ihrem Bett verzweifelt. „Wenn du es nicht tust, wird man dich zu deiner eigenen Sicherheit wegsperren. Begreife das doch endlich!"

Mit wütendem Blick wandte sie das Gesicht zu ihm um. „Warum hast du es Mom und Dad erzählt? Dazu hattest du kein Recht!"

Seine Freude über ihre ersten Worte hielt nur kurz. „Denkst du, es ist mir leicht gefallen? Aber Dad hatte immer einen guten Draht zu dir …“

„Das hättest du nicht tun dürfen.“ Ihr Blick ruhte fest auf dem seinen.

„Verdammt noch mal!“ Wütend sprang er von seinem Stuhl auf und lief in ihrem Zimmer auf und ab. „Was hätte ich denn tun sollen, wenn du mit niemandem sprichst?“

„Ihr sollt mich einfach in Ruhe lassen.“

Er blieb am Bett stehen. „Damit du dir wieder die Pulsadern aufschneidest?“

„Geh!“

„Ich werde einen Teufel tun.“

„Du sollst gehen!“, schrie sie mit Tränen in den Augen, gerade als Nicholas zur Tür hereinkam. Erschrocken blieb er stehen und sah von Joan zu Brian.

„Es hat keinen Sinn“, sagte Brian kopfschüttelnd und lief an Nicholas vorbei auf den Gang hinaus. Dort fuhr er sich mit der rechten Hand durch seine kurzen blonden Haare.

„Was ist passiert?“, fragte Nicholas, der ihm gefolgt war, und trat zu seinem Freund, dem die Wut deutlich im Gesicht stand.

„Sie macht mich wahnsinnig“, erklärte Brian, ging ein paar Schritte, kehrte um und kam zurückgelaufen. „Ich habe gestern mit unseren Eltern gesprochen und ihnen alles erzählt. Ich dachte, mein Dad könnte sie zum Reden bringen, stattdessen macht sie mir noch mehr Vorwürfe.“

„Warum wolltest du, dass euer Dad mit ihr spricht?“, fragte Nicholas irritiert, da er von Brian von dem ungewöhnlich engen Verhältnis der Geschwister wusste. Er hatte ihm oftmals gesagt, wie viel sie einander bedeuteten.

Er lief wieder einige Schritte fort. „Weil sie nicht mehr auf mich hört. Ich dachte, durch ihn spricht sie womöglich mit dem Psychologen …“

„Vielleicht solltest du mit dem Psychologen reden.“ Abrupt blieb Brian stehen und sah ihn an. „Du weißt, warum sie das getan hat, nicht wahr?“

„Wir sind nicht irgendwer“, sagte Brian ernst. „Ich habe ihr versprechen müssen, Stillschweigen über diese Sache zu bewahren. Jede Person, die wir einweihen, ist eine zu viel. Menschen sind käuflich, Nicholas, das haben wir früh lernen müssen.“

„Was denkst du, wie lange du die Geschichte für dich behalten kannst? Es gibt Dinge, über die man sprechen muss.“

„Joan hat mir sehr deutlich gesagt, dass sie allein damit zurechtkommt.“

„Du siehst, wie gut sie das kann.“

„Verdammt, Nicholas!", sagte Brian aufgebracht und fuhr sich über den Kopf. „Ich kann sie nicht zwingen, Hilfe anzunehmen. Das Einzige, was ich für sie tun kann, ist, mit aller Macht verhindern, dass die Medien von dieser Story erfahren, denn daran würde sie gewiss zerbrechen."

„Darf ich fragen, wie du ihren Selbstmordversuch nennst?"

„Es war eine Kurzschlusshandlung. Täglich geschehen Menschen schreckliche Dinge, aber sobald man bekannt ist, lebt man mit der ständigen Angst, dass sich die Presse auf diese schrecklichen Dinge stürzen wird. Du versuchst es vor allen zu verheimlichen und vor dir selbst zu verdrängen, bis du glaubst, dass es nie stattgefunden hat ..."

Erschüttert sah Nicholas ihn an. „Redest du von Joan oder von dir?"

Brian sah ihn direkt an. „Wir sind Seelenverwandte." Was man seiner Schwester antat, tat man auch ihm an.

„Du kannst unmöglich länger schweigen, Brian. Du leidest ebenso wie Joan darunter."

„Ich werde das Richtige tun, wenn die Zeit dafür kommt."

„Du könntest deiner Schwester jetzt helfen."

Brian schüttelte den Kopf. „Nein. Wüsste der Psychologe durch mich über ihre Vergangenheit Bescheid, wären wir keinen Schritt weiter. Im Gegenteil, Joan würde kein Wort mit dem Psychologen sprechen und mich noch mehr hassen, als sie es jetzt schon tut."

„Ich denke, du schätzt sie falsch ein", sagte Nicholas bedauernd. „Hast du etwas dagegen, wenn ich hin und wieder zu ihr gehe, um mit ihr zu sprechen?"

„Tu, was du für richtig hältst", sagte Brian und verabschiedete sich von ihm, da er zurück ins Büro musste.

Nicholas sah seinem langjährigen Freund nach, der verärgert den Gang hinunterlief, und wandte sich um. Er klopfte an die Tür zu Joan Farleys Zimmer, trat ein und ging zu ihrem Bett. Joan saß aufrecht in ihrem Bett, den Blick aus dem Fenster gerichtet.

„Sie waren sehr gut", sagte Nicholas und legte die Hände auf das Gestänge an ihrem Bettende. „Brian sind Sie eine Weile los." Er musterte sie eingehend, konnte jedoch nicht feststellen, was sie dachte oder in diesem Moment fühlte. „Warum tun Sie das, Joan? Warum verletzen Sie ausgerechnet die Menschen, die Ihnen helfen wollen?", fragte er sanft und versuchte in ihren Augen zu lesen. Plötzlich schloss sie die Lider. „In Ordnung", meinte Nicholas, als sie nicht auf seine Fragen antwortete. „Mir müssen Sie derartige Fragen nicht beantworten – dem Psychologen dagegen schon." Er drehte sich um und ging zur Tür.

Seine Hand auf der Türklinke, wandte er sich noch einmal an sie. „Sagen Sie mir nur eines, Joan: Wollten Sie sich wirklich umbringen?“

Mit Tränen in den Augen sah Joan ihn an und legte die flache Hand auf ihre linke Brustseite, direkt über ihr Herz. „Ich bin längst tot …“

„Solange Sie andere Menschen mit ihren Worten verletzen können, sind Sie nicht tot.“ Er drückte die Klinke hinunter und verließ ihr Zimmer.

Dies sollte vorerst ihre letzte Unterhaltung für die nächsten eineinhalb Tage bleiben, denn noch am selben Abend stieg Nicholas in ein Flugzeug, das ihn nach Chicago brachte, wo er am nächsten Tag einem ausgewählten Publikum seine neu entwickelte Therapie bei der Behandlung von Brustkrebs im zweiten Stadium vorstellte. Nach seinem Vortrag unterhielt er sich einige Stunden angeregt mit seinen älteren Kollegen aus New York, Washington und Chicago, um von ihren Behandlungsstandards und deren Erfolgen zu erfahren, sodass er erst in der Nacht in Los Angeles landete. Während er über den Parkplatz zu seinem Auto lief, verwarf er sein ursprüngliches Vorhaben, in seine Wohnung zu fahren und einige Stunden zu schlafen, und fuhr stattdessen direkt ins Santa Monica Hospital. Dort angekommen, meldete er sich bei seinem diensthabenden Kollegen und sehr guten Freund Dr. Chris Bacon zurück und fiel dann in seinem Büro müde auf die Couch. Vier Stunden später stand er wieder auf, rasierte sich vor dem kleinen Wandspiegel in seinem Büro, zog sich ein frisches Hemd an und trank eine Tasse Kaffee im Schwesternzimmer.

Um halb acht traf Nicholas im Nebenraum des Operationssaals auf Dr. Chris Bacon, der ihm bei der bevorstehenden Operation assistieren würde. Sein hellblonder Freund zählte vom Äußeren unverkennbar zu den kalifornischen Sonnentypen. Er joggte jeden Tag einige Meilen am Strand und fuhr mehrmals die Woche mit seinem Surfbrett aufs Meer hinaus, was seine schön anzusehende Sonnenbräune erklärte.

„Du siehst erholt aus“, meinte Chris und band sich seinen grünen OP-Kittel am Rücken zusammen.

„Vier Stunden Schlaf können kleine Wunder bewirken“, erwiderte Nicholas, während er sich die Hände wusch.

„Wie ist dein Vortrag in Chicago gelaufen?“

„Sehr gut. Anschließend führte ich ein langes Gespräch mit drei Kollegen, und Dr. Mennings hatte interessante Ansätze zu einer neuen Therapieform, die ich später gern mit dir besprechen würde. Mit einigen Änderungen in der Medikation könnten wir sie bei Mrs. Burham versuchen und hoffen, dass diese anschlägt. Vielleicht gelingt es uns, das Wachstum des Tumors zu verlangsamen oder gar zu stoppen."

„Du scheinst optimistisch zu sein." Nicholas nickte. „Gut, besprechen wir es nachher in Ruhe", sagte Chris und wusch sich ebenfalls die Hände. „Übrigens habe ich vorhin einen Blick auf den Dienstplan geworfen und dabei festgestellt, dass wir am Freitag beide keinen Spätdienst haben. Gehen wir Surfen und am Abend in unsere Bar?"

„Nach meinem Schachspiel mit Ben gern." Jeden Nachmittag, egal ob in seiner Freizeit oder während seines Dienstes, nahm Nicholas sich die Zeit für eine Partie Schach mit Ben, seinem 20-jährigen Patienten. Seit einem Jahr behandelte Nicholas den an Nierenkrebs erkrankten Jungen. Nach der Entfernung der linken Niere, etlichen Strahlentherapien und mehreren Versuchen mit Kombinationstherapien aus Zytokinen und Zytostatika wartete Ben seit Monaten auf einen geeigneten Spender.

„Was sagt *UNOS (United Network for Organ Sharing)*?", fragte Chris ihn.

„Dass bei Ben keine absolute Dringlichkeit vorliegt, da die linke Niere die Arbeit für beide übernommen hat."

„In absehbarer Zeit wird sie das nicht mehr schaffen", erwiderte Chris, als eine der OP-Schwestern die Tür öffnete und Nicholas ansah.

„Wir wären so weit, Dr. Blake."

Nicholas nickte ihr zu und zog sich die sterilen Handschuhe an. „Ich weiß. Wenn er dann keine Niere bekommt, wird er an die Dialyse müssen", sagte er an Chris gewandt, stieß mit dem Rücken gegen die Schwenktür des Operationssaals, wartete, bis sein Freund hindurchtrat, und folgte ihm dann selbst an den Operationstisch.

Zwei Stunden später verließ Nicholas schweigend den Operationssaal. Soeben hatten sie ihre Patientin verloren. Ihr Herz war stehen geblieben und trotz Reanimation hatten sie sie nicht retten können. Chris, der seinem Freund gefolgt war, trat neben ihn an das zweite Waschbecken und musterte Nicholas im Spiegel, der sich seine Hände wusch. Da betrat die Krankenschwester den Raum, die erst seit zwei Wochen auf der Station arbeitete. Sie wollte gerade Nicholas ansprechen, als Chris eilig den Kopf schüttelte und sie augenblicklich zur Zurückhaltung brachte.

„Verflucht!", stieß Nicholas wütend aus. Erschrocken fuhr die Krankenschwester zusammen. Verärgert zog er seinen grünen Operationskittel aus und warf diesen in die Truhe neben sich. Erst in diesem Moment bemerkte er die Krankenschwester, die sich diskret abwandte und den Raum verließ.

„Wir haben alles getan, was in unserer Macht stand, aber ihr Herz war zu geschwächt. Sie war sich der Risiken bewusst, die die Operation mit sich bringt, dennoch hat sie sich dafür entschieden."

„Das beruhigt mich nicht ein bisschen."

„Ich verstehe deine Wut …", sagte Chris, der Nicholas' Groll gegen den Krebs nur allzu gut nachempfinden konnte. Es gab immer wieder Augenblicke, in denen sie den Tod ihrer Patienten nicht einfach so wegstecken konnten, doch musste er zugeben, dass es für Nicholas untypisch war, es so offensichtlich zu zeigen. „Es lag nicht in unserer Hand …"

Nicholas sah ihn direkt an. „Genau das ist mein Problem. Mir sterben die Patienten weg und ich kann nur zusehen."

„Du weißt, dass du weit mehr als das für sie tust. Du hast Hunderten das Leben gerettet, denke an sie, die es ohne dich nicht gäbe, und deren Kinder."

„Ein Verstorbener ist so gewichtig wie fünf Überlebende", erwiderte Nicholas niedergeschlagen. Chris kannte seinen Freund lange genug, um zu wissen, dass keine seiner Worte ihn aufmuntern konnte. Während die Erfolge sie in kleinen Schritten voranbrachten, warf jeder Verstorbene sie um Jahre zurück. „Ich muss es ihrer Familie sagen." Wie bei jeder Operation warteten der Ehemann und die Tochter der eben Verstorbenen vor dem OP-Bereich. Die Angst, dass Nicholas sie über den Tod der Ehefrau und Mutter informieren würde, schnürte ihnen jedes Mal die Kehle zu. Nicholas wusste davon und war nach jeder einzelnen Operation dankbar, dass sie überlebt hatte und die Operation gut verlaufen war.

„Ich kann mit ihnen reden. Sie werden Verständnis haben, wenn du …"

„Nein, ich rede selbst mit ihnen." Das hatte Chris nicht anders erwartet. „Sie war seit Jahren meine Patientin."

„Soll ich dich begleiten?", bot Chris ihm an.

Nicholas schüttelte den Kopf und ging zur Tür hinaus. Die Nacht war kurz, der Tag lang und anstrengend gewesen und der unerwartete, niederschlagende Ausgang der Operation trug nicht gerade zu seiner Aufmunterung bei. Der Tag hinterließ seine Spuren in Nicholas' Gesicht.

Bevor Nicholas zu den Angehörigen seiner Patientin ging, blieb er an der geöffneten Tür des Beobachtungsraumes stehen, wo die junge Krankenschwester vor dem Computer saß, die soeben seinen Aussetzer miterlebt hatte.

„Verzeihen Sie, wenn ich Sie vorhin erschreckt habe", sagte er mit einem schmalen Lächeln auf den Lippen, als sie den Kopf zu ihm gewandt hatte.

Die Schwester nickte schüchtern. „Es tut mir sehr leid für Ihre Patientin, Dr. Blake", sagte sie leise.

„Mir auch.“ Er sah sie direkt an und spürte, dass ihr der Tod der ihr fremden Frau ebenfalls sehr zu Herzen ging. „Der Tod gehört auf dieser Station zum Alltag. Versuchen Sie Abstand zu den Patienten und deren Angehörige zu wahren, sonst werden Sie eines Tages an dem Schmerz und der Trauer um diese Menschen zerbrechen.“

Mit trauriger Miene sah sie Nicholas an. „Wie schaffen Sie das, Dr. Blake? Ich meine …“ Sie suchte nach den richtigen Worten. „Wie können Sie zu all Ihren Patienten so mitfühlend, aufrichtig und verständnisvoll sein und gleichzeitig das Gefühl, dass sie vielleicht sterben werden, nicht an Ihr Herz heranlassen? Das klingt sehr kalt“, sagte sie zaghaft, ohne ihn beleidigen zu wollen.

Nicholas nickte zustimmend. „Jeder meiner Patienten berührt mich hier …“ Er legte seine flache Hand auf seine linke Brustseite. „… und ich vergesse keinen Patienten, der es nicht geschafft hat.“ Langsam betrat er den Raum, ging zu ihr hinüber und lehnte sich mit dem Gesäß gegen die Schreibtischplatte. „Leider gibt es kein Rezept und keine Anleitung, wie man damit leben kann, soll und muss. Wie jeder von uns werden Sie für sich selbst einen Weg finden müssen. Sicher wird dies einige Zeit dauern, aber ich bin überzeugt, dass Sie es schaffen werden, mit unseren Patienten zu fühlen, sich mit ihnen über kleine Dinge zu erfreuen und manche von ihnen in ihren letzten Stunden zu begleiten, ohne die Traurigkeit näher an sich heranzulassen.“

Sie kniff die Lippen zusammen, verdrängte die aufsteigenden Tränen. „Das ist sehr schwer …“

„Sie werden mit unseren Erfolgen wachsen“, sagte Nicholas zuversichtlich. „Glauben Sie mir, es gibt nichts Schöneres, als einen krebskranken Menschen zu heilen und ihn wieder sorgenfrei lachen zu sehen.“

„Ich wünsche mir, dass wir bald jemanden entlassen können.“

„Dass werden wir, Schwester Lauren, das verspreche ich Ihnen.“

Als Nicholas einen Augenblick darauf vor dem Ehemann und der Tochter seiner Patientin stand, blickte er in ihre sorgenvollen Gesichter. Voller Anteilnahme teilte er ihnen die traurige Nachricht mit und nahm das junge Mädchen in die Arme, die oft stundenlang am Bett ihrer kranken Mutter gesessen hatte.

Eine Weile blieb er nach dem Gespräch allein in seinem Büro. In Gedanken an seine Patientin und deren Familie starrte er unentwegt auf den blinkenden, schmalen Strich auf seinem Bildschirm vor sich, hinter dem er längst seinen OP-Bericht hatte schreiben wollen. Schließlich gab er sich geschlagen. Es war zwecklos, länger vor dem Computer zu sitzen, wenn er seine Gedanken nicht geordnet hatte. Er wollte mit jemandem sprechen, aber Chris war bereits zu Hause, und zu den diensthabenden Krankenschwestern pflegte er keinen sehr engen privaten Kontakt. Mit einem Seufzer stand er auf und verließ sein Büro.

Die Patienten hatten vor Kurzem ihr Abendessen erhalten, sodass die Krankenschwestern noch die letzten Minuten der kurzen Ruhepause im Schwesternzimmer genossen und sich unterhielten, als Nicholas zur Tür hineinsah.

„Ich bin auf der Psychiatrie. Piepsen Sie mich an, wenn Sie mich brauchen."

„In Ordnung, Dr. Blake", sagte die Älteste der drei Frauen.

Auf dem Weg zu Joan Farley fragte Nicholas sich immerzu, warum ihm ausgerechnet ihr Name in den Sinn gekommen war. Sie war schließlich die Einzige, die seine Gesellschaft gewiss nicht wollte.

„*Sie*!", sagte Joan überrascht, als er in ihr Zimmer trat.

„Haben Sie jemand anderes erwartet?", fragte Nicholas sie lächelnd, doch sie gab ihm keine Antwort. „Ich habe Sie vermisst – wir haben uns vorgestern zuletzt gesehen. Wie geht es Ihnen?" Er ging durchs Zimmer und blieb am Bettende stehen.

„Schickt mein Bruder Sie, um mich auszuhorchen?", fragte sie angriffslustig, aber an diesem Tag hatte sie einen schlechten Gegner. Nicholas war nicht bereit, auf das Spiel einzugehen. „Ich brauche keinen Babysitter. Ich bin alt genug."

„Wozu?"

„Um zu entscheiden, ob ich leben oder sterben möchte."

„Herrgott noch mal!", stieß er aus und trat ans Fenster, um sich selbst zur Ruhe zu zwingen. Dies war ganz und gar nicht sein Gebiet, und doch veranlasste ihn irgendetwas zu bleiben, um ihr letztendlich zu helfen. „Sie wollten also nicht mehr leben, Joan", sagte er nach einem Moment völliger Stille und wandte sich zu ihr um. „Sie brauchen mir nicht zu sagen, was geschehen ist, verraten Sie mir nur, warum Sie deshalb ihr Leben wegwerfen wollen", versuchte Nicholas einen anderen Weg, da er begriffen hatte, dass man sie mit Gewalt und Drohungen nicht dazu brachte, sich einem fremden Menschen zu öffnen. Sie war tief verletzt worden, so viel stand fest.

„Manchmal geschehen schreckliche Dinge einfach", sagte sie leise. „aber ich komme damit nicht zurecht. Die Last ist erdrückend, schnürt mir die Kehle zu. Ich ertrage dieses Gefühl nicht länger …"

„Warum denken Sie ständig über Ihren eigenen Tod nach?", fuhr er Joan an. Perplex sah sie ihn an. So hatte noch niemand mit ihr gesprochen. „Vor einer Stunde habe ich eine Patientin verloren, die alles für ein Leben auf dieser Welt getan hätte. Nur einige Meter von Ihnen entfernt liegt ein 20-jähriger Junge, der seit Monaten auf eine Spenderniere wartet, um sein Leben vielleicht für nur einige gute Jahre zu verlängern, und was tun Sie?", fragte er sie wütend. „Sie liegen hier und wünschen sich Ihren Tod!"

Tränen standen in ihren Augen. „Das Leben ist ungerecht."

„In Ordnung, stehen Sie auf", befahl er ihr. „Ich möchte Ihnen etwas zeigen." Er wollte nicht glauben, dass sie so tief in den Abgrund hinabgestürzt war, dass sie sich nicht mehr für andere Menschen interessierte.

Als sie ohne Widerspruch aufstand, ließ Nicholas sich seine Verwunderung darüber nicht anmerken und wartete geduldig, bis sie in ihren weißen Bademantel und die Latschen geschlüpft war. Wortlos öffnete er die Tür und führte Joan denselben Weg zurück, den er selbst zuvor gekommen war. Nach einigen Minuten erreichten sie die Onkologie und liefen die stillen Gänge entlang. Dann und wann drangen Stimmen oder leise Musik durch die geschlossenen Türen, sie waren jedoch bisher niemandem begegnet. Auf halber Strecke kam ihnen plötzlich ein kleiner Junge, der nicht älter als sieben Jahre alt war, barfuß in seinem blauen Schlafanzug entgegengelaufen. Abrupt blieb Joan einen halben Meter hinter Nicholas stehen, doch der Kleine hatte sie bereits entdeckt und musterte sie mit seinen tief eingefallenen, traurigen Augen. Erschrocken sah Joan, dass kein einziges Haar seinen Kopf zierte und seine kleinen Arme von der langen Therapie deutlich abgemagert waren.

„Calvin, warum bist du denn nicht in deinem Bett?", fragte Nicholas liebevoll, bückte sich zu dem Jungen hinunter und hob ihn auf seine Arme. Fürsorglich umfassten seine Hände die kalten Füße des Jungen. „Kannst du nicht schlafen?" Calvin, der nur ein Kopfschütteln zur Antwort gab, betrachtete unentwegt die fremde hübsche Frau, die mit dem Doktor gekommen war. „Hast du Schmerzen?", fragte Nicholas weiter. „Calvin?" Er drehte das Gesicht des Jungen zu sich, sodass dieser ihn nun direkt ansah. „Hast du Schmerzen?", wiederholte er seine Frage, worauf Calvin abermals den Kopf schüttelte.

„Ich will zu meiner Mom." Tränen standen in seinen Augen.

„Du vermisst sie, hm? Das verstehe ich." Schützend hielt er seine Hand auf Calvins Rücken, der mit seinen kleinen Armen ängstlich Nicholas' Hals umklammerte. In der Hoffnung, Joan Farley würde ihm unaufgefordert folgen, ging er langsam weiter. Da streckte Calvin ihr seine linke Hand entgegen. Unsicher sah Joan den Jungen an und wollte den Kopf schütteln, als sich ihr Arm wie von selbst bewegte und seine kleine Kinderhand umschloss. Sie brachte es nicht fertig, ihn abzuweisen, ihn zu verletzen.

„Der kleine Mann hier kann nicht schlafen", sagte Nicholas einen Augenblick darauf zu der Krankenschwester im Schwesternzimmer. Sogleich ließ Joan

Calvins Hand los, doch Nicholas hatte sie bereits zuvor bemerkt und lächelte insgeheim. „Er ist wieder auf dem Gang spazieren gegangen."

„Und das ohne Schuhe!", schimpfte die Schwester mit erhobenem Zeigefinger, worauf Calvin sie angrinste. „Gehen Sie ruhig, Dr. Blake, ich bringe ihn zurück ins Bett." Lächelnd nahm sie Nicholas den Jungen aus seinen Armen und wandte sich zu Joan um, die die Szene stillschweigend vom Gang aus beobachtet hatte. Sie lächelte dem winkenden Calvin zu.

„Kommen Sie …", bat Nicholas sie und legte seine Hand sanft auf ihren Arm. Über die Berührung erschrocken, wich Joan einen Schritt zurück. Ihr Lächeln war verschwunden, der Augenblick vorüber. „Wovor haben Sie Angst, Joan?", fragte er einfühlsam. Der Zeitpunkt für diese Frage kam für ihn ebenso überraschend wie für sie, aber Nicholas hielt ihn für richtig, da er selbst hatte beobachten können, wie sich Joan Farley soeben zum ersten Mal bei einem fremden Menschen geöffnet hatte.

„Müssen wir dort entlang?", überging sie seine Frage und deutete mit dem Kopf in die entgegengesetzte Richtung, aus der sie gekommen waren.

Enttäuscht nickte Nicholas. Jedes Mal, wenn er ihr näher kam, blockte sie ab und zog sich in ihr Schneckenhaus zurück. Er kam keinen Schritt voran.

„Schauen Sie sich die Gesichter der Kinder an, Joan", sagte er mit sanfter Stimme, als sie einen Augenblick darauf an einem großen, verglasten Raum vorbeikamen, in dem die älteren Kinder gemeinsam zusammensaßen und spielten. „Sie alle sind an Krebs erkrankt und viele von ihnen kämpfen seit Jahren dagegen an. Aber alle haben etwas gemeinsam: Sie geben die Hoffnung nicht auf."

Joan begegnete seinem anteilnehmenden Blick und wandte das Gesicht schnell zur Seite.

„Warum haben Sie mich hierher geführt?", fragte sie leise.

„Ich möchte, dass Sie jemanden kennenlernen", lautete seine Erklärung, worauf sie ihren Weg fortsetzten. „Das ist Ben", sagte Nicholas im nächsten Moment, nachdem er an einer geöffneten Zimmertür stehen geblieben war. „Ich habe Ihnen vorhin von ihm erzählt."

Joan trat neben Nicholas und blickte ins Zimmer, wo ein kahlköpfiger Jugendlicher in dem einzigen Bett saß und so gefesselt fernsah, dass er sie nicht bemerkte. Ihr Blick schweifte durch das Zimmer, das er, wie es schien, bereits seit langer Zeit bewohnte. Der große, offen stehende Kleiderschrank war über und über mit Kleidungsstücken und Schuhen gefüllt, auf dem Boden davor lag ein Skateboard, in der Ecke ein Fußball und ein paar Inliner.

„Warum ist er nicht bei den anderen Jugendlichen?", fragte sie verwundert.

„Ben ist ein Einzelgänger. Es ist sehr schwer, sein Vertrauen zu gewinnen."

Das Zimmer wirkte auf sie wie ein Jugendzimmer im Elternhaus, doch irgendetwas fehlte, und als sie sich genauer umsah, entdeckte sie nirgends einen Blumenstrauß, von Verwandten oder Freunden bei einem ihrer Besuche mitgebracht, oder Fotos von seiner Familie. Nichts. Keine Liebe … kein Füreinander-da-Sein. Er war offensichtlich die meiste Zeit allein. Niemand schien ihn hier besuchen zu kommen.

Traurig wandte Joan ihren Kopf und begegnete Bens Blick. Einen Moment hielten sie ihren Blick, dann beugte Ben sich zu seinem Nachtschrank hinüber, griff nach seinem Basecap und setzte es sich auf seinen Kopf.

„Das Leben ist ungerecht, aber ich kann nichts gegen seine Krankheit tun", sagte Joan leise, sodass Ben sie nicht verstehen konnte.

Nicholas bemerkte die Tränen in ihren Augen und wusste, dass er zu weit gegangen war, doch ehe er sich für sein Fehlverhalten bei ihr entschuldigen konnte, drehte Joan sich um und rannte den Gang hinunter. „Mrs. Farley!", rief er ihr nach, aber da schlug hinter ihr die Schwingtür wild auf und zu. Dann stand sie plötzlich still.

Er hatte sich ernsthaft vorgenommen, noch am selben Abend zu Joan Farley zu gehen, aber als er endlich Zeit dazu fand, war es später Abend. Also beschloss Nicholas, sich am nächsten Morgen bei ihr zu entschuldigen. Er war die mageren, haarlosen Kinder, die Infusionsständer, an denen einige von ihnen rund um die Uhr angeschlossen waren, und die traurigen und oftmals ausdruckslosen Augen gewöhnt. Für einen Fremden konnte ihr Anblick jedoch ein Direktschlag in die Realität sein, da sich die meisten Menschen nicht mit dem Thema Krebs und den Verhältnissen auf den Stationen der zahlreichen Krankenhäuser auseinandersetzten.

Während Nicholas daheim an seinem Küchentisch saß und frühstückte, klopfte der Psychologe an Joans Zimmertür. Seit seinem ersten Besuch war er jeden Tag gekommen, bisher ohne Erfolg. Joan hatte nicht mit ihm über ihren Selbstmordversuch oder die Dinge, die dazu geführt hatten, gesprochen.

„Wir sollten uns unterhalten, Mrs. Farley", erklärte der Psychologe.

„Ich wüsste nicht worüber."

Er stellte den Stuhl neben ihr Bett, setzte sich und rückte seine Brille zurecht. Dann öffnete er ein kleines Heft, in das er sich Bemerkungen zu seinen Sitzungen notierte. „Nun, vielleicht darüber, dass Sie sich das Leben nehmen wollten." Über den Rand seiner Brille sah er sie an.

„Wenn man mich nicht gefunden hätte …"

„Dann wären Sie jetzt nicht hier“, beendete der Psychologe ihren Gedanken. „Haben Sie je darüber nachgedacht, wer Sie gefunden und ins Krankenhaus gebracht hat?“ Joan schwieg, aber ihm fielen ihre unruhigen Finger auf, die mit der Bettdecke spielten. Sie war nervös, unsicher. Erstmals schien sie ernsthaft über das Geschehene nachzudenken. „Mich würde eines interessieren, Mrs. Farley“, begann er erneut. „Wenn Sie tatsächlich sterben wollten, warum haben Sie ausgerechnet den Abend gewählt, an dem Ihr Bruder beabsichtigte, Sie abzuholen?“

Irritiert sah sie auf. „Das hatte Brian nicht vor …“

„Er sagte es Ihnen am Tag zuvor. Sie sollten mit ihm und Ihrer Schwägerin gemeinsam Weihnachten verbringen.“

„Nein …“, sagte Joan leise, als sie begriff. Sie konnte sich nicht an jenen Abend erinnern, aber wenn sie den Worten des Psychologen Glauben schenkte, dann hatte Brian sie in ihrer Wohnung gefunden. „Lassen Sie mich allein …“

„Wir sind noch nicht fertig, Mrs. Farley.“

„Doch!“, schrie sie ihn an, worauf er erschrocken zusammenfuhr. Augenblicklich klappte der Psychologe sein Notizheft zu und stand auf. Er sah zu ihr, fing ihren bösen Blick auf und verschluckte seine Worte.

Nachdem die Tür hinter ihm leise ins Schloss gefallen war, rann eine Träne aus Joans Auge und lief ihre Wange hinab. *Brian hatte sie erneut gefunden.* Sie schloss die Augen, versuchte den Schmerz in ihrer Brust zu verdrängen, den der erschütterte Ausdruck seiner Augen bei ihr auslöste. In diesem Moment durchlebte sie seinen Schmerz, seine Verzweiflung, seine Angst um sie. Wie hatte sie vor dem Offensichtlichen nur die Augen verschließen können? Außer Brian hatte niemand sie in ihrer Wohnung finden können.

„Du bist wie eine Schwester für mich“, hörte sie plötzlich Rachel sagen und riss die Augen auf.

„Rachel …“

„Ich werde nicht länger zulassen, dass du Brian durch deine Handlungen immer wieder mit Schuldgefühlen belegst. Er war weder damals noch jetzt schuld. Wir beide wissen das, aber Brian ist so lange von seiner Schuld an alledem überzeugt, bis du ihn vom Gegenteil überzeugst. Es ist schrecklich, was geschehen ist, aber es geht nicht nur dich etwas an – es betrifft uns alle.“

„Das tut es nicht“, sagte Joan mit fester Stimme, da sie alles dafür getan hatte, um mit ihrer Vergangenheit keine Schatten auf Rachels und Brians Leben zu werfen. Es war ihr passiert, nicht ihnen. „Ich kann nicht …“

„Immer nur *du*, *du*, *du*!“, fiel Rachel ihr wütend ins Wort. „Wie kannst du die ganze Zeit nur an dich denken? Ich verstehe dich nicht!“

„Du hast auch nicht dein Baby verloren!", schrie Joan Rachel gekränkt an.

Sie hörten weder Nicholas klopfen noch bemerkten sie, wie er die Tür öffnete.

„Damit hast du recht, und es tut mir sehr leid für dich, aber das rechtfertigt nicht, dass du deine Familie unentwegt verletzt, indem du sie wegstößt."

„Herrgott, ich kann eure Blicke nicht mehr sehen! Ich ertrage euer Mitleid nicht länger!"

„Dann komm in Zukunft allein klar, Joan." Wütend griff Rachel nach ihrer Tasche, die auf dem kleinen Tisch stand, und wandte sich eilig um. Da bemerkte sie Nicholas in der Tür.

„Rachel ...", sagte er mitfühlend.

In Tränen aufgelöst hob sie abwehrend die Hand. „Lass gut sein", sagte sie, lief an ihm vorbei und zog mit einem lauten Knall die Tür hinter sich zu.

Mit Unbehagen trat Nicholas weiter ins Zimmer. „Sprechen Sie immer in diesem Ton miteinander?", fragte er vorsichtig.

„Verschwinden Sie!", fuhr Joan ihn an.

„Wenn Sie sich weiterhin so verhalten, bin ich in absehbarer Zeit der einzige Mensch, der mit Ihnen spricht."

„Haben Sie je daran gedacht, dass ich mit niemandem sprechen möchte?"

„Das will jeder Mensch", sagte er und setzte sich auf das unbelegte zweite Bett.

„Ich nicht!"

„Glauben Sie mir, Joan, auch Sie werden irgendwann wieder das Bedürfnis verspüren, aber wenn es so weit ist, wird es niemanden mehr geben ..."

„Nur weiter so!", sagte sie kopfschüttelnd. „Das ist genau das, was ich jetzt hören will."

„Haben Sie bei Ihren Worten je an Brians und Rachels Gefühle gedacht, als Sie sie damit verletzten?"

„Und wer denkt an mich? Ich hatte eine Entscheidung getroffen, aber sie wurde nicht respektiert ..."

„Vielleicht weil es Menschen gibt, die Sie lieben. Sie sollten sich glücklich schätzen, dass Sie Ihre Familie haben. Menschen können einander sehr viel geben."

„Es gibt niemanden, der mir das zurückgeben kann, was ich verloren habe", erklärte sie angeschlagen und wischte sich die Tränen aus den Augen. Er hatte einen denkbar schlechten Zeitpunkt gewählt. Der Psychologe und Rachel hatten ihr mächtig zugesetzt.

„Ich weiß nicht, was Ihnen zugestoßen ist, Joan …“, begann Nicholas rücksichtsvoll, „… aber Sie konnten sich gestern selbst davon überzeugen, dass es Menschen auf dieser Welt gibt, die tagtäglich um ihr Leben kämpfen müssen. Jeder Tag lohnt sich, ihn zu leben.“

„*Ich* konnte nichts dagegen tun!“, sagte sie mit feuchten Augen. „Erzählen Sie mir also nichts vom Leben. Sie haben keine Ahnung“, warf sie ihm vor.

„Helfen Sie mir auf die Sprünge. Erzählen Sie mir von den Dingen, von denen ich angeblich keine Ahnung habe“, drängte er sie.

„Sie wissen nicht, wie es ist, wenn man sich selbst hasst … wenn man sich nicht mehr im Spiegel ansehen kann … wenn man vor seelischen Schmerzen stirbt und den Tod als Erlösung ansieht …“

„Woran geben Sie sich die Schuld, Joan?“, fragte er sanft.

Ihre verweinten Augen wandten sich von ihm ab. Langsam rutschte sie in ihrem Bett hinunter und zog die Decke bis zum Kinn hinauf. „Gehen Sie, bitte!“, flehte sie ihn an.

„Reden Sie mit mir darüber“, bat Nicholas sie einfühlsam. Er wollte nach ihrer Hand greifen, ließ es jedoch, als er sich an den vergangenen Abend mit Calvin erinnerte. Sie sollte nicht wieder aus Angst vor ihm zurückschrecken.

„Ich ertrage es nicht mehr …“, brach es plötzlich unter Tränen aus ihr heraus. „Die Erinnerungen wirbeln ständig in meinem Kopf herum. Ich will, dass es ein Ende hat“, schluchzte sie.

„Dann stellen Sie sich Ihren Dämonen“, sagte Nicholas leise, setzte sich auf ihre Bettkante und zog sie gegen seinen Vorsatz in seine Arme. Wie erwartet zuckte Joan zusammen, entzog sich ihm jedoch nicht. In Nicholas’ Armen fühlte sie sich so geborgen wie seit langer Zeit nicht mehr. Etwas Beruhigendes ging von ihm aus. Er strahlte Stärke und zugleich eine unglaubliche Sicherheit aus.

Den Einstieg ins neue Jahr feierte Joan allein in ihrem Krankenbett. Um ein Haar hätte sie Mitternacht verschlafen, aber die innere Uhr weckte sie zehn Minuten vor null Uhr, sodass sie mit Erinnerungen an Steve und die gemeinsam verbrachte große Silvesterparty zwei Jahre zuvor im Bademantel an ihrem Fenster stand und die bunten Raketen am Himmel betrachtete. Zwei Jahre waren vorüber und so viel war geschehen … so viel hatte sie verloren.

„Ich bin kein Anschauungsobjekt“, sagte Ben missgestimmt am nächsten Morgen zu der fremden Frau, die plötzlich in seiner Tür stand und ihn betrachtete.

Mit verschränkten Armen trat Joan in T-Shirt und Jogginghose unsicher in sein Zimmer. Bei jedem Schritt quietschten ihre Schuhe über den Boden. „Darf ich mich setzen?“, fragte sie und deutete auf den Stuhl, der neben dem kleinen Tisch stand.

Ben nickte und musterte sie argwöhnisch. Er fragte sich, wer sie war und was sie von ihm wollte, als er sich an die gestrige Begegnung mit ihr erinnerte. Ihm waren ihre tieftraurigen Augen sofort aufgefallen.

Da zog Joan ihre Arme auseinander und sein Blick fiel unwillkürlich auf ihre verbundenen Handgelenke.

„Selbstmordversuch“, sagte er mit verständnisvoller Stimme. „Daran dachte ich auch schon einige Male, aber der Doc wäre wohl ziemlich sauer geworden.“ Er grinste. „Ich meine, es ist sein Verdienst, dass ich noch lebe. Niemand hat damit gerechnet. Wäre doch dumm, wenn ich seine ganze Arbeit zunichte mache, oder?“ Joan musste über seine profane Begründung lächeln. „Wolltest du dich umbringen, weil du Krebs hast?“

Sie schüttelte den Kopf. „Ich bin nicht krank.“

„Warum dann?“

„Findest du nicht, dass dies eine sehr persönliche Frage ist?“

„Ich schätze, so bin ich hier geworden.“ Er breitete die Arme aus und grinste. „Ich stand schon mehrmals am Abgrund. Da hatte ich nicht viel Zeit, mich mit Höflichkeiten herumzuschlagen. Ich frage, was mich interessiert.“

„So ist Ben“, unterbrach Nicholas die Zweisamkeit. „Er sagt, was er denkt.“ Joan und Ben blickten zur Tür, in der Nicholas lächelnd stand. „Ich habe Sie bereits gesucht, Joan. Ich wollte Sie zu einem Spaziergang im Park überreden. Haben Sie Lust?“

„Gern.“ Allmählich wandelten sich ihre Grundgedanken der vergangenen Wochen. Sie hasste die beiden Männer nicht mehr, weil diese sie gefunden hatten, und dachte, vielleicht schaffe ich es eines Tages und ertrage irgendwann den Schmerz, der mich fortwährend begleitet.

Joan wandte sich zu Ben herum. „Kommst du mit uns?“

„Da muss ich passen. Zu viele Erreger in der freien Wildnis“, sagte er lächelnd, als wäre es das Normalste auf der Welt. Joan, die daran nicht gewöhnt war, versetzte es einen Stich im Herzen.

Einen Augenblick später gingen sie hinaus auf den Gang. Nicholas schloss hinter ihnen die Tür und begegnete Joans Blick. „Wie lange war er nicht mehr draußen?“, fragte sie mitfühlend, da es schrecklich sein musste, nur über Radio und Fernsehen zu erfahren, was in der Welt vor sich ging.

„Ein paar Wochen.“

Nachdenklich lief Joan die Gänge neben ihm her, bemerkte nicht, wie Nicholas sie von Zeit zu Zeit aufmerksam musterte. Ein seltsamer Ausdruck lag in ihren Augen, doch er kannte sie nicht gut genug, um ihn deuten zu können.

Bei milden 19 Grad traten sie hinaus in den Park, durch dessen Bäume nur wenige Sonnenstrahlen drangen. Joan vergrub die Hände in den Taschen ihrer Jogginghose.

„Warum wird Ben nicht von seiner Familie besucht?"

Nicholas sah sie überrascht an. „Woher wissen Sie das?"

„In seinem Zimmer fehlt die Vergangenheit. Ich habe kein Foto seiner Familie gesehen, kein abgegriffenes Buch, das er von seinem Dad geschenkt bekommen hat. Nicht einmal Blumen, die sie zum Besuch mitgebracht hätten …"

Nicholas lächelte sie an. „Ihre Beobachtungsgabe ist bemerkenswert." Er wandte den Blick von ihr ab. „Ben hat keine Eltern mehr. Als er sechs Jahre alt war, hatten sie einen schweren Autounfall, den beide nicht überlebten. Seither lebt Ben im Heim. Vor einem Jahr kam er mit Beschwerden ins Krankenhaus …" Er stockte, schien seine Gedanken ordnen zu müssen. „Es war das erste Mal, dass selbst ich einem Patienten nicht mehr lange zu leben gab. Ben hat uns das Gegenteil bewiesen."

„Meinen Sie nicht, dass Ihre Therapie ein klein wenig zum Erfolg beigetragen hat?"

Nicholas lächelte. „Vielleicht."

„Wird Ben es schaffen?"

„Ich hoffe es", antwortete er ehrlich.

„Dass ist nicht sehr eindeutig, Dr. Blake."

„Ich weiß, aber mehr kann ich im Moment nicht sagen." Nicholas sah sie an. „Ich hatte Patienten, bei denen ich mir hundertprozentig sicher gewesen bin, dass sie es schaffen würden, und sie starben. Wiederum gibt es Patienten wie Ben, denen niemand große Hoffnungen macht, und sehen Sie sich ihn heute an. Der Krebs ist heimtückisch", erklärte er. „Heute geht es einem wunderbar, der Arzt stellt hervorragende Prognosen, und morgen …" Er machte eine kurze Pause. „Morgen entdecken wir neue Metastasen. Tage danach kann alles vorbei sein."

Daher musste diesmal die Kombination von Zytokinen und Zytostatika bei Ben auch die letzten Tumorzellen zerstören, dachte Nicholas. Bens Gesamtzustand war bereits durch die lange Therapiezeit stark angegriffen und die verbliebene Niere tat ihre Arbeit nur mit Mühe. Doch hinsichtlich Bens hoffentlich langen Lebens hielt Nicholas dies für keine endgültige Lösung. Irgendwann würde er die Hilfe einer Dialyse benötigen.

„Wie steht er all dies so gelassen durch?“, unterbrach Joan seine Gedanken. „Ich meine, so völlig allein.“

„Ben ist längst erwachsen. Seit dem Tod seiner Eltern musste er sich allein durchs Leben boxen, er scheint keinen engen Vertrauten im Heim gehabt zu haben. Sein Überlebenswille ist immens. Von Anfang an wollte er den Kampf gegen den Krebs aufnehmen. Ben ist stark, aber mitunter verliert auch er seinen Glauben an sich.“

„Verständlich“, sagte Joan voller Respekt für den 20-Jährigen, der für sein Leben bereits sehr hart hatte kämpfen müssen.

Schweigend liefen sie nebeneinander durch den Park, doch es war nicht das Schweigen, das zwei Fremde als bedrückend empfanden und quälend nach Gesprächsthemen suchen ließ, sondern das zweier Menschen, die in diesem Moment einander alles gesagt hatten.

„Ich muss mich bei Ihnen entschuldigen“, brach Nicholas die Stille zwischen ihnen. „Ich hätte Sie nicht auf die Onkologie führen sollen. Es muss furchtbar für Sie gewesen sein, zum ersten Mal Kinder in dieser Verfassung zu sehen.“ Ihre Blicke trafen sich. „Tut mir leid.“

Joan nickte. „Sie haben recht, es ist furchtbar, aber ich habe schon ähnlich Schlimmes gesehen.“ Sie bemerkte seinen fragenden Blick nicht, als sie an das Mailänder Kloster und die misshandelten Kinder dachte, die ihr Leben lang in ihrem Gedächtnis bleiben würden.

„Wollen wir uns setzen?“, holte Nicholas' Stimme sie in die Gegenwart zurück. Sie nickte und folgte ihm zu einer Holzbank, die am Rande des Sandweges stand.

„In Mailand liegt um diese Zeit Schnee“, sagte Joan beiläufig und setzte sich neben Nicholas auf die Bank.

„Sie waren in Italien?“, fragte er überrascht. Joan nickte. „Sie machen mich neidisch. Seit Jahren nehme ich mir vor, Europa zu erkunden, aber bisher ist es leider noch nicht dazu gekommen.“ Er streckte die langen Beine von sich. Ganz in der Nähe zwitscherte ein Vogel.

„Europa gefällt mir sehr. London, Paris, Rom …“, schwärmte sie in Erinnerung an ihre damalige Reise, die eine Ewigkeit zurückzuliegen schien. Damals war alles einfach und unkompliziert gewesen.

„Wie lange waren Sie in Europa?“

„Zuletzt ein Jahr. Ich bin erst seit Juli wieder in L. A.“

Nicholas sah sie an. „Dann haben Sie Brian und Rachel nach Mailand begleitet?“, fragte er, als ihm der einjährige Aufenthalt seiner Freunde einfiel. Er hatte nicht gewusst, dass sie mitgefahren war.

„Diese Auszeit kam zur rechten Zeit.“ Sie wandte den Blick zu ihm, bemerkte seinen sonderbaren Gesichtsausdruck und meinte, ihn richtig deuten zu können. „Jetzt sehen Sie mich als kleine, verwöhnte Tochter reicher Eltern, habe ich recht?“

„Stimmt es denn?“

„Sie haben sich doch längst ein Bild von mir gemacht. Es spielt keine Rolle, was ich Ihnen über mich erzähle.“

„Einen Menschen lernt man nicht in einer Woche kennen“, bemerkte er zu Joans Verwunderung, da die meisten Menschen aufhorchten, wenn sie sich ihnen vorstellte. Anhand von Tratschgeschichten und Berichten aus den Medien glaubten viele, sie zu kennen. Außer Steve hatte sich kein anderer Mann je dafür interessiert, wer Joan Farley wirklich war. Sie war eine Frau, die in der Öffentlichkeit stand, und so wurde sie von jedermann behandelt. Als ein Ding, neben das man sich stellen musste, wenn Fotografen in der Nähe waren, als eine Person, die jederzeit einen der besten Tische in dem exquisitesten Restaurant bekam, obwohl dieses seit Monaten vollkommen reserviert war. All dies waren Menschen, die nur mit ihr gesehen werden oder ihre Beziehungen hatten ausnutzen wollen.

Nicholas Blake war anders. Er schien sich ernsthaft für ihr Wesen zu interessieren, dafür, was sie tat und warum sie eben genau dies tat. Nur Joan wusste nicht, was sie davon hielt. Einerseits ging von ihm etwas Geheimnisvolles aus, etwas, das ihre Neugierde weckte, andererseits hatte sie Angst. Angst, sich zu öffnen und einem fremden Menschen einen Einblick in ihr wahres Leben zu gewähren. Angst, abermals verletzt zu werden.

Zum ersten Mal betrachtete Joan ihn eingehender und ihr fielen seine walnussbraunen Augen auf. „Dr. Blake, es tut mir sehr leid. Ich wollte Sie weder verletzen noch verärgern.“

Nicholas sah sie an. „Das haben Sie zu keinem Zeitpunkt getan.“

Sie lächelte schwach. „Oh doch. Ich war zu vielen Menschen unfair. Ich dachte lange Zeit nur an mich.“

„Jetzt machen Sie sich nicht schlechter, als Sie tatsächlich sind“, sagte er lächelnd. „Erzählen Sie mir, womit Sie sich in Mailand die Zeit vertrieben haben. Ich kann mir nicht vorstellen, dass Sie den ganzen Tag am Pool lagen und sich von der Sonne haben bräunen lassen.“

„Stimmt“, sagte sie leise und dachte an das hinter ihr liegende Jahr. Sie konnte nicht sagen warum, aber plötzlich wollte sie ihm vom Kloster und dem unglaublichen Meisterwerk der Nonnen erzählen. „Rachel hatte eine Autostunde außerhalb von Mailand ein Kloster aufgestöbert, zu dem ich sie den Sommer über jeden Tag begleitete", begann sie wie zu einem langjährigen Freund zu sprechen. „Die Nonnen haben sich um misshandelte oder missbrauchte Kinder und Frauen gekümmert. Ich sprach mit vielen und habe ihre traurigen und zugleich schrecklichen Geschichten erfahren." Das Lächeln in ihren Augen war verschwunden und Nicholas vermutete, dass sie Dinge gesehen und gehört hatte, die schwer zu ertragen waren.

„Dann meinten Sie vorhin das Kloster, als Sie sagten, Sie hätten ähnlich Schlimmes gesehen?"

Joan nickte traurig. „Zum Ende meiner Besuche brachte ein junger Mann die Freundin seines besten Freundes ins Kloster. Ihr Kleid war von Blut durchtränkt – ich dachte, sie sei tot, aber wie durch ein Wunder hatte sie die Attacke ihres Freundes überlebt", erzählte sie mit starrem Blick, als sie das viele Blut vor ihrem geistigen Auge sah. „Sie wusste nicht, was sie Schreckliches getan hatte, doch zur Bestrafung hatte er ihr die Brust abgeschnitten. Als sie die Operation im Kloster und den hohen Blutverlust überlebt hatte, erzählte sie mir Tage darauf ihre Geschichte." Eine Träne lief ihre Wange hinunter. „Eine Woche später fand ich sie mit aufgeschnittenen Pulsadern in ihrem Bett. Sie war bildhübsch. Sie hatte Model werden wollen", schloss sie ihre Erinnerung an das junge Mädchen ab, das sie kaum gekannt hatte, doch niemals vergessen würde.

„Hat man den Freund des Mädchens verhaftet?", fragte er voller Anteilnahme.

Mit Tränen in den Augen schüttelte Joan den Kopf. „Ich denke, sie wusste dies und sah deshalb keinen anderen Weg."

„Es ist eine schreckliche Zeit, in der wir leben, aber meinen Sie nicht, sie hätte anderswo ein neues Leben anfangen können?"

„Äußerliche Wunden heilen mit der Zeit, aber wenn man von einem vertrauten Menschen verletzt wurde, heilt die Seele zumeist niemals. Fremden Menschen zu vertrauen bedarf oftmals eine sehr lange Zeit der Geduld."

„Sie lernen bessere Menschen kennen. Menschen, zu denen Sie Vertrauen fassen können und niemals enttäuscht werden."

„Wenn man bestimmte Dinge erlebt hat, vertraut man niemandem mehr." Längst hatte sie ihren Optimismus verloren. „Ich habe aus dem Kloster Erfahrungen mitgenommen, die ich nirgendwo anders hätte sammeln können."

„Welche?", fragte er sanft.

Sie wandte den Kopf zu ihm um und hielt seinen Blick. „Dass man sich nicht auf andere Menschen verlassen sollte. Man sollte sich niemals zu sicher sein, was die Menschen anging, die man glaubte zu kennen."

„Haben Sie sich schon immer nur auf sich selbst verlassen?" Bedauern lag in seiner Stimme.

Joan schüttelte den Kopf. „Es gab eine andere Zeit ..." Der Vogel, der vor ihren Füßen auf dem Sandweg umherhüpfte und nach Futter suchte, zog ihre Aufmerksamkeit auf sich. „Lachen Sie über mich, aber vor Jahren wollte ich die Welt noch zum Besseren verändern."

„Was ist aus Ihrem Ziel geworden?"

„Ich fürchte, ich habe es irgendwann auf meinem Weg verloren."

„Das ist sehr schade."

Eine Windböe wehte durch den Park, wirbelte die heruntergefallenen Blätter vom Boden auf. Fröstelnd verschränkte Joan die Arme vor der Brust.

„Ist Ihnen kalt?", fragte Nicholas, doch ehe sie antworten konnte, hatte er seine Jacke bereits von den Armen gestreift und hängte sie ihr über die Schulter. Bei seiner sachten Berührung zuckte Joan zusammen und glaubte, er habe ihre Angst nicht bemerkt, doch sie irrte sich. Ruckartig stand Joan von der Bank auf, aber nicht die Kälte, die der Wind verursachte, ließ sie am ganzen Körper zittern, sondern das ungewohnte Gefühl, das seine Berührung auslöste. Sie konnte das Gefühl nicht deuten, wollte nicht darüber nachdenken und verdrängte es aus ihrem Gedächtnis.

Auf dem Rückweg zum Hintereingang des Krankenhauses gingen sie schweigend nebeneinander her. Schließlich hielt Nicholas ihr die Tür auf und folgte ihr dicht durch die Gänge, bis sie zu ihrem Zimmer kamen, wo sie ihm vor der Tür seine Jacke zurückgab. „Danke für alles, was Sie in den vergangenen Tagen für mich getan haben, Dr. Blake."

Da streckte er ihr seine Hand entgegen. „Bitte nennen Sie mich Nicholas. Dr. Blake macht mich älter, als ich bin." Zum ersten Mal sah Nicholas ein Lächeln von ihr, das von Herzen kam.

„Joan", sagte sie und legte ohne Zögern ihre Hand in die seine, die größer als die ihre war.

„Das sollten Sie öfter tun, Joan. Das Lächeln steht Ihnen ausgesprochen gut."

Sie spürte, wie sie beim Klang ihres Namens aus seinem Mund errötete, sah ihn einen Moment lang an und glitt dann wortlos durch den Türspalt in ihr Zimmer. Leise schloss sie die Tür hinter sich.

5. Kapitel

Eine Woche nach Neujahr wurde Joan unter der Auflage, einmal pro Woche in die Praxis eines Psychologen zu gehen, aus dem Santa Monica Hospital entlassen. Den Ausschlag für diese Vereinbarung gab das Gutachten des Psychologen, dem sich Joan schweren Herzens anvertraut hatte. Nach ihrem einstündigen Gespräch, in dem Joan mit Tränen über den Tod ihres Babys gesprochen hatte, hielt der Psychologe sie nicht mehr für so labil wie in den vergangenen Tagen. Er hatte sogar den Eindruck, dass sie wieder am Leben teilhaben wollte.

Mit einem zaghaften Lächeln im Gesicht verließ Joan das Krankenhaus und stieg in das bereitstehende Taxi. Sie konnte nicht mit Bestimmtheit sagen, was ihre Lebenseinstellung verändert hatte, vermutete aber, dass es die langen Gespräche mit Nicholas waren, die sie von Tag zu Tag als angenehmer empfunden hatte. Die trostlosen Gedanken und das Gefühl, fehl am Platz zu sein, begleiteten sie nicht mehr ununterbrochen. Sogar die gefürchteten Nächte waren ruhiger geworden, da sie immer öfter durchschlief und nur noch selten schweißgebadet aus Albträumen hochschreckte. Ganz langsam begann sie das Geschehene zu akzeptieren, aber der Schmerz in ihrer Brust würde wohl nie vergehen.

Brian stellte die Veränderung seiner Schwester erfreut fest, als sie sich bei einem seiner Besuche ohne Weiteres mit ihm unterhielt, anstatt ihn böswillig von sich zu stoßen. Sie wirkte offener fürs Leben, lächelte dann und wann bei seinen Erzählungen und sprach mit ihm beinahe wie in alten Zeiten, doch Mailand oder das Baby waren weiterhin tabu. Sobald er bewusst sachte in diese Richtung lenkte, blockte Joan ab und wechselte zu unverfänglicheren Themen.

Zum ersten Mal in diesem Jahr betrat Joan ihre kleine Wohnung in Venice, stellte ihre Krankenhaustasche auf dem Flur ab und ging in die Küche, wo sich auf dem Tisch die Post von zwei Wochen angesammelt hatte. Seufzend setzte Joan sich und sah den Stapel nach den Absendern durch. An einem blieb sie hängen. Verwundert öffnete sie den Brief ihres Vermieters, der ihr mit knappen Worten erklärte, dass er unter den gegebenen Umständen ihre Mietvereinbarung vorzeitig kündigte und sie freundlichst bat, innerhalb einer Woche die Wohnung zu räumen.

„Das war's dann wohl", sagte sie ohne Bedauern. Vielleicht war es besser so. Ein weiterer Schlussstrich in ihrem Leben. Einer mehr oder weniger. Doch da erinnerte sie sich an ihr Versprechen, das sie erst eine Stunde zuvor Nicholas

Blake gegeben hatte. *Verschwenden Sie keine Zeit mit Erinnerungen an die Vergangenheit. Wenn Sie die Dämonen vernichten wollen, dann schauen Sie nach vorn und nicht zurück. Richten Sie Ihre ganze Aufmerksamkeit auf das Kommende, auf Ihre Zukunft*, hatte er zu ihr gesagt. Und er hatte recht. Ab nun wollte sie nach vorn blicken. Sie würde neu anfangen.

Sie rief Brian an, bat ihn, Augen und Ohren nach einer Wohnung offen zu halten, und besuchte Theo in seinem Strandcafé, das um diese Jahreszeit weniger besucht wurde. Als sie eintrat, kam er lächelnd hinter der Theke hervor und umarmte sie väterlich.

„Kleines, schön, dass du zurück bist. Wir haben dich alle vermisst."

Dankbar, dass er sie nicht nach dem Baby und ihrem Krankenhausaufenthalt fragte, lächelte Joan zaghaft. „Willst du mich noch haben?"

„Mit Kusshand. Es gibt keine Bessere als dich."

Sie vereinbarten, dass Joan am Montag in einer Woche wieder bei ihm als Kellnerin anfangen sollte, sodass sie sechs Tage Zeit hatte, um eine Wohnung zu suchen und umzuziehen.

Am nächsten Morgen traf Joan auf dem Weg zu Ben dessen Krankenschwester, die sich tagsüber um ihn kümmerte, und erkundigte sich nach seinem Befinden. Was sie erfuhr, erfreute sie nicht. Anscheinend vertrug Ben die neuen Medikamente nicht sonderlich gut, die Dr. Blake ihm seit gestern verabreichte.

„Du bekommst wohl nicht genug von mir", scherzte Ben, worauf Joan lächelnd die Tür schloss und zu dem blassen jungen Mann ans Bett trat. Trotz seines Hustens schien es, als hätte sie einen guten Moment erwischt. „Ich hätte nicht gedacht, dass du mich besuchen kommst."

„Warum nicht?", fragte sie irritiert und stellte die braune Papiertüte auf dem Bett neben seinen Beinen ab, die von der Decke verhüllt waren.

„Weil das noch keiner getan hat", sagte er trübselig.

„Dann wird es aber Zeit." Lächelnd zog sie ein Bund Apfelsinen aus der Tüte hervor und legte dieses auf seinen Bauch. „Ich hoffe, die darfst du essen."

„Ich hätte mehr Appetit auf eine Pizza", sagte er scherzhaft, worauf sie warnend ihren Zeigefinger hob.

„Die ist verboten!"

Erst zwei Stunden später suchte Joan ihre Sachen zusammen und verabschiedete sich von Ben, der in der vergangenen halben Stunde immerzu gegähnt hatte. „Das sind die Medikamente", entschuldigte er sich nun bei ihr.

Sie grinste. „Und ich dachte schon, ich langweile dich."

Gegen Joans anfängliche Erwartung hatten sie sich ausgesprochen gut unterhalten. Anfangs fand Joan es unheimlich, dass Ben nur drei Jahre jünger als sie selbst war, aber schnell hatten sie festgestellt, dass sie sich sehr ähnlich waren: Sie sprachen beide nicht gern über ihre Vergangenheit, und zudem hatten sie beide geliebte Menschen verloren. Vielleicht hatte das Schicksaal sie gerade aus diesem Grund zusammengeführt, wer wusste das schon?

„Ich besuche dich bald wieder", sagte Joan von der Tür aus.

„Bring das nächste Mal eine Pizza mit!", rief er ihr nach.

Just als sie hinaus auf den Gang trat und die Tür hinter sich schloss, kam Nicholas Blake ihr entgegengelaufen. Überrascht, sie bei Ben anzutreffen, blieb er vor ihr stehen.

„Schön, Sie hier zu sehen, Joan."

Joan lächelte beim Klang seiner Stimme. Sie mochte es, wenn er ihren Namen sagte. „Gleichfalls." Sie deutete mit einem Kopfnicken in Bens Zimmer. „Es scheint ihm besser zu gehen."

Nicholas nickte zustimmend. „Für den Moment ist das ein gutes Zeichen, aber wir müssen abwarten." Ob die Therapie jedoch erfolgreich war, würde sich erst in frühestens drei Monaten herausstellen, dachte er und verschwieg ihr, dass sich Ben in der vergangenen Nacht die Kehle aus dem Leib gespuckt hatte. Aus unerklärlichen Gründen reagierte Ben stärker als andere Patienten auf die neuen Zytostatika.

„Wie geht es Ihnen?", fragte Nicholas nun freundlich und musterte besorgt ihr nachdenkliches Gesicht. Unwillkürlich fragte er sich, ob es mit Ben zusammenhing.

„Ich muss innerhalb einer Woche aus meiner Wohnung ausziehen. Mein Vermieter möchte keine Selbstmörder in seinem Haus haben", erklärte sie mit einem zaghaften Lächeln. Entsetzt sah Nicholas sie ihn, sodass sie schnell hinzufügte: „Er hat es in seinem Brief etwas freundlicher ausgedrückt, aber es kommt doch auf dasselbe heraus, oder?"

Er nickte und ärgerte sich für sie über den Mistkerl. „Haben Sie eine neue Wohnung in Aussicht?"

Joan schüttelte den Kopf. „Ich fürchte, so kurzfristig werde ich wohl keine Wohnung finden, die ich mir leisten kann", sagte sie betrübt.

„Vielleicht kann ich helfen. Einer meiner Freunde ist Immobilienmakler. Ich werde ihn nachher anrufen und ihn bitten, sich umzusehen."

„Oh, das ist wirklich sehr nett, aber ich kann …" Sie stockte und wich seinem durchdringenden Blick aus, der ihre Augen sanft festhielt. „Es klingt für Sie wahrscheinlich verrückt, aber ich kann Ihren Freund … nicht bezahlen."

„Machen Sie sich darüber keine Gedanken", sagte er mit einem Lächeln auf dem Mund, dass sie nicht deuten konnte. Machte er sich lustig über sie oder amüsierte ihn nur ihre Scheu vor diesem Geständnis? „Er ist mir noch einen Gefallen schuldig", erklärte Nicholas, als hätte er ihre Gedanken gelesen.

Sie atmete auf. „Das wäre wundervoll. Wie kann ich mich dafür bei Ihnen nur bedanken?"

„Das müssen Sie nicht, noch habe ich Ihnen nicht geholfen", sagte er lächelnd. „… aber sollte es tatsächlich klappen, könnten wir vielleicht einmal zusammen essen gehen."

Joan nickte unsicher. „Ja, vielleicht."

„Ich muss leider weiter. Meine Patienten …"

„Natürlich! Entschuldigen Sie, ich wollte Sie nicht aufhalten", sagte sie, als ihr bewusst wurde, dass sie bestimmt bereits eine Viertelstunde auf dem Gang beisammenstanden.

„Das haben Sie nicht getan", erwiderte er mit weicher Stimme. „Es hat mich gefreut, Sie wiederzutreffen." Er berührte sachte ihren Arm und diesmal zuckte sie nicht zurück. „Ich würde mich freuen, wenn wir uns in Zukunft häufiger als in den letzten Jahren sehen würden."

„Das lässt sich sicher einrichten. Nochmals vielen Dank für alles."

„Sie haben es allein geschafft. Sie sind stärker, als Sie glauben." Sie lächelte. „Machen Sie es gut. Mein Freund wird sich bei Ihnen melden."

„Danke."

Er nickte, wandte sich lächelnd um und ging mit schnellen Schritten den Gang hinunter zum Schwesternzimmer, wo sogleich eine Krankenschwester herauskam. Joan sah, wie diese aufgeregt mit den Armen gestikulierte, drehte sich um und folgte dem Gang, der sie Minuten später aus dem Haupteingang hinaus ins Freie führte.

Am nächsten Morgen klingelte wenige Minuten nach acht Uhr ihr Telefon. Joan, die gerade am Küchentisch saß und frühstückte, griff nach dem Telefon und meldete sich. Nie im Traum hätte sie so schnell mit dem Anruf von Nicholas' Freund gerechnet, der tatsächlich zwei kleine preisgünstige Wohnungen in Venice für sie bereithielt. Sie verabredeten sich in zwei Stunden vor einer der beiden Wohnungen, ehe Joan dem fremden Mann viel zu häufig dankte, doch er konnte schließlich nicht wissen, wie dringend sie eine neue Wohnung suchte.

Als Joan sich die erste Wohnung ansah, war sie sofort begeistert. Sie lag in der vierten Etage, besaß neben den Treppen aber auch einen Fahrstuhl und war mit dem geräumigen Wohn- und Schlafzimmer und der kleinen hellen Küche genau nach ihrem Geschmack. Noch dazu war der Preis angemessen. Joan schlug sofort zu, ohne sich die zweite Wohnung angesehen zu haben.

Als Joan zwei Tage darauf den Schlüssel in ihre Wohnungstür steckte, hörte sie das Klingeln ihres Telefons. Schnell stieß sie die Tür auf, warf ihre Tasche auf den Boden und suchte nach dem tragbaren Telefon, das irgendwo im Zimmer klingelte. „Verflucht", sagte sie nach dem fünften Klingeln. Da sah sie das schwarze Telefon unter ihrem Kopfkissen liegen. Sie eilte zu ihrem Bett, das derzeit nur aus der Matratze bestand, und griff nach dem Telefon.

„Endlich!", hörte sie Brian am anderen Ende sagen und setzte sich auf die Matratze. Die Verbindung war schlecht, im Hintergrund hörte sie allerhand Geräusche. „Jo, ich bin auf dem Weg nach Washington."

„Aber du wolltest mir doch beim Umzug helfen", versuchte sie die vielen Nebengeräusche zu übertönen.

„Es tut … mir … furchtbar … leid", sagte er zwischen lautem Knistern. „Ich … lasse … mir etwas … einfallen … versprochen." Es knackte, dann war die Verbindung unterbrochen. Enttäuscht ließ Joan ihre Hand sinken und legte das Telefon neben sich auf die Matratze. Ihr Blick glitt zu den fertig gepackten Kisten, die sie bis spät in der letzten Nacht gefüllt hatte, damit sie heute hinüber in die neue Wohnung gebracht werden konnten. Bettgestell und Kleiderschrank befanden sich bereits in der neuen Wohnung, doch bisher war nur der Schrank aufgebaut.

„Dann muss ich mir wohl allein helfen", sagte Joan zu sich selbst und stand entschlossen auf. Ohne fahrbaren Untersatz kam sie jedoch nicht weiter, sodass sie nur den gefüllten Koffer und einen Umhängebeutel nahm und sich zu Fuß zu ihrer neuen Wohnung aufmachte. Dort angekommen, räumte sie den Koffer aus und hängte ihre Kleider sorgfältig in den Schrank. Anschließend holte sie Brians Werkzeugkasten, den er gestern bei ihr gelassen hatte, aus der Küche und stellte ihn vor den Einzelteilen ihres Doppelbettes auf den Boden. In grauer Trainingshose und Top machte sie sich daran, ihr Bett zusammenzubauen, doch was sie auch tat, letztlich fehlten ihr immer zwei weitere Hände.

Just in dem Moment, als Joan einen dritten Versuch starten wollte, klingelte es an ihrer Tür. Verwundert sah sie auf ihre Armbanduhr, deren Zeiger kurz vor acht Uhr standen. In der Hoffnung, es möge keiner ihrer Nachbarn sein, dem ihr Lärm zu laut wurde, stand sie auf und lief in Socken über den Parkettboden zur Wohnungstür, wo sie durch den Spion lugte. Überrascht, doch sichtlich erfreut öffnete sie die Tür.

„Aus sicherer Quelle weiß ich, dass Sie heute versetzt worden sind", erklärte

Nicholas Blake lächelnd mit einer Flasche Sekt in der Hand. „Ich dachte, ich komme nach meinem Dienstende noch vorbei, aber falls es Ihnen zu spät ist, gehe ich wieder.“

„Nichts da! Ich bin dankbar für jeden starken Mann.“ Sie lächelte und strich sich eine Strähne ihres offenen Haars aus dem Gesicht. „Kommen Sie herein“, sagte sie, öffnete die Tür weiter und trat zur Seite.

Nicholas folgte ihrer Aufforderung und legte seine Jacke auf den Holzstuhl, der auf dem kleinen Flur stand. Später sollte an dieser Stelle ein schwarzer Ständer stehen, an dem Joan ihre Jacken und ihre Taschen aufhängte. Darauf trat er in den einzigen, auffallend hellen Raum der Wohnung, der tagsüber durch die hohe Fensterfront sicherlich viel Licht hereinließ. Mittlerweile stand die Sonne jedoch so tief über dem Meer, dass die anderen Häuser ihr die Sicht darauf versperrten. Bald würde sie ganz untergegangen sein.

„Willkommen in meinem neuen Zuhause“, sagte Joan inmitten des Zimmers und wies mit einer umfassenden Handbewegung um sich. „Dank Ihnen habe ich wieder eines, Nicholas. Ich möchte mich bei Ihnen bedanken. Sie haben mich aus einer misslichen Lager gerettet.“ Joan war bereits zweimal im Santa Monica Hospital gewesen, um sich bei Nicholas Blake für die Wohnung zu bedanken, aber sie hatte ihn nie angetroffen. Und sie hatte nicht so weit gehen wollen, Brian nach der Telefonnummer seines Freundes zu fragen.

„Bedanken Sie sich bei Colin. Er hat die Wohnung gefunden“, tat Nicholas seinen geringen Aufwand ab. Sein Anruf war schließlich nicht der Rede wert, aber umso mehr freute er sich, dass er ihr hatte helfen können.

„Oh, das habe ich schon zu Genüge getan. Ich glaube, er hat die nächsten Monate genug von mir.“ Sie lächelte und Nicholas kam nicht umhin, in ihr bezauberndes Lächeln einzustimmen.

Nachdem Joan ihm in wenigen Minuten ihre Wohnung gezeigt hatte, erzählte sie Nicholas von ihrem Problem mit ihrem Bett. Sogleich begannen sie gemeinsam ihr Bett aufzubauen. Sie steckten die Seitenteile des Gestells zusammen, und als Nicholas nach dem Schraubenzieher griff, fielen die Teile wieder auseinander.

Herzhaft fing Joan an zu lachen. „So weit war ich heute schon zweimal. Und ich dachte, es läge an mir!“, jauchzte sie, worauf Nicholas in ihr Lachen einstimmte.

Nicholas deutete auf ihr Bett, als er sich nach einigen Minuten die Tränen aus dem Gesicht wischte, und sah sie an. „Wollen wir es noch einmal versuchen?“

Sie nickte, unterdrückte dabei aber mit Mühe ihr Lachen.

„So wird das nichts!", tadelte er sie lächelnd.

„Ich bin ganz brav", versprach Joan ihm mit einem überaus ernsten Gesichtsausdruck und salutierte. Diesmal war er es, der zu lachen begann.

Eine halbe Stunde darauf stand Joans Bett direkt unter dem großen Fenster, sodass sie in den Abendhimmel sehen konnte, wenn sie in ihren Kissen lag.

Zufrieden sah Nicholas das Bettgestell an. „Jetzt fehlt nur noch die Matratze und Sie können die erste Nacht hier verbringen."

„Daraus wird heute nichts", meinte sie im Schneidersitz vor dem Bett sitzend. „Die ist noch in der alten Wohnung."

„Dann sind wir wohl für heute fertig."

„Ja."

Unsicher, ob er ihr seine Idee wirklich vorschlagen sollte, fuhr Nicholas sich durch seine schwarzen Haare. Der Abend hatte jedoch so gut begonnen, dass er ihn ungern schon beenden wollte. Er musste feststellen, dass er Joans Gesellschaft genoss. Sie hatte ihn zum Lachen gebracht, eines von vielen Dingen, die keine seiner letzten Bekanntschaften geschafft hatte.

„Ich kenne hier ganz in der Nähe eine nette Bar. Wenn Sie nicht zu müde sind …"

„Gern. Ich war lange nicht mehr aus." Sie stand auf und blickte lächelnd an ihrer Jogginghose hinunter. „Ich muss mich vorher aber umziehen."

Nicholas stand ebenfalls aus seiner Hocke auf. „Kein Problem."

„Es dauert nicht lange."

Eine Viertelstunde später kam sie in Jeans und Bluse, die ihre verbundenen Handgelenke verdeckte, aus dem Badezimmer und zu ihm. Die Haare hatte sie zu einem Knoten am Kopf hochgesteckt, doch einige Strähnen hingen heraus.

„Ich hoffe, Sie nehmen mich so mit. Es ist das Einzige, was mein Kleiderschrank hergegeben hat. Der Rest ist noch drüben."

Er ertappte sich bei dem Gedanken, dass sie vermutlich in der schmuddeligsten Jeans noch hinreißend ausgesehen hätte, und trat einen Schritt auf sie zu. Ihm fiel auf, dass sie dezent Make-up aufgetragen hatte. „Das steht Ihnen ausgezeichnet."

„Danke." Sie lächelte und fühlte sich plötzlich fehl am Platz. Unwillkürlich fragte sie sich, was sie hier tat. Wieso in der Welt hatte sie nur zugesagt? Sie kannte ihn doch überhaupt nicht. Was war nur in sie gefahren?

„Kann ich mich in Ihrem Bad ein wenig frisch machen?", fragte Nicholas vorsichtig, da er ihre Unsicherheit spürte. Ihre Ungezwungenheit der letzten Stunde was verblasst und er fragte sich warum. Was war geschehen, dass sie sich langsam zurückzog?

„Entschuldigen Sie“, sagte sie, in der Gegenwart zurück, und wollte im Boden versinken, da sie sich wie ein Teenager benahm. „Natürlich. Sagen Sie Bescheid, falls Sie etwas brauchen.“

Er nickte und Joan wandte ihm den Rücken zu, als er ins Badezimmer trat. Unsicher ging sie im Zimmer auf und ab, trat ans Fenster, lief um ihr Bett herum zum Schrank, nur um ihn zu öffnen und gleich darauf wieder zu schließen.

„Haben Sie ein Handtuch für mich?“, rief Nicholas aus dem Badezimmer.

„Einen Moment.“ Abermals öffnete sie die Schranktüren und zog ein weißes Handtuch aus dem obersten Fach heraus. Daraufhin durchquerte sie das Zimmer, ging geräuschlos auf den Flur hinaus und stellte irritiert fest, dass die Badezimmertür weit geöffnet war. Unsicher, ob sie ihm einfach das Handtuch reichen oder zuerst etwas sagen sollte, wich sie einen Schritt zurück. Joan schüttelte den Kopf. Die ganze Situation war völlig albern. Schließlich waren sie beide erwachsen, und wenn er die Tür offen ließ … Sie trat hinter der Wand hervor und blickte ins Badezimmer. Nicholas stand mit dem Rücken zu ihr, nur in seiner schwarzen Hose vor dem Waschbecken. Sie sah in den Spiegel vor ihm, sah, wie sich jedes Mal seine nackten, kräftigen Oberarme ein wenig anspannten, wenn er sich mit den Händen Wasser an die Brust oder ins Gesicht spritzte. Wassertropfen perlten an seinen Armen hinunter. Sie betrachtete seinen nackten Oberkörper … die unbehaarte Brust … die breiten Schulterblätter … beobachtete das Spiel seiner Muskeln … Zum ersten Mal sah sie ihn nicht als Freund, sondern als Mann an. Sein Anblick zog ihre ganze Aufmerksamkeit auf sich, sodass ihr entging, dass er sie in der Tür stehen sah. Erst als sich ihre Augen im Spiegel trafen, wurde Joan sich ihres Blickes bewusst.

„Das Handtuch …“, sagte sie zerstreut und hoffte, sie würde nicht rot vor Scham werden. Oh Gott, wie lange hatte sie ihn angestarrt?

Lächelnd griff Nicholas nach dem Handtuch und berührte dabei unabsichtlich ihre Hand, eine harmlose Berührung zwischen zwei Menschen, die Joan jedoch zum Zittern brachte. Wieder begegneten sich ihre Blicke. Oh mein Gott, dachte sie. Diese wunderschönen walnussbraunen Augen … Ehe sie sich gänzlich in ihnen verlor, wandte Joan sich schnell von ihm ab und lief zurück ins Wohnzimmer.

Als Nicholas zu ihr ins Zimmer kam, hatte sie sich Worte zurechtgelegt, wie sie ihm doch absagte und ihn bat zu gehen, aber kaum wandte sie sich zu ihm um und blickte in sein Gesicht, änderte sie ihre Meinung. Trotz aller Ängste, der Unsicherheit und Nervosität, die sie in seiner Gegenwart überfiel, wollte sie mit Nicholas Blake ausgehen.

Den Abend verbrachten sie in einer gemütlichen Bar, in der Joan noch nie zuvor gewesen war. In einer Nische mit braunen Sesseln und einem runden Tisch saßen sie beisammen und unterhielten sich, während in der Musikbox die unterschiedlichsten Songs liefen.

Nach einiger Zeit stand Nicholas lächelnd auf, hielt ihr seine Hand entgegen und bat sie um den nächsten Tanz.

Unsicher sah Joan ihn an. „Ich habe lange nicht mehr getanzt …"

„Das verlernt man nicht", erwiderte er lächelnd und zog sie behutsam hinter sich her auf die Tanzfläche, wo bereits drei Pärchen eng umschlungen zu Brian Adams' *Please Forgive Me* tanzten. „Ist es Ihnen lieber, wenn wir diese Runde aussetzen?", fragte Nicholas angesichts des langsamen Liedes rücksichtsvoll.

Sie lächelte über seine Beachtung, die er ihr entgegenbrachte und die sie von einem Mann nicht gewohnt war. Bisher hatte sie nur dominante Männer kennengelernt, selbst Steve und Paolo waren trotz der Liebe zu ihr diejenigen gewesen, die sie beim Tanzen gefordert und geführt hatten. Doch die Sinnlichkeit, die nun von Nicholas' sanften Armen ausging, seiner Hand, die ihre Hüfte knapp oberhalb ihres Pos sanft umspielte, sollte sie nicht so schnell vergessen. Sie waren eins … bewegten sich nicht gegeneinander, sondern miteinander.

Diesem Tanz folgten drei weitere, schnellere, und keiner von ihnen konnte sagen, ob er diese Situation bedauerte oder nicht. Lachend kehrten sie schließlich an ihren Tisch zurück.

„Das hat Spaß gemacht!", sagte Joan euphorisch.

„Das lag einzig an Ihnen, Joan", schmeichelte er ihr. „Wo haben Sie so gut tanzen gelernt?"

Sie lächelte. „Von meiner Mom. Sie hat mir das Tanzen beigebracht, als ich …" Sie überlegte kurz. „… ich muss damals sechs oder sieben Jahre gewesen sein. Es macht sehr viel Spaß, wenn man den richtigen Tanzpartner hat."

„Dann hatte ich heute sehr viel Glück."

Joan lächelte geheimnisvoll. „Flirten Sie etwa mit mir, Doc?"

„Empfinden Sie das so, Mrs. Farley?"

Glücklicherweise blieb ihr eine Antwort darauf erspart, da in diesem Augenblick eine Kellnerin an ihren Tisch trat und sie fragte, ob sie noch einmal denselben Cocktail bringen sollte. Gleichzeitig bejahten Joan und Nicholas die Frage und lachten, ehe sich bedrücktes Schweigen zwischen ihnen einstellen konnte.

Sie blieben noch eine Weile, unterhielten sich über Gott und die Welt, nur persönliche Dinge wurden nicht angesprochen. Joan, die nur ungern über die vergangenen Jahre sprach, war es recht, dass sie gerade diese Themen mieden, Nicholas dagegen wollte sie nicht drängen. Er nahm sie so, wie sie war. Er kannte ihre Vergangenheit nicht, lernte sie von Grund auf neu kennen und ihm gefiel die Person immer mehr, die sie wirklich zu sein schien.

„Ich weiß gar nicht, warum ich Ihnen das alles erzähle", sagte Joan leise, nachdem sie zum ersten Mal jemandem ihre intensiven Gefühlsregungen offenbart hatte, die sie in den schrecklichsten und auch schönsten Momenten im St. Christoph's überfallen hatten.

„Manchmal ist es leichter, wenn man solche Dinge mit einem Fremden teilt", erwiderte er sanft.

Sie lächelte. „Jetzt verstehe ich, was Ben meinte." Nicholas hob argwöhnisch die Brauen, was Joan zum Lachen brachte. „Er sagte, Sie wären in erster Linie sein Freund und nicht sein Arzt. Anscheinend haben Sie sich sehr viel Zeit für ihn genommen, etwas, was er bis dahin nicht kannte. Mir ist aufgefallen, dass Sie sehr viel Verständnis für Ihre Mitmenschen aufbringen."

Jetzt fühlte er sich geschmeichelt. „Es gibt Menschen, die von sich behaupten, ihre Arbeit sei ihre Berufung." Er lächelte. „So weit möchte ich nicht gehen, aber ein wenig trifft diese Aussage wohl auch auf mich zu."

Später am Abend fuhr Nicholas sie nach Hause und begleitete sie im Fahrstuhl hinauf zu ihrer Wohnung. Dort angekommen, steckte Joan ihren Schlüssel in die Tür und wandte sich zu ihm um. „So etwas habe ich noch nie getan."

„Was?", fragte er feinfühlig, da er nicht sicher war, was nun kommen würde.

„Mit einem Mann auszugehen, von dem ich kaum etwas weiß."

Er lächelte, aber einen kurzen Augenblick glaubte Joan in seinem Gesicht Enttäuschung zu sehen. „Dann sollten wir bald wieder miteinander ausgehen, damit wir einander besser kennenlernen."

„Einverstanden. Schließlich sind Brians Freunde auch meine Freunde." Sie lächelte. „Ich habe mich lange nicht mehr so amüsiert. Vielen Dank für den schönen Abend."

„Das Kompliment gebe ich gern zurück."

„Gute Nacht, Nicholas."

„Gute Nacht, Joan." Einen Moment hielt er ihren Blick, überlegte, ob er ihr zum Abschied einen Kuss auf die Wange geben sollte, ließ es dann aber, aus Angst, sie zu verschrecken. Nur zu gut hatte er die Situationen im Hinterkopf, in denen sie ängstlich vor ihm zurückgewichen war. „Darf ich Sie in den nächsten Tagen einmal anrufen?", fragte Nicholas, da er sich noch nicht von ihr trennen wollte.

„Ich würde mich freuen.“

Sein Gesicht erhellte sich. „Sehr schön.“ Er lächelte und kam sich plötzlich wie ein Schuljunge vor. „Ich werde Sie jetzt allein lassen. Schlafen Sie gut, Joan“, sagte er, wandte sich um und lief die wenigen Schritte zum Fahrstuhl, der noch immer auf ihrer Etage stand.

„Sie auch …“

Nicholas sah ein letztes Mal zu ihr, nickte und verschwand im Inneren des Fahrstuhls. Langsam schlossen sich die Türen.

Nachdem Joan am nächsten Morgen die Schränke in ihrer neuen Wohnung gefüllt hatte, fuhr sie ins Santa Monica Hospital, um ihrem behandelnden Arzt die Wunden an ihren Handgelenken zu zeigen. Erfreut erklärte dieser, dass die Nähte sehr gut verheilten, sie jedoch als Schutz vor Infektionen die Verbände weiterhin tragen müsste. Enttäuscht ließ Joan sich darauf ihre Handgelenke erneut von einer Krankenschwester verbinden. Sie hatte so sehr gehofft, die Verbände zum Beginn ihrer Arbeit im *Theo's* losgeworden zu sein.

Anschließend lief Joan hinüber in den kleineren Anbau des Krankenhauses, wo sich die Onkologie, das externe Labor und die zwei Operationssäle befanden. Der lange, gläserne Gang zwischen den beiden Gebäuden, in dem sich die Patienten in die Sonne setzen konnten, gab die Sicht auf den großflächigen Park frei, durch den Joan und Nicholas noch vor einer Woche spazieren gegangen waren. Auf dem Weg zu Ben kam sie an zahlreich, geöffneten Zimmertüren vorbei. Dort lagen Kinder und Erwachsene in ihren Betten, die eines gemeinsam hatten: Sie alle rangen um ihr Leben. Scheu wandte Joan die Augen ab und streifte den traurigen Blick eines etwa sechsjährigen Mädchens, das ihr auf dem Gang entgegengelaufen kam. Die Kleine betrachtete sie zurückhaltend, umklammerte mit ihrer knochigen Hand den Infusionsständer und sah ihr nach, als sie an ihr vorbeiging. Joan spürte die Blicke, die immer wieder an ihr hafteten, während sie langsam weiterlief, spürte die Wut in manchen von ihnen aufsteigen. Die Ungerechtigkeit, dass Menschen wie sie die Station nach einem Besuch wieder verlassen konnten, gesund und ohne Angst, am nächsten Tag nicht mehr aufzuwachen.

Unbewusst beschleunigte Joan ihren Schritt. Sie wollte weglaufen, die Flucht ergreifen, all diesen leidenden Augen entrinnen, die sie flehentlich ansahen … Sie wollte schreien, ihrer Angst Ausdruck verleihen. Der Angst vor dem Tod, der hier in jedem Zimmer, jedem Gesicht und jedem Winkel zu spüren war. Ihre Absätze klapperten auf dem Boden, befanden sich kaum mehr in der Luft. Plötzlich stand sie vor Bens Zimmer, an dem sie beinahe vorbeigelaufen wäre.

Sie hielt inne, lehnte sich gegen die Wand des langen Ganges und schloss einen Moment die Augen. Mit Mühe verdrängte sie die Gesichter aus ihrem geistigen Auge und allmählich wurde ihr Herzschlag ruhiger.

„Kann ich Ihnen helfen, Ma'am?", fragte eine männliche Stimme.

Joan riss die Augen auf und sah einen älteren Mann ganz in Schwarz gekleidet vor ihr stehen. Eilig schüttelte sie den Kopf. „Es geht mir gut, danke."

Der fremde Mann nickte, als verstünde er, was in ihr vorging. „Es wird nicht leichter werden", sagte er, lächelte aufheiternd und wandte sich von ihr ab. Joan sah ihm nach, wie er langsam den Gang hinunterging, den sie zuvor gekommen war, drehte sich um und klopfte an Bens Zimmertür. Lächelnd betrat sie sein Zimmer und bewahrte eine Stunde lang diesen Schein, während sie sich mit Ben unterhielt und mit ihm lachte, obwohl ihr die ganze Zeit eine Frage auf der Seele lag.

„Ben, darf ich dich etwas fragen?" Unsicher sah sie Ben an, der auf dem Bett saß und in einem von Joans mitgebrachten Comics blätterte.

„Klar."

„Wenn du nicht antworten willst, verstehe ich das. Ich meine, es geht mich ja nichts an …"

„Es gibt keine Frage, auf die ich keine Antwort habe, also frag schon!", neckte er sie lachend, doch als Joan schwieg, sah Ben verwundert von dem Comic auf und blickte ihr direkt in die Augen. Tiefes Bedauern spiegelte sich darin wider. Sein Lächeln erstarb. „Ich kenne diesen Blick", sagte er seufzend. „Du willst wissen, was mit mir los ist, oder?", erleichterte er ihr die Situation. Stumm nickte Joan und fühlte sich dabei unendlich schuldig. „Nierenkrebs. Eine Niere hat der Doc mir schon rausgeschnitten, aber der Krebs frisst sich weiter durch."

„Wie lange …" Sie stockte und ergriff voller Mitgefühl seine Hand, in der die Infusion steckte. „… bist du schon hier?"

„14 Monate, zwei Wochen und vier Tage", sagte er nüchtern, doch Joan spürte, wie seine Hand in der ihren zitterte. „Manchmal …", er wandte den Blick von ihr ab, sah aus dem Fenster hinaus, „… sehe ich mich in meinen Träumen hier im Bett liegen, sehe, wie meine Brust sich immer langsamer hebt und wieder senkt …" Tränen traten in seine Augen, doch dessen schämte er sich keinesfalls. „Ich höre mein eigenes Herz schlagen, bis es plötzlich stehen bleibt. Ich beginne zu schreien, so laut ich kann, aber niemand kommt, um mir zu helfen. Dann …", seine Stimme zitterte, „… dann sehe ich, wie mich die Schwestern finden, wie sie meine Bettdecke über mich legen … bis über meinen Kopf ziehen … und mich langsam mit dem Bett aus dem Zimmer fahren …" Unaufhörlich liefen

Tränen aus seinen Augen, und als er Joan ansah, erkannte er auch Tränen in ihren Augen. Wortlos setzte sie sich zu ihm aufs Bett und zog ihn in ihre Arme, während ihr Tränen über die Wangen liefen.

„Du wirst es schaffen", sagte sie nach einem Moment leise.

„Nein, ich werde sterben", schluchzte Ben in ihren Armen.

„Das wirst du nicht!" Sie verstärkte den Druck ihrer Arme, um somit ihre Willenskraft auf ihn zu übertragen. „Du wirst kämpfen, bis du den Krebs besiegt hast, hörst du! Ich werde nicht zulassen, dass du aufgibst", sagte sie leise und wiegte ihn in ihren Armen sachte hin und her. Keiner von beiden bemerkte Nicholas, der die Szene durch das Glasfenster in der Zimmertür beobachtete. Er senkte den Kopf und trat von der Tür weg, da er wusste, worum es ging. So oft war er es gewesen, der Ben getröstet, ihn in die Arme genommen und ihm erneute Hoffnung gemacht hatte.

Am Abend stand Nicholas mit einem Kleinbus, den er sich von einem Freund geliehen hatte, vor ihrem Haus. Er breitete lächelnd die Arme aus.

„Sie schickt der Himmel!", rief Joan erfreut aus ihrem Fenster.

Gemeinsam trugen sie ihre Matratze, einige Kisten und eine Palme die Treppe hinunter, da der Fahrstuhl wieder einmal defekt war, und luden alles auf die Ladefläche des Kleinbusses. Es dämmerte bereits, als sie vor Joans neuer Wohnung hielten, alles ausluden, in den Fahrstuhl und von dort in ihre Wohnung schafften, wo das reinste Chaos herrschte. Kisten über Kisten waren in einer Ecke aufeinandergestapelt, daneben standen Blumentöpfe auf dem Parkettboden und ein geöffneter Koffer, aus dem Kleidungsstücke heraushingen.

„Entschuldigen Sie die Unordnung, aber ich habe nicht mit Besuch gerechnet", erklärte Joan lächelnd, als sie seinen Blick bemerkte.

„Oh, das stört mich nicht. Bei mir sieht es immer so aus", sagte er lächelnd und Joan lachte.

„Setzen Sie sich doch bitte. Kann ich Ihnen etwas zu trinken anbieten? Ich habe nicht viel da, aber …" Sie hielt inne, da sein Piepser auf ihrem Tisch zu brummen begann.

„Tut mir leid." Nicholas zog sein Handy aus seiner Hosentasche, wählte die Nummer der Onkologie und sprach sogleich mit einer Krankenschwester. „Ich verstehe. Informieren Sie Dr. Bacon. Ich bin in spätestens 20 Minuten da", hörte Joan ihn sagen, ehe er das Gespräch beendete und sie bedauernd ansah. „Es tut mir leid. Ich muss ins Krankenhaus."

„Schon in Ordnung." Lächelnd folgte sie ihm zur Wohnungstür. „Ist das immer so?"

„Manchmal“, sagte er ehrlich und nahm ihr seine Jacke aus den Händen, wobei sich einen kurzen Augenblick ihre Hände berührten. Als sich ihre Augen trafen, überfiel ihn das starke Bedürfnis sie in seine Arme zu schließen und zu küssen. Die Anziehungskraft war so überwältigend, dass er den Blick von ihr abwenden musste.

Eilig ließ Joan seine Jacke los. „Vielen Dank für Ihre Hilfe, Nicholas.“

„Es war mir ein Vergnügen.“

Am Sonntagmorgen kamen Brian, Rachel und Nicholas in Joans neue Wohnung, um ihr an diesem letzten Tag beim Aufbauen von Regalen sowie beim Auspacken und Einräumen zu helfen. Bereits morgen würde sie wieder Studentin und Kellnerin sein, was ihr wenig Zeit für ihre Wohnung geben würde.

Bis zum frühen Nachmittag bauten die Männer Joans Schreibtisch zusammen, hängten Bilder an die Wände und schlossen Lampen und andere elektrische Geräte ans Stromnetz an, während Joan und Rachel die Küche einrichteten und sämtliches Geschirr in die Schränke sortierten.

„Mädels, wo können wir euch noch helfen?“, fragte Brian, nachdem Nicholas und er sich ein kühles Bier aus dem Kühlschrank gegönnt hatten.

„Drüben stehen noch zwei oder drei Kartons und die große Palme. Wenn ihr die Sachen holen würdet, wäre ich euch auf ewig dankbar“, antwortete Joan prompt lächelnd.

Brian klopfte seinem Freund auf die Schulter. „Na dann los, Kumpel.“

Ungeachtet Joans und Rachels, die zwischen den Kartons hockten, verließen sie die Wohnung und stiegen vor dem Haus ein letztes Mal in den Kleinbus von Nicholas’ Freund. Währenddessen nahm Rachel die Kleidungsstücke ihrer Freundin aus den Kartons, legte sie sorgfältig auf dem Bett zusammen und sortierte die Stapel so in die Fächer und Schubladen des Kleiderschranks ein, wie sie es zuvor mit Joan abgesprochen hatte.

„Warum bist du so ruhig?“, fragte Rachel sie nach einer Weile und musterte Joan verwundert, die seit einiger Zeit schweigend neben einem geöffneten Karton auf dem Boden saß und etwas in den Händen hielt. Von Weitem sah es wie ein Stück Papier aus, doch Genaueres konnte Rachel nicht erkennen. „Stimmt etwas nicht?“ Keine Antwort. „Jo?“, sagte sie mit Nachdruck.

In diesem Moment wurde die Wohnungstür geöffnet und Brian und Nicholas, beide mit einem Karton in den Händen, kamen lachend herein. Sie stellten die Kartons am Eingang ab und verstummten augenblicklich, als sie Rachels besorgten Blick auf Joan ruhen sahen.

„Ich muss hier raus“, sagte Joan plötzlich, zerriss das, was sie in den Händen hielt, und ließ die Stücke zu Boden fallen. Mit Tränen in den Augen lief sie an Brian und Nicholas vorbei und zur Tür hinaus. Laut knallte die Tür hinter ihr zu.

Verwirrt sah Brian seine Verlobte an. „Was war denn los?“

„Ich habe keine Ahnung“, sagte sie und ging zu der Stelle, an der Joan zuvor gesessen hatte. Hastig sammelte sie die Schnipsel vom Boden auf und fügte diese in Brians Gegenwart auf dem Küchentisch zusammen. Es war die Ultraschallaufnahme von Joans verstorbenem Sohn.

„Lassen wir ihr Zeit“, sagte Brian leise, legte die Hand an ihren Arm und küsste liebevoll ihre Stirn.

„Wisst ihr, wer das ist?“, fragte Nicholas und seine Freunde wandten sich zu ihm um. Er stand neben dem Bett und hielt einen Bilderrahmen in den Händen, der an oberster Stelle in einem der Kartons gelegen hatte.

Rachel kam zu ihm und betrachtete das Foto einen Moment, ehe sie sagte: „Das ist Steve. Joan und er waren sehr lange ein Paar.“

Nicholas fiel ihr merkwürdiger Blick auf. „Was ist passiert?“

„Die beiden hatten einen Autounfall. Steve ist gestorben.“ Rachel nahm ihm den Rahmen aus den Händen. „Er war der erste Mann, der wirklich sie gesehen hat.“ Sie lächelte. „Und wie er sie angesehen hat …“

„Liebling …“, riss Brian sie aus ihren Gedanken.

Rachel sah ihn nicht an, da sie auch so wusste, was er dachte. Hör um Himmels willen auf, die alten Geschichten auszugraben! Stattdessen legte sie mit dem Rücken zu ihm den Bilderrahmen in den Karton zurück und wandte sich von Nicholas ab, in dessen Augen sie unzählige Fragen las. Fragen, die sie nicht gewillt war zu beantworten. War das der Grund, warum Joan so traurig war, ging es Nicholas durch den Kopf. Hatte der Tod des Jungen sie zum Selbstmord getrieben? Oder gab es da noch mehr, dass Brian mit aller Macht verbergen wollte?

„Lass uns gehen, Rachel. Ich denke, den Rest schafft Joan allein“, sagte Brian und reichte seiner Verlobten ihre Handtasche.

„Wenn ihr nichts dagegen habt, würde ich gern auf Joan warten und sehen, ob mit ihr alles in Ordnung ist.“ Er beobachtete, wie Brian und Rachel einen Blick wechselten, doch dann sah Brian wieder zu ihm und nickte.

„Okay. Ruf an, falls sie nicht auftaucht“, sagte Brian, aber er wirkte nicht in Sorge, was vielleicht daran lag, dachte Nicholas, dass er seine Schwester besser kannte als jeder andere.

Als Joan zwei Stunden später die Straße entlanggelaufen kam, trat Nicholas von ihrem Balkon zurück ins Wohn-/Schlafzimmer und drückte kurz darauf den Summer an ihrer Tür, obwohl es nicht geklingelt hatte. Dann öffnete er die Wohnungstür und wartete, bis Joan die Treppe hinaufgelaufen war und vor ihm stand.

Ihre Augen waren verweint, sonst schien es ihr jedoch gut zu gehen. „Alles okay?“, fragte er sanft, nachdem sie eingetreten war und sich auf ihr Bett gesetzt hatte.

Joan nickte, ohne ihn anzusehen. Tatsächlich fühlte sie sich jetzt viel wohler. Der Spaziergang am Strand war genau das Richtige gewesen. Der Wind hatte ihre Tränen fortgeweht und ihre Wangen getrocknet.

„Sie hätten nicht auf mich warten müssen.“

„Ich wollte es aber.“ Nun sah Joan ihn direkt an. Ein zaghaftes Lächeln umspielte ihre Lippen. „So gefallen Sie mir schon etwas besser.“

„Haben Sie Hunger? Ich bin Ihnen noch ein Abendessen schuldig.“

Nicholas wählte ein romantisches Restaurant in Malibu, das sich in unmittelbarer Nähe des Strandes befand. In seiner schwarzen Hose und dem frischen weißen Hemd, das er sich zu Hause rasch angezogen hatte, öffnete er Joan die Autotür. Lächelnd stieg sie aus und hakte sich bei ihm ein.

„Guten Abend, Mr. Blake“, begrüßte einer der Kellner Nicholas freundlich und half Joan aus ihrem dünnen Mantel, den sie sich wegen der abendlichen Frische im Februar übergezogen hatte. „Wenn ich mir die Bemerkung erlauben darf, Sir, Sie sind heute in sehr attraktiver Begleitung bei uns.“

„Das finde ich auch, Jim.“ Nicholas lächelte Joan an, die in ihrem weißen Chiffoncocktailkleid wunderschön aussah. Mit leicht erröteten Wangen steckte sie die abhandengekommene Strähne ihres offenen Haares hinters Ohr zurück. „Wie geht es Ihrer Tochter, Jim?“

„Sie will an der Ostküste studieren“, erklärte Jim seufzend, worauf Nicholas lächelnd seine Hand um Joans Hüfte legte. Ein Kribbeln durchfuhr ihren Körper.

Der Kellner geleitete sie an einem Pärchen vorbei, das offensichtlich auf einen freien Tisch wartete, und führte sie durch das schwach beleuchtete Restaurant. Joan beobachtete, wie Nicholas einem Mann und vermutlich dessen Frau zunickte, er hielt es anscheinend jedoch nicht für nötig, zu ihnen hinüberzugehen und ihnen Joan vorzustellen. Schließlich blieb Jim an einem Tisch mit direktem Blick auf den Strand und das Meer stehen und betonte, dass dies der beste Tisch im ganzen Restaurant sei. Ohne Zweifel traf dies zu, aber Joan konnte nicht wissen, dass dies Nicholas’ Stammtisch war. Er saß immer an diesem Tisch, egal wie voll das Restaurant auch war.

„Sind Sie häufiger hier?“, fragte Joan ihren Begleiter leise.

„Immer wenn ich gut zu Abend essen möchte.“

Joan lächelte und nahm auf dem Stuhl Platz, den der Kellner für sie zurückzog, während Nicholas sich ihr gegenübersetzte.

„Was können Sie uns heute empfehlen, Jim?“, fragte Nicholas, ohne in die Karte zu schauen.

„Oh, ich habe ausgezeichnete Krabben da, Sir.“

Nicholas sah zu Joan, die ihm zunickte.

„In Ordnung, bringen Sie uns zweimal die Krabben und dazu den Wein, den Sie mir neulich empfohlen haben.“

Nach einem Nicken entfernte sich Jim von ihrem Tisch und Joan warf einen Blick hinaus aufs Meer.

„Ich liebe den Strand ... das Meer ... das Klima“, hörte sie Nicholas neben sich sagen, wandte das Gesicht zu ihm um und lächelte ihn an. „Ich habe mich bisher an keinem anderen Ort so wohl wie hier gefühlt.“

„Dann sind Sie nicht aus Los Angeles?“, fragte sie überrascht.

Er schüttelte den Kopf. „Meine Kindheit habe ich in Washington verbracht, aber in Boston studiert und gleich nach dem Studium die Stelle im Santa Monica Hospital angetreten. Das war mein Glück.“

„Nein, das Glück vieler“, bemerkte Joan lächelnd. Sie begegnete seinem Blick, seinen unendlich sanften Augen ... Da spürte sie seine Hand, die sich über den Tisch hinweg auf die ihre legte. Ihr Herz begann schneller zu schlagen und sie glaubte, er müsse das laute Pochen hören. Oh Gott, er darf mich nicht so ansehen, dachte Joan und musste den Blick abwenden, um nicht den Verstand zu verlieren. Vorsichtig entzog sie Nicholas ihre Hand und lehnte sich auf ihrem Stuhl zurück. So weit darf es nicht kommen, sagte sie sich seit einigen Tagen wieder und wieder, doch allmählich fiel es ihr immer schwerer zu leugnen, dass ihr Herz sie in eine andere Richtung zu lenken schien.

„Erzählen Sie mir etwas über sich“, sagte Joan, als sie glaubte, ihre Gefühle weitgehend unter Kontrolle zu haben, und sah Nicholas an. Einen Augenblick dachte sie, in seinen Augen Enttäuschung gesehen zu haben, aber nun lächelte er sie an.

„Was wollen Sie denn wissen?“

„Ihren Lebenslauf. Jedes Detail.“

Nicholas sah lachend auf seine Armbanduhr. „Das wird eine lange Nacht“, gab er zu bedenken.

Sie lächelte. „Das macht nichts. Ich schlafe eh sehr wenig.“ Die Albträume blieben noch immer nicht vollends aus, und wenn sie in der Nacht hochschreckte, dann schlief sie meist nicht wieder ein. Doch mittlerweile konnte sie an drei von fünf Tagen durchschlafen.

„In Ordnung. Wo fange ich an?“, überlegte Nicholas kurz. „Ich bin 27 Jahre, arbeite seit sechs Jahren im Santa Monica Hospital. Vor zwei Jahren wurde mir die Stelle des Oberarztes der Onkologie anvertraut und nebenbei verbringe ich viel Zeit mit der Forschung.“

Joan beugte sich vor und legte die Arme auf den Tisch vor sich. „Das war alles?“, fragte sie überrascht, nachdem er nicht weitersprach. „Sie haben doch sicherlich auch ein Privatleben, Dr. Blake.“

„Gute Freunde behaupteten einmal, sie hätten mich außerhalb des Krankenhauses gesehen, was ich natürlich abstreite.“

Sie lachten.

„Gut, dann frage ich Sie“, sagte Joan lächelnd. „Verlobt, verheiratet oder Kinder?“

„Nein, nein und sind mir nicht bekannt.“ Er lächelte. „Ich bin völlig unabhängig.“

„Und das gefällt Ihnen?“

„Manchmal … manchmal auch nicht, doch dann habe ich immer noch meine Patienten.“

„Das ist nicht dasselbe wie Familie“, sagte sie traurig. „Ich vermisse meine Eltern. Ich vermisse die interessanten Gespräche mit meinem Dad, das Tratschen mit meiner Mom.“ Er lächelte, hörte ihr aufmerksam zu. „Es war das Schönste, wenn meine Mom und ich nach einer Party oder einem Dinner im Wohnzimmer beisammensaßen, heiße Milch tranken und uns über die anderen Gäste lustig gemacht haben. Es ist lange her …“ In Erinnerung daran lächelte sie geheimnisvoll und tauchte erst einen Moment später aus dem Zauber der Vergangenheit auf. Sie sah auf und blickte in seine einfühlsamen Augen. „Leben Ihre Eltern in L. A.?“

Nicholas senkte betrübt den Blick. „Sie leben nicht mehr.“

„Oh … das tut mir leid. Ich wollte nicht …“

„Nein, das ist in Ordnung“, unterbrach er sie und lächelte schwach.

Glücklicherweise kam Jim in diesem Moment mit dem Wein an ihren Tisch. Er schenkte Nicholas einen Schluck ein, wartete, bis dieser den Wein gekostet und genickt hatte, ehe er ihre Gläser füllte.

Die Krabben und die Nachspeise waren ausgezeichnet, und nachdem Jim die Teller abgeräumt und ihnen Wein nachgefüllt hatte, unterhielten Joan und

Nicholas sich eine Weile sehr angenehm. Schließlich ließen sie ihren Restaurantbesuch mit einem Spaziergang am Strand ausklingen. Schweigend liefen sie dicht nebeneinander durch den Sandstrand und genossen das Rauschen des Meeres, das sanfte Klingen der Wellen.

Wenige Minuten vor Mitternacht begleitete Nicholas sie hinauf zu ihrer neuen Wohnung und ließ den Blick nicht von Joan, die ihren Schlüssel in die Tür steckte und sich lächelnd zu ihm umwandte. „Das war ein sehr netter Abend. Danke."

„Ich würde ihn sehr gern wiederholen, Joan."

„Ich auch …"

Ihre Augen fanden einander und keiner von ihnen rührte sich. Sie waren zu Statuen erstarrt und hätten eine Ewigkeit so dastehen können. Da trat Nicholas einen Schritt auf sie zu, so dicht, dass sie seinen Atem spüren konnte. Zaghaft berührten seine Finger ihre Wange.

„Nicholas …" Sie schloss die Augen und genoss die erste zärtliche Berührung seit zwei Jahren, die ein fremdes Gefühl in ihr entfachte. Etwas, das sie vor langer Zeit verloren zu haben glaubte … Verlangen …

Da vergaß Nicholas seine Vorsätze der letzten Tage, nahm ihr Gesicht sanft zwischen seine Hände und strich ihr mit den Daumen ganz leicht über die Wangen. Als seine Lippen ihre berührten, wich Joan zuerst zurück, dann aber erwiderte sie seinen zärtlichen Kuss. „Ich muss seit Tagen immerzu an dich denken …", flüsterte er an ihren Lippen.

Sie wollte die Augen nicht öffnen, den Zauber nicht verlieren. „Es gibt so viel, das du nicht über mich weißt."

„Ich möchte alles über dich erfahren, Joan. Lass uns einander kennenlernen", bat er sie einfühlsam und hauchte zärtliche Küsse auf ihre Lider.

Da öffnete sie ihre Augen und sah auf sein weißes Hemd, als sie leise sagte: „Ich weiß nicht, ob ich schon so weit bin. Es ist so viel geschehen …"

Nicholas hob ihr Kinn, sodass sie ihm nun in die Augen sah. „Ich werde dich niemals bewusst verletzen, Joan. Ich weiß nicht, was dir zugestoßen ist, aber ich bitte dich, es mir irgendwann zu erzählen, damit ich dich besser verstehe", sagte er sanft, beugte sich abermals zu ihr und küsste sie.

„Nicholas", flüsterte sie und schlang ihm die Arme um den Hals. „Bitte halte mich fest."

„Wenn du willst, dann lasse ich dich nie mehr los", raunte er an ihrem Ohr.

Lange standen sie so beieinander, hielten sich in den Armen und spürten den Herzschlag des anderen.

„Ich lasse dich jetzt lieber allein“, sagte Nicholas nach einer Weile leise, da er sich gut genug kannte. Ein Blick von ihr genügte und sein Verlangen nach ihr wurde zur reinsten Qual. Er liebte diese wunderschöne junge Frau – ja, er liebte sie wirklich! – und wusste, wenn er mit in ihre Wohnung ging, würden sie vielleicht etwas tun, wozu es noch zu früh war. Er wollte sich Zeit lassen, um sie kennenzulernen. Er würde sich mit allem Zeit lassen, was sie betraf.

Nicholas küsste sie ein letztes Mal und wandte sich nur widerwillig von ihr ab. Joan sah ihm nach, bis er im Fahrstuhl verschwunden war.

In der Nacht schlief Joan kaum. Sie lag in ihrem Bett und dachte lange über Nicholas nach, dachte an seine Worte, an seine unendlich zärtlichen Lippen, die Gefühle in ihr geweckt hatten, die sie erfreuten und zugleich zutiefst erschreckten. Noch nie hatte ein Mann solche Gefühle in ihr geweckt.

In den folgenden Wochen sahen Joan und Nicholas sich fast täglich und lernten sich immer besser kennen. Sie kochten in Joans Wohnung, gingen beim Sonnenuntergang am Strand spazieren, liefen über Flohmärkte und den Santa Monica Pier oder saßen gemütlich in ihrer Wohnung vor dem Fernseher beisammen. Oftmals saß Joan in Nicholas' Arme gekuschelt in ihrem Bett und erzählte ihm von ihrem Leben in New York, einem Leben, das jahrelang von Bodyguards beschützt werden musste, und ihrem Gefühl, in New York niemals wahre Freunde gehabt zu haben. Nicholas hielt lächelnd ihre Hand, während er ihren Schwärmereien über Europa lauschte, und hörte ihren ausführlicheren Erzählungen über das St. Christoph's betrübt zu. Sie erzählte ihm von Laila und Celia, die nach Rachels Auskünften noch immer bei ihrer Großmutter auf dem Land lebten.

„Es waren ihre Augen, die so …“ Sie suchte nach dem richtigen Wort, um Nicholas ihre Gefühle genau beschreiben zu können.

„Verletzt aussahen?“, fragte er traurig.

Joan nickte. „Sie waren auf grausame Weise ihrer Seele beraubt worden. Ich habe noch nie eine tiefere Leere als in diesen Augen gesehen.“

Nicholas küsste zärtlich ihre Schläfe. „Als ich dich das erste Mal ansah, hat mich die Leere in deinen Augen zutiefst erschreckt“, gestand er ihr leise und bemerkte, wie sich Joan verkrampfte. „Liebling, ich verspreche dir, ich dränge dich nicht weiter, aber glaubst du, du kannst mir eine einzige Frage beantworten?“ Sie schluckte den Kloß in ihrem Hals hinunter, und als sie zögernd nickte, verstärkte Nicholas den Druck seiner Arme, um ihr zu zeigen, dass sie bei ihm in Sicherheit war. „Hat das jemand auch bei dir getan?“, fragte er leise.

Sie biss sich auf die Lippen, sah ihn durch einen Tränenschleier an. „Es war nicht so wie bei ihnen …“, hauchte sie leise.

„Oh mein Liebling!“ Liebevoll küsste er ihre Stirn, ihre Wange und fand ihre Lippen. „Ich werde dich für alles entschädigen. Ich möchte, dass du glücklich bist.“

„Oh, das bin ich. Ich war noch nie so glücklich wie mit dir“, erwiderte sie strahlend und ließ sich abermals von ihm küssen.

Später, nachdem sie zu Abend gegessen und sich auf ihrem Bett liegend einen Film angesehen hatten, wandte Nicholas den Kopf zu ihr und lächelte. Joan war in seinen Armen eingeschlafen. Glücklich betrachtete er die Frau, die er liebte, küsste ihr zärtlich auf die Stirn und kroch vorsichtig aus dem Bett. Leise nahm er den Zweitschlüssel vom Tisch, den Joan ihm gestern vertrauensvoll gegeben hatte, stellte den Fernseher aus und verließ die Wohnung. Er wäre gern geblieben, hätte sie länger im Schlaf beobachtet und sie am Morgen mit einem Kuss geweckt, doch er ahnte, dass sie sich fürchterlich erschreckt hätte, wenn sie ihn neben sich im Bett gesehen hätte. Dafür war es noch zu früh. Er wusste es, auch wenn es ihn ungeheuere Überwindung kostete, nicht zu bleiben.

Einige Tage darauf erzählte Nicholas ihr von seinen Eltern, Samantha und Anthony Blake, die seinen Wunsch, Arzt zu werden, von Anfang an unterstützt hatten. Sie hatten alles getan, damit er sich seinen Traum erfüllen konnte.

Mitfühlend sah Joan zu ihm hinauf. „Deine Eltern haben dich sehr geliebt, nicht wahr?“

„Und ich habe sie geliebt“, sagte er bedrückt, während er mit dem Rücken an ihrem Kopfende gestützt saß und Joan in seinen Armen hielt. „Sie waren beide nie auf einem College, weil ihre Eltern sich ein Studium nicht leisten konnten. Umso härter haben meine Eltern gearbeitet und jeden Dollar zur Seite gelegt, nur damit ich studieren konnte. Sie wollten, dass ich mein Ziel erreiche.“ Er strich ihr liebevoll über den Arm. „Aber sie haben es nicht miterlebt.“

„Was ist geschehen?“, fragte sie leise.

„Sie hatten in Washington einen schweren Verkehrsunfall. Ich war in Boston, als es geschah, und kam trotz meiner sofortigen Abreise nicht mehr rechtzeitig an …“ Von einem Tag zu anderen war er Vollwaise geworden. Erst David … dann seine Eltern.

Er griff in seine Hosentasche, zog sein Portemonnaie heraus und reichte ihr ein Foto seiner Eltern. Joan betrachtete das abgegriffene Foto, das zu Weihnachten aufgenommen worden war, und konnte selbst auf diesem kleinen Bild sehen, wie sich seine Eltern einen liebevollen Blick zuwarfen.

„Wie lange waren sie verheiratet?“

„23 Jahre. Sie kannten sich schon als kleine Kinder, hatten sich zu dieser Zeit aber immer furchtbar gezankt. Als ich unter meinem ersten Liebeskummer litt ...“, sagte er in wohliger Erinnerung an jenen Abend lächelnd, „... erzählte mir meine Mom, wann sie sich in meinen Dad verliebt hatte. Ich weiß noch, wie ich damals in ihren Armen gelegen habe, um ein Mädchen weinte und sie mir durch die Haare strich.“

Joan wandte sich zu ihm um und berührte mit ihrer Hand behutsam seine Wange. „Erzählst du mir ihre Geschichte? Die deiner Eltern“, erklärte sie mit weicher Stimme.

„Es war einmal ...“, begann er und lachte, als Joan ihm in die Seite zwickte.

„Ernsthaft!“

Gleich darauf schwelgte er in tiefen Erinnerungen. „Meine Eltern wohnten Zaun an Zaun in Washington, gingen jahrelang auf dieselbe Schule, und doch mochten sie einander aus unerklärlichen Gründen nicht. Für meine Mom, und sicher auch für meinen Dad, änderte sich alles, als sie mit jeweils anderen Partnern ihren ersten Schulball besuchten. Sie erzählte mir, wie er mit anderen Jungen zusammengestanden und sich unterhalten hatte. Er stach aus der Menge hervor und war unverschämt hübsch, um es mit ihren Worten auszudrücken“, erklärte Nicholas lächelnd. „Im selben Moment, wie meine Mom ihn ansah, blickte er zu ihr hinüber, und plötzlich stand alles um sie herum still. Sie sahen einander lange in die Augen, und da wusste meine Mom, dass sie diesen Jungen heiraten und eine Familie mit ihm gründen wollte. Jahre später erzählte mein Dad mir dieselbe Geschichte, und ich lächelte, als er sagte, auch er hätte sich in genau diesem Augenblick in meine Mom verliebt.“

Lächelnd wandte Joan den Kopf zu ihm. Ihr Blick war voller Liebe für ihn. „Es ist traurig, dass ihre Liebe ein so schreckliches Ende genommen hat.“

Er nickte. „Aber ihre Liebe war so besonders, so einzigartig ... Es war eine Liebe, nach der manche Menschen ihr Leben lang vergeblich suchen.“

„Ich denke, ich habe sie gefunden“, hauchte sie an seinen Lippen und küsste ihn mit all ihrer Zärtlichkeit, zu der sie fähig war. Ihr leidenschaftlicher Kuss löste sein ungestilltes Verlangen nach ihr aus, das er seit ihrem ersten Kuss zu bändigen versuchte, und er verbot seinen Händen, ihren Körper zu erkunden, obwohl er sich fragte, was dann geschehen würde. „Ich liebe dich“, gestand sie ihm erstmals ihre Liebe.

Nicholas lächelte glücklich und umfasste ihre Wangen mit seinen Händen. „Ich liebe dich auch, mein Liebling. Ich liebe dich so sehr, dass es mir den Verstand raubt ...“, flüsterte er, ehe sich ihre Lippen erneut fanden.

Ihre Beziehung vertiefte sich von Woche zu Woche mehr. Sie lernten die Gewohnheiten des anderen kennen, spotteten über die weniger guten und kosteten die Vorzüge des anderen vollkommen aus. Wann immer es Nicholas möglich war, kam er morgens in ihre Wohnung, weckte Joan und brachte ihr das Frühstück ans Bett. Im Gegensatz zu Joan, die nun, da ihre Albträume in weite Ferne rückten, ausgesprochen gern schlief und lange im Bett liegen blieb, benötigte Nicholas meist nur wenige Stunden Schlaf, um für den Tag fit zu sein. Sie alberten wie langjährige Freunde herum und taten alles, was ihnen Spaß machte. Dann und wann zog Nicholas sie einfach in seine Arme und küsste sie zärtlich, wagte aber niemals mehr, obwohl er sie leidenschaftlich begehrte. Er wollte Joan die Zeit geben, die sie brauchte, um sich voll und ganz auf ihn einzulassen, wusste jedoch bei jedem Kuss, dass irgendwann der Zeitpunkt kommen würde, an dem er sich selbst nicht mehr trauen konnte.

„Wann und mit wem war deine letzte Beziehung?“, fragte Joan ihn eines Tages, während sie in seinen Armen lag.

Nicholas barg den Kopf an ihrem duftenden Haar, als er sagte: „Meine letzte feste Beziehung endete vor drei Jahren. Sie hieß Amanda, war bildschön …“ Er grinste und bekam prompt einen Seitenhieb. „Irgendwann hielt sie es nicht mehr mit mir aus. Sie sagte, ich sei von meiner Arbeit besessen, und heute stimme ich ihr da zu. Meine Arbeit bedeutet mir sehr viel.“

„Und nach Amanda gab es keine Frau mehr in deinem Leben?“

„Zumindest keine ernsthafte Beziehung. Keine der Frauen war es wert, im Job kürzerzutreten, und mit keiner wollte ich eine Familie gründen.“ Mit Joan war dies etwas anderes. Er liebte sie, wollte alles über sie erfahren, sie bis ins Detail kennenlernen.

Im März verließen sie eines Abends zu viert das Kino, in dem sie sich in den vergangenen zwei Stunden köstlich amüsiert hatten, und begaben sich auf den Weg zu ihren Autos, die sie in einiger Entfernung geparkt hatten.

„Läuft zwischen dir und Joan etwas?“, fragte Brian seinen Freund unvermittelt, als Joan und Rachel bereits einige Meter vorausgelaufen waren.

„Würde es dich stören?“ Nicholas lächelte, aber Brian ging nicht darauf ein.

„Mach noch heute Abend Schluss, wenn du es nicht ernst mit ihr meinst.“

Fassungslos blieb Nicholas auf dem Bürgersteig stehen. „Wie bitte?“

„Ich warne dich, Nicholas!“, sagte Brian unmissverständlich. „Auch wenn du einer meiner besten Freunde bist, ich werde nicht zulassen, dass du sie verletzt.“

„Wo bleibt ihr denn?“, rief Rachel ihnen aus einiger Entfernung entgegen, nachdem sie und Joan stehen geblieben waren, als sie bemerkt hatten, dass die Männer ihnen nicht mehr folgten.

„Wir kommen!“, rief Brian in seiner Rage zu heftig, sodass Joan und Rachel sich verwundert einen Blick zuwarfen, aber er wandte sich erneut an Nicholas: „Sie hat zu viel durchgemacht, um …“

„Was soll das hier werden, Brian?“, fiel Nicholas ihm ins Wort. „Willst du mir etwa verbieten, mit deiner Schwester auszugehen?“

„Nur wenn sie für dich nicht mehr als ein Abenteuer ist.“

„Verdammt, Brian!“, sagte er nun verärgert. „Ich habe keine Ahnung, wie meine Gefühle zu ihr in einem Jahr aussehen …“ Er trat zu ihm. „Jetzt in diesem Moment weiß ich, dass ich sie mehr als mein eigenes Leben liebe.“

„Willst du sie heiraten?“

„Was spielt das für eine Rolle?“

„Wir sind nicht besser oder schlechter als ihr, aber Joan steht im öffentlichen Interesse. Es spielt also eine Rolle, mit wem sie sich abgibt, wo und vor allem wie!“

„Du spinnst doch!“ Nicholas wandte sich um, ging einige Schritte und sah dann wieder zu Brian. Dann schüttelte er fassungslos seinen Kopf und ging mit schnellen Schritten auf Joan und Rachel zu, die seines Erachtens nichts von der Unterredung mit angehört hatten. In einigem Abstand folgte Brian ihm.

„Wo lassen wir den schönen Abend ausklingen, Männer?“, fragte Rachel lächelnd und hakte sich bei ihrem Verlobten ein.

„Ich fürchte, hier, Rachel“, sagte Nicholas in ruhigem Ton, sodass man ihm nichts von dem Gespräch mit Brian anmerkte. „Ich habe Frühdienst“, gab er zur Erklärung ab, obwohl ihm die wenigen Stunden Schlaf nichts ausgemacht hätten.

„Spielverderber!“ Rachel verzog gespielt gekränkt ihr Gesicht.

„Fährst du mich noch heim?“, fragte Joan unsicher. Sie hatte bemerkt, dass zwischen den beiden etwas vorgefallen war, und konnte nur ahnen, worum es gegangen war.

Nicholas lächelte. „Natürlich“, sagte er und verabschiedete sich mit einem Wangenkuss von Rachel. Erst nachdem auch Joan sich von Rachel und Brian verabschiedet hatte, legte er seinen Arm an ihren Rücken und führte sie die Straße hinunter. Brian hatte er völlig ignoriert.

„Stimmt etwas nicht?“, fragte Joan, als sie bereits einige Minuten im Auto saßen. Nicholas hatte kein Wort gesagt, seit sie losgefahren waren.

„Wie kommst du darauf?“

„Du bist so still. Liegt es an mir?“

Er lächelte. „Entschuldige, Liebling. Ich war nur in Gedanken.“

„Was war denn los?"
„Was meinst du?", fragte er verwirrt.
„Brian und du … Ihr habt euch über mich unterhalten, stimmst?" Nicholas schwieg. Er wollte sie nicht belügen. „Was hat Brian dir gesagt? Du warst wütend auf ihn, ich konnte es an deiner Haltung erkennen."
Nicholas seufzte. Wie gut sie ihn kannte. „Er hat Angst um dich", sagte er nach einem Moment leise. „Er denkt, ich betrachte dich nur als Abenteuer."
„Und …", sagte sie zögernd, „… hat er recht?"
Er drosselte die Geschwindigkeit und sah entsetzt zu Joan hinüber. „Natürlich nicht! Ich liebe dich."
Sie lächelte. „Warum ärgerst du dich dann so darüber?"
„Weil ich dachte, dass er mich kennt. Wir sind seit Jahren befreundet und in dieser Zeit hat es keine Frau gegeben, die mir so viel bedeutet hat, wie du es tust. Ich versuche zu verstehen, was in ihn gefahren ist."
„Du hast es selbst gesagt: *Er hat Angst um mich.*"
„Aber warum?" Er bemerkte ihr Zögern. „Denkt er, dass ich dir wehtun würde?"
„Vielleicht …", sagte sie leise und wandte ihren Blick aus dem Seitenfenster.
Nicholas sah sie von der Seite an und erinnerte sich an ein Gespräch, das er vor einigen Tagen mit Brian geführt hatte. Dabei hatte er seinen Freund erstmals direkt auf das Geheimnis angesprochen, das Joan umgab, aber Brian war ihm ausgewichen, hatte nur gemeint, dass seine Schwester ihm nicht voll und ganz vertraute, wenn sie es ihm nicht von selbst erzählte.
„Joan?"
Sie wandte den Kopf zu ihm herum. „Ja?"
„Kann ich in irgendeiner Weise deinen Ruf schädigen oder beschmutzen?"
„Wie kommst du denn darauf?"
Nicholas legte seine Hand auf Joans, die auf ihrem Oberschenkel ruhte. „Bitte antworte mir ehrlich. Ich habe keine Erfahrung mit den Medien, ich weiß nicht, was über euch geschrieben wird …"
„Und das interessiert mich auch nicht", fiel sie ihm ins Wort. Argwöhnisch sah sie ihn an, da sie nicht wusste, wo dieses Gespräch endete. „Was die Leute über uns denken oder was sie reden, spielt für mich keine Rolle."
„Jetzt vielleicht nicht, aber …"
„Was willst du mir eigentlich sagen, Nicholas?", fragte sie mit Tränen in den Augen. „Ist es aus? Eine kleine Affäre mit einer Farley und das war's?" Nicholas' Gesicht sah aus, als hätte sie ihn geschlagen, aber das bemerkte Joan nicht,

die unbeirrt weitersprach. „Die Wahrheit, dass wir nie miteinander geschlafen haben, wird niemand glauben. Fotos sagen weit mehr aus."

Augenblicklich fuhr Nicholas rechts ran und ignorierte das Hupen der anderen Fahrer, die an ihnen vorbeifuhren. Er fing Joans kalten Blick auf. „Das würde ich niemals tun, Joan!"

„Wer sagt mir, das du es eines Tages nicht doch tust?"

„Ich bin es, Joan!" Er wollte sie kräftig schütteln, damit sie aufwachte und erkannte, wen sie vor sich hatte. Stattdessen legte er beide Hände auf ihre Wangen und sah ihr eindringlich in die Augen. „Ich liebe dich", sagte er mit zärtlicher, aber fester Stimme. „Liebling, was kann ich tun, damit du mir vertraust? Sag es mir, bitte!"

Mit Tränen in den Augen sah sie Nicholas an, den Mann, der sich als Einziger nicht von ihrer Wut hatte abschrecken lassen. Er war immer wieder zu ihr gekommen, um mit ihr zu reden, um ihr Wesen kennenzulernen. Und nun erkannte sie in seinem hilflosen Blick seine tiefe, bedingungslose Liebe zu ihr.

„Oh, Nicholas ..." Weinend fiel sie in seine Arme und vergoss all die Tränen, die sie in all den Monaten zurückgehalten hatte. Sie weinte um Steve und um Andrew, ihren Sohn.

„Es tut mir leid ... so furchtbar leid", schluchzte sie in seinen Armen, während Nicholas sie fest an sich drückte und ihr sanft durch die Haare fuhr.

„Es ist alles gut, Liebling", flüsterte er an ihrem Haar. „Ich bin bei dir."

„Lass mich bitte nicht los ..."

Am Samstagmittag fuhr Joan ins Santa Monica Hospital, um Ben zu besuchen und anschließend mit Nicholas in der Cafeteria zu Mittag zu essen.

Es war ein guter Tag: Ben spaßte mit ihr, lachte und erzählte ihr aufgeregt von seinen Zukunftsplänen, die ausschließlich der Zeit nach seinem Krankenhausaufenthalt galten. Seinen größten Traum, einmal die Vereinigten Staaten mit dem Motorrad zu durchqueren, wollte er sich als Erstes erfüllen.

Als Joan eine Stunde später lächelnd die Tür von Bens Zimmer hinter sich schloss, ging sie langsam den Gang entlang, wo ihr ein magerer, kahlköpfiger Mann im Morgenmantel entgegenkam. Neben sich schob er den Infusionsständer her, an dem er angeschlossen war.

„Ist heute nicht ein schöner Tag, Miss?"

„Oh ja, das ist er." Sie berührte lächelnd seinen dünnen Arm und ging an ihm vorbei zum Schwesternzimmer. Dort fragte sie nach Nicholas und erfuhr von der Krankenschwester, dass der Doktor kurzfristig nach San Francisco gerufen wurde, um ein kleines Mädchen zu operieren. Nicholas ließ ihr jedoch ausrichten, dass er sie später von der Arbeit abholen würde.

Um 20.30 Uhr, eine halbe Stunde bevor das *Theo's* schloss, kam Nicholas zur Tür herein, warf einen kurzen Blick auf eine Gruppe Jugendlicher, die an zwei Tischen saßen und lachten, und ging geradewegs auf die Theke zu, hinter der Theo Gläser spülte.

„Hallo, Doc", begrüßte Theo ihn lächelnd.

„Theo."

„Joan ist noch in der Küche und räumt auf."

„Das macht nichts, ich warte so lange."

Da kam Joan durch die Schwingtür aus der Küche und stellte ein Tablett mit sauberen Gläsern und Besteck auf die Theke. Bereits vor Wochen hatte sie Theo gebeten, Nicholas gegenüber ihre Schwangerschaft nicht zu erwähnen. Theo hatte genickt und nicht weiter nachgefragt.

„Hey, du bist schon da", sagte sie erfreut.

„Ich weiß, ich bin zu früh …" Nicholas zog sie in seine Arme und küsste sie zärtlich, worauf die Jugendlichen grölten.

Lächelnd löste Joan sich aus Nicholas' Armen und wollte zu den Jugendlichen gehen, um sie allmählich heimzuschicken, als Theo sie fragte, wie weit sie in der Küche sei. Joan wandte sich zur Theke um. „Es ist alles fertig."

„Dann nimm deinen Doktor und macht euch einen schönen Abend", erklärte Theo.

„Aber ich muss die Jungen noch abkassieren", wandte sie ein.

„Nun, sie werden sich heute mit mir begnügen müssen."

„Danke, Theo." Sie lächelte und band sich die kurze Schürze von der Hüfte, ehe sie ihre Tasche aus der Küche holte und mit Nicholas das Café verließ.

„Muss ich mir Sorgen um dich machen?", fragte Nicholas sie vor der Tür.

„Weswegen?" Joan sah ihn an und lächelte, als sie seinen Gesichtsausdruck deutete. „Keine Sorge, mit den Jugendlichen werde ich fertig."

Er legte den Arm um ihre Hüfte und führte sie den Strand entlang bis zum Parkplatz, wo sein Auto stand. „Zu mir?", fragte er und Joan nickte.

Nicholas' Appartement befand sich in West Hollywood. Das große, helle Wohnzimmer war mit der offenen Küche durch eine Küchenzeile verbunden, an der bequem vier Leute nebeneinander auf den Barhockern Platz hatten. Die Möbel im Wohnbereich waren als Gegensatz zur schwarzen Küche alle in Weiß gehalten. Von dem großen Badezimmer, das genug Platz für eine Kleinfamilie beim Sonntagsbad hatte, war Joan besonders angetan. Sie hatte sich vorgestellt, wie sie in der Badewanne lag, während Nicholas sich vor dem Wandspiegel rasierte und sie sich unterhielten. Nicholas' angrenzendes Schlafzimmer hatte sie dagegen erst zweimal betreten – zur Besichtigung und das zweite Mal, um etwas für Nicholas zu holen. Vielleicht lag es daran, dass das Zimmer etwas hervorrief, wozu sie noch nicht bereit war: körperliche Liebe. Dies war der einzige Punkt, über den sie bisher nicht gesprochen hatten.

Nicholas hatte vorgehabt, sie zum Essen auszuführen, doch als Joan vor ihm auf seiner Couch saß und sich von ihm massieren ließ, war ihr jegliche Lust am Ausgehen vergangen. Sie trug nur ihren BH, genoss seine Hände auf ihrer Schulter, die ihre Verspannungen lösten, und schloss die Augen.

„Worauf hast du Hunger? Eier und Speck?“, fragte Nicholas nach einer Weile. Es fiel ihm schwer, sie nicht auf die Schulter zu küssen und seine Hände über ihren Bauch und ihre Brüste gleiten zu lassen. Wenn sie gewusst hätte, wie sehr er sich nach ihr verzehrte!

„Mhm, das klingt gut.“

„Schon in Arbeit.“ Er verließ die Couch, auf der sie mit dem Rücken zu ihm sitzen blieb, und verschwand in seiner Küche. Einige Minuten darauf hörte sie es bereits leise brutzeln und stand auf.

„Du bist so gut zu mir“, sagte sie an der Küchenzeile lehnend. „Ich habe dich gar nicht verdient.“

Lächelnd wandte er sich zu ihr um und betrachtete Joan, die barfuß in seiner Küche stand. Sie trug sein Hemd und ließ ihre Haare offen über die Schulter fallen. Wie verführerisch sie war! Er wusste, nur ihr scheuer Blick hielt ihn davon ab, sie an Ort und Stelle zu lieben.

„Dir steht noch viel mehr zu.“ Er trat zu ihr, nahm ihr Gesicht zwischen seine Hände und küsste sie zärtlich. „Du verdienst meine ganze Liebe. Wem sollte ich sie schenken, wenn nicht der Frau, die ich liebe?“ Er ging zurück an den Herd, wendete den Speck und schlug zwei Eier in die Pfanne, als Joan sich auf der gegenüberliegenden Seite der Barhocker gegen die Küchenzeile lehnte.

„Du gibst nicht nur mir so viel, Nicholas, sondern auch deinen Patienten. Du gibst jedem Einzelnen das Gefühl, dass du allein für ihn da bist. Für dich sind sie nicht nur Patienten … ich weiß nicht …“ Sie stockte und suchte nach den richtigen Worten, um ihre Beobachtung auszudrücken. „Du behandelst sie, als gehörten sie zu deiner Familie.“

„In gewisser Weise waren sie immer meine Familie“, sagte er nachdenklich.

„Warum bist du ausgerechnet Onkologe geworden? Es ist das schwerste Gebiet, das ich mir vorstellen kann.“

Nicholas sah sie an. „Das ist es für die meisten auch. Besonders wenn man den Erkrankten kennt und ihm nicht helfen kann.“ Sie musterte ihn eingehend und gewann den Eindruck, dass er aus Erfahrung sprach. „Mein kleiner Bruder …“, begann er leise und wandte den Blick von ihr ab. *Sein Bruder!?* „… kämpfte zwei verdammt lange Jahre gegen den Krebs, der ihn ganz langsam auffraß. Tag für Tag mussten wir zusehen, wie er dünner und schwächer wurde und schließlich den Kampf verlor“, sagte er mit zittriger Stimme. Da spürte er Joan hinter sich, die ihre Arme um seine Hüfte legte und den Kopf gegen seinen Rücken lehnte. Nicholas, dem nach all den Jahren noch immer Tränen in seine Augen traten, wenn er an David dachte, wusste, dass der Schmerz über den Verlust seines Bruders ihn niemals verlassen würde. Für ihre Nähe dankbar, legte er seine Hände auf ihre Arme und fuhr fort: „David könnte noch leben, wenn die Ärzte ihm damals die Behandlung gegeben hätten, die er so dringend gebraucht hatte. Unsere Eltern aber hatten nicht genügend Geld und die Versicherung weigerte sich, für die Kosten aufzukommen.“ Er schüttelte den Kopf und wandte sich in ihren Armen um. Mit feuchten Augen sah er Joan an. Sein Blick traf sie tief im Inneren. Er zeigte deutlich den Verlust, den er als Junge erlitten hatte. „Niemals werde ich diese Ungerechtigkeit akzeptieren. Ein Leben, in der Geld über Leben und Tod entscheidet.“ Seine Arme umschlossen sie. „Nach Davids Tod beschloss ich, selbst Onkologe zu werden und niemals einen Patienten abzuweisen, wenn ich eine Chance sehe, ihm zu helfen.“

„Wie alt warst du, als er starb“, fragte sie mitfühlend.

„16. Gerade alt genug, um sämtliche Zukunftspläne über den Haufen zu werfen und meinem Leben einen Sinn zu geben.“

„Du hast vielen Menschen geholfen. Dank dir leben sie.“

Er nickte. „Es ist ein kleiner Trost, aber in schwierigen Zeiten führe ich mir das immer vor Augen und sammle daraus neue Kraft und Hoffnung, um weiterzukämpfen.“

„Dafür liebe ich dich …“, flüsterte sie dicht an seinem Gesicht und legte die Hände auf seine Wangen. Da spürte er ihre Lippen auf den seinen, erst zaghaft, dann fordernder. In diesem Moment wurde ihm bewusst, dass diese Zärtlichkeit zum ersten Mal von ihr ausging, und ein wohliges Gefühl fuhr durch seinen Körper. Nicholas zog sie enger an sich, schob ihr eine Hand ins Haar und ließ die andere zwischen ihre Schulterblätter gleiten, während ihre Lippen sich ihm öffneten und ihre Zungen miteinander spielten. „Liebling, oh, Liebling …“, flüsterte er. Sorgloses Verlangen veranlasste ihn, die Hände zu ihren Pobacken gleiten zu lassen, und er spürte, wie Joan unter seiner Berührung erbebte und seinen Kuss ebenso begierig erwiderte. Hungrig wanderten seine Lippen ihre Wange entlang, hinter ihr Ohr, wo er sie zärtlich liebkoste. „Oh Joan … Liebes … ich liebe dich so sehr …", wisperte er zwischen seinen kurzen, sinnlichen Küssen. Plötzlich ließ Nicholas abrupt von ihr, da jede weitere Berührung ihn restlos um den Verstand gebracht und er sie mit einer Lust genommen hätte, die er sich aus Rücksicht zu ihr noch immer verbot. „Bitte geh, solange du noch kannst …", sagte er außer Atem und ging vorsorglich einige Schritte auf Abstand. Er konnte vielleicht ihr etwas vormachen, sich selbst jedoch nicht.

„Habe ich etwas falsch gemacht?", fragte sie verwirrt.

Nicholas lächelte. „Ob *du* etwas falsch gemacht hast? Liebling, du darfst mich nicht so küssen, wenn du nicht willst, dass ich über dich herfalle. Du glaubst gar nicht, wie wahnsinnig vor Lust du mich damit machst."

„Tut mir leid …"

„Nein, Liebling, entschuldige dich nicht." Schnell trat er zu ihr und nahm ihre Hände. Sein Blick fiel auf ihren sinnlichen Mund, ihre schmalen Lippen. „Ich fahre dich lieber heim", sagte er, ehe er sie wieder küsste, denn dann würde er sich mit Sicherheit nicht mehr zurückhalten können, doch Joan hielt ihn an der Hand fest.

„Ich möchte bleiben", sagte sie gehemmt. „Ich will morgen früh neben dir aufwachen …"

Oh Gott, dachte Nicholas. Ich hoffe, ich kann mich zusammenreißen. „Vielleicht sollten wir das verschieben. Joan, ich bin mir nicht sicher, ob ich dir widerstehen kann", gestand er ihr.

„Ich werde dir keinen Anlass geben, versprochen."

Er schloss die Augen, ermahnte sich zur Abstinenz. „Liebling, du musst mich nur ansehen …"

Da kam Joan zu ihm, berührte seine Wangen mit ihren Händen. „Schlaf mit mir …", flüsterte sie mit zittriger Stimme.

Nicholas riss die Augen auf, schüttelte ablehnend den Kopf und erklärte sanft: „Nein, Liebling, tu das nicht für mich. Ich spüre doch, dass du noch Zeit brauchst. Ich will dich ganz …", er sah ihr fest in die Augen, „… und bis dahin wird nichts geschehen, das verspreche ich dir." Zärtlich küsste er ihre Stirn.

„Kann ich vorausgehen?", fragte sie leise. Vergessen war sein Abendessen. Als Nicholas nickte, ließ sie seine Hand im Gehen los und ging aus der Küche. Ohne sich noch einmal zu ihm umzudrehen, beobachtete er, wie Joan in seinem Schlafzimmer verschwand.

Nicholas nahm die Pfanne vom Herd und wartete geschlagene zehn Minuten, ehe er das Licht löschte und an seine Schlafzimmertür klopfte. Erst nachdem er ihr leises *Ja* gehört hatte, öffnete er die Tür und trat ein. Joan saß in seinem weißen Hemd und Slip auf der linken Bettseite und sah ihn unsicher an. „Ich wusste nicht, auf welcher Seite du schläfst …"

„Rechts", antwortete er ihr zurückhaltend. „Ich bin gleich bei dir", sagte er und ging ins angrenzende Badezimmer. Üblicherweise schlief er nackt, doch in Anbetracht der Umstände beschloss er, wenigstens seine Boxershorts anzubehalten. „Ist es wirklich okay für dich? Ich kann auf der Couch schlafen", erbot er sich, als er in der geöffneten Tür stand und Joan in seinem Bett betrachtete.

Da streckte sie ihren Arm nach ihm aus. „Komm und leg dich zu mir."

Er folgte ihrer Bitte, und als Joan sich dicht an ihn schmiegte und den Kopf an seine nackte Brust legte, küsste er zärtlich ihren Kopf. „Ich liebe dich, Joan", sagte er nach einigen Minuten leise, aber sie war bereits eingeschlafen.

Mitten in der Nacht erwachte Nicholas und bemerkte, wie Joan sich unruhig neben ihm bewegte. Ihr Atem ging schneller, und sie wandte den Kopf immer wieder von rechts nach links. „Nein … nein …", murmelte sie im Schlaf und krallte ihre Finger an der Bettdecke fest, ehe sie plötzlich aus ihrem Traum hochschreckte und ihn mit angstgeweiteten Augen ansah.

„Liebling, es ist alles in Ordnung. Du hast nur schlecht geträumt", versuchte Nicholas sie zu beruhigen und zog sie in seine Arme. Wie so oft schreckte sie unter seiner Berührung zusammen, aber noch mehr als dies beunruhigte ihn ihr aufgeschreckter, ängstlicher Blick.

In der darauf folgenden Woche verbrachten sie jede Nacht miteinander und zweimal wurde Nicholas durch ihr unruhiges Schlafen aufgeweckt. Als er am Samstag erwachte und Joan nicht neben sich spürte, öffnete er die Augen und sah sie am geöffneten Fenster stehen. Sie sah in die Nacht hinaus.

„Hey, was ist los?", fragte er sanft.

Ohne sich zu ihm umzudrehen, sagte sie: „Es geht mir gut. Ich wollte nur frische Luft schnappen."

Nicholas verließ sein Bett und trat dicht hinter sie. Langsam berührten seine Hände ihre Hüfte und vereinten sich auf ihrem Bauch. „Du hattest wieder einen Albtraum, oder?" Sie nickte zögernd und legte ihre Hände auf seine. „Willst du mir nicht erzählen, worum es ging?"

„Ich kann nicht …", war alles, was sie sagte, bevor sie sich zurück ins Bett legte und in seinen Armen einschlief.

Am nächsten Morgen beobachtete Nicholas sie eine Weile im Schlaf. Die Sonne begrüßte sie durch das offene Fenster seines Schlafzimmers, schien ins Bett und ließ Joans Haare noch heller, goldener erscheinen. Ein Windhauch wehte den dünnen Vorhang an seinem Fenster auf und ab.

„Guten Morgen“, sagte sie schläfrig.

Er lächelte, als sie die Augen öffnete. „Guten Morgen, Liebling.“ Zärtlich berührten seine Lippen die ihren. „Soll ich uns Frühstück machen?“

Joan schüttelte den Kopf und schloss die Augen. „Bleib noch ein wenig bei mir liegen.“ Sie suchte nach seiner Hand, fand sie und umschloss sie mit ihrer.

Liebevoll küsste er ihre Wange. „Wie lange hast du vor, dies zu tun?“, fragte er lächelnd. Nicholas konnte sich nicht erinnern, mit einer Frau jemals so glücklich gewesen zu sein.

„Den ganzen Tag.“

Er zog die Braue hoch. „Wir sollen den Tag im Bett vergammeln?“

„Ja.“

„Das ist nicht dein Ernst.“ Er stöhnte, doch er blieb bei ihr, spielte mit ihren Haaren und kitzelte sie mit einer Strähne im Gesicht, sodass sie die Nase krauste und lachte. „Lass uns aufstehen“, sagte er, küsste abermals ihre Wange und setzte sich im Bett auf.

„Was tust du?“, fragte sie, ein Auge geöffnet.

„Ich werde duschen gehen.“

„Nein – bleib noch“, murrte sie, aber da hatte er das Bett bereits verlassen. Lächelnd schüttelte Nicholas den Kopf und verschwand im Badezimmer. Einen Moment später hörte Joan, wie er das Wasser in der Dusche aufdrehte, und wandte sich stöhnend um. Sie streckte sich und setzte sich im Bett auf. Den Rücken ans Kopfteil gelehnt, blickte sie aus dem Fenster und beobachtete das Ziehen der weißen Wolken.

Minuten darauf öffnete Nicholas die Badezimmertür, und als Joan ihren Blick von den Wolken löste und zu ihm sah, erstarrte sie augenblicklich. Nicholas stand nur mit einem Handtuch um die Hüfte gebunden in der Tür und lächelte. Sie schluckte, zog die Beine an ihren Bauch und die Bettdecke bis zur Brust hinauf.

„Liebling …“ Das Lächeln aus seinem Gesicht war verschwunden. Zutiefst beunruhigt musterte er sie und sah die Angst in ihren Augen. Langsam trat er zum Bett, nahm seinen Morgenmantel vom Bettende und zog ihn an. Dann ging er ums Bett herum und setzte sich neben sie. „Liebling, hast du Angst vor mir?“, fragte er vorsichtig und ergriff ihre Hand. „Ich meine … in körperlicher Hinsicht?“

„Ich weiß nicht …“, sie schloss die Augen, ließ die vergangenen Wochen vor ihrem geistigen Auge erscheinen und sah Nicholas, der sich ihr gegenüber immer liebevoll verhalten hatte, „… ob ich das kann.“ Sie sah ihn verzweifelt an und meinte, in einen Spiegel zu sehen.

„Vor zwei Jahren war ich mit einem Jungen zusammen", begann sie plötzlich, ohne es geplant zu haben, aber sie spürte, dass es an der Zeit war, Nicholas von ihrer Vergangenheit zu erzählen. „Steve studierte mit mir an der UCLA. Wir hatten uns sehr geliebt, planten unsere gemeinsame Zukunft und ich war mir sicher, dass er mich bald fragen würde, ob ich ihn heiraten wollte." Einen Augenblick schloss sie die Augen, verdrängte die Tränen. „Im Januar waren wir bei Freunden zu einer Party eingeladen. Ich weiß noch, in dieser Nacht war Vollmond. Ich hatte mich im Auto zurückgelehnt und den Mond betrachtet. Es ging alles so schnell. Das andere Auto, das uns plötzlich unkontrolliert entgegenkam. Erst später erfuhr ich, dass der Fahrer betrunken gewesen war und die Kontrolle über sein Auto verloren hatte, als er direkt auf uns zukam. Steve hatte keine Chance auszuweichen. Ich schrie, hörte den lauten Knall und spürte, wie ich vorgeschleudert wurde. Ein fürchterlicher Schmerz durchzog meinen ganzen Körper und ich verlor die Besinnung." Nicholas verstärkte den Druck seiner Hände, um sie zum Weitersprechen zu animieren. „Ich lag über einen Monat im Koma, und als ich aufwachte, sagte man mir, dass der andere Fahrer und Steve an der Unfallstelle gestorben waren. Steve war der erste Mann, der mich wirklich geliebt hatte", sagte sie leise unter Tränen.

„Es ist ein Wunder, dass du den Unfall überlebt hast", erwiderte Nicholas einfühlsam.

Sie sah ihn direkt an. „Aber ich wollte sterben. Ich wollte bei ihm sein …", flüsterte sie. „In mir war etwas gestorben und noch vor Kurzem glaubte ich nicht, dass ich mich jemals wieder verlieben würde. Da habe ich dich kennengelernt." Nicholas lächelte, aber er spürte, dass sie noch nicht zu Ende erzählt hatte. „Ich verbrachte einige Monate im Rehabilitationszentrum. In dieser Zeit bekam Brian das Angebot, ein Jahr nach Mailand zu gehen, und ich fuhr mit. Die ersten Wochen verkroch ich mich in meinem Zimmer, lag den ganzen Tag im Bett und weinte um Steve. Schließlich begleitete ich Rachel einige Monate ins St. Christoph's, aber nachdem Celia und Laila gegangen waren und sich das junge Mädchen umgebracht hatte, wollte ich nicht mehr dort sein. Es war einfach zu viel."

„Das verstehe ich", meinte er anteilnehmend.

„Während Brian arbeitete und Rachel jeden Tag ins Kloster fuhr, begann ich mir Mailands Sehenswürdigkeiten anzusehen. Nach einigen Wochen lernte ich Paolo auf einer Party kennen und wir wurden sehr gute Freunde. Er verliebte sich in mich, aber ich konnte seine Gefühle nicht erwidern – mein Herz hing noch immer an Steve. Wir verbrachten sehr schöne Monate miteinander und ich bedauerte, ihn bald verlassen zu müssen, um nach L. A zurückzukehren. Einige Wochen vor meiner Abreise gingen Paolo und ich auf die Geburtstagsfeier eines seiner besten Freunde. Wir tanzten, tranken und lachten viel.“ Sie wandte den verschleierten Blick von Nicholas ab und sah aus dem Fenster hinaus. „Ich erinnere mich dunkel, dass Paolo mich heimfahren wollte, aber ich bat ihn, mir noch etwas vom Buffet zu holen. Er kam nicht zurück, sondern sein Freund, Raphael. Er sagte, Paolo hätte einen alten Freund getroffen und ihn, Raphael, gebeten, mich heimzufahren. Ich weiß noch, wie ich mitten in der Nacht in seinen Ferrari stieg. Ich war berauscht, total high … aber ich hatte nichts genommen“, verteidigte sie sich und wischte sich eine einzelne Träne von der Wange. „Am nächsten Morgen wachte ich in einem fremden Bett auf. Meine Hand war ans Bettgestänge gefesselt, ich war nackt und mir tat mein Unterleib weh …“, sagte sie mit tränenerstickter Stimme.

„Oh Gott …“, flüsterte Nicholas.

„Raphael hatte mir den ganzen Abend über irgendeine Droge ins Glas geschüttet, um mich gefügig zu machen. Ich war benommen … als er mich vergewaltigt hatte. Am Morgen tat er es wieder, und als ich mich wehrte, prügelte er auf mich ein. Er hörte nicht auf, tat es immer wieder … es war so schmerzhaft …“, schluchzte sie. Zitternd rang sie nach Luft. „In L. A. stellte meine Ärztin nach einiger Zeit fest, dass ich ein Baby erwartete. Es war zu spät für einen Abbruch …“ Sie schloss die Augen, fühlte den Schmerz über Andrews Verlust nach wie vor. „Ich erzählte Brian und Rachel von der Schwangerschaft, aber Brian machte mir Vorwürfe. Ich weiß nicht, was ich erwartet hatte.“

„Hast du dich an deine Mutter gewandt?“, fragte er einfühlsam.

Joan schüttelte den Kopf. „Ich konnte nicht. Ich hasste mich, meinen Körper. Ich wusste ja nicht einmal, ob ich das Baby nach der Geburt behalten wollte“, erklärte sie nun ruhiger. „Die Monate vergingen und ich begann mein Baby zu lieben. Ich spürte seine Tritte, seine Bewegungen in mir – es war wunderschön. Mit einem Mal war dieses kleine Wesen das Wichtigste in meinem Leben. Ich wollte Andrew behalten, er sollte meine Familie sein“, flüsterte sie unter Tränen. „Eine Woche vor Weihnachten stürzte ich im Treppenhaus meiner alten Wohnung. Ich schlug mit dem Kopf auf und verlor das Bewusstsein. Als ich wieder zu mir kam, hatte ich fürchterliche Schmerzen im Bauch, und dann sah ich das viele Blut zwischen meinen Beinen …“ Joan schloss die Augen und er bemerkte, wie schwer es ihr fiel, darüber zu sprechen. „Ich bekam nicht mit, wie die Ärzte mein Baby per Kaiserschnitt holten, wie Andrew keinen Laut von sich gab …“ Nicholas zog sie in seine Arme, als er begriff. „Andrew ist erstickt … die Nabelschnur lag um seinen kleinen Kopf“, schluchzte sie in seinen Armen.

„Mein Gott, Liebling …“ Erschüttert hielt Nicholas sie fest umschlungen und fuhr ihr liebevoll durchs Haar.

„Ich konnte den Schmerz in meiner Brust nicht mehr ertragen, also habe ich nach dem Messer gegriffen …“ Mit glasigem Blick sah sie Nicholas an, der seine Hände auf ihre Wangen legte, sich vorbeugte und ihre Stirn küsste.

„Ich bin Gott dankbar, dass er dich nicht von dieser Welt genommen hat. Ich wünschte nur, ich könnte deine Erinnerungen auslöschen“, flüsterte er dicht vor ihrem Gesicht und berührte ihre Lippen mit den seinen. Sein Kuss war voller Zärtlichkeit. „Solange ich lebe, werde ich niemandem davon erzählen. Das verspreche ich dir beim Tod meines Bruders.“ Er konnte nicht ahnen, dass er Joan damit ihre größte Angst nahm. Die Angst, von ihm an die Presse verkauft zu werden.

6. Kapitel

In den folgenden Wochen verbrachten Nicholas und Joan jeden Tag miteinander und genossen ihre Zweisamkeit. Sie bummelten durch die zahlreichen Einkaufstraßen von L. A., sonnten sich am Santa Monica State Beach oder beobachteten von der Promenade aus die Skater und Läufer. Von Zeit zu Zeit führte Nicholas sie abends in ein Restaurant aus, die restlichen freien Abende verbrachten sie entweder in seiner oder Joans Wohnung, wo sie gemeinsam das Abendessen zubereiteten und es sich anschließend auf der Couch zum Fernsehen oder Plaudern gemütlich machten. An seinem ersten dienstfreien Wochenende brachte Nicholas ihr das Motorradfahren auf seiner Maschine bei und fuhr mit ihr in den Topanga State Park. Dort überraschte er sie mit einer weißen Decke und einem riesigen Picknickkorb, aus dem er immer wieder allerlei Leckereien zauberte, bis Joan glaubte, an Ort und Stelle zu platzen. Anschließend streckten sie sich nebeneinander auf der Decke aus, fassten sich bei den Händen und blickten zum Himmel hinauf.

Eine Zeit lang hielt Nicholas schweigend ihre Hand, sah den weißen Wolken zu, die über ihre Köpfe hinwegzogen, und dachte über die vergangenen zwei Jahre von Joans Leben nach. Obwohl sie ihm alles erzählt hatte, gab es noch eine Frage, die ihm seit Tagen auf der Seele lag.

Nicholas drehte sich auf die Seite, sodass er sie ansah, und stützte den Kopf auf dem angewinkelten Arm ab. „Liebling“, sagte er sanft, umfasste noch immer ihre Hand, „kann ich dich etwas fragen?“

Lächelnd öffnete Joan die Augen. „Natürlich.“

„Es hat mit dem zutun, was du mir vor einigen Wochen erzählt hast“, begann er vorsichtig und spürte, wie sie verkrampfte. Ein bedrückender Moment verging, ehe Nicholas sie einfühlsam fragte: „Gab … gab es seit jenem Tag einen Mann in deinem Leben?“

Sie schüttelte den Kopf. „Manchmal habe ich Angst vor den Berührungen. Nach der …“, sagte sie leise, stockte und wich seinem Blick aus, „… danach hat es lange gedauert, bis ich die Berührungen von Brian wieder ertragen konnte, aber bei jedem anderen Mann bin ich zurückgeschreckt.“

Nicholas nickte. Er konnte sich gut an die Wochen nach ihrem Selbstmordversuch erinnern, in denen sie bei jedem noch so kleinen Körperkontakt erschrocken zurückgewichen war.

„Ich weiß nicht, wie es sein wird, wenn wir … wenn du …“, sie schloss die Augen, „… mich berührst. Du weißt schon …“, sagte sie leise, öffnete die Lider, sah ihn aber nicht an. „Ich habe Angst.“

Nicholas beugte sich zu ihr hinunter, küsste sie liebevoll zwischen die Augenbrauen. „Sag mir, wenn ich etwas tue, das dir nicht gefällt oder dir Angst macht, okay?“ Joan sah ihn an, um ein Lächeln bemüht, und nickte scheu. „Wir haben alle Zeit der Welt, Liebling“, versicherte er ihr und küsste sie zärtlich. „Ich liebe dich.“

„Ich liebe dich auch.“

Anfang Mai fand die Hochzeit von Brian und Rachel in einer Kirche im Stadtzentrum statt, in der bereits zahlreiche Hollywoodstars geheiratet hatten. Seit Monaten berichteten die Boulevardblätter im ganzen Land von der Hochzeit des Jahres, zu der an die 200 Gäste geladen waren. Nach der offiziellen Zeremonie, bei der Joan und Nicholas als Trauzeugen fungierten, führte Brian seine frisch angetraute Ehefrau zum ersten Teil seines Hochzeitsgeschenkes, das vor der Kirche wartete. Der Anblick der weißen Kutsche mit den vier Schimmeln verschlug Rachel einen Moment die Sprache.

„Oh mein Gott! Du bist verrückt!“, rief sie entzückt und küsste ihren Mann stürmisch. „Du hast mir meinen Wunsch erfüllt.“ Tränen der Freude standen in ihren Augen.

„Ich liebe dich eben, Schatz“, erwiderte Brian lächelnd und half seiner Frau in die Kutsche, von wo aus Rachel ihren Brautstrauß warf.

Die anschließende Feier fand im *Scandia* statt, wo Brian seiner Frau den zweiten Teil seines Geschenkes überreichte: ein kleines Kästchen, das einen Schlüssel enthielt. Lächelnd erzählte er ihr an der langen Tafel, an der ihre Familien und ihre Freunde saßen, dass dieser Schlüssel in die Haustür ihrer gemeinsamen Villa in Newport Beach passte, in die sie nach ihrer Hochzeitsreise einziehen würden. Brian gab Rachel ein Foto, auf dem sie die zweistöckige, terrakottafarbene Villa zum ersten Mal sah. Während man vom Erdgeschoss auf eine riesige Terrasse, den 15 Meter langen Pool und den großen Garten hinausgehen konnte, befand sich an jedem Zimmer des Obergeschosses ein breiter Balkon.

„Mom, Dad, darf ich euch Dr. Nicholas Blake vorstellen“, sagte Joan, als ihre Eltern vom Tanzen zur Tafel zurückkamen. „Er ist ein Freund von Brian … und mir“, fügte sie lächelnd hinzu.

Nicholas reichte ihnen die Hand. „Es freut mich sehr, Sie kennenzulernen.“

„Sind Sie *der* Dr. Nicholas Blake? Der Onkologe?“, fragte Matthew überrascht und zugleich erfreut, seine Bekanntschaft zu machen.

„Anscheinend haben Sie bereits von mir gehört, Sir, aber ich möchte hervorheben, dass ich viele Kollegen habe, die ebenso erfolgreich sind wie ich."

Matthew lächelte beeindruckt. Nicholas Blake war tatsächlich genau so, wie ihn alle beschrieben. „Ihre Bescheidenheit in allen Ehren, Dr. Blake, aber wie ich hörte, sind Sie sowohl eine Koryphäe in der Chirurgie als auch in der Erforschung und der Therapie von Krebs."

„Mit Verlaub, Sir, als Koryphäe habe ich mich bisher nie gesehen. Ich möchte nicht abstreiten, dass ich in den vergangenen Jahren einige Erfolge verzeichnen konnte, aber ich denke, diese sind zum größten Teil auf den neuesten medizinischen und technischen Stand des Santa Monica Hospitals zurückzuführen, den sich andere Krankenhäuser noch nicht leisten können."

„Die fachliche Kompetenz des Arztes spielt dabei sicherlich auch eine Rolle", meinte Matthew augenzwinkernd. Ihm gefiel die Unterhaltung mit dem jungen Arzt, der offensichtlich mehr als ein guter Freund seiner Tochter war.

Nicholas lächelte. „Natürlich, Sir."

„Viele Ärzte scheuen vor riskanten oder neuen Verfahren zurück, die wenig erprobt worden sind. Sie dagegen nicht, Dr. Blake."

Nicholas sah seinen Gesprächspartner aufmerksam an, konnte jedoch nicht sagen, ob er Matthew Farleys Worte als Anklage oder als Kompliment aufnehmen sollte. „Jede Operation ist ein Wagnis und birgt Risiken", tastete er sich daher mit Bedacht voran, „... aber ich möchte meinen Patienten helfen und ihnen eine reelle Chance auf eine Heilung oder, wenn dies nicht möglich ist, zumindest auf eine Verlängerung ihres Lebens geben. Das Lebensalter oder der Gesellschaftsstand meiner Patienten spielt dabei keine Rolle. Für sozial schwache Menschen gibt es eine Stiftung, die eng mit dem Santa Monica Hospital zusammenarbeitet. Diese Stiftung hat bereits zahlreiche Operations- und Behandlungskosten übernommen, aber selbst wenn dies nicht möglich war, habe ich noch keinen Patienten abgelehnt." Matthew und Isabelle wechselten einen beeindruckten Blick, sagten jedoch kein Wort, sodass Nicholas fortfuhr: „Auch wenn die Heilungschance noch so gering ist, solange ein Rest Hoffnung besteht, operiere ich."

„Genau das macht Sie zu einer Koryphäe, Dr. Blake", meinte Matthew aufrichtig. „Sie wagen auch Operationen, die Ihre Kollegen scheuen."

Lächelnd war Joan an Nicholas' Seite dem Gespräch gefolgt und freute sich insgeheim über die gegenseitigen Sympathien. „Ihr entschuldigt uns?", wandte sie sich nun an ihre Eltern und hakte sich bei Nicholas ein. „Ich würde gern mit Nicholas tanzen."

Isabelle lächelte. „Geht ruhig."

„Dr. Blake, wir finden sicher später noch einige Minuten, um uns zu unterhalten", sagte Matthew.

„Es würde mich freuen, Sir", erwiderte Nicholas ehrlich und ließ sich von Joan sachte wegführen. Gleich darauf fand er sich auf der Tanzfläche zwischen anderen Paaren wieder.

„Meine Eltern mögen dich", meinte Joan in seinen Armen lächelnd.

„Habe ich den Test bestanden, ja?", fragte er grinsend. „Oh Gott, ich fühle mich, als wäre ich wieder 16!"

Diesmal war es Joan, die lachte, während sie in seinen Armen über die Tanzfläche schwebte. Keiner von ihnen bemerkte die Blicke, die ihnen zugeworfen wurden, und auch nicht Matthew, der sie lächelnd beobachtete.

„Du siehst glücklich aus, Kleines", sagte Matthew später am Abend zu seiner Tochter, die Rachel und Nicholas mit einem Strahlen in den Augen beim Tanzen zusah.

„Ich bin glücklich, Daddy", erwiderte Joan und wandte sich zu ihrem Vater um, der sich zu ihr an den ansonsten leeren Tisch setzte.

„Liebst du ihn?"

Erstaunt sah Joan ihren Vater an. „Woher weißt du …"

Matthew schmunzelte. Er hatte sich also nicht getäuscht. „Kleines, ich habe Augen im Kopf."

„Ist es denn so offensichtlich, was wir füreinander empfinden?"

„Für andere wohl nicht, aber ich kenne meine Tochter. Deine Augen verraten dich, Kleines. Ich weiß, du hast Steve geliebt, aber du hast ihn nie so angesehen, wie du Nicholas Blake ansiehst."

Sie sah zur Tanzfläche hinüber, wo Rachel und Nicholas noch immer miteinander tanzten, und lächelte. „Ich liebe ihn, wie ich noch keinen Mann geliebt habe. Mit ihm habe ich das Glück gefunden, nachdem ich all die Jahre suchte, und ich werde ihn nicht mehr gehen lassen."

„Das freut mich für dich, Schatz. Du hast es dir verdient." Matthew ergriff ihre Hände. „Ich hoffe, er liebt dich so sehr, wie du ihn liebst."

„Das tut er, Dad." Sie lächelte über seine Fürsorge und ließ sich von ihrem Vater in die Arme nehmen. „Ich habe dich lieb, Daddy."

„Ich habe dich auch lieb." Zärtlich gab er ihr einen Kuss auf die Stirn.

Bald darauf verließen Brian und Rachel, von einem Blitzgewitter der Fotografen begleitet, das Restaurant, um in ihre Flitterwochen zu fliegen. Zwei himmlische Wochen in Mexiko.

Um ein Uhr verabschiedeten Joan und Nicholas sich schließlich von Joans Eltern und ihren gemeinsamen Freunden, obwohl noch bis nach fünf Uhr kräftig gefeiert wurde. Es war das Ereignis des Jahres und niemand wollte solch eine großartige Feier frühzeitig verlassen.

„Ich bin froh, dass wir gehen konnten", sagte Joan in ihrer Wohnung erleichtert und öffnete ihre hochgesteckten Haare. Erschöpft zog sie sich die Pumps aus und fiel auf ihr Bett.

„Ich dachte, du gehst gern zu solchen Anlässen", meinte Nicholas verwundert.

„Tue ich auch, aber ich habe die vielen Fotografen und Journalisten satt. Irgendwann werden sie das mit uns auch herausfinden …"

„Sollen sie doch."

Unter Nicholas' Blick setzte sie sich auf und sah ihn fragend an. „Würde es dich nicht stören? Ich meine, sie könnten deine Vergangenheit zutage bringen. Den Unfall deiner Eltern … David …" Sie stockte, sah ihn prüfend an, als er zu ihr kam und sich neben sie ins Bett setzte. „Ich muss das wissen, Nicholas. Ich kann verstehen, wenn du lieber nicht mit mir gesehen werden willst …"

Er legte ihr die Finger auf ihre Lippen und brachte sie augenblicklich zum Schweigen. „Ich liebe dich", sagte er eindringlich. „Davon abgesehen glaube ich nicht, dass sich die Zeitungen für mich interessieren werden."

Joan wusste es jedoch aus Erfahrung besser. „Nicholas, sie interessieren sich für jeden, der mit meiner Familie gesehen wird, und sei es die Haushälterin. Bisher haben sie über all meine Begleiter geschrieben, und dabei ist es nicht immer bei der Wahrheit geblieben. Wenn ich in New York auf die Straße gehe, ein Restaurant oder ein Geschäft betrete, dann ist mir immer ein Fotograf auf den Fersen, der mich erkannt hat."

Er griff nach ihrer Hand. „Okay, vielleicht habe ich deinen Bekanntheitsgrad ein wenig unterschätzt, dennoch habe ich nichts zu verbergen, und mir ist gleichgültig, was über mich in der New Yorker Klatschpresse geschrieben wird."

„Es könnte deiner Karriere schaden …"

„Liebling, meine Karriere zeichnet sich nicht am Gerede der Presse ab, sondern an meinen Leistungen als Arzt."

„Die Presse hat schon manches Leben zerstört", sagte Joan mehr zu sich selbst, doch als sie Nicholas' erschrockenes Gesicht sah, wurde ihr bewusst, dass sie die Worte laut ausgesprochen hatte.

„Wurde damals über dich geschrieben?", fragte er entsetzt. „Ich meine, als das in Mailand geschehen ist?"

Joan schüttelte den Kopf. „Ich könnte es nicht ertragen ..." Sie sah ihn direkt an. „In Europa ist *Farley's* aber nur ein Geschäft von vielen, hier ist das nicht so. Ich hatte bisher einfach Glück, dass niemand das Jahr in Mailand durchforstet hat, denn man hätte den größten Skandal des Jahres gefunden."

„Denkst du, man könnte es irgendwann herausfinden?"

Sie zögerte einen Moment mit ihrer Antwort. „Mit dieser Angst lebe ich jeden Tag", gestand sie ihm dann leise.

„Dass ist dann wohl die Schattenseite, wenn man bekannt ist. Es gibt kein Privatleben mehr."

Eindringlich sah Joan ihn an. „Bist du dir wirklich sicher, dass dieses Leben dir nichts ausmacht? Ich kann es nämlich nicht ändern."

„Ich gebe zu, ich verzichte ungern auf mein Privatleben, aber du bist mir wichtiger, Liebling. Ich würde alles für dich opfern."

„Du sollst keine Opfer für mich bringen. Ich möchte nicht, dass du dein Leben für mich änderst."

„Das habe ich längst getan, Liebling", sagte er, zog Joan an seine Brust und küsste sie zärtlich. Wie schnell er sein Leben bereitwillig geändert hatte, überraschte ihn jedoch am meisten. Noch vor wenigen Monaten waren seine Patienten und die Forschung das Wichtigste in seinem Leben gewesen. Ein Privatleben hatte er kaum geführt, aber dies hatte ihn zu keinem Zeitpunkt gestört. Sein Leben war so verlaufen, wie er es sich vorgestellt hatte, er hatte nichts vermisst ... bis er Joan begegnet war. Mit ihr veränderte sich schlagartig sein Leben. Er hatte sich von Anfang an körperlich zu ihr hingezogen gefühlt, doch während ihres behutsamen Kennenlernens war Liebe daraus geworden. Zum ersten Mal konnte er sich langfristig ein Leben mit einer Frau vorstellen. Und nun, da Joan seine Gefühle erwiderte, wusste Nicholas, dass er sie eines Tages heiraten und sein Leben mit ihr verbringen würde.

Mitte Mai nahm Nicholas sich vier Tage frei und lud Joan nach San Francisco in ein kleines, gemütliches Hotel ein, das einen wunderschönen Blick auf die San Francisco Bay und die Golden Gate Bridge bot. An ihrem ersten Tag fuhren sie erstmals mit der Cable Car, stöberten anschließend durch die zahlreichen Souvenirläden und gingen im Golden Gate Park spazieren. Am Abend des zweiten Tages führte Nicholas sie in ein Nobelrestaurant im Financial District aus, wo sie bis nach Mitternacht blieben und tanzten.

„Es war herrlich." Joans Augen strahlten, als sie ihr Hotelzimmer betraten und sie die weiße Stola über den Stuhl hängte.

„Kann ich dir auch ein Glas Champagner einschenken?", fragte Nicholas und öffnete die Minibar.

„Gern“, antwortete sie und ging in ihrem weißen Cocktailkleid auf den Balkon hinaus. Ein Windhauch umgab ihre nackte Haut, aber Joan fröstelte nicht.

Nicholas folgte ihr mit zwei Champagnergläsern, verharrte jedoch einen Augenblick in der Tür und betrachtete sie, ehe er neben sie ans Geländer trat. „Habe ich dir heute schon gesagt, wie schön du bist?“

Lächelnd sah sie ihn an. „Ja, aber ich kann es nicht oft genug hören.“ Sie beugte sich zu ihm und hauchte einen zärtlichen Kuss auf seine Lippen. Dann nahm sie ihm eines der Gläser aus der Hand und trank einen Schluck. „Ich habe mich lange nicht mehr so wohl gefühlt. Es ist, als wäre ich endlich angekommen …“

Nicholas lächelte. Er wusste, was sie meinte. „Mir geht es ebenso, Liebling.“ Er stellte sein Glas auf dem Geländer ab, trat hinter sie und legte seine Hände auf ihre Hüfte. Liebevoll küsste er ihr Schulterblatt.

„Ich liebe den Sternenhimmel“, flüsterte sie.

Als seine Lippen zärtlich ihren Hals und Nacken liebkosten, lief ein wohliges Kribbeln durch ihren Körper. Nicholas spürte ihre Reaktion auf seine Berührung und lächelte. Langsam glitten seine Hände über ihren Bauch, ruhten dort auf dem Stoff und warteten auf Joans Reaktion, die anders ausfiel, als er erwartet hatte, denn sie hielt ihn nicht zurück. Seine Hände kamen der indirekten Aufforderung nach und setzten behutsam ihre Reise fort, wanderten langsam höher, während seine Lippen ihren Hals mit feuchten Küssen bedeckten. Durch den dünnen Stoff ihres Kleides hindurch berührte er ihre Brüste und hörte sie leise aufstöhnen.

Plötzlich wandte Joan sich in seinen Armen um, legte ihre Hände auf seine Wangen und berührte seine Lippen zärtlich mit den ihren. Es war, als küssten sie sich zum ersten Mal; zwei ausgehungerte Menschen, die sich nacheinander verzehrten. Nicholas schob eine Hand in ihr Haar und küsste sie fordernder. Bereitwillig öffnete sie ihm ihren Mund und hieß seine Zunge willkommen. Seine rechte Hand verhaarte einen Moment auf ihrer Wange, dann glitt sie an ihrem Hals hinunter und ruhte auf ihrer Schulter, ehe sie langsam ihren nackten Rücken hinabfuhr. In der Hitze des Augenblicks ließ er seine Hände zu ihrem Poansatz gleiten und zog sie dicht gegen seinen Körper.

„Oh, Liebling“, sagte Nicholas mit dem Mund an ihrem Ohr leise.

Als Joan erneut seine Lippen suchte und sie begierig fand, ahnte sie nicht, dass sie damit sein Bedürfnis nach sexueller Vereinigung ins Unermessliche steigerte. Während Nicholas anfangs ihren Nacken geküsst hatte, war er nicht darauf aus gewesen, sie zu lieben, aber je länger ihre Zunge mit der seinen spielte, desto weniger hatte er sich selbst unter Kontrolle und er wusste, bald würde er nicht mehr aufhören können, sie immerzu zu berühren und zu küssen. Doch bis dahin zählten nur Joan und ihre Zärtlichkeiten.

„Sag, dass ich aufhören soll", flüsterte er zwischen ihren Küssen. „Joan … oh Gott …" Er begehrte sie wie keine andere Frau zuvor. Sein Verlangen war übermäßig, doch wenn es ihn auch Überwindung kostete, er würde nichts überstürzen. Sie sollte ihn ebenso sehr wollen wie er sie. „Liebling … du darfst mich nicht länger küssen, sonst kann ich mich nicht mehr zurückhalten", raunte er an ihrem Hals und zog sich kaum merklich von ihr zurück.

„Nein, hör nicht auf!", bat sie ihn leise.

„Joan …", appellierte er erneut an ihre Vernunft, stockte jedoch und erwiderte ihren leidenschaftlichen Kuss. „Liebling?"

„Hm?", sagte sie, ließ Nicholas aber nicht zu Wort kommen. Wieder forderten ihre Lippen ihn auf und er ging ausgehungert darauf ein.

Nicholas musste sich regelrecht zwingen, Abstand von Joan zu nehmen, hielt sie jedoch weiterhin fest in seinen Armen. „Liebling, bist du sicher, dass du das willst?", fragte er sanft. Sein Blick war sehnsüchtig, doch prüfend auf ihr schüchternes Gesicht gerichtet.

Joan nickte zur Antwort und lächelte.

„Ich meine es ernst!", sagte Nicholas streng, da er nicht wollte, dass sie es nur für ihn tat. Wie erregt er war, konnte sie schließlich sehen. Sein Herz schlug so schnell in seiner Brust, dass sie es spüren musste. „Liebling, wenn du mich weiter reizt, dann kann ich für nichts mehr garantieren."

Joan beugte sich zu ihm. „Gut …", flüsterte sie dicht an seinem Mund, „ich will dich nämlich." Fest presste sie ihre Lippen auf die seinen und spürte deutlich seine Sehnsucht nach ihr. Nun war sie es, die ihn voller Leidenschaft küsste.

Da war es endgültig um Nicholas geschehen. Er drückte sie fester an sich, schien sie mit seinem Mund verschlingen zu wollen.

„Komm …", sagte er nach einem Moment heiser, nahm ihre Hand und führte sie zum Bett, vor dem sie dicht beieinander stehen blieben. Nicholas legte die Hände auf ihre Wangen. „Ich möchte dir nicht wehtun, Liebling. Du musst mir also sagen, wenn dir etwas nicht gefällt", sagte er leise und sah ihr tief in die Augen. Wie unschuldig sie doch war! Joan wirkte so verletzlich auf ihn, dass ein Teil von ihm noch immer dachte, ein Rückzug wäre in diesem Augenblick vielleicht doch der bessere Weg, aber dazu waren sie bereits zu weit gegangen. Er wollte diese Frau seit Wochen und mit ihren glühenden Küssen hatte sie es ihm nicht gerade leicht gemacht, der Versuchung standzuhalten.

Da beugte Nicholas sich zu ihr und küsste sie sanft und voller Zärtlichkeit. Seine rechte Hand schob sich in ihr Haar, während die andere sanft über ihren Nacken und die Schulter fuhr. Langsam wanderte sie ihren nackten Rücken hinab, berührte drängender ihren Poansatz, nur um dann wieder den Rücken hinaufzugleiten und an ihrem Hals haltzumachen, wo er den Verschluss ihres Kleides löste. Geschmeidig glitt es an ihrem zitternden Körper hinunter.

„Wie schön du bist!", flüsterte er und betrachtete voller Bewunderung Joan, die nur in ihrem weißen Seidenslip vor ihm stand. Jetzt streichelte er sanft ihren Bauch und berührte mit dem Daumen die weichen Spitzen ihrer Brüste, die sofort fester wurden. „Oh, wie ich mich danach gesehnt habe, dich so zu berühren …" Er spürte, wie sie unter seinen Berührungen bebte und mehr wollte. Da beugte er sich zu ihr hinunter, liebkoste erst die eine, dann die andere Brust mit seiner Zunge, bis sie einen verlangenden Laut ausstieß.

Als Nicholas sich sein Hemd aufknöpfen wollte, legte Joan ihm ihre Finger auf die seinen und er hielt abrupt inne. Er dachte, sie wollte ihn nun doch zurückhalten, doch da sagte sie leise: „Lass mich das machen …" Zärtlich hauchte sie ihm einen Kuss auf den Mund und löste einen Knopf nach dem anderen. Schließlich schob sie die Vorderteile auseinander und bedeckte seine unbehaarte Brust mit Küssen, ehe sie ihm das Hemd von den Armen streifte. Zärtlich wanderten ihre Hände über seinen Rücken, ihre Lippen dagegen schienen nicht genug von seiner Brust zu bekommen. Nicholas schloss die Augen und genoss ihre sanften Hände, die überall zu sein schienen.

„Nicholas …", hauchte sie an seinen Lippen, da öffnete er die Augen und blickte zu Joan hinunter, die ihn voller Begehren ansah. Doch noch etwas anderes lag in ihren Augen, das er nicht richtig deuten konnte. „Ich …"

„Liebling … was willst du mir sagen?", fragte er sanft und nahm ihr Gesicht zwischen seine Hände. „Ich verstehe, wenn du lieber noch warten möchtest." Er wusste, es würde ihn ungeheure Überwindung kosten, nach diesen innigen Berührungen von ihr zu lassen, dazu verzehrte er sich in diesem Moment zu sehr nach ihr, aber ihretwegen würde er so vieles tun, woran er noch vor Monaten nicht einmal gedacht hatte. Er wollte, dass es für sie beide unbeschreiblich schön und unvergesslich werden würde.

Joan schüttelte den Kopf. „Ich möchte es, wirklich. Es ist nur …"

„Was?", ermutigte er sie behutsam.

„Vielleicht … vielleicht kann ich mich nach Mailand …" Ängstlich sah sie ihn an, „… niemandem mehr hingeben. Ich möchte dich nicht verärgern", flüsterte sie so leise, dass sie selbst ihre eigenen Worte kaum hören konnte. Eine Träne rann aus ihrem Auge.

„Egal wie diese Nacht endet, du kannst mich in keiner Form verärgern." Liebevoll küsste er die Träne von ihrer Wange. „Ich habe auch Angst, Liebling", gestand er ihr ebenso leise, „Angst davor, dich auf irgendeine Art daran zu erinnern, dich zu verschrecken oder gar zu verletzen."

„Nein ... das kannst du nicht." Sie legte ihre Hände an seine Wangen, beugte sich zu ihm und berührte seine Lippen zart mit den ihren. Ihr Kuss war sehnsuchtsvoll, wurde jedoch schnell verlangender, und als sich ihre Zungen berührten, war es, als explodierten sie.

Nicholas hob sie sanft auf die Arme und legte sie auf das Bett, indessen fanden ihre Lippen einander wieder und wieder und zehrten voneinander. Seine Lippen bedeckten erst ihre Wangen, dann ihren Hals mit zärtlichen Küssen, ehe sie langsam tiefer hinabglitten. Er küsste sie zwischen ihren Brüsten, umschloss eine der beiden mit seiner Hand und streichelte sie in atemloser Spannung, während er die Brustwarze der anderen mit seinem Mund liebkoste.

Joan bebte unter seinen Zärtlichkeiten. Leise stöhnte sie vor Lust auf, als er ihre harte Brustwarze zwischen die Zähne nahm und sie zärtlich biss.

„Oh ... Nicholas!", hauchte Joan.

Seine Berührungen waren federleicht und unendlich zärtlich. Joan wünschte, diese Nacht würde niemals enden, und Nicholas schien ebenfalls nicht genug von ihrem Körper zu bekommen. Schließlich wanderte sein Mund ihren Bauch hinab, bedeckte jeden Zentimeter ihres Körpers mit Küssen, erregte sie mit seiner Zunge. Er spürte ihre Hände in seinem Haar, und als er vorsichtig den letzten Rest dünnen Stoffs berührte, den sie noch trug, drängte sie sich ihm entgegen. Da küsste er sanft ihren Nabel, ließ seine Hände geschmeidig über ihr Becken gleiten und zog ihr langsam den Slip an den Beinen hinunter.

Die Begierde drängte Nicholas. Eine ungeahnte Lust überkam ihn und am liebsten wäre er auf der Stelle zu ihr gekommen, aber er zwang sich weiterhin, langsam vorzugehen. Er wollte diesen Augenblick so lang es ging auskosten, denn so würde es niemals wieder sein.

„Joan ... oh Liebling ... du bist wunderschön", flüsterte er rau und begann sie an ihrer empfindlichsten Stelle zu streicheln. Joan erschauderte lustvoll und öffnete sich ihm. Jede Faser ihres Körpers verlangte nach ihm. Sie wollte zu ihm gehören, eins mit ihm sein. Sie genoss die Lust, die im nächsten Moment seine Finger in ihr auslösten, und bog sich ihm stöhnend entgegen. Noch nie hatte ein Mann solche erregende Lust in ihr geweckt.

Nicholas spürte, dass es für sie noch zu früh war, ihn auf dieselbe Weise zu berühren, aber dies störte ihn in diesem Augenblick nicht. Sein Verlangen wurde mit jeder Minute mehr geschürt, in der er ihren Körper liebkosen durfte. Der Rest würde sicher kommen, wenn sie beide ihre Angst besiegt hatten.

Doch zu seiner Überraschung, aber auch Freude legte Joan ihre Finger an seine Gürtelschnalle, öffnete diese und begann die Knöpfe seiner Jeanshose aufzuknöpfen, unter der er seine Erregung nicht mehr vor ihr verbergen konnte. Ihre Hände zitterten, als sie zwischen heißen Küssen leise sagte: „Ich glaube … du musst mir helfen …"

Er ignorierte ihre auffordernden Worte und küsste sie voller Ekstase, dann löste er sich von ihr und hatte in Windeseile seine Jeans und seine Boxershorts abgestreift.

Sogleich war er wieder an ihrer Seite und Joan schlang die Arme um seinen Hals, als er erneut ihre Brüste mit seinen Händen und seinem Mund liebkoste, bis sie einen lustvollen Schrei ausstieß.

„Nicholas …" Er blickte zu ihr auf und sah in ihre Augen, die vor Lust glühten. „Komm zu mir …"

Da legte er sich über sie und drang mit einer Leidenschaft in sie ein, die ihr bisher fremd gewesen war. Nicholas bewegte sich langsam und tief in ihr, und als sie dann gemeinsam den Höhepunkt erreichten, gab Joan sich ihm mit Leib und Seele hin. Zum ersten Mal in ihrem Leben öffnete sie einem Mann ihr ganzes Herz, gab ihm einen Einblick in die Tiefe ihrer Seele. Keiner von ihnen war auf dieses überwältigende Erlebnis vorbereitet. Darauf hatten sie beide ihr Leben lang gewartet.

„Alles okay?", fragte Nicholas atemlos, während er noch immer in ihr war. Er brachte es noch nicht fertig fortzugehen. Besorgt musterte er sie. „Tue ich dir weh?"

Joan lächelte, schlang die Arme um seinen Nacken und zog ihn zu sich hinunter, um ihn lang und innig zu küssen. „Noch nie war jemand zärtlicher zu mir", hauchte sie heiser an seinen Lippen und begann sich unter ihm zu bewegen.

„Liebling, ich …" Nicholas stöhnte auf.

Sie lächelte, als sie seine erneute Erregung spürte.

„Joan?" Zärtlich streichelte sie seinen Rücken, küsste seine Brust, was ihn lauter zu stöhnen veranlasste. „Sag es oder …"

„Nimm mich noch einmal!", sagte sie begierig, nun da sie wusste, dass Raphael sie nicht für alle Männer verdorben hatte.

Diesmal übernahm Joan die Führung und bereitete ihm dieselben Wonnen, die sie zuvor durch seine Berührungen erfahren hatte. Sie steigerte seine Lust zu einer unglaublichen Gier, sodass er glaubte, verrückt zu werden, als sie erneut gemeinsam den Höhepunkt erreichten.

Erschöpft schlangen sie anschließend die Arme umeinander. Es war lange her, seit Joan zuletzt nackt in den Armen eines Mannes gelegen hatte. Und noch nie hatte sie es derart genossen! Sie war nie glücklicher gewesen. Keine bösen Erinnerungen, kein Raphael.

„Sag mal …", begann sie leise, während Nicholas eine ihrer Strähnen um seinen Finger wickelte, „… hast du etwas dagegen, wenn ich dich Nick nenne?"

Er lachte. „Liebling, du darfst mich nennen, wie du willst!" Liebevoll küsste er ihre Nasenspitze.

„Wusstest du, dass es hier geschehen würde?"

„Nein – aber ich habe es mir sehnlichst gewünscht. Es hat sich gelohnt, so lange zu warten", sagte er noch völlig fasziniert und presste seine Lippen auf die ihren. Keine seiner früheren Frauen hatte solch verzehrende Lust bei ihm ausgelöst. Sein Körper hatte seit Monaten nach Joan verlangt, aber aus Rücksicht auf ihre letzten Erfahrungen hatte er sich verboten, weiter zu gehen. Und gewiss, dies war ihm nicht leicht gefallen. Im Nachhinein, dachte Nicholas nun in ihren Armen, war es vielleicht gut, dass sie so lange gewartet hatten. Er hatte es sich wunderbar vorgestellt, mit Joan zu schlafen, doch das eben Erlebte hatte seine kühnsten Träume bei Weitem übertroffen.

„Es war wundervoll."

Er lächelte. „Du warst wundervoll."

„Schmeichler!" Sie lachte. „Was habe ich all die Jahre nur ohne dich gemacht?"

„Sag's mir", flüsterte er und verschränkte die Finger mit den ihren.

„Ich habe nicht gelebt." Sie lächelte schwach. „Ich war eine leere Hülle, die nach ihrer Seele gesucht hat. Heute Nacht habe ich sie eingefangen …"

Nicholas schloss die Augen, als er sie lang und mit all seiner Zärtlichkeit küsste, zu der er fähig war. „Ich liebe dich", flüsterte er.

„Ich liebe dich auch."

Nach ihrer Rückkehr besuchte Joan neben ihrer Arbeit im Café und den täglichen Seminaren Ben regelmäßig auf der Onkologie. Sie blieb jedes Mal einige Stunden, redete mit ihm über Alltägliches, doch von Zeit zu Zeit lenkte Ben ihr Gespräch auch auf tiefgründigere Themen, wie Krebs, den Tod oder das Alleinsein. Erstmals beschäftigte sich Joan gedanklich mit Bens ständiger Situation, seinen Gefühlen, die niemals ganz verschwanden, selbst wenn er minutenlang überschwänglich über eine Sache lachte.

Meist fand Nicholas Joan nach ebensolchen Gesprächen nachdenklich vor und wusste nicht, ob er sich für Ben über seine neue Freundin und Gesprächspartnerin freuen sollte oder ob er ein Zusammentreffen dieser zwei Menschen nicht länger gutheißen sollte. Es wäre ein Leichtes, Joan von einer Isolation Bens zu erzählen, um sie notfalls somit von ihm fernzuhalten, aber er wollte sie nicht belügen. Andererseits könnte er auch nicht mit ansehen, wie sie enttäuscht würde, wenn Ben es vielleicht doch nicht schaffte.

„Hey!", sagte Joan in seiner Bürotür stehend und lächelte.

Beim Klang ihrer Stimme hob Nicholas den Kopf von seinen Unterlagen und sah sie erfreut an. „Liebling, was für eine Überraschung! Komm rein und schließe die Tür", sagte er liebevoll, stand von seinem Schreibtischstuhl auf und zog sie sogleich in seine Arme. Zärtlich küssten sie sich.

„Hm, darauf habe ich den ganzen Tag gewartet." Sie grinste, setzte sich auf seinen Schreibtisch und überschlug ihre langen Beinen, die in kniehohen schwarzen Stiefeln steckten. Unweigerlich glitt Nicholas' Blick ihre Beine hinauf und verschwand unter ihrem kurzen Rock.

„Hey, schämst du dich nicht?", meinte sie in gespielter Entrüstung.

„Nein", erwiderte er lachend und nahm ihre Hände in die seinen. Dann sah er sie ernst an. „Wenn du nicht willst, dass ich hier über dich herfalle, dann solltest du lieber gehen."

„So, würdest du das tun, ja?" Sie beugte sich zu ihm und unterdrückte seine Antwort mit einem innigen Kuss, der sein Verlangen weckte. Hungrig wanderten seine Hände über ihren Rücken, hinab zu Joans Poansatz und drückten sie fester an seinen Körper. Er genoss Joans Lippen auf seinem Mund und das, was ihre Zunge tat, dennoch befreite er sich widerwillig aus ihren Armen.

„Du solltest wirklich gehen, Joan …", sagte er heiser und trat ans Fenster, in der Hoffnung, sein Verlangen nach ihr unter Kontrolle zu bringen. Wenn man ihre anfängliche Zurückhaltung, gar Schüchternheit bedachte, war es bemerkenswert, wie sehr sie sich gewandelt hatte.

Sie lächelte. „Kommst du heute Abend noch zu mir?"

Nicholas wandte sich zu ihr um. „Nur wenn du mir versprichst, etwas anderes anzuziehen."

„Ich glaube, dass lässt sich einrichten", sagte sie geheimnisvoll und schmiegte sich an Nicholas, der mit dem Rücken am Fenster lehnte. Zärtlich küsste sie ihn.

In diesem Augenblick platzte Dr. Chris Bacon nach einem angedeuteten kurzen Klopfen ins Büro. „Oh, ich störe wohl", sagte er grinsend.

„Tut mir leid", flüsterte Joan Nicholas zu und wandte sich zu dem Mann um, der in der Tür stand.

„Chris, komm rein", sagte Nicholas und trat mit Joan hinter seinem Schreibtisch hervor, um seinen Freund zu begrüßen. Wie Nicholas trug dieser einen weißen Kittel, hatte im Gegensatz zu ihm allerdings blonde, etwas längere Haare und eine natürliche Sonnenbräune, die, wie Nicholas ihr einmal erzählt hatte, von den vielen Stunden am Strand stammte. Chris joggte und surfte in seiner Freizeit sehr viel.

„Ich darf dir Dr. Chris Bacon vorstellen", sagte Nicholas, während seine linke Hand auf ihrem Rücken ruhte. „Chris, das ist Joan Farley."

„Es freut mich, Sie kennenzulernen. Ich habe schon einiges über Sie gehört." Joan streckte Chris die Hand entgegen, die er lächelnd nahm.

„Sehr angenehm. Mir scheint jedoch, dass ich weniger von Ihnen erfahren habe als Sie von mir." Er zwinkerte Nicholas zu. Anscheinend kostete er die Situation aus. „Sie sind also die Frau, für die Nick sein bisheriges Leben umgeordnet hat", meinte er dann, ohne dass Joan eine Spur von Angriff aus seiner Stimme heraushören konnte. Es schien lediglich eine Feststellung zu sein.

Joan sah mit einem Lächeln im Gesicht zu Nicholas. „Und mir sagte er, er habe sich nicht verändert."

„Oh, die Zeit, die er früher mit der Forschung verbracht hat, verbringt er nun mit Ihnen. Schade für die Forschungsabteilung, aber es wurde Zeit für sein privates Glück."

„Chris!", sagte Nicholas scharf und Joan lächelte. „Führt dich etwas Besonderes zu mir?"

„Ja, ich wollte deine Meinung zu einem meiner Patienten."

„Dann will ich nicht länger stören", sagte Joan und küsste Nicholas flüchtig. „Bis heute Abend." Und an Chris gewandt. „Es hat mich sehr gefreut, Chris."

„Mich auch, Joan."

Sie griff nach ihrer Handtasche und schlüpfte gleich darauf zur Tür hinaus.

Lächelnd wandte Chris sich an seinen Freund. „Du hast mir nicht gesagt, dass sie so hübsch ist …"

„Mit gutem Grund!"

Als Joan am Abend auf ihrem Bett inmitten von Büchern und Schreibblöcken saß, die sie für ihre Prüfungen durchlas, hörte sie, wie Nicholas zu ihrer Wohnungstür hereinkam.

„Hallo, Liebling." Er beugte sich zu ihr hinunter und küsste sie.

„Hey." Joan gähnte. „Wie spät ist es?"

„Neun Uhr."

Sie stöhnte laut und ließ sich rücklings aufs Bett fallen. Wie jeden Tag war sie früh aufgestanden, hatte ihre Seminare besucht und anschließend einige Stunden im *Theo's* bedient, ehe sie Ben und Nicholas im Krankenhaus besucht hatte. Und abends lernte sie für ihre bevorstehenden Prüfungen.

Nicholas musterte sie besorgt. „Liebling, du mutest dir zu viel zu. In den Nächten schläfst du meinetwegen kaum, und tagsüber rennst du zwischen der Uni und dem Café hin und her."

„Ich schaffe das schon", sagte sie leichthin.

„Und wie lange?"

„Es ist nicht mehr lange. In drei Wochen habe ich meine letzte Prüfung", sagte sie und zog ihn an der Hand zu sich ins Bett. Nicholas, der selbst einen langen Tag hinter sich hatte, fand nicht die Kraft, ihr entgegenzutreten, und streckte sich gemütlich neben ihr aus. Sogleich schmiegte Joan sich an ihn.

„Ich meine es ernst, Joan. Lass uns ein wenig kürzertreten. Ich möchte nicht, dass du krank wirst."

„Bevor ich auf deine Nähe verzichte, schmeiße ich eher das Studium hin …", flüsterte sie an seinem Ohr, knabberte dann mit den Zähnen daran. Währenddessen öffneten ihre geschickten Finger den Reißverschluss seiner Hose.

„Zählt mein Wunsch denn gar nicht mehr?!", stöhnte er unter der Berührung ihrer Hand auf, worauf Joan ihn grinsend küsste.

Später verließ Nicholas nackt das Bett und bereitete unter Joans Blick in der Küche einen Salat zu, den sie hungrig im Bett aßen.

„War es dir unangenehm, dass Dr. Bacon uns heute küssend erwischt hat?", fragte sie mit besorgter Miene

Er schüttelte den Kopf und schluckte den restlichen Salat hinunter. „Chris ist seit Jahren einer meiner besten Freunde", beruhigte er sie. „Ärgerlicher wäre es gewesen, wenn uns eine der Krankenschwestern gesehen hätte."

„Warum?"

„Weil mich dann keine mehr zum Essen einladen würde", flunkerte er.

„Du Schuft!", sagte sie und stieß ihm lachend in die Seite.

Hinter ihnen lag ein ausgesprochen warmer Winter und es zeigte sich, dass die Meteorologen recht behalten sollten: Im Juni stiegen die Temperaturen bis über 40 Grad. Die Feuerwehr war in höchster Alarmbereitschaft, da sie täglich mittlere Brände in der Umgebung von Los Angeles löschen mussten. Erst vor einer Woche hatten sie tagelang mit einem Waldbrand zu kämpfen gehabt, der schwer gewütet und zahlreiche Schäden verursacht hatte. Während die einen in den Wäldern gegen die Feuer ankämpften, sonnte sich jedermann, dem es irgendwie möglich war, an den zahlreichen Stränden entlang dem Pazifik. Das *Theo's* profitierte wie kein anderes Café von dem schönen Wetter. An den Tischen, drinnen wie draußen, war kein freier Platz mehr verfügbar und in den engen Gängen zwischen den Stühlen der einzelnen Tische drängelte sich eine lange Schlange von Kunden, die ihre Getränke mitnehmen wollten.

Um Verzeihung bittend bahnte Nicholas sich allmählich seinen Weg zur Theke, hinter der Theo sich sichtlich darum bemühte, seine Gäste nicht allzu lange warten zu lassen.

„Hallo, Theo!" Nicholas klopfte ihm freundschaftlich auf die Schulter. „Wo ist Joan?"

„In der Küche. Sag ihr, dass sie sich beeilen soll. Ich brauche die Getränke mehr als dringend."

„Okay", antwortete er und verschwand durch die Schwingtür in die Küche, wo Joan die schweren Getränkekästen aus dem Vorratsraum hievte.

„Warte, ich helfe dir."

Überrascht blickte Joan auf. „Hey, was machst du denn hier?"

„Ich wollte mit dir reden." Er nahm je einen Kasten mit den Händen und brachte sie gefolgt von Joan zu Theo.

„Es ist höllisch voll. Hat das nicht bis heute Abend Zeit?", fragte sie, während sie zurück in die Küche gingen.

„Leider nein", erwiderte er zögernd, da er nicht wusste, wie sie die kurzfristige Änderung ihrer Pläne aufnehmen würde. Es war das erste Mal seit vielen Monaten, dass er wieder an seine Stellung als Arzt dachte. Früher, ehe er Joan kannte, hatte er häufiger an solchen Verfahren teilgenommen. „Heute Abend bin ich schon in Washington."

Joan sah ihn verwundert an. „Washington? Was willst du denn da?"

„Ich habe die Möglichkeit, an einem neuen Operationsverfahren teilzunehmen. Nur eine Handvoll Chirurgen sind dabei und es ist beinahe eine Auszeichnung, dass ich einer von ihnen sein kann", sagte er begeistert. „Ich weiß, es ist sehr kurzfristig, aber es ist eine einmalige Chance für mich."

Dagegen konnte sie nichts einwenden. „Wie lange wirst du fort sein?"

„Zwei Tage."

Sie seufzte. „Eine Ewigkeit."

Nicholas zog sie in seine Arme. „Wir telefonieren jeden Tag miteinander."

„Das genügt mir aber nicht", sagte sie lächelnd. „Trotzdem lasse ich dich fahren, denn ich weiß, wie viel es dir bedeutet." Joan beugte sich zu ihm und küsste ihn zärtlich. Plötzlich hielt sie inne, da sich der Raum um sie zu drehen begann. Sie schwankte und fühlte, wie sie von zwei fremden Armen zu einem Stuhl gebracht wurde.

Als nach einem Moment der Schwindel verging und sie die Augen öffnete, stand Nicholas mit besorgter Miene vor ihr.

„Es geht schon wieder." Dankend nahm sie das Glas Wasser.

„Liebling, allmählich mache ich mir wirklich Sorgen um dich. Du solltest dich durchchecken lassen", sagte er eindringlich. „Das war schon das zweite Mal in dieser Woche." Das vierte Mal, dachte sie. Und einmal war sie sogar für einige Minuten bewusstlos gewesen.

„Das liegt an der Hitze", versuchte sie Nicholas und wohl auch sich selbst zu beruhigen. Mit einem Zug trank sie das Glas leer. „Mir geht's gut, Doc." Sie lächelte schwach.

„So siehst du aber nicht aus, Liebling." Nicholas hockte sich vor sie und nahm ihre Hände in die seinen. „Hey, ich meine es ernst. Ich möchte, dass du zu deiner Ärztin gehst."

„Das ist nicht nötig, Nick", wiedersprach sie ihm.

„Das sehe ich anders. Du schläfst in letzter Zeit zu wenig …"

„Das ist deine Schuld!"

Er sah sie streng an. „Du bist durch die Prüfungen und das *Theo* völlig überarbeitet, isst kaum mehr etwas, und dann diese Schwindelanfälle." Tatsächlich hatte sie in all dem Trubel ihr Marketingstudium mit Auszeichnung abgeschlossen. Er hatte sich mit ihr gefreut. „Bitte, Liebling, geh zu deiner Ärztin und lass dich untersuchen."

„Okay, okay. Ich lasse mir morgen einen Termin geben", willigte sie ein.

„Jo, wo bleibst du?", rief Theo durch die Schwingtür nach hinten. „Ich brauche dich hier."

Joan wollte gerade aufstehen, als Nicholas sie sanft auf den Stuhl drückte. „Du bleibst sitzen. Ich werde Theo so lange helfen."

Da war er schon durch die Schwingtür verschwunden. Joan, die für die kleine Pause dankbar war, schloss die Augen.

Zehn Minuten später löste Joan ihn wieder beim Kellnern ab. Ehe Nicholas das *Theo's* verließ, um einen Koffer in seiner Wohnung zusammenzupacken, zog er Joan zur Seite und sah sie eindringlich an.

„Versprich mir, dass du dich morgen untersuchen lässt."

Sie nickte. „Ich verspreche es. Rufst du mich heute Abend an?"

„Es könnte spät werden."

„Das macht nichts. Ich werde wach sein."
„In Ordnung." Er beugte sich zu ihr, küsste sie zärtlich. „Ich muss jetzt los, Liebling."
„Ich vermisse dich jetzt schon." Sie lächelte. „Wenn du zurück bist, hast du einiges gutzumachen. Ich werde völlig entwöhnt sein …", flüsterte sie.
„Es ist mir noch nie so schwergefallen fortzufahren. Aber ich werde mich mehr als je zuvor freuen, wieder heimzukommen, denn jetzt gibt es dich", sagte er dicht vor ihren Lippen leise. „Ich liebe dich."
„Ich liebe dich auch."
Nicholas küsste sie erneut, verabschiedete sich dann von Theo und verschwand in der Menge, die sich vor der Theke versammelt hatte.
Sein Anruf kam um zehn Uhr abends. Erst wenige Minuten zuvor hatte er eingecheckt und lehnte nun erschöpft mit dem Rücken am Kopfteil des Hotelbetts, während er Joan erzählte, dass die Operation am nächsten Morgen stattfinden und einige Stunden dauern würde. Er versprach, sie anschließend im Café anzurufen, in dem sie sehr zu Theos Bedauern nur noch bis Ende des Monats arbeiten würde. Joan hatte bereits mit Brian über eine Stelle in der Marketingabteilung von *Farley's* gesprochen, die seit einigen Monaten neu besetzt werden sollte. Und auch privat dachte sie seit einiger Zeit über eine Veränderung nach. Sie wollte die nächsten Tage nutzen, um darüber nachzudenken, und dann, wenn sie sich dazu entschlossen hatte, würde sie Nicholas nach seiner Rückkehr fragen, ob sie sich eine gemeinsame Wohnung suchen wollten. Noch am Tag von Nicholas' Abreise war sie fest von diesem Weg überzeugt … bis sie am darauf folgenden Tag einen Anruf von Dr. Smith erhielt, der ihr gesamtes Leben durcheinanderbringen sollte.
Stundenlang konnte Joan keinen klaren Gedanken fassen, dann rief sie Theo an und sagte ihm aus persönlichen Gründen ihre Hilfe im Café für die nächsten Tage ab. Sorgenvoll fragte er, was geschehen sei, Joan aber gab ihm keine Antwort. Anschließend sank sie in ihr Bett und durchdachte abermals jede Möglichkeit, die sich ihr bot, doch jedes Mal kam sie zu demselben Ergebnis: Es war zu früh. Sie kannten sich noch nicht lang genug.
Mit Tränen in den Augen lag Joan zwischen ihren Kissen im Bett und blickte auf ein und dieselbe Stelle an der Decke. Am Nachmittag ignorierte sie das Telefon, das hartnäckig klingelte, und zog am Abend den Stecker.
Es war Nicholas, der seit Stunden versuchte, sie aus Washington zu erreichen. Nachdem er ihren Anrufbeantworter bereits vollgesprochen haben musste und er ihren Anschluss am Abend nicht mehr erreichte, rief er im Café an und erfuhr von Theo, dass Joan sich einige Tage freigenommen hatte.

„Hat sie gesagt warum?“, fragte Nicholas verwirrt.
„Sie sprach von persönlichen Gründen, wollte mir aber nichts Genaueres sagen, als ich sie danach fragte. Ich hatte gehofft, du wüsstest, was mit ihr los ist“, sagte Theo nun enttäuscht, da Nicholas ebenso ratlos zu sein schien.
„Nein … Ich kann mir das auch nicht erklären.“
Nicholas’ Sorge wuchs und er entschloss sich, Brian und Rachel anzurufen, doch auch dort nahm niemand ab. Er versuchte es alle zehn Minuten erneut und lief ungeduldig in seinem Hotelzimmer auf und ab, bis er eine halbe Stunde später endlich Brian erreichte.
„Brian, hier ist Nicholas“, sagte er, erleichterter als in den Stunden zuvor, doch die Anspannung war noch nicht aus seinen Gliedern gewichen. „Ist irgendetwas mit Joan passiert?“
„Nein, warum?“, fragte Brian verwirrt.
„Weil ich seit Stunden versuche, sie zu erreichen, aber sie geht nicht ans Telefon, und im *Theo's* hat sie sich einige Tage freigenommen. Ich mache mir Sorgen, Brian. Bevor ich nach Washington aufbrach, war ihr schwindlig und ich habe ihr das Versprechen abgenommen, zum Arzt zu gehen. Vielleicht ist es ernster, als ich angenommen habe … vielleicht … ich weiß nicht, Brian, ich habe kein gutes Gefühl.“ Nicholas sank erschöpft auf das Doppelbett und fuhr sich mit der Hand durch die Haare. „Kannst du mir einen Gefallen tun? Kannst du zu ihrer Wohnung fahren und nachschauen, ob sie dort ist?“
„Ich werde vorher bei ihr anrufen. Vielleicht möchte sie nicht …“ Er ließ den Gedanken unausgesprochen, aber er hielt es durchaus für möglich, dass Joan mit Nicholas nicht sprechen wollte. Was auch immer zwischen den beiden vorgefallen sein mochte, dies sollten sie untereinander klären.
Unruhig wartete Nicholas in seinem Hotelzimmer auf Brians Rückruf. Als eine Viertelstunde später das Telefon klingelte, nahm er sofort ab.
„Brian, bist du in ihrer Wohnung?“
„Ja, aber Joan ist nicht da“, erwiderte Brian, während er durch ihre Wohnung lief. Auf dem Küchentisch stand benutztes Geschirr und ihr Bett war unordentlich, als wäre es eben erst verlassen worden. Da fiel ihm der weit geöffnete Kleiderschrank auf. Brian trat näher und spähte hinein. „Sie hat gepackt“, sagte er mit gepresster Stimme.
Ruckartig blieb Nicholas stehen. „Verdammt!“
„Was ist zwischen euch vorgefallen, Nick?“, fragte Brian wütend, da es für diesen plötzlichen Aufbruch seiner Schwester einen Grund geben musste.
„Woher weißt du, dass sie gepackt hat?“, ignorierte Nicholas Brians Frage.

„Ihr Koffer und einige Kleidungsstücke sind fort", erklärte er. „Nick, was hat das zu bedeuten? Warum packt sie einen Koffer und verschwindet aus ihrer eigenen Wohnung?"

„Ich habe keine Ahnung, Brian. Zwischen uns war alles in Ordnung, als ich abflog."

„Das scheint mir aber nicht so."

Nicholas seufzte. Mit Brian konnte er sich später noch auseinandersetzen. Nun mussten sie erst einmal Joan finden. „Hat sie einen Brief hinterlassen?"

Brian schaute sich in der Wohnung seiner Schwester um, fand jedoch weder in der Küche noch im Wohn- und Schlafzimmer einen Zettel von Joan.

„Nein, nichts."

„Was ist mit ihrem Anrufbeantworter?"

Sofort ging Brian zu der Kommode hinüber, auf dem das Telefon stand und sagte: „Zwölf Nachrichten."

„Die meisten davon werden von mir sein. Spiel nur die ersten ab."

„Nicholas?"

„Was ist?"

„Ich habe einen Zettel von Joan gefunden …"

„Lies ihn vor!", drängte Nicholas ihn.

„Hier steht nur: *Ich muss eine Entscheidung treffen. Gib mir etwas Zeit. Joan.* Welche Entscheidung muss sie denn treffen?"

„Ich weiß nicht", log Nicholas, der einen Verdacht hegte. „Spiel jetzt die Nachrichten ab. Möglicherweise helfen sie uns weiter."

Brian hielt sein Handy näher an den Lautsprecher, damit Nicholas mithören konnte, was das Band hergab. Der erste Anruf war von Theo, nachdem Joan nicht zu ihrem Dienst gekommen war. Daraufhin musste sie ihn zurückgerufen haben, dachte Nicholas, als die zweite Ansage begann.

Joan, hier ist Dr. Smith. Bitte nimm den Hörer ab. Joan, ich mache mir Sorgen um dich. Du hättest nicht auflegen sollen. Bitte nimm ab. Gut, dann spreche ich so mit dir. Ich möchte, dass du nichts Unüberlegtes tust und in aller Ruhe eine Entscheidung fällst, denn im Gegensatz zu damals betrifft es dich diesmal nicht allein. Du bist nicht allein, ich hoffe, das weißt du. Wenn du möchtest, können wir in aller Ruhe miteinander sprechen. Ein Seufzen war zu hören. *In Ordnung, ich lasse dich in Frieden, aber versprich mir, dass du mit deinem Freund darüber redest. Vielleicht ist es ganz anders, als du denkst. Bitte ruf mich zurück.*

„Was, meinst du, bedeutet das?", fragte Brian seinen Freund, nachdem die Ansage beendet war und nun Nicholas' Stimme ertönte.

Keine Antwort.

„Nick?“

„Ich denke, sie ist schwanger …“, sagte Nicholas beunruhigt, denn anscheinend hatte sie die Nachricht unerwartet schlecht aufgenommen. „Joan hatte einige Schwindelanfälle und klagte seit Wochen über Müdigkeit. Sie schob es auf den Stress und die Hitze, die ihr sehr zu schaffen machte, aber der Anruf ihrer Ärztin und der Brief bestätigen mich in meiner Vermutung.“

„Angenommen, du hast recht, warum ist sie dann weggegangen?“

„Ich weiß es nicht, Brian. Vielleicht weil sie sich unsicher ist, wie meine Reaktion ausfällt, oder Joan will mich gar nicht anhören und …“ Oh nein, sie würde doch nicht …! „Ich komme sofort nach L. A. zurück“, sagte Nicholas bestürzt und hängte ein.

Noch in derselben Nacht nahm Nicholas einen Flug nach Los Angeles. Hoch in der Luft kreisten seine Gedanken um Joans Schwangerschaft, von der er inzwischen fest überzeugt war. Verzweifelt gab er sich die Schuld an ihrer Flucht. Ich allein habe sie in diese Lage gebracht, dachte er immer wieder, da ihm bewusst wurde, dass Joan ihn nicht zu einer Entscheidung hatte drängen wollen, die er ihrer Ansicht nach vielleicht später bereuen würde. Sie ließ ihm die Freiheit, die er all die Jahre zuvor genossen hatte. Aber er hatte sich in der Beziehung zu Joan verändert. Zum ersten Mal in seinem Leben zog er ernsthaft die Ehe und eine eigene Familie in Betracht. Seine Familie … Joan und das Baby … Bitte, Herr, lass mich nicht zu spät zu ihr kommen, betete er zu Gott.

Schließlich landete Nicholas voller Sorge in Los Angeles. Kaum war die Maschine ausgerollt, löste er seinen Sicherheitsgurt und eilte den Mittelgang hinunter. So schnell wie nur irgend möglich passierte er die Kontrollen, stürzte mit seinem Koffer in der Hand zu einem der bereitstehenden Taxis und ließ sich auf dem schnellsten Weg nach Venice fahren.

„Brian, hast du herausgefunden, wo sie ist?“, fragte Nicholas in Joans Wohnungstür stehend und stellte seinen Koffer am Eingang ab.

„Nein“, erwiderte Brian enttäuscht. Inzwischen machte er sich ebensolche Sorgen um Joan wie Nicholas. Während der letzten Stunden hatten er und Rachel jeden von Joans Freunden angerufen, aber niemand hatte sie gesehen oder etwas von ihr gehört, wie er Nicholas nun erklärte. „Ich bin am Ende. Ich weiß nicht mehr, wen wir fragen können.“

„Was ist mit euren Eltern? Vielleicht will sie nach New York.“

„Fehlanzeige“, sagte Rachel von der Küche aus. „Ich habe bei allen Fluggesellschaften angerufen, Joan hat keinen Flug gebucht.“

Brian schüttelte den Kopf. „Sie ist also noch in der Stadt."

„Hat sie nichts zu dir gesagt?", fragte Nicholas Rachel verwundert. „Du bist ihre engste Vertraute." Zumindest aus weiblicher Sicht.

„Eben das ist typisch für sie, Nicholas. Joan entzieht sich bei Problemen ihren engsten Vertrauten und ihrer Familie. Sie hat den Hang, manche Dinge allein zu klären."

„Denkst du, sie will …"

Rachel sah unsicher zwischen den beiden Männern hin und her. „Ehrlich gesagt, ich weiß es nicht." Sie zögerte, wählte ihre Worte an Nicholas sorgfältig. „Sie liebt dich aus tiefsten Herzen, Nick, und vermutlich würde sie mit dir ans andere Ende der Welt gehen, wenn du sie darum bittest. Aber ein Baby ist etwas anderes – vor allem so kurz nach der Totgeburt. Ich denke, sie hat fürchterliche Angst."

Nicholas nickte zustimmend. Denselben Gedanken hegte er auch. „Wir sollten sie baldmöglichst finden."

„Wir haben bereits alle angerufen, die wir kennen", sagte Brian niedergeschlagen.

„Versucht es mit Hotels, nein, besser in kleinen Pensionen. Ich fahre inzwischen einige Stellen ab, an denen Joan sein könnte", erklärte Nicholas, griff nach seinem Autoschlüssel und eilte aus der Wohnung.

In der darauf folgenden Stunde fuhr Nicholas durch die Straßen von L. A. und suchte die Orte auf, an denen Joan und er gewesen waren, wenn sie hatten allein sein wollen. Sein vierter Versuch galt dem Topanga State Park, in dem sie häufig bis zum Sonnenuntergang geblieben waren, doch als er dort ankam, fehlte von Joan jede Spur. Betrübt lief er zu seinem Auto zurück, startete den Motor und fuhr die Straße entlang, die er Minuten zuvor gekommen war. Während Nicholas intensiv darüber nachdachte, wo er Joan noch suchen konnte, wurde es bereits dunkel. Als er den Pacific Coast Highway hinunterfuhr, warf er einen kurzen Blick aus dem Seitenfenster auf den Pazifik. Da schoss es wie ein Blitz aus heiterem Himmel durch seinen Kopf. Die kleine, ruhige Bucht in Malibu! Es war lange her, dass Joan und er dort gewesen waren, doch er würde diesen wunderschönen Tag niemals vergessen. Damals war er sicher gewesen, dass er die Bucht ohne Joans Führung niemals gefunden hätte, so versteckt lag sie. Was hatte sie noch zu ihm gesagt? *„Ich komme immer her, wenn ich wichtige Entscheidungen treffen muss. Es ist mein Lieblingsort, seit ich in Los Angeles bin. Hier ist es so ruhig … hier habe ich das Gefühl, allein auf der Welt zu sein."*

Bei der nächsten Möglichkeit wendete Nicholas und fuhr den Pacific Coast

Highway Richtung Malibu. Er war sich nicht sicher, ob er die Bucht wiederfinden würde, doch je näher er diesem Ort kam, desto sicherer wurde er sich, dass er Joan dort finden würde.

Auf einem Parkplatz ganz in der Nähe der Bucht stellte Nicholas sein Auto ab und lief das letzte Stück, bis er den begrünten Felsvorsprung erreichte, an den er sich erinnern konnte. Er kletterte über den spärlichen, alten Zaun und zwängte sich zwischen Bäumen und Sträuchern hindurch, die, wenn man es wusste, einen schmalen Weg freiließen. Im Halbdunkeln ging Nicholas den steilen Sand- und Steinweg hinunter, bis er nach etwa zehn Minuten auf einem Felsen am Rande einer kleinen Bucht stand. Zu seinen Füßen war ein weicher, aber nicht so feiner Sandstrand wie der des Santa Monica State Beach. Fünf Meter weiter berührten die Wellen sanft den Strand und brachen sich zu beiden Seiten der Bucht an den Felsvorsprüngen, die ins Meer ragten.

Nicholas ließ seinen Blick den Strand entlanggleiten, aber er konnte niemanden erkennen. Gerade wollte sich Enttäuschung in seinem Gesicht ausbreiten, als er eine dunkle Gestalt auf den Felsen am äußersten Rand der Bucht wahrnahm. Sie saß im Schein des Mondes.

Joan bemerkte nicht, wie Nicholas eilig über den Strand gelaufen kam. Erst als er nur noch wenige Meter von ihr entfernt war, spürte sie, dass sie nicht mehr allein war, und wandte den Kopf um. Überrascht sah sie Nicholas auf sich zukommen und blickte erneut aufs Meer hinaus. Einen Augenblick später spürte sie ihn an ihrer Seite.

„Ich hatte nicht geglaubt, dass du mich hier finden würdest", sagte sie leise, ohne ihn anzusehen, dennoch bemerkte Nicholas im Licht des Mondes, dass sie geweint hatte.

„Du hast mir deinen Lieblingsplatz einmal gezeigt, erinnerst du dich?", fragte er sanft, als er an den wunderschönen Sonnenuntergang zurückdachte, den sie von hier aus beobachtet hatten. „Darf ich mich zu dir setzen?" Wortlos nickte sie. „Ich habe mir Sorgen um dich gemacht …", begann er vorsichtig und wollte nach ihrer Hand greifen, um ihr näher zu sein, hielt sich jedoch im letzten Moment zurück. „Jo, warum bist du weggegangen, ohne vorher mit mir zu sprechen?"

„Ich habe es dir geschrieben. Ich muss mir über einige Dinge klar werden … allein … bitte versteh das."

„Verrätst du mir, worüber du hier nachdenken willst?"

Sie schüttelte kaum merklich den Kopf. „Ich kann nicht …"

„Liebling, bitte sieh mich an", sagte er leise und ergriff schließlich doch ihre Hand. Er spürte, wie sie am ganzen Leib zitterte.

„Bitte dräng mich nicht …"

Nicholas umfasste mit Zeigefinger und Daumen ihr Kinn und wandte sachte ihren Kopf in seine Richtung, sodass er ihr direkt in die Augen sehen konnte. Ein Blick genügte und er bemerkte ihre Unsicherheit, was ihn anging. Anscheinend hatte sie nicht mit ihm gerechnet. Das beängstigende Gefühl, dass sie sich einfach aus seinem Leben hatte stehlen wollen, überfiel ihn und er hatte Mühe, seine Gefühle für sie nicht zu offensichtlich zu zeigen. Nicholas wusste, er konnte ihr Herz ganz gewinnen oder sie aber für immer verlieren.

„Bist du schwanger?", fragte er sanft.

Unwillkürlich zuckte Joan bei seinen Worten zusammen und entzog ihm ihre Hand. Sie wich seinem fragenden Blick aus, aber Nicholas drehte ihren Kopf abermals zu sich, damit sie ihn ansah. „Liebling, sag es mir, bitte …", bat er sie einfühlsam.

Einen Augenblick lang sahen sie sich in die Augen und Joan glaubte, sich in den seinen zu verlieren, als sie nickte. „Ich weiß nicht, wie das passieren konnte. Wahrscheinlich wirkt die Pille nach der langen Pause noch nicht. Es tut mir leid …" Tränen traten in ihre Augen, die sie sogleich mit dem Handrücken wegwischte.

„Liebling, du musst dich doch nicht entschuldigen …"

„Es tut mir leid, Nick", unterbrach sie ihn. „Ich mache alles kaputt. Ich weiß, es ist noch viel zu früh für uns", sagte sie unter Tränen.

„Aber es existiert …", sagte er von ihr ungeachtet mit einem Lächeln im Gesicht, „… und wir sollten darüber sprechen."

„Es betrifft dich nicht", erklärte sie entschlossen und Nicholas glaubte, von einer eisigen Hand geohrfeigt zu werden. „Ich entbinde dich aller Verpflichtungen, was das Baby betrifft. Du wirst nichts mehr von mir hören …" Sie stand auf und wollte davonlaufen, aber Nicholas hielt sie augenblicklich am Arm fest und drehte sie gegen ihren Willen zu sich um.

„Was meinst du damit?"

„Nicholas …"

„Ich soll einfach so verschwinden?" Ungläubig schüttelte er den Kopf. „Das ist nicht dein Ernst." Doch der Ausdruck in ihren Augen sagte ihm etwas anderes.

„Bitte, Nicholas, du musst dich nicht verpflichtet fühlen. Ich komme allein zurecht. Ich werde allein entscheiden, wie es weitergeht. Lass mich gehen, bitte …", sagte sie und versuchte, ihre Hand aus den seinen zu befreien.

„Ich will meine *Pflicht* aber erfüllen, verdammt!", sagte Nicholas lauter, als er gewollt hatte, doch allmählich bekam er es mit der Angst zu tun, dass sie ihr Vorhaben in die Tat umsetzen würde. „Jo, ich liebe dich mehr als mein eigenes Leben …“, meinte er eindringlich, ließ ihren Arm los und legte seine Hände auf ihre Wangen, „… und ich weiß, dass du mich ebenso sehr liebst. Ich fühle es, ich sehe es in deinen Augen. Ich bitte dich, tu uns das nicht an!“

„Das Baby ändert alles zwischen uns …“

„Nein, das tut es nicht“, flüsterte er. „Nicht, wenn du es nicht zulässt.“

„Nick, es ist zu früh. Wir kennen uns kaum.“

Als Nicholas seine Stirn gegen die ihre stützte, schloss sie die tränenüberströmten Augen.

„Liebling, ich tue alles, was du willst. Ich liebe dich wie keine andere Frau zuvor, und daran wird sich niemals etwas ändern. Du kannst über dein Leben entscheiden, und wenn du willst, dass ich nicht mehr dazugehöre, dann werde ich gehen. Aber eines muss ich wissen …“ Er nahm seinen Kopf zurück und blickte in ihre verweinten Augen. „Willst du es bekommen?“, fragte er eindringlich, da er erfahren wollte, was ihr Wunsch war. Er würde sie nicht drängen, er wusste schließlich, wie sehr sie noch immer unter der Totgeburt litt, aber er konnte sich nichts Schöneres als ein Baby von ihr vorstellen.

Sie zögerte, wich seinem durchdringenden Blick aus.

„Liebling, ich werde erst gehen, wenn du mir meine Frage beantwortet hast. Willst du unser Baby zur Welt bringen?“, fragte er noch einmal.

Joan war hin- und hergerissen zwischen ihren Gefühlen für ihn. Sie hatte tatsächlich nicht mit Nicholas gerechnet. Sie hatte ihn in die Planung über ihre Zukunft und die des Babys nicht mit einbeziehen wollen, wohl wissend, wie seine Reaktion aussehen würde. Sie hatte nicht gewollt, dass er aus Pflichtgefühl bei ihr blieb. Aber nun zweifelte sie an ihrer Meinung über ihn, schließlich hatte er sich Sorgen um sie gemacht und sie stundenlang in L. A. gesucht. Vielleicht hatte sie sich doch geirrt und er entschied sich dennoch aus Liebe für ein Leben mit ihr.

Prüfend blickte Nicholas in ihre Augen, da er nicht sicher war, welche Antwort sie vor ihm verbarg. „Liebling, komme ich zu spät?“, fragte er von Angst gelähmt. „Hast du es …“ Er stockte, brachte die Worte nicht über die Lippen.

„Oh Gott, nein! Ich könnte unser Baby niemals töten“, beeilte sie sich unter Tränen zu sagen. „Ich werde es bekommen, Nick, aber ich verstehe, wenn du nicht bei uns bleiben willst. Wir kennen uns noch nicht lange …“

Nicholas legte seinen Zeigefinger auf ihre Lippen, was sie augenblicklich zum Schweigen brachte. „Liebling, ich wünsche mir nichts sehnlicher als ein Baby von dir“, sagte er sanft und lächelte. „Ich liebe dich so sehr. Ich liebe *euch* beide so sehr. Ich lasse euch niemals allein, das verspreche ich dir.“ Er zog sie in seine Arme und küsste sie voller Hingabe.

Sie lächelte. „Wirklich? Bist du sicher, dass du das willst?“, fragte sie ungläubig.

„Ich war mir nie zuvor bei einer Sache so sicher“, sagte er liebevoll und küsste sie abermals, diesmal leidenschaftlicher. „Liebling … willst du meine Frau werden?“

Joan schlug die Hand vor ihren Mund. „Oh mein Gott! Ist das dein Ernst?“

„Du bist jedenfalls die erste Frau, der ich diese Frage stelle“, sagte er lächelnd. Und als sie nicht antwortete: „Also, was sagst du?“

„Ja! Ich will dich heiraten!“ Sie lachte glücklich auf und warf sich in seine Arme.

7. Kapitel

Unter Ausschluss der Presse heirateten Joan und Nicholas am 26. Juli im engsten Familien- und Freundeskreis. Matthew führte seine Tochter, die ein enges weißes Seidenkleid mit langer Schleppe trug, zum Traualtar, wo er ihr zärtlich auf die Wange küsste und sie dem Mann anvertraute, den er inzwischen wie einen zweiten Sohn mochte.

Noch während der anschließenden glanzvollen Feier, bei der sich über 100 Gäste amüsierten, stahlen Joan und Nicholas sich davon, um zu ihrer zweiwöchigen Hochzeitsreise auf Hawaii aufzubrechen. Mit einer weißen Limousine wurden sie vom Flughafen abgeholt und zu ihrem Hotel gefahren, wo sie die Flitterwochensuite bezogen. Nicholas bezahlte den Pagen und trat zu seiner Frau auf den großen Balkon hinaus, der einen wunderschönen Blick auf das Meer und den Strand bot.

Joan lächelte, als er ihre nackte Schulter küsste, sich dicht hinter sie schmiegte und seine Hände auf ihren Bauch legte.

„Fühlst du dich gut, *Mrs. Blake*?"

„In deiner Nähe immer." Sie wandte sich in seinen Armen um und küsste ihn leidenschaftlich. „Ich liebe dich."

Er lächelte. „Und ich liebe dich."

Langsam führte Nicholas sie hinein in den geräumigen Wohnraum, zog sie schwungvoll in seine Arme, um sie erneut zu küssen. Auf dem Weg zum Schlafzimmer bedeckte er ihr Gesicht wieder und wieder mit zärtlichen Küssen, bis er sie schließlich ins Bett hob, das zwei Wochen lang ihnen gehören würde …

Als sie zurück nach Los Angeles kamen, besuchten sie Rachel und Brian in deren Villa in Newport Beach, in die beide erst vor wenigen Wochen gezogen waren. Einzig für Joan war die Party zu ihrem 24. Geburtstag, den sie mit Nicholas allein auf Hawaii gefeiert hatte, eine Überraschung.

„Es ist mir unheimlich schwergefallen, die Party vor dir geheim zu halten, aber Rachel wollte, dass es eine Überraschung wird", erklärte Nicholas ihr mit leidvoller Miene im Garten der Villa.

„Das glaube ich dir sogar", antwortete sie lächelnd und ergriff seine Hand, während sie durch den Garten liefen.

„Was hältst du eigentlich von der Villa?"

„Oh, sie ist wirklich sehr schön, aber als ich vorhin die Gästetoilette gesucht habe, war ich fest davon überzeugt, dass ich mich verlaufen würde. Es ist so schrecklich viel Platz, und dann die unzähligen Gästezimmer." Verwundert sah sie Nicholas an, der plötzlich stehen geblieben war. „Schatz, habe ich etwas Falsches gesagt?"

„Nein …"

„Hey, was hast du?"

Er hielt ihr den ausgestreckten Arm entgegen. Joan nahm seine Hand und ließ sich von ihm an seinen Körper ziehen. „Würdest du gern in solch einer Villa leben wollen?"

Sie lächelte. „Das fragst du mich noch?"

„Liebling, ich werde dir nicht so eine imposante Villa kaufen können, wie Brian es getan hat …", sagte Nicholas und hielt sie umschlungen.

„Ich wollte nie in einem Palast wohnen, nicht einmal als kleines Mädchen", beichtete sie ihm leise, wobei sie sich ein Lächeln verkneifen musste. „Schatz, ich möchte keine Villa von dir. Was ich will, bist du." Sie beugte sich zu ihm und küsste ihn zärtlich. „Es stört mich nicht, wenn wir nur eine kleine Wohnung haben werden, Hauptsache du bist bei mir."

Er schmunzelte. „Ich habe nie gesagt, dass wir nicht in einem Haus leben werden. Ich sagte, eine *so imposante Villa* kann ich mir nicht leisten."

Joan hob die Brauen. „Was meinst du damit, Nick?"

„Ich habe mit Colin einen Termin für Samstag vereinbart. Ich möchte dir gern ein Haus zeigen, das ich kaufen werde, wenn es dir ebenso gefällt wie mir."

Der Mund blieb ihr offen stehen. „Du bist ja verrückt!", sagte sie nach einem Moment.

„Nur verrückt nach dir, Liebling." Überschwänglich küsste er sie.

Das Haus befand sich in Malibu, nur etwa eine Viertelstunde vom Pacific Coast Highway 1 entfernt. Über die einspurige Straße gelangten die Besitzer der sechs mittelgroßen Villen zu ihren hauseigenen kleinen Auffahrten, die zumeist zwei Parknischen besaßen. Das Grundstück selbst war zu beiden Seiten mit hohen Bäumen dicht bewachsen; es lag so ruhig, dass man von den Nachbarn weit und breit nichts sah und hörte. Diese Tatsache gefiel nicht nur Nicholas auf Anhieb. Joan mochte den Trubel der Großstadt, sie wollte sich jedoch auch zurückziehen können, wenn ihr danach war.

Nicholas führte sie weiter in den schön bepflanzten Garten, in dem ein 15 Meter langer Pool eingelassen war. Gleich daneben stand ein fester Holzpavillon mit einem Holztisch, Bänken und einem Steingrill.

Wortlos gingen sie Hand in Hand bis zu dem Holzzaun, der mit einem halben Meter Höhe das Grundstück vom Strand trennte und ungewollte Gäste abschirmte. Zwei kleine Steinstufen führten direkt in den Sandstrand und hinunter zum Meer.

„Wie findest du es?“, fragte Nicholas, der hinter ihr stand, die Arme um sie gelegt und sein Gesicht an ihres gedrückt hatte.

„Es ist wunderbar! Dieser Ausblick …“

„Schließ die Augen“, sagte er liebevoll und beobachtete, wie sie die Augen schloss. „Riechst du das Meer?“

Joan atmete tief ein. „Hm, ich liebe diesen Geruch.“

Nach einigen Minuten liefen sie lächelnd durch den Garten zurück ins geräumige, helle Wohnzimmer, in dessen Ecke sich ein eingemauerter Kamin befand, der sie in den kühleren Winternächten wärmen könnte. Nicholas, der sich bereits ausführlichere Gedanken gemacht hatte, schlug vor, die Wand, die Wohnzimmer und Küche voneinander trennte, herausreißen zu lassen, um somit eine offene, viel hellere Küche zu bekommen. Anstelle der Wand würde eine große Arbeitsfläche entstehen, die nach seinen Vorstellungen auf der Wohnzimmerseite als Bar mit vier Hockern dienen sollte.

Neben diesen beiden Räumen gab es noch ein Gästezimmer, das neben dem Wohnzimmer lag und ebenfalls einen herrlichen Blick in den Garten bot, sowie ein Gästebadezimmer. Begeistert von Nicholas' Vorschlägen, folgte Joan ihrem Mann die Holztreppe im Eingangsbereich hinauf in den oberen Stock und stand sogleich in einem großen Schlafzimmer. Die Sonne drang durch die hohen Fenster und erhellte das Zimmer auf freundliche Weise.

„Wenn wir hier unser Bett aufstellen, werden wir jeden Morgen von der Sonne geweckt“, erklärte Nicholas ihr und küsste ihre Wange, ehe er die Balkontür öffnete und hinaustrat. „Es ist kaum vorstellbar, dass wir uns nur zehn Meilen von L. A. entfernt befinden.“

Joan trat zu ihm auf den etwa drei Meter breiten Balkon und staunte abermals über den schönen Ausblick. „Das Haus und die Aussicht sind einfach wundervoll. Wo ist der Haken?“, fragte sie lächelnd und nahm seine Hand.

„Es gibt keinen. Das alles könnte bald uns gehören. Du musst nur ja sagen.“

Sie zögerte. „Wie viel würde es kosten?“

„Es liegt im Rahmen des Möglichen.“

„Nick …“

„Liebling, lass uns jetzt nicht von Geld reden“, sagte er sanft. „Komm, du hast noch nicht alles gesehen.“ Er nahm sie bei der Hand und trat mit ihr zurück ins Schlafzimmer, von dem zwei weitere Zimmer abgingen. Zum einen das Badezimmer, das neben der Eckbadewanne und der Dusche noch viel Platz bot, zum anderen ein schmaler, langer Raum, der für das Baby vorgesehen war. Mit der Einrichtung des Kinderzimmers wollten sie sich jedoch Zeit lassen, bis sie wussten, ob es ein Mädchen oder ein Junge werden würde.

Im August steckte Joan mitten im Umzug. Mit dem Einpacken der Kartons in Nicholas' und ihrer eigenen Wohnung war sie von früh bis abends beschäftigt. In jeder dienstfreien Minute half Nicholas ihr bei der Zusammenlegung ihrer Wohnungen, machte nach seinem Feierabend einen Abstecher in ihre oder seine Wohnung und fuhr einzelne Kartons in ihr Haus nach Malibu. Dann saßen sie bei einem Abendessen vom Chinesen oder einer Pizza auf dem Boden in ihrem neuen Wohnzimmer, sahen sich Möbelkataloge an und besprachen die nächsten Arbeiten. Sobald Nicholas erst später zu seinem Dienst antreten musste, zogen sie von einem Geschäft zum nächsten, um die Einrichtung, aber auch die alltäglichen Kleinigkeiten zu kaufen.

Nach einer Doppelschicht schloss Nicholas erledigt die Tür seines neuen Heimes auf und stellte die mitgebrachte Bücherkiste im Eingang ab. Da hörte er laute Musik, die aus der offenen Küche kam. Die Handwerker hatten hervorragende Arbeit geleistet – innerhalb eines Tages war die störende Wand zwischen Küche und Wohnzimmer eingerissen worden. Als er seine Frau in der Küche erblickte, erhellte sich sein Gesicht, verschwunden waren die Krankenhaussorgen. Joan trug eine blaue Latzhose, die aus seinem Kleiderschrank stammte, und saß hoch oben auf der Leiter, um die Kante zwischen Wand und Decke vorsichtiger mit der gelben Farbe zu streichen. Die Wand, durch die man hinauf auf ihre Einfahrt schauen konnte, hatte sie bereits fertig gestrichen. Ein Sonnengelb lächelte Nicholas an.

„Ich habe euch vermisst“, sagte Nicholas etwas lauter, um die Musik zu übertönen. Erst da bemerkte Joan ihn und wandte sich auf der Leiter sitzend zu ihm um.

„Hallo, Liebling“, erwiderte sie erfreut und kletterte lächelnd von der Leiter. Unten angekommen, stellte sie die Musik leiser, ehe sie zu ihm trat und ihn zur Begrüßung flüchtig auf den Mund küsste.

Nicholas lächelte über ihren Anblick. „Gut siehst du aus.“

„Ich hatte nichts Passendes im Kleiderschrank. Ich hoffe, es ist okay, dass ich deine Hose genommen habe.“

„Sie steht dir eindeutig besser als mir.“ Er zog sie in seine Arme und küsste sie lang und zärtlich. „Hm, das habe ich gebraucht.“

„Was? Dein Weib an dich zu reißen und sie bis zur Atemlosigkeit zu küssen?“

Joan lächelte verführerisch und fuhr mit der Hand über seine kratzige Wange. „Wie war dein Dienst? *Du* siehst müde aus."

„Lang. Sehr lang", tat er den müden Ausdruck seiner Augen ab.

„Dann solltest du dich hinlegen und versuchen zu schlafen."

Er legte seine Hand auf ihren im dritten Monat leicht gewölbten Bauch. „Und meine schwangere Frau die ganze Arbeit allein machen lassen", sagte er schuldbewusst, da er in der letzten Woche wenig Zeit für sie und das Haus gehabt hatte. Er seufzte schwer. „Ich wünschte, ich könnte dir mehr helfen, als ich bisher getan habe."

„Du tust, so viel du eben kannst. Aber sollte ich je herausfinden, dass du dich im Krankenhaus vor deiner Verantwortung hier fortstiehlst, dann gnade dir Gott." Sie lachte in seinen Armen. „Auch wenn es nicht immer so aussieht, die Arbeit macht mir Spaß."

„Wirklich?" Er musterte sie. „Ich könnte jemanden engagieren …"

„Damit es das Haus eines anderen wird?" Sie schüttelte den Kopf. „Nein. Ich möchte, dass wir uns hier wohlfühlen, dass es *unser* Haus ist."

„Und ich möchte nicht, dass du dich überanstrengst."

„Uns geht es gut." Sie verzog den Mund. „Abgesehen von der morgendlichen Übelkeit und dem riesigen Appetit. Liebling …", sanft berührte sie seine Wange mit der Hand, „mach dir nicht so viele Sorgen."

Aber genau die machte Nicholas sich von morgens bis abends. Er war bei der ersten Ultraschalluntersuchung dabei gewesen und hörte noch immer die Worte von Dr. Smith.

„Die Schwangerschaft kam nicht nur für dich plötzlich, Joan, sondern auch für deinen Körper. Die schwere Frühgeburt ist gerade acht Monate her, und nicht nur dabei hast du viel Blut verloren." Sie hatte erst ihre Patientin, dann Nicholas angesehen, ehe sie fortgefahren war. *„Dein Körper ist geschwächt, Joan. Das solltest du akzeptieren und darum vorsichtig sein, um keine Fehlgeburt zu riskieren."*

Seither war die Sorge um Joan und ihr ungeborenes Baby sein ständiger Begleiter. Er ließ sie nur äußerst ungern allein zu Hause, da er wusste, dass sie vor keinen schweren Arbeiten zurückschreckte. Sie wollte ihr neues Heim einrichten, das Chaos aus Kisten beseitigen und wartete nicht, bis er wieder heimkam, um ihr beim Aufbauen der Möbel zu helfen.

„Du hast dir eine Pause verdient, Schatz. Setz dich dort drüben auf den Stuhl und ruhe dich eine Weile aus." Liebevoll küsste er ihre Stirn. Joan, die wusste, dass er diesmal keinen Widerspruch dulden würde und sie nicht mit ihm streiten wollte, so müde wie er war, kam seiner Bitte nach und setzte sich auf den einzigen Stuhl im Raum.

Später am Abend, nachdem Nicholas die restliche Wand gelb gestrichen hatte, duschten sie gemeinsam in dem bereits fertig eingerichteten Badezimmer und liebten sich voller Lust unter dem Wasserstrahl.

Als die ersten drei Schwangerschaftsmonate vorüber waren, stellte sich die morgendliche Übelkeit bei Joan ein. Und noch etwas änderte sich: Die Anspannung wich allmählich aus Nicholas' Körper. Seine Sorgen über mögliche Komplikationen verschwanden nie ganz, doch er lernte, sie abzubauen und wieder ausgeglichener zu leben.

Im September bezogen sie schließlich endgültig ihr Haus. Beide Wohnungen waren ausgeräumt, die Schlüssel an die Vermieter übergeben. Die erste Nacht in ihrem Haus verbrachte Joan in den zärtlichen Armen ihres Mannes. Es war wie ihr erstes gemeinsames Mal, nein, dachte Joan lächelnd, es war noch viel schöner; viel intensiver. Glücklich schlief Joan in den ersten Stunden des neuen Tages ein und wurde am Sonntagmorgen mit einem zärtlichen Kuss geweckt. Sie reckte sich unter der Bettdecke und öffnete müde die Augen.

„Guten Morgen, mein Liebling“, sagte Nicholas lächelnd, küsste sie wieder und verschwand mit dem Kopf unter der Decke. Sogleich spürte Joan, wie er ihren nackten Bauch, dem man die Schwangerschaft im vierten Monat nun deutlich ansah, zärtlich küsste. „Hallo, meine Kleine“, hörte Joan ihn gedämpft durch die Decke sagen.

„*Meine Kleine*?“, fragte sie verwundert. Da lugte Nicholas unter der Decke hervor, den Kopf knapp unterhalb ihrer blanken, vollen Brüste auf ihren Bauch gestützt, und lächelte. Allein sie so daliegen zu sehen und ihren nackten Körper an dem seinen zu spüren, schürte erneut sein Verlangen nach ihr. „Weißt du mehr als ich?“

„Ich fühle, dass es ein Mädchen wird. Eine Miniaturausgabe von dir.“

Sie grinste. „Eine Miniaturausgabe von dir wäre aber auch nicht schlecht.“

„Hauptsache, sie ist gesund.“ Er küsste abermals ihren Bauch. „Frühstück im Bett?“

„Mhmm, du verwöhnst mich.“

Er beugte sich zu ihr, berührte mit seinem Mund sanft ihre Lippen. „Für die Mutter meines Kindes tue ich alles. Ich will, dass es euch gut geht.“

„Wir fühlen uns großartig.“

„Das freut mich“, sagte er beruhigt. „Wie wäre es mit einem Croissant, Eiern und Speck?“

„Hört sich sehr verlockend an.“

„Gib mir zehn Minuten.“

Mit einem vollen Tablett kam Nicholas zu ihr zurück, setzte sich neben seine Frau ins Bett und reichte ihr ihre Tasse Tee. Gemütlich saßen sie beisammen in ihrem Ehebett, frühstückten und genossen den ersten freien Tag seit Wochen. Den Vormittag verbrachten sie im Bett, liebten sich lange und leidenschaftlich. Anschließend duschten sie gemeinsam und gingen nach dem Mittagessen eine Zeit lang am Strand spazieren.

Zwei Wochen später begleitete Nicholas seine Frau zu Dr. Smith in deren Praxis. Lächelnd empfing die kleine Mittvierzigerin sie, nahm die Lesebrille von ihrer Nase und bedeutete ihnen, auf den Stühlen vor ihrem Schreibtisch Platz zu nehmen.

„Wie fühlst du dich, Joan? Gibt es irgendwelche Probleme?"

Nicholas' Hand haltend schüttelte sie den Kopf. „Es geht uns beiden gut", sagte sie und fuhr sich mit der anderen Hand über den Bauch.

„Das höre ich gern", erwiderte Dr. Smith, die ihrer Patientin anschließend noch einige Fragen stellte und auch Nicholas ins Gespräch mit einbezog. Dann bat sie Joan, hinüber ins Untersuchungszimmer zu gehen, wo sie sich auf die Liege legen und den Bauch frei machen sollte. „Sie können Ihre Frau begleiten, Dr. Blake. Es interessiert Sie sicher auch, was es wird."

Während der Ultraschalluntersuchung saß Nicholas neben der Liege und hielt aufgeregt Joans Hand. Voller Staunen betrachtete er den Bildschirm, sah sein Baby im Bauch seiner Frau und glaubte an ein Wunder.

„Das Baby hat sich prächtig entwickelt", sagte Dr. Smith, die mit der Sonde über den Bauch ihrer Patienten fuhr. „Es scheint alles dort zu sein, wo es hingehört."

„Es ist auch wirklich gesund?", fragte Joan sorgenvoll nach. Seit ihrer Schwangerschaft dachte sie wieder häufiger an Andrew; damals hatte man ihr auch gesagt, dass er gesund sei, und dennoch war er gestorben. Weder mit Nicholas noch mit ihrer Ärztin sprach Joan über ihre Gedanken, ihre Angst. Die Angst, erneut ihr Baby zu verlieren.

„Es ist gesund. Deinem Baby geht es ausgezeichnet, Joan." Dr. Smith sah nach einem nochmaligen Blick auf den Bildschirm die werdenden Eltern an. „Es ist ein Mädchen."

Nicholas sah auf den Bildschirm. „Sind Sie sicher?"

Die Ärztin lachte. „Ich kann jedenfalls nichts anderes finden!"

„Liebling, wir bekommen eine Tochter", sagte Nicholas freudestrahlend und küsste Joan überschwänglich, als ein lautes, gleichmäßiges Pochen den Raum erfüllte.

„Die ersten Herzschläge, die ihr von eurer Tochter hört", erklärte die Ärztin.

„Oh mein Gott …", sagte Nicholas ungläubig. *Er hörte den Herzschlag seiner Tochter!* Mit Tränen in den Augen legte er den Arm um Joan und küsste sie zärtlich. Er konnte sich an kein schöneres Erlebnis in seinem Leben erinnern.

Anfang Dezember brach in Los Angeles der Winter ein. Mit warmen 19 Grad Celsius! Jeder Oststädter würde bei diesen Temperaturen eher auf den Frühling tippen als auf die kälteste Zeit des Jahres. Matthew und Isabelle, die außer sich vor Freude über ihr erstes Enkelkind waren, erzählten bei ihren häufigen Telefonaten von dem eisigen Wind und dem hohen Schnee in New Yorks Straßen.

„Ich bin froh, jetzt nicht in New York zu sein", erklärte Joan wohlig. Lang gestreckt ruhte sie sich auf der Couch aus, den Kopf auf Nicholas' Schoß gelegt, während ihr Mann in einer Zeitung blätterte. Soeben hatte sie mit Isabelle gesprochen. „Das Laufen auf den vereisten Straßen wird zur Folter. Bei jedem Schritt droht man zu stürzen."

„Hat sich etwas an unseren Weihnachtsplänen geändert?", fragte Nicholas, ohne den Blick von seiner Lektüre abzuwenden.

„Nein, es bleibt dabei. Mom und Dad kommen am 23. zu uns herüber und bleiben über Neujahr."

Nicholas klappte die Zeitung zusammen und warf sie vor sich auf den Tisch.

„Liebling, ich weiß, wir haben wiederholt darüber gesprochen", begann er zögernd und legte seine Hand auf ihren Bauch, der deutlich an Umfang zugenommen hatte. Mit der anderen umschloss er Joans Finger der rechten Hand. „Aber ich denke, wir sollten noch einmal über den Geburtsvorbereitungskurs sprechen. Nein, höre mich zu Ende an", sagte er, bevor sie ihn unterbrechen konnte. „Ich halte es wirklich für sinnvoll, wenn wir uns bei einem Kurs anmelden."

„Warum? Ich habe das schon einmal durch, und es wird sich nichts geändert haben."

„Aber ich noch nicht", wandte Nicholas ein. „Und ich will dir bei der Geburt zur Seite stehen. Ich will dir helfen, unser Baby auf die Welt zu bringen."

Nachdenklich fuhr sie sich über ihren Bauch. Es würde sicher nicht mehr lange dauern, dann sollte sie die ersten Bewegungen ihrer Tochter spüren. „In Ordnung. Wenn es dir so viel bedeutet … Aber ich warne dich!", sagte sie mit erhobenem Zeigefinger und Nicholas musste lächeln. „Wehe ich sitze jedes Mal allein dort."

„Ich verspreche dir, ich werde dich immer begleiten." Er beugte sich zu ihr hinunter und küsste sie liebevoll.

So oft es ihnen möglich war, unternahmen Joan und Nicholas einen ausgedehnten Spaziergang an *ihrem* Strand, doch im Laufe der Wochen bemerkte Nicholas, wie seiner Frau das Gehen immer schwerer fiel. Joan hätte es niemals zugegeben, und so verkürzte er aus den verschiedensten Gründen ihre Spaziergänge. Immer häufiger klagte sie am Abend über Rückenschmerzen und Schmerzen in den Beinen. Für ihre schlanke Gestalt war ihr Bauch schon jetzt riesig, und in den nächsten Monaten würde das Baby noch wachsen. Eine Tatsache, die Nicholas Sorge bereitete. Allen Anschein nach hatte seine Tochter seinen Körperbau; ein langer Körper und breite Schultern. Von seinem Vater wusste Nicholas, wie schwer seine eigene Geburt gewesen war, und er hoffte, dass seiner Frau diese Tortur erspart bleiben würde.

Bei Joans nächster Kontrolluntersuchung äußerte Dr. Smith erstmals ähnliche Bedenken in Bezug auf eine normale Geburt. Sie machte sich jedoch nicht nur Gedanken um die Größe des Babys, sondern auch um die Narben, die Joan von der Vergewaltigung zurückbehalten hatte. Ihre Patientin wollte davon jedoch nichts hören, und das versuchte Joan ihrem Mann klarzumachen.

„Ich werde unsere Tochter auf normalem Weg zur Welt bringen. Und davon wird mich niemand abbringen."

„Liebling, ich will nicht, dass du wie meine Mutter damals bei mir leidest", sagte Nicholas beunruhigt.

„So schlimm wird es schon nicht werden", erwiderte sie lächelnd.

Während des Ärztekongresses in New York, zu dem Nicholas eine Woche darauf flog, telefonierten sie mindestens zweimal täglich miteinander. Sobald Isabelle und Matthew von seinem Aufenthalt in der Stadt erfahren hatten, dauerte es nicht lange und sie überzeugten ihn schließlich davon, nicht in einem Hotel zu übernachten, sondern das Wochenende mit ihnen zu verbringen. Sie freuten sich, wenigstens eines ihrer Kinder, Nicholas war ihnen sehr ans Herz gewachsen, wieder an der Ostküste zu sehen. Auch wenn es nur ein Wochenende war und Nicholas erst am späten Nachmittag in das Penthouse in der Fifth Avenue zurückkehrte, verbrachten sie zwei schöne Abende miteinander.

Wenige Minuten nach elf Uhr stieg Nicholas in eines der Taxis am Flughafen und ließ sich nach Hause zu seiner Frau fahren. Wie er Joan doch vermisst hatte! Die Fahrt nach Malibu schien eine Ewigkeit zu dauern, doch schließlich hielt das Taxi vor der Auffahrt. Mit der Aktentasche in der linken Hand und die Reisetasche über die rechte Schulter gehängt, ging Nicholas froh gestimmt über den Vorplatz zu seinem Haus und schloss die Tür auf.

„Liebling, ich bin zurück!", rief er und stellte sein Gepäck im Eingangsbereich ab. Dann sah er auf der Suche nach seiner Frau um die Ecke in die Küche und ließ seinen Blick ins Wohnzimmer schweifen, als er bemerkte, dass die Terrassentür offen stand. Er ging hinüber zur Tür und sah in den Garten hinaus, doch auch dort fand er seine Frau nicht.

„Hey, du bist schon da!"

Beim Klang von Joans Stimme wandte er sich lächelnd zu ihr um und streckte die Hand nach ihr aus. „Liebling ..." In ihren weißen Bademantel gehüllt, die feuchten Haare offen über der Schulter, kam sie barfuß die letzten Stufen der Treppe hinunter und eilte erfreut auf ihren Mann zu. „Ich habe euch schrecklich vermisst", sagte er leise. Liebevoll fuhr er mit der flachen Hand über ihren Bauch, beugte sich zu ihr hinunter und küsste sie sehnsuchtsvoll. Da bekam er einen leichten Stoß gegen seine Hand, die noch immer auf ihrem Bauch lag. Verwirrt hielt Nicholas inne und wich Zentimeter von ihrem Gesicht zurück. „Was war denn das?"

„Deine Tochter." Joan strahlte. „Sie hat sich gestern Abend zum ersten Mal bewegt."

„Oh, Liebling ..." Nicholas küsste zärtlich ihre Stirn und zog sie in seine Arme. „Und ich war nicht da."

Sie lächelte. „Daraus solltest du lernen."

Seufzend löste er sich von ihr, ging zur Couch hinüber und setzte sich.

„Wie war New York?", wollte sie von ihm wissen.

„Anstrengend."

„Ich hoffe, damit meinst du nicht meine Eltern ..."

„Nein, mit ihnen habe ich mich gut unterhalten", erklärte er, legte den Kopf an die Rückenlehne und schloss erschöpft die Augen.

„Ich hätte gern mit dir zusammen geduscht."

„Das glaube ich dir." Er lächelte, als er spürte, wie sie sich auf seinen Schoß setzte.

„Bist du sehr müde?", fragte sie mit verführerischer Stimme, beugte sich zu ihm hinunter und küsste ihn herausfordernd.

Nicholas schlang die Arme um ihren Rücken und erwiderte ihren Kuss. Dann öffnete er die Augen, sah, wie sie den Knoten ihres Bademantels löste, und grinste. „Sind Sie dabei, mich zu verführen, Mrs. Blake?"

Sie beugte sich zu ihm und hauchte ein leises *Ja* in sein Ohr, an dem sie zärtlich knabberte. Mit geübten Fingern öffnete sie seine Hemdknöpfe, während ihre Lippen ganz langsam seinen Hals hinabwanderten. Sanft schoben seine Hände die weiche Baumwolle an ihren Armen hinunter und fuhren ihre nackte

Wirbelsäule entlang. Unter ihrer Liebkosung legte Nicholas den Kopf gegen die Rückenlehne zurück, vergrub seine Hände in ihren Haaren, die ihr feucht über den Rücken fielen, und genoss ihre Zunge auf seiner Haut.

Schließlich übernahm Nicholas die Führung und befreite sie von ihrem Bademantel, der zu seinen Füßen auf den Boden fiel. Er sah ihr einen Moment lang in die Augen, dann beugte er sich vor und küsste ihren gewölbten Bauch.

„Du bist wunderschön", flüsterte er und legte eine Hand um ihre Brust, die ebenfalls an Umfang zugenommen hatte. Sogleich spürte Nicholas, wie ihr Körper auf seine Berührung reagierte.

„Und … unheimlich dick …", erwiderte sie voller Genuss über seine Zärtlichkeit.

„Du hast nie schöner ausgesehen …" Seine Lippen liebkosten erst die eine, dann die andere Brust und er hörte, wie sie laut aufstöhnte.

Joan öffnete den Reißverschluss seiner Hose und half ihm zwischen lustvollen Küssen, die Hose hinunterzuschieben. „Liebling …", stöhnte sie wohlig. „Komm zu mir." Da drang er behutsam in sie ein und bewegte sich im Rhythmus mit ihr. In seiner Umarmung ließ Joan sich von dem Fluss treiben, der sie weit fortbrachte.

Trotz der weit fortgeschrittenen Schwangerschaft liebten sie sich häufig, wobei Nicholas sich stetig zur Ruhe zwingen musste, da er seine Frau nicht überanstrengen wollte. Er war niemals schnell, liebkoste ihren Körper mit einer Geduld und Sinnlichkeit, bis sie glaubte, es nicht länger ertragen zu können. Joan wusste, dass sie erst durch Nicholas und diese Schwangerschaft solch eine Leidenschaft entwickelt hatte. Mit Steve war es immer schön gewesen, doch nie so exquisit, so einzigartig!

Die Weihnachtsfeiertage verbrachten sie in besinnlicher Stimmung mit Isabelle, Matthew, Brian und Rachel in ihrem Haus. Gemeinsam hatten sie einen Baum gekauft, ihn mit den unterschiedlichsten Kugeln bunt geschmückt und den restlichen Tag die Geschenke für Joans Familie eingepackt. Am Heiligen Abend saßen sie alle nach dem reichhaltigen Essen beisammen und schwelgten in den Erinnerungen an die vergangenen Jahre. Spät am Abend ließen Isabelle und Matthew sich von dem Fahrer des Beverly Wilshire Hotels abholen und ins Hotel fahren, wo sie eine Suite bewohnten. Gemeinsam mit ihren Kindern und deren Ehepartnern verbrachten sie eine schöne Zeit in Los Angeles, unterhielten sich ausgiebig und ließen keine Zweifel daran aufkommen, wie sehr sie sich auf ihr erstes Enkelkind freuten. Joan und Isabelle gingen zu Macy's und Bloomingdale's, um für das Baby einzukaufen, und trafen Matthew unterwegs zum Lunch am Rodeo Drive.

Am 4. Januar flogen Isabelle und Matthew schließlich nach New York zurück, und erstmals war Joan ein wenig froh über die Abreise ihrer Eltern. Sie hinterließen ein eingerichtetes Kinderzimmer, von dem jedes andere Kind nur träumte, und Joan ahnte, was sie zur Geburt ihrer Tochter zu erwarten hatte.

„Bis zu welchem Alter haben Sie unsere Tochter denn eingedeckt?", fragte Nicholas seine Frau lächelnd, als er die Unmengen von Kleidungsstücken und Spielsachen in dem möblierten Zimmer neben ihrem Schlafzimmer sah. Er legte die Arme von hinten um sie, verschränkte die Hände auf ihrem Bauch, sodass er nicht sah, wie Joan die Augen verdrehte.

„Warst du je mit werdenden Großeltern einkaufen? Meiner Mom gefiel das eine, meinem Dad etwas anderes. Ich stand zwischen ihnen und sollte entscheiden." Sie lächelte schwach. „Als ich mich weigerte, haben sie von allem beides gekauft."

Zärtlich küsste Nicholas ihre Wange. „Das nächste Mal gehen wir zwei einkaufen."

„Meine Eltern haben dafür gesorgt, dass wir erst in fünf Jahren wieder einkaufen brauchen", erwiderte sie, löste sich aus seiner Umarmung und ging in ihr gemeinsames Schlafzimmer hinüber. Dort setzte sie sich auf das Bett und sah zu Nicholas auf, der ihr gefolgt und an den Schreibtisch getreten war.

„Ist dir etwas an meiner Mom aufgefallen?"

„Was meinst du?", fragte er, ohne sich zu ihr umzudrehen.

„Ich fand, sie sah erschöpft aus."

„Weihnachten, Silvester, der Jetlag …"

„Ja, vielleicht hast du recht."

Er wandte sich zu seiner Frau um. „Hast du sie gefragt?"

Joan nickte. „Sie meinte, sie litte in letzter Zeit häufiger unter starker Migräne."

„War sie deswegen schon bei dem Spezialisten, den ich ihr empfohlen habe?"

„Ich denke schon", meinte Joan unsicher, während sie sich bemühte, zu ihren Füßen hinunterzukommen, um die Schuhe auszuziehen.

„Wenn wir das nächste Mal miteinander telefonieren, werde ich sie fragen." Nicholas ging zu ihr hinüber ans Bett, hockte sich vor sie und half ihr, die Schuhe auszuziehen. Später lehnte Joan sich mit dem Rücken an die Lehne des Bettes und ließ es sich bei einer Fußmassage ihres Mannes gut gehen.

Im März hatte Joans Bauch in einem solchen Umfang zugenommen, dass man eine unmittelbare Geburt vermuten konnte, obwohl sie erst im achten Monat war. Von Tag zu Tag fiel ihr das Laufen schwerer, an die langen Strandspaziergänge mit ihrem Mann war längst nicht mehr zu denken. Joan konnte sich nicht daran erinnern, bei ihrer ersten Schwangerschaft ähnliche Probleme gehabt zu haben, aber Andrew war auch viel kleiner und zarter gewesen.

Schließlich kam der Abend, an dem Joan die Stufen zum Schlafzimmer hinauf nicht mehr schaffte. Nicholas, der Nachtdienst hatte, war nicht da, als sie auf die unterste Stufe der Treppe sank, allein, im Dunkeln, und leise zu weinen begann. Sie wusste nicht, warum sie weinte, dennoch ließ sie die Tränen ungehemmt über ihre Wangen laufen. Der Tag war schrecklich gewesen. Ihre Tochter hatte keine geeignete Lage gefunden und sie ständig getreten.

„Du machst es mir nicht gerade einfach. Ich liebe dich trotzdem“, sagte sie mit verweinten Augen und fuhr sich über den Bauch. „Wollen wir es noch einmal versuchen?“ Sie wischte sich die Tränen aus dem Gesicht und stand vorsichtig auf. Ihre Beine waren nach wie vor angeschwollen, aber es gelang ihr nun langsam, die Treppe hinaufzusteigen.

Erschöpft fiel sie allein ins Bett und wachte erst durch einen zärtlichen Kuss ihres Mannes am nächsten Morgen wieder auf. Er saß neben ihr auf der Bettkante und fuhr mit der Hand über ihren Bauch. Da trat das Baby sie kräftig.

„Au!“ Joan riss die Augen auf.

Nicholas verzog das Gesicht. „Entschuldige, Liebling. Ich habe sie wohl geweckt.“

„Wenn ich nicht wüsste, dass wir eine Tochter bekommen, dann würde ich auf einen Jungen tippen. Sie hat mich gestern schon den ganzen Tag getreten“, beklagte sie sich, worauf Nicholas den Kopf unter die Bettdecke steckte und ihren nackten Bauch küsste.

„Prinzessin, sei lieb zu deiner Mom“, sagte er leise.

Joan lächelte. „Nicht mein Bauch, sondern mein Mund braucht die Zuwendung für zwei.“

Da beugte er sich über sie und gab ihr einen einfühlsamen Kuss. „Ist das die Art Zuwendung, die Sie meinten, Mrs. Blake?“, fragte er dicht vor ihrem Gesicht.

„Für den Anfang gar nicht schlecht.“ Sie grinste, legte die Hände um seinen Nacken und zog ihn zu sich hinunter, um ihn ausgiebig zu küssen. Sie konnte einfach nicht genug von ihm bekommen. „Kommst du mit mir unter die Dusche?“

„Du meinst, da passen wir noch gemeinsam rein?“

„Hey!“ Sie stieß ihm in die Seite. „Ich bin nicht dick.“

„Das habe ich nicht gesagt“, meinte er lächelnd.

„Aber gedacht, umso schlimmer." Mit aufgesetzt beleidigter Miene verließ sie in Slip und einem von Nicholas' Hemden schwerfällig das Bett und schloss die Tür zum Bad hinter sich.

Zehn Minuten später trat Joan aus der Dusche und griff nach dem großen gelben Handtuch, mit dem sie sich abtrocknen wollte, doch ihr Blick fiel auf ihr Spiegelbild in dem hohen Wandspiegel. Sie wandte sich zur Seite um und betrachtete sich im Spiegel. Beide Hände ruhten auf ihrem gewölbten Bauch, als Nicholas die Tür öffnete. Sie sah in den Spiegel und begegnete seinem lächelnden Gesicht.

„Sehe ich abstoßend aus?", fragte sie zweifelnd.

Nicholas schüttelte den Kopf und trat hinter sie. „Ich finde dich wunderschön", flüsterte er und küsste ihre nasse Schulter. „Die Schwangerschaft macht dich noch viel weiblicher …"

„Du meinst diese schweren Brüste, die ich seit Monaten mit mir herumschleppe? Anfangs haben mir wenigstens noch andere Männer hinterhergesehen, aber seit ich diesen Bauch habe, rennen sie weg."

Er lächelte. „Du musst keinen anderen Männern gefallen, sondern nur mir. Und was ich hier sehe, gefällt mir außerordentlich gut."

Sie traf seinem Blick. „Ehrlich?"

„Ehrlich." Er küsste zärtlich ihren Nacken. „Soll ich es dir gleich hier beweisen?", fragte er grinsend und gab ihr einen Klaps aufs Hinterteil. „Wollen wir gemeinsam frühstücken, ehe ich mich für einige Stunden schlafen lege?", fragte er und verließ das Badezimmer, während Joan sich das Handtuch um ihren Körper band und hörte, wie er bereits die Balkontür öffnete.

Nachdem sich Nicholas nach ihrem gemeinsamen Frühstück einige Stunden schlafen gelegt hatte, stand er mittags auf und half seiner Frau, das Mittagessen zuzubereiten. Später dann saßen sie aneinandergekuschelt auf der Couch, blätterten in Namensbüchern herum und probierten den Klang der Namen aus. Letztendlich konnten sie sich jedoch noch nicht für einen Namen für ihre Tochter entscheiden.

„Stimmt etwas nicht, Liebling?", fragte Nicholas am Abend, als er aus dem Bad kam und bemerkte, wie seine Frau das Telefon auf ihrem Nachttisch anstarrte. „Erwartest du einen Anruf?"

„Allmählich mache ich mir Sorgen."

Verwundert blickte er zu ihr. „Um wen?"

„Meine Eltern. Ich kann sie seit einer Woche nicht erreichen, und obwohl ich jedes Mal eine Nachricht hinterlasse, rufen sie nicht zurück."

Er schlüpfte zu ihr unter die Decke. „Sind sie vielleicht verreist?“

Joan saß im Bett, den Rücken an das Kopfteil gelehnt, und schüttelte den Kopf. „Das hätte Betty mir doch gesagt.“ Betty war die langjährige Haushälterin, die seit Brians Geburt für ihre Eltern arbeitete, und wann immer es notwendig gewesen war, hatte sie die Betreuung der Geschwister übernommen. Joan mochte die ältliche Betty sehr.

„Versuche es morgen noch einmal“, schlug er ihr vor.

Joan sah jedoch auf die Uhr, rechnete zur New Yorker Zeit zurück und griff nach dem Telefon. „Um diese Zeit müssten sie zu Hause sein“, sagte sie, während sie sich von der Vermittlungszentrale verbinden ließ.

„Hoffentlich“, sagte er leise, lehnte sich ebenfalls ans Kopfteil und schlug eine Fachzeitschrift auf. „Dann kannst du wenigstens schlafen.“

„Betty, hallo“, begrüßte Joan in diesem Augenblick die Haushälterin.

„Joan, Kleines! Wie schön, deine Stimme zu hören.“

Sie wechselten einige Worte über ihre Schwangerschaft und Joan erzählte das Neueste von Brian und Rachel. Schließlich bat sie Betty, Isabelle oder Matthew ans Telefon zu holen.

„Das tut mir leid, Kleines, aber sie sind nicht da.“

Eine kurze Pause entstand. „Um *diese* Zeit?“, fragte Joan verwundert.

„Ja …“, erklärte Betty. „Irgendeine Veranstaltung … Du weißt selbst, wie spät diese Feiern werden können, nicht wahr?“

„Wohin sind sie denn gegangen?“, hakte sie nach.

„Das weiß ich nicht.“ Doch Joan hörte die Unsicherheit in Bettys Stimme. „Sie erwähnten es nicht, oder ich habe es wieder vergessen“, sagte sie mit einem Lächeln auf den Lippen.

„Ich glaube dir nicht, Betty. Meine Eltern informieren dich immer für den Fall, dass wir sie dringend erreichen müssen.“

„Seit einiger Zeit nicht mehr, Schätzchen. Ihr habt euer eigenes Leben und deine Eltern genießen das ihre“, erwiderte sie sanft, ohne Joan jedoch zu überzeugen. „Ich sage ihnen, dass sie dich zurückrufen sollen.“

„Nein, Betty! Ich lasse mich nicht mehr von dir abwimmeln!“, sagte Joan gereizt, worauf Nicholas hinter seiner Zeitschrift hervorsah.

„Was ist denn los?“, fragte er leise.

Joan hob die Hand, um ihn augenblicklich zum Schweigen zu bringen, doch nun folgte er dem Gespräch mit verstärktem Interesse. „Betty, ich werde mich morgen in eine Maschine setzen und nach New York fliegen, wenn du mir nicht endlich sagst …“

„Nein, Kind, denke an dein ungeborenes Baby und bleib in L. A.“, unterbrach Betty sie. Sie fühlte sich in ihrer misslichen Lage nicht wohl. „Ich sollte es euch nicht sagen“, stammelte sie dann leise vor sich hin. „Dein Dad wird mich …“

„*Betty*!“, drängte Joan sie.

„Deine Mom liegt seit einer Woche im Lennox Hill Hospital.“

„Oh mein Gott!“ Sie schlug die Hand vor den Mund und spürte Nicholas dicht hinter sich, der seine Hände auf ihre Schultern legte. „Was ist mit ihr?“

„Ich weiß es nicht, Kleines. Wirklich nicht …“

„Ich nehme die nächste Maschine“, würgte Joan mit feuchten Augen hervor und hörte Bettys Einwände nicht mehr, denn sie hatte bereits den Hörer aufgelegt. Entgeistert sah sie ihren Mann an.

„Jo …“, sagte er erschrocken. „Was ist los? Liebling, sag es mir bitte.“

„Meine Mom … Sie ist im Krankenhaus.“

„Was ist passiert? Hatte sie einen Unfall?“

Tränen liefen aus ihren Augen. „Ich weiß es nicht.“

„Es kann völlig harmlos sein, Liebling“, sagte er sanft, wobei er nicht nur sie besänftigen wollte. „Vielleicht hat Matthew nicht angerufen, um uns nicht zu beunruhigen.“

„Eine Woche lang …“, erwiderte sie verzweifelt und tief im Inneren musste Nicholas seiner Frau recht geben. Isabelle war nie krank gewesen und mit ihren 53 Jahren klagte sie über keinerlei Wehwehchen. Wenn sie also stationär versorgt werden musste, dann konnte es sich nur um ein ernsthafteres Problem handeln.

„Lass uns gleich morgen früh im Krankenhaus anrufen. Dann wissen wir mehr.“

„Nein, ich will zu ihr“, widersprach Joan ihrem Mann.

„Lass uns den Anruf abwarten“, bat er sie, doch Joan schüttelte den Kopf. „Jo, ein Flug wäre in deinem Zustand zu gefährlich. Du riskierst vorzeitige Wehen.“ Nicholas nahm ihre zittrigen Finger in die seinen, legte die Arme um sie. „Liebling, ich verstehe dich im Moment besser, als du glaubst, aber lass uns bis morgen warten. Ich will nicht, dass du dich und unsere Tochter in Gefahr bringst und sich die Angelegenheit letztendlich als Bagatelle herausstellt.“

In der Nacht lag Joan lange wach und dachte an Isabelle. Die Ungewissheit, wie krank ihre Mutter in Wirklichkeit war, quälte sie über Stunden hinweg und das Baby schien ihre Sorgen zu spüren. Joans Unruhe übertrug sich auf das Baby, das sie mit kräftigen Tritten ebenfalls wach hielt. Erst als sie aufstand und eine Weile durch das Haus lief, beruhigte sich ihre Tochter. Gähnend legte Joan sich neben ihren Mann und fand um fünf Uhr endlich Schlaf.

Noch ehe Nicholas am nächsten Morgen aufstand, um ihnen das Frühstück zu machen, ließ er sich von der Vermittlung zum Lenox Hill Hospital verbinden. Verschlafen öffnete Joan die Augen und folgte erwartungsvoll seinen Worten, bis er das Gespräch beendete. Fragend sah sie ihn an.

„Die Krankenschwester hat keine Patientin mit dem Namen deiner Mutter finden können."

„Sie wird einen anderen Namen benutzen …", sagte sie mehr zu sich selbst, doch dann bemerkte sie den merkwürdigen Blick ihres Mannes und erklärte: „Damit die Presse nichts erfährt." Entschlossen setzte sie sich neben ihm im Bett auf. „Es ist Morgen, und wir sind nicht klüger als vor einigen Stunden. Ich will nach New York, Nicholas."

„Ich lasse dich nicht fliegen, ehe wir Genaueres erfahren haben", sagte er bestimmt und verließ das Bett.

„Aber …"

„Kein Aber!" Zum ersten Mal erhob er gegen sie die Stimme. „Ich werde heute versuchen, deinen Vater zu erreichen, und danach entscheiden wir, was wir tun."

„Dann kann ich nicht vor morgen früh fliegen", sagte sie entsetzt. „Weißt du, was du von mir verlangst? Was hast *du* getan, als du vom Unfall deiner Eltern erfahren hattest?" Sofort bereute sie ihre Worte. „Nicholas, es tut mir leid. Ich …"

„Das war etwas völlig anderes", unterbrach er sie. „Du bist im neunten Monat schwanger." Damit lief er an ihr vorbei ins Badezimmer und schloss die Tür. Er verstand nur allzu gut, wie sie sich fühlte. Die Ungewissheit, ob seine Eltern noch lebten, wenn er bei ihnen ankam, hatte ihn damals beinahe umgebracht. Obwohl er den nächsten Flug nach Washington genommen hatte, war er zu spät gekommen.

Den ganzen Tag über versuchten sie abwechselnd, Matthew im Büro oder im Penthouse zu erreichen, doch sie hatten keinen Erfolg. Matthews Stellvertreter erklärte Nicholas schließlich, dass Matthew aus persönlichen Gründen bereits seit einer Woche unpässlich sei. Als Nicholas am Abend von seinem Dienst heimkam, griff er, nachdem er das verzweifelte Gesicht seiner Frau gesehen hatte, erneut zum Telefon und buchte ihnen für den folgenden Tag zwei Tickets nach New York. Obwohl er es seiner Frau gegenüber nicht zeigte, machte auch er sich mittlerweile ernsthafte Sorgen um Isabelle.

Während des gesamten Fluges war Joan unruhig, da das Baby sich immerzu bewegte und sie trat, was Nicholas' Selbstvorwürfe schürte. Niemals hätte er sich von ihr überreden lassen dürfen, dass sie mit nach New York flog.

Nachdem sie in New York gelandet waren, passierten sie schnellstmöglich die Kontrollen und stiegen hastig in eines der wartenden gelben Taxis ein. Der eisige Wind drang durch ihre dünnen Jacken hindurch und ließ sie frösteln. Im Wagen nahm Nicholas die Hände seiner Frau in die seinen, um sie zu wärmen.

„Ich war noch nie im Winter in New York", sagte Nicholas, als er aus dem Fenster blickte und die dünne Schneeschicht auf den Gehwegen sah, die vom kalten Winter übrig geblieben war. „Weißt du, was ich schon immer einmal hier machen wollte?", fragte er lächelnd und sah Joan an. „Im Rockefeller Center Schlittschuh laufen."

Sie lächelte. „Dass haben wir früher jedes Weihnachtsfest gemacht."

„Du hast mir nie erzählt, wie ihr als Kinder Weihnachten verbracht habt."

Joan lehnte den Kopf an seine Schulter und begann in Erinnerungen zu schwelgen. Ihre Augen leuchteten, als sie ihrem Mann von dem alljährlichen, großen Festessen im Wochenendhaus der Familie in Brooklyn Heights erzählte. „Irgendwann zeige ich dir das Haus", beendete sie ihren Ausflug in ihre Kindheit. „Brian und ich lieben es. Vielleicht liegt es daran, dass es dort so still ist. Der New Yorker Rummel ist weit entfernt."

„Wir sind da, Mister", sagte in diesem Augenblick der Taxifahrer vor dem *Carlyle*, machte jedoch keine Anstalten, ihnen beim Ausladen der Gepäckstücke zu helfen, sodass Nicholas den Portier heranwinkte.

„Mr. Blake", sagte der Empfangschef lächelnd, als er sie entdeckte. „Wir freuen uns, Sie wieder in unserem Hotel begrüßen zu dürfen. Ihre Suite ist bereits hergerichtet."

„Danke, Roy." Nicholas lächelte. „Darf ich Ihnen meine Frau vorstellen?"

„Mrs. Farley, wie schön." Roy nickte ihr freundlich zu. „Meinen Glückwunsch. Wann ist es denn so weit?"

Joan lächelte, die Hand auf ihrem Bauch. „Ende April."

„Dann wünsche ich Ihnen einen angenehmen Aufenthalt." Er überreichte Nicholas den Schlüssel ihrer Suite und wies einen der Jungen an, das Gepäck hinaufzubringen.

„Ich habe nicht erwartet, dass man dich hier erkennt", sagte Nicholas, als sie mit dem Fahrstuhl hinauffuhren.

„Wir sind in New York", erwiderte Joan knapp. „Es wird nicht lange dauern und die Presse weiß, dass ich hier bin. Sie werden den Grund für meinen Aufenthalt wissen wollen. Wir müssen vorsichtig sein, denn ich will nicht, dass sie Mom im Krankenhaus finden."

In ihrer Suite tauschten sie ihre Kleidung in wärmere um und waren eine halbe Stunde später in einem Taxi auf dem Weg zum Lenox Hill Hospital. Lautes Gehupe drang durch die Scheiben zu ihnen durch, die Straßen waren voller Autos. Nur schleppend kam das Taxi voran, und schließlich erreichten sie das Krankenhaus.

„Setz du dich dort drüben hin", sagte Nicholas in der Empfangshalle zu seiner Frau. „Ich versuche herauszufinden, auf welcher Station Isabelle liegt."

Joan nickte und setzte sich in einen der schwarzen Sessel, die am Fenster direkt neben dem Haupteingang standen. Es vergingen keine zehn Minuten, bis Nicholas zu ihr kam.

„Du hattest recht. Isabelle benutzt anscheinend einen anderen Namen. Die Krankenschwestern konnten mir nicht weiterhelfen", sagte er enttäuscht. Ohne den Namen der Patientin war er selbst mit dem dezenten Hinweis, dass er Arzt aus L. A. war, nicht weitergekommen. „Wir sollten zum Penthouse deiner Eltern fahren und dort warten, bis Matthew auftaucht", schlug er vor.

Die Stunden in Isabelles und Matthews Penthouse schienen so langsam wie das Warten auf den Weihnachtsmann zu vergehen. Ruhelos ging Nicholas durch die einzelnen Zimmer und spürte wie bei jedem seiner Besuche den Hauch Luxus, der keinesfalls protzig wirkte. Mit wenigen ausgewählten Sammlerstücken, Gemälden wie auch Skulpturen setzten sie kleine Akzente und gaben dem Wohnraum ein angenehmes Flair.

Während Nicholas minutenlang die außergewöhnliche Büchersammlung in Matthews Arbeitszimmer bewunderte, saß Joan ungeduldig auf der cremefarbenen Couch des geräumigen Wohnraumes, aus dem man einen schönen Blick auf den Central Park hatte. Beinahe jede Minute sah sie auf ihre Armbanduhr, zählte geistesabwesend die Minuten, und nicht einmal das einfache Abendessen, dass Nicholas ihnen in der Küche gezaubert hatte, konnte sie ablenken.

Wenige Minuten nach acht Uhr öffneten sich die Türen des Aufzuges, der ausschließlich in das Penthouse fuhr. Da der Portier Matthew bereits über die Ankunft seiner Tochter und deren Ehemannes informiert hatte, war Matthew nicht mehr überrascht, sondern über den Zustand wütend.

„Joan, was tust du hier?", fragte er mit bestürzter Stimme, nachdem er seinen Mantel an die Garderobe gehängt hatte, und ging mit energischen Schritten auf seine Tochter zu. Da kam Nicholas mit einem Glas Wasser ins Zimmer. „Wie konntest du einen so langen Flug in ihrem Zustand zulassen?", fuhr Matthew seinen Schwiegersohn an.

„Dad, ich wollte es. Nick hätte es niemals verhindern können", versuchte Joan ihren Vater zu beruhigen. „Warum hast du mich nicht zurückgerufen?"

„Ich wusste, du würdest sofort herkommen wollen“, sagte er sanft. „Kleines, lass dich anschauen.“ Matthew blickte an seiner Tochter hinunter, zog sie dann wortlos in seine Arme, küsste ihre Wange und sah sie wieder an. „Ich freue mich, dass ihr hier seid, obwohl ich den Flug nicht gutheiße“, sagte er sichtlich erschöpft. Erst da bemerkte Joan die traurigen und müden Augen ihres Vaters. Er schien seit ihrem letzten Treffen Anfang Januar um Jahre gealtert zu sein. So schlecht hatte er noch nie ausgesehen. Nicht einmal rasiert hatte er sich, etwas, was Joan von ihrem sonst so gepflegten Vater überhaupt nicht kannte.

„Dad, warum ist Mom im Krankenhaus? Warum habt ihr Brian oder mich nicht angerufen?“

„Weil deine Mutter und ich gemeinsam beschlossen haben, euch vorerst nichts von ihrem Krankenhausaufenthalt zu erzählen, um die Situation nicht komplizierter zu machen, als sie bereits ist.“ Tatsächlich hatte Isabelle immer auf sein Schweigen gegenüber ihren Kindern bestanden. „Nun, da ihr hier seid, habe ich keine Wahl.“ Matthew sah über die Schulter seiner Tochter hinweg zu Nicholas. „Ihr solltet euch setzen“, sagte er mit fester Stimme.

„Daddy …“, drängte Joan ihn.

Matthews Blick ruhte bittend auf Nicholas’ Gesicht. Dieser verstand die stille Botschaft und ging zu seiner Frau hinüber. Sanft legte er die Hände auf ihre Schultern. „Liebling, komm und setz dich auf die Couch“, bat er und führte Joan zu der beigefarbenen Couch, auf die auch er sich setzte.

Matthew folgte ihnen, trat jedoch mit dem Rücken zu ihnen ans Fenster. Einen Moment stand er schweigend dort, blickte auf den Central Park hinunter und wünschte, er könnte die Zeit zurückdrehen. „Isabelle geht es sehr schlecht“, begann er schließlich leise. „Du weißt, dass deine Mutter seit einigen Jahren immer wieder über starke Kopfschmerzen klagt.“

Joan nickte, ohne dass ihr Vater es sah. „Sie ist wegen der Migräne in Behandlung. Ist es so schlimm geworden, dass sie deshalb im Krankenhaus bleiben muss?“

Ihr Vater schüttelte den Kopf. „Das ist es nicht. Isabelle hatte nie Migräne. Ihre Kopfschmerzen kommen von …“ Er seufzte. Wie sollte er es ihnen nur sagen? Wie erklärte man seinen Kindern, dass ihre geliebte Mutter schwer erkrankt war?

„Dad?“, fragte sie leise.

Langsam drehte Matthew sich zu ihnen um und blickte in ihre erwartungsvollen Gesichter. In seinen Augen dagegen schimmerten Tränen. „Joan … Isabelle hat Krebs.“

„Nein …“ Sie schlug die Hand vor den Mund und sah ihren Vater entsetzt an. Nicholas nahm ihre rechte Hand, die in der seinen zitterte. Dann zog er seine weinende Frau in seine Arme und sah über ihre Schulter hinweg zu Matthew. Ihre Blicke trafen sich, und als Matthew langsam den Kopf schüttelte, ahnte Nicholas, dass sein Schwiegervater ihm seine unausgesprochene Frage beantwortet hatte.

Mit verweinten Augen sah Joan nach einigen Minuten ihren Vater an. „Wie geht es ihr jetzt?“, fragte sie stockend.

„Sie hatte vor einer Woche einen Zusammenbruch“, erklärte Matthew ihr. „von dem sie sich nur langsam erholt.“

„Aber sobald es ihr besser geht, werden die Ärzte doch mit der Therapie beginnen, oder?“, fragte Joan hoffnungsvoll, doch sie sah, wie ihr Vater den Kopf schüttelte. „Was meinst du damit?“ Sie sah ihn schockiert an und stieß die Hand ihres Mannes weg.

„Kleines, es tut mir leid, dir das sagen zu müssen, aber es wird keine Therapie mehr geben.“

„*Mehr*? Wie lange wisst ihr denn schon davon?“

„Deine Mutter hatte es gerade erfahren, als du nach dem Unfall ins Koma gefallen bist.“

„Das ist drei Jahre her!“, sagte sie entsetzt. „Warum habt ihr uns nicht längst von dem Befund erzählt?“

„Es war für alle damals eine schwere Zeit. Brian saß immerzu an deinem Bett und betete, dass du aufwachen solltest. Du hast den schrecklichen Unfall überlebt, aber Steve verloren.“ Er fuhr sich mit der Hand über sein Kinn. „Wir haben einfach den richtigen Zeitpunkt verpasst.“

„Dafür gibt es keinen *richtigen* Zeitpunkt, Dad“, erklärte sie mit Tränen in den Augen. „Ihr hättet es uns sagen müssen …“

Der verletzte Blick seiner Tochter tat ihm in der Seele weh. Sein Herz zog sich schmerzlich zusammen, als er an die unzähligen Male dachte, an denen er sein Versprechen Isabelle gegenüber hatte brechen wollen, um es Joan und Brian zu erzählen. Es überhaupt jemandem zu erzählen, damit er endlich darüber sprechen konnte. „Als ihr in Mailand gewesen seid, hat sie eine Chemotherapie bekommen, um das Wachstum des Tumors einzudämmen.“ Er stockte, hatte sichtliche Mühe weiterzusprechen. „Danach waren die Ärzte sehr zufrieden mit ihr. Bis vor einigen Monaten …“ Er wandte sich erneut dem Fenster zu und schloss die Augen, in denen Tränen brannten.

„Ich werde morgen mit Isabelles Arzt sprechen.“ Nicholas stand auf und sah zu seiner Frau hinunter. „Wir sollten Matthew etwas Ruhe gönnen und ins Hotel fahren."

„Aber ..."

„Dein Mann hat recht", unterbrach Matthew seine Tochter sofort. Er wusste, dass sie noch viele Fragen hatte, aber er fühlte sich nicht mehr dazu in der Lage, sie an diesem Abend zu beantworten. Der Tag, nein die ganze Woche, hatte ihn angestrengt. Er würde das Abendessen, das Betty ihm wie jeden Tag in der Küche bereitstellte, essen und dann schlafen gehen. Die Tage, an denen er bis spät gearbeitet hatte, waren vorüber. Er musste seine Kräfte sammeln. Isabelle brauchte ihn mehr denn je.

„Warum habe ich nichts bemerkt? Wie konnte ich so blind sein?", fragte Joan in der Nacht ihren Mann, als sie in seinen Armen lag. Tränen liefen ihr über die Wangen.

„Isabelle wollte nicht, dass wir davon erfahren, und nur über die Entfernung war dies machbar. Wir haben uns nicht häufig gesehen", erwiderte er leise. Auch für ihn war es ein derber Schlag gewesen, dass sie sich nicht sofort an ihn gewandt hatte. Vielleicht hätte er etwas tun können ...

„Sie hätte es uns nicht verschweigen dürfen. Was wäre gewesen, wenn ich sie am Telefon erreicht hätte und wir nicht hierher geflogen wären?", sagte sie schluchzend. „Wollte sie sich einfach so aus unserem Leben stehlen?"

„Das glaube ich nicht, Liebling. Dazu liebt sie euch beide viel zu sehr."

„Und ich liebe sie. Ich darf gar nicht daran denken, wenn sie ..."

„Ich weiß, Liebling, ich weiß ..." Sanft küsste er ihre Stirn. Zu gut konnte er nachempfinden, wie sie sich fühlte. Obwohl er Isabelle noch nicht lange kannte, liebte er sie wie seine eigene Mutter, die viel zu früh gestorben war.

Gleich am nächsten Morgen trafen sich Joan und Nicholas mit Matthew im Krankenhaus, doch ehe Nicholas seine Schwiegermutter besuchen ging, wollte er mit ihrem behandelnden Arzt sprechen.

Dr. Bennett empfing seinen Kollegen mit einem freundlichen Lächeln in seinem Büro. Nach einigen Minuten, in denen Dr. Bennett Nicholas seine Anerkennung für die vergangenen Jahre aussprach, reichte der New Yorker Onkologe Isabelles Akte über seinen Schreibtisch hinweg Nicholas. Die Akte war über die Jahre hinweg jedoch so ausführlich gefüllt worden, dass Nicholas seinen Kollegen bat, sie einige Stunden ausleihen zu dürfen, um sie in Ruhe durchzulesen.

„Wo befand sich der Primärtumor?", fragte Nicholas seinen Kollegen.

„Befindet", korrigierte ihn Dr. Bennett. „Der Gehirntumor ist uns seit beinahe drei Jahren bekannt. Nach dem Befund habe ich Mrs. Farley zwei Möglichkeiten genannt: die operative Entfernung des Tumors oder eine medikamentöse Behandlung, um das Wachstum des Tumors zu stoppen, ehe er zu groß ist." Er sah Nicholas mit festem Blick an. „Mrs. Farley hat sich gegen die Operation entschieden."

„Mein Schwiegervater sprach von einer Verschlechterung ihres Zustandes. Metastasen?", fragte Nicholas von der anderen Seite des Schreibtisches aus.

Dr. Bennett schüttelte den Kopf. „Vor einem Jahr deutete alles darauf hin, dass wir das Wachstum des Tumors mit der Chemotherapie gestoppt hätten. Doch vor einer Woche ist Mrs. Farley zusammengebrochen. Die neuen Untersuchungen haben ergeben, dass der Tumor seit der letzten Kontrolluntersuchung einen halben Zentimeter gewachsen ist", erklärte er, stand hinter seinem Schreibtisch auf und heftete zwei Ultraschallbilder an den Lichtkasten. Unaufgefordert trat Nicholas neben seinen Kollegen und betrachtete schweigend die beiden Aufnahmen der Computertomografie. Der Tumor drückte auf Isabelles Gleichgewichtszentrum, was ihren Zusammenbruch erklärte.

„So wie ich das beurteile, hat meine Schwiegermutter gute Chancen. Der Tumor befindet sich nicht an einer optimalen Stelle, aber er ist durchaus operabel", sagte Nicholas nach einem Moment und wandte sich zu seinem Kollegen um. „Warum haben Sie nicht operiert, nachdem Ihnen die Ergebnisse vorlagen?"

Darauf hatte Dr. Bennett die ganze Zeit gewartet. Er schlug Isabelles Akte auf und reichte sie Nicholas. „Ich habe Mrs. Farley mehrmals eindringlich dazu ermutigt, sich von mir operieren zu lassen, aber statt einer Zustimmung hat sie mir dieses Schreiben gegeben."

Nicholas las das handschriftliche Schreiben von Isabelle durch und sah fassungslos zu seinem Kollegen auf. „Das ist nicht Ihr Ernst."

„Mrs. Farley hat sich mit diesem Schreiben ausdrücklich gegen eine Operation an ihrem Gehirn entschieden und sie ist sich der Konsequenzen vollkommen bewusst."

„Sie meinen, dass meine Schwiegermutter trotz der Chance auf eine vollständige Heilung gegen eine Operation ist?", fragte Nicholas zweifelhaft.

„So sieht es momentan aus."

„Dann wird sie sterben", sagte Nicholas mit dem Blick auf den Lichtkasten leise. „Ich spreche noch einmal mit ihr. Vielleicht kann ich sie zur Vernunft bringen." Er drehte sich zu Dr. Bennett um. „Ich danke Ihnen, dass Sie sich Zeit genommen haben, Dr. Bennett." Über den Schreibtisch seines Kollegen hinweg reichte er ihm die Hand, ehe er dessen Büro verließ.

In der Cafeteria setzte er sich allein an einen der Tische, trank einen starken

Kaffee und studierte in aller Ruhe Isabelles Akte. Schließlich betrat er eine Stunde nach Matthew und Joan das Krankenzimmer von Isabelle.

„Hallo, Isabelle", begrüßte er seine Schwiegermutter, beugte sich zu ihr hinunter und küsste ihre Wange.

Isabelle lächelte. „Schön, dass du da bist."

„Das ist doch selbstverständlich." Er zog sich einen Stuhl heran und setzte sich neben das Bett, auf der anderen Seite saß Joan und hielt die Hand ihrer Mutter. „Wie fühlst du dich?"

„Ein wenig schwach."

„Das wird wieder", sagte er zuversichtlich und blickte zu Matthew hinüber, der mit der Brust zu ihnen am Fensterbrett lehnte. „Matthew, wollt ihr beide nicht für eine halbe Stunde hinunter in die Cafeteria gehen und eine Kleinigkeit essen?" Nicholas sah von seinem Schwiegervater zu Joan, die den Kopf schüttelte.

„Ich habe keinen Hunger."

„Liebling, bitte … du musst etwas essen." Über das Bett hinweg ergriff Nicholas die Hand seiner Frau, Joan entzog sie ihm jedoch sogleich. Er spürte die Abweisung, ihre Kälte. Sie schien zu ahnen, dass er mit Isabelle allein sprechen wollte, eine Tatsache, die ihr nicht passte.

„Kleines, begleite mich in die Cafeteria", sagte Matthew entschieden, ohne einen Einwand seiner Tochter abzuwarten, und zog sie sanft von ihrem Stuhl hoch.

Joan folgte ihrem Vater um das Bett herum, blieb jedoch neben Nicholas stehen und beugte sich dicht neben seiner Wange hinunter. „Du erzählst mir nachher alles", flüsterte sie an seinem Ohr. „Ich will keine Geheimnisse mehr. Niemand muss mich schonen, auch du nicht." Sie küsste seine Wange und registrierte sein Nicken, ehe sie bei Matthew untergehakt das Zimmer verließ.

„Du hast also mit Dr. Bennett gesprochen", sagte Isabelle, kaum dass sie allein waren. Es war keine Frage, sondern eine Feststellung.

Nicholas wandte das Gesicht zu ihr herum und nickte. „Ich habe mir deine Akte angesehen und mit Dr. Bennett über die Operation gesprochen …"

Isabelle hob die Hand und Nicholas verstummte augenblicklich. „Ich habe diesbezüglich eine Entscheidung getroffen."

„Tut mir leid, Isabelle, aber ich kann deine Entscheidung nicht akzeptieren. Du hast mit der Operation die Chance weiterzuleben, nutzt sie aber nicht."

„Niemand verlangt von dir, dass du mich verstehst, Nicholas."

„Wenn du dich nicht operieren lässt, wird der Tumor dich töten", erklärte er mit ernster Stimme offen, da Isabelle ein Mensch für klare Worte war.

„Bist du hergekommen, um mir Angst zu machen?“, fragte sie lächelnd, doch Nicholas bemerkte ihren glasigen Blick.

„Ich will dich zur Vernunft bringen. Ich möchte dir helfen, Isabelle.“

„Dann akzeptiere meine Entscheidung“, sagte sie und legte ihre Hand auf die seine. „Ich weiß, dass dir auf deinem Gebiet kaum ein anderer Arzt etwas vormachen kann, dennoch glaube ich nicht, dass du *wirklich* versteht, was im Kopf deiner Patienten vorgeht. Das soll kein Vorwurf sein, ich danke Gott dafür, dass du diese schreckliche Krankheit niemals hattest.“ Für einen Moment schloss sie die Augen, dann blickte sie ihn direkt an. „Ich habe vor drei Jahren von dem Tumor in meinem Kopf erfahren und lebe immer noch. Aber es ist kein Tag vergangen, an dem ich keine Angst hatte. Ich bin mit der Angst aufgewacht und schlafe abends mit dem Gedanken an meinen Tod ein. Niemand kann mir sagen, wie lange ich noch leben werde, aber wenn mir auch nur noch wenige Wochen bleiben sollten, dann möchte ich doch selbst entscheiden, wie ich diese Zeit verbringen möchte.“

„Du könntest noch viele Jahre bei deiner Familie verbringen ...“

„Aber zu welchem Preis?“ Tränen traten in ihre Augen. „Dr. Bennett meint, der Tumor sei schwer zu operieren und er kann nicht garantieren, dass Nervenbahnen verletzt oder gar zerstört werden. Bitte versteh, dass ich nicht als Pflegefall enden möchte.“

„Natürlich kann ich dir keine Garantie geben, aber ich habe in L. A. bereits ähnliche Operationen mit Erfolg durchgeführt ...“

„Nein, Nicholas“, fiel Isabelle ihm entschieden ins Wort. „Ich habe es bereits akzeptiert.“

„Aber *ich* nicht!“ Nicholas sprang von seinem Stuhl auf, der laut auf dem Boden knarrte, und trat ans Fenster. Angespannt blickte er hinaus. Warum war sie nur so stur? Warum kämpfte sie nicht gegen den Krebs an? Er wusste um ihre Angst vor möglichen Komplikationen, doch hatte er lange Zeit keine so guten Heilungsaussichten gehabt wie bei Isabelle. Eine Operation, und sie würde weiterleben!

Nach einigen Minuten wandte Nicholas sich zu ihr um, sah sie verzweifelt an. „Bitte lass mich dir helfen, Isabelle.“

„Wenn du mir wirklich helfen willst, dann sorge dafür, dass man mir Medikamente gegen die Schmerzen gibt.“

„Ich könnte so viel mehr als das tun“, sagte er leise.

Als Matthew seinen Sohn am Telefon über Isabelles Krankheit informierte, sank dieser schwer getroffen in den Sessel in seinem Büro und blieb dort nach dem

Gespräch minutenlang regungslos sitzen. Noch am selben Tag buchte Brian zwei Tickets. Tags darauf landeten Rachel und er in New York. Ihre Suite im *Four Seasons* war vorerst für zwei Wochen gebucht.

Während Matthew zu seiner Frau ins Krankenhaus fuhr, trafen sich Brian und Rachel mit Nicholas und Joan in deren Suite im *Carlyle*, wo Nicholas sie über Isabelles Zustand in Kenntnis setzte. Dabei klangen ihm Isabelles Worte nur zu deutlich in den Ohren. *„Ich habe mit Matthew gesprochen, ich möchte unter keinen Umständen, dass Joan oder Brian von der Möglichkeit einer Operation erfahren."* Sie wusste nicht, was sie mit ihrer Bitte von Nicholas verlangte. Er sollte seine Frau belügen!

Und genau dies tat er, als Joan ihn nach Heilungschancen fragte. Gegen seinen Grundsatz als Arzt, sein jahreslanges Bestreben, wich Nicholas mit seiner Aufklärung aus, doch selbst in seinen Ohren klang seine Antwort mehr als eindeutig.

Täglich wurde Isabelle von ihren Kindern und deren Partnern besucht, nachmittags kam dann Matthew und blieb bis zum späten Abend.

„Liebling, geh nach Hause", sagte Isabelle lächelnd.

Matthew nickte erschöpft. „Ich komme morgen wieder." Liebevoll strich er über die Wange seiner Frau, küsste sie zärtlich und ließ ihre Hand los. Sie wusste, dass er wiederkommen würde. Jeden Tag würde er ihre Lieblingsblumen mitbringen und sie auf den Nachttisch neben ihrem Bett stellen.

Nachdem Matthew sich von ihr verabschiedet hatte, schloss Isabelle die Augen und glitt wie so oft in den vergangenen Tagen zu den langen Gesprächen mit ihrem Schwiegersohn zurück. Am Morgen hatte sie Nicholas gefragt, wie viel Zeit ihr noch blieb, und mit feuchten Augen bemerkt, dass ihm eine Antwort nicht leicht fiel.

„Das ist schwer zu sagen, Isabelle." Bekümmert hatte er sie angesehen. „Ohne Operation ein halbes Jahr, vielleicht weniger …"

Traurig öffnete Isabelle die Augen und sah zu den Blumen auf ihrem Nachttisch hinüber. Noch erfreute sie sich daran, doch es würde der Tag kommen, an dem die Kränze und Blumen auf ihrem Grab liegen würden, ohne dass sie sie sah. Eines wusste sie bereits jetzt: Matthew würde auch dann noch zu ihr kommen und dieselben Blumen auf ihr Grab stellen wie diese, die sie nun betrachtete.

In der zweiten Nacht ihres Aufenthaltes in New York klingelte neben Nicholas das Telefon, aber er nahm erst nach dem dritten Läuten ab.

„Ja?", fragte er leise, um Joan nicht zu wecken, aber ein Blick zu ihr zeigte, dass sie bereits wach war. Angst stand in ihrem Gesicht geschrieben. Nicholas hatte denselben Gedanken wie sie. Isabelle …

„Mr. Blake, bitte entschuldigen Sie die frühe Störung, aber ich habe Mr. Bacon für Sie in der Leitung. Er sagt, es sei sehr dringend“, sagte eine freundliche Frauenstimme des Hotels.

„Stellen Sie ihn bitte durch“, erwiderte er und flüsterte hinter zugehaltener Muschel zu Joan: „Es ist Chris. Schlaf weiter.“ Er verließ das Bett mit dem schnurlosen Telefon und schob die doppelseitige Schiebetür, die den Wohnbereich vom Schlafzimmer trennte, leise hinter sich zu.

„Nicholas?“, erklang Chris’ Stimme am anderen Ende.

„Es ist kurz nach sechs“, sagte Nicholas zu seinen Freund und trat mürrisch ans Fenster.

„Es geht um Ben“, sagte Chris knapp.

Plötzlich war Nicholas hellwach. „Was ist los? Bekommen wir eine Niere?“

„Nein, leider nicht.“ Er seufzte. „Ben zeigt deutliche Anzeichen einer Unterfunktion. Luftnot, Appetitlosigkeit, morgendliche Übelkeit, Wassereinlagerungen …“

„Was sagen die Laborwerte?“

„Sie haben meine Vermutung bestätigt. Die Nierentätigkeit ist rapide gesunken.“

„Das habe ich die ganze Zeit befürchtet“, meinte Nicholas betrübt. „Okay, schick mir die neuesten Ergebnisse zu, ich schaue sie mir im Flugzeug an.“

„Wann kommst du?“

„Wahrscheinlich gegen Abend.“ Nicholas wandte den Blick aus dem Fenster hinaus. „Muss er an die Dialyse?“

„Ich fürchte, ja. Soll ich damit warten, bis du dir die Ergebnisse angesehen hast?“

„Nein, bereite alles vor. Wir sehen uns heute Abend.“

„In Ordnung. Bis dann.“

Nicholas blieb am Fenster stehen und dachte über Ben nach. Der Junge hatte so viel durchgestanden, und nun würde er überdies an die Dialyse angeschlossen werden müssen. Auch wenn die Blutuntersuchungen in den vergangenen drei Monaten ohne erkennbaren Befund gewesen waren – was darauf schließen ließ, dass Ben dem Krebs Einhalt geboten hatte –, so war die Dialyse für Nicholas keine endgültige, respektable Lösung. Dringender denn je benötigte Ben eine fremde Niere, denn aus Erfahrung wusste Nicholas, dass bei einem Nierentumor noch nach langer Zeit auch die zweite Niere von Metastasen befallen werden konnte. Er musste nur einen kleinen Teil bei der Operation übersehen haben.

Um Ben besorgt, wählte Nicholas die Nummer des Empfangs und ließ sich für den Nachmittag einen Flug nach Los Angeles buchen. Man versprach ihm, sich darum zu kümmern und ihm Bescheid zu geben, sobald die Bestätigung eingetroffen war.

Joan, die aufrecht im Bett saß und sich ein Kissen hinter den Rücken geschoben hatte, sah auf, als Nicholas die Türen leise auseinanderschob. Er sagte nichts, aber sie bemerkte seine besorgte Miene.

„Was wollte Chris von dir?", fragte sie ruhig. „Bekommst du Probleme, weil du hier bist?"

Nicholas schüttelte den Kopf und ging durch den Raum zum Bett hinüber. „Mach dir keine Gedanken, Liebling." Er setzte sich neben sie, legte seine Hand auf ihren Bauch und küsste ihn liebevoll.

„Nick?"

Er seufzte. „Es ging um einen meiner Patienten. Ich muss zurück nach L. A.", sagte er, die Lippen noch immer an ihrem Bauch.

„Ben?", fragte sie und musterte ihren Mann, doch Nicholas wich ihrem Blick aus. Konnte sie seine Gedanken lesen? Er wollte schon verneinen, aber dann nickte sein Kopf ganz automatisch.

„Ja … Ben."

Sie wartete, aber er schwieg. Nach einem Moment legte sie ihre Finger unter sein Kinn und drehte sein Gesicht zu sich herum, sodass er ihr in die Augen sah. „Warum sagst du mir nicht, was los ist?"

„Weil du keine zusätzliche Belastung brauchst. Du hast genug mit Isabelle zu tun", erwiderte er, setzte sich im Bett auf und rutschte an die Bettkante, den Rücken zu ihr gewandt.

„Ich bin kein rohes Ei, Nick. Du brauchst mich nicht immer zu beschützen." Sie legte den Kopf an seinen Rücken, die Hand auf seine Schulter. „Also, was ist mit Ben?", fragte sie leise.

„Chris hat mir gerade mitgeteilt, dass sich Bens Zustand verschlechtert hat."

„Was genau heißt das?", fragte sie vorsichtig.

„Die verbliebene Niere arbeitet nicht mehr richtig." Er wandte das Gesicht zu ihr. „Ben muss an die Dialyse."

„Das wird ihm nicht gefallen", stellte sie mit Bedauern fest.

„Ich weiß … aber es ist seine einzige Chance." Er hob seine Hand, legte sie an ihre Wange und streichelte sie sanft. „Ich gehe duschen", sagte er, stand auf und ging ins Badezimmer.

Joan, die allein im Bett zurückblieb, spürte, wie sehr Nicholas die Veränderung von Bens Zustand beschäftigte. Sie wusste, dass der Junge ihm mehr bedeutete, als gut für ihn war. Seit Langem gab es nicht mehr den Abstand, den ein Arzt zu seinem Patienten wahren sollte.

Der Morgen sollte jedoch noch eine weitere unerfreuliche Nachricht bringen. Nach dem Frühstück im Bett schlug Joan die Zeitung auf und überflog die dick gedruckten Überschriften. Als sie weiterblätterte, blieb ihr Blick an einem Bild hängen. Die Farbe wich ihr augenblicklich aus dem Gesicht.

„Willkommen in New York", murmelte sie.

Nicholas, der sich soeben seine Hose anzog, hob den Kopf. „Wie bitte?"

Joan sah zu ihm. „Hast du es gelesen?"

„Was meinst du?", fragte er, über den Ausdruck in ihren Augen besorgt, und trat mit zwei Schritten zu seiner Frau ans Bett. Sie reichte ihm die Zeitung, in der ein großes Foto von ihnen abgebildet war, wie sie vor dem Hotel aus dem Taxi stiegen. Nicholas las die Überschrift. *Besuch aus weiter Ferne! Tochter des milliardenschweren Firmenbosses von Farley's mit Ehemann in New York. Soll ihr Baby hier zur Welt kommen?*

Er sah auf. „Was ist daran so schlimm? Man hat uns fotografiert, na und?"

„Ab nun müssen wir auf Umwegen ins Krankenhaus fahren."

„Schatz, meinst du nicht, dass du ein wenig überreagierst? Man wird uns nicht verfolgen." Er lächelte und warf die Zeitung auf das Bett.

„Genau das wird die Presse tun, ich kenne das doch! Noch sind es Spekulationen, Nick, aber die Journalisten wollen den Grund für unseren Besuch wissen und werden so lange suchen, bis sie Mom im Krankenhaus finden", sagte sie voller Unbehagen. „Meinst du, sie will, dass alle Zeitungen über ihre Krankheit schreiben?"

„Natürlich nicht."

„Dann solltest du dieses eine Mal auf mich hören, denn man wird uns beobachten."

Obwohl Nicholas sah, wie ernst es seine Frau meinte, glaubte er nicht, dass die Fotografen ihnen vor dem Hotel auflauern würden. Er sollte sich irren. Als sie das Hotel verließen, um zu Isabelle ins Krankenhaus zu fahren, wurden mehrere Bilder von ihnen geschossen, doch dank zusätzlicher Geldscheine kooperierte der Taxifahrer und hängte ihren Verfolger nach wenigen Minuten ab.

Zwei Stunden darauf schlang Nicholas die Arme um seine Frau und küsste sie zum Abschied zärtlich. „Mach nicht so ein trauriges Gesicht, Schatz. Wir sehen uns in ein paar Tagen in L. A. wieder."

„Wir vermissen dich jetzt schon."

„Das hoffe ich doch!“, sagte er lächelnd und legte die Hände an ihre Wangen. Eindringlich sah er sie an. „Pass gut auf euch beide auf.“

„Versprochen.“ Sie beugte sich zu ihm und presste ihre Lippen auf die seinen. Augenblicke später mussten sie sich voneinander trennen.

In Los Angeles gelandet, ließ sich Nicholas sofort von einem Taxi ins Santa Monica Hospital fahren. Während des langen Fluges hatte er die neuesten Untersuchungsergebnisse von Ben studiert und war somit im Bilde, als er Stunden nach seinem Start in New York endlich im Krankenhaus eintraf und Chris in dessen Büro folgte.

„Hast du alles veranlasst?“, fragte Nicholas und setzte sich auf die Ecke von Chris’ Schreibtisch.

Sein Freund nickte. „Ben hängt an der Dialyse.“

„Wie hat er es aufgenommen?“

„Wie du vermutet hast – nichts interessiert ihn mehr. Die Dialyse war für ihn immer das letzte Glied in der Kette.“

„Seit der Immuntherapie sind drei Monate vergangen und bisher sind keine neuen Veränderungen aufgetreten, was mich hoffen lässt, dass die neue Kombination tatsächlich erfolgreich gewesen ist. Es ist die längste Remission, in der Ben sich befindet, doch er macht sich nichts vor. Er weiß, dass der Krebs jederzeit zurückkehren kann“, stellte er nüchtern fest. „Ich werde nachher noch einmal mit UNOS telefonieren und Druck machen. Sie werden die neuen Ergebnisse haben wollen …“

Chris reichte ihm die Akte. „Ich habe alles zusammen.“

„Danke“, sagte Nicholas und erhob sich vom Schreibtisch. „Dann schreibe ich noch meinen Bericht.“

„Du solltest dich wenigstens für ein paar Stunden schlafen legen.“

Nicholas lächelte. „Du hörst dich wie Joan an.“

Mitfühlend sah Chris seinen langjährigen Freund an. „Wie geht es ihrer Mutter?“ Am Telefon hatte er bereits erfahren, dass Isabelle an Krebs erkrankt war, doch nun erzählte Nicholas ihm von Isabelles Weigerung gegen die lebenswichtige Operation.

„Ich versuche zu verstehen, warum sie die Operation ablehnt …“ Nicholas, der den Blick aus dem Fenster gerichtet hatte, wandte sich zu Chris um. „Aber ich kann es nicht.“

„Erst in solchen Situationen wie dieser erfahren wir, wie ein eng vertrauter Mensch sein Leben wirklich leben möchte. Du magst es noch nicht erkennen, aber Isabelle wägt das Risiko der Operation ab: Sie will unter keinen Umständen ein Pflegefall werden, ihrer Familie zur Last fallen. Der Familie, um die sie sich ihr Leben lang gekümmert, die sie umsorgt hat. Im allerschlimmsten Fall müssten sich diese Menschen nun um sie kümmern, sie pflegen", erklärte Chris und schüttelte den Kopf. „Sei ehrlich, dass passt nicht zu der Frau, die wir beide kennen. Isabelle Farley ist eine willensstarke, lebensfrohe Frau, die noch dazu eine bedeutende Stellung in der Gesellschaft hat."

„Hat sie das Recht, so egoistisch zu sein?", fragte Nicholas ruhig, obwohl sein Puls raste, seine Gedanken sich in alle Richtungen überschlugen. „Ich meine … kann sie das allein entscheiden? Kann sie einfach so sagen, *das war es*? Hat sie das Recht, die Behandlung zu verweigern, obwohl es eindeutige Chancen auf eine Heilung gibt?"

„*Ja*", war Chris' klare Antwort. „Jeder muss sein Leben leben, Nicholas. Wir dürfen nicht für andere entscheiden, nur damit wir uns besser fühlen." Er stand von seinem Schreibtischsessel auf und trat bedauernd zu seinem Freund, der mit dem Rücken am Fenster lehnte. „Hast du noch einmal mit ihr gesprochen?"

Nicholas nickte. „Mehrmals. Sie hat ihre Entscheidung getroffen."

„Kommst du klar damit?"

„Nein!", sagte er viel zu laut. Der Zustand der Hilflosigkeit nagte tief an seinem Gewissen. Nicholas wollte nichts anderes tun, als Isabelle zu operieren und ihr das Leben zu schenken. „… aber habe ich denn eine andere Wahl?"

Chris sah ihn mitfühlend an. Er konnte nur ahnen, wie sein Freund sich fühlte, und hoffte, niemals in eine ähnliche Situation zu kommen. Es war schon schwer genug, wenn einer ihrer Patienten die Behandlung abbrach, doch die Möglichkeit, einem Familienangehörigen helfen zu können, dieser jedoch ablehnte, war mehr als grauenhaft schmerzvoll. Wie selten kam es vor, dass sie auf lange Sicht helfen konnten? Und nun, bei seiner eigenen Familie, wo der Kampf für ihn noch wichtiger als sonst war, wurden ihm die Hände in Ketten gelegt. Isabelle ahnte vermutlich nicht einmal, welch einen inneren Konflikt sie damit bei Nicholas auslöste.

Nachdem Nicholas die Nacht im Santa Monica Hospital verbracht hatte, wo er bis spät an seinem Bericht geschrieben hatte, setzte er sich am nächsten Morgen auf der Couch in seinem Büro auf. Er fuhr sich mit den Fingern über die Augen; die Nacht war kurz gewesen und er hatte schlecht geschlafen. Minuten später, als er sich in seinem Büro rasiert und einen frischen Kittel angezogen hatte, spendierten ihm die Krankenschwestern im Schwesternzimmer einen starken Kaffee.

„Dr. Blake, Ben hat bereits mehrmals nach Ihnen gefragt", sagte die Schwester, die zuletzt ins Zimmer gekommen war.

„Dann werde ich mal zu ihm gehen.“ Er lächelte, bedankte sich für den Kaffee und lief den Gang hinunter zu Bens Krankenzimmer. An der Tür blieb er einen Moment stehen und beobachtete seinen jungen Freund, der den Blick an die Decke gerichtet hatte.

„Hey, Doc“, brachte Ben niedergeschlagen hervor, als Nicholas zur Tür hereinkam. Er wandte seinen Blick jedoch nicht von der Decke ab.

Nicholas blieb am Fuße des Bettes stehen. „Hey, wie geht es dir? Hast du noch Schmerzen?“

Ben schüttelte den Kopf. „Jetzt nicht mehr. Schwester Abby hat mir etwas gegeben.“

„Okay“, sagte Nicholas zufrieden und sah schweigend auf die Anzeigen der Geräte, an die Ben angeschlossen war. Dann setzte er sich auf das zweite, unbelegte Bett und wartete geduldig. Es bedurfte zwischen ihnen keiner Worte, um zu spüren, dass er bleiben sollte. Nicholas bemerkte die Veränderung seines Freundes, ohne dass sie ein Wort wechselten. Chris hatte mit seiner Einschätzung recht gehabt, Ben war an einem Punkt angelangt, an dem ihm völlig egal war, was mit ihm geschah. Einst hatte Ben ihm mit einem Lächeln im Gesicht von seinen Träumen erzählt und Nicholas war in den vergangenen Monaten nicht entgangen, dass Ben eben diese Träume nicht mehr erwähnte; er hatte sie begraben. Seine sprühende Lebensfreude, die früher jeden angesteckt hatte, gab es nicht mehr. In den letzten Wochen war er zumeist in seinem Bett geblieben und bei den seltenen Malen, an denen er es verlassen hatte, musste er den Rollstuhl benutzen, um im Aufenthaltsraum fernzusehen oder mit den kleineren Kindern zu spielen. *Er* war es immer gewesen, der die anderen mit seiner ansteckenden Heiterkeit und seinen Witzen zum Lachen gebracht hatte, doch als Nicholas nun neben dem Bett seines Freundes saß, schreckte er innerlich zusammen. Bens Augen waren verlassen wie nie zuvor. Es hatte ähnliche Situationen in den vergangenen Jahren gegeben, doch diesmal jagte der Ausdruck in Bens Augen Nicholas Angst ein. Ben schien endgültig der Mut, der Kampfwille, verlassen zu haben. Es war etwas eingetreten, das Nicholas nie erwartet hatte. Ben gab auf.

Nach einigen Minuten sagte Nicholas schließlich: „Willst du reden?“

„Worüber?“

„Vielleicht über das, was dir gerade im Kopf herumgeht?“

Ben sah ihn direkt an. „Ich werde sterben.“

„Das ist Unsinn, Ben, und das weißt du auch“, erwiderte Nicholas ruhig, obwohl er einen inneren Kampf ausführte.

„So? Haben Sie denn eine Niere für mich aufgetrieben?“

„Nein, tut mir leid."
„Was habe ich gesagt?!", sagte Ben wütend. „Ehe die eine Niere für mich haben, sterbe ich doch!"
„Die Dialyse hält dich am Leben …"
„Was ist das denn für ein Leben!", fiel er Nicholas ins Wort. Aufgebracht riss Ben seinen linken Arm hoch, in dem der Shunt steckte. „Sind das meine Aussichten?"
„Ben, du darfst nicht aufgeben", versuchte Nicholas ihn zu beruhigen. „Ich weiß, dass es schwer für dich ist, aber du musst Geduld haben. Ich bin mir sicher, dass wir in absehbarer Zeit eine geeignete Spenderniere bekommen werden."
„Das sagen Sie schon seit einem Jahr!"
Nicholas seufzte. „Ben, wie kann ich dir helfen?"
„Lassen Sie mich sterben, Doc", war die nüchterne Antwort.
„Das kann ich nicht. Nicht nach all dem, was du durchgestanden hast."
„Das hat doch alles keinen Sinn mehr! Wen interessiert es schon, ob ich lebe?"
„*Mich*, verdammt!" Nicholas beugte sich inständig zu ihm hinüber. „Ich bin nicht nur dein Arzt, sondern auch dein Freund. Und ich werde alles dafür tun, damit du nicht stirbst."
Ben wandte den Kopf zur Seite, aber Nicholas hatte die Tränen in seinen Augen gesehen. Er fühlte mit seinem Freund. „Gut, angenommen es steht eine Niere für mich zur Verfügung …", sagte Ben schließlich leise, „… was ist, wenn ich sie abstoße?"
„Du solltest optimistischer denken, Ben. Überlege dir stattdessen, was du tust, wenn du entlassen wirst."
Ben drehte das Gesicht zu ihm und grinste. „Das weiß ich schon. Ich suche mir ein Mädchen und verschwinde mit ihr in einem Zimmer."
„Da ist der Ben, den ich kenne!"
Einen Tag später als erwartet wurde Isabelle aus dem Lenox Hill Hospital entlassen. Matthew bedankte sich persönlich bei Dr. Bennett, der sich von seiner Patientin verabschiedete. Nun würde man sich nur noch einmal im Monat zur Kontrolle sehen.
„Informieren Sie mich, sobald die Schmerzen zunehmen", sagte Dr. Bennett leise zu Isabelle, damit ihre Familie sie nicht hörten. Auch ihn hatte Isabelle eindringlich an seine Schweigepflicht erinnert. „Wir können jederzeit die Dosis erhöhen."
Sie lächelte schwach. „Ich werde sicherlich darauf zurückkommen, Dr. Bennett. Vielen Dank für alles."

Dr. Bennett nickte bedrückt und reichte ihr die Hand. Isabelle sah ihn warmherzig an, als sich ihre Blicke trafen. „Es tut mir sehr leid", sagte er aufrichtig und folgte dem Blick seiner Patientin zu deren Ehemann und Kindern, die im Gang auf ihre Ehefrau und Mutter warteten.

„Mehr habe ich nie gewollt, Doktor", erklärte sie leise und sah ihn wieder an. „Ich führe ein wunderbares Leben, das ist mehr, als die meisten Menschen von sich behaupten können."

„Damit haben Sie vermutlich recht", stimmte er ihr zu. Isabelle Farley war die bemerkenswerteste Frau, der er je begegnet war, und er bedauerte, dass es nicht mehr Menschen wie sie gab. Trotz ihres eigenen Leids dachte sie stets zuerst an ihre Familie und deren Bedürfnisse.

„Liebling, wir sind so weit", sagte Matthew, nachdem Dr. Bennett das Zimmer verlassen hatte, und berührte liebevoll ihre Schulter. Isabelle, die auf dem Bett saß, sah zu ihrem Mann auf und nickte. Da sie noch immer geschwächt war, sich jedoch strikt gegen einen Rollstuhl gewehrt hatte, half Matthew ihr auf und stützte sie. Langsam gingen sie durch die Gänge, Joan und Brian voran, ihre Eltern folgten ihnen in wenigen Metern Abstand, bis sie Augenblicke später den Fahrstuhl betraten. Mit der linken Hand hielt sich Isabelle an einer der Stangen fest, die an beiden Fahrstuhlwänden angebracht waren, während sie die rechte bei ihrem Mann eingehakt hatte.

„Schaffst du es wirklich bis zum Wagen?", fragte Matthew sie besorgt. Er hätte es vorgezogen, sie in einem Rollstuhl zum Auto zu fahren, damit sie sich nicht überanstrengte.

„Bevor ich in einen Rollstuhl steige, lasse ich mich von dir tragen", erwiderte sie lächelnd. Auch ihre Kinder und Matthew lächelten, doch Matthew merkte, wie schwer seiner Frau das Laufen fiel. Ihm behagte nicht, dass Isabelle sich sichtlich zu viel zumutete.

„Wie lange bleibst du noch in New York, Jo?", fragte Isabelle ihre Tochter, gerade als sich die Fahrstuhltüren öffneten. Sie verließen den Fahrstuhl, der sich sofort wieder füllte, und gingen durch die Eingangshalle des Hospitals.

„Ich denke, ein paar Tage", antwortete Joan zögernd und trat durch die Tür, die Brian ihnen öffnete, ins Freie hinaus. „Aber wenn du möchtest, dann bleibe ich länger."

„Ich habe dich gern hier, dass weißt du …" Isabelle sah sie lächelnd an, bemerkte nicht die Menschen um sie herum. „Aber dein Mann …"

Da brach plötzlich ein Blitzgewitter über sie herein. Erschrocken rissen die beiden Frauen die Köpfe hoch. Augenblicklich war das Lächelnd aus ihren Gesichtern verschwunden.

„Brian!“, rief Matthew, der erst im letzten Moment die Meute bemerkt hatte, und zog seine Frau fest in die Arme. Er wollte sie vor den vielen Kameras abschirmen, doch innerhalb von Sekunden hatten etwa 20 Journalisten und Fotografen sie umringt.

„Mrs. Farley, stimmt es, dass Sie an Krebs erkrankt sind?“, fragte eine Journalistin Isabelle und hielt ihr das Mikrofon unter die Nase.

„Kann man Ihnen im Lenox Hill Hospital helfen?“, wollte jemand anderes wissen.

„Wir haben Ihnen nichts mitzuteilen!“, sagte Matthew abwehrend, während er versuchte, durch die Menge zum Wagen zu gelangen. Beschützend hatte er seinen Arm um Isabelle gelegt, die ihr Gesicht mithilfe ihrer Hand vor den blitzenden Kameras abschirmte, an der anderen Hand hielt er die Finger seiner Tochter. Von Brian war weit und breit nichts zu sehen.

„Was sagten Ihnen die Ärzte?“

„Wie stehen Ihre Chancen, Mrs. Farley?“

„Kein Kommentar“, sagte Matthew nun weniger freundlich.

„Wann haben Sie die Krebsdiagnose erhalten?“, fragte ein dritter Reporter und drängte sich zwischen zwei Kameramännern hindurch.

„Lassen Sie uns durch“, sagte Matthew ärgerlich. Da entglitt ihm Joans Hand. Es verstrichen nur wenige Sekunden, bis es ihm endlich gelang, sich umzudrehen, aber Joan war verschwunden. „*Joan*?“, rief er verzweifelt.

Ein Teil der Fotografen und Journalisten hatte Joan völlig eingekesselt und stellten ihr etliche Fragen. Verwirrt blickte Joan in die Kameras. Trotz ihrer langjährigen Erfahrung im Umgang mit der Presse war sie von dem plötzlichen Auftauchen der Menge derart überrascht, dass sie noch unter Schock stand. Von allen Seiten sprachen fremde Menschen auf sie ein, drängten sich um sie, hielten Kameras und Mikrofone dicht vor ihr Gesicht, während sie versuchte, ihre Augen vor dem grellen Licht der Kameras zu schützen.

„Jo?“, rief Brian in die Menge hinein und bahnte sich einen Weg durch die Menschen, die seine Schwester in die Enge getrieben hatten. „Jo?“, hörte Joan die Stimme ihres Bruders und wurde schlagartig aus ihrem Trance befreit. Panisch wandte sie den Kopf in die Richtung, aus der sie seine Rufe hörte.

„Mrs. Blake, können Sie uns etwas zu dem Gesundheitszustand Ihrer Mutter sagen?“

„Wird Ihr Ehemann, Dr. Blake, sich der Behandlung Ihrer Mutter annehmen?“

„Jo!“, drang Brians Stimme erneut zu ihr durch und im nächsten Moment sah sie sein Gesicht in der Menschenmenge. Da bekam sie mitten im Gerangel einen Stoß in den Bauch.

Brian sah ihr vor Schreck geweitetes Gesicht, ergriff ihre Hand und zog sie ohne Rücksicht auf die Meute hinter sich her.

„Sie leben eigentlich in Los Angeles. Werden Sie jetzt in New York bleiben, um Ihrer Mutter beizustehen?"

Brian legte seine linke Hand auf die Linse der Kamera, die eilig neben ihnen herlief. „Es gibt hier nichts zu berichten. Lassen Sie uns in Frieden!"

„Wir wissen aus sicherer Quelle, dass Ihre Mutter an Krebs erkrankt ist ..."

„Was haben Sie nicht schon alles aus sicherer Quelle erfahren ...", fuhr Brian der Reporterin ins Wort, worauf sich sämtliche Mikrofone an seine Lippen hängten. „... und nichts davon hat sich als Wahrheit herausgestellt." Er lächelte zufrieden. „Komm", sagte er zu seiner Schwester und zog sie zur Limousine ihrer Eltern, die am Treppenende gehalten hatte. Begleitet von blitzenden Kameras stiegen sie zu Matthew und Isabelle in die Limousine, schlossen schnell die Tür und fuhren davon.

„Alles okay?" Besorgt musterte Brian das blasse Gesicht seiner Schwester. Schützend lag ihre Hand auf ihrem Bauch. Joan nickte abwesend. Der Schock stand ihr noch deutlich im Gesicht geschrieben. Auch nach minutenlanger Fahrt wagte sie nicht, ihre Mutter anzuschauen, die ihr mit zittrigen Händen gegenübersaß.

Während der gesamten Fahrt sprachen sie kein einziges Wort. Als sie endlich in der Fifth Avenue hielten, öffnete ihnen der Chauffeur eilig die Tür und half Joan beim Aussteigen. In dem Moment sah Brian, wie mehrere Autos mit erhöhter Geschwindigkeit auf sie zugefahren kamen. „Beeilt euch!", drängte er seine Eltern und schob Joan ins Appartementhaus. So schnell es ihnen möglich war, folgten Matthew und Isabelle ihnen und traten in den Fahrstuhl, ehe die Journalisten das Haus stürmen konnten. Im Fahrstuhl rang Isabelle nach Luft. Nur mit Mühe hielt sie sich auf ihren Beinen und nahm ohne Widerspruch Brians und Matthews Hilfe an, als sie ihr aus dem Fahrstuhl und zur Couch hinüberhalfen.

„Oh mein Gott, was ist passiert?", fragte Rachel aufgeregt, trat zu ihrer Schwägerin und half ihr, die Jacke auszuziehen. Sorgenvoll musterte sie Joan, als diese, den Arm in den Rücken gestützt zur Couch schlurfte und sich mit einem leisen Stöhnen setzte.

„Die Presse hat uns überrascht", erklärte Brian seiner Frau mit knappen Worten und ging zum Telefon hinüber. Angespannt lauschte sie den Worten ihres

Mannes, der den Pförtner ausdrücklich darum bat, niemanden hinaufzulassen. Wie er erfuhr, war die Eingangshalle voller Journalisten und Fotografen. „Geben Sie uns Bescheid, wenn es Probleme gibt. Die Polizei ist informiert und kann sofort einen Wagen schicken. In Ordnung. Danke." Brian wandte sich um und nickte seinem Vater zu, der soeben mit zwei Gläsern Wasser aus der Küche kam und das eine seiner Frau, das andere Joan reichte. Dann trat er zur Minibar und schenkte Brian und sich einen Whiskey ein. Mit einem Zug tranken die beiden Männer ihre Gläser leer.

„Isabelle, lass uns nach Brooklyn Heights fahren, bis der Trubel nachgelassen hat", brach Matthew das eisige Schweigen. „Dort sind wir ungestört und du kannst dich in Ruhe erholen."

Isabelle schüttelte den Kopf. „Ich werde mich nicht verstecken."

„Wir verstecken uns nicht", widersprach Matthew ruhig und setzte sich neben seine Frau auf die Couch. „Liebes, du musst dich schonen und du weißt, dass du das hier nicht kannst. Ich wollte dir diesen Vorschlag ohnehin machen, und in Anbetracht der heutigen Situation ist es für dich das Beste."

„Dad hat recht", stimmte Brian seinem Vater zu.

8. Kapitel

Am nächsten Tag waren die Klatschzeitungen voll mit Berichten über die Farleys. Isabelles Bild füllte die Titelseiten völlig aus und in den *Exklusivstorys* standen sogenannte Freunde der Familie Rede und beantworteten die Fragen, auf die kein Mitglied der Familie vor dem Krankenhaus hatte eingehen wollen. Dass kaum etwas davon der Wahrheit entsprach, schien niemanden zu interessieren. Die Spekulationen und Andeutungen waren breit gefächert, in einigen Blättern ging man sogar so weit, von einem baldigen Tod Isabelles zu sprechen.

In der Zeitung, die Joan am Morgen vom Zimmerservice des *Carlyle* bekam, berichtete man auf vier Seiten über Isabelles Erkrankung. Entgeistert las sie die Schlagzeile: *Isabelle Farley im Lenox Hill Hospital – schreckliches Krebsleiden entdeckt!* Neben dem Bericht, der ein kurzes, aber frei erfundenes Interview mit ihrer Mutter enthielt, war ein Foto abgedruckt, das sie alle beim Verlassen des Krankenhauses zeigte. Joan überflog den ersten Absatz und warf die Zeitung wütend aus dem Bett.

Da klingelte neben ihr das Telefon. Erschrocken fuhr Joan zusammen und bekam prompt einen anständigen Tritt von ihrer Tochter. „Blake", meldete sie sich mürrisch nach dem zweiten Klingeln.

„Guten Morgen, Liebling", erkannte sie die Stimme ihres Mannes.

„Hallo", sagte sie nun sanft, die Hand auf ihrem gewölbten Bauch. „Du hast mich gerade erschreckt, und zum Dank tritt mich deine Tochter."

„Das tut mir leid", sagte Nicholas ehrlich und lehnte sich lächelnd in seinem Schreibtischsessel zurück. Entspannt blickte er aus dem Fenster in den Park hinaus. „Ich vermisse euch. Ich denke den ganzen Tag darüber nach, was ihr zwei wohl gerade macht, wo ihr seid und wie es euch geht. Was habt ihr gemacht, bevor ich anrief?"

„Nicht viel. Ich bin noch nicht aufgestanden." Verwundert sah Nicholas auf seine Uhr. In New York musste es kurz nach elf Uhr sein. „Ich sitze im Bett und … oh …", stöhnte Joan leise auf, als ihre Tochter unruhig strampelte. „… und habe die Zeitung gelesen", sagte sie mit verzerrtem Gesicht.

„Schatz, ist alles okay bei dir?", fragte er besorgt und setzte sich auf. Nicholas spürte, dass irgendetwas nicht stimmte, und merkte, wie Joan förmlich im Bett zusammensackte.

„Nein …" Es war kaum mehr als ein Flüstern. Tränen traten in ihre Augen.

„Ich kann nicht mehr. Es ist meine Schuld, dass sie es herausgefunden haben. Ich allein bin schuld daran, dass die Zeitungen so über uns schreiben“, schluchzte sie leise.

„Langsam, Jo … Wovon sprichst du?“

„Die Journalisten … sie haben uns gestern vor dem Krankenhaus überrascht. Es war so grauenvoll, Nick. Die Zeitungen lügen alle“, sagte sie aufgebracht.

„Bitte, Liebling, beruhige dich“, sagte er weich.

„Das kann ich nicht. Sie lügen!“, stieß sie wütend hervor und spürte sogleich einen harten Tritt des Babys. „Aua!“

„Liebling, hör bitte auf unsere Tochter. Beruhige dich“, bat Nicholas seine Frau eindringlich. Inzwischen war er aufgestanden und ging vor seinem Schreibtisch auf und ab. Die Situation, die sich anscheinend in New York ergeben hatte, gefiel ihm ganz und gar nicht.

Joan stöhnte. „*Unsere* Tochter hat mich schon die ganze Nacht nicht schlafen lassen. Ständig boxt sie um sich.“

„Du bist unruhig, und das spürt sie.“

„Kannst du mir verraten, wie ich ruhig bleiben soll, wenn die Presse Lügen über meine Mutter verbreitet?“, fragte sie ihn gereizt, obwohl sie ihre Wut nicht an ihrem Mann auslassen wollte. „Vor dem Hotel lauern mindestens 20 Fotografen und etliche Fotografen hoffen auf ein Interview mit mir. Bei Brian und Rachel ist es nicht anders. Sie können nicht einmal unbemerkt ihre Koffer packen, um mit meinen Eltern nach Brooklyn Heights zu fahren.“

„*Brooklyn Heights*? Und was ist mir dir?“

„Ich bleibe in meinem Bett, bis der Spuk ein Ende hat“, erklärte sie sarkastisch.

Allein die Vorstellung, seine schwangere Frau ohne ihre Familie in New York zu wissen, bereitete ihm Unbehagen, aber er konnte unmöglich die Station nach so kurzer Zeit abermals aus privaten Gründen verlassen, um zu ihr zu fliegen.

„Liebling, ich möchte, dass du noch heute zurück nach L. A. kommst. Ich buche dir den nächsten Flug und hole dich vom Flughafen ab.“

„Aber Mom“, wandte Joan ein. „Ich kann sie doch jetzt nicht allein lassen.“

„Isabelle wird es verstehen, Jo. Du hast selbst gesagt, dass deine Eltern in ihr Wochenendhaus fahren wollen, damit sie sich noch einige Zeit erholen kann. Und ich will dich nur wenige Wochen vor der Geburt unserer Tochter hier bei mir haben.“

„Aber …“

„Keine Wiederrede“, sagte er entschieden. „Bleib im Bett und schone dich“, mahnte er sie fürsorglich. „Ich rufe dich noch einmal an, sobald ich ein Ticket für dich habe."

Nachdem sie aufgelegt hatten, rief Joan bei ihren Eltern im Penthouse an und erfuhr von Matthew, dass der Pförtner Mühe hatte, die Journalisten im Zaum zu halten. Zwei seiner Bodyguards waren bereits informiert und würden in wenigen Minuten eintreffen.

In den folgenden zwei Stunden nahm Joan ein kurzes Frühstück zu sich und packte ihren Koffer. An diesem Tag tat ihr der Rücken besonders weh, sodass sie nur langsam vorankam. Kurz nach dem Anruf ihres Mannes hatte sie zu allem Überfluss leichte Kontraktionen bekommen, doch auch das warme Bad, zu dem Isabelle ihr riet, half nichts. Im Gegenteil, die Schmerzen nahmen zu. Joan verließ die Badewanne, zog den weißen Bademantel des Hotels an und betrachtete sich im Spiegel. „Ich habe mich beruhigt, Kleines. Du kannst also mit den Tritten aufhören", sagte Joan zu ihrem Spiegelbild und legte die Hand auf ihren Bauch. Plötzlich durchfuhr ein schneidender Schmerz ihren Rücken. „Ah!", schrie sie auf und musste sich am Waschbecken abstützen, bis der entsetzliche Schmerz vorüber war. Als sie an ihren Beinen hinuntersah, war sie sich endgültig sicher: Sie hatte seit dem Morgen Wehen. Soeben war das Fruchtwasser abgegangen.

„Nick, endlich erreiche ich dich", drang ihre verzweifelte Stimme durchs Telefon. Seit zehn Minuten versuchte sie ihren Mann ans Telefon zu bekommen. Nun hatte eine Krankenschwester sie in Chris' Büro durchgestellt, wo die beiden Freunde über einen Patienten sprachen.

Verwundert wandte Nicholas den Blick von Chris auf seine Armbanduhr. „Schatz, du hörst dich merkwürdig an. Ist alles okay? Bist du schon am Flughafen?"

„Nein. Ich bin noch im Hotel. Nick, ich …"

„Liebling", unterbrach er seine Frau. „Ich weiß, wie schwer es dir fällt, deine Mutter in New York zurückzulassen …"

„Nick, es geht los …"

„… aber ich möchte, dass du sofort in ein Taxi steigst und zum Flughafen fährst."

„Verdammt, ich habe Wehen!", schrie sie einer Panik nahe ins Telefon.

Entsetzt sah Nicholas Chris an, der ihm gegenüberstand. „*Nick*?"

Sein Freund schüttelte den Kopf. Allmählich verstand er die Worte seiner Frau und hatte Mühe einen klaren Gedanken zu fassen. „Jo, bist du dir sicher? Ich meine, es ist drei Wochen zu früh."

„Jaaa“, stieß sie unter einer Welle von Schmerz hervor.

„Liebling, du musst ruhig atmen.“ Übers Telefon half Nicholas ihr bei der richtigen Atmung, bis die Wehe vorüber war und sie sich in die Kissen zurückfallen ließ. „Bestell dir ein Taxi und lass dich sofort ins Krankenhaus fahren.“

„Brian kommt sicher jeden Moment. Er wollte mich zum Flughafen begleiten.“

In dem Augenblick klopfte jemand an der Tür ihrer Suite. Einen Moment darauf stand Brian im Schlafzimmer und sah sie mit angewinkelten Beinen seitlich auf dem Doppelbett liegen. Ein Blick in das Gesicht seiner Schwester genügte und er wusste, was los war.

„Uuuuh“, stöhnte sie plötzlich und ließ den Hörer fallen.

„Jo!“, rief Nicholas und fuhr sich angespannt mit der Hand durch die Haare. „Oh mein Gott. Jo!“

Brian eilte durch das Zimmer zu seiner Schwester, griff mit der einen Hand nach der ihren und mit der anderen nach dem Telefonhörer. „Nicholas?“

„Brian, Gott sei Dank!“, sagte er erleichtert. „Du musst sie sofort ins Krankenhaus bringen, hörst du?“

„Das tue ich. Mach dir keine Sorgen. Ich werde bei ihr bleiben“, versprach er seinem Schwager.

„Nein!“, stieß Joan unter Schmerzen hervor. „Er muss … herkommen.“ Brian sagte etwas ins Telefon, dass sie nicht verstehen konnte, und schien das Gespräch beenden zu wollen. Da stöhnte sie entsetzlich auf, sackte in die Kissen zurück und entriss ihrem Bruder den Hörer. „Du musst herkommen! Ich stehe das nicht alleine durch“, sagte sie ängstlich.

„Ich nehme den nächsten Flieger, Liebling, aber ich werde vermutlich nicht rechtzeitig da sein, wenn unsere Tochter auf die Welt kommt.“

„Ich brauche dich hier, Nick“, jammerte sie unter Tränen.

„Ich weiß, dass du das packst. Du bist unglaublich stark.“

„Ich habe Angst. Was ist, wenn …“

Chris sah, wie sein Freund die Augen schloss. „Es wird alles gut gehen, Liebling. Ich weiß es. Ich bin bei dir, so schnell es geht.“

„Beeil dich“, sagte Joan, obwohl auch sie nicht glaubte, dass ihr Mann es bis zur Geburt schaffen würde. Es ging alles schneller, als Dr. Smith vorausgesagt hatte. Es gab kein stundenlanges Wehenleiden. Die Abstände wurden immer kürzer. In einer Stunde, da war sie sicher, würde sie ihre kleine Tochter in den Armen halten.

Um acht Uhr Ortszeit öffneten sich die Fahrstuhltüren und Nicholas betrat die gynäkologische Abteilung des Lenox Hill Hospitals.

„Es ist keine Besuchszeit mehr, Sir", sagte die Krankenschwester, die im Schwesternzimmer über einen Berg Akten saß.

„Ich weiß, aber vielleicht könnten Sie eine Ausnahme machen", bat Nicholas die junge Frau erledigt. Seit 27 Stunden war er auf den Beinen und nur die Aussicht, Joan und seine Tochter zu sehen, hatten ihn während des Fluges wach gehalten. „Ich komme gerade aus L. A. und würde gern meine Frau und unsere Tochter kurz sehen. Ist alles in Ordnung mit den beiden?"

„Sind Sie Mr. Blake?" Nicholas nickte. „Es ist so, Ihre Frau hat …"

„Nick?", rief plötzlich eine bekannte männliche Stimme. Nicholas wandte den Kopf herum und sah Brian am Ende des Ganges vor dem Kaffeeautomaten stehen. Ohne ein Wort an die Krankenschwester zu richten ging er verwundert seinem Schwager entgegen.

„Brian! Was machst du denn noch hier?" Lächelnd begrüßte er ihn mit einer freundschaftlichen Umarmung. „Hast du auf mich gewartet?"

Erstaunt sah Brian ihn an. „Hat die Schwester nichts zu dir gesagt?"

„Nein." Das Blut gefror in seinen Adern, als er den ernsten Ausdruck in Brians Gesicht bemerkte. „Brian, was ist mit Joan und dem Baby?"

„Es geht ihr den Umständen entsprechend gut, aber eure Tochter lässt auf sich warten", erklärte er unvermittelt. „Joan liegt noch immer in den Wehen."

„*Was*?", sagte Nicholas entsetzt. Angst stand in seinem Gesicht geschrieben. „Bring mich zu ihr!"

Auf dem schnellsten Weg liefen sie in zügigen Schritten Richtung Kreißsaal, wo Isabelle und Matthew auf dem Gang auf einer Reihe von Stühlen Platz genommen hatten.

„Nicholas!", sagte Isabelle erfreut, als sie ihren Schwiegersohn kommen sah. Mit einer flüchtigen Umarmung begrüßte sie ihn. „Schön, dass du da bist."

„Wie geht es Joan?", platzte er heraus.

„Wir wissen noch nichts Neues."

„Warum bist du nicht bei ihr?", fragte er ohne Anklage.

„Sie lassen nur eine Person zu ihr. Rachel und ich wechseln uns ab." Erst da fiel ihm auf, dass Rachel nicht da war. „Joan braucht dich. Geh zu ihr."

Er nickte und ließ sich von Brian zu Joans Zimmer bringen. Als er die Tür öffnete, kam sofort eine Krankenschwester auf ihn zu.

„Bitte warten Sie draußen, Sir."

„Ich bin der Vater", entgegnete Nicholas und drängte sich an der Schwester vorbei. In dem Moment drehte Rachel sich zu ihm um, sodass sein Blick auf

Joan frei war. Abrupt blieb er einen Meter vor dem Bett stehen, in dem seine Frau mit geschlossenen Augen lag. Ihr Bauch war noch immer gewölbt.

Rachel stand lächelnd auf. „Komm her", flüsterte sie.

Langsam trat er ans Bett und nahm auf dem Stuhl Platz, auf dem Rachel zuvor gesessen hatte. Er bemerkte nicht, wie diese sich diskret zurückzog. Er hatte nur Augen für seine Frau. Zaghaft berührte er Joans Hand mit seinen Fingern, hob sie an seine Lippen und küsste sachte ihre Fingerspitzen. Da öffnete Joan die Augen und begann zu lächeln.

„Hey", sagte er leise, beugte sich zu ihr und küsste zärtlich ihre Lippen.

Eine Träne rann aus ihrem Auge. „Wir haben auf dich gewartet." Sie lächelte schwach, nahm seine Hand und legte sie auf ihren gewölbten Bauch. Nicholas konnte die Bewegungen seiner Tochter spüren.

„Warum musst du immer den schwierigsten Weg gehen, Liebling?", fragte er mit Bedauern. Liebevoll fuhr er mit dem Finger über ihre Wange, nahm die Träne auf. „Wie fühlst du dich? Hast du Schmerzen?"

Joan hörte die Besorgnis in seiner Stimme und schüttelte den Kopf, doch an ihren angespannten Gesichtszügen sah er, dass sie ihn nur schonen wollte. „Ich würde gern ein wenig schlafen."

„Tun Sie das, Mrs. Blake. Ruhen Sie sich für die Geburt aus", sagte eine fremde, männliche Stimme und Nicholas blickte zu dem hochgewachsenen Mann im weißen Kittel auf, der am Ende des Bettes stand. Auf dessen Schild las er *Dr. Grant.*

Als Joan die Augen schloss, sah Dr. Grant zu Nicholas. „Kann ich einen Moment mit Ihnen sprechen, Herr Kollege?", bat der Arzt ihn leise.

Nicholas nickte und wandte sich an seine Frau. „Liebling, ich bin gleich wieder da." Er legte ihre Hand auf die Bettdecke und folgte Dr. Grant ans Fenster. „Dr. Grant, was ist mit meiner Frau?" Die Angst, die er um Joan und das gemeinsame Baby hatte, war deutlich in seinem Gesicht und seiner unruhigen Haltung zu erkennen.

„Vor etwa drei Stunden wurden die Abstände zwischen den Wehen plötzlich wieder länger. Das ist bei einer Erstgeburt nicht ungewöhnlich. Manche Frauen liegen zwei Tage in den Wehen", erklärte sein Kollege ihm. „Ihre Frau macht das großartig. Trotz der Schmerzen hält sie sich gut."

„Aber?"

„Die Geburt könnte für Ihre Frau sehr schwierig werden, da das Baby im Vergleich zum schmalen Becken auffallend groß ist. Außerdem habe ich bei der Untersuchung einige alte Narben in der Vagina festgestellt, die zum Problem werden könnten. Ich muss daher leider einen Kaiserschnitt in Betracht ziehen."

„Die Ärztin meiner Frau hat uns darauf vorbereitet, dass eine normale Geburt schwierig werden könnte. Haben Sie schon mit meiner Frau darüber gesprochen?“

Dr. Grant nickte. „Ja, aber sie lehnt einen Kaiserschnitt vollkommen ab.“

Nicholas sah zu seiner Frau hinüber, die mit geschlossenen Augen im Bett lag. „Sie hatte vor eineinhalb Jahren einen Kaiserschnitt. Es war eine Totgeburt“, sagte er leise.

„Ich verstehe“, sagte sein Kollege mitfühlend. „Dennoch möchte ich Sie bitten, mit Ihrer Frau zu sprechen und sie auf einen eventuellen Eingriff vorzubereiten. Ich weiß von der Angst Ihrer Frau und werde dementsprechend handeln.“

„Ich werde mit ihr reden.“

Dr. Grant nickte und sagte, dass er später noch einmal vorbeischauen wolle. Die Krankenschwestern würden ein Auge auf Joan haben. Nachdem der Arzt das Zimmer verlassen hatte, wandte Nicholas sich vom Fenster ab und sah zu seiner Frau hinüber. Sie schien seinen Blick zu spüren und öffnete die Augen.

„Komm zu mir“, bat sie leise und streckte die Hand nach ihm aus. Lächelnd ging er die wenigen Schritte zu ihr, ergriff ihre Hand und setzte sich auf die Bettkante. „Du siehst müde aus, Schatz“, flüsterte sie.

Nicholas lächelte. Typisch Joan, sie dachte an ihn! „Es war ein langer Tag“, erklärte er und legte die linke Hand auf ihren Bauch. „Wie geht es euch?“

„Es ging uns schon besser.“

Für einen Moment fielen ihr die Augen zu und er glaubte, Joan sei eingeschlafen, doch da öffnete sie die Lider und er sah die Angst in ihren Augen. Nicholas drückte ihre Hand fester, wollte ihr sagen, dass alles gut werden würde, aber die eigene Angst ließ ihn verstummen. Noch nie in seinem Leben hatte er so für einen anderen Menschen empfunden. Seine Tochter war noch nicht auf der Welt und bereits jetzt hatte er entsetzliche Angst, sie zu verlieren. Er wollte sich den Schmerz nicht vorstellen, den seine Frau bei dem Verlust ihres Sohnes empfunden haben musste. Sie sprachen selten über Andrew, aber während der Schwangerschaft hatte Nicholas an dem seltsamen Blick seiner Frau mehrfach den Eindruck gewonnen, dass sie an den Sohn dachte, den sie verloren hatte. „Manchmal stelle ich mir vor, wie wir vier zusammenleben würden“, hatte Joan ihm einmal gestanden. Aber es waren nur wenige Augenblicke gewesen, in denen sie mit ihrem Mann über das fremde Baby gesprochen hatte. Nicholas wusste nicht, wie oft sie an Andrew dachte; dies war ein Thema, das sie immer gemieden hatte. Es schien einer anderen Zeit anzugehören, einer Zeit, an die sie nicht mehr denken wollte.

„Du hast mit Dr. Grant gesprochen", sagte Joan leise und er nickte. „Ich will keinen Kaiserschnitt, Nick. Ich möchte unsere Tochter auf normalem Wege auf die Welt bringen."

„Das will ich auch ..." Er beugte sich zu ihr hinunter, küsste zärtlich ihre Lippen. „Aber ich werde euch keiner Gefahr aussetzen."

Unter Tränen schloss Joan die Augen. Nach einem Moment nickte sie fast unmerklich und spürte die Hand ihres Mannes, die ihre umschloss.

„Ich bin bei dir, Liebling", sagte Nicholas, selbst den Tränen nahe. „Euch wird nichts geschehen. Ich lasse dich nicht mehr allein."

Nach einigen Minuten war Joan dann doch eingeschlafen. Nicholas blieb eine Weile an ihrem Bett sitzen und betrachtete seine Frau. Schließlich verließ er leise das Zimmer und ging zu den wartenden Farleys, die noch immer auf den Stühlen im Wartebereich saßen.

Brian erhob sich nervös, als er seinen Schwager kommen sah, und fragte ihn mit erwartungsvollem Blick: „Und?"

„Sie schläft jetzt." In Gedanken fuhr Nicholas sich mit der Hand über seinen verspannten Nacken und setzte sich neben Rachel auf den Stuhl. „Ich verstehe nicht, warum die Wehen so plötzlich eingesetzt haben. Es ist drei Wochen zu früh."

„Wahrscheinlich hat der Stoß die Wehen ausgelöst", erklärte Brian ruhig, der vor ihm auf dem Gang stand.

Nicholas' Kopf schnellte hoch. „Welcher Stoß?", fragte er entsetzt.

Brians Blick glich dem eines kleinen Jungen, der bei etwas Verbotenem erwischt worden war. „Bei dem Gerangel mit den Journalisten bekam sie eine Faust in den Bauch. Auf dem Weg zum Krankenhaus sagte sie mir, sie hätte danach die ganze Nacht über Kontraktionen gehabt."

„Wehen", meinte Nicholas.

„Vermutlich." Brian setzte sich neben seinen Schwager und streckte die Beine weit von sich, während Nicholas mit besorgter Miene zu Isabelle sah, die den Kopf an die Schulter ihres Mannes gelehnt hatte. Beide schliefen friedlich, ließen sich nichts von der schrecklichen Szene vor dem Krankenhaus anmerken.

„Joan hat mir am Telefon von dem Aufmarsch der Journalisten erzählt. Wie kommt Isabelle damit zurecht?"

„Schwer zu sagen", meinte Brian. „Sie redet nicht viel darüber."

Wie ihre Tochter hatte auch Isabelle die Gabe, über gewisse Dinge nicht zu sprechen. Nicholas fragte sich, ob Mutter und Tochter jemals ihre Ehemänner an all ihren Gedanken teilhaben lassen würden. „Am Flughafen habe ich die Zeitungen gesehen. Wie haltet ihr das nur aus?"

Brian seufzte. „Gewohnheit, schätze ich. Wir sind so aufgewachsen."

„Kann man sich daran gewöhnen?", fragte Nicholas skeptisch, wenngleich er die Antwort seines Schwagers kannte. Er konnte sich nicht daran erinnern, wie oft er mit Brian diese Unterhaltung in L. A. bereits geführt hatte, doch jedes Mal erläuterte Brian seine Bedenken über ihre zunehmende Popularität in L. A. Die Klatschpresse interessierte sich seit seinem Einstieg bei *Farley's* und den beiden Hochzeiten mehr als früher für sie, obwohl sie lange nicht so heiß begehrt waren wie die Stars aus Hollywood.

Brian stand auf und sah Rachel und Nicholas fragend an. „Kann ich euch einen Kaffee mitbringen?"

„Für mich nicht", sagte Nicholas. „Ich gehe gleich zu Joan zurück."

Rachel erhob sich. „Ich komme mit. Ich muss mir die Beine vertreten."

Nicholas sah ihnen nach, wie sie den Gang hinunterliefen und um die Ecke bogen. Da fiel sein Blick abermals auf seine schlafenden Schwiegereltern. „Matthew?", sagte er leise und berührte dessen Schulter. Matthew schreckte hoch und weckte durch seine abrupte Bewegung Isabelle auf.

„Ist es so weit?", fragte Matthew erwartungsvoll.

„Nein. Dr. Grant meinte, die Wehen seien zum Stillstand gekommen und es könnte sein, dass heute nichts mehr passiert. Wir müssen die nächsten Stunden abwarten, wenn sich nichts tut, dann war es Fehlalarm." Nicholas verschwieg ihnen, dass Dr. Grant jedoch davon ausging, dass das Baby in dieser Nacht oder am nächsten Tag auf die Welt kommen würde. „Ihr solltet heimfahren. Ich rufe euch an, sobald etwas geschieht."

Sie wechselten einen Blick und stimmten schließlich zu. „Bist du sicher, dass wir nicht bleiben sollen?", fragte Isabelle, als Brian und Rachel langsam den Gang entlangkamen.

Nicholas lächelte über ihre Fürsorge. „Ja. Schlaft euch aus." Er küsste Isabelles Wange und wandte sich an Brian und Rachel. „Für euch gilt dasselbe. Ihr müsst nicht länger bleiben."

„Aber …", begann Rachel.

„Kein Aber", lenkte Nicholas sofort ein. „Ihr fahrt jetzt ins Hotel und morgen telefonieren wir miteinander", sagte er lächelnd, da er keine weiteren Einwände mehr duldete.

Isabelle wandte sich noch einmal um, aber da war Nicholas bereits im Zimmer ihrer Tochter verschwunden, wo er sich leise an das Bett setzte und seine Frau im Schlaf beobachtete. Sie schlief unruhig. Nicholas legte seine Hand auf ihren Bauch und spürte die Tritte seiner ungeborenen Tochter. „Gönn deiner Mom etwas Ruhe", sagte er leise.

Bald darauf fielen auch ihm die Augen zu. Er schlief tief und fest, wachte bei keinem der Rundgänge von den Nachtschwestern auf, doch irgendwann drang ein merkwürdiges Geräusch zu ihm durch. Es dauerte, bis er auf dem unbequemen Stuhl zu sich kam und die Augen öffnete. Müde wandte er den Blick zu Joan hinüber und fuhr erschrocken von seinem Stuhl hoch, als er ihr verschwitztes Gesicht sah.

„Ich hole eine Schwester", sagte er aufgeregt, aber Joan hielt ihn fest.

„Sie wissen Bescheid … uuuuuh", stöhnte sie und Nicholas ergriff augenblicklich ihre linke Hand.

Diesmal ging alles viel schneller. Innerhalb weniger Minuten kamen die Wehen heftig und in kurzen Abständen, sodass Joan zwischen den einzelnen Wehen kaum Zeit zum Luftholen hatte.

„Schatz, atme mit mir zusammen", befahl Nicholas ihr zwischen zwei Wehen und tupfte ihre Stirn mit einem kühlen Tuch ab. Er hatte keine Ahnung, wie er seiner Frau sonst helfen konnte. Sobald die Schmerzen sie erneut überfielen, wurde er verzweifelter.

Als Joan einen entsetzlichen Schrei ausstieß und die Hebamme sie zum Pressen aufforderte, betrat Dr. Grant das Zimmer.

„Wie mir scheint, ist es so weit", sagte er hinter seinem Mundschutz gelassen, nachdem er sich vor die angewinkelten Beine seiner Patientin gesetzt hatte, um den Fortschritt der Geburt beurteilen zu können. „Sie müssen gleich wieder pressen, Joan, jetzt … stärker! … Ja, so ist es gut", lobte er seine Patientin.

„Oh Gott … Nick … sie kommt!", keuchte sie und fuhr mit dem Pressen fort, während sie ihre Fingernägel in die Hand ihres Mannes bohrte.

„Du machst das wunderbar, Liebling. Weiter so!", spornte er sie an und tupfte zwischen den Wehen ihre Stirn ab.

„Pressen Sie weiter", drang die Stimme des Arztes zu Joan durch. „Ich kann den Kopf des Babys sehen."

20 Minuten später tastete Dr. Grant ihren Bauch ab, da der Kopf des Babys noch immer nicht ausgetreten war. „Versuchen Sie kräftiger zu pressen, Joan", erklärte er.

„Ich kann nicht mehr … es tut so schrecklich weh." Mittlerweile gab es für sie zwischen den einzelnen Wehen keine Erholung mehr. Sie hatte jeweils nur wenige Sekunden, um zu Atem zu kommen.

„Sie schafft es nicht allein. Sie ist zu geschwächt", hörte Nicholas seinen Kollegen kurz nach sechs Uhr morgens sagen. Um halb drei war er aus dem Schlaf hochgeschreckt. „Bereiten Sie alles für einen Kaiserschnitt vor", wies Dr. Grant die Krankenschwester an.

„Nein!“, schrie Joan. Ihre Augen waren vor Angst geweitet, als sie ihren Mann flehentlich ansah. „Ich schaffe das …“

Nicholas war sich dessen nicht so sicher wie sie und er wollte kein Risiko eingehen. Er zögerte einen Moment.

„*Bitte*!“, keuchte Joan.

Da nickte Nicholas und sah zu Dr. Grant. „Geben Sie ihr eine halbe Stunde.“

„Eine halbe Stunde, auf keinen Fall länger. Sie verliert zu viel Blut.“ Es war jetzt schon mehr Blut als üblich abgegangen und er wusste nicht, wie lange ihr Körper der starken Belastung noch standhalten würde. „Pressen Sie fester!“

„Hast du gehört, Liebling? Du musst fester pressen“, sagte Nicholas sanft und kämpfte mit den Tränen, als er ihren verzweifelten Blick sah. „Wir schaffen das.“

„Halt den Mund!“, fuhr sie ihn an.

Es bedurfte drei weiterer Wehen und entsetzlicher Schmerzen für Joan, bis sich langsam, ganz langsam der Kopf aus ihr herausschob. Nicholas hielt ihre Schulter umfasst, verschränkte seine Finger mit den ihren. Da erfüllte ein lang gezogener Schrei den Raum.

„Unsere Tochter“, flüsterte Nicholas unter Tränen lächelnd.

„In ein paar Minuten haben Sie es geschafft, Joan. Gleich können Sie Ihre Tochter in den Armen halten“, versprach Dr. Grant seiner Patientin, die im selben Augenblick von der nächsten Wehe überfallen wurde. Unter dem Ansporn ihres Mannes presste Joan so kräftig sie konnte und mit einem Mal glitt der ganze Körper aus ihr heraus. Erschöpft fiel Joan in die Kissen zurück und konnte nicht glauben, dass sie soeben ihre Tochter geboren hatte.

Sorgfältig durchtrennte Nicholas die Nabelschnur und nahm seine Tochter, die von der Krankenschwester in eine weiche Decke gebettet worden war, voller Stolz auf den Arm. Trotz ihrer erstaunlichen Größe war sie in seinen Armen so winzig. Mit feuchten Augen trat Nicholas zu Joan und legte ihr das Baby in die Arme. Er half seiner Frau, da sie zu geschwächt war, um ihre Tochter allein zu halten.

Joans Augen leuchteten. „Sie ist wunderschön.“

„Sie hat auch die bezauberndste Mom“, erwiderte Nicholas glücklich, beugte sich zu ihr und küsste zärtlich ihre Lippen.

„Samantha Blake“, flüsterte Joan und sah lächelnd ihren Mann an. „Sie soll den Namen deiner Mom tragen, ohne die es dich nicht gäbe.“

„Oh, Liebling …“ Nicholas umfasste ihre Wangen mit seinen Händen und küsste sie hingebungsvoll. „Ich liebe dich so sehr", flüsterte er dicht an ihren Lippen, ehe er sie abermals küsste.

Erst als Nicholas zusah, wie seine Tochter gewaschen und von der Kinderärztin in Augenschein genommen wurde, fielen ihm seine Schwiegereltern ein. In der Hektik der Geburt hatte er vollkommen vergessen, sie anzurufen. Sobald die Untersuchung seiner Tochter beendet war, holte er dies nach. Es wurde acht Uhr, als er sie anrief und Matthew ihm voller Freude versprach, dass sie sofort ins Krankenhaus kommen würden.

Auf dem Weg zurück zu Joans Zimmer kaufte Nicholas sich am Automaten einen starken Kaffee und trank den Becher in wenigen Zügen aus. Beschwingt ging er den Gang hinunter und betrat das Zimmer seiner Frau. Abrupt blieb er in der Tür stehen, da das Zimmer bis auf den Nachtschrank leer war.

„Entschuldigen Sie", sagte Nicholas zu der Krankenschwester, die gerade an der Tür vorbeilief. „Ich suche meine Frau, Joan Blake."

„Soviel ich weiß, wird sie gerade operiert", erklärte die Schwester knapp.

„Operiert?" Entsetzt blickte Nicholas ihr nach. Voller Sorge wandte er sich auf dem Gang um, als die Schwester, die bei der Geburt dabei gewesen war, mit der weinenden Samantha im Babybett zu ihm kam. Verzweifelt sah er die Schwester an. „Wo ist meine Frau?"

„Sie hatte während der Geburt eine starke Blutung", sagte sie ruhig. „Dr. Grant ist dabei, der Ursache auf den Grund zu gehen."

Nicholas trat zur Seite, damit die Schwester das Babybett ins Zimmer schieben konnte, und beobachtete, wie sie das Bett vor dem Fenster abstellte. „Aber Ihre Kollegin sagte, meine Frau würde operiert werden", erwiderte er aufgewühlt. Die Ungewissheit machte ihn verrückt.

„Davon weiß ich nichts, Sir, aber ich werde mich erkundigen." Sie bemerkte die Unruhe des frischgebackenen Vaters, der mitten im Zimmer stand und sich nervös mit der Hand durch die Haare fuhr. „Es ist sicher nichts Ernstes", versuchte sie ihn zu beruhigen. „Kommen Sie mit dem Baby allein zurecht?"

Nicholas nickte geistesabwesend. Er sorgte sich um seine Frau, die in all den Stunden viel Schmerz hatte ertragen müssen. Noch immer konnte er nicht glauben, dass die Geburt so schwer gewesen war. Darauf hatte Dr. Smith sie nicht vorbereitet. Als die Schwester ihn allein ließ, um sich nach Joan zu erkundigen, blickte Nicholas fasziniert auf seine Tochter nieder, die nun friedlich in ihrem Bettchen schlief. Wie schön sie war, dachte er mit einem Lächeln. Samantha hatte kurze pechschwarze Haare und dieselben himmelblauen Augen wie Joan. Während er neben dem Babybett saß und zum ersten Mal seine Tochter im

Schlaf beobachtete, stützte er seine Ellenbogen auf den Knien ab, verschränkte unruhig die Hände miteinander und legte das Kinn darauf ab. Im nächsten Moment löste er die Hände wieder und stand auf. Angespannt trat er ans Fenster, trommelte unbewusst mit den Fingern auf der Fensterbank und seufzte laut. Dann ging er erneut zum Stuhl und setzte sich wieder.

Plötzlich wurde die Tür geöffnet. Abrupt sprang Nicholas auf und beobachtete zwei Krankenpfleger, wie sie Joans Bett ins Zimmer schoben und es mit der Kopffront an die Wand stellten.

„Dr. Grant wird später noch einmal nach Ihnen sehen", sagte der Pfleger zu Joan, und noch ehe die beiden Männer die Tür hinter sich geschlossen hatten, saß Nicholas mit besorgter Miene auf ihrer Bettkante und hielt ihre Hand.

„Liebling, was ist los? Die Schwester sagte, man würde dich operieren."

Joan nickte. „Ich musste genäht werden. Die Narben sind gerissen", erklärte sie erschöpft und von der Narkose benommen. Langsam wandte sie den Kopf zur Seite, sodass sie ihre Tochter sehen konnte. Ein Lächeln umspielte ihren Mund. „Ist alles okay mit ihr?"

Er folgte ihrem Blick. „Die Kinderärztin hat sie durchgecheckt. Sie ist vollkommen gesund." Nicholas sah sie wieder an, musterte seine Frau, die ihre Augen schloss und sie mühsam wieder öffnete. „Geht es dir auch wirklich gut?"

Ihre Blässe hatte kaum nachgelassen. Anscheinend war der Blutverlust höher gewesen, als er angenommen hatte. Joan brachte gerade noch ein Nicken zustande, ehe ihr die Augen zufielen.

Nach vier Tagen, die Nicholas kaum von ihrer Seite gewichen war, wurden Joan und Samantha aus dem Krankenhaus entlassen. Als er am Morgen das Zimmer seiner Frau betrat, um sie abzuholen, saß Joan mit ihrer Tochter im Arm auf dem Bett. Neben ihr stand die gepackte Reisetasche.

„Hallo, Liebling", begrüßte sie ihn lächelnd.

Erfreut, sie nach der langen, einsamen Nacht endlich wiederzusehen, beugte Nicholas sich lächelnd zu Joan hinunter und küsste sie zärtlich. „Wie war die Nacht?", fragte er und fuhr Samantha mit der Hand liebevoll über den Kopf. Mit großen blauen Augen sah sie ihren Vater an.

„Sie wollte alle zwei Stunden gestillt werden. Es dauert, bis sie wieder einschläft."

„Dann wird es Zeit, dass ich euch nach Hause bringe, damit ich meinen Engel herumtragen kann, bis sie einschläft." Er nahm ihr Samantha ab und legte sie in die Babyschale, die er auf die Bettdecke neben Joan gestellt hatte. „Wie fühlst du dich?", fragte er seine Frau liebevoll und umfasste ihre Hände mit den seinen.

„Dr. Grant meint, dass alles gut verheilt.“ Sie seufzte leise.

Besorgt musterte Nicholas sie. „Hast du noch Schmerzen?“

„Nein.“ Sie schüttelte den Kopf, hielt seinem fragenden Blick nur mühsam stand. „Mein Arzt gab mir eine strikte ärztliche Anweisung. In den nächsten Wochen ist mir jeglicher sexueller Kontakt verboten“, zog sie ihn grinsend auf.

„Oh, du Biest!“, sagte er lächelnd. „Wie kannst du mir solch einen Schreck einjagen?“

„Das musste ich einfach tun, tut mir leid.“ Sie zog ihn zu sich, legte die Arme um seine Hüfte und fragte verführerisch: „Meinst du, wir schaffen das?“

Er grinste. „Das liegt ganz an dir. Wenn du unter deinem Morgenmantel nichts trägst …“

„Ich bin nicht sicher, ob ich es wochenlang aushalte, neben dir zu liegen, ohne dich anfassen zu dürfen.“

Lächelnd küsste er sie. „Lass uns gehen, bevor du gleich hier über mich herfällst!“

Auf dem Weg zum *Carlyle*, wo sie noch eine Nacht verbringen wollten, ehe sie nach L. A. zurückfliegen würden, kamen sie auf Isabelle zu sprechen, die ihre Tochter seit der Geburt ihrer Enkelin nicht mehr gesehen hatte. Nach wie vor belagerten Fotografen ihr New Yorker Penthouse sowie die Filiale von *Farley's* in der Fifth Avenue, in dessen oberster Etage sich Matthews Büro befand. Aus Angst um seine Frau hatte Matthew ihr einen persönlichen Bodyguard engagiert, ohne den Isabelle keinen Schritt mehr vor die Tür setzte. So sehr hatte sich die Klatschpresse noch nie auf sie gestürzt, doch in diesen Tagen gab es einiges über die Farleys zu berichten. Samantha war keine 24 Stunden auf der Welt, da hatte Nicholas bereits den ersten Artikel über die Geburt seiner Tochter gelesen. Ihre besondere Herkunft wurde ausführlich erwähnt und die Konstellation der Sterne sagte ihr anscheinend ein ausgeglichenes, wundervolles Leben vorher.

Während Joan in ihrer Suite das Baby auf dem Bett wickelte, ging Nicholas ins Wohnzimmer und griff nach der Zeitung, die auf dem Tisch lag. Nach wenigen Minuten spiegelte sich blankes Entsetzen in seinem Gesicht wider. Erstmals schrieb man über Dr. Nicholas Blake, den Mann an Joan Farleys Seite. Sein ganzes Leben wurde für jedermann offengelegt, vor keiner noch so unbedeutenden Kleinigkeit wurde haltgemacht. Man interessierte sich für alles und jeden, den er in seinem Leben kennengelernt hatte. Ihm wurden Beziehungen zu Frauen angedichtet, mit denen er nur rein freundschaftlich ausgegangen war, und selbst der Unfall seiner Eltern wurde breitgetreten. Man stellte Mutmaßungen ab, ob es tatsächlich ein Unfall gewesen war, sodass Nicholas, dem der

Verlust seiner Eltern auch nach all den Jahren häufig noch sehr naheging, sich zutiefst gedemütigt und verletzt fühlte.

Als Joan lächelnd ins Zimmer kam, sah Nicholas starr von der Zeitung auf. Ihre Blicke trafen sich; Joan bemerkte den tiefen Schmerz in seinen Augen und wusste sofort, was geschehen war. Nicht zum ersten Mal sah sie diesen Gesichtsausdruck bei einem Mann, den sie liebte. Bis zuletzt hatte sie, naiv wie sie war, gehofft, dass es dieses Mal anders sein würde.

Wortlos reichte Nicholas ihr die Zeitung und trat an die geschlossene Balkontür. Joan las den hässlichen Artikel über ihren Mann, der das alles erst einmal verdauen musste. Er war es schließlich nicht gewöhnt, dass man sein Leben in der Zeitung offenlegte.

„Das ist mein Leben", sagte Joan tonlos. Sie war in New York aufgewachsen, sie kannte die Branche. „Die Boulevardpresse wird immer etwas finden, das sie über mich schreiben kann."

„Ich weiß … aber es ist etwas anderes, wenn man selbst verleumdet wird", sagte er leise. „Es tut weh, solche Verdächtigungen über meine verstorbenen Eltern in der Zeitung zu lesen."

„Ich wünschte, ich hätte es verhindern können", sagte sie bedauernd.

„Du bist selbst Opfer dieser schmutzigen Unterstellungen."

„Aber durch mich bist du für sie ebenso interessant geworden. In dieser Welt spielt es keine Rolle, ob die Storys wahr oder gelogen sind." Sie zögerte mit ihrer nächsten Frage, wünschte, sie könnte ihm in die Augen sehen und müsste nicht seinen nichtssagenden Rücken anstarren. „Kommst du damit klar?"

„Nein!", sagte er wütend und wandte sich endlich zu ihr um. „Ich werde mich immer darüber ärgern, wenn man Lügen über uns schreibt", fuhr er ruhiger fort, „aber solange wir einander vertrauen und wir zwei die Wahrheit kennen, werde ich damit leben können."

Mit feuchten Augen sah Joan ihn an. „Bist du dir sicher?"

Mit wenigen Schritten war er bei ihr und umfasste ihre Wangen mit seinen Händen. „Meine Liebe zu dir ist viel stärker." Zärtlich presste er seine Lippen auf ihre. Dann hielt er inne und rückte wenige Zentimeter von ihr ab. „In L. A. haben wir doch meistens unsere Ruhe, oder?"

Joan lächelte und nickte schwach. Die momentanen Verleumdungen waren schlimm genug, jedoch nichts im Vergleich zu dem, was auf sie zukäme, wenn die Geschichte in Mailand an die Öffentlichkeit gelangte. „Ich fürchte, wir haben die Reporter aufgeschreckt. Heute haben sie dich völlig entblößt … es ist denkbar, dass sie bei mir weitermachen …"

Ein Blick in ihre Augen genügte und Nicholas wusste, dass sie an die Vergewaltigung dachte. „Können wir das irgendwie verhindern?"

„Nein", sagte sie ehrlich und löste sich aus seiner Umarmung. „Wir sollten die Geschichte ruhen lassen und hoffen, dass niemand sie jemals entdeckt." Nun war sie ganz und gar Joan Farley. Eine Frau, die das eiskalte Geschäft kannte. „Ich bin nicht *irgendein* Mädchen, das missbraucht wurde. Raphael hat die ganze Zeit gewusst, wer ich bin. Ich habe die Anzeige damals aus zwei Gründen ruhen lassen: Wenn die Mailänder Presse meinen Namen in dieser Sache erfahren würde, vergingen keine 24 Stunden, bis die Reporter in den Staaten auch Bescheid wüssten." Sie sorgte sich um ihre kleine Familie, fürchtete sich vor den monatelangen Schlagzeilen und den Belagerungen der Fotografen. „Zudem bin ich erpressbar, Nick." Sie sah ihn direkt an. „Raphael kennt genug Leute, die Druck auf mich ausüben, oder schlimmer noch, dir oder Samantha etwas antun könnten. Ich weiß nicht, wozu er noch fähig ist." Sie schloss die Augen, schluchzte leise. Da spürte sie die Arme ihres Mannes, die sie sanft an seine Brust zogen. „Ich dachte, so weit entfernt kann er mir nichts mehr antun … Ich habe Angst, Nick", sagte sie mit zittriger Stimme.

Erschüttert, dass sie ihre Angst so lange vor ihm verborgen hatte, hielt er sie fest. „Warum hast du nicht längst mit mir darüber gesprochen?"

„Es ist meine Angst. Ich muss allein damit fertig werden."

Er legte die Finger unter ihr Kinn und drückte sanft ihren Kopf zu sich hoch. „Es gibt nichts, absolut nichts, was uns nicht beide betrifft. Deine Angst ist auch meine", sagte er eindringlich. „Vielleicht zerbrechen wir uns darüber den Kopf, wenn es je dazu kommen sollte. Falls dies geschieht, stehen wir das gemeinsam durch, okay?"

„Okay", sagte sie leise.

Dass Kinder das Wertvollste auf der Welt waren, konnten Joan und Nicholas bestätigen. In vollen Zügen genossen sie ihre Elternrolle. Nachts, wenn Samantha nach dem Stillen nicht einschlafen wollte, gab Nicholas bereitwillig einige Stunden Schlaf auf, um seine Tochter im Zimmer auf und ab zu tragen. Dann sah Joan, die sich nach der Geburt und der Operation noch schonen musste, ihnen vom Bett aus lächelnd zu. Sie verbrachte keine Minute ohne Samantha, und als sie wieder aufstehen konnte, nahm sie ihre Tochter überall mit hin. Sie spazierten den Strand vor ihrem Haus entlang, fuhren nach Santa Monica, wo sie über den Pier liefen und die bunten Karussells bestaunten, und besuchten Nicholas fast jeden Tag im Krankenhaus. Er nahm sich viel Zeit für seine beiden Frauen, wie er sie gern nannte, und setzte sich mit Joan im Park auf eine der Bänke. Bei Joans ersten Besuchen hatte der stolze Vater allen seine Tochter vorgestellt.

„Wenn ihr jemanden zum Babysitten brauchen solltet, ihr habt meine Nummer", bot Chris ihnen an. Lächelnd hielt er Samantha auf den Armen.

„Du solltest dir selbst eine Frau und Kinder zulegen", erwiderte Nicholas und räumte eilig die Unterlagen auf seinem Schreibtisch zusammen. Sie hatten in zehn Minuten einen Termin bei der Kinderärztin. „Oder willst du dir unsere Tochter nur ausleihen, um zu sehen, ob du mit einem Kind zusammenleben könntest?", fragte er lächelnd.

Chris grinste. „Ich dachte eher daran, den alleinziehenden Vater zu spielen."

„Männer!", stöhnte Joan und nahm ihm Samantha ab.

„Kann es sein, dass du damit eine bestimmte Frau beeindrucken willst?"

Chris sah zu seinem Freund auf und der Ausdruck, der in seinen Augen lag, zeigte Nicholas, dass er richtig lag. „Worauf spielst du an?", fragte Chris ausweichend.

„Auf die neue Krankenschwester." Er lächelte. „Michelle, oder?"

„Ich weiß nicht, was du meinst", wiegelte Chris ab.

„Oh doch, du weißt …"

„Lass Chris doch ein kleines Geheimnis. Wenn er möchte, wird er dir schon davon erzählen", meinte Joan und fing Chris' Blick auf. „Wir müssen jetzt wirklich los, Nick", drängte sie ihren Mann.

„Bin schon fertig." Er hängte seinen Arztkittel in den Schrank und nahm die Babyschale, in der seine strampelnde Tochter lag. Vor der Tür wandte er sich noch einmal an Chris. „Wir unterhalten uns morgen. Ich will alles wissen."

Tatsächlich bat Nicholas seinen Kollegen nach der Visite am darauf folgenden Morgen in sein Büro und bohrte so lange, bis Chris ihm von Michelle erzählte. Sie hatten es noch einige Zeit geheim halten wollen, um den Gerüchten aus dem Weg zu gehen.

„Ist es dir ernst?", fragte Nicholas seinen Freund.

„So ernst wie noch nie. Ich liebe sie."

Nicholas lächelte. „Das freut mich für dich."

In der letzten Aprilwoche wurden Joan und Nicholas um drei Uhr nachts von ihrem Telefon geweckt. Stöhnend machte Nicholas das Licht an, beugte sich über Joan hinweg und griff nach dem schnurlosen Telefonhörer, der auf ihrem Nachttisch lag. Beim dritten Klingeln räkelte sich Joan neben ihm und öffnete verschlafen die Augen. Vor knapp einer Stunde war sie erst zurück ins Bett gekommen.

„Blake", meldete sich Nicholas.

„Dr. Blake, hier ist Schwester Susan. Entschuldigen Sie die frühe Störung, aber wir hatten soeben einen Anruf von UNOS."

Augenblicklich setzte Nicholas sich im Bett auf. „Für wen?"

„Ben", sagte die Schwester aufgeregt.

„Wann ist die Niere bei uns?" Schon hatte er die Bettdecke zurückgeschlagen und begann sich anzuziehen. Von der Müdigkeit, die er noch vor eineinhalb Stunden verspürt hatte, war ihm nichts mehr anzumerken.

„Das wird uns noch gesagt."

„Rufen Sie in der Zentrale an und versuchen Sie, genauere Informationen herauszubekommen. Ich mache mich sofort auf den Weg." Damit beendete er das Gespräch und warf den Hörer auf seine Betthälfte.

„Was ist passiert?", fragte Joan leise.

Lächelnd schlüpfte Nicholas in seine Hose. „Es scheint, als bekäme Ben endlich eine Niere."

„Und du musst gleich ins Krankenhaus?"

Er nickte. „Sobald die Niere eintrifft, operiere ich ihn."

„Sag Ben, viel Glück und dass ich ihn in den nächsten Tagen besuchen komme."

„Mache ich." Nicholas beugte sich zu ihr hinunter und küsste zärtlich ihre Stirn. „Gib Sam einen Kuss von mir, wenn sie aufwacht."

Als Nicholas nur eine Minute später auf sein Motorrad stieg, glitt Joan bereits in die Welt der Träume zurück.

Kaum hatte Nicholas die Onkologie betreten, kam ihm Schwester Susan entgegengelaufen und reichte ihm zwei Blätter, die zuvor per Fax eingetroffen waren. Im Laufen las er das Fax seiner Kollegen aus New Orleans, die die passende Niere für Ben nochmals bestätigten.

„Wir haben weniger als fünf Stunden, bis das Organ bei uns eintrifft. Schicken Sie Dr. Bacon und Dr. Pilius in mein Büro. Und den Anästhesisten auch."

Schwester Susan nickte und eilte den Gang hinunter zum Ärztezimmer, wo sie die beiden Ärzte zuletzt gesehen hatte. Währenddessen zog Nicholas sich seinen Kittel an und klopfte Minuten darauf an Bens Zimmertür. Als er eintrat, sah er das Licht über Bens Bett brennen, und zu seiner Verwunderung wandte sein junger Freund den Kopf zu ihm um.

„Hey, warum bist du um diese Zeit noch wach?", fragte Nicholas und schloss hinter sich die Tür.

„Dasselbe könnte ich Sie fragen. Sie haben keinen Nachtdienst."

Nicholas zog sich einen Stuhl ans Bett und setzte sich. „Du hast recht, aber es gibt gute Neuigkeiten." Er sah Ben lächelnd an. „Wir haben eine neue Niere für dich. In einigen Stunden werde ich dich operieren."

Ben ließ den Kopf zurück in sein Kissen sinken und starrte schweigend an die Zimmerdecke. Einen Moment musterte Nicholas ihn besorgt. Er kannte ihn gut, hatte zahlreiche Höhen und Tiefen mit ihm erlebt, doch auf diese Nachricht hatte er sich eine andere Reaktion erhofft. „Was ist los, Ben?", fragte er ruhig. „Stimmt etwas nicht?"

„Nein … alles in Ordnung. Ich …", er schloss die Augen, „… habe nicht mehr daran geglaubt."

Nicholas lächelte. „Ich habe immer gesagt, dass du die Hoffnung nicht aufgeben darfst. Die Niere ist optimal für dich."

„Werde ich danach irgendetwas merken? Ich meine …", er öffnete die Augen und sah seinen Arzt an, „… werde ich mich durch die fremde Niere verändern?", fragte er ängstlich.

Nicholas schüttelte den Kopf. „Psychisch wirst du keine Veränderung spüren, aber wenn alles so verläuft, wie wir uns das vorstellen, und dein Körper die fremde Niere nicht abstößt, dann wird sich dein Leben zum Positiven verändern. Als Erstes sehe ich da den Punkt, dass du nicht mehr an die Dialyse musst."

„Ich werde ein ganz normales Leben führen?"

„Nicht ganz normal", wandte Nicholas ein. „Dein Körper kann auch noch nach Monaten oder Jahren die fremde Niere abstoßen, doch um das zu verhindern, wirst du täglich immunsuppressive Medikamente einnehmen müssen."

„Wie lange?"

„Dein Leben lang."

In der mehrstündigen Operation transplantierten Nicholas und Chris die Niere. Im Anschluss wurde Ben auf die Intensivstation verlegt, wo in den nächsten Wochen unter anderem sein Kreislauf und die Operationswunde beobachtet werden würden, um mögliche Abstoßungsreaktionen sofort zu erkennen.

Zwei Wochen darauf stand Nicholas vor dem Lichtkasten in seinem Büro und betrachtete konzentriert die Aufnahmen einer Sonografie und einer Computertomografie. Er bemerkte Chris nicht, der an die geöffnete Bürotür trat und den Kopf schüttelte.

„Ich weiß ja, dass du mich gern hast, aber ich denke, deine Frau erwartet dich zu Hause. Du solltest endlich heimfahren."

„Hast du einen Moment Zeit? Dann wirf doch bitte einen Blick hierauf", ignorierte Nicholas den Vorschlag seines Freundes und deutete stattdessen auf den Lichtkasten. „Was würdest du sagen?“, fragte er, nachdem Chris die beiden Aufnahmen eingehend studiert hatte.

„Ich kann nichts Ungewöhnliches erkennen“, erwiderte Chris, während er den Blick nicht vom Lichtkasten abwandte. „Weder Tumore noch Metastasen. Wessen Ergebnisse sind das?“

„Bens.“

Überrascht sah Chris auf. Dann lächelte er. „Dann hat deine neue Therapieform also angeschlagen. Ich fürchte, du wirst in Zukunft einige Vorträge halten müssen.“

„Um belegen zu können, dass diese Wendung mit der Umstellung der gesamten Medikamentengabe zusammenhängt, werden Monate, wenn nicht Jahre vergehen. Ben ist vielleicht der Einzige, bei dem die Therapie anschlägt“, entgegnete Nicholas und nahm die Aufnahmen vom Lichtkasten. „Und wenn, dann habe ich es nicht allein geschafft. Nur weil ich einige Male im Labor war, heißt das nicht, dass ich allein eine neue Krebstherapie entwickelt habe.“

„Bescheiden wie eh und je. Aber ich erinnere dich gern an die Zeit vor Joan, wo du jede freie Minute bei den Kollegen in der Forschungsabteilung verbracht hast.“

Die Forschung war schon immer Nicholas’ zweites Standbein gewesen. Ein Medikament oder eine Therapiemöglichkeit zu finden, die den Krebs verhindern oder zumindest heilen konnte, war nach Davids Tod sein einziges Ziel gewesen. Doch so sehr ihn die Forschung auch faszinierte, mit der Zeit war ihm der direkte Kontakt zu seinen Patienten wichtiger geworden. Er war fest davon überzeugt, dass die Einstellung seines Patienten sehr viel mit dem Ausgang der Behandlung zu tun hatte.

„Ich werde zu Ben gehen und ihm die gute Nachricht überbringen“, sagte Nicholas und trat zur Tür hinaus. „ehe du mir noch den Nobelpreis verleihst.“

„Das kommt noch!“, rief Chris ihm nach.

Nachdem Nicholas mit Ben gesprochen hatte – er erklärte ihm, dass er voraussichtlich in einigen Wochen entlassen werden konnte, wenn sein Körper die Niere nicht doch noch abstieß –, fuhr er auf direktem Weg nach Malibu. Joan bemerkte sofort, dass ihr Mann einen guten Arbeitstag gehabt hatte. Er pfiff leise vor sich hin und strahlte über das ganze Gesicht. Obwohl sie noch nicht wusste, was geschehen war, war sie dankbar dafür. 14 lange Tage voller Anspannung lagen hinter Nicholas. Sie hatte es gespürt und ihren Mann nicht nur einmal gefragt, was ihn bedrückte, aber sie bekam stets dieselbe Antwort: *Alles in Ordnung, Liebling. Mach dir keine Gedanken.*

Lächelnd sah Joan nun ihren Mann an, der seine Tasche auf der Couch abstellte. Sie hielt Samantha auf dem Arm, die hungrig an ihrer Brust saugte. „Sam, was ist denn mit deinem Daddy los? Er strahlt ja so."

Nicholas beugte sich zu ihr hinunter und küsste sie zärtlich. „Es scheint, als hätte Ben endlich den Krebs besiegt."

„Das ist ja wunderbar!", sagte Joan freudestrahlend. „Wann kann ich ihn besuchen gehen? Er soll doch Sam kennenlernen."

„Ich denke, in ein paar Tagen."

Joan stillte ihre Tochter noch einige Minuten lang, während Nicholas ihnen zusah. Es gab keinen schöneren Anblick für ihn. Später trug er seine Tochter hinauf, wickelte sie und legte sie in ihr Bettchen. Minutenlang blieb er im verdunkelten Zimmer an ihrem Bett sitzen und sah seine Tochter fasziniert an. Je älter sie wurde, desto mehr glich sie ihrer Mutter in diesem Alter.

„Schläft sie?", fragte Joan, als Nicholas die Treppe herunterkam und sich zwischen den beiden Barhockern an die Kücheninsel lehnte.

„Ja, sie war sehr müde." Er lächelte. „Ich hoffe, das hält für einige Stunden an, damit du auch mal eine Nacht durchschlafen kannst."

Besonders heute Nacht, dachte Joan lächelnd, die mit dem Rücken zu ihrem Mann vor dem Herd stand und das Abendessen zubereitete. Erst da fiel Nicholas auf, dass sie sich umgezogen hatte. Sie trug einen schwarzen Rock und eine Bluse, die er noch nicht kannte. Der weiße Stoff war beinahe durchsichtig und ließ erkennen, dass sie keinen BH trug.

Lächelnd trat er hinter seine Frau, legte die Arme um ihre Hüfte und küsste zärtlich ihren Nacken. „Hast du dich für mich so schick gemacht?", flüsterte er an ihrem Ohr.

„Ja", hauchte sie. „Endlich kann ich wieder etwas anderes als Schlabberhosen und deine Hemden tragen", erwiderte sie leise.

„Du sahst sehr sexy in meinen Hemden aus." Lächelnd drehte Joan sich in seinen Armen herum und küsste ihn liebevoll. „Aber das hier ist auch nicht schlecht …" Wieder küsste sie ihn, diesmal leidenschaftlicher, hungriger, bis Nicholas sich zwingen musste, Abstand zu halten, ehe er sich nicht mehr unter Kontrolle hatte. „Hey …", hauchte er. „hatten wir nicht eine Abmachung?", fragte er dicht vor ihrem Gesicht, die Hände an ihren Wangen.

„Komm …" Sie stellte den Herd aus, nahm seine Hand und zog ihn hinter sich die Treppe hinauf ins Schlafzimmer. Dort blieb Nicholas an der geschlossenen Tür zurück, beobachtete, wie seine Frau die hohen weißen Kerzen auf der Fensterbank mit einem Streichholz anzündete. Dann wandte sie sich zu ihm um und begann langsam ihre Bluse aufzuknöpfen.

„Joan …“

„Pssst. Es ist alles in Ordnung“, flüsterte sie und ließ ihre Bluse zu Boden fallen. Sie trat auf ihn zu, blieb nur wenige Zentimeter vor ihm stehen. „Ich war heute bei Dr. Smith.“ Beim Anblick ihrer nackten Brüste ging ein Kribbeln durch Nicholas' Körper. Verführerisch sah sie ihn an, spürte die Hände ihres Mannes an ihrer Hüfte, die ihren Körper gegen den seinen zogen. In dem Kuss, den er ihr nun gab, steckte so viel Sanftheit und Leidenschaft zugleich.

Während seine Hände langsam über ihren Rücken fuhren, suchten sich ihre Finger den Weg zu seinen Hemdknöpfen und öffneten sie nacheinander. Sie streifte das Hemd an seinen Armen hinunter und ließ es zu ihrer Bluse zu Boden fallen. Von Leidenschaft erfüllt, umfasste Nicholas küssend ihre Wangen und drehte sie herum, sodass Joan mit dem Rücken an der Tür lehnte. Hungrig nach ihr küsste er sie wieder und wieder. Seine Zunge glitt feucht über ihre Wange, langsam ihren Hals hinunter zu ihren vollen Brüsten. Er küsste sie zärtlich, berührte erst sanft die eine Brustwarze, dann die andere, bis sie unter seinem Mund hart wurden. Leise stöhnend schloss Joan die Augen.

„Ich habe dich vermisst …“, hauchte sie in sein Ohr, als sie nackt auf dem Bett lagen und den Körper des anderen zärtlich berührten.

„Es war oftmals schwer zuzusehen, wie du Sam stillst …“

Sie küsste seine nackte Brust. „Du hättest mich berühren können …“

„Nein, jede Berührung hätte damit geendet, dass ich über dich herfalle.“ Seine Lippen pressten sich auf die ihren, gaben sie erst nach einem Moment wieder frei.

„Du wolltest mich also die ganze Zeit?“

„In jeder Sekunde …“

„Jetzt kannst du mich haben, Liebling“, flüsterte sie und spürte an ihrem Schenkel, wie sehr er sie begehrte. Sie wusste, dass er sich ihretwegen zurückhielt, konnte und wollte jedoch vor Verlangen selbst nicht länger warten. „Komm zu mir …“

Da rollte Nicholas sich auf sie und drang leidenschaftlich in sie ein. Liebevoll flüsterte er ihr etwas zu, worauf sie ihre Hüften genauso bewegte, wie er es sich wünschte. Ihre Begierde stieg ins Unermessliche. Gemeinsam ließen sie sich in eine andere Welt davontragen …

Einen Nobelpreis bekam Nicholas nicht, in den folgenden Monaten hielt er jedoch immer wieder Vorträge an renommierten Universitäten und Krankenhäusern im ganzen Land. Er blieb meist nur wenige Tage fort, da er seine kleine Familie in L. A. vermisste, aber nach jeder Rückkehr fühlten Joan und er sich wie in ihren Flitterwochen.

Anfang Mai kam schließlich der große Tag für Ben. Darüber erfreut, dass sie nach der langen gemeinsamen Zeit diesen Tag erlebten, trat Nicholas in Bens Zimmer. Lächelnd gab er Ben die Entlassungspapiere, die seine völlige Genesung bestätigten. Auch nach Wochen hatten sie keine neuen Krebswucherungen feststellen können. Die Therapie war angeschlagen, der Krebs war besiegt. Allmählich sah man die ersten Resultate: Die Übelkeit war abgeklungen, Bens Haare begannen wieder zu wachsen und zu aller Zufriedenheit arbeitete die neue Niere ohne Probleme, sodass eine Dialyse nicht mehr notwendig war.

„Sie dürfen auschecken, Sir", sagte Nicholas lächelnd.

„Wurde auch Zeit." Ben grinste. „Ich vertrage das schreckliche Essen nicht länger."

Nicholas lachte. „Mit Pizza können wir nun einmal nicht dienen." Die Erinnerung an jene Auseinandersetzung war ihm noch sehr gut im Gedächtnis. „Was wirst du jetzt tun? Willst du in L. A. bleiben?"

Ben krauste die Stirn. „Und mir eine Wohnung und einen Job suchen? Auf keinen Fall! Ich verlasse die Stadt." Seine Augen begannen zu leuchten. „Ich kaufe mir ein Motorrad und fahre einfach los. Keine Ahnung, wo ich landen werde, aber überall ist es besser als auf dieser Station."

Nicholas wusste, wie sein Freund seine Worte meinte, und lächelte. „Ich weiß", sagte er verständnisvoll, „aber ich hoffe, dass wir uns als Freunde wiedertreffen werden, wenn du das alte L. A. besuchen kommst."

Ben nickte. „Ich werde Sie echt vermissen, Doc." Er sah Nicholas ernst an. „Danke für alles, was Sie für mich getan haben."

„Das meiste hast du selbst getan. Es war deine Widerstandskraft, die dir beim Kampf gegen den Krebs geholfen hat."

„Die Sie gestärkt haben, wenn ich aufgeben wollte …"

Minuten später verabschiedeten sie sich mit einem freundschaftlichen Schulterklopfen voneinander. Es war merkwürdig, nach dieser langen Zeit auseinanderzugehen, aber Nicholas freute sich für seinen Freund. Zweieinhalb Jahre verbanden sie, für Ben waren es mit Sicherheit die schlimmsten in seinem bisherigen Leben. Er schwor sich, nie wieder für eine Behandlung eine Onkologie zu betreten. Was er durchgestanden hatte, reichte für ein Leben. Sollte der Krebs jemals zurückkehren, was niemand ausschließen konnte, so wollte er sich auf sein Motorrad setzen und der Sonne entgegenfahren. Niemals wieder würde er sich einer Chemotherapie unterziehen. Dieses Kapitel war abgeschlossen.

Als Ben die Onkologie verließ, blickte er sich nicht mehr um. Er wusste, dass Nicholas und Chris ihm nachsahen, doch er wollte nicht zurückblicken. Die

Zukunft war angenehmer. Vor ihm lag ein neues Leben. Ein Neuanfang. Ein Leben ohne den Krebs.

Ehe sie Ende April aus New York abgereist waren, hatte Joan noch einmal mit ihrer Mutter gesprochen und Isabelle hatte ihr abermals erklärt, dass es keine weiteren Behandlungsmöglichkeiten gäbe. In dem Glauben, das Richtige für ihre Kinder zu tun, belog Isabelle sie, indem sie ihnen weiterhin die Operation verschwieg, die Nicholas augenblicklich durchführen würde, wenn sie zustimmte. Doch Isabelle änderte ihre Meinung nicht. Stattdessen telefonierte sie mehrmals in der Woche mit ihrem Schwiegersohn. Sie hatten eine besondere Beziehung zueinander aufgebaut, die Isabelle nicht missen wollte. Es war Nicholas, dem sie ihre Ängste mitteilte, der sie trotz der großen Entfernung tröstete und ihr neuen Mut schenkte. Er gab ihr den Halt, den sie benötigte, und obwohl er sie wie seine eigene Mutter liebte, wahrte er genug Abstand, um sie nicht zu einer Entscheidung zu drängen, die allein ihr Leben betraf.

„Eines habe ich verstanden, Matthew", sagte Nicholas während eines Telefonates mit seinem Schwiegervater. „Wenn wir Isabelle drängen, sie in die Enge treiben, dann bringen wir sie nicht dazu, ihre Entscheidung noch einmal zu überdenken. Wir müssen ihr etwas Zeit lassen."

„Wie kann man einem Menschen Zeit geben, dem nicht mehr viel Zeit bleibt?", fragte Matthew darauf trübsinnig.

Am Sonntagmorgen, zwei Wochen vor Matthews Geburtstag, klingelte ihr Telefon.

„Hm …", stöhnte Joan. „Geh nicht … ran." Sie küsste ihren Mann hingebungsvoll, spürte seine Hand, die an ihrer Hüfte entlangfuhr und ihr Seidennachthemd höher schob. Doch der Anrufer blieb hartnäckig und ließ sich nicht länger verdrängen.

„Vielleicht … ist es die Klinik", sagte Nicholas zwischen ihren Küssen. „Ich muss rangehen."

Joans Mund folgte seinem Gesicht, das sich zum Nachttisch gedreht hatte, um das Telefon zu suchen. „Nein … nicht aufhören." Während ihre Lippen die seinen fanden, tastete Nicholas blind nach dem Telefon. Die Lippen noch auf ihren Mund gepresst, nahm er das Gespräch entgegen, ohne sich zu melden.

„*Joan*? *Nicholas*?", erklang Isabelles ungeduldige Stimme an seinem Ohr. „Wer ist denn dran?"

Das Gesicht über seine Frau gebeugt, begann Nicholas zu lächeln. Er hielt inne und stützte sich auf seinem Ellenbogen ab. „Isabelle, hallo." Joan verdrehte die Augen und biss ihm zur Bestrafung sachte ins Ohr. „Aua!“ Grimmig sah Nicholas sie an.

„Nicholas, hast du dich verletzt?“

„Ich habe mich nur gestoßen, Isabelle.“ Joan verkniff sich nur mit Mühe das Lachen und rutschte unter seinem Körper weg, worauf Nicholas ihr nachsah. „Wo willst du denn hin?“, fragte er leise hinter zugehaltener Muschel.

„Das Telefon oder ich. Du hast dich entschieden“, sagte sie lächelnd. „Ich gehe duschen.“

„Bleib doch. Es dauert nicht lange …“

„Nicholas, was ist denn bei euch los? Mit wem redest du da?“, drang die Stimme seiner Schwiegermutter in sein Ohr.

„Mit niemandem, Isabelle. Ich höre dir zu“, erklärte er und sah, wie Joan im Badezimmer verschwand.

„Weshalb ich euch anrufe, Nicholas, ich plane in diesem Moment die Sitzordnung. Können wir am zweiten Juniwochenende mit dir rechen oder nicht?“, fragte Isabelle, ganz Organisatorin.

„Ja“, antwortete er und lehnte sich mit dem Rücken ans Kopfteil. „Ein Kollege übernimmt meinen Dienst.“

„Das ist wunderbar! Matthew wird sich freuen.“

„Isabelle, wie spät ist es bei euch?“ Er wandte den Blick auf seine Uhr, rechnete rasch nach. „Acht Uhr. Warum lässt du den Sonntagmorgen nicht ruhig angehen?“

„Matthew feiert in zwei Wochen seinen 55. Geburtstag“, sagte sie zutiefst bestürzt. „Zu diesem Anlass haben wir 200 Gäste geladen. Die Planung braucht ihre Zeit.“

„Hast du dir eine Hilfe geholt, wie ich es dir geraten habe?“

„Ein junges Ding. Sie erledigt die leichten Sachen.“

Nicholas lächelte. Typisch Isabelle. „Du solltest ihr mehr Vertrauen schenken.“

„Wenn ich alles selbst erledige, kann ich *mir* später Vorwürfe machen, falls die Feier ein Desaster wird.“

„Das wird es ganz sicher nicht. Du hast jahrelange Übung.“

„Gewisse Fehler kann selbst ich nicht mehr korrigieren.“

„Nimm ihre Hilfe an, Isabelle. Du sollst dich nicht überanstrengen.“

„Da spricht der Arzt“, sagte sie lächelnd. „Es geht mir wirklich gut. Die Vorbereitungen beflügeln mich.“

Nicholas zögerte einen Moment. „Ich weiß, dass es dir nicht so gut geht, wie du dich nach außen hin zeigst“, sagte er vorsichtig.

Stille am anderen Ende der Leitung. „Hat Matthew etwas gesagt?“, fragte Isabelle verunsichert.

„Nein. Ich bin der Einzige aus der Familie, der davon weiß.“

Erst vor zwei Tagen hatte Dr. Bennett ihm die neuesten Laborwerte gefaxt. Mit Unbehagen hatte sich Nicholas das Begleitschreiben seines Kollegen durchgelesen. Wie vermutet war der Tumor im Gehirn gewachsen und drückte nun auf einige Nervenbahnen. Das erklärte die Sehstörungen und die Schwindelanfälle, unter denen Isabelle seit einigen Wochen immer wieder litt. Beides kam so plötzlich, wie es wieder verschwand. Sie wusste nie, wann sie die nächste *Attacke* zu erwarten hatte.

„Die Tabletten, die du nimmst, sind sehr stark“, erklärte er.

„Sie helfen mir“, sagte sie mit zittriger Stimme und Nicholas ahnte, dass es auch Tage gab, an denen die Tabletten ihr die Schmerzen nicht nahmen.

„Wenn du möchtest, dann spreche ich mit Dr. Bennett. Er wird dir stärkere Tabletten verschreiben …“

„Danke, aber es geht mit denen, die ich habe.“

Nicholas hörte, wie das Wasser unter der Dusche abgestellt wurde, und schlug die Bettdecke zurück.

„Schatz, kommst du?“, rief Joan durch die leicht geöffnete Tür.

„Ich bin gleich bei dir“, rief er zurück und trat hinaus auf den Balkon, damit sie das Gespräch nicht verfolgen konnte, falls sie ins Zimmer käme. Er zog die Tür bis auf einen schmalen Spalt zu und wandte sich erneut an Isabelle. „Scheue dich nicht, Dr. Bennett um stärkere Tabletten zu bitten, Isabelle.“

„Danke, dass du es ihr verschweigst.“

Er brauchte nur einen Moment, um zu wissen, dass sie von Joan sprach. „Es ist nicht leicht“, sagte er leise. Er verheimlichte seiner Frau nur äußerst ungern etwas, aber Isabelle hatte nicht nur einmal an seine ärztliche Schweigepflicht appelliert.

„Ich weiß es zu schätzen, Nicholas.“ Sie seufzte laut, als sie auf den Stapel Papiere vor ihr auf dem Schreibtisch sah. „Ich muss wieder an die Arbeit.“

„Denke an meine Worte. Lass dir helfen.“

„Du hast ja recht. Woher sollten die jungen Leute lernen, wenn nicht von den Alten?“

„Zu den *Alten* zählst du ganz sicher noch nicht.“

„Charmeur.“ Isabelle lächelte. Er schaffte es immer wieder, dass sie am Ende ihrer Gespräche lächelte. „Richte Joan liebe Grüße von uns aus und gib meiner entzückenden Enkelin einen Kuss.“

Einen Augenblick blieb Nicholas nach ihrem Gespräch auf dem Balkon stehen, dann schob er seine Gedanken beiseite und kehrte ins Schlafzimmer zurück, wo er das Telefon auf die Bettdecke warf und zum Badezimmer ging. „Wo haben wir vorhin gleich noch aufgehört?“

Joan, die sich ein Handtuch umgebunden hatte, stand vor dem Waschbecken und cremte sich das Gesicht ein. Lächelnd blickte sie in den Spiegel vor sich und sah ihren Mann in der Tür stehen. „Ich weiß nicht genau …“

Im Spiegel hielt Nicholas ihren Blick, trat hinter sie und umfasste ihre Hüften. Zärtlich küsste er ihre nackte Schulter. „Ich kann die Finger nicht von dir lassen …“, flüsterte er, während seine Lippen ihren Hals hinunterwanderten.

Sie lächelte. „Das ist mir aufgefallen.“

Da begann Samantha in ihrem Bettchen zu weinen. Joan stöhnte und ließ den Kopf gegen die Schulter ihres Mannes fallen. „Jetzt verstehe ich, wie viele Leute meinen: Hast du erst ein Kind, hast du kein Sexleben mehr. Der Tag fängt ja gut an.“

„Lass mich das machen.“ Zärtlich küsste er ihre Wange. „Renn nicht weg. Ich bin gleich wieder da.“

„Okay.“

Nicholas verließ das Badezimmer und trat nur Sekunden später an das Bett seiner Tochter. Sie weinte und strampelte, doch als er sie auf seine Arme nahm, verstummte sie sogleich. „Du bist mir ja eine.“ Lächelnd küsste er liebevoll ihren kleinen Kopf. „Schau mal, das Meer“, sagte er und drehte Samantha so, dass sie aus dem Fenster sehen konnte. Sie gluckste.

Joan, die in der Tür stand, lächelte unwillkürlich. Dies zählte gewiss zu den schönsten Momenten in ihrem Leben. Der Anblick ihrer beiden liebsten Menschen. Sie genoss jede Minute, die sie alle drei zusammen verbrachten, und von Zeit zu Zeit fragte sie sich, warum Gott sie nach so langer Zeit mit so viel Glück und Seelenfrieden beschenkte. Er hatte sie in all den Jahren wohl doch nicht vergessen …

Zwei Wochen darauf flogen Joan und Samantha bereits am Donnerstag nach New York. Wie auch bei ihrem letzten Aufenthalt stiegen sie im *Carlyle* ab. Nicholas würde am Samstagvormittag ebenfalls in New York landen, pünktlich zu Matthews Geburtstagsfeier.

Gerade als sich Joan für das Abendessen mit ihren Eltern umzog, klingelte das Telefon. Sie nahm den Hörer ab und ließ sich vom Empfang mit ihrem Vater verbinden.

„Kleines, ich muss leider unser Abendessen absagen. Isabelle fühlt sich nicht wohl“, erklärte Matthew mit besorgter Stimme. Seit einer Woche redete er vergebens auf seine Frau ein, dass sie endlich kürzertreten solle. Immerzu fühlte Isabelle sich erschöpft und müde und Matthew mutmaßte, dass ihre Schmerzen mit jedem Tag schlimmer wurden.

„Wir müssen nicht ausgehen. Aber können Sam und ich zu euch kommen?“, fragte Joan vorsichtig an. „Wir haben uns so viel zu erzählen, und am Wochenende wird nicht viel Zeit dafür bleiben.“

Matthew blickte zu seiner Frau hinüber, die im gemeinsamen Ehebett lag, und fragte sie leise, ob ihr ein Besuch von Joan und Samantha angenehm sei.

Isabelle nickte erfreut, doch Matthew entging nicht zum ersten Mal, dass ihre Augen nicht mehr so wie früher leuchteten. „Mir geht es schon viel besser“, sagte sie leise.

„Kleines“, wandte sich Matthew an seine Tochter. „ich schicke dir in einer halben Stunde einen Fahrer vorbei.“

Joans Besorgnis wuchs, als sie ihre Mutter sah. Isabelle trug ein schlichtes, schwarzes Abendkleid, das ihr ohnehin blasses Aussehen noch mehr betonte. Die Köchin ihrer Eltern hatte ihnen ein vorzügliches Abendessen gezaubert, ein Luxus, für den Isabelle an Tagen wie diesem dankbar war. Sie selbst tat sich nur eine kleine Portion auf, aber auch diese rührte sie kaum an. Während des Essens war sie ungewöhnlich still und in sich gekehrt, und als sie später ihre Enkelin auf dem Arm hielt, war sie schnell entkräftet.

Um neun Uhr abends entschloss Joan sich schließlich für ihren Aufbruch, da ihre Mutter sehr müde wirkte.

„Ich bringe dich zur Tür.“ Matthew stellte sein Weinglas auf den Tisch und erhob sich.

„Wenn du noch mit Nicholas telefonierst, bestell ihm doch liebe Grüße von uns“, meinte Isabelle und verschwieg ihrer Tochter, dass sie an diesem Tag bereits mit ihrem Schwiegersohn am Telefon gesprochen hatte.

„Mach ich, Mom. Schlaf gut.“ Sie küsste die Wange ihrer Mutter und nahm das schlafende Baby vorsichtig aus Isabelles Armen.

„Gute Nacht, Kleines“, sagte Matthew leise an der Tür und küsste die Wange seiner Tochter. „Der Fahrer wartet unten auf dich.“

„Danke, Daddy.“

Am nächsten Morgen streckte Joan im Bett die Arme weit von sich und blickte lächelnd ihre Tochter an, die neben ihr in die Decke eingebettet lag und sie mit großen Augen ansah.

„Guten Morgen, mein Sonnenschein.“ Zärtlich küsste sie Samantha auf die

Stirn und streichelte mit ihrem Zeigefinger und Daumen die kleine Hand ihrer Tochter. Später, nachdem Joan und Samantha ausgiebig gefrühstückt und sich angezogen hatten, klingelte das Telefon und Joan nahm ab.

„Joan Blake."

„Guten Morgen, Mrs. Blake", meldete sich der junge Mann vom Empfang freundlich. „Ich möchte Sie nur darüber in Kenntnis setzen, dass Ihr Taxi Sie nun vor dem Eingang erwartet."

„Sehr schön. Ich werde in einigen Minuten in die Hotelhalle hinunterkommen." Sie legte den Hörer auf und wandte sich zu Samantha um, die strampelnd in der Babyschale lag. „Dann werde ich dir jetzt zum ersten Mal den Central Park zeigen. Ich habe als kleines Mädchen jeden Tag mit Brian die Vögel gefüttert, ich bin mir sicher, dass es dir gefallen wird." Sie nahm ihre Handtasche und die Babyschale, doch gerade als sie die Suite verlassen wollte, klingelte erneut das Telefon. „Schatz, ist das dein Daddy?", fragte sie lächelnd und trat zurück in den Wohnraum der Suite. Eilig lief sie ins Schlafzimmer hinüber, wo sie den Telefonhörer abnahm. „Joan Blake am Apparat", meldete sie sich lächelnd und erwartete, jemanden vom Hotelpersonal zu hören, der wie gewöhnlich den Anrufer ankündigte, doch am anderen Ende der Leitung blieb es still. „*Hallo*?", fragte sie verwundert. „Nicholas, bist du das?"

Da erst bemerkte sie das merkwürdige Geräusch in der Leitung, das etwas lauter wurde. Es dauerte einen Augenblick, bis sie erkannte, dass es das Weinen eines Mannes war.

„Joan …"

„*Daddy*?", fragte sie unsicher. Das Blut gefror ihr in den Adern.

„Isabelle … sie …", brachte Matthew brüchig hervor, „… sie ist letzte Nacht von uns gegangen …"

„Nein …" Bedächtig schüttelte sie den Kopf, so als könnte sie damit die erschütternde Nachricht als unwahr abtun. „Sag, dass Mom uns nicht verlassen hat …", sagte sie mit gequälter Stimme und sank auf dem Bett zusammen.

Später konnte Joan nicht mehr sagen, wie sie mit Samantha das Hotel verlassen hatte und mit dem Taxi zum Penthouse ihrer Eltern gefahren war. Was in der Stunde nach Matthews Anruf geschehen war, wusste sie nicht mehr. Sie war noch immer nicht sie selbst, als sie mit Samantha auf dem Arm den Fahrstuhl verließ und das Penthouse betrat. Ein Blick in Wohnraum und Küche ließ erkennen, dass Matthew nicht da war, aber durch die breite Fensterfront im Wohnraum sah sie ihn draußen auf der Dachterrasse sitzen. Joan legte ihre Handtasche auf den Sessel, lief um die Couch herum zur Terrassentür und ging hinaus in den Sonnenschein. Einen Augenblick blieb sie in der Tür stehen und betrachtete ihren Vater, der mit gebeugtem Rücken auf seinem alten Holzstuhl saß und geistesabwesend auf den Central Park hinabblickte.

„Dad?“, sagte sie leise und ging zu ihm hinüber.

Langsam wandte Matthew den Kopf zu ihr um und sah sie mit leeren Augen an.

„Kleines …“ Er legte seine Hand auf die ihre, die sanft auf seiner Schulter ruhte.

Joan, die noch immer Samantha auf dem linken Arm hielt, beugte sich zu ihrem Vater hinunter, berührte mit zittrigen Fingern seine kratzige Wange und küsste seine Schläfe. „Wo ist Mom?“, fragte sie mit brüchiger Stimme.

„Im Schlafzimmer.“ Matthew schloss die Augen, wollte die schmerzhaften Gedanken nicht zulassen, die sein Herz verkrampfen ließen. „Ich will sie noch nicht gehen lassen …“

„Mom wird immer einen festen Platz in unseren Herzen haben. Sie wird immer bei uns sein …“ Sie verstummte und wischte sich die Tränen aus den Augen.

Joan blieb einige Minuten neben ihrem Vater stehen, dann ließ sie Samantha bei ihrem Großvater auf der Terrasse zurück und ging in den großen Wohnraum des zweistöckigen Penthouses. Vorbei an der weißen Couchecke mit dem Glastisch lief sie langsam zur Treppe, die sie zu den Schlafzimmern führen würde. Zögernd stieg sie die Stufen hinauf. Oben angekommen, ging sie am Gästebadezimmer vorbei und passierte ihr eigenes Zimmer, in dem sie seit ihrem Auszug nur wenige Nächte verbracht hatte. Schließlich blieb sie vor der verschlossenen Schlafzimmertür ihrer Eltern stehen. Joan wusste, wenn sie die Tür öffnete, dann erst würde die traurige Nachricht ihres Vaters wahr werden. Wenn sie mit eigenen Augen sah, wie ihre Mutter in Frieden ruhte …

Mit zittrigen Händen berührte sie die Klinke. Einen Moment hielt sie inne und schloss die Augen, dann öffnete sie schließlich doch voller Unbehagen die Tür und trat zögernd ins Zimmer. Der Schmerz, der sie beim Anblick ihrer Mutter traf, durchbohrte auf grausamste Weise ihr Herz. Es war, als würde ihr Herz in tausend Stücke zerreißen.

Zur selben Zeit bereitete Nicholas in Los Angeles sein Frühstück zu. Nach seinem planmäßigen Nachtdienst war er noch länger im Krankenhaus geblieben und war nun, nach einigen Stunden Schlaf in seinem eigenen Bett, wieder aufgestanden. Während der Kaffee bereits in der Maschine durchlief, stellte

Nicholas den kleinen Fernseher in der Küche an, da er sich die Nachrichten ansehen wollte, ehe er erneut ins Krankenhaus aufbrechen würde. Schließlich goss er sich eine Tasse Kaffee ein und griff nach dem Toast. Entspannt setzte er sich auf den Barhocker am Tresen, trank von seinem Kaffee und sah auf die Uhr an der Wand. In New York war es zwei Uhr nachmittags. Er fragte sich, was seine beiden Frauen wohl gerade taten. Noch in Gedanken versunken, streiften seine Augen nur für einen Moment den Fernseher, als er verwundert aus dem Küchenfenster sehen wollte, da etwas gegen die Scheibe schlug. Irritiert wandte Nicholas jedoch sofort den Blick zurück auf den Bildschirm und stellte erschrocken fest, dass er sich nicht geirrt hatte. Es war eindeutig das Penthouse seiner Schwiegereltern in New York, das in Großaufnahme gezeigt wurde. Augenblicklich griff er nach der Fernbedienung und stellte den Ton an.

„Woran Isabelle Farley vergangene Nacht gestorben ist, wird die Polizei in den nächsten Tagen zu klären wissen. Noch ist unklar, ob sie einem natürlichen Tod erlegen ist“, erklärte die Berichterstatterin und die Kamera schwenkte zu dem Wagen des Bestattungsinstitutes hinüber, der in diesem Moment vor dem Haus hielt.

„Mein Gott …“ Fassungslos starrte Nicholas auf den Fernseher und verfolgte die Bilder. Dann griff er sorgenvoll nach dem schnurlosen Telefon und nannte der Frau von der Vermittlung den New Yorker Anschluss. Während die Vermittlung ihn durchstellte, sah er im Fernsehen, wie zwei schwarz gekleidete Männer einen schwarzen Sarg aus dem Haus trugen und diesen in den Wagen des Bestattungsinstitutes schoben. „Nun nehmt doch ab …“, sagte er ungeduldig, als auch nach dem zehnten Klingeln im Penthouse niemand ans Telefon ging. Schließlich wurde er in die Empfangshalle des Hauses umgeleitet und Nicholas erfuhr, dass seit Isabelles Tod der Öffentlichkeit bekannt war, pausenlos Anrufer für die Farleys in der Leitung waren.

„Sir, hier ist die Hölle los“, sagte der Pförtner, hörbar mit den Nerven am Ende. Weiterhin erklärte er, dass er Joan Blake dankbar für die beiden Bodyguards war, die sie vor einer halben Stunde hinuntergeschickt hatte, um die Journalisten am Eindringen ins Haus zu hindern. „Ich versuche es auf der zweiten Leitung.“

„Bitte“, sagte Nicholas und lief angespannt in der Küche auf und ab, da auch auf dieser Leitung niemand abhob. Plötzlich brach das Tuten ab und Nicholas glaubte schon, er würde wieder beim Pförtner landen, doch da räusperte sich ein Mann. Ehe dieser sich am Telefon melden konnte, wusste Nicholas, dass es sein Schwiegervater war. „Matthew, endlich erreiche ich dich“, sagte er erleichtert. „Im Fernsehen sagen sie, Isabelle sei …“

Matthew rang um seine Fassung, brach immer wieder ab. „Sie ist gestern Abend … neben mir eingeschlafen … aber heute Morgen ist sie nicht mehr aufgewacht …“

Erschüttert ließ sich Nicholas auf den Barhocker fallen. Bis zuletzt hatte er gehofft, es wäre nicht wahr. „Es tut mir so leid …“ Einen Augenblick herrschte auf beiden Seiten Stille. „Kann ich etwas für dich tun?“, fragte Nicholas schließlich umsichtig.

„Du kannst nichts tun“, erwiderte Matthew mit Tränen in den Augen. Die Leere in seinem Herzen konnte niemand füllen. Isabelle war die Liebe seines Lebens gewesen. Sie war die Mutter seiner Kinder.

Nicholas wusste, wie schwer die nächste Zeit für alle werden würde. Der Schmerz in ihrer Brust würde sie noch eine Weile begleiten, aber mit jedem vergangenen Tag sanken die Sehnsucht und der Kummer, der sie anfangs aufzufressen drohte, ein wenig mehr. Nur zu gut konnte er nachvollziehen, wie es war, wenn das Herz vor Schmerz zersprang, wenn einem nur noch der Wunsch blieb, jemanden zu finden, den man für den Tod des verlorenen Menschen verantwortlich machen konnte, wenn die Zeit stillstand und der Schmerz so stark wurde, dass man dachte, daran zu zerbrechen.

Eine Woche nach seiner Rückkehr nach Los Angeles flog Nicholas abermals nach New York, um der Beisetzung Isabelles beizuwohnen. Seine Maschine hatte Verspätung, sodass der Chauffeur ihn direkt vom Flughafen abholte und ihn umgehend zum Friedhof fuhr, wo Joan bereits auf ihn wartete. Sie trug ein schlichtes schwarzes Trägerkleid, ihre Haare hatte sie zu einem Knoten hochgesteckt und unter dem schwarzen Hut versteckt. Die verweinten Augen verbarg sie hinter ihrer Sonnenbrille.

Als Nicholas aus der Limousine stieg, zog sich ein schwaches Lächeln über Joans Mundwinkel. Er trat zu ihr, zog seine Frau an sich und küsste zärtlich ihre Stirn.

„Du bist spät dran“, flüsterte Joan dicht an seinem Gesicht. „Lass uns in die Kirche gehen“, sagte sie und löste sich langsam aus seiner Umarmung. Während sie gemeinsam den breiten Sandweg zur Kirche gingen, nahm Nicholas ihre zitternde Hand in die seine und ließ sie in den nächsten zwei Stunden nicht mehr los.

Die Kirchenglocke begann zu läuten und schließlich fanden auch die letzten Trauergäste einen Platz in der großen Kirche. Die schwere alte Holztür wurde geschlossen, sodass keiner der Fotografen von der Zeremonie Fotos machen konnte. Augenblicklich wurde es ruhig. Vollkommene Stille breitete sich in der vollen Kirche aus, nur dann und wann konnte man ein leises Schluchzen hören. Matthew hatte alles so veranlasst, wie Isabelle es sich gewünscht hatte. Wunderschöne Blumengestecke mit weißen und roten Rosen rankten an jedem Ende der Sitzbänke und von den beigefarbenen Säulen, die neben dem weißen Sarg platziert waren, der in der Mitte des Altars aufgebahrt war. Daneben stand eine große Fotografie von Isabelles Gesicht. Der Kirchenchor sang Isabelles Lieblingslied, und als der Pfarrer mit der Gedenkpredigt begann, die Matthew selbst geschrieben hatte, traten Tränen aus Joans Augen. Nicholas drückte ihre Hand noch fester und reichte ihr sein Taschentuch, mit dem sie sich leicht die Augen tupfte.

Matthew, der zwischen seinen Kindern saß, blickte die ganze Zeit über auf den Sarg vor ihnen. Seine geliebte Isabelle lag darin, dachte er mit einem Stich im Herzen. Nun ging sie wirklich von ihm. Eine Träne rann aus seinem Auge, lief feucht die rechte Wange hinunter.

Brian und Rachel, die in der ersten Reihe am Gang saßen, standen als Erste auf und folgten den Männern, die den Sarg langsam hinaustrugen. Matthew, der an einem anderen Ort zu sein schien, blieb jedoch sitzen und starrte weiterhin auf die Stelle, wo eben noch der Sarg aufgebahrt gewesen war. Joan gab ihrem Mann das schlafende Baby und legte ihrem Vater die Hand auf die Schulter. „Daddy?“, fragte sie leise, während sie die Blicke der anderen Trauergäste spürte. Da wandte Matthew den Kopf zu seiner Tochter. Tränen spiegelten den Zustand seiner Seele wider. „Lass uns Mom auf ihrem letzten Weg begleiten“, sagte sie mit brüchiger Stimme, und als ihr Vater nickte, half sie ihm von der Bank auf. Joan gab ihm seine Rose und hakte sich bei ihm unter. Langsam traten sie den Gang hinaus und bildeten den Anfang von über 100 trauernden Menschen, die in einigem Abstand dem weißen Sarg folgten. Gemächlich gingen sie über den Friedhof und sammelten sich nach einigen Minuten an der Stelle, an der Isabelle ihre letzte Ruhe finden würde. Während ein befreundeter Opernsänger „Amazing Grace“ sang, wurde der Sarg langsam zu Boden gelassen. Als der Opernsänger verstummte, ging der Pfarrer zu Matthew und nahm dessen Hand.

„Wir verstehen Gott nicht immer, aber er hat seine Gründe, warum er geliebte Menschen zu sich nimmt“, sagte er mit ruhiger Stimme. Er selbst hatte Isabelle Farley gekannt und sehr geschätzt.

Matthew nickte geistesabwesend. Er hörte Joan und Rachel hinter sich leise schluchzen, betrachtete die weiße Rose in seiner Hand und trat an Isabelles Grab. Mit glasigem Blick warf er seine Rose hinab und sagte leise: „Ich liebe dich bis an mein Lebensende, Liebling.“ Er verweilte einen Augenblick vor ihrem

Grab, dann spürte er zwei Menschen, die neben ihn getreten waren. Joan legte ihre Hand in die ihres Vaters und warf gleichzeitig mit Brian ihre Rose auf den Sarg hinunter. „Ich danke dir für diese beiden wunderbaren Kinder. All das Gute haben sie von dir geerbt", sagte Matthew so leise, dass nur sie es verstehen konnten. Mit tränenden Augen küsste Joan ihrem Vater die Wange und hakte sich abermals bei ihm ein. Zu dritt gingen sie zur Seite und ließen Freunde und gute Bekannte an Isabelles Grab vortreten. Sie alle warfen eine weiße Rose zu ihr hinab, traten zu Matthew und seinen Kindern, schüttelten deren Hände und drückten ihnen ihr tiefes Beileid aus. Es waren viele Hände, viele traurige Gesichter ... viele Menschen, die sich von Isabelle verabschiedeten. Isabelle Farley, eine der selbstlosesten Frauen in ihrer Gesellschaftsstellung. Nicht nur für ihren Mann und die beiden gemeinsamen Kinder hatte sie sich bereitwillig aufgeopfert. Zahlreiche Hilfs- und Spendenorganisationen waren ihr Werk gewesen. Nicht nur einmal hatte sie Rachel zu den misshandelten Kindern und Frauen begleitet, und seit sie Nicholas kannte, war ihr Interesse an den Kindern auf den Onkologiestationen unermesslich gewesen. Jeder, der Isabelle Farley gekannt hatte, wusste, dass mit ihr eine bemerkenswerte Frau gegangen war. Eine Frau, die sich stets an die letzte Stelle einer langen Kette gestellt hatte.

Beim anschließenden Leichenschmaus, der in ihrem Haus in Brooklyn Heights stattfand, bedankte sich Matthew in seiner knappen Rede bei allen Anwesenden für ihr Kommen. Kurz darauf verschwand er unbemerkt im Garten. Bedächtig lief er über den saftig grünen Rasen zu dem kleinen Holzpavillon hinüber, in dem er so oft mit Isabelle gesessen und bei einem Glas Wein den Sonnenuntergang beobachtet hatte. Erstmals seit ihrem Tod betrat er nun den überdachten Pavillon, stützte sich mit den Händen auf dem Tisch ab und setzte sich langsam auf die Bank. Er sah zur Sonne auf, die kaum merklich sank, und dachte an die vielen gemeinsamen Jahre mit Isabelle. Es waren die glücklichsten in seinem Leben gewesen. Wie verliebt sie anfangs gewesen waren, dachte er nun lächelnd. Sie hatten die Augen nicht voneinander lassen können ... und die Finger ebenso wenig. Aus der Verliebtheit war tiefe, bedingungslose Liebe geworden. Eine Liebe, die jeder, der sie kannte, bis zuletzt bewundert hatte.

„Können wir uns zu dir setzen?"

Matthew blickte zu seiner Tochter auf, die mit Samantha auf dem Arm vor dem Pavillon stand, und nickte. Die meisten Trauergäste waren bereits gegangen, und nachdem ihr Vater seit Stunden hier allein gesessen hatte, wollte Joan ihm ein wenig Gesellschaft leisten. Sie wusste, dass er den gemeinsamen Erinnerungen mit ihrer Mutter nachhing. Als Joan sich zu ihrem Vater setzte und ihre

Hand auf die seine legte, trat Nicholas auf die Terrasse hinaus. Einen Augenblick sah er zu ihnen hinüber, dann ging er ins Haus zurück.

„Sie ist der einzige Mensch, der mich zurzeit zum Lachen bringen kann“, sagte Joan nach einigen Minuten, als sie lächelnd beobachtete, wie Samantha nach dem Schmetterling greifen wollte, der auf dem Tisch gelandet war.

Matthew lächelte ebenfalls. „Sie ist ein Sonnenschein. Ihr werdet viel Freude mit ihr haben.“

„Du auch, Dad. Du kannst uns jederzeit in L. A. besuchen kommen.“

Er nickte knapp und tätschelte ihre Hand. Er brauchte Zeit, um über den schweren Verlust Isabelles hinwegzukommen, wenn dies überhaupt möglich war. Mit dem Tod seiner Frau war auch ein Teil seines Herzens gegangen. All die Jahre hatte sie ihm so viel gegeben … Ein Lächeln von ihr war ihm immer mehr wert gewesen als das viele Geld und der Erfolg, den sie seit so vielen Jahren genossen. Isabelle hatte nie verlernt, die kleinen Dinge zu schätzen, und so war ihr Lächeln in den vergangenen Monaten zu einer Kostbarkeit geworden, die er fürstlich gehütet hatte.

Trotz ihrer Krankheit und der damit verbundenen Schmerzen hatte sie nie zu kämpfen aufgegeben. Erst vor wenigen Wochen hatte Isabelle ihm gegenüber erwähnt, dass die letzten Jahre mit ihm die schönsten gewesen seien. Die Erinnerung daran trieb Matthew Tränen in die Augen. Er hoffte, Gott möge sie an einen schönen Ort gebrachte haben, an einen Ort, wo sie keine Schmerzen mehr hatte und das Leuchten in ihren Augen zurückkehrte, das er so sehr liebte. Sie würde dort auf ihn warten, und wenn Gott ihn eines Tages zu sich holte, wären sie endlich wieder vereint. Wie viel Zeit ihm auf der Erde noch blieb, wollte er nicht wissen. Doch es gab Tage und Nächte, in denen er sich wünschte, es wären nur noch Stunden, die ihn von Isabelle trennten.

9. Kapitel

Sechs lange Monate zog sich Matthew völlig aus dem Geschäft zurück und legte seinem Stellvertreter die Fäden in die Hände. Er nahm eine Auszeit, packte von einem Tag zum anderen seine Koffer und flog nach Hawaii, wo er beinahe drei Monate verbrachte. In dieser Zeit telefonierte er dreimal mit seinen Kindern. Matthew wollte weder jemanden von ihnen sehen noch lange Gespräche mit Freunden führen oder gar neue Menschen kennenlernen. Er kapselte sich bewusst ab, wollte auf Hawaii abschalten und in Ruhe über sein Leben nachdenken, da ihm noch unklar war, wie es sich ohne Isabelle gestalten würde.

Zu Joans 27. Geburtstag, im Juli ein Jahr später, sahen sie sich erstmals alle wieder. Samantha, die ihre Mutter in ihrem ersten Lebensjahr fast ausschließlich beschäftigt hatte, hielt sie auch während der Feier auf Trab.

„Seit sie läuft, kann ich sie keine Sekunde mehr aus den Augen lassen“, sagte Joan lächelnd zu ihrem Vater, der zu seiner Enkelin und Nicholas hinüberblickte.

„Sie sieht genauso aus wie du in ihrem Alter.“

Joan nahm die Hand ihres Vaters. „Es ist schön, dass du hier bist, Dad. Ich habe dich vermisst …“, sagte sie sanft. Die letzten zwölf Monate waren nicht einfach gewesen. Der Verlust ihrer Mutter hatte sie sehr lange Zeit sehr traurig und verschlossen werden lassen, und nicht einmal Nicholas war es gelungen, seine Frau aus ihrer Isolation herauszuholen. Es war eine schwierige Zeit für beide gewesen, und erst allmählich kehrten sie zu ihrem *alten* Leben zurück.

Eines Abends, als Joan Nicholas nach zwei Tagen endlich wiedersah, brachte sie ein Thema zur Sprache, das ihr seit Wochen auf dem Herzen lag. Sie hatte lange darüber nachgedacht und schließlich feststellen müssen, dass es keinen geeigneten Zeitpunkt gab, um mit ihrem Mann darüber zu sprechen. Entweder erwischte sie ihn eine halbe Stunde bevor er zum Spätdienst aufbrach, oder er kam so spät wie an diesem Abend heim. So oder so, Nicholas würde von ihrem Vorhaben nicht sehr angetan sein.

„Schläft sie?“, fragte Joan müde, nachdem Nicholas nach Samantha gesehen hatte und nun zu seiner Frau ins Wohnzimmer kam.

„Wie ein Baby.“ Erledigt setzte er sich neben sie auf die Couch. „Das war ein Dienst“, meinte er, legte seufzend den Kopf auf der Lehne zurück und schloss die Augen.

„Nicholas?“
„Mhm?“
Sie zögerte einen Moment, ehe sie mit fester Stimme sagte: „Ich möchte wieder arbeiten gehen.“
Nicholas öffnete die Augen und sah sie an. „Du weißt, ich bin nicht grundsätzlich dagegen, aber ich dachte, du bleibst so lange zu Hause, bis Sam in den Kindergarten geht.“
„Nick, mir fällt die Decke auf den Kopf.“
„Sam beschäftigt dich doch den ganzen Tag über. Du wolltest doch so viel Zeit wie möglich mit ihr verbringen. Was hat sich plötzlich daran geändert?“
„Ich vermisse die Gespräche mit Erwachsenen. Ich komme kaum mehr vor die Tür, treffe nur noch selten unsere Freunde, und du hast auch nur wenig Zeit für uns.“
„Du weißt warum.“ Er setzte sich auf und trank einen Schluck aus ihrem Weinglas. „In zwei Wochen ist Chris aus seinem Urlaub zurück, dann habe ich wieder mehr Zeit für euch.“
„Du willst mich einfach nicht verstehen“, sagte sie erbittert und stand auf. „Ich brauche eine Beschäftigung, die über die Aufgaben einer Mutter und Hausfrau hinausgeht. Ich will wieder einen Job.“
„Im *Theo's* kannst du sicher für einige Stunden am Tag arbeiten. Und du kannst Sam mitnehmen“, schlug er vor.
„Wozu habe ich studiert, wenn ich mein Wissen niemals anwenden kann?“
Nicholas seufzte. „Liebling, müssen wir das ausgerechnet heute Abend entscheiden? Lass uns morgen in Ruhe darüber sprechen, okay? Ich bin zu müde.“
Joan sah bedrückt ihrem Mann nach, der aufstand und das Wohnzimmer verließ.

Eine Woche darauf hatten sie noch immer nicht über dieses Thema gesprochen, sodass Joan die Initiative selbst ergriff. Brian und Rachel waren am Sonntag zum Grillen eingeladen. Bei diesem Anlass fragte Joan ihren Bruder nach einem Job bei *Farley's*, und tatsächlich gab es eine freie Stelle in der Marketingabteilung, die seit Monaten nicht besetzt war.

„Du wärst die Assistentin von Mrs. Benning. Sie leitet die Marketingabteilung. Über ihren Schreibtisch wandert alles, was *Farley's* repräsentiert. Wenn du willst, rufe ich sie gleich morgen an und vereinbare einen Termin, damit ihr euch kennenlernt. Du könntest zum nächsten Ersten anfangen.“
„Ich danke dir, Brian“, sagte Joan glücklich und küsste ihren Bruder überschwänglich. Nicholas, der mit nacktem Oberkörper vor dem Grill stand, war

weniger begeistert, doch nach nur einem Monat bei *Farley's* hatten sie die private Organisation im Griff, und sobald Nicholas seine Frau ansah, bemerkte er ihre strahlenden Augen. Sie war glücklich. Die Arbeit bereitete ihr offensichtlich viel Freude und Nicholas stellte fest, dass Samantha nicht zu kurz kam. Joan nahm sie mit ins Büro und verbrachte die Mittagspause mit Samantha im Rosengarten des nahe gelegenen Exposition Parks. Nur bei geschäftlichen Terminen, denen sie beiwohnen musste, gab sie ihre Tochter in die Obhut von Brenda, der Sekretärin ihres Bruders.

Nur wenige Wochen später begannen die lang ersehnten Bauarbeiten im Santa Monica Hospital. Neben der chirurgischen Abteilung wurde auch die Onkologie um ein Vielfaches erweitert, da sich der Zustrom von Patienten auf die gesamte Westküste ausgedehnt hatte. Zudem sollte in den nächsten Jahren eine getrennte Kinderonkologie in den neuen Räumen entstehen. Wie ein Lauffeuer sprach sich der gute Ruf des Santa Monica Hospitals herum, aber gegen Nicholas' Willen hatten sie viele Patienten an kleinere Krankenhäuser schicken müssen, weil sie seit geraumer Zeit keine Bettenkapazität mehr hatten.

Im September, eineinhalb Jahre darauf, fand die offizielle Eröffnung der neuen Onkologiestation mit großem Buffet und Musik im Park statt. Bei seiner Rede vor der gesamten Belegschaft und einigen Presseleuten lobte Professor Grant die hervorragende Arbeit seiner Ärzte und des gesamten Pflegepersonals vor und vor allem während der Umbaumaßnahmen.

Anschließend bat Professor Grant Nicholas in sein Büro und bot ihm ohne Umschweife die Chefarztstelle der Onkologie an.

„Ich bin mir nicht sicher, was ich dazu sagen soll, Sir", sagte Nicholas überrascht und verunsichert zugleich. „Verstehen Sie mich bitte nicht falsch, aber ich brauche den engen Kontakt zu meinen Patienten. Ich kann unmöglich den ganzen Tag hinter dem Schreibtisch sitzen und die Kollegen anweisen …"

„Das ist mir durchaus bewusst, Dr. Blake, dennoch möchte ich Sie an diesem Platz sehen. Sie sind noch sehr jung. Ich schätze Ihre Energie, die Sie jeden Tag aufs Neue an den Tag legen, und Sie sind für die Forschung von unschätzbarem Wert."

„Nicht für die Forschung, Sir, sondern für die Patienten", erklärte Nicholas.

Der Professor lächelte. „Ihre Patienten lieben Sie – es müsste mehr Ärzte Ihres Charakters geben, Dr. Blake. Ich bin mir sicher, dass wir für Ihre Antipathie gegen lange Büroarbeiten eine Lösung finden werden, die uns beide zufriedenstellen wird."

„Ich danke Ihnen für Ihr Vertrauen, Sir."

Anlässlich Samanthas dritten Geburtstags kam Matthew für eine Woche nach Los Angeles. Joan, die bemüht war, ihre Termine auf den Vormittag zu verschieben, nahm sich viel Zeit für ihren Vater. Gemeinsam machten sie lange Spaziergänge am Strand, sprachen über Isabelle, erinnerten sich lächelnd an alte Geschichten und hielten sich an den Händen, wobei Tränen in ihren Augen standen.

Während Samantha auf dem Wohnzimmerboden mit ihren neuen Geschenken spielte, standen Joan und Matthew in der Küche und unterhielten sich. Nach einer Weile musterte Joan ihren Vater, konnte jedoch nicht mit Bestimmtheit sagen, ob er noch immer unter dem Verlust ihrer Mutter litt.

„Sei ehrlich, Daddy, wie geht es dir?"

„Es vergeht ein Tag nach dem anderen." Er lächelte schwach. „Vor Kurzem bin ich einer alten Schulfreundin deiner Mutter über den Weg gelaufen. Du kennst sie, Evelyn Parker. Seit ihrer Scheidung vor einem Jahr lebt sie wieder in New York."

Joan erinnerte sich an die Freundin ihrer Mutter. „Trefft ihr euch manchmal?"

„Wir waren einige Male miteinander aus. Sie ist eine reizende Begleiterin." Prüfend sah Matthew seine Tochter an. „Missfällt es dir?"

„Wie kommst du denn darauf, Dad?" Sie wünschte ihrem Vater, dass er endlich wieder mehr unter Menschen kam. Seine einzigen gesellschaftlichen Treffen führten ihn mit Kunden und Geschäftspartnern zusammen. Er schien seit dem Tod ihrer Mutter nie mehr privat ausgegangen und sich amüsiert zu haben.

„Evelyn ist eine gute Freundin geworden. Wir treffen uns mehrmals die Woche zum Essen. Erst durch sie wurde mir bewusst, wie sehr ich die interessanten Gespräche mit deiner Mutter vermisse."

„Magst du sie?" Matthews Blick traf den ihren. „Dein Herz schreit mir ein lautes Ja zu, doch dein Verstand hält dagegen. Du denkst, du verrätst Mom."

Sie hatte es auf den Punkt getroffen. „Ist es denn nicht so? Bei unserer Hochzeit habe ich ihr meine ewige Liebe und Treue geschworen."

„Aber ihr habt euch nicht geschworen, euch über den Tod hinaus zu lieben", entgegnete sie leise. „Ich habe mich nach Steves Tod wie du jetzt gefühlt, als ich Nicholas so schnell danach kennenlernte. Es war sehr schwer loszulassen, aber es hat sich gelohnt." Lächelnd sah sie zu Nicholas und Samantha hinüber, die mit den neuen Kleidungsstücken für Samanthas Lieblingspuppe hantierten.

„Ich weiß nicht, ob ich das kann. Vielleicht sollte ich in meinem Alter …" Er verstummte und Joan erkannte, dass mehr dahintersteckte, als sie bisher angenommen hatte. Er hatte Angst vor seinen Kindern. Vermutlich fürchtete er, sie würden die neue Frau im Leben ihres Vaters nicht akzeptieren.

„Denkst du, du hättest kein Recht mehr auf die Liebe? Das ist Unsinn, Dad!" Eindringlich sah Joan ihren Vater an. „Wenn du diese Frau magst, dann solltest du sie festhalten, bevor sie geht. Egal was Brian dazu sagt oder was die Presse darüber schreiben wird … für mich zählt nur, dass du glücklich bist."

Matthew lächelte. „Was würde ich nur ohne dich machen?"

„Als Einsiedler leben." Sie lachten.

„Und ihr?", fragte Matthew, dankbar für die ehrlichen Worte seiner Tochter. „Seid ihr glücklich?" Joan sah zu Nicholas hinüber und Matthew bemerkte den sonderbaren Ausdruck in ihren Augen, der ihn die Stirn runzeln ließ. „Habt ihr Probleme, du und Nicholas?", fragte er vorsichtig, worauf Joan ihm den Kopf wieder zuwandte und schwach lächelte.

„Es ist im Moment etwas schwierig …"

„In einer Ehe ist es nie leicht."

Sie seufzte. „Nicholas ist mein Mann und ich liebe ihn, aber seit er Chefarzt ist, sehen wir uns kaum noch. In letzter Zeit ist er wieder häufiger zu Weiterbildungen oder Operationen in anderen Städten, und die Doppelschichten, die er seit Wochen übernimmt, lassen uns gar keine Zeit mehr füreinander. Manchmal sehe ich ihn nur nachts, wenn er neben mir im Bett liegt", erklärte sie bedrückt. Allmählich machte sie sich ernsthafte Sorgen. Wenn sich nicht bald etwas änderte, dann würde ihre Ehe zerbrechen.

„Ihr solltet mehr miteinander reden und eure Probleme klären. Nehmt euch Zeit füreinander", bat Matthew seine Tochter, als er erkannte, wie ernst es bereits war.

„Es tut gut, mit dir zu reden, Daddy." Joan ließ sich von ihrem Vater in die Arme nehmen. Keiner der beiden bemerkte, wie Nicholas in diesem Augenblick zu ihnen hinübersah.

„Ihr habt ganz offensichtlich eine Krise", sagte Rachel später leise in der Küche, als sie mit Joan allein war. Da Nicholas in den vergangenen Monaten seiner Frau nicht nur einmal hatte absagen müssen, war Rachel oftmals als Babysitterin für Samantha eingesprungen. Irgendwann war der Tag gekommen, an dem Joan sich nicht mehr auf ihren Mann hatte verlassen können.

„Ich kenne einige Pärchen, die ihre Probleme ganz einfach lösen."

Mit hochgezogenen Brauen sah Joan sie skeptisch an, während sie an den Kühlschrank trat und eine Platte mit Sandwichs herausholte.

„Sex." Rachel sah zu ihrer Schwägerin. „Schau mich nicht so an, Joan. Sei ehrlich, wann habt ihr das letzte Mal miteinander geschlafen?" Joan dachte entschieden zulange über die Antwort nach. „Da siehst du es. Du kannst dich nicht einmal mehr daran erinnern. Es wäre also eine Möglichkeit, und eine angenehme noch dazu." Rachel grinste.

„Ich soll also zu meinem Mann gehen ...", sagte Joan leise, „... ihm sagen, dass ich mit ihm schlafen will, und anschließend sind all unsere Probleme verschwunden? Das glaubst auch nur du."

„Wer redet denn von fragen?" Rachel sah sie geheimnisvoll an. „Verführe ihn."

„Störe ich?", fragte Brian plötzlich. Von den beiden Frauen unbemerkt war er durchs Wohnzimmer gekommen und an den Tresen getreten. Er hatte nur die letzten Worte seiner Frau aufgeschnappt. „Wer soll wen verführen?", wollte er mit verheißungsvollem Blick wissen.

„Ich muss die Platten nach draußen bringen", beeilte Joan sich zu sagen und ging, in jeder Hand eine Platte mit Sandwichs, an ihrem Bruder vorbei.

„Habe ich etwas Falsches gesagt?", hörte sie ihn gerade noch Rachel fragen, ehe sie hinaus auf die Terrasse trat, wo Samantha zu ihr gelaufen kam.

Einige Tage darauf lag Joan am späten Abend im Bett und blätterte in einer Zeitschrift, während Nicholas, der mit dem Rücken zu ihr am Schreibtisch saß, noch seine Unterlagen durcharbeitete. Vor ihnen lag das erste freie Wochenende seit zwei Monaten und Joan kam nicht umhin, an Rachels Worte zu denken. *Verführe ihn.*

„Liebling, kommst du ins Bett?", fragte sie hoffnungsvoll.

„Ich brauche noch eine halbe Stunde, Schatz. Wenn ich die Mappe durchhabe, gehöre ich das ganze Wochenende euch."

„Ich bin müde." Enttäuscht löschte sie ihre Nachttischlampe und drehte sich auf die Seite.

„Schlaf gut", kam es leise zurück, doch selbst als die vorausgesagte halbe Stunde vergangen war, machte Nicholas keinerlei Anstalten, zu ihr ins Bett zu kommen. Obwohl Joan tatsächlich müde war, wollte sich lange Zeit der Schlaf nicht einstellen. Während sie mit geschlossenen Augen den leisen Geräuschen vom Schreibtisch ihres Mannes lauschte, dachte sie angestrengt über die Probleme in ihrer Ehe nach. Sie fragte sich, warum Nicholas seit einiger Zeit keine Anstalten mehr machte, mit ihr zu schlafen. Lag es an ihr, fand er sie nicht mehr anziehend? Merkte er denn überhaupt, dass sie sich so lange nicht mehr in den Arm genommen und geliebt hatten? Sie seufzte innerlich. Vielleicht sah ja nur sie die Situation als angespannt an. Irrte sie sich, gab es gar keine Probleme, oder hatte sie für die Dinge nur einen kritischeren Blick als ihr Mann?

Irgendwann wurden ihre Gedanken verschwommener und sie glitt in einen leichten Schlaf hinüber. Joan bemerkte nicht, wann ihr Mann seine Arbeit am Schreibtisch beendete, sie spürte ihn jedoch mitten in der Nacht plötzlich dicht neben sich. Sie lächelte und öffnete die Augen, doch ihr Lächeln erstarb. Nicholas hatte ihr den Rücken zugewandt und schlief tief und fest. Enttäuscht schloss sie wieder die Augen und musste die Tränen verdrängen.

Am Morgen fand Samantha ihre Eltern schlafend im Bett vor. Sie krabbelte zwischen ihnen entlang und küsste die Nase ihres Vaters, worauf Nicholas müde die Augen öffnete.

Er lächelte. „Hey, wer ist denn da schon munter?", flüsterte er.

„Ich", sagte Samantha stolz und tippte mit dem Zeigefinger auf ihren Bauch.

„Mhm", stöhnte Joan und räkelte sich neben ihnen.

„Wollen wir Mommy Frühstück machen?", fragte Nicholas seine Tochter leise und stand auf, als Samantha eifrig nickte. Gemeinsam putzten sie sich vor dem Badezimmerspiegel die Zähne, wobei Samantha auf dem kleinen Hocker stand und die linke Hand auf dem Waschbecken abstützte. Anschließend folgte sie ihrem Vater hinunter in die Küche, wo sie gemeinsam das Frühstück zubereiteten.

In fröhlicher Familienstimmung aßen sie alle drei zusammen im Bett Frühstück. Daraufhin verbrachten sie einige Stunden am Strand, gingen im Meer schwimmen und warfen sich später den Football zu. Am Abend lag Nicholas ausgestreckt auf einer der Liegen, betrachtete seine Tochter, die sich an seine Seite gekuschelt hatte, und streichelte ihr durch die schulterlangen blonden Haare. Joan, die in der Tür zum Garten stand, beobachtete die beiden einige Minuten. Da war er wieder, der Mann, den ich so sehr liebe, dachte sie lächelnd.

Als Samanthas Augen zufielen, hob Nicholas sie auf seine Arme und trug sie ins Haus. Auf dem Weg zu ihrem Zimmer öffnete sie die Augen.

„Ich bin noch gar nicht müde", murmelte sie leise.

„Es ist schon spät, Schatz, und Toby wartet im Bett auf dich." Toby war Samanthas Lieblingsteddy. Er musste überall mit hingenommen werden. Wehe er wurde zu Hause vergessen, dann konnte es ein Theater geben!

„Erzählst du mir noch die Geschichte von Papa Bär?", fragte Samantha, als Nicholas sie fürs Bett umzog.

„Okay."

Nachdem sie ihre Zähne geputzt hatte, kletterte Samantha allein in ihr Bett. Nicholas drückte die Decke an ihrem Körper fest und ging zu dem Regal, in dem ihre Bücher standen. Er überflog die Titel, fand jedoch keines, das *Papa Bär* hieß.

„Kann ich dir nicht eine andere Geschichte vorlesen?", fragte er und setzte sich auf die Bettkante.

„Mommy erzählt sie mir jeden Tag."

„Dann liest sie dir gar nicht vor?" Samantha schüttelte den Kopf. „Schatz, leider kenne ich die Geschichte von Papa Bär nicht. Willst du sie mir nicht lieber erzählen?"

„Nein, du", sagte sie und drückte Toby fester an sich. „Mommy ...", rief sie plötzlich hoffnungsvoll, worauf Nicholas sich zu Joan umwandte, die im Schlafzimmer stand. „Erzählst du mir die Geschichte von Papa Bär?", fragte Samantha mit einem Engelsgesicht.

„Natürlich", sagte Joan und trat ins Zimmer.

„Schlaf gut, Schatz." Nicholas beugte sich zu seiner Tochter hinunter und küsste ihre Stirn.

„Ich habe dich lieb, Daddy."

Nicholas lächelte. „Ich habe dich auch lieb."

Nachdenklich stand Nicholas Minuten später am Fenster im Schlafzimmer und blickte auf das Meer hinaus, während er dann und wann in die Realität zurückkehrte und hörte, wie seine Frau Samantha im Nebenzimmer die Geschichte von Papa Bär erzählte.

„Sie schläft", sagte Joan und schloss leise die Tür zum Zimmer ihrer Tochter. „Tut mir leid, dass sie unbedingt diese Geschichte hören wollte. Ich habe sie mir vor einigen Wochen ausgedacht."

„Macht nichts", log er und drehte sich zu seiner Frau um, die mit dem Rücken an der Tür lehnte. Soeben war ihm auf schmerzliche Weise bewusst geworden, wie wenig Zeit er mit seiner Familie verbracht hatte. Früher war er es gewesen, der Samantha am Abend die Geschichten vorgelesen hatte. „So viel Spaß wie heute hatte ich seit Langem nicht mehr." In diesem Punkt musste er wenigstens nicht lügen.

„Dass kommt daher, dass wir dich in letzter Zeit kaum zu Gesicht bekommen haben", ergriff Joan die Gelegenheit. „Was ist mit uns los, Nicholas? Gehst du mir aus dem Weg?" Sie musste es wissen. Sie wollte wissen, woran sie bei ihm war. Sie wollte nicht länger zusehen, wie ihre Ehe allmählich zerbrach, denn dieses Gefühl hatte zumindest SIE.

„Warum sollte ich das tun?", fragte er geistesabwesend und setzte sich auf ihr Ehebett.

„Sag du es mir." Sie sah ihn ernst an. „Gibt es eine andere Frau?"

Verwirrt blickte Nicholas zu ihr auf. „Zweifelst du an meiner Liebe zu dir? In den letzten Wochen habe ich es dir selten gesagt, aber du weißt, dass ich dich liebe."

Wich er ihr etwa aus? „Damit beantwortest du meine Frage nicht."

„Es gibt keine andere Frau", erklärte er ruhig und fragte sich unwillkürlich, was hier geschah. „Ich liebe nur dich."

„Und dennoch tust du nichts, womit du mir deine Liebe zeigst. Kannst du dich daran erinnern, wann wir das letzte Mal miteinander geschlafen haben?"

Er lächelte. „Daher weht der Wind …"

„Ja, genau", unterbrach sie ihn verärgert. „Deine Ehefrau will einfach nur Sex. Es ist weit mehr als das, Nicholas. Seit Monaten leben wir nebeneinander her und du merkst es nicht. Existieren Sam und ich für dich überhaupt noch?"

„Ihr seid das Wichtigste in meinem Leben", erwiderte er mit ernstem Blick.

„Ich dachte immer, dass man den liebsten Menschen in seinem Leben auch Beachtung schenkt", sagte sie traurig. „Wann hast du zuletzt länger als fünf Minuten mit deiner Tochter gesprochen? Wusstest du …", ihre Lippen zitterten, „… dass sie einen kleinen Freund hat? So geht es nicht weiter, Nick. Ich kann das nicht länger … Ich will, dass Sam einen Dad hat, der für sie da ist." Eine Träne rann aus ihrem Auge, lief die Wange hinab.

Nicholas trat zu ihr und zog sie sanft in seine Arme. „Liebling, ich wollte dich nicht verletzen", flüsterte er. „Ich wusste ja nicht …"

„Liegt es an mir?", fragte sie unter Tränen. „Findest du mich nicht mehr anziehend?"

„Davon kann keine Rede sein", sagte er dicht an ihrer Wange. Er löste die Umarmung ein wenig, sah sie direkt an. „Ich liebe deinen Körper wie am ersten Tag."

„Dann zeig es mir doch endlich …", sagte sie leise.

Nicholas nahm ihr Gesicht zwischen seine Hände und küsste sie. Sein Kuss löste ein ungeahntes Verlangen nach ihr aus und ließ sie alles andere vergessen. Es gab nur noch sie, zwei nackte Körper, die einander ins Unermessliche begehrten. Immer enger schmiegten sie sich aneinander, reizten sich mit ihren Liebkosungen gegenseitig, bis sie sich nicht länger zurückhalten konnten und ihre Körper schließlich eins wurden.

Später lag Joan in den Armen ihres Mannes, zeichnete mit ihrem Finger Kreise auf seine nackte Brust. „Warum habe ich dich so selten zu Gesicht bekommen? Keine Ausreden mehr, sag mir die Wahrheit", bat sie ihn.

Zärtlich küsste Nicholas ihre Stirn und legte die Hand auf ihren Arm. „Seit zwei Monaten habe ich eine neue Patientin", begann er leise. „Marie-Claire hat Leukämie. Sie ist gerade vier Jahre alt." Über ihren Kopf hinweg schloss er für einen Augenblick die Augen. Als er sie wieder öffnete, sah Joan ihn an. Sie merkte, wie er mit den Tränen kämpfte. „Ich habe meine ganze Energie für ihre Behandlung aufgebracht, da blieb kaum etwas für andere übrig. Es ist das erste Mal seit Jahren, dass ich meine Gefühle nicht unter Kontrolle habe. Ich kann die erforderliche Distanz zwischen Arzt und Patient nicht mehr wahren. Jedes Mal, wenn ich ihr Zimmer betrete, sehe ich Sam vor mir …" Joan schwieg, legte ihre Hand sanft auf seine Wange und küsste ihn zärtlich. „Ich weiß nicht, ob ich ihr helfen kann. Ich kämpfe mit allen Mitteln, mache ihr immerzu Mut, aber ich kann nur zusehen, wie sie von Tag zu Tag schwächer wird. Das hat sie nicht verdient … sie ist noch so klein."

Er schloss die Augen, gab einen Moment seinem Kummer nach. Dann wischte er sich die Tränen aus dem Gesicht und setzte sich im Bett auf.

„Warum hast du's mir nicht schon eher erzählt?", fragte sie mitfühlend. „Warum lässt du mich nicht an deinem Leben teilhaben?"

„Was sollte ich dir denn erzählen? Dass die Kleine die Chemo nicht verträgt und sich den ganzen Tag fürchterlich übergibt, oder dass ihre Eltern sie seit Tagen nicht besuchen, weil sie den Anblick ihrer Tochter nicht mehr ertragen …?" Er rang nach seiner Fassung. „Über diese Dinge will ich nicht mit dir sprechen."

„Aber warum nicht? So schrecklich es ist, sie gehören doch nun einmal zu deinem Job." Sie sah ihn verletzt an. „Ich kann das verkraften, Nick. Ich möchte wissen, wenn einer deiner Patienten es geschafft hat oder wenn ein anderer gestorben ist …"

„Das ist nicht dein Leben. *Du* musst dich damit nicht beschäftigen."

„Aber es ist dein Alltag und ich möchte daran teilhaben. Es gibt nichts, wovor du mich beschützen müsstest."

Nicholas sah sie unsicher an, nickte dann schließlich. „Aber erwarte keine Wunder von mir. Ich spreche nicht gern über meine Patienten."

„Wahrscheinlich wissen außenstehende Menschen deshalb so wenig über diese Krankheit. Weil niemand gern von dem Leid spricht."

Er zog eine Braue hoch. „Sag nicht, dass du das ändern willst?"

„Nicht sofort, aber vielleicht ließe sich da etwas machen."

Er lächelte. „Ich glaube, im Augenblick hast du genug zu tun. Ich wüsste da auch schon etwas, womit wir zwei uns beschäftigen könnten …"

Joan lachte, als er sich ihr näherte und sie leidenschaftlich küsste. Vergessen waren Marie-Claire und das Krankenhaus, wenigstens für eine gewisse Zeit.

„Erzählst du mir die Geschichte von Papa Bär, damit ich sie Sam das nächste Mal erzählen kann?", bat Nicholas seine Frau, nachdem sie sich abermals geliebt hatten.

Joan nickte und legte den Kopf auf die Brust ihres Mannes. „Es war einmal eine Bärenfamilie. Papa Bär, Mama Bär …"

Im Juni verbrachten sie eine Woche in Santa Barbara und endlich kehrte ein Gefühl zurück, das Joan fremd geworden war: Freude. Sie lachten, scherzten und hatten so viel Spaß wie seit Langem nicht mehr. Joan konnte sich nicht daran erinnern, wann sie zuletzt so unbeschwert gelebt hatten. Sie waren eine dieser Bilderbuchfamilien, die ausgelassen den Tag verlebten und nur das taten, wozu sie Lust hatten. Kurz und knapp: Sie waren glücklich.

In dieser einen Woche ließen sie all ihre Sorgen in Los Angeles zurück. Keiner von ihnen verschwendete auch nur einen Gedanken an die Arbeit und die Menschen, die sie zurückließen. Zwei Jahre lang hatten sie beide aus vielerlei Gründen hart gearbeitet, ohne den eigentlichen Grund dafür zu kennen. Zum Schluss führten sie keine Ehe mehr, sondern lebten nur noch in ein und demselben Haus. Beinahe hätten sie einander verloren und nun, in der Idylle Santa Barbaras, wurde Joan sich bewusst, dass sie allein ihrer Tochter danken musste, denn gäbe es Samantha nicht, so war sie sicher, wäre ihre Ehe mit Nicholas gescheitert.

„Hey …", sagte Nicholas sanft. „Was tust du denn allein hier draußen?" Er trat hinter seine Frau, die im Seidennachthemd auf dem Balkon des Hotelzimmers stand, und legte die Arme um ihre Taille.

„Ich genieße die Stille der Nacht." Zärtlich küsste er ihren Nacken. „Was machst du denn da?", fragte sie lächelnd.

„Was denkst du?"

Lächelnd genoss sie seine Liebkosungen. „Schläft Sam wieder?"

„Wie ein Stein", flüsterte Nicholas und knabberte an ihrem Ohr. Langsam wanderten seine Hände über ihren Bauch, hinauf zu ihren Brüsten.

„Hm … hör nicht auf." Sie schloss die Augen, spürte seine Hände jeden Zentimeter ihres Körpers erkunden. Zärtlich berührten seine Fingerspitzen ihre Brustwarzen, bis diese hart wurden. „Lass uns reingehen", hauchte sie und trat ins Schlafzimmer, wo Nicholas die Träger ihres Nachthemdes an ihren Armen hinabschob, sodass dieses ihren Körper hinab zu Boden fiel. Er folgte ihr ins Bett und küsste sie erst zärtlich, dann bald fordernder.

„Nicholas …“, sagte sie zwischen seinen Küssen, „… was sagst du zu einem Geschwisterchen für Sam?“ Joan biss sich auf die Unterlippe, als er abrupt innehielt und sie ansah.

„Bist du wieder schwanger?“, fragte er mit verheißungsvollem Blick.

„Nein, aber das könnten wir ändern.“ Sie lächelte. „Was sagst du dazu?“

„Natürlich wünsche ich mir noch ein Baby mit dir, aber meinst du nicht …“ Er setzte sich im Bett auf. „Lass uns noch ein paar Monate warten.“

„Meine innere Uhr tickt …“

Lächelnd legte Nicholas seinen Kopf auf ihren nackten Bauch. „Tick … tick … tick …“, sagte er grinsend.

Joan stieß ihn lachend an. „Hey, ich meine es ernst. Ich bin gestern 29 geworden und fühle mich wie eine alte Frau, die die ersten Falten bekommt und deren Haare ergrauen.“

„Dein Körper ist vollkommen …“, raunte er an ihrem Bauchnabel, küsste sie zärtlich, „… und selbst wenn die ersten Alterserscheinungen eintreten sollten …“, er küsste sie wieder, tiefer, worauf sie leise aufstöhnte, „… würde ich dich nicht weniger lieben.“

„Das ist ja sehr tröstlich.“ Sie drehte sein Gesicht zu sich, sodass er sie ansah. „Du sagst also vorerst Nein zu einem Baby?“

„Ja, aber nur weil wir üben sollten, um es auch richtig zu machen. Und ich denke, damit sollten wir jetzt gleich beginnen.“ Sein Kuss war voller Verlangen und Joan spürte an ihrem Schenkel, wie sehr er sie begehrte. Leidenschaftlich liebten sie sich bis in die frühen Morgenstunden.

Als sie nach L. A. zurückkehrten, wurde Joan bereits von ihrem Bruder erwartet. Brian hatte gute Neuigkeiten für sie. Mrs. Benning, die Leiterin der Marketingabteilung, gab zum nächsten Ersten ihre Stellung bei *Farley's* auf, da sie mit ihrer Familie nach Chicago ziehen wollte.

„Möchtest du ihren Job haben?“, fragte Brian ohne Umschweife.

„Bist du denn sicher, dass du das möchtest?“, entgegnete Joan anstelle einer Antwort. „Ich habe noch nicht so viel Erfahrung wie Mrs. Benning und …“

„Ich würde nicht fragen, wenn ich wüsste, dass du den Anforderungen nicht gewachsen wärst“, unterbrach er sie. „Also, was meinst du?“

„Versuchen wir es“, sagte sie lächelnd.

„Jetzt ist meine Frau also eine gut bezahlte Geschäftsfrau“, erwiderte Nicholas am Abend auf die Neuigkeit seiner Frau hin, während sie gemeinsam das Essen zubereiteten.

„Es ist nicht das Geld, was mich an dem Job reizt, das weißt du auch. Hast du ein Problem damit?"

„Damit nicht", sagte er und sah Joan an. „Ich mache mir nur Gedanken um Samantha. Wie stellst du dir das mit ihr vor? Denkst du, du kannst sie als Marketingleiterin weiterhin mit in dein Büro nehmen?", fragte er skeptisch.

„Das werden wir dann sehen. Lass es mich doch erst einmal versuchen, bevor du alles zunichte machst. Du könntest dich für den Anfang mit mir freuen", meinte sie enttäuscht, weil er ihr den Wind aus dem Segel nahm.

„Das tue ich", sagte er ehrlich. „Ich bin sehr stolz auf dich, aber ich …"

„Kein Aber", unterbrach sie ihn. „Küss mich einfach."

Nicholas lächelte und zog sie in seine Arme.

Der neue Job stellte sich als alles andere als einfach heraus. Joan war nun Ansprechpartnerin für jegliche Fragen. Letztendlich entschied sie, welche Models engagiert wurden, sie wählte aus den Vorschlägen ihrer Mitarbeiter die Gegenden für die Fotoaufnahmen aus und sollte aus mehreren hundert Fotos eine Auswahl für den Katalog treffen, den Brian überwiegend dazu benutzte, um möglichen Geschäftspartnern ihre neue Kollektion zu zeigen. Der Katalog war somit das Aushängeschild von *Farley's*. Zudem war Joan mit der Organisation der jährlichen Modenschau beauftragt worden, bei der sie ihre neue Kollektion der Presse und der gesamten Modewelt vorstellten.

In jenen Wochen kam es nicht nur einmal vor, dass Joan erst kurz vor Mitternacht das Haus betrat. So auch an diesem Abend.

„Es ist noch etwas vom Abendessen übrig", sagte Nicholas, der auf der Couch im Wohnzimmer saß, nachdem Joan sich zu ihm hinuntergebeugt und ihn geküsst hatte. „Soll ich es dir aufwärmen?"

„Lieb von dir, aber ich habe keinen Hunger." Unter seinem Blick zog sie ihren Blazer aus, legte ihn über den Rand der Couch und knöpfte ihre weiße Bluse auf, worunter der beinahe durchsichtige BH hervorblitzte. Ein Kribbeln durchlief Nicholas' Körper. „Ich springe unter die Dusche und gehe dann gleich zu Bett."

Er nickte. „Ich komme in ein paar Minuten nach."

Eine Viertelstunde später betrat er das Schlafzimmer, zog sich aus und schlüpfte unter die Bettdecke. Er hörte, wie Joan das Wasser in der Dusche abstellte und blickte auf, als sie Minuten darauf nackt aus dem Badezimmer kam. Sie zog ihr Nachthemd an, setzte sich auf ihre Hälfte des Bettes und legte Schmuck und ihre Uhr auf den Nachttisch.

„War das ein langer Tag. Ich bin völlig erledigt."

„Dann lass dich von mir verwöhnen", flüsterte Nicholas hinter ihr sitzend an ihrem Ohr. Zärtlich küsste er ihren Nacken.

„Ich bin zu müde“, sagte sie und legte sich ins Bett, den Rücken zu ihm gewandt. Da spürte sie seine Hand, die langsam über ihren Po fuhr, die Hüfte entlang und unter dem Nachthemd verschwand. Sein Mund, der zärtlich ihre Schulter küsste. „Ich bin nicht in der Stimmung.“ Joan griff nach seiner Hand und zog sie unter ihrem Nachthemd hervor.

„Stimmt etwas nicht? War etwas im Büro?“, fragte er beunruhigt.

„Ich bin einfach nur ausgepowert“, erklärte sie und gähnte. Die Augen waren bereits geschlossen. „Wir stecken mitten in den Vorbereitungen zur Modenschau. Es ist das erste Mal, dass ich ein solches Event organisiere. Wenn etwas schiefgeht, läuft das allein auf mich zurück. Ich will Brian einfach nicht enttäuschen.“

„Dann schlaf dich aus“, sagte er, küsste ihre Schulter und drehte sich auf die Seite.

Zwei Wochen später hatte sich dieser Zustand noch immer nicht geändert, und zu allem Überfluss ertappte Nicholas seine Frau dabei, wie sie ihn belog. Während sie behauptete, keine Zeit für ein gemeinsames Mittagessen zu haben, sah er zweimal hin, als er zufällig beobachtete, wie sie zu dieser Zeit vor dem Krankenhaus in ihr Auto stieg. Er fragte sich, wo sie gewesen war, denn bei ihm war sie nicht angekommen. Wäre dies ein Einzelfall gewesen, so hätte Nicholas es dabei belassen und sich keine weiteren Gedanken darüber gemacht, doch Tage später erfuhr er von Brian, dass Rachel einige Tage in San Francisco sei, um dort für ihre Organisation einzutreten. War Joan nicht gestern angeblich mit ihr einkaufen?

Am Sonntagabend stand Joan vor dem Spiegel im Badezimmer und betrachtete minutenlang ihr nacktes Spiegelbild. Sie schloss die Augen, ließ den Tränen freien Lauf, während sie an die bevorstehenden Tage dachte, an denen sie allein eine Hürde nach der anderen überwinden musste.

„Liebling, kommst du?“, hörte sie Nicholas vom Bett aus fragen.

Sie schlug die Augen auf. „Ich bin gleich da“, sagte sie, drehte den Wasserhahn auf und schüttete sich kaltes Wasser ins Gesicht. Mit dem Handtuch trocknete sie sich das Gesicht ab, zog sich ihr Nachthemd an und löschte das Licht, ehe sie hinüber ins Schlafzimmer ging. Wortlos kroch sie unter die Bettdecke und drehte ihrem Mann den Rücken zu. Als Nicholas daraufhin jedoch abermals einen Versuch wagte, sie zu verführen, wurde er erneut von ihr abgeblockt.

„Nicht, Nicholas. Ich muss dringend ein paar Stunden schlafen. Morgen früh steht ein wichtiger Termin an.“

„Das höre ich mir seit Wochen an. Allmählich habe ich genug davon“, sagte

Nicholas, schaltete das Licht an und setzte sich im Bett auf. „Du bist seit Wochen nicht in Stimmung. Was ist los?“, fragte er bekümmert. „Ist es aus?“

Joan drehte sich auf den Rücken. „Nur weil ich nicht mit dir schlafe?“

„Nein, weil du mich belügst.“ Erschrocken sah Joan ihn an. „Du hast dich vorgestern nicht mit Rachel getroffen. Ich weiß von Brian, dass sie in San Francisco ist.“

„Du spionierst mir nach?“, fragte sie schockiert.

„Dreh den Spieß nicht um! Du bist diejenige, die lügt. Ich will wissen, wo du gewesen bist“, forderte er sie verärgert auf.

„Ich rechtfertige mich nicht vor dir“, sagte sie ruhig, doch es tat ihr leid, dass es so weit gekommen war. Das hatte sie nicht gewollt.

„Was stimmt nicht? Sag es mir“, bat er ruhig. Seine walnussbraunen Augen sahen sie an, die Augen, die sie so sehr liebte … Sie wandte sich ab, ertrug seinen verletzten Blick nicht.

„Es ist alles in Ordnung“, sagte sie leise.

„Nein, das ist es ganz und gar nicht.“

„Ich habe einfach viel um die Ohren, das ist alles.“

Nicholas musterte sie. „Das glaube ich dir nicht. Ich spüre, wenn dich etwas bedrückt. Du willst mich daran nicht teilhaben lassen, damit käme ich vielleicht irgendwie zurecht, aber was auch immer es ist, es rechtfertigt deine Lügen nicht.“

„Lass mir etwas Zeit für mich“, bat Joan, ohne ihn anzublicken. Seit eineinhalb Wochen hatte sie versucht, Nicholas aus dem Weg zu gehen, um ein solches Gespräch nicht führen zu müssen. Da waren ihr die Modenschau und die damit verbundenen Überstunden gerade zur rechten Zeit gekommen. So war sie allein gewesen, die Arbeit hatte sie abgelenkt, ihr kaum Zeit zum Nachdenken gelassen, denn das war das Letzte, was sie im Moment wollte. *Darüber* nachzudenken, daran zu denken, was wäre, wenn …

„Gibt es einen anderen Mann?“, riss Nicholas sie aus ihren Gedanken.

Joan sah zu ihm. Der verletzte Ausdruck seiner Augen tat ihr in der Seele weh. Sie hätte es niemals so weit kommen lassen dürfen. Und doch würde sie wieder diesen Weg wählen. Sie konnte ihn nicht einweihen, noch nicht … vielleicht nie, wenn die Vermutung tatsächlich wahr sein sollte.

Als Joans Antwort offenblieb, nahm Nicholas sein Bettzeug und verließ das gemeinsame Schlafzimmer. Mit einem Knall fiel die Tür hinter ihm zu.

Tags darauf klopfte Nicholas an Chris' Sprechzimmertür und steckte den Kopf zur Tür hinein. „Können wir reden?“, fragte er seinen Freund mit bittendem Blick.

Chris sah von seinem Schreibtisch auf. „Klar. Worum geht es?"

„Joan hat einen anderen", platzte sein Freund heraus, noch ehe er sich gesetzt hatte. „Sie gibt es nicht zu, aber verneint hat sie meine Mutmaßung auch nicht."

„Wie kommst du darauf, dass es einen anderen Mann in ihrem Leben gibt?"

„Sie hat Geheimnisse vor mir, lügt mir ins Gesicht, und sobald ich sie anfasse, hat sie eine Ausrede parat, um nicht mit mir schlafen zu müssen."

Chris lehnte sich in seinem Stuhl zurück. „Hast du sie mal nach den Gründen für ihr Verhalten gefragt?"

„Was denkst du denn?!", fuhr Nicholas ihn an. „Aber sie wiegelt alles ab."

„Soll ich vielleicht mit ihr sprechen?"

Skeptisch sah Nicholas ihn an. „Warum ausgerechnet du?"

„Weil ich ein Außenstehender bin, darum", erwiderte Chris brüsk, da er den Unterton in der Stimme seines Freundes durchaus bemerkt hatte.

Prüfend sah Nicholas Chris an. Hatte er nicht einige Male beobachtet, wie seine Frau das Krankenhaus verlassen hatte, ohne bei ihm gewesen zu sein? Er fragte sich bis jetzt, wen sie besucht hatte.

„Läuft da etwas zwischen euch?", fragte er rundheraus.

„Spinnst du?! Du solltest mich nach all den Jahren besser kennen!", erwiderte Chris entrüstet. Er war von seinem Freund zutiefst enttäuscht. „Ist es denn zu glauben, so etwas nennt man Freundschaft", murmelte er vor sich hin. Dann sah er zu Nicholas auf. „Wenn du einen Freund brauchst, bin ich für dich da, aber deine absurden Beschuldigungen werde ich mir nicht anhören. Verschwinde aus meinem Büro."

„Chris … Ich weiß nicht mehr, was ich denken soll."

„Ich rate dir, eine Weile gar nicht darüber nachzudenken. Du bist völlig irre", hielt Chris ihm vor. „Jetzt verschwinde. Ich habe noch zu tun", meinte er bereits sanftmütiger.

„Tut mir leid", sagte Nicholas und stand auf.

„Ja, ja, schon gut."

Verwirrter als zuvor verließ Nicholas das Büro seines Kollegen und ging ins Schwesternzimmer, in dem es nach frischem Kaffee roch. Er nahm sich eine Tasse und plauderte einige Minuten mit Schwester Susan, die den ersten Tag nach ihrem Urlaub wieder auf der Station war. Die zwanglose Unterhaltung lenkte ihn zumindest für kurze Zeit von seinen privaten Problemen ab. Doch so ganz verschwanden sie nicht.

„Darüber müssen Sie mir unbedingt näher berichten", sagte er uns stand auf. „Vielleicht nachher in einer gemeinsamen Mittagspause in der Cafeteria?"

Lächelnd nickte Schwester Susan. „Gern. Holen Sie mich ab."

„Dann bis nachher. Danke für den Kaffee." Nicholas wandte sich um und trat auf den Gang hinaus, wo ihm ein älterer Mann entgegenkam, der seinen Infusionsständer neben sich herschob und langsam den Gang entlangging.

„Übertreiben Sie es nicht, Sean. Sie müssen sich schonen."

„Nur noch bis zum Schwesternzimmer, Dr. Blake, dann geht es nach einer kurzen Pause und einem Tee zurück ins Bett."

Nicholas nickte als Einverständnis. „Ich sehe später noch nach Ihnen, Sean", meinte er zu seinem alten Patienten, mit dem er sich gern unterhielt. Seine eigenen Großeltern waren früh verstorben, sodass ihm das Vergnügen, von der Weisheit und Erfahrung älterer Menschen zu lernen, niemals zugute gekommen war.

„Vorsicht, Doc!", rief plötzlich ein Junge hinter ihm, der auf seinem Skateboard aus dem Zimmer geschossen kam, an dem Nicholas soeben vorbeigegangen war. Lächelnd trat Nicholas an den Rand. Er sah es kommen, konnte jedoch nichts tun, als die Oberschwester aus dem Nichts auftauchte und mit dem Jungen zusammenstieß. Polternd fiel der Stapel Akten zu Boden, den sie in den Händen gehalten hatte.

„Pass doch auf!", fuhr sie den Jungen an.

„Entschuldigung", sagte dieser sofort.

„Ist bei dir alles in Ordnung, Mike?", fragte Nicholas, als er sah, wie der Junge sich den Arm rieb, und ging eilig zu ihm. Mike nickte und da bedeutete Nicholas ihm mit einem Lächeln im Gesicht, besser in sein Zimmer zurückzukehren, um weiteren Ärger mit der Oberschwester zu vermeiden.

„Das ist doch hier keine Skaterbahn", sagte die Oberschwester und begann die am Boden zerstreuten Akten aufzuheben.

„Lassen Sie ihn doch, Oberschwester", meinte Nicholas lächelnd und ging neben ihr in die Hocke, um ihr zu helfen.

„Sie sind zu gutmütig, Dr. Blake. Wenn das jeder Patient machen würde, kämen wir im Chaos um."

„Da haben Sie natürlich recht." Er gab ihr zwei Akten und griff nach einer, die etwas abseits von ihnen lag. Er erstarrte, als er den Namen auf der Akte las. *Joan Farley*. Er warf einen Blick auf das Geburtsdatum, es stimmte mit dem seiner Frau überein. Warum gab es von Joan eine Akte auf seiner Station und warum in aller Welt wusste er nichts davon?

„Haben wir alle?", fragte die Oberschwester und nahm die Akte aus seiner Hand.

„Ja“, erwiderte Nicholas geistesabwesend. Dann, wie vom Blitz getroffen, schnellte sein Kopf hoch und er sah die Oberschwester an, die wieder aufstand. „Wessen Patienten sind das?“

„Dr. Bacons.“

Chris!, schoss es Nicholas durch den Kopf. Also wusste sein Freund doch mehr, als er vorhin gesagt hatte. Abrupt machte Nicholas auf dem Absatz kehrt, lief schnellen Schrittes den Gang hinunter und platzte ohne vorher anzuklopfen in Chris' Büro.

„Was ist mit Joan?“ In seiner Stimme lag Wut, Angst und Besorgnis. Noch war er nicht sicher, welches Gefühl die Oberhand bekommen würde.

„Waren wir noch nicht fertig?“, überspielte Chris genervt die Situation. Er war jedoch auf der Hut, bemerkte die Vorboten eines gewaltigen Sturmes.

„Antworte mir!“, sagte Nicholas wütend. „Was ist mit Joan?“

„Was soll mit ihr sein?“, wich Chris ihm aus.

„Du weißt genau, wovon ich spreche. Die Oberschwester hatte eine Akte über Joan und sie sagt, sie sei deine Patientin. Also, ich höre.“

Das Lächeln in Chris' Gesicht erstarb. „Setz dich“, forderte er seinen Freund mit ernster Stimme auf. Doch er selbst stand auf, ging zu seiner Bürotür und schloss diese. Auf dem Weg zurück zu seinem Schreibtischstuhl überlegte er sich mit Bedacht seine nächsten Worte. „Es stimmt. Joan war hier“, gab er ohne weiteres Drängen seines Freundes zu. „Sie wollte, dass ich ein paar Untersuchungen mache.“

„Welche Untersuchungen?“, hakte Nicholas nach.

„Darüber solltest du mit deiner Frau sprechen.“

„Ich will es aber jetzt wissen, von dir!“ Nicholas' Wut sprang in Besorgnis um. Er spürte, dass etwas nicht in Ordnung war, und die Ungewissheit machte ihn verrückt.

„Ich habe die ärztliche Schweigepflicht“, erklärte Chris jedoch sachlich.

„Komm mir nicht mit diesem Scheiß!“

Chris blieb eisern. „Ich werde dir nichts sagen, Nicholas. Joan hat es ausdrücklich so gewollt.“

Wütend schlug Nicholas mit der Faust auf den Tisch. Sein Freund zuckte erschrocken zusammen. „Verdammt noch mal, rede endlich!“

„Ich gebe dir einen gut gemeinten Rat: Beruhige dich, dann fahr zu deiner Frau und rede mit ihr. Ich übernehme deine Schicht.“

„Ein schöner Freund bist du“, sagte Nicholas aufgebracht, ehe er aus dem Zimmer stürmte. Von seinem Büro aus wählte er die Nummer von Joans Büro, bekam jedoch nur ihre Sekretärin ans Telefon, die ihm mitteilte, dass Joan vor einer Stunde ihr Büro verlassen hatte und sie, Jill, alle Termine für den Nachmittag hatte absagen sollen.

Nicholas legte auf, griff eilig nach seiner Tasche und dem Autoschlüssel und verließ sein Büro. Wie er die Fahrt nach Hause bewältigt hatte, konnte er später nicht mehr sagen. Seine Gedanken kreisten ständig um Joan, sodass er wenig vom übrigen Verkehr mitbekam.

Schließlich parkte er das Cabrio vor seinem Haus und schloss nur einen Augenblick darauf die Haustür auf.

„Hey, was machst du denn schon hier?", fragte Joan verwirrt, als ihr Mann völlig überraschend in der Küche stand. „Hast du heute nicht Spätdienst?"

„Chris hat meinen Dienst übernommen", erklärte er knapp und stellte seine Arzttasche auf die Theke.

„Gibt es dafür einen bestimmten Grund?" Sie wandte ihm wieder den Rücken zu und schnitt weiter Tomaten.

„Ja, ich fand eine Akte mit deinem Namen." Nicholas stand nur einen halben Meter hinter ihr und sah, wie sie abrupt mit ihrer Arbeit innehielt. Einen Moment herrschte absolute Stille zwischen ihnen. Joan fand als Erste die Worte zurück.

„Was hat er dir erzählt?", fragte sie leise.

„Nichts, aber vielleicht würdest du dir die Mühe machen und mich darüber aufklären, was hier eigentlich los ist. Ich weiß nicht mehr, was ich denken soll, ob ich dir noch vertrauen kann … oder ob du mich betrügst. Ich kann …"

„Ich habe möglicherweise Brustkrebs", unterbrach sie ihn mit zittriger Stimme. „Vor eineinhalb Wochen habe ich den Knoten beim Duschen entdeckt."

Die Zeit schien stillzustehen. Langsam, um nicht den Boden unter den Füßen zu verlieren, setzte sich Nicholas auf einen der Hocker an der Theke. Er schloss die Augen, musste das Gesagte realisieren. *Wie blind war er nur gewesen?* Bei seiner Frau bestand der Verdacht auf Brustkrebs und er hatte nichts Besseres gewusst, als ihr Vorhaltungen zu machen, sie in die Enge und damit vermutlich in noch tiefere Zweifel getrieben. Es mussten grauenvolle Tage für sie gewesen sein, so grauenvoll, wie er sich in diesem Moment fühlte. Es war, als hätte man ihm bei lebendigem Leibe das Herz aus der Brust gerissen. Er konnte nicht atmen, keinen klaren Gedanken fassen … Das ist nicht wahr, sagte er sich immer wieder. Nicht Joan, nicht seine Joan.

Als Joan sich mit tränenverschleiertem Blick zu ihm umdrehte, sah Nicholas sie an. In seinen Augen lag kein Mitleid, sie zeigten nur seine bedingungslose Liebe zu ihr. Er trat zu ihr und zog sie wortlos in seine Arme, wo Joan ihren Tränen freien Lauf ließ. In seinen Armen fühlte sie sich so geborgen, so beschützt und behütet, dass sie für einen Moment den Eindruck gewann, dass er sie vor jedem Unheil bewahren könnte. Bis zuletzt hatte sie nicht gewollt, dass Nicholas von dem Krebsverdacht erfuhr, ehe sie nichts Genaueres wussten, und nun war sie erleichtert. Endlich musste sie diese Ungewissheit nicht mehr allein ertragen, endlich musste sie ihren Mann nicht mehr belügen.

Langsam fuhr Nicholas mit seiner Hand durch ihr Haar. Bemüht, seine Fassung nicht zu verlieren, durchbrach er den Moment des Schweigens. „Was sagt Chris?“, fragte er mit brüchiger Stimme.

Sie schniefte. „Er hat eine Mammografie und eine Sonografie gemacht, aber das Ergebnis der Sonografie steht noch aus.“

„Wann hast du den nächsten Termin?“

„Morgen um zehn Uhr.“

„Ich werde dich begleiten.“

Unter Tränen nickte sie. Dankbar, dass sie nun nicht mehr allein zu den Terminen gehen musste, wo jedes Mal eine Flut neuer Informationen auf sie hereinstürzte, die sie nicht verarbeiten konnte. Es war einfach zu viel für sie.

„Was ist, wenn ich tatsächlich Krebs habe?“, fragte sie in seine Armen.

„Dann werden wir gemeinsam dagegen ankämpfen. Wir werden es schaffen, das verspreche ich dir.“

„In guten wie in schlechten Zeiten“, sagte sie leise.

„Wir werden siegen“, sagte Nicholas mit Nachdruck. Niemals würde er zulassen, dass seine Frau an dieser Krankheit starb. Sie durfte ihn nicht allein lassen …

10. Kapitel

Pünktlich um neun Uhr betraten Joan und Nicholas nach einer schlaflosen Nacht gemeinsam Chris' Büro. Er erwartete sie bereits, erhob sich eilig von seinem Schreibtischstuhl, als sie eintraten, und begrüßte sie an der Tür.

„Du hättest mir von dem Verdacht erzählen müssen", sagte Nicholas leise zu seinem Freund, sodass Joan seine Worte nicht hören konnte. Sein Gesicht drückte deutlich seine Enttäuschung gegenüber Chris aus.

„Ich hatte keine Wahl, Nicholas. Joan appellierte an meine ärztliche Schweigepflicht. Glaube mir, es ist mir weiß Gott nicht leicht gefallen", erwiderte Chris ebenso leise.

„Ich muss in einer Stunde wieder im Büro sein", erklärte Joan, die bereits abwartend auf dem linken Stuhl vor Chris' Schreibtisch saß. „Vielleicht könntet ihr eure Differenzen nachher klären." Ihr war durchaus bewusst, wie groß ihr Anteil daran war, dass die beiden Freunde überhaupt Differenzen hatten, doch damit wollte sie sich im Moment nicht befassen. Einmal in ihrem Leben dachte sie einfach nur an sich.

In der darauf folgenden Stunde klärte Chris sie über den neuen Sachverhalt auf. Die Sonografie hatte ihm bereits einen besseren Einblick geben können. Nachdem er aufgestanden war und die Röntgenbilder an den Lichtkasten gehängt hatte, verkündete er, dass der dunkle Fleck und dessen typische Form auf einen bösartigen Tumor schließen ließen, doch zur Sicherheit wollte er eine Biopsie vornehmen.

„Du erhältst nur eine örtliche Betäubung, kannst also nach ein paar Stunden wieder nach Hause. Ich habe die Biopsie für morgen zehn Uhr angesetzt", erklärte er.

„So schnell? Ich weiß nicht, ob ich das einrichten kann", sagte Joan verwirrt, da die Masse an Informationen wieder einmal über sie hereinbrach.

Chris und Nicholas wechselten einen Blick. „Joan, wir sollten die Biopsie nicht auf die lange Bank schieben. Ich denke, es ist in deinem Sinn, wenn wir so schnell wie möglich wissen, womit wir es hier zu tun haben. Wir sollten keine Zeit verlieren", entgegnete Chris.

„Okay." Joan dachte an ihre Tochter, die kleine Samantha. Was sollte sie ihr erzählen, wenn sich ihre schlimmsten Befürchtungen als wahr herausstellten? Und was wurde aus ihrem Wunsch nach einem Baby? Da kam ihr ein Gedanke, an den sie die vergangenen 14 Tage nicht gedacht hatte.

„Was ist, wenn ich schwanger bin?" Joan spürte den durchdringenden Blick ihres Mannes, wagte jedoch nicht, ihn anzusehen. Ohne ihn davon in Kenntnis gesetzt zu haben, hatte sie vor einigen Wochen die Pille abgesetzt.

„Besteht denn die Möglichkeit?", fragte Chris und sah Nicholas verwundert an, der aufstand und mit verschränkten Armen ans Fenster trat, wohl wissend, welche Maßnahme in solchen Fällen ratsam war.

„Ja", sagte sie leise. Ihre Periode war ausgeblieben. Bisher hatte sie es auf den Stress der letzten Wochen geschoben, aber es war doch denkbar, dass sie ein Baby erwartete. „Würde die Biopsie dem Baby schaden?"

„Nein, die können wir ohne Risiko durchführen. Falls der Tumor bösartig ist, müssen wir die Untersuchungen des Gynäkologen abwarten. Solltest du tatsächlich schwanger sein, müsst ihr eine Entscheidung treffen."

„Wie meinst du das?", fragte sie verständnislos.

„Der Größe des Knotens nach zu schließen muss ich dich bei einem positiven Befund so schnell wie möglich operieren. Die Operation wäre nicht schädlich, es ist die anschließende medikamentöse Therapie, die sich auch auf den Fötus auswirkt."

„Ich würde mein Baby also vergiften?", fragte sie den Tränen nahe.

„Wir sollten darüber nachdenken, wenn mir die Ergebnisse vorliegen", wich Chris ihr aus.

„Antworte mir, Chris ..."

Er nickte nach einem kurzen Zögern. „Ja, irgendwann würde die Therapie zwangsläufig zu einer Fehlgeburt führen."

„Oh mein Gott! Das lasse ich nicht zu. Nie wieder, hört ihr!" Mit zittrigen Händen sprang sie auf und eilte völlig aufgelöst aus Chris' Sprechzimmer.

„Joan!", rief Nicolas ihr nach.

Chris hielt seinen Freund am Arm fest. „Lass ihr ein paar Minuten Zeit."

„Sie wird unser Baby nicht töten", sagte Nicolas sachlich, trat zurück ans Fenster und fuhr mit Daumen und Zeigefinger die Nase hinauf.

„Nicolas, du weißt, dass sie keine andere Wahl hat. Wenn sie tatsächlich schwanger ist, muss sie zu ihrem eigenen Wohl einem Abbruch zustimmen."

„Eher würde Joan für unser Baby sterben ..."

In Krebsfällen mit vorliegender Schwangerschaft rieten sie den Frauen meistens zu einem Abbruch, solange dies noch möglich war. Erst im letzten Drittel der Schwangerschaft würden sie die Geburt abwarten und danach die Behandlung beginnen.

„Bist du wütend auf mich?", wollte Joan mit verweinten Augen von ihrem

Mann wissen, als dieser am Abend nach Hause kam. Nicholas schüttelte den Kopf, griff nach ihrer ausgestreckten Hand und setzte sich neben sie auf die Couch. „Ich hätte nicht ohne dein Einverständnis die Pille absetzen dürfen. Es tut mir leid."

Er nickte. „Ziehst du es denn ernsthaft in Betracht? Wir haben seit Wochen nicht …"

„Ich bin längst überfällig." Erneut stiegen Tränen in ihre Augen. „Ich kann nicht damit aufhören", sagte sie schluchzend.

Nicholas zog sie in seine Arme. „Es kommt einfach zu viel auf einmal auf dich zu."

„Ich könnte unser Baby nicht töten."

Sein Herz verkrampfte sich. „Vorerst müssen wir keine Entscheidung treffen", sagte er ruhig und fuhr ihr gleichmäßig über den Rücken.

Joan löste sich aus der Umarmung, musterte ihren Mann eingehend und sah etwas in seinen Augen, das ihr Angst machte. Sie rückte von ihm ab. „Du bist derselben Meinung wie Chris, nicht wahr?"

Er wich ihrem Blick aus, wusste nicht, was er antworten sollte. Als Arzt wäre seine Antwort eindeutig gewesen, doch hier war er auch Vater. Es war sein Kind, das da möglicherweise heranwuchs. Konnte er ernsthaft von seiner Frau verlangen, dass sie das gemeinsame Baby tötete?

„Ich habe Angst um *dich*." Nicholas sah sie an, nahm ihre Hand und Joan spürte, wie sehr die seine zitterte. „Unser gemeinsames Leben liegt noch vor uns. Ich will dich nicht verlieren. Kannst du das verstehen?"

Sie nickte. „Ich habe Angst."

„Ich weiß." Zärtlich küsste er ihre Stirn, wünschte, er könnte ihr die Angst nehmen. „Liebling, willst du nicht Brian und Rachel informieren? Rachel steht dir sehr nahe, sie könnte dir vielleicht etwas geben, das du bei mir nicht findest. Sie ist eine Frau …", erklärte er, um sich verständlicher auszudrücken.

„Nein …" Sie schüttelte den Kopf. „Nicht, solange das Ergebnis der Biopsie nicht vorliegt. Bitte verstehe mich. Es ist so schon schwer genug. Ich möchte nicht auch noch von ihnen bemitleidet werden."

„Hast du es mir deshalb nicht erzählt?", fragte Nicholas sanft.

Sie erwiderte seinen Blick. „Anfangs wollte ich dich nicht beunruhigen, aber dann … ich weiß nicht, was ich dachte. Ich glaube, ich musste das einfach allein durchstehen."

„Du warst dir nicht sicher, ob ich für dich da sein würde, habe ich recht?"

„Vielleicht …", räumte sie ein.

„Ich will nicht, dass du jemals wieder daran zweifelst, hörst du?“ Er küsste zärtlich ihre Stirn, nahm sie in die Arme und versuchte, seine Fassung nicht zu verlieren, doch er hatte keinen Erfolg. „Ich bin für dich da, Liebling. Egal wie der Befund ausfallen wird, wir werden es gemeinsam schaffen, okay?“

Am Mittwoch waren sie wie verabredet um zehn Uhr in der Onkologie. Nicholas hatte seinen Dienst getauscht, sodass er den Nachmittag bei seiner Frau sein konnte. Er wurde erst zur Nachtschicht am Donnerstag wieder im Krankenhaus erwartet.

„Hast du noch eine Frage, ehe wir beginnen?“, fragte Chris seine Patientin.

Joan schüttelte den Kopf. „Ich will es schnell hinter mich bringen.“

„In Ordnung. Schwester Susan wird dich für die Operation vorbereiten. Wir sehen uns dann gleich im OP.“

Als Chris gegangen war, sah sie sich in dem kleinen Zimmer um. Ein Bett stand parallel zur Wand, darauf lag das Nachthemd, das sie anziehen sollte. Ansonsten war das Zimmer leer. Sie blickte zu Nicholas hinüber, der mit dem Rücken zu ihr stand und aus dem Fenster blickte. Zögernd ging sie zum Bett, kleidete sich langsam aus und zog das Nachthemd an. Plötzlich brach alles über sie herein. Wieder und wieder hallten dieselben Worte in ihrem Kopf. *Krebs … bösartiger Tumor … Chemotherapie … Rezidiv …* Sie sank auf das Bett und schluchzte hilflos wie ein Kind. Nicholas eilte zu ihr, kniete sich neben ihr nieder und nahm sie in seine Arme. „Es wird alles gut werden, Liebling, ich verspreche es dir“, versuchte er seine Frau zu beruhigen und schob seine eigenen Gedanken beiseite, denn ihn quälten dieselben Ängste.

Da klopfte es an der Tür und Schwester Susan kam herein. Irritiert, Dr. Blake in solcher Verfassung und so inniger Umarmung mit einer Patientin zu sehen, stand sie wortlos in der Tür. Erst nach einem Moment fand sie ihre Stimme wieder. „Ich komme in ein paar Minuten wieder“, sagte sie leise, als Nicholas zu ihr aufblickte.

„Danke“, erwiderte Nicholas ebenso leise. Es störte ihn nicht, dass die Schwester seine Tränen gesehen hatte. Er war schließlich auch nur ein Mensch.

„Ich bin eine Heulsuse.“ Joan lächelte schwach.

„Ganz bestimmt nicht. Du warst bisher sehr tapfer …“

Joan legte beide Hände sanft auf seine Wangen und wischte seine Tränen mit den Daumen fort. „Danke, dass du da bist.“ Sie beugte sich zu Nicholas und küsste ihn zärtlich. „Ich liebe dich.“

„Ich liebe dich auch.“

Einige Minuten darauf wurde Joan in den Operationssaal geschoben. Nicholas ging in den Aufwachraum hinüber, um dort auf seine Frau zu warten, die sich hier einige Zeit von dem Eingriff würde erholen können. Nachdenklich saß er eine halbe Stunde auf einem der Stühle. Zwei Tage würden sie auf den Befund der Histologie warten müssen. Zwei lange Tage …

Schließlich schoben zwei Schwestern Joans Bett in den Aufwachraum. Sofort stand Nicholas auf und ging zum Bett seiner Frau.

Er nahm ihre Hand. „Wie fühlst du dich?", fragte er liebevoll.

„Als ob ich einen Marathon gelaufen wäre."

Nicholas lächelte. „In zwei, drei Stunden kann ich dich mit nach Hause nehmen. Dann machen wir uns einen schönen Nachmittag zu dritt."

„Hört sich gut an."

Am nächsten Tag hatte Joan einen Termin bei Dr. Smith, ihrer Gynäkologin. Sie ging allein, obwohl Nicholas ihr angeboten hatte mitzukommen.

„Und?", fragte er seine Frau mittags, als sie auf dem Rückweg von ihrer Ärztin Samantha aus dem Kindergarten abgeholt hatte.

„Zieh deine Schuhe aus, Sam", erinnerte Joan ihre Tochter, sah dann Nicholas an. „Sie ruft mich an, wenn sie das Ergebnis hat."

„Hat sie gesagt, wie lange es etwa dauert?"

„Mein Fuß will nicht raus", sagte Samantha, die auf der untersten Stufe der Treppe saß und an ihrem Schuh zog.

„Wahrscheinlich morgen", antwortete Joan, hockte sich neben Sam, lockerte die Schnürsenkel und zog ihr den Schuh aus.

„Daddy, du hast noch nicht mein Bild gesehen, das ich gestern gemalt habe", beklagte sich Samantha, sprang auf und griff nach der Hand ihres Vaters. „Komm, ich zeig es dir. Es ist toll."

„Jo, das Essen ist schon fertig", sagte er schon auf dem Weg nach oben. „Der Tisch muss nur noch gedeckt werden."

„Okay."

So langsam war die Zeit noch nie vergangen. In der Nacht zuvor hatte Joan kaum ein Auge zu getan, immerzu waren ihre Gedanken um die ausstehenden Ergebnisse gekreist. Mehr Angst hatte sie jedoch vor dem Befund der Biopsie. Tagsüber, wenn Samantha bei ihr war oder sie selbst arbeitete, war es leichter, die Gedanken zu verdrängen.

„Mhm, Ben hat heute Vormittag angerufen", fiel Nicholas beim Essen ein. „Er arbeitet auf einer Ranch in Montana, will dort aber nicht mehr lange bleiben. Es scheint …", Nicholas sah zu seiner Tochter, „… als würde er dich endlich persönlich kennenlernen wollen. Er sah dich das letzte Mal … ja … ich glaube, da warst du noch ein Baby."

„Ich bin aber kein Baby mehr. Ich bin schon drei", sagte sie stolz, worauf Nicholas lächelte.

„Stimmt, du bist ein großes Mädchen."

Joan sah ihren Mann an. Sie fragte sich, ob er Ben von ihrem Krebsverdacht erzählt hatte und ob er deshalb nach Los Angeles zurückkehren wollte.

Schließlich ging Nicholas zu belanglosen Themen über, um Joan und sich selbst von den Ergebnissen abzulenken, doch er bemerkte, dass sie ab und zu der Unterhaltung nicht folgte.

In einem Moment schienen ihre Gedanken ganz woanders zu sein, dann sah sie ihn wieder an und lächelte. Von alledem bekam Samantha glücklicherweise nichts mit. Sie wunderte sich nicht einmal darüber, dass ihre Eltern beide zu Hause waren. In vollen Zügen genoss sie es und freute sich, wenn ihr Vater wie in diesem Augenblick Pferd und Reiter mit ihr spielte. Dabei saß Samantha auf seiner Schulter, sagte laut *Hü, Pferdchen, hü* und ließ sich von ihrem Pferd durch Haus und Garten tragen.

„Die Treppe rauf, Pferdchen", hörte Joan ihre Tochter sagen. Nicholas wieherte und schnaubte laut, worauf Joan lächelte.

„Sam, überanstrenge dein Pferd nicht. Er ist nicht mehr der Jüngste", rief Joan ihnen nach, als die beiden die Treppe hinaufgaloppierten und im Schlafzimmer verschwanden.

Das Telefon klingelte. Joan, die an der Küchentheke saß, rutschte vom Barhocker herunter und lief zum Wohnzimmertisch, wo sie nach dem schnurlosen Telefon griff und sich meldete.

„Joan, ich bin's, Chris."

„Oh, hallo", sagte sie unsicher. Seit der Verdacht bestand, konnte sie nicht mehr so ungezwungen, so vertraut wie zuvor mit ihm sprechen. Chris war jetzt in erster Linie ihr Arzt.

„Ich habe das Ergebnis der Zelluntersuchung vorliegen. Ich würde es dir gern persönlich mitteilen. Kannst du herkommen?"

Joan zögerte. „Weißt du es schon?"

„Nein." Chris sah auf den ungeöffneten Umschlag, der vor ihm auf seinem Schreibtisch lag. „Also, kommst du her?"

„Nicholas wird sicher mitkommen wollen. Ich muss erst sehen, wer Sam so lange nimmt."

„In Ordnung. Ich erwarte euch dann." Er legte auf.

Langsam ließ Joan den Arm sinken, mit dem sie das Telefon hielt. Jetzt war es also so weit. Die Stunde der Wahrheit stand unmittelbar bevor. Ihre Hände zitterten. Bitte lass es kein Krebs sein, betete sie still.

Da kamen Nicholas und Samantha lachend die Treppe hinunter. Nach wie vor saß Samantha auf den Schultern ihres Vaters und hielt mit ihren Händen seine Augen zu.

„Ein blindes Pferd läuft ganz leicht gegen Wände", meinte Nicholas, blinzelte zwischen ihren Händen hindurch und steuerte auf die Kommode im Flur zu.

„Achtung!", japste Samantha.

„Ich sehe nichts!"

„Stopp, Daddy, stopp!", rief sie aufgeregt und riss ihre Hände von den Augen ihres Vaters los. Im letzten Moment blieb er vor der Kommode stehen.

Samantha atmete laut auf. „Das wäre fast schiefgegangen, Daddy."

Lächelnd ging Nicholas mit ihr in die Küche und goss seiner Tochter ein Glas Orangensaft ein. Da erst bemerkte er, dass seine Frau telefonierte.

„Eine, vielleicht zwei Stunden, auf keinen Fall länger", hörte er sie sagen. „Es macht dir wirklich nichts aus, Brian? … Okay, ich danke dir. Wir machen uns gleich auf den Weg." Joan beendete gerade das Telefonat, als Nicholas ins Wohnzimmer kam. Sie sah zu ihnen auf und sofort bemerkte er ihren veränderten Gesichtsausdruck. „Chris hat angerufen. Wir sollen zu ihm kommen", sagte sie, ohne sich die innere Unruhe anmerken zu lassen.

„Au ja", freute sich Samantha.

Nicholas hob sie von seiner Schulter und stellte sie vor sich auf ihre eigenen Füße.

„Du kannst nicht mitkommen, Schatz", beeilte Joan sich zu sagen. „Brian wird dir stattdessen in der Zwischenzeit Gesellschaft leisten."

„Im Büro?", hakte Sam begeistert nach. Joan nickte. „Toll!" Vergessen war Chris. *Zum Glück*, dachte Joan, da ihr augenblicklich nicht nach einer Debatte mit ihrer Tochter war.

Während der Fahrt zu *Farley's* sprachen Joan und Nicholas kaum ein Wort, es war Samantha, die beinahe die ganze Zeit von der Rückbank aus plapperte. Sie erzählte vom Kindergarten, eine Reihe von Geschichten, die niemals endeten. Es gab immer etwas, das sie ihren Eltern berichten musste.

Eine Dreiviertelstunde nachdem Joan mit Chris telefoniert hatte, betraten Nicholas und sie die Onkologie. Im Schwesternzimmer erkundigten sie sich, wo Dr. Bacon sich aufhielt.

„Er ist bei Mrs. O'Donnell."

„Könnten Sie zu Dr. Bacon gehen und ihm sagen, dass wir in seinem Büro warten?", bat Nicholas die Krankenschwester, die daraufhin nickte. „Danke." Er legte Joan seine flache Hand an den Rücken, schob sie sachte den Gang hinunter zum Büro seines Freundes und öffnete die Tür.

„Hallo“, sagte Chris keine zehn Minuten später, als er sein Büro betrat und die Tür hinter sich schloss. „Gut, dass ihr gleich kommen konntet.“

In den vergangenen Minuten, die sie auf ihn gewartet hatten, war Joan beinahe verrückt geworden. Sie war nahe daran, aufzuspringen und aus dem Zimmer zu rennen, so als könne sie damit der Diagnose entgehen. Doch nun, als Chris vor ihr stand, wurde ihr schlagartig bewusst, dass sie nicht fliehen durfte. Wie sollte sie ihrer Tochter denn dann jemals gegenübertreten? Ein Schritt nach dem anderen, hatte Nicholas ihr erst im Auto gesagt. „Erst das Ergebnis, dann sehen wir weiter …“, waren seine Worte gewesen. Vielleicht war es gar nicht so schlimm, ging es ihr durch den Kopf. Vielleicht ist der Knoten gutartig und muss schlimmstenfalls operativ entfernt werden.

„Ich weiß es selbst noch nicht“, meinte Chris nun angesichts ihrer fragenden Gesichter, setzte sich hinter seinen Schreibtisch und zog einen weißen Briefumschlag aus einer der Ablagen heraus. Er riss diesen auf und nahm ein einzelnes Schreiben aus dem Umschlag, das er aufmerksam las.

Joan, die ihn angespannt musterte, spürte plötzlich die Hand ihres Mannes auf der ihren ruhen. Er drückte sie fest. *Ich bin bei dir*, schien er sagen zu wollen. *Du bist nicht allein.* Sie fühlte sich nicht allein, bis zu dem Moment, als Chris aufblickte und sie ansah. Augenblicklich war ihr ganzer Mut verschwunden.

„Mein Verdacht hat sich leider bestätigt“, begann Chris mit bedauerndem Blick und sah von Joan zu Nicholas. „Der Tumor ist bösartig.“

Das ist nicht wahr, schrie jeder Zentimeter von Nicholas’ Körper. Chris schien dies zu bemerken, denn er reichte seinem Freund ohne Aufforderung das Blatt Papier über den Schreibtisch hinweg, damit dieser sich selbst überzeugen konnte.

„Ein Irrtum ist ausgeschlossen?“, fragte Joan mit brüchiger Stimme und umklammerte den Riemen ihrer Handtasche.

„Leider ja. Anhand der Ultraschallbilder und des Berichtes der Histologie ist es vermutlich Krebs im zweiten Stadium …“ Chris’ Stimme wurde immer leiser und leiser, dann vernahm Joan sie nur noch aus weiter Entfernung.

Sie war in einem hellen Raum. Sie lief zur Tür, rüttelte an der Klinke, doch die Tür ließ sich nicht öffnen. Sie sah sich um, drehte sich im Kreis, um einen Ausweg zu finden, aber da war nichts, kein Fenster, kein Schlupfloch, durch das sie herauskäme und fliehen konnte. Sie drehte sich schneller, rannte von einer Wand zur anderen, schlug mit den Händen gegen die Wände, bis sie fürchterlich schmerzten. Tränen rannten aus ihren Augen, sammelten sich zu einem Wasserfall und stürzten zu Boden. Sie begann zu schreien, so laut, dass sie sich die Hände auf die Ohren legte, um ihre eigenen Schreie nicht hören zu müssen …

„Joan?“, drang eine leise Stimme zu ihr hindurch. Langsam hob sie den Kopf und blickte Chris an. Er musterte sie besorgt, sein Gesicht machte den Eindruck, als hätte er sie schon mehrfach angesprochen. „Joan?“, hörte sie seine klangvolle Stimmer nochmals sagen.

„Tut … tut mir leid.“

„Du siehst blass aus. Möchtest du ein Glas Wasser?“

Sie schüttelte den Kopf. „Nein. Nein, danke.“

Doch da war Nicholas schon aufgestanden und an das kleine Waschbecken getreten, um den Plastikbecher mit Leitungswasser zu füllen.

Joan stand zu schnell auf. Der Raum drehte sich. Als sie die Hand nach der Kante des Schreibtisches ausstreckte, um Halt zu finden, fühlte sie einen Arm im Rücken.

„Setz dich“, sagte Nicholas weich.

„Es geht schon wieder.“ Sie schob seine Hand von sich, griff nach ihrer Tasche und wandte ihnen den Rücken zu. Wortlos verließ sie Chris’ Büro.

Nicholas folgte ihr auf den Gang hinaus. „Joan!“, rief er ihr nach.

„Lass mich, bitte!“, sagte Joan nachdrücklich. Eilig lief sie den Gang hinunter und verschwand durch eine Schwingtür.

Nach einem kurzen Gespräch mit Chris verließ Nicholas das Krankenhaus und holte seine Tochter aus Brians Büro ab.

Auf der Heimfahrt erzählte sie pausenlos von den Spielen, die sie mit ihrem Onkel gespielt hatte, machte im Spiegel seine Grimassen nach und wartete auf das verängstigte Gesicht ihres Vaters. Nicholas bemühte sich, ihren Worten zu folgen und dem Verkehr einen Teil seiner Aufmerksamkeit zu schenken.

Daheim angekommen, beschäftigte sich Samantha eine Zeit lang auf dem Wohnzimmerboden mit ihrer Lieblingspuppe, während ihr Vater damit begann, die Kartoffeln für das Abendessen zu schälen. Dabei glitten seine Gedanken wieder zu dem Ergebnis der Biopsie hinüber …

„Wann sollen wir *die* denn alle essen?“, fragte Samantha plötzlich neben ihm.

Nicholas sah sie verständnislos an, blickte zu der Schale mit den Kartoffeln hinunter, die bereits überquoll, und lächelte. „Ich glaube, das sind zu viele.“

Samantha kicherte. „Jetzt können wir die ganze Woche über Bratkartoffeln essen.“

„Das wird nicht langweilig werden. Wir essen sie jeden Tag einfach anders“, schlug er vor und fing Samanthas skeptischen Blick auf. „In Ordnung, junge Lady, wie wäre es denn heute mit Steak und Bratkartoffeln?"

„Au ja!", sagte sie begeistert. „Ich decke den Tisch." Aufgeregt hüpfte sie in der Küche umher, bis Nicholas ihr drei Teller aus dem Schrank reichte, die sie gewissenhaft und mit voller Konzentration, um sie nicht fallen zu lassen, auf den Tisch verteilte.

Sie warteten eine halbe Stunde auf Joan, doch sie kam nicht. Schließlich tat Nicholas seiner Tochter das Abendessen auf den Teller und ermunterte sie zum Essen. Anfangs weigerte sie sich, da sie auf ihre Mutter warten wollte, gab dann nach Drängen ihres Vaters aber schließlich nach.

„Tut mir leid, Schatz, dass deine Mom nicht rechtzeitig zum Essen da war", sagte Nicholas später leise an ihrem Bett und strich Samantha über den Kopf. Sie war über die Abwesenheit ihrer Mutter traurig gewesen und hatte sich von Nicholas in den Schlaf wiegen lassen.

Nicholas ging hinunter ins Wohnzimmer und sah aus dem Fenster. Langsam ging die Sonne unter. Joan war immer noch nicht nach Hause gekommen. Allmählich machte er sich ernsthafte Sorgen. Wo steckte sie nur? Seitdem sie überstürzt aus dem Krankenhaus geeilt war, hatte er nichts mehr von ihr gehört. Ihm fiel der entschlossene Ausdruck ihrer Augen wieder ein und er versuchte sich zu entsinnen, wann sie schon einmal diesen Blick gehabt hatte. Er schloss die Augen, als die Erinnerung an jenen Tag zurückkehrte. Damals, nachdem Brian und er sie in ihrer Wohnung gefunden hatten und er an ihr Bett getreten war, um mit ihr zu sprechen. Sie war so entschlossen gewesen, hatte ihr Leben hinter sich gelassen …

Besorgt griff er zum Telefon. In der Hoffnung sie wäre noch einmal zu Chris zurückgekehrt, rief er seinen Freund im Krankenhaus an, doch dieser enttäuschte ihn. Joan war weder bei ihm gewesen noch hatte sie angerufen. Besorgter als zuvor legte Nicholas auf und suchte in wachsender Panik nach Brians Nummer, fand sie schließlich und gab gerade die ersten Zahlen ein, als ein Schlüssel in die Haustür gesteckt wurde.

„Gott sei Dank, dir ist nichts passiert!", sagte er erleichtert, kaum dass Joan ins Haus getreten war, Er stürzte zu ihr und nahm sie in die Arme. „Wo warst du denn?", wollte er mit sorgenvoller Stimme von seiner Frau wissen.

„Am Strand, spazieren", erklärte sie, ging an ihrem Mann vorbei und setzte sich auf die Couch. „Ich musste mir über einige Dinge Klarheit verschaffen."

Nicholas setzte sich neben sie, sah sie auch jetzt noch mit angsterfülltem Gesicht an. „Ich habe mir Sorgen gemacht. Ich dachte, du könnest …"

„… eine schreckliche Dummheit machen“, beendete sie seinen Gedanken. „Keine Angst, so schnell wirst du mir nicht los.“ Sie lächelte schwach.

„Ich liebe dich.“ Er nahm ihre Hände in seine. „Wir werden das gemeinsam durchstehen. Ich bin für dich da, Liebling, hörst du? Ich liebe dich so sehr.“ Er zog sie in seine Arme, hielt sie fest umschlungen.

„Ich habe Angst“, schluchzte sie. „Ich habe so schreckliche Angst …“

„Ich weiß.“ Er drückte sie noch fester an seine Brust. „Aber ich verspreche dir, es wird alles gut werden. Du wirst es überstehen und den Krebs besiegen, da bin ich mir ganz sicher …“

Wie sagt man dem liebsten Menschen in seinem Leben, dass man an Krebs erkrankt ist? Wem sollte sie es überhaupt erzählen, fragte Joan sich in dieser schlaflosen Nacht. Sie lag bereits seit Stunden wach im Bett, hatte unzählige Fragen und niemanden, der sie ihr beantworten konnte. Das Bett neben ihr war leer, so leer, wie sie sich seit der Diagnose fühlte.

Joan schlug die Bettdecke zurück, verließ das Bett und öffnete leise die Tür zum Zimmer ihrer Tochter. Sie schlich hinein, betrachtete Samantha, die selig in ihrem Bett schlief. „Ich liebe dich“, flüsterte sie und legte die Decke über den kleinen Körper. Nach einigen Minuten wandte sie sich um, schloss die Tür bis auf einen Spalt und ging barfuß die Treppe hinunter. In der Küche goss sie sich ein Glas Wasser ein, und nachdem sie es in einem Zug leer getrunken hatte, schaltete sie das gedämpfte Licht im Wohnzimmer an und setzte sich auf die Couch.

Die Gedanken ließen sie nicht los. So sehr Joan auch versuchte, an andere Dinge zu denken, jeder Gedanke führte sie doch wieder zu ihrer Krankheit zurück. Es schien nichts mehr zu geben, dass nicht auf die eine oder andere Weise mit ihrer Krankheit verbunden war. Dachte sie an ihre Arbeit bei *Farley's*, fielen ihr die vielen Termine und Besprechungen ein, die sie vermutlich eine Zeit lang nicht führen würde können. Sie brauchte eine Vertretung, schoss es ihr durch den Kopf. Ihr fiel nur Perry ein, ein sehr kompetenter Mann Ende dreißig. Sie arbeitete sehr gern mit ihm zusammen, da sie seinen Blick für das Wesentliche schätzte.

Und da war sie wieder bei der Frage, wem sie von ihrer Krankheit erzählte. Perry natürlich, wenn er einen Teil ihrer Arbeit übernehmen sollte. Es würde nur unnötiges Gerede und wilde Spekulationen geben, wenn sie ihn nicht einweihte, und das konnte *Farley's* in dieser hektischen Zeit nun wirklich nicht gebrauchen. Sie würde also mit Perry sprechen müssen, sobald sie Näheres über ihre Behandlung wusste.

Ihre Familie, Brian und Rachel … und natürlich Matthew … Joan schloss die Augen und stellte sich ihre Reaktionen vor. Wahrscheinlich würden sie sie anders als zuvor ansehen, Gespräche unterbrechen, wenn sie das Zimmer betrat, und sich jedes Wort dreimal überlegen, um sie nicht zu verletzen. Sie wollte nicht wie ein rohes Ei behandelt werden, sie war noch immer die alte Joan. Sie hatte noch immer eine eigene Meinung.

Als Erstes entschied Joan sich für Brian und Rachel. Ihr Bruder musste es allein schon aus beruflichen Gründen erfahren, obwohl sie vorhatte, so lange wie möglich arbeiten zu gehen. Aber vielleicht würde sie in den nächsten Wochen die Hilfe der beiden benötigen, wenn es ihr schlecht ging und jemand auf Samantha aufpassen musste. Beim Morgengrauen wählte Joan die Nummer ihres Bruders, der wie vermutet bereits frühstückte. Joan hatte sich in der Nacht zahlreiche Worte zurechtgelegt, doch nun erzählte sie Brian ohne lange Vorreden von ihrer Diagnose. Anschließend hörte sie, wie er um seine Fassung rang, als er sie um ein Treffen bat.

„Lass mir ein paar Tage Zeit. Ich melde mich bei dir", versprach Joan den Tränen nahe und legte schnell auf.

Wie an jedem anderen Tag weckte Joan Samantha um sieben Uhr, putzte sich neben ihr die Zähne und aß mit ihr Frühstück, ehe sie ihre Tochter mit dem Auto in den Kindergarten fuhr. Dort drückte sie ihr einen dicken Kuss auf den Mund und winkte ihr lächelnd nach.

„Habe ich heute noch einen Termin, Jill?", fragte Joan ihre Sekretärin kurz nach drei Uhr durch die Gegensprechanlage des Telefons.

„Nein, der Nachmittag ist frei", kam die prompte Antwort. „Denkst du daran, der Boss hat mehrmals angerufen." Der *Boss* war Brian.

„Ich weiß, danke."

Eine Minute später kam Joan in voller Montur aus ihrem Büro. Rock und Blazer in Beige, die schwarze Aktentasche in der Hand. „Dann bin ich für heute außer Haus, Jill. Wenn dringende Anrufe eingehen sollten, erreichst du mich auf meinem Handy."

Auf dem Weg zu ihrem Auto klingelte schon ihr Handy. Es war Brian.

„Joan, wir müssen reden."

„Nein, das müssen wir nicht", entgegnete sie ruhig.

„Denkst du, ich kann tatenlos herumsitzen und so tun, als wäre nichts? Du bist schwer krank und ich möchte dir helfen", sagte er verletzt. „Bitte, lass Rachel und mich am späten Nachmittag zu euch kommen." An ihrem Auto angelangt, wollte Joan gerade ablehnen, als er etwas sagte, das sie erstarren ließ. „Schließ mich nicht so aus, wie Mom es getan hat."

„Brian … ich …"

„*Bitte*", bat er leise.

Joan schloss die Augen. „Okay."

Eigentlich hatte Joan vorgehabt, Samantha aus dem Kindergarten abzuholen und mit ihr früher als sonst nach Hause zu fahren, um mit ihr einen schönen Nachmittag zu verleben, doch stattdessen bog sie in den Wilshire Boulevard ein, parkte das Auto und lief einige Minuten zu Fuß zum Santa Monica Hospital.

Es klopfte an der offen stehenden Tür des Ärztezimmers. Chris und ein ihr fremder Kollege drehten sich zu ihr um. Sie standen vor dem Lichtkasten, hatten bis zu ihrer Unterbrechung zwei Röntgenaufnahmen betrachtet.

„Joan, hallo", sagte Chris lächelnd.

„Hallo. Ich will nicht stören …"

„Du störst nicht. Ich bin gleich für dich da", meinte er und wandte sich noch einmal an seinen Kollegen. „Ich würde zur Sicherheit die Lungen röntgen, damit diese Flecken hier abgeklärt werden. Es könnten Metastasen sein."

„In Ordnung", sagte sein junger Kollege und nahm die Röntgenbilder vom Lichtkasten, während Chris zu Joan ging und ihre Wange zur Begrüßung küsste. Er legte seinen Arm an ihren Rücken und geleitete sie den Gang entlang zu seinem Büro. Hinter ihnen schloss er die Tür.

„Was passiert jetzt mit mir?", fragte Joan, noch bevor sie sich gesetzt hatten. „Kannst du operieren?"

„Ja." Chris setzte sich hinter seinen Schreibtisch. „Der Tumor sitzt zwar an einer ungünstigen Stelle, aber dank neuester Technik ist er operabel. Bevor ich dich jedoch operiere, werde ich deinen Körper nach Metastasen absuchen. Dazu sind einige schmerzlose Untersuchungen notwendig, die wir …"

„Metastasen?", fragte sie verwirrt.

„Das sind Tochtergeschwülste vom eigentlichen Tumor. Die Tumorzellen teilen sich und gelangen über den Blut- oder Lymphkreislauf in andere Organe, die sie erheblich schädigen. Ehe dies eintritt, müssen sie operativ entfernt werden", erklärte Chris.

„Was ist, wenn du Metastasen bei mir findest?"

„Dann wäre der Krebs schon sehr weit fortgeschritten, davon gehe ich aber im Moment nicht aus. Nach meinen bisherigen Untersuchungen kann ich jedoch sagen, dass der Tumor sehr schnell wächst und wir keine Zeit mit der Operation verlieren sollten. Ich gehe davon aus, dass ich dich Montag, spätestens aber Dienstag operieren kann."

„So bald schon …", sagte sie überrumpelt.

„Die meisten Patienten möchten es so schnell hinter sich bringen. Viele sehen den Tumor als eine Art tickende Zeitbombe, die jeden Augenblick explodieren kann. Erfahrungsgemäß ist der überwiegende Teil der Patienten nach der Entfernung des Tumors entspannter."

„*Entspannter*?" Joan lächelte schwach. Dass würde sie erst wieder sein, wenn alles vorbei war. „Ich nehme an, die Operation ist der erste Schritt. Was kommt danach? Chemo?"

Chris beugte sich vor, legte die Arme vor sich auf den Tisch. „Genaueres kann ich dir erst nach der Auswertung der Untersuchungen sagen, aber im günstigsten Fall Bestrahlung und anschließend eine Chemotherapie."

„Gut." *War es das wirklich?* „Ich werde alles tun, was nötig ist."

„Dann sollten wir gleich morgen die notwendigen Untersuchungen machen."

Joan nickte und stand auf. „Zwei Uhr?"

„Das passt mir sehr gut." Chris beugte sich zu ihr und küsste ihre Wange, als ihm ein Punkt einfiel, der noch nicht geklärt war. „Hast du schon eine Nachricht von Dr. Smith?"

Joan schüttelte den Kopf. „Sie meldet sich."

„Wenn du morgen noch nicht Bescheid weißt, müssen wir die Untersuchungen verschieben. Versuche bis dahin etwas abzuschalten."

„Ich kann an nichts anderes mehr denken."

„Samantha wird dich ablenken", meinte er lächelnd und öffnete die Tür.

Sie nickte. „Bis dann."

Es war bereits sechs Uhr durch, als es an der Tür klingelte. Joan, die gerade vom Garten ins Haus ging, durchquerte das Wohnzimmer und öffnete die Tür.

„Hi", begrüßte sie Rachel und Brian. „Kommt rein."

Brian folgte seiner Frau ins Haus und über den Flur.

„Wie geht es dir?", fragte Rachel ihre Schwägerin auf dem Weg ins Wohnzimmer.

„Genau *das* wollte ich nicht, Brian. Fragt mich nicht jedes Mal, wie es mir geht, okay?", wandte Joan verdrießlich ein.

„Jo, die Situation ist auch für uns nicht leicht …", begann Rachel unsicher.

„Tut mir wirklich leid, aber ihr seid mir im Moment egal", schnitt Joan ihr das Wort ab.

„Sollen wir wieder gehen?", fragte Brian gekränkt.

Seine Schwester drehte sich zu ihm um und sah ihn mit glasigem Blick an. „Du weißt, wie es gemeint ist …"

Wortlos trat Brian zu ihr und zog sie in seine Arme. Einen Augenblick lang standen sie so da, bis Brian seine Worte wiederfand. „Kann ich dich fragen, was nun mit dir geschieht? Wie wirst du behandelt?“

Joan schüttelte den Kopf und löste sich aus seiner Umarmung. „Ich möchte euch nicht mit Details langweilen.“

„Du *langweilst* uns damit nicht. Ich möchte gerne wissen, wie die Aussichten stehen, wie die Behandlung …“

„Nein, Brian“, sagte sie mit Nachdruck. „Es genügt, wenn Nicholas Bescheid weiß.“ Und das war schon schwer für sie zu ertragen, da ihr Mann als Onkologe jedes Detail genauestens kannte. Er wusste besser Bescheid als sie selbst.

„Ich verstehe dich nicht, Jo. Wie konntest du wütend auf Mom sein und jetzt dasselbe wie sie tun?“

„Weil ich sie jetzt verstehe.“

„Du kannst uns doch nicht einfach so aussperren“, sagte Brian wütend. Angst und Wut beherrschten seine ganze Gefühlswelt. Er wusste nicht, wie er mit dieser unbekannten Situation umgehen sollte. Seit er von der Krankheit seiner Schwester erfahren hatte, machte er Rachel mit seiner Angst um sie verrückt.

Da kam Nicholas zur Terrassentür herein und lächelte erfreut, als er Brian und Rachel sah. Im selben Moment bemerkte er die angespannte Spannung zwischen den dreien und blickte von einem zum anderen.

„Ihr solltet einen Mittelweg finden“, sagte er bedacht, da er ahnte, worum es ging. Zur Genüge kannte er solche Gesichter. Zwei Seiten, die alles versuchten, um einander nicht zu verletzen, und sich dabei nur noch mehr verletzten. „Niemand verlangt von euch, dass ihr darüber hinwegsehen sollt …“, sagte er zu Brian und Rachel und wandte sich dann seiner Frau zu. „… und du solltest versuchen, sie näher an dich heranzulassen. Sie machen sich Sorgen um dich. Sie wollen dir helfen, wissen nur nicht wie.“

„Tut mir leid, Schatz, aber ich kann nicht für euch alle stark sein …“, entgegnete Joan und ging hinaus zu Samantha, die auf der Schaukel saß. Vom Fenster aus beobachtete Nicholas, wie seine Frau zu ihr ging, zwei Schritte zurücktrat und die Seile der Schaukel losließ, damit diese Schwung bekam. Während Joan ihre Tochter immer wieder anstieß, fragte sie sich verärgert, warum *sie* es allen leichter machen sollte. War *sie* es nicht, die an dieser schrecklichen Krankheit litt und vielleicht daran starb? Tränen stiegen ihr in die Augen, die sie eilig mit dem Handrücken wegwischte, ehe Samantha sie bemerkte. Ihr war bewusst, dass sie sich nicht um die Gefühle der anderen kümmern konnte, wenn sie die nächsten Monate durchstehen wollte. Einzig für ihre Tochter musste sie stark sein.

„Können wir irgendetwas für sie tun?", fragte Rachel in den ansonsten stillen Raum hinein.

Nicholas drehte sich zu ihnen um und sah sie ernst an. „Gewöhnt euch möglichst schnell an die Tatsache, dass Joan Krebs hat, und versucht eure kummervollen Blicke in ihrer Gegenwart abzuschütteln. Ich weiß, es ist viel verlangt ..."

„Tust du das auch, Nicholas?", fragte sie und musterte ihn eingehend. „Versteckst du deine Gefühle vor ihr?"

„Sie weiß, wie es hier drinnen aussieht", meinte er, während er sich mit Zeige- und Mittelfinger auf die linke Brustseite tippte. „Deshalb muss ich es ihr nicht täglich vor die Nase reiben", versuchte er ihnen klarzumachen und sah von Rachel zu Brian. „Versetzt euch einmal in ihre Lage. Sie hat Angst, sterben zu müssen."

Das habe ich auch, dachte Brian voller Sorge. Er wollte seine Schwester nicht auf dieselbe schreckliche Weise wie seine Mutter verlieren. Er sah Nicholas direkt an. „Ich kann meine Gedanken und Gefühle ihr gegenüber nicht so einfach abstellen."

„Das verlangt niemand von dir. Lasst euch Zeit, ihr habt gerade erst davon erfahren." Brian nickte ihm zustimmend zu. „Ich werde jetzt nach draußen zu meiner Familie gehen. Falls ihr euch dazu entschließen solltet zu bleiben, es ist genug zu essen da. Ihr seid hier immer willkommen", sagte er und verließ durch die Terrassentür das Haus. Im Garten gesellte er sich zu Joan und Samantha, die noch immer unter dem Baum schaukelte.

„Daddy, schau, wie hoch ich fliegen kann!"

„Toll!", erwiderte er lächelnd.

„Noch drei Mal, Schatz, dann wollen wir essen", sagte Joan zu ihrer Tochter, die die Schaukel anstieß.

„Fünf Mal", flehte Samantha. „Bitte, Mommy. *Bitte.*"

Joan lachte. „Das hat sie von dir. Sie weiß, dass ich ihr ungern etwas ausschlage."

„Dasselbe Engelsgesicht hast du manchmal auch", flüsterte Nicholas ihr ins Ohr. „Und dann bin ich es, der dahinschmilzt." Er legte die Arme um ihre Hüfte und küsste sie zärtlich.

„Mommy, nicht aufhören", jammerte Samantha, als die Schaukel ausschwang.

„Ich dachte, wir würden heute grillen", meinte Nicholas so beiläufig wie möglich zu seiner Frau. Der Gedanke verfehlte nicht seine Wirkung.

„Au jaaaaa!“, rief Samantha und hüpfte von der Schaukel.
Nicholas blickte seine Frau an. *Ich liebe dich*, formten ihre Lippen und er lächelte. Minuten darauf stand er mit freiem Oberkörper am Grill und wendete Steaks und Würstchen. Anfangs sah Samantha ihrem Vater dabei zu, dann rannte sie aufgeregt um den Grill herum; sehr zum Unbehagen ihrer Mutter.
„Sam, hilfst du deiner Mom beim Tischdecken?“, sagte Nicholas, als er sah, wie Brian und Rachel auf die Terrasse hinaustraten.
„Mache ich, Daddy“, rief sie und rannte auf ihren Onkel zu, der sie lächelnd begrüßte, ehe er zu seinem Schwager an den Grill trat.
„Freut mich, dass ihr geblieben seid.“
„Wir haben Zeit, Jo vielleicht nicht“, meinte Brian ernst. „Später können wir uns immer noch darüber Gedanken machen, wie wir das durchstehen.“
Lächelnd beugte sich Nicholas zur Kühlbox hinunter und reichte Brian ein kaltes Bier. „Ich weiß das zu schätzen.“
Brian nickte. Dann herrschte unbehagliches Schweigen. Während Nicholas damit beschäftigt war, die Steaks zu wenden, musterte Brian seinen Schwager.
„Wie kommst *du* damit klar?“, durchbrach Brian die Stille zwischen ihnen.
„Ich warte auf den Augenblick, in dem ich aus diesem Albtraum aufwache.“ Er griff nach seiner Flasche Bier, die neben ihm auf dem Rasen stand, und trank einige Züge.
„Könnt ihr Joan helfen?“
„Ja.“ Ihre Blicke begegneten sich. „Sie wird operiert. Danach erst entscheidet sich die weitere Behandlung. Wahrscheinlich aber Bestrahlung und Chemotherapie.“
Brian nickte abermals, wandte Nicholas den Rücken zu und fuhr sich mit der Hand übers Gesicht. Dann sah er ihn wieder an. „Wie stehen ihre Chancen?“
„Das ist schwer zu sagen, Brian …“
„Du musst doch eine ungefähre Angabe machen können“, schnitt er ihm das Wort ab.
„Zum jetzigen Stand vielleicht 70 Prozent.“
„Das ist gut, oder?“ Brian lächelte. „Ich meine, sie hat eine reale Chance.“
„Ja, die hat sie. Sie wird es schaffen, Brian. Joan ist stark.“
„Sie ist verdammt stark!“
Nicholas nickte, überlegte, ob er ihm von der Möglichkeit einer Schwangerschaft erzählen sollte, und entschied sich dagegen. Er wusste bereits, wie der Bruder seiner Frau darauf reagieren würde. Joan hatte ihm vor langer Zeit erzählt,

wie Brians Reaktion auf die Schwangerschaft nach der Vergewaltigung gewesen war. Erstmals hatte er Brian von einer völlig anderen Seite kennengelernt.

Nach dem Essen saßen sie noch beisammen und sprachen über verschiedene Dinge. Das Hauptthema war jedoch *Farley's* und die bevorstehende Modenschau in wenigen Wochen. Inmitten des Gesprächs hörte Joan im Haus das Telefon klingeln und stand auf.

Eine Viertelstunde später fand Nicholas sie in der Küche vor. Mit dem Rücken zu ihm gewandt stand sie an der Theke. Das Telefon lag neben ihr.

„Liebling?"

„Das war meine Ärztin", erklärte sie, ohne sich zu ihm umzudrehen. „Ich bin nicht schwanger …" Als seine Reaktion ausblieb, wandte sie den Blick zu ihm, sodass er die Tränen in ihren Augen sah. Bis zuletzt hatte sie gehofft, und nun war ihr dies auch noch genommen worden. „Du bist erleichtert, oder?", fragte sie resigniert.

„Ja." Doch seine Augen sprachen Bände. Er fühlte den Verlust und die Erleichterung zugleich, konnte nicht sagen, welches Gefühl überwog. Er trat zu ihr und nahm sie in die Arme. „Es ist besser so, glaube mir", sagte er leise. „Wir können in ein paar Jahren immer noch ein Kind bekommen, nur eben nicht jetzt."

Wortlos löste Joan sich aus seinen Armen und trat an die Spüle. „Jetzt bist du es, der lügt", erklärte sie und wischte sich die Tränen aus dem Gesicht. „Ich habe mit Chris gesprochen und er sagte, dass nach der Chemo 50 Prozent der Patientinnen steril werden."

„Der Statistik zufolge, ja", stimmte er ihr zu. „Davon abgesehen, in fünf Jahren bist du erst 34. Das ist kein Alter, in dem es Schwierigkeiten geben sollte, aber selbst wenn, wir könnten immer noch ärztliche Hilfe in Anspruch nehmen."

„In *fünf* Jahren?", fragte sie verwirrt.

„Wenn in den ersten fünf Jahren nach der Behandlung kein Rezidiv, also kein Rückfall des Krebses, auftritt, so gehen wir im Allgemeinen von einer vollständigen Heilung aus", erklärte er seiner Frau wie hunderten Frauen vor ihr. „Bis dahin sollte eine Schwangerschaft vermieden werden, da die Hormonumstellung ein Neuauftreten des Krebses begünstigen würde."

„Das heißt, selbst wenn ich jetzt den Krebs besiegen sollte, kann es in den nächsten fünf Jahren zu einem Rückfall kommen?"

„Ja."

Joan hatte das Gefühl zu ersticken. Die Erkenntnis schnürte ihr die Kehle zu. „Ich muss an die frische Luft."

„Ich begleite dich", sagte er sanft und trat zu ihr.

Sie hob die Arme. „Nein, lass mich. Ich will allein sein.“ Sie eilte an ihm vorbei in den Garten hinaus, wo Brian und Rachel mit ihrer Nichte spielten. Ohne sie anzublicken, lief sie zum Ende des Gartens. Samantha rief ihr etwas zu, doch Joan reagierte nicht. Stattdessen öffnete sie die knapp ein Meter hohe Holztür zum Strand hinunter und verschwand einige Minuten später aus ihrem Blickfeld.

Als Matthew von der Krankheit seiner Tochter erfuhr, war sein erster Gedanke: Ich muss sofort zu meinem kleinen Mädchen! Er wollte bei ihr sein, so wie er stets an ihrer Seite gewesen war, wenn sie als Kind erkrankt war. Dann hatten Isabelle und er trotz des Kindermädchens abwechselnd an ihrem Bett gesessen, ihre Hand gehalten und beruhigend zu ihr gesprochen, bis es ihr wieder besser gegangen war. Aber die Zeiten änderten sich. Sein kleines Mädchen war inzwischen verheiratet und er wusste, dass er sich nicht an sie klammern durfte. Nicholas war nun der wichtigste Mann in ihrem Leben; einerseits weil er ihr als Ehemann zur Seite stand, andererseits war er als erfahrener Onkologe die beste Unterstützung, die Matthew sich für seine Tochter wünschte.

Das Gespräch mit Perry verlief dagegen angenehm leicht. Joan erklärte ihm, sie wisse noch nicht genau, wie lange sich die Therapie hinziehen würde, und seine Hilfe hing wohl davon ab, ob sie sehr unter den Nebenwirkungen zu leiden hatte. Perry war erstaunlich gefasst.

„Sie werden sehen, Joan, in ein paar Monaten haben Sie alles überstanden.“ Er versprach ihr, sie in jeder Hinsicht zu unterstützen, wollte ihr jegliche Rückendeckung geben, die sie wünschte. So hatte sein Singledasein endlich einen Sinn, meinte er lächelnd, ehe er ihr Büro verließ.

Am Samstag begab sich Joan in Chris' Obhut. Nachdem sie ihm mitgeteilt hatte, dass sie nicht schwanger war, führte Chris eine Röntgenuntersuchung der Lunge, eine Ultraschalluntersuchung des Bauchraumes und eine Skelettszintigrafie durch, jeweils um in den betreffenden Gebieten mögliche Metastasen aufzuspüren.

Anschließend erwarteten Joan und Nicholas Chris jede Minute in dessen Büro zurück, um das Ergebnis zu erfahren. Währenddessen kümmerte sich Schwester Michelle um Samantha.

Schließlich betrat Chris sein Büro und schloss hinter sich die Tür. Erwartungsvoll blickten seine Freunde ihn an. „Entschuldigt, dass ihr so lange warten musstet“, sagte er und setzte sich hinter seinen Schreibtisch. Chris sah Joan an. „Hast du die Untersuchungen gut überstanden?“

„Ja.“

„Gut. Ich weiß, ihr mögt beide keine langen Vorreden, deshalb komme ich gleich zum Punkt", erklärte er. „Wie vermutet ist es Krebs im zweiten Stadium. Der Tumor ist zweieinhalb Zentimeter groß und wächst sehr schnell."

Nicholas legte seine Hand auf die seiner Frau, die die Stuhllehne umklammerte, und drückte sie. „Sind Metastasen vorhanden?"

Chris stand mit der Akte auf, ging zum Lichtkasten und heftete die Röntgenaufnahmen daran, die sie heute gemacht hatten. „Ich möchte, dass du sie dir ansiehst."

Joan begegnete dem Blick ihres Mannes und nickte als Einverständnis.

„Hm, ich sehe nichts, was auf Metastasen schließen würde", sagte Nicholas, nachdem er die Aufnahmen am Lichtkasten mit strengem Blick begutachtet hatte.

„Richtig", stimmte Chris ihm erfreut zu. „Aber ich kann den Befall der Lymphknoten in der Achsel nicht völlig ausschließen. Daher möchte ich den Wächterlymphknoten entfernen", sagte er und setzte sich erneut. Er wandte sich Joan zu. „So nennt man den ersten Lymphknoten im Abflussgebiet der Brust. Noch während der Operation wird dieser in der Pathologie auf Krebszellen untersucht. Ist der Wächterlymphknoten nicht befallen, ist die Wahrscheinlichkeit eines Befalls auf die restlichen Lymphknoten äußerst gering, sodass ich sie nicht entfernen muss. Sollte der Befund jedoch positiv sein, so kann ich die nächsten Schritte gleich im OP entscheiden."

Da piepste Nicholas' Piepser. Er war noch im Dienst. „Entschuldigt", sagte er und zog das kleine schwarze Gerät aus seiner Kitteltasche. Er warf einen Blick auf die dort angezeigte Nummer, dann griff er zum Telefon und wählte eine Nummer. „Dr. Blake hier … ja, ich verstehe, aber ist Doktor … in Ordnung, ich bin gleich da." Eilig legte er den Hörer auf und sah seine Frau um Verzeihung bittend an. „Ich muss zu einem Patienten. Wenn ich es nicht rechtzeitig schaffe, dann sehen wir uns später zu Hause. Tut mir leid." Er beugte sich über sie und küsste ihre Stirn.

„Du kannst jetzt nicht weg", sagte sie verärgert. „Nicht jetzt!"

„Tut mir *wirklich* leid, Liebling." Er wusste, dass dies unverzeihlich war, doch er hatte keine Wahl. Er war nun einmal im Dienst.

„Pieps mich an, falls du meine Hilfe benötigst", sagte Chris, ehe Nicholas aus seinem Büro verschwand.

„Du hast von Schritten gesprochen, die du während der Operation entscheiden müsstest. Welche Schritte meintest du damit?", fragte Joan, ohne weiter auf Nicholas' abrupten Abgang einzugehen. Chris musterte sie einen Moment;

er kannte sie lange genug, um zu sehen, wie sehr Nicholas sie soeben verletzt hatte. Für die Zukunft würden sie einen Termin vereinbaren müssen, wenn sein Freund keinen Dienst hatte.

„Ich sagte dir ja bereits, dass wir keine Zeit damit verlieren dürfen, den Tumor zu entfernen. Mit deinem Einverständnis würde ich die Operation für Montag acht Uhr ansetzen." Er bemerkte ihr Zögern und fuhr fort: „Wir können von Glück sagen, dass ich keine Metastasen in anderen Organen nachweisen konnte." Joan hörte verwirrt zu, doch die vielen neuen Begriffe brachten sie durcheinander. Sie hatte das Gefühl, nur die Hälfte zu verstehen. „Der Befund des Wächterlymphknotens ist entscheidend. Sollte er befallen sein, werde ich einen Großteil deiner Lymphknoten in der Achsel mit entfernen. Da der Tumor tief in der Brust sitzt, muss ich zudem vorsorglich einen weiten Teil gesunden Gewebes mit entfernen. In deinem Fall bedeutet das Amputation …", schloss er vorsichtig ab.

„*Oh Gott* …", brachte Joan mit zittriger Stimme hervor. Ihr Herz drohte jeden Moment auszusetzen. „Du willst mir die Brust abschneiden?", fragte sie, der Hysterie nahe.

„Joan, ich …"

„Warum zerstörst du nicht gleich mein ganzes Leben?", fuhr sie ihn mit Tränen in den Augen an.

„Joan, nicht ich zerstöre dein Leben, sondern der Krebs. Dieser Schritt gefällt mir ebenso wenig wie dir, aber ich bin dein Arzt und ich muss dir die bestmögliche Heilungschance bieten", sagte er bedauernd. „Ich will dein Leben retten, Joan, und wenn es nötig sein sollte, dann rate ich dir zu einer radikalen Brustamputation."

Sie schüttelte den Kopf, wollte, dass er endlich zu sprechen aufhörte. Jedes Mal, wenn sie bei ihm war, hatte er eine neue Hiobsbotschaft. „Ich brauche Zeit, um darüber nachzudenken." Ihre zitternden Hände lagen auf ihrem Schoß. „Kannst du …", begann sie unsicher, „kannst du den Tumor entfernen, ohne eine Amputation durchzuführen?"

„Ja", sagte er aufrichtig, faltete die Hände vor sich auf dem Schreibtisch zusammen. „Aber ich möchte dir nur ungern eine zweite Operation zumuten. Falls es unumgänglich ist, sollte beides zusammen gemacht werden. Du müsstest vorher ein Formular unterschreiben, mit dem du dein Einverständnis gibst, dass ich bei der Operation die Amputation durchführen kann, wenn ich es für unerlässlich halte."

Joan nickte, stand auf und griff nach ihrer Tasche. „Ich gebe dir am Montag Bescheid", beeilte sie sich zu sagen und wandte sich zum Gehen um.

„Bitte bleib, bis Nicholas zurück ist. Ich möchte dich nur ungern allein gehen lassen …“ Ehe er seine Worte ausgesprochen hatte, war sie bereits zur Tür hinaus.

Joan wollte nur noch eines: so schnell wir möglich das Krankenhaus verlassen. Doch sie hatte nicht mit dem Gefühlsausbruch gerechnet, der sie mitten auf dem Gang überfiel. Sie flüchtete in einen menschenleeren Seitengang. Schluchzend lehnte sie sich gegen die Wand und rutschte langsam immer weiter hinunter, bis sie mit angewinkelten Beinen weinend auf dem Boden kauerte.

Minutenlang saß sie so da und ließ ihren Tränen freien Lauf. Erst als sie eine schwere Hand auf ihrer Schulter spürte, blickte sie auf und sah in das Gesicht eines alten Mannes, der im Morgenmantel vor ihr stand und ihr wortlos ein weißes Taschentuch entgegenhielt. Er machte ein Gesicht, als würde eine Ablehnung seines Taschentuches nicht in hundert Jahren in Frage kommen, sodass Joan die Hand hob und nach dem Tuch griff.

„Sie sind stärker, als Sie glauben“, sagte die alte, weise Stimme. „Ihre Tochter gibt Ihnen Kraft.“

Joan sah ihn verwundert an. „Woher wissen Sie von ihr?“

Er lächelte geheimnisvoll, zuckte kaum merklich die Schultern und schritt langsam den Gang hinunter. Joan sah ihm nach, bis er verschwunden war.

Dann wischte sie sich mit dem Taschentuch die Tränen aus dem Gesicht und putzte sich die Nase. *Er hatte recht. Sam gibt mir die Kraft zu kämpfen.*

„Sam, lass uns nach Hause fahren“, sagte Joan im Schwesternzimmer mit einem aufgesetzten Lächeln, wobei sie es vermied, Schwester Michelle anzusehen. Sie nahm den Rucksack ihrer Tochter und verstaute darin die Buntstifte, die auf dem Tisch verstreut lagen. „Hast du alles?“, fragte sie. Samantha nickte, und so zog sie den Reißverschluss zu.

„Wo ist Daddy?“

„Daddy hat noch etwas zu erledigen, Schatz. Er kommt später nach Hause.“

„Wenn wir ihm helfen, ist er schneller fertig und kann mit uns heimfahren, und dann kann ich mit ihm spielen.“

„Das geht leider nicht, Schatz. Komm jetzt“, sagte Joan ruhig und ging auf den Gang hinaus. Sie nickte der Schwester nur zu.

„Tschüss, Michelle“, sagte Samantha traurig.

Als Joan mit Samantha das Krankenhaus verließ und nach Hause fuhr, war ihre Tochter ungewöhnlich still. Es verging eine Weile, bis Joan sich der Stille bewusst wurde und in den Innenspiegel sah. Samantha saß in ihrem Kindersitz auf der Rückbank und blickte aus dem Fenster. Da sah sie, wie ihre Tochter gähnte.

Daheim angekommen, stieg Samantha wortlos die Stufen hinauf und verschwand im Schlafzimmer ihrer Eltern. Joan folgte ihr, half ihr beim Anziehen ihres Nachthemdes und schickte sie zum Zähneputzen ins Badezimmer. Kurz darauf erschien Samantha wieder, zeigte ihrer Mutter wie jeden Abend vor dem Zubettgehen die geputzten Zähne und krabbelte unter die Decke. Es war spät, schon weit nach sieben Uhr, aber gewöhnlich noch viel zu früh für Samantha. Anscheinend hatten die Unternehmungen am Vormittag sie geschafft, denn zum ersten Mal seit Wochen wollte sie keine Geschichte mehr hören. Joan drückte ihrer Tochter gerade noch einen Kuss auf den Mund, bevor diese einschlief.

Allein in der Stille des Hauses setzte sich Joan auf die Couch vor dem Kamin, in dem sie Feuer gemacht hatte. Da tauchten die einzigen Worte auf, die sie meist aus den Gesprächen mit Chris behielt. Und jedes Mal kam ein neuer, erschreckender Begriff hinzu. Bösartiger Tumor … Operation … Metastasen … Brustamputation … Die Liste war lang und schien mit jedem Besuch länger zu werden. Sie schlief mit diesen Worten ein und erwachte mit den Gedanken an die bevorstehende Zeit. Sie fragte sich, ob sie über Monate hinweg die Kraft für den Kampf aufbringen und die Qualen der Chemotherapie ertragen würde können.

Als Nicholas eine Stunde später das Haus betrat, kam Joan gerade mit seiner Bettwäsche auf den Armen die Treppe hinunter. Wortlos ging sie an ihm vorbei ins Wohnzimmer und ließ Zudecke und Kissen auf die Couch fallen.

„Ich soll auf der Couch schlafen?“, fragte er verwirrt.

„Das halte ich für das Beste“, antwortete Joan und wollte gehen, doch Nicholas hielt sie am Unterarm fest.

„Ich weiß, du bist sauer, weil ich dich mitten im Gespräch allein gelassen habe, aber ich hatte keine Wahl.“ Sie sah auf ihren Arm hinunter, den er augenblicklich losließ. „Liebling, es tut mir leid.“ Er wusste, dass er sie verletzt hatte.

Ohne ihn anzusehen, ging Joan an ihm vorbei. Nicholas blickte ihr nach, wie sie in Socken die Stufen hinauflief und die Schlafzimmertür hinter sich schloss.

„Mist!“ Er ging in die Küche, goss sich einen Scotch ein und trank das Glas in einem Zug leer. Dann beschloss er, zu seiner Frau zu gehen, um mit ihr vernünftig zu sprechen. Er löschte das Licht in der Küche, ließ die schwache Beleuchtung im Wohnzimmer brennen und ging die Treppe hinauf.

Nicholas öffnete die Tür. „Joan, lass uns …“ Er brach ab, da sie nicht im Schlafzimmer war. Im Badezimmer brannte jedoch Licht. Durch den handbreiten Spalt der geöffneten Tür sah er seine Frau nur im Slip vor dem Waschbecken stehen. Als sie ihren Mann bemerkte, griff sie blitzartig nach ihrem Morgenmantel und zog ihn hastig über ihren nackten Körper.

„Wegen mir brauchst du dir nichts überzuziehen. Ich sehe dich nicht zum ersten Mal nackt", meinte er lächelnd.

„Aber ich will nicht mehr, dass du mich so siehst", sagte sie aufgebracht und Nicholas schreckte zurück. So hatte er sie noch nie erlebt. Ehe er wusste, wie ihm geschah, hatte Joan ihn grob aus dem Badezimmer geschoben und ihm die Tür vor der Nase zugeschlagen. Er hörte, wie sie den Schlüssel im Schloss umdrehte, und trat an die Tür.

„Liebling, was ist denn los?", fragte er besorgt.

Auf der anderen Seite lehnte Joan sich gegen die Tür und rutschte mit tränenden Augen langsam zum Boden hinab. „Geh, Nicholas!"

„Nicht ehe du aus dem Bad gekommen bist", sagte er bestimmt und Joan wusste, er würde Wort halten, und wenn er die ganze Nacht über Wache halten müsste. „Liebling, was habe ich falsch gemacht?", hörte sie ihren Mann leise durch die Tür fragen. Was sie nicht sah, war, dass er sich ebenfalls auf den Boden vor die Tür gesetzt hatte. Nur durch die geschlossene Tür waren sie getrennt. „Deine Reaktion hat doch nicht allein damit zu tun, dass ich mitten im Gespräch gegangen bin."

„Bitte geh!"

„Ich bleibe", beharrte er mit Nachdruck.

„Du wirst mich hassen …"

„Wie könnte ich dich hassen?", fragte Nicholas entsetzt. „Das werde ich niemals tun, Liebling. Wie kommst du nur darauf?"

„Doch, das wirst du", widersprach sie ihm. „Wenn ich entstellt bin, wirst du mich hassen …" *Waaas? Was sagte sie da?* „Du wirst dich vor mir ekeln", sagte sie schluchzend.

„Liebling, Chris hat nichts dergleichen vor. Du wirst deine Brust nicht verlieren", erwiderte er bemüht ruhig, und doch spürte er, wie Angst in ihm aufstieg. Warum wusste er nichts davon?

„Chris hat mir heute gesagt, dass er es ihn Erwägung ziehen muss …"

„Was genau hat er gesagt?"

„Was spielt das für eine Rolle?", stieß sie hervor.

„Liebling, selbst wenn du deine Brust verlieren solltest, was ich zutiefst bedauern würde, käme *ich* mit dieser Veränderung klar", begann er vorsichtig. „Deine Brüste gehören genauso zu dir wie deine Stupsnase und deine wunderschönen blauen Augen. Ich liebe alles an dir … Absolut nichts wird meine Liebe zu dir ändern. Ob mit oder ohne Brust, ich werde dich immer lieben. Du bist die Mutter meiner Tochter …" Er stockte, lehnte den Kopf gegen die Tür hinter sich. „Ich liebe dich, Joan Blake."

Hinter der Tür blieb es still. Nicholas hörte kein „Ich liebe dich auch". Er hörte sie nicht einmal mehr weinen. Es herrschte totale Stille. Beängstigende Stille. „Jo?", fragte er leise und wandte den Kopf zur Seite, sodass sein rechtes Ohr direkt an der Tür lag, doch noch immer vernahm er keinen Mucks aus dem Badezimmer. Er wurde unruhig. Bisher war sie so tapfer gewesen, aber wenn diese Nachricht sie nun zutiefst erschüttert hatte und sie jede Hoffnung aufgab …

Nicholas sprang auf und rüttelte an der Türklinke. „Joan, antworte mir!"

Nichts. *Oh Gott!*

„Jo, verdammt! Sag etwas, oder ich muss die Tür eintreten!", rief er verzweifelt.

Einen Moment darauf hörte Nicholas ein Klacken im Schloss. Sogleich drückte er die Klinke hinunter und öffnete mit angstvollem Blick die Tür. In Tränen aufgelöst saß Joan völlig durcheinander auf den kalten Fliesen. Nicholas kniete sich neben ihr nieder und nahm sie behutsam in die Arme. Liebevoll fuhr er ihr durch die Haare, küsste immer wieder ihren Scheitel und flüsterte ihr beruhigende Worte zu. Schließlich hob er sie hoch und trug sie hinüber ins Bett. Dort zog er die Bettdecke über ihren zitternden Körper und schmiegte sich dicht an sie.

„Halt mich fest …", flüsterte sie ganz leise.

Nicholas schob seinen Arm unter ihren Kopf, drückte seinen Körper noch fester an den ihren und legte den anderen Arm um ihre Hüfte. Vor Joans Bauch suchte ihre Hand die seine. Es dauerte lange, bis ihre Tränen versiegten und sie einschlief.

Am Sonntagabend betrachtete Nicholas seine Frau, die vollkommen ruhig ihre Tasche packte. Während er sie aus dem Augenwinkel heraus ansah, dachte er an die vielen Frauen mit Brustkrebs, die er in seiner Laufbahn als Arzt behandelt hatte. Bedauerlicherweise war ihm der Anblick von nur einer oder gar keiner Brust nicht fremd. Wenn es, auf lange Sicht gesehen, die einzige Chance auf eine Heilung war, dann riet er selbst seinen Patientinnen zu einer Amputation. Doch zum ersten Mal erfuhr er am eigenen Leib, was dies wirklich für eine Frau bedeutete.

Mechanisch öffnete Joan die obersten Schubladen der Kommode, nahm Unterwäsche und Strümpfe heraus und schloss die Schubladen wieder. Dann trat sie an den Kleiderschrank, schob Bügel mit ihren Kleidern hin und her, zog einen heraus und hängte ihn kopfschüttelnd zurück in den Schrank. Ein Kleid würde sie im Krankenhaus sicher nicht brauchen, dachte sie und griff stattdessen nach einer Jeans und der dünnen Baumwollhose. Sie verstaute beides in der Tasche und überprüfte in Gedanken, ob sie an alles gedacht hatte. Schließlich lief sie ins Badezimmer und kam einen Augenblick später mit einem weißen Handtuch zurück, das sie oben auf ihre Kleidungsstücke legte.

Besorgt musterte Nicholas seine Frau von der Bettkante aus. Den ganzen Tag hatten sie es vermieden, über ihren Krankenhausaufenthalt am nächsten Tag zu sprechen. Keiner von ihnen wollte die Idylle der Dreisamkeit zerstören.

„Liebling?", durchbrach Nicholas das bedrückende Schweigen.

„Hm?" Sie schloss die Tasche und sah ihren Mann an.

„Komm mal her." Wortlos ergriff sie seine ausgestreckte Hand. Langsam zog er sie zu sich ans Bett. „Es wird alles gut werden", versprach er, umschloss mit seinen Armen ihre Hüfte und legte den Kopf an ihren Bauch.

„Ich wünschte nur, es wäre schön vorüber", gestand sie leise.

„Ich werde die ganze Zeit bei dir sein. Ich lasse dich nicht allein."

Kurze Zeit später ging Nicholas ins Badezimmer, zog sich aus und stieg unter die Dusche. Einen Augenblick darauf folgte Joan ihm und cremte sich wie jeden Abend den Körper ein. Als sie damit fertig war, zog sie ihr Trägernachthemd an und lehnte sich gegen das Waschbecken, bis Nicholas das Wasser ausstellte und die Duschtür öffnete. Er sah sie lächelnd an, trat aus der Dusche und nahm das Handtuch, das sie ihm reichte. Schwungvoll band er es sich um die Hüfte. Dann griff er nach einem kleineren Handtuch aus dem Fach neben der Dusche und begann sich mit dem Rücken zu ihr die Haare trocken zu rubbeln. Plötzlich hielt er inne. Joans Hände fuhren langsam über seinen Rücken, lösten das Handtuch von seiner Hüfte, das sogleich zu Boden fiel. Küsse bedeckten seinen nassen Rücken, seine Schultern und schließlich seine Brust, als Joan um ihn herumging. Er genoss ihre Berührungen, hatte sichtliche Mühe, sich zurückzuhalten, um sie nicht an Ort und Stelle zu lieben. Doch da er spürte, dass sie nicht nur von der Lust getrieben wurde, sondern auch von dem Wissen, vielleicht bald nur noch eine Brust zu haben, wehrte Nicholas sich gegen sein Verlangen. Er wusste, sie wollte ihn noch einmal lieben, ehe sie morgen operiert wurde, aber er würde nicht zulassen, dass Joan sich ihm mit diesen Gedanken hingab.

„Liebling, es ändert sich nichts zwischen uns ...", begann er leise, aber sie brachte ihn mit einem leidenschaftlichen Kuss zum Schweigen. Da schwemmte das körperliche Verlangen jede Vernunft fort. Er presste die Lippen fest auf ihren Mund und glitt mit den Händen über ihren Rücken hinunter zum Po.

„Ich will dich spüren“, hauchte sie an seinem Ohr und zog ihn küssend ins Schlafzimmer, wo sie ins Bett fielen. Sehnsüchtig schob Nicholas ihr Nachthemd mit den Händen höher und befreite sie davon. Der zarte Pfirsichduft umhüllte ihren Körper wie Seide. Als er ihren Bauch mit nassen Küssen bedeckte, stöhnte Joan unter ihm auf.

„Du riechst so gut …“, flüsterte er mit heiserer Stimme und sah sie unsicher an, während er zaghaft ihre Brüste liebkoste, aber ihr Stöhnen zeigte ihm, dass sie es genoss. Zärtlich erforschte er mit seinem Mund ihren Körper und spürte, wie sie jeden Moment vor Leidenschaft explodieren würde. Er reizte sie bis ins Unermessliche, und als Joan sich ihm lustvoll entgegenbog, drang er in sie ein. Ihre Bewegungen wurden immer schneller, rhythmischer, und als sie gemeinsam den Höhepunkt erreichten, schrie Joan voller Lust auf.

„Mommy!“, rief Samantha plötzlich ängstlich aus ihrem Zimmer.

„Es ist alles in Ordnung, Schatz“, beeilte Nicholas sich schwer atmend zu sagen; noch immer mit seiner Frau verbunden, die unter ihm leise stöhnte. „Deine Mom hat nur schlecht geträumt. Versuch wieder einzuschlafen.“

„Okay“, kam es leise durch den Türspalt zurück.

Nicholas beugte sich zu seiner Frau hinunter und küsste sie liebevoll. Zärtlich streichelte er mit dem Daumen über ihre Schläfe. „Alles okay?“, fragte er besorgt, worauf Joan lächelnd nickte. Sie begann erneut mit ihm zu spielen, schürte sein Verlangen von Neuem, sodass es nicht lange dauerte und sie sich abermals leidenschaftlich liebten.

Am nächsten Morgen frühstückten Samantha und Nicholas allein, da Joan nüchtern ins Krankenhaus kommen sollte. Währenddessen sammelte Joan im Badezimmer ihre Wasch- und Schminkutensilien zusammen und verstaute sie in ihrer gepackten Reisetasche. Dann setzte sie sich auf ihr Ehebett und ließ den Blick über die Bildergalerie schweifen, die an der Wand über ihrem gemeinsamen Schreibtisch hing. Langsam wanderten ihre Augen von einem Bild zum anderen. Jedes einzelne zeigte ihre Familie. Angefangen mit Nicholas' verstorbenen Eltern, die sie zu ihrem Bedauern nie hatte kennenlernen können. Gleich daneben hing ein Foto ihrer eigenen Eltern. Darunter jeweils die Fotos ihrer Kinder, Brian und Rachel am Santa Monica State Beach, ihr eigenes Hochzeitsfoto, ein Bild von Samantha als ganz kleines Baby und ein Foto von David … Joan erinnerte sich, wie sie ihren Mann vor Jahren nach einem Foto von seinem Bruder gefragt hatte. Zuerst war Nicholas von ihrer Bitte wenig begeistert, doch bald darauf hatte er gemerkt, was sie mit dem Foto bezweckte. Sie wollte ihre Liebsten alle zusammen an einer Wand vereint sehen. Er hatte sie nur angesehen und gelächelt. Sein Herz war dahin geschmolzen.

„Fährst du weg, Mommy?"

Joan wandte sich erschrocken zu Samantha zu, die in der Tür zum Schlafzimmer stand und ängstlich die Tasche betrachtete. Lächelnd klopfte Joan mit der flachen Hand auf den Platz links neben ihr. „Komm und setze dich zu mir, Schatz." Zögernd kam Samantha zum Bett und krabbelte hinauf. Joan nahm die kleine Hand ihrer Tochter in die eigene. „Ich fahre tatsächlich weg", sagte sie so ruhig wie möglich, um Samantha zu beruhigen. „In einer Woche bin ich aber spätestens wieder bei dir." Etwa eine Woche würde sie im Krankenhaus bleiben müssen, wenn Chris amputierte.

„Versprochen?", fragte Samantha zweifelnd.

„Du hast mein Ehrenwort."

„Wohin fährst du?"

„Ich fliege zu deinem Großvater nach New York." Auf die Schnelle fiel ihr nichts anderes ein.

„Ich will auch zu Grandpa!"

Joan zog Samantha auf ihren Schoß. „Ich weiß, Schatz, aber das geht diesmal nicht."

„Warum nicht?", schmollte Samantha.

„Weil Daddy dann allein ist. Du weißt doch, dass er ganz schnell traurig wird, wenn du nicht da bist."

„Ich will nicht, dass Daddy traurig ist."

„Ich auch nicht, Schatz." Sie drückte ihre Tochter fest an sich und küsste ihren Scheitel, als Tränen aus ihren Augen liefen.

„Warum weinst du denn, Mommy?"

Joan lächelte. „Weil ich dich schrecklich vermissen werde, mein Schatz. Ich rufe dich jeden Tag an, ehe Daddy dich ins Bett bringt."

„Versprochen?", kam es leise zurück.

Joan nickte. „Versprochen."

Da steckte Nicholas, der den größten Teil ihrer Unterhaltung von der Treppe aus mit angehört hatte, den Kopf zur Tür herein. „Es wird langsam Zeit."

„Okay", sagte Joan und hob Samantha von ihrem Schoß. „Sam, lauf schon hinunter und zieh dir deine Schuhe an."

„Daddy muss mir aber helfen."

Nicholas sah besorgt zu seiner Frau, die sich die Tränen aus den Augen wischte. Ihre Blicke begegneten sich. „Hilf ihr. Ich komme gleich nach."

Als Nicholas von seiner Tochter an die Hand genommen und die Treppe hinuntergezogen wurde, nahm Joan den Bilderrahmen mit dem Foto ihrer Eltern von der Wand und steckte ihn in ihre Handtasche. Erst am Abend bemerkte Nicholas, dass das Bild fehlte.

Die Autofahrt zum Kindergarten war lang und qualvoll. Samantha, die sich geweigert hatte, ins Auto zu steigen, wenn Joan nicht bei ihr auf dem Rücksitz saß, hielt während der gesamten Fahrt die Hand ihrer Mutter, so als spüre sie, dass es keine gewöhnliche Reise war. Immer wieder blickte Nicholas in den Innenspiegel und sah die Angst in ihren Gesichtern. Joan, die der anstehenden Operation ungewiss gegenüberstand, trug ihre schwarze Sonnenbrille trotz bewölkten Himmels. Samantha dagegen hatte Angst, dass ihre Mutter von ihrer Reise nicht zu ihnen zurückkehrte. Einer ihrer besten Freundinnen war es vor wenigen Wochen so ergangen, die Mutter hatte einen Verkehrsunfall nicht überlebt.

„Okay, wir sind da." Obwohl Nicholas sich um einen belanglosen Ton bemüht hatte, war Joan die Anspannung in seiner Stimme nicht entgangen. Es war für sie alle eine schreckliche Situation, und doch dankte sie bereits jetzt Gott, dass ihre Tochter noch zu klein war, um die tatsächlichen Qualen ihrer Mutter verstehen zu können.

„Hier ist dein Rucksack, Schätzchen", sagte Joan, nachdem sie ihrer Tochter beim Lösen des Sicherheitsgurtes behilflich gewesen war.

„Bringst du mich nicht hinein?", fragte Samantha erschrocken.

„Das geht heute nicht, Schatz. Wir sind spät dran."

„Nimm deinen Rucksack, Sam. Ich bringe dich schnell", erklärte Nicholas, stieg aus dem Cabrio und öffnete ihre Tür.

„Aber dann kannst du doch auch mitkommen, Mommy!"

Beim Anblick Samanthas verkrampfte sich Joans Herz. Sie schüttelte den Kopf, hasste sich in diesem Augenblick mehr als je zuvor für ihre Sentimentalität. „Ich kann nicht, Schatz. Dort würde mir der Abschied von dir noch schwerer fallen." Sie nahm sich die Sonnenbrille von der Nase und sah ihre Tochter mit Tränen in den Augen an. „Du wirst mir schrecklich fehlen, Sam, das weißt du doch, oder?"

„Kommst du zu uns zurück?", fragte die ängstliche, kindliche Stimme.

Joan traf für einen kurzen Moment den Blick ihres Mannes. „Aber natürlich. Komm her, Schatz." Joan nahm ihre Tochter in die Arme und drückte sie fest an sich. „Ich bin nur für ein paar Tage fort."

„Ich habe dich lieb, Mom“, sagte Samantha leise.

„Ich habe dich auch lieb, Kleines.“ Liebevoll fuhr sie Samantha über die blonden Haare und küsste ihre Stirn. „Geh jetzt mit deinem Daddy“, sagte sie sanft. „Ich rufe dich heute Abend an, versprochen.“

„Du darfst es aber nicht vergessen.“

Joan lächelte unter Tränen und drückte Samantha ein letztes Mal fest an sich, ehe sie den beiden mit verschleiertem Blick nachsah. Dann stieg sie aus und setzte sich auf den Beifahrersitz, von dem sie beobachtete, wie Nicholas an der Eingangstür seiner Tochter ihren Rucksack gab, sich zu ihr hinunterbeugte und mit ihr sprach. Daraufhin sah Samantha zu ihrer Mutter und winkte ihr lächelnd zu. Ebenfalls lächelnd winkte Joan zurück.

Ihre Augen waren noch immer auf die Tür des Kindergartens gerichtet, als Nicholas einen Augenblick später zu ihr ins Auto stieg.

„Es war schwerer, als ich dachte“, sagte sie leise. „Ich vermisse sie bereits jetzt.“ Joan sah ihren Mann mit traurigem Blick an.

„Du musst deine Kräfte sammeln. Die nächsten Monate werden anstrengend. Ich überlege, ob wir eine Babysitterin engagieren sollten. Was meinst du?“, fragte er vorsichtig, während er den Motor startete und vom Parkplatz fuhr.

„Lieb von dir, dass du mir alle Sorgen abnehmen willst, aber lass uns abwarten, wie ich die Behandlung vertrage, okay?“ Nicholas sah zu ihr und nickte. „Vielleicht wird es gar nicht so schlimm …“, hörte er sie leise sagen.

20 Minuten darauf betraten sie die Onkologie. Nachdem Joan am Empfang die notwendigen Papiere ausgefüllt und unterschrieben hatte, begleitete eine Schwester sie den Gang hinunter und öffnete eine Tür.

„Das ist vorläufig ihr Reich. Falls Sie etwas benötigen, drücken Sie einfach die Klingel.“

Joan nickte. „Danke, ich habe alles.“

„Ich gebe Dr. Bacon Bescheid, dass Sie hier sind“, sagte die Schwester und verließ das Zimmer.

Auf den ersten Blick sah Joan, dass sie das Zimmer allein bewohnen würde. Es stand nur ein Bett an der rechten Wand, eineinhalb Meter vom Fernseher entfernt. Auf der gegenüberliegenden Seite befanden sich ein weißer Kleiderschrank und ein Tisch mit zwei Stühlen, daneben das kleine Badezimmer. Unwillkürlich fragte Joan sich, wie viele Einzelzimmer es wohl auf der Station gab. Sie glaubte nicht an einen Zufall. Es stand außer Zweifel, dass Nicholas oder Chris dafür gesorgt hatte.

„Bist du sicher, dass du allein mit Sam zurechtkommst?“ Mit offensichtlichen

Bedenken stellte Joan ihre Handtasche auf das Bett und sah ihren Mann an, der in dieser und der nächsten Woche jeden Tag nur einige Stunden arbeiten würde, sodass er Samantha rechtzeitig vom Kindergarten abholen und später mit ihr abendessen konnte.

Nicholas trat zu ihr. „Hey, mach dir keine Sorgen. Wir schaffen das schon. Und wenn nicht, dann sind immer noch Rachel und Brian da, die aushelfen können."

Da klopfte es an der Tür.

„Ja, bitte", sagte Joan und sah im selben Moment Chris zur Tür hineinschauen.

„Hallo, Joan." Er begrüßte sie mit einem Wangenkuss. „Wie gefällt dir das Zimmer?"

„Ein Einzelzimmer wäre wirklich nicht nötig gewesen."

„Tut mir leid, die Suiten sind alle ausgebucht", sagte er lächelnd.

Joan lächelte. „Das werde ich überleben." Dann sah sie ihn ernst an. „Chris, ich möchte wie jeder andere Patient hier behandelt werden. Keine Extras, okay?"

„Natürlich nicht", sagte er.

„Ich weiß, dass einer von euch das Einzelzimmer veranlasst hat. Es zu leugnen, hätte keinen Sinn." Sie griff nach dem Operationshemd und ging ins Badezimmer.

„Habe ich es nicht gesagt?", meinte Chris leise, kaum dass sich die Tür geschlossen hatte.

„Sie bleibt in diesem Zimmer!", sagte Nicholas bestimmt, aber ebenso leise. „Ich will nicht, dass sie mehr Kontakt als nötig zu den übrigen Patienten hat. Es ist für keinen leicht, doch sie muss sich nicht auch noch mit den Sorgen anderer Patienten befassen."

Die Badezimmertür ging wieder auf und Joan trat heraus. „Schrecklich, diese Nachthemden", murmelte sie.

„Soll ich deine Sachen in den Schrank räumen?", fragte Nicholas und stellte die Reisetasche auf den Stuhl.

„Das wäre nett. Danke."

Während Nicholas begann, die Reisetasche leer zu räumen, setzten sich Joan und Chris an den Tisch und besprachen nochmals die Operation. Anschließend schob er ihr ein Formular zu, mit dem sie ihre Einwilligung zur Operation gab. Joan unterschrieb das Formular und nahm ein zweites entgegen.

„Wir haben darüber gesprochen …"

Joan nickte, als sie das Blatt durchlas. Es handelte sich um ihr Einverständnis für eine Amputation. Sie griff abermals nach dem Kugelschreiber, zögerte jedoch einen Moment, ehe sie unterschrieb.

„Das wäre dann von meiner Seite aus alles. Hast du noch eine Frage? Ist dir noch irgendetwas unklar?"

Joan schüttelte den Kopf. „Wir können beginnen."

„In Ordnung", sagte Chris und stand auf. „Dann schicke ich die Schwester zu dir."

„Okay." Joan wandte den Blick von ihm ab und sah zum Fenster hinaus.

Als die Krankenschwester ihr nur wenige Minuten darauf das Narkosemittel spritzte, hielt Nicholas die Hand seiner Frau.

„Es werden einige Minuten vergehen, ehe die Wirkung einsetzt", erklärte sie Joan. „Ich lasse Sie so lange allein."

Nicholas nickte dankend. Inzwischen wusste die ganze Station, dass Joan Farley seine Frau war. Der Professor hatte ihm jegliche Unterstützung angeboten, doch bisher war Nicholas lediglich auf dessen Angebot, als Arzt etwas kürzerzutreten, zurückgekommen. Soweit es organisatorisch zu realisieren war, konnte er in den nächsten Wochen die Büroarbeiten zu Hause erledigen. Der täglichen Visite würde Nicholas weiterhin beiwohnen, zudem beabsichtigte er, seine eigenen Patienten nach wie vor zu behandeln. Den Vorschlag, eine vorübergehende Vertretung für ihn einzustellen, hatte er jedoch abgelehnt. Er wusste, dass keiner seiner Kollegen an dem vielen Schreibkram interessiert war, sodass nur jemand von außerhalb ihn hätte vertreten können. Dies kam für ihn nicht in Frage. Sie waren alle ein eingespieltes Team.

„Hey, versuche dich zu entspannen", sagte er nun sanft zu seiner Frau. Zärtlich küsste er ihre Hand, worauf Joan die Augen schloss.

„Ich habe Angst …"

„Ich auch", hörte sie ihren Mann leise sagen und öffnete die Lider.

„Kümmere dich um Sam. Sie braucht dich jetzt ganz besonders."

„Ich fahre zu ihr, sobald du aufgewacht bist und ich mit dir gesprochen habe."

Sie nickte. Allmählich setzte die Wirkung des Narkotikums ein. „Ich rufe sie an … heute Abend … nach dem Essen …"

„Wenn du dich nicht danach fühlst, dann lasse ich mir etwas einfallen."

„Nein …" Ihre Augen flackerten, sie hatte sichtlich Mühe, sie offen zu halten. „Ich habe es ihr versprochen …"

Es klopfte an der Tür und zwei Schwestern betraten das Zimmer. Nicholas stand auf, ließ jedoch auf dem Weg zum Operationssaal die Hand seiner Frau nicht eine Sekunde los. Joans Augen fielen bereits zu, als sie in den Einleitungsraum geschoben wurde, wo die Anästhesistin das Fortschreiten der Narkose überprüfte. Weit entfernt hörte Joan die Stimme ihres Mannes. „Ich liebe dich." Sie wollte ihm antworten, aber ehe sie die Worte über die Lippen brachte, war sie bereits in eine andere Welt hinübergeglitten. Sie spürte nicht mehr, wie Nicholas ihre Hand losließ, erfasste seinen angespannten Blick nicht, als er der OP-Liege nachsah, die in den Operationssaal geschoben wurde. Langsam schloss sich vor seinen Augen die Tür. Nicholas trat an die Glasscheibe und blickte in den Operationssaal. Es war die einzige Möglichkeit, die Chris ihm gewährt hatte, um in den nächsten Stunden die Operation zu verfolgen. Von der Glasscheibe aus hatte Nicholas sowohl auf Chris als auch auf die Monitore der Anästhesie gute Sicht.

Da kam Chris herein, in Operationskittel und Mundschutz gehüllt, und trat an den OP-Tisch. Er wechselte einige Worte mit der Anästhesistin, dann sah er zu Nicholas und nickte diesem zu. Nicholas erwiderte das Nicken. Sein ganzes Vertrauen lag nun in den Händen seines Freundes.

Im Fünfminutenabstand blickte Nicholas zu den Monitoren hinüber, die den Zustand seiner Frau wiedergaben, und stellte beruhigt fest, dass ihre Werte im Normalbereich waren. Es gab keine Unregelmäßigkeiten, sodass die erste Stunde ohne Zwischenfall verging. Schließlich beobachtete Nicholas angespannt, wie eine der Schwestern zu Chris trat und einen Moment später mit einer kleinen Schale in den Händen den Operationssaal verließ. Wie er wusste, befand sich darin der Wächterlymphknoten, der nun ohne Umwege in die Pathologie zur Untersuchung gebracht wurde.

Ehe jene Schwester zurück in den Operationssaal ging, kam sie zu Nicholas, um ihm von Dr. Bacon auszurichten, dass alles nach Plan verlief.

„Danke, Schwester Kelly."

Während Nicholas voller Ungewissheit hinter der Glasscheibe die Operation verfolgte, arbeitete sich Chris mit Präzision durch das gesunde Gewebe zum Tumor durch, um diesen zu entfernen. Als eine Viertelstunde später das Telefon im Operationssaal klingelte, beobachtete Nicholas, wie Schwester Kelly den Hörer abnahm und darauf etwas zu Chris sagte. Es war die Pathologie, wie Nicholas richtig vermutete. Er wurde unruhig, da Chris keine Anstalten machte, mit dem Kollegen der Pathologie zu sprechen.

„Mach schon", sagte Nicholas leise und fuhr sich ungeduldig mit der Hand durch die Haare. Es drängte ihn, die nächsten Schritte zu erfahren.

Chris hingegen war die Ruhe selbst. Er konzentrierte sich auf den Tumor, den er in diesem Moment freilegte. „Okay, wie ist ihr Zustand?", fragte er die Anästhesistin und ließ sich den Schweiß von der Stirn abtupfen.

„Alles in Ordnung. Sie ist stabil."

Chris nickte und wandte sich dann an Schwester Kelly. Nachdem sie den Pathologen zwischenzeitlich um etwas Geduld gebeten hatte, hielt sie nach wie vor den Hörer in der Hand. „Geben Sie mir den Kollegen", bat er ruhig, worauf Schwester Kelly ihm den Hörer ans Ohr hielt und Chris das Ergebnis der Zelluntersuchung erfuhr. Anschließend glitt sein Blick zu Nicholas hinüber, doch Chris zeigte keine Reaktion, die auf ein positives oder ein negatives Ergebnis schließen ließ. Stattdessen trat Chris wieder an den OP-Tisch.

„Verdammt!", fluchte Nicholas. Nach eineinhalb Stunden verlor er allmählich die Geduld. Er wollte wissen, was sich im Operationssaal abspielte. Er konnte unmöglich länger auf das Ergebnis der Pathologie warten, geschweige denn das Ende der Operation abwarten.

Es vergingen nur wenige Minuten, bis Schwester Kelly bemerkte, wie unruhig ihr Chefarzt hinter der Glasscheibe war.

„Schicken Sie Dr. Blake bitte an die frische Luft, Schwester Kelly", sagte Chris plötzlich konzentriert. Auch er hatte die Unruhe hinter der Glasscheibe wahrgenommen. „Zum Glück habe ich ihm den Zutritt zum OP verweigert", murmelte er ohne aufzusehen, als die Schwester den Raum verließ.

„Was hat der Pathologe gesagt?", fragte Nicholas augenblicklich Schwester Kelly.

„Tut mir leid, das weiß ich nicht."

Enttäuscht blickte Nicholas durch die Glasscheibe. „Was geht da vor sich, Schwester? Warum entfernt er nicht endlich den Tumor?"

„Dr. Bacon will noch weitere Lymphknoten entfernen."

Sein Kopf schnellte herum. „Was? Wieso denn?"

„Das weiß ich nicht."

„Aber Sie müssen doch wissen, was da drinnen vor sich geht!"

„Ich bin keine Ärztin …"

„Verdammt!" Er schlug mit der flachen Hand gegen die Wand, worauf Schwester Kelly erschrocken zurückfuhr.

„Dr. Blake, Sie sollten sich beruhigen", sagte sie einfühlsam. „Gehen Sie einige Minuten an die Luft, oder trinken Sie einen Kaffee in der Cafeteria."

Er schüttelte den Kopf, als es an der Tür klopfte und eine Stationsschwester den Raum betrat. Verwundert sah sie von ihrer Kollegin zu Dr. Blake.

Nicholas sah Schwester Kelly an. „Ich komme klar. Gehen Sie zurück", sagte er und nickte in Richtung OP, „… man brauchst Sie dort drinnen mehr."

„Aber nur, wenn Sie mir versprechen, eine Weile vor die Tür zu gehen."
Er lächelte schwach. „Okay."
„Dr. Blake", sagte die Stationsschwester zögernd. „Brian Farley ist für Sie am Telefon."
„Können Sie das Gespräch hier hereinlegen?", fragte Nicholas, da er nicht fortwollte.
„Tut mir leid, das ist leider nicht möglich."
„Gehen Sie nur", drängte Schwester Kelly ihn. „Ihrer Frau geht es gut."
Nicholas nickte und folgte der Stationsschwester hinaus auf den Gang, während Schwester Kelly zurück in den Operationssaal trat.
Im Ärztezimmer nahm Nicholas das Gespräch entgegen. „Brian, hallo."
„Ist Joan schon aus dem OP?", fragte sein Schwager mit besorgter Stimme.
„Nein, sie wird noch operiert", antwortete Nicholas geistesabwesend. Er war noch immer in Gedanken bei seiner Frau. Wieder sah er Chris' ausdrucksloses Gesicht vor sich.
Brian spürte an Nicholas' knapper Antwort, dass irgendetwas nicht stimmte, und setzte sich in seinem Stuhl aufrecht hin. „Nicholas, was ist los?"
„Was meinst du?"
„Gibt es Komplikationen?"
„Nein … Die OP verläuft planmäßig", log er, da er vom Gegenteil überzeugt war. „Ich mache mich nur selbst verrückt."
„Kann ich etwas für dich tun? Soll ich Samantha vom Kindergarten abholen?"
„Danke, aber das ist nicht nötig. Ich müsste es eigentlich rechtzeitig schaffen."
„Falls nicht, dann melde dich. Ich kann jederzeit losfahren."
„Okay … Brian, tut mir leid, aber ich will wieder zurück. Ich rufe an, sobald ich mit Joan gesprochen habe." Viel zu lange war er nun schon fort. Er hatte Joan doch versprochen, die ganze Zeit bei ihr zu bleiben.
„In Ordnung."
Sie legten auf. Beide Männer dachten im Moment, dass sie einander nicht verstanden, doch gerade in dieser Minute fühlten sie dasselbe. Brian, der seit einer Ewigkeit in seinem Büro saß und noch keinen einzigen Blick in seine Unterlagen geworfen hatte … und Nicholas, für den in diesen Stunden nur das Leben seiner Frau galt. Alles andere war unwichtig geworden, hatte gänzlich an Bedeutung verloren.
Als Schwester Kelly das nächste Mal zu der Glasscheibe hinüberschaute, sah

sie Dr. Blake mit angespanntem Blick dahinter stehen. Er ging durch die Hölle, das sah sie ihm an. Die Ungewissheit, die langsam vergehenden Minuten und das Gefühl seiner Frau nicht helfen zu können überwältigten ihn.

Es verging eine weitere nervenzermürbende Stunde, in der niemand Nicholas aufsuchte, um ihm mitzuteilen, was geschehen war. Schließlich beendete Chris kurz vor zwölf Uhr die Operation und verließ den Operationssaal. Er war im Waschraum gerade dabei, sich von Mundschutz und sterilen Handschuhen zu befreien, als Nicholas zur Tür hereinkam.

„Wie ist es gelaufen?", wollte er ohne Umschweife wissen.

Chris drehte sich zu ihm um. „Ich bin sehr zufrieden und Joan hat die Operation gut verkraftet", sagte er. Dann veränderte sich der Ausdruck seiner Augen. „Der Wächterlymphknoten war positiv."

Benommen sah Nicholas ihn an. Zum zweiten Mal brach der Boden unter seinen Füßen zusammen. Jetzt stand es definitiv fest: der Krebs hatte bereits begonnen, sich auszubreiten.

„Bis zuletzt habe ich gehofft, der Befund würde negativ ausfallen …"

„Ich weiß, ich auch", sagte Chris mitfühlend. Er wandte sich zum Waschbecken um und wusch sich die Hände, während er in den Spiegel vor sich sah und seinen Freund beobachtete, der mit dem Rücken an der Wand lehnte und einen Augenblick die Augen schloss. Erstmals wurde er sich über das Ausmaß dieser Nachricht klar. Als Arzt hatte er es bereits geahnt, doch in den vergangenen Tagen war er vorrangig der Ehemann gewesen, und dieser hatte stets die Gedanken an eine Amputation verdrängt. Nun war das Undenkbare eingetreten.

„Ich habe nicht amputiert", sagte Chris plötzlich.

Nicholas riss die Augen auf. „Warum nicht? Warum schiebst du das Unvermeidliche heraus?" Beide wussten, dass bei einem Befall der Lymphknoten vorsorglich ein Großteil der Brust entfernt werden musste, und da der Tumor bei Joan tief in der Brust gesessen hatte, war eine Amputation unumgänglich. „Gab es Komplikationen?", fragte Nicholas besorgt.

„Die Operation ist völlig normal verlaufen", versicherte Chris.

„Dann verstehe ich deine Entscheidung nicht. Warum hast du …"

„Lass mich erklären", unterbrach Chris ihn, riss sich ein Blatt von dem Papier ab und trocknete sich die Hände.

„Nachdem der Befund des Wächterlymphknotens positiv war, habe ich dem Pathologen die fünf nächstliegenden Lymphknoten geschickt und er stellte fest, dass davon nur zwei befallen waren. Außerdem konnte ich den Tumor leichter als vorausgesehen entfernen, da seine Ränder relativ gut zu erkennen waren."

„Und du meinst, das genügt?“, fragte Nicholas skeptisch, obwohl er seinem Freund auch als Arzt voll und ganz vertraute. Obgleich Nicholas über diesen Ausgang der Operation froh war, so wollte er nicht das Leben seiner Frau aufs Spiel setzen, denn das bedeutete ihm mehr als ihre Brüste.

„Glaube mir, du hättest ebenso entschieden“, sagte Chris ernst. „Natürlich ist es ein höheres Risiko, aber wir sind beide gegen überflüssige Amputationen, und diese wäre meiner Meinung nach unnötig gewesen.“

„Ich hoffe, du behältst recht.“

„Du wirst derselben Meinung sein, sobald du den Bericht des Pathologen gelesen hast. Vertrau mir, Nicholas, ich habe ein sehr gutes Gefühl.“ Chris schien tatsächlich sehr zuversichtlich.

„Verstehe mich nicht falsch, aber es geht um das Leben meiner Frau. Ich muss mich selbst überzeugen.“

„Ich würde dasselbe tun“, meinte Chris verständlich und ging zu seinem Freund. „Dir stehen jederzeit sämtliche Berichte zur Verfügung.“

„Ich weiß, dass du kein unüberschaubares Risiko eingehen würdest ...“

„Gewiss nicht bei Joan.“ Er lächelte aufmunternd und legte Nicholas seine Hand auf dessen Schulter. „Geh zu ihr. Du solltest bei ihr sein, wenn sie aus der Narkose aufwacht.“

„Danke, dass du sie operiert hast“, meinte Nicholas aufrichtig. Er hatte zu niemand anderem solch ein Vertrauen.

Chris schüttelte den Kopf. „Dank gebührt mir erst, wenn sie gesund ist.“

Eine halbe Stunde nach diesem Gespräch kam Joan allmählich im Aufwachraum zu sich. Nicholas saß an ihrem Bett und hielt die Hand seiner Frau. Ihre Augen flackerten und plötzlich sah Joan ihn an.

„Liebling ...“, flüsterte er. Zärtlich fuhr Nicholas mit dem Finger über ihre Wange. Es war zu früh, um mit ihr zu sprechen, da das Narkosemittel noch nicht vollends seine Wirkung verloren hatte. Benommen sah Joan ihn an, dann schloss sie wieder die Augen und schlief ein.

Während der nächsten zwei Stunden blieb Nicholas bei ihr am Bett sitzen. Lange Zeit betrachtete er die Frau, die er seit beinahe fünf Jahren kannte und genauso bedingungslos liebte wie am Anfang. Es wurde zwei Uhr, ehe sie sich abermals rührte und die Augen öffnete.

Nicholas lächelte sie an. „Hey, wie fühlst du dich?“ Ohne auf seine Frage einzugehen, hob Joan unter sichtbaren Schmerzen ihren Arm und zog am oberen Ende der Decke. „Warte, das strengt dich noch zu sehr an. Was möchtest du denn?“, fragte er und wusste es im selben Moment. Er könnte sich ohrfeigen.

Vor Schmerzen verzog Joan das Gesicht und ließ den Arm sinken. Als sie zu weinen begann, ergriff Nicholas ihre Hand, beugte sich dicht an ihr Gesicht und küsste sie auf die Wange. „Es ist alles in Ordnung, Liebling. Chris hat nicht amputiert", sagte er leise. Nun nach stundenlangem Warten löste sich die Anspannung und Tränen traten in seine Augen. „Schatz, hast du verstanden, was ich gesagt habe?", fragte er besorgt, legte die Finger an ihr Kinn und drehte ihr Gesicht zu sich.

Schluchzend nickte sie, worauf Nicholas sich zu ihr beugte und sie zärtlich auf den Mund küsste. Er umfasste ihre Wange mit der Hand und legte den Kopf dicht neben den ihren.

„Ich liebe dich mehr als alles andere auf der Welt", flüsterte er.

„Ich liebe dich auch …"

Am Abend telefonierte Samantha mit ihrer Mutter, und als sie zum Zähneputzen im Badezimmer verschwand, überzeugte sich Nicholas abermals davon, dass es seiner Frau gut ging. Schließlich legten sie auf und Nicholas brachte seine Tochter ins Bett, wo er ihr die Geschichte von *Papa Bär* erzählte, die nun auch er kannte. Doch auch nach der Geschichte wollte Samantha nicht einschlafen, und so legte Nicholas sich neben sie und löschte das Licht. Da kuschelte Samantha sich an ihn und schloss die Augen. Es dauerte nicht lange, bis sie in seinen Armen eingeschlafen war. Vorsichtig zog Nicholas seinen Arm unter ihrem Kopf hervor und schlich leise aus ihrem Zimmer. Im Schlafzimmer setzte er sich mit dem Rücken gegen die Lehne ins Bett und las den Bericht des Pathologen. Nachdem er am nächsten Tag von Chris die neuen Untersuchungsergebnisse bekommen hatte, stimmte er dessen Entscheidung in allen Punkten zu. An seiner Stelle hätte er ebenso entschieden.

„Was geschieht jetzt mit mir?", fragte Joan Chris, der am Tag nach der Operation an ihrem Bettende stand. Nicholas saß auf dem Stuhl neben ihrem Bett und hielt ihre Hand.

„Da ich brusterhaltend operiert habe, ist eine Strahlentherapie unbedingt erforderlich. Du wirst sechs Wochen lang jeden zweiten Tag eine Bestrahlung bekommen. Nach jeder Sitzung kannst du wieder gehen."

„Werde ich in dieser Zeit arbeiten können?"

„Ich denke, ja. Uns sind nur sehr wenige Patienten bekannt, die während der Therapie ihrem Alltag nicht nachgehen konnten. Aber bei dir mache ich mir da keine Sorgen", sagte er zuversichtlich.

„Wie geht es danach weiter?", fragte Joan nach einem Augenblick der Stille. Sie musste dies alles erst nach und nach verarbeiten.

„Voraussichtlich eine sechsmonatige Chemotherapie."

„Das volle Programm also ..." Sie schloss einen Moment die Augen, als ihr die Vorstellung wie ein Film durch den Kopf lief. „... dauernde Übelkeit, Appetitlosigkeit und irgendwann werden mir die Haare ausfallen." Mit einem Mal riss sie die Augen auf und sah Chris direkt an. „Wie stehen die Chancen, dass ich das alles überlebe?"

„Schatz ...", begann Nicholas.

„Nein, lass das!", fuhr sie ihn an. „Ich will es wissen." Sie sah Chris eindringlich an. „Also, wie viel Prozent?"

„Etwa 60 Prozent aller Frauen mit diesem Befund überleben mehr als fünf Jahre. Aber es gibt nie eine Garantie", erklärte Chris ihr ernst. „Ich hoffe, ich konnte das gesamte Tumorgewebe entfernen, doch durch die Strahlentherapie können wir im Bereich der Lymphknoten kleinste Metastasen zerstören." Er seufzte. „Wir müssen die anschließenden Untersuchungsergebnisse abwarten und sehen, wie die Chemotherapie anschlägt. Es wird eine schwere Zeit werden, Joan, dass muss dir bewusst sein. Der Kampf gegen den Krebs ist hart, aber er lohnt sich."

„Ben!", sagte Joan tags darauf überrascht und erfreut zugleich, als Ben am Abend plötzlich den Kopf zur Tür hereinsteckte. Joan, die in ihrem Krankenhausbett lag, zog die Bettdecke über ihr Trägernachthemd, das den Verband nicht vollends verdeckte. „Was machst du denn hier?" Lächelnd schlang sie den linken Arm um seinen Hals, da ihr der rechte noch immer wehtat. „Du siehst gut aus. Erwachsener, männlicher", meinte sie in Bezug auf seinen Dreitagebart. Doch sie fragte sich, ob er tatsächlich erst in den vergangenen Jahren erwachsen geworden war. Diesen ernsten Ausdruck in seinen Augen hatte sie doch schon vor seiner Abreise an ihm gesehen. Mit seinen 24 Jahren war Ben erwachsener als die meisten in seinem Alter, der Krebs hatte seine Spuren hinterlassen.

„Du siehst auch gut aus", stellte er grinsend fest.

„Belügen kann ich mich selbst", sagte sie lächelnd, als er sich den Stuhl heranzog und sich neben ihr Bett setzte. „Sag schon, was machst du in L. A.? Seit wann bist du wieder hier?"

Stirnrunzelnd sah er auf seine Armbanduhr. „Seit genau drei Stunden."

„Oh, und da besuchst du als Erstes deine alte Freundin – ich bin gerührt." Das war sie wirklich.

„*Alt* trifft es genau", meinte Ben feixend.

„Derselbe Ben wie früher. Du hast dich kein bisschen verändert. Du weißt, wie man einer Frau Komplimente macht", sagte sie lächelnd. „Wie ist es dir ergangen? Was hast du die ganze Zeit getrieben? Fang endlich an zu erzählen", forderte sie ihn auf.

„Es ging mir hervorragend … bis ich das von dir erfuhr", sagte er zögernd.

Das Lächeln in Joans Augen verschwand. „Ich will jetzt nicht von mir reden, Ben", sagte sie gefühlskalt. Dann legte sie ihre Hand auf die seine. „Erzähle lieber, wo du die letzten Jahre verbracht hast. Und noch wichtiger, hast du eine Freundin?"

Er lächelte geheimnisvoll, ließ sich jedoch nicht von seinem Pfad abbringen. Wenn der Krebs ihm eines gelehrt hatte, dann, dass er persönliche Dinge sofort klärte und nichts mehr auf den nächsten Tag verschob. Denn nach dem nächsten Tag kam noch einer, und noch einer, und so blieb einiges auf der Strecke, was man anfangs hatte klären wollen.

„Neugierig bist du wohl gar nicht. Aber alles zu seiner Zeit. *Dein* Leben ist jetzt das Wichtigste. Wir sollten darüber sprechen."

„Hat Nicholas dich etwa zu mir geschickt? Hat er dich gebeten, nach L. A. zu kommen?"

Ben schüttelte den Kopf. „Nein, er weiß nicht, dass ich hier bin."

„Aber er hat dir von mir erzählt …"

„Aus rein egoistischen Gründen, Joan. Er brauchte jemanden, mit dem er offen sprechen konnte. Es ist nicht leicht für ihn."

Sie wandte den Blick von ihm ab. „Für mich ist es auch nicht leicht."

„Gerade deshalb musst du über deine Krankheit sprechen. Du hast Krebs, Joan, keinen harmlosen Schnupfen", erinnerte er sie.

„Wenn ich das Wort *Krebs* höre, denke ich sofort an den Tod. Meine Mom ist vor drei Jahren daran gestorben …"

Ben sah sie mitfühlend an. „Das wusste ich nicht. Tut mir sehr leid."

„Es ist nicht so leicht, wie du vielleicht denkst. Versteh mich nicht falsch, aber in einem Punkt warst du besser dran als ich." Sie begegnete seinem fragenden Blick. „Du hattest niemanden, vor dem du dich verstellen musstest." Sie lächelte zaghaft. „Nicholas und ich sprechen nicht über meine Krankheit, wenn Sam in der Nähe ist. Geht es mir schlecht oder bin ich traurig, dann lächle ich, weil ich meine Tochter nicht erschrecken will. Es ist anstrengend, sich immerzu verstellen zu müssen. Nach außen hin wirke ich völlig anders, als ich in Wahrheit bin. Hier drinnen …", sie legte die Hand auf ihre Brust, „… fühle ich nur Angst."

„Ich weiß, was du meinst", sagte Ben traurig. „Auch wenn ich den Krebs vorerst besiegt habe, die Angst, dass er zurückkehrt, wird mich immer begleiten."

Sie nickte bekümmert. Vermutlich würde es ihr ebenso ergehen, doch erst einmal musste sie diese Krankheit besiegen. Dann stand die Hürde der ersten fünf Jahre an und danach, ja, vielleicht konnte sie danach endlich wieder aufatmen.

Lächelnd sah Ben sich in ihrem Zimmer um. Nichts hatte sich verändert. „Ich hatte mir geschworen, nie wieder eine Onkologie zu betreten …"

„Ich freue mich sehr, dass du da bist, Ben. Ich habe dich vermisst, besonders in den letzten Wochen."

„Wann immer du jemanden zum Reden brauchst, ich bin für dich da."

„Danke, aber du brauchst dich nicht um mich zu kümmern. Du hast dein eigenes Leben."

„Du wirst es nicht allein schaffen, glaube mir. Lass dir von Nicholas und mir helfen", erklärte Ben ruhig, da er wusste, wovon er sprach. Er selbst hatte gerade in den ersten Monaten seiner Erkrankung keine Hilfe annehmen wollen. Erst sehr viel später bekam Nicholas durch das Schachspielen einen Zugang zu ihm.

„Ben?", fragte sie leise.

„Ja?" Er wandte den Kopf zu ihr herum.

„Kannst du mich einen Moment in den Arm nehmen?"

Er grinste. „Ich dachte schon, du fragst gar nicht mehr."

Nachdem sich Ben eine Viertelstunde darauf von ihr verabschiedet hatte, dauerte es nicht lange und Nicholas klopfte an ihre Zimmertür. Während Brian bei Samantha geblieben war, hatte sich Nicholas ins Auto gesetzt, um aus seinem Büro noch einige Unterlagen zu holen.

„Wusstest du, dass Ben wieder in der Stadt ist?", fragte Joan, kaum dass er eingetreten war.

„Ja, er hat mich vom Flughafen aus angerufen." Nicholas legte die Akten auf dem Tisch ab und wandte sich zu ihr um.

„Du hättest es mir sagen können", meinte sie vorwurfsvoll.

„Ja, aber er wollte dich überraschen." Er spürte, dass es einen anderen Grund für ihr merkwürdiges Verhalten gab, und setzte sich zu seiner Frau aufs Bett. „Hey, was ist los?", fragte er sanft.

„Was soll sein? Es ist alles okay", wich sie ihm aus.

„Das glaube ich dir nicht", erklärte er nüchtern.

Sie wandte den Blick von ihm ab und bestätigte damit seine Vermutung.

„Ich habe am Nachmittag mit meinem Dad telefoniert", sagte sie nach einem Moment des Schweigens leise.

„Was denkst du, wie geht es ihm?" Nicholas hatte nur einmal mit seinem

Schwiegervater gesprochen, seit dieser von der Erkrankung seiner Tochter erfahren hatte. Er wusste nicht recht, wie Matthew die Nachricht aufgenommen hatte.

„Ich weiß nicht … ich denke, schlagartig sind die Erinnerungen an Moms Therapiezeit wieder da. Er hat Angst, auch noch mich durch diese Krankheit zu verlieren." Die letzten Worte waren nicht mehr als ein Flüstern gewesen.

Nicholas beugte sich zu ihr und küsste zärtlich ihre Schläfe. „Ich werde ihn später anrufen und ihm sagen, dass er sich deswegen keine Sorgen zu machen braucht. Du wirst es nämlich schaffen."

Joan sah ihn unter Tränen an. „Danke, dass du da bist."

Wortlos zog Nicholas sie in seine Arme.

11. Kapitel

Die neue Winterkollektion von *Farley's* schlug in der Modebranche ein wie eine Bombe. Die exquisite Modenschau und die anschließende berauschende Party waren ein einziges Erlebnis. Damit durfte sich *Farley's* nun auch an der Westküste zu *den drei* Modehäusern zählen. Noch am selben Abend bat eine anerkannte Journalistin des bedeutendsten Modemagazins der Westküste Brian um ein ausführliches Interview. Er sollte in der nächsten Ausgabe auf dem Titelbild zu sehen sein.

Nach unzähligen Versuchen von Chris und Nicholas willigte Joan schließlich ein, eine Woche nach ihrer Operation zu Hause zu bleiben und sich und den operierten Arm zu schonen. In dieser Zeit arbeitete sie sämtliche Unterlagen durch, die Brian ihr vorbeibrachte. Darunter befanden sich auch die Entwürfe dreier Dekorateure. Einen von ihnen würden sie für die neue Innenausstattung von *Farley's* engagieren. Joan setzte sich telefonisch mit allen dreien in Verbindung und vereinbarte mit ihnen Termine für die kommende Woche, da sie jeden persönlich kennenlernen wollte.

Neben dieser wichtigen Auswahl traf sie etliche Entscheidungen bezüglich des neuen Sommerkataloges. Die für die Außenwelt noch unbekannten Sommermodelle übertrafen die des Vorjahres bei Weitem, erklärte Joan ihrem Bruder, nachdem sie die ersten Muster gesehen hatte.

In der ersten Oktoberwoche begleitete Nicholas seine Frau zu ihrer ersten Bestrahlung. Erleichtert stellte Joan nachher fest, dass diese weitaus angenehmer war, als sie es sich vorgestellt hatte, sodass die anfängliche Angst mehr und mehr verschwand. Jeden zweiten Tag suchte sie Chris in ihrer Mittagspause auf, unterzog sich der Bestrahlung und aß eine Kleinigkeit in der Cafeteria, ehe sie zurück ins Büro fuhr.

Während die Produktion der Sommerkollektion planmäßig begann, arbeiteten einige Mitarbeiter aus Joans Team Hand in Hand mit dem Dekorateur an der Innenausstattung des Geschäftes. Joan, die sich täglich bei der halbstündigen Konferenz von deren Fortschritten berichten ließ, überwachte zugleich die Auswahl der Mannequins und arbeitete mit zwei Kolleginnen am Layout des Kataloges. Eine Woche nachdem sie Perry und einen Fotografen nach Hawaii beordert hatte, rief dieser in ihrem Büro an.

„Ich habe ihn gefunden", sagte Perry erfreut. „Der Strand ist perfekt für die

Fotoaufnahmen. Ich habe schon mit der zuständigen Behörde gesprochen. Sie überlassen uns den Strand, solange wir für die Aufnahmen benötigen."

„Das hört sich sehr gut an, Perry, aber bevor ich zustimme, möchte ich es mir selbst ansehen", sagte sie und blätterte bereits in ihrem Terminkalender, um einen Tag zu finden, an dem sie nicht zur Strahlentherapie musste und darüber hinaus Zeit hatte, nach Hawaii zu fliegen. Trotz der raschen Überlegung, welche Termine sie noch kurzfristig umändern konnte, fand Joan in den nächsten zwei Wochen keinen freien Tag.

„Mist", sagte sie in Gedanken laut.

„Was ist los?", fragte Perry am anderen Ende.

„Ich habe nicht genug Zeit, um zu dir zu fliegen. Kannst du die Fotos per E-Mail schicken? Ich werde sie mir noch heute ansehen, damit ihr keine Zeit verliert."

„Ich mache mich gleich nach unserem Gespräch an die Arbeit", versicherte Perry ihr und erwähnte noch andere Dinge, die sie dringend klären mussten.

Drei Tage später erhielt Joan eine Nachricht, die nicht hätte schlimmer sein können. Ausgerechnet als Brian für eine Woche geschäftlich an der Ostküste zu tun hatte, gerieten plötzlich die langjährigen Vereinbarungen mit dem Zulieferer ihrer Stoffe ins Wanken, sodass sie 50 Prozent der Modelle vorläufig nicht produzieren konnten. Wenn sie die Produktion nicht baldmöglichst in Gang brachten, würde *Farley's* einen Millionenschaden davontragen.

„Es ist mir egal, ob Sie die Rohstoffe aus Europa importieren … und wenn sie aus China kommen!", sagte Joan verärgert, nachdem sie bereits seit einer halben Stunde mit dem Inhaber der Stofffirma persönlich telefonierte. „Lassen Sie sich etwas einfallen, damit Sie unseren Vertrag rechtzeitig einhalten können." Da sah Jill zur Tür herein. Joan, die hinter ihrem Schreibtisch saß, gab ihr ein Zeichen, dass sie eintreten konnte. „Sollten Sie das nicht tun, werden wir Sie verklagen müssen."

„Aber Mrs. Blake …", hörte sie die klägliche Stimme ihres Gesprächspartners. Ihnen beiden war bewusst, dass eine Klage von *Farley's* ihn für alle Zeiten ruinieren würde.

„Tut mir leid, Mr. Hamilton, aber ich habe keine andere Wahl. Ich hoffe, wenn ich morgen von Ihnen höre, haben Sie bessere Nachrichten für mich."

„Ich werde mein Bestes geben, Mrs. Blake."

„Davon bin ich überzeugt", sagte sie und legte auf. „Jill, stellen Sie mir bitte eine Verbindung zu meinem Bruder her."

Jill lächelte. „Ich dachte mir, dass Sie das wünschen. Er ist auf der Zwei."

„Jill, Sie sind ein Engel."

Innerhalb weniger Minuten hatte sie Brian die Situation erklärt und er versprach, sich sofort mit Mr. Hamilton in Verbindung zu setzen. Er arbeitete seit Jahren mit dem langjährigen Geschäftsfreund seines Vaters zusammen, und bisher hatten sie jedes Problem lösen können.

An diesem Abend betrat Joan erst nach zehn Uhr das Haus, zog sich erschöpft die Pumps aus und ging zu Nicholas, der im Wohnzimmer auf der Couch saß und fernsah. Als sie sich zu ihm setzte, stellte er den Ton auf lautlos und betrachtete sie eingehend.

„Du solltest wirklich etwas kürzertreten", meinte Nicholas besorgt. Seit Wochen kämpfte sie mit der Müdigkeit. Die Tage wurden immer länger und die wenigen Stunden, die sie jede Nacht schlief, genügten bei Weitem nicht, um ihre Batterien wieder aufzuladen.

„Es geht mir gut", sagte sie, hielt sich jedoch im nächsten Moment die Hand vor den Mund und gähnte. „Das kommt von den Bestrahlungen …" Wieder gähnte sie.

„Das kommt vor allem von der vielen Arbeit und dem wenigen Schlaf. Du hetzt von einem Termin zum nächsten, arbeitest für drei Leute und willst nebenbei noch für Sam und mich Zeit finden. Joan, irgendwann verkraftet das dein Körper nicht mehr."

„Bitte nicht jetzt, Nicholas. Ich will …"

„Wann denn dann?", fragte er ebenso wütend auf sich wie auf sie. „Muss ich mir erst einen Termin bei Jill geben lassen?" Er stand auf und ging in die Küche. Niemals, unter keinen Umständen, hätte er zustimmen dürfen, dass sie weiter arbeiten ging. Ihre volle Aufmerksamkeit sollte sich auf den Kampf gegen den Krebs richten und nicht auf Abendkleider, Modenschauen und irgendwelche unwichtigen Fotosessions.

Joan sah zu ihrem Mann auf, als dieser mit einer Flasche Wein und einem zweiten Glas zurückkam, und begegnete seinem Blick.

„Tut mir leid", sagte er.

Sie schüttelte den Kopf. „Du hattest recht mit dem, was du sagtest. Es ist nur so …", begann sie zögernd, da sie nach den richtigen Worten suchte. „Meine Arbeit lenkt mich von alledem ab. Ich muss nicht unentwegt darüber nachdenken, was sein könnte …"

„Liebling, ich mache mir wirklich Sorgen um dich." Er setzte sich neben sie und ergriff ihre Hand. „Lass mich dir als Arzt sagen, dass du mit der Chemotherapie gar nicht erst zu beginnen brauchst, wenn du so weitermachst. Innerhalb einer Woche würde dein Kreislauf völlig zusammenbrechen. Du musst kürzertreten, hörst du?“, sagte er eindringlich.

Joan nickte. „Ich verspreche es dir. Sobald Brian zurück ist, übernimmt er das Chaos und ich kann mich um meine Arbeit kümmern.“

„Wenn du wieder gesund bist, wirst du noch genug arbeiten können. Warum delegierst du nicht einen Teil deiner Arbeit an Perry?“

„Ich überlege es mir“, sagte sie und kuschelte sich an seine Schulter.

Mitte November hatte Joan ihren letzten Bestrahlungstermin. Wenige Tage darauf saßen Joan und Nicholas abermals in Chris’ Büro, um die Ergebnisse der erneuten Untersuchungen zu erfahren.

„Ich bin sehr zufrieden, Joan. Keine der Untersuchungen lässt auf die Vermehrung der Tumorzellen schließen.“ Er lächelte. „Und auch das Gebiet, in dem sich der Tumor befand, sieht sehr gut aus.“

Lächelnd sah Joan ihren Mann an. „Das sind gute Nachrichten, oder?“

Nicholas griff lächelnd nach ihrer Hand. „Und ob das gute Nachrichten sind. Habe ich dir nicht gesagt, dass du es schaffen wirst?“, meinte er optimistisch, obwohl ein Teil von ihm ihn zur Mäßigung zwang. Er war Arzt, er wusste es doch besser. Sie hatte den zweiten Schritt geschafft, Operation und Bestrahlung lagen hinter ihr. Nun kam der schwierigere Teil, das dauerhafte Überleben zu sichern.

„Gönnen wir deinem Körper zwei Wochen Pause“, meinte Chris.

Joan nickte erleichtert. Gedanken an ein normales, ihr früheres Leben kamen ihr, die sie aber schnell aus ihrem Kopf verbannte. Sie wusste, dass es noch nicht vorbei war. Der Kampf hatte erst begonnen. „Was geschieht danach?“, fragte sie wachsam.

„Da der Tumor nicht auf Hormone reagiert, werden wir mit einer aggressiven Chemotherapie beginnen.“

„Also doch …“, sagte sie resigniert, obwohl sie damit gerechnet hatte.

„Auch wenn du dich im Moment gut fühlst, muss dir dennoch bewusst sein, dass du noch nicht geheilt bist. Die Chemotherapie ist notwendig, um den Krebs auch auf lange Sicht zu bekämpfen“, erklärte Chris, während er sie aufmerksam musterte.

„Was genau passiert bei der Chemo mit mir? Ich meine, wie läuft das ab?“

Chris beugte sich vor, legte die Arme vor sich auf den Schreibtisch. „Ich habe einen 14-tägigen Zyklusplan für dich aufgestellt. Das bedeutet, im Abstand von zwei Wochen erhältst du einen Zyklus. Zwölf werden es insgesamt sein.“ Somit dauerte die Chemotherapie bis Mai des nächsten Jahres. Sechs Monate!

Wie Joan weiter erfuhr, beinhaltete die Therapie eine Infusion aus Fluororacil und Methotrexat sowie die Einnahme einer Tablette. Im Ganzen war dies erträglich. „Bei jedem Besuch werde ich dir Blut abnehmen und dich röntgen. Anschließend bekommst du über eine Infusion die Medikamente verabreicht", schloss Chris ab.

„Wie lange wirst du dafür benötigen?"

„Ein bis zwei Stunden."

„Spricht etwas dagegen, dass ich weiter arbeiten gehe?"

Chris begegnete dem Blick seines Freundes, ehe er antwortete. „Nein, solange du dich gut genug fühlst und deinen Körper nicht zusätzlich belastest. Das heißt, vernünftig essen und ausreichend Schlaf. Warten wir die ersten Behandlungen ab", sagte er aus Erfahrung, da er nicht voreilig sein wollte. Obwohl Joan die Strahlentherapie gut verkraftet hatte, musste es mit der Chemotherapie nicht zwangsläufig ebenso sein. „Ich möchte am 1. Dezember beginnen. Du solltest um acht Uhr hier sein."

Joan nickte und lächelte Nicholas an, doch dieser wusste, wie ihr wirklich zumute war. Ihr graute vor dem 1. Dezember. Sie hatte Angst vor der Chemotherapie, vor allem vor deren Nebenwirkungen, die Chris aufgezählt hatte: Übelkeit, Haarausfall, Müdigkeit, Appetitlosigkeit, Gewichtzunahme und Schmerzen. Sie sollte sich zudem von viruserkrankten Menschen fernhalten, da ihr Infektionsrisiko deutlich erhöht sein würde. Durch die Einnahme der Medikamente konnte es zu Problemen mit dem Knochenmark kommen, was bedeutete, dass sie weniger Blutkörperchen bildete. Falls dies eintrat und die Menge der weißen Blutkörperchen unter 3000 sank, musste der Zyklus verschoben werden. Außerdem hatte Chris ihr erklärt, dass die Menstruation mit Beginn der Chemotherapie ausbleiben würde, aber bei Frauen vor den Wechseljahren nach der Behandlung wieder einsetzte. Wie Nicholas ihr bereits gesagt hatte, würden sie ihren Wunsch nach einem zweiten Kind jedoch um fünf Jahre verschieben müssen. Dann war Joan 34.

Als Joan und Nicholas heimfuhren, dachte sie an die nächsten 14 Tage. Zwei kurze Wochen lang würde sie noch *normal* sein. Ein normaler Mensch, ein Mensch, der nicht mit Chemie vollgepumpt war und sich die Seele aus dem Leib spuckte.

In den darauf folgenden zwei Wochen gewann Joan mehrmals den Eindruck, als wäre sie in ihre alte Welt zurückgekehrt. Es gab kein Gespräch mit Chris und keinen Termin im Krankenhaus, den sie hätte wahrnehmen müssen. Nur Samantha und Nicholas waren wichtig … und ihre Arbeit. Diesbezüglich hatte sich Joan die Worte ihres Mannes zu Herzen genommen und tatsächlich einige ihrer Aufgaben an Perry delegiert.

Am letzten Novemberwochenende feierten sie Nicholas' 32. Geburtstag auf der Jacht eines Freundes. Zwei Tage lang fuhren nur sie drei an der Küste von L. A. entlang. Wie Nicholas erfreut feststellte, entspannte sich sogar Joan und schien für 48 Stunden den Alltag und ihre Krankheit zu vergessen.

In der zweiten Nacht saßen Joan und Nicholas lange im Freien. Eingewickelt in Decken tranken sie ein Glas Wein und blickten zum sternenklaren Himmel hinauf, während jeder seinen eigenen Gedanken nachhing.

„So sollte es immer sein", sagte Joan leise.

Lächelnd wandte Nicholas den Kopf zu ihr. „Etwas fehlt noch ..." Da legte er die Hand an ihre Wange, beugte sich zu ihr und küsste sie zärtlich. „Ich liebe dich", sagte er dicht vor ihren Lippen, die sich im nächsten Moment leidenschaftlich auf die seinen pressten. Wenig später gaben sie ihrem Verlangen nach und liebten sich zu den sachten Bewegungen der Meereswellen.

Dann kam der Tag, an dem Joan ihren ersten Zyklus der Chemotherapie erhalten sollte. Nachdem sie beim Röntgen gewesen waren, begleitete Nicholas seine Frau in Chris' Büro, wo sie einige Worte wechselten, ehe Chris sie hinüber ins Untersuchungszimmer bat. Nicholas folgte ihnen und sah zu, wie Joan sich mit dem Rücken zu ihm Bluse und BH auszog und sich auf die Liege setzte.

„Hast du noch Schmerzen, wenn du den Arm bewegst?", wollte Chris von ihr wissen, während er ihre Narbe am Arm begutachtete.

Ohne Chris anzusehen, schüttelte Joan den Kopf. Sie wollte all dies so schnell wie möglich hinter sich bringen. Mit jedem Mal wurde der Gang ins Krankenhaus für sie schwerer. Nun stand ihr eine sechsmonatige Chemotherapie bevor und sie wollte nichts anderes, als schreiend davonzulaufen.

Schließlich zog sie ihre Bluse wieder an und legte sich auf die Liege. Chris kam mit einem Hocker zu ihr herübergerollt, desinfizierte eine Stelle an ihrem Arm und nahm ihr Blut ab.

„Okay, das war es schon", sagte Chris. Er sah zu Nicholas, der die Hand seiner Frau hielt, und schloss Joan an den Infusionsständer an. Ängstlich starrte diese an die Decke des kleinen Zimmers und sprach kein Wort, während die Infusion durch ihre Adern lief und Tränen in ihren Augen standen. Dann und wann kullerte eine Träne ihre Wange hinunter, die Nicholas sanft mit seinem Zeigefinger wegwischte.

„Ich komme wieder, kurz bevor die Infusion völlig durchgelaufen ist", sagte

Chris leise zu seinem Freund, worauf Nicholas ihm dankbar zunickte. Gleich darauf hörte er, wie die Tür leise zufiel.

Die Augen geschlossen, versuchte Joan eine Stunde lang an etwas anderes als die Nadel in ihrem Arm zu denken, aber es gelang ihr nicht. Mit einem Mal begann sie zu schluchzen.

Nicholas beugte sich dicht zu ihr hinunter, legte die Stirn an ihre Schläfe.

„Liebling, du hast es bald geschafft." Mit der linken Hand umklammerte er ihre zitternden Finger noch fester. Zugleich lag sein rechter Arm über ihrem Kopf, seine Hand strich ihr beruhigend durch die Haare.

Für Joan schienen Stunden vergangen zu sein, bis Chris wieder auftauchte und den Katheter aus ihrer Ader zog.

„Nun hast du die erste Dosis hinter dir", sagte Chris, um Aufmunterung bemüht. „Falls du irgendwelche Probleme haben solltest, dann sprich mit deinem Mann oder rufe mich an. Ich bin rund um die Uhr für dich da, okay?"

Joan nickte schweigend und setzte sich auf, aber ihr Kreislauf spielte verrückt. Das Zimmer begann sich zu drehen. „Oh …" Sie schwankte und fiel beinahe seitwärts von der Liege.

„Schatz, leg dich wieder hin", sagte Nicholas sofort und half ihr, sich zurückzulegen, während Chris ihr ein Glas Wasser brachte. Langsam trank sie ein paar Schlucke und schloss die Lider.

Als Joan nach einigen Minuten die Augen öffnete, war sie mit ihrem Mann allein im Zimmer.

„Fühlst du dich besser?" Seine Lippen waren von einem Lächeln umspielt, doch auf seiner Stirn zeichneten sich Sorgenfalten ab.

„Ich denke schon", sagte sie leise und ließ sich von Nicholas langsam aufhelfen.

Eine Viertelstunde später saßen sie schweigend im Auto. Joan sah auf ihre Armbanduhr und war erstaunt, dass sie erst vor zwei Stunden das Krankenhaus betreten hatten. Es kam ihr vor, als hätte sie mehrere Stunden auf der Liege verbracht.

„Wohin fährst du?", fragte Joan plötzlich verwundert.

Nicholas wandte den Kopf zu ihr herum. „Nach Hause. Warum?"

„Weil ich zur Arbeit muss. Dort …", sie deutete mit der Hand in die Richtung, „… kannst du wenden."

Er fuhr auf die kleine Auffahrt, die sie gemeint hatte, wendete jedoch nicht, sondern blieb mit laufendem Motor stehen und sah seine Frau irritiert an. „Ich dachte, du verbringst den Nachmittag zu Hause."

„Das geht nicht. Ich habe in zwei Stunden ein wichtiges Telefonat und anschließend eine Besprechung mit allen Mitarbeitern meiner Abteilung."

„Die Besprechung wirst du doch wohl verschieben können."

„Warum sollte ich? Ich habe schließlich den Termin festgelegt."

Nicholas sah sie ernst an. „Schatz, wir wissen noch nicht, wie du die Medikamente verträgst. Du solltest wirklich zu Hause sein."

Sie schüttelte den Kopf. „Entweder du fährst mich jetzt ins Büro, oder ich nehme mir ein Taxi."

„Warum bist du nur so verdammt stur?", fragte er wütend, wendete das Auto auf der Straße und fuhr in die Richtung, aus der sie kurz zuvor gekommen waren. „Ich verstehe nicht, warum du dir nicht von mir helfen lässt."

„Ich brauche keine Hilfe. Es geht mir gut."

Nur wie lange noch, fragte Nicholas sich. Wie lange würde dieser Zustand anhalten? Er wusste nicht, wie er sich verhalten sollte. Brächte er sie ohne ihr Einverständnis nach Hause, konnte er sich auf einen gewaltigen Streit gefasst machen. Aber wie sah die Alternative aus, überlegte er während der Fahrt. Fuhr er sie ins Büro und wurde ihr dort schlecht, wer war dann für sie da?

„Du kannst hier halten", riss Joan ihn aus seinen Gedanken, als sie sich mitten auf dem legendären Rodeo Drive befanden, wo *Farley's* ansässig war, und löste ihren Sicherheitsgurt.

„Da darf ich nicht parken", wandte er ein.

„Das musst du auch nicht. Die paar Minuten bis zum Geschäft kann ich zu Fuß gehen."

„Wie du meinst", sagte er verletzt. Er hatte sie wenigstens noch hinauf in ihr Büro bringen wollen.

„Bis heute Abend." Joan gab ihm einen flüchtigen Kuss auf die Wange und stieg aus dem Auto. Da hupte bereits jemand hinter Nicholas.

„Ich bin ja schon weg", hörte Joan ihren Mann gereizt sagen und sah im Augenwinkel, wie er davonfuhr.

Im Büro stürzte Joan sich in ihre Arbeit. Zuerst bearbeitete sie die eingegangene Post, dann sah sie sich die Entwürfe für die Titelseite des neuen Kataloges an.

„Hast du heute schon etwas gegessen?", fragte Jill, den Kopf zur Bürotür hereingesteckt. Joan sah von ihren Unterlagen auf, überlegte einen Moment und schüttelte den Kopf. „Nein, ich hatte noch keine Zeit."

„Soll ich dir ein Sandwich besorgen?"

Joan lächelte. „Das wäre sehr nett, Jill. Danke."

Nach einigen Minuten kehrte Jill mit einem Thunfischsandwich in Joans Büro zurück und verdonnerte ihre Chefin zu einer kurzen Pause, in der sie in Ruhe essen sollte. Anschließend kam Perry mit einer Mappe in den Händen in ihr Büro.

Er strahlte über das ganze Gesicht. „Das sind die ersten Fotoaufnahmen aus Hawaii. Ich dachte, du würdest vor der Konferenz vielleicht einen Blick darauf werfen wollen."

„Das würde ich tatsächlich sehr gern", erwiderte sie erfreut und erhob sich. „Lass uns auf der Couch Platz nehmen", schlug sie vor und trat zu der kleinen, beigefarbenen Sitzgruppe hinüber, die vor den hohen Fenstern stand. „Möchtest du einen Kaffee?"

„Nein danke. Ich habe heute bereits meinen Konsum überschritten."

Perry blieb eine halbe Stunde. Er war gerade wenige Minuten fort, als Joan übel wurde. Sie lehnte sich in ihrem Schreibtischsessel zurück, schloss die Augen und atmete ruhig. Mit Erfolg. Die Übelkeit verflog wieder.

„Joan, dein Mann ist in der Leitung", erklang die Stimme ihrer Sekretärin durch die Sprechanlage. „Wenn du mich heute nicht mehr benötigst, dann würde ich jetzt gehen."

„Hab einen schönen Nachmittag. Bis morgen", sagte Joan, öffnete die Augen und drückte den Knopf der Freisprechanlage an ihrem Telefon. „Hallo, Schatz. Was gibt es?" Sie versuchte gelassen zu klingen, doch die plötzliche Übelkeit hatte sie erschreckt.

„Ich wollte hören, wie es dir geht", sagte Nicholas besorgt.

„Gut", log sie. „Ich sitze über einem Berg Arbeit. Später habe ich noch eine Konferenz, aber ich denke, dass ich hinterher Schluss machen werde."

„Ich will auch mit Mommy sprechen", hörte Joan ihre Tochter im Hintergrund sagen, sah jedoch nicht, wie Nicholas den Zeigefinger an die Lippen legte, um Samantha zu bedeuten, leise zu sein.

„Ist dein wichtiges Telefonat positiv gelaufen?"

„Es hätte nicht besser für uns laufen können", meinte sie ehrlich.

Nicholas krauste die Stirn. „Störe ich dich bei irgendetwas?"

„Ehrlich gesagt, ja", antwortete sie, da erneut Übelkeit in ihr aufstieg. „Ich muss vor der Konferenz noch einiges erledigen."

„Daddy!", jammerte Samantha.

Joan sah regelrecht, wie ihre Tochter vor ihm herumhüpfte, und an jedem anderen Tag hätte sie ihn gebeten, Samantha den Hörer zu reichen, doch jetzt, wo ihr die Übelkeit die Kehle zuschnürte, wollte sie sie nicht sprechen. Sie spürte, dass sie das Telefonat schnell beenden musste.

„Mommy, wann kommst du heim?“, ertönte die kindliche Stimme ihrer Tochter durch die Freisprechanlage.

Joan verzog das Gesicht. *Nicht jetzt, Sam!* „Das dauert noch ein bisschen. Wir essen zusammen zu Abend, versprochen.“ Doch der Gedanke ans Abendessen verstärkte den Anflug des Brechreizes und Joan hielt sich instinktiv die Hand vor den Mund. „Ich muss auflegen, Sam. Wir sehen uns nachher.“

„Okay“, sagte Samantha, dann war die Verbindung schon unterbrochen.

Joan schaffte es gerade noch rechtzeitig in das kleine Badezimmer, das von ihrem Büro abging, aber auf das, was dort geschah, war sie nicht vorbereitet gewesen. Eine Stunde lang übergab sie sich fürchterlich in die Toilette.

Während Joan hinter der geschlossenen Badezimmertür noch immer vor der Toilettenmuschel hockte, nicht sicher, ob sie sich wieder besser fühlte oder dem Tode nahe war, klingelte in ihrem Büro das Telefon Sturm. 20 Minuten nachdem die Konferenz hätte beginnen sollen, kam Perry in ihr Büro gestürmt.

„Joan!“, rief er beim Eintreten.

Zeitgleich öffnete Joan die Badezimmertür. Leichenblass trat sie ins Zimmer und sah Perry verängstigt an.

„Mein Gott!“ Bestürzt eilte Perry zu ihr und stützte sie. „Setz dich einen Moment.“ Besorgt führte er seine Chefin zur Couch hinüber. Joan setzte sich, lehnte den Kopf gegen die Rückenlehne und schloss die Augen. Als sie diese einen Moment später wieder öffnete, war ihre Bürotür vorsorglich geschlossen. Mit einem unsicheren Lächeln im Gesicht reichte Perry ihr ein Glas Wasser, das sie dankend annahm und in einigen Zügen leer trank. Danach fühlte sie sich etwas besser. Zumindest der Geschmack des Erbrochenen war verschwunden.

Verlegen blickte Joan ihren Assistenten und inzwischen guten Freund an, der auf der Couchlehne saß und sie musterte. Allmählich kehrte die Farbe in ihr Gesicht zurück.

„Heute hat meine Chemo begonnen“, erklärte sie leise.

„Das dachte ich mir schon“, sagte Perry voller Mitgefühl. „Kann ich dir irgendetwas bringen, damit es dir besser geht? Noch ein Glas Wasser?“

Sie schüttelte den Kopf. „Es geht schon wieder, danke.“

Stille überschattete den Raum. Perry war es, der das Schweigen beendete. „Ich habe die Konferenz abgesagt. Ich sagte, dir sein ein äußerst wichtiger Termin dazwischengekommen.“

Joan sah ihn ausgelaugt an. „Es gab keinen Grund …“

„Das sehe ich anders“, sagte er sanft. „Hast du dich schon einmal im Spiegel betrachtet?“

„Sehe ich so schlimm aus?“, fragte sie erschrocken.
Perry lächelte. „Das Grün stand dir nicht besonders gut.“
„Besten Dank für deine Offenheit“, sagte sie lächelnd.
„Dafür sind Freunde da.“ Er tätschelte ihre Hand und stand auf. „Komm, ich fahre dich heim.“ Sie öffnete den Mund, wollte gerade widersprechen, da sagte Perry: „Keine Widerrede. ICH FAHRE DICH HEIM.“
Sie nickte zögernd. „Okay.“
Um halb sechs hielt Perry seinen Jeep auf der Einfahrt der Blakes und blickte zu Joan hinüber. „Soll ich dich noch zur Tür begleiten?“
„Nein, das schaffe ich allein“, sagte sie lächelnd, löste den Sicherheitsgurt und nahm ihre Aktentasche, die Perry von der Hinterbank genommen hatte.
„Danke fürs Heimfahren und …“, sie sah ihn ernst an, „… für das im Büro.“
Er nickte. „Immer wieder gerne.“
„Wir sehen uns morgen im Büro.“ Sie öffnete die Autotür und stieg aus.
„Bestell Nicholas und Samantha liebe Grüße von mir.“
„Mach ich, Perry. Und nochmals danke.“
Perry beobachtete, wie sie zum Haus ging, die zwei Stufen zur Tür hinaufstieg, sich noch einmal zu ihm umdrehte und lächelnd winkte. Er nickte ihr zu und startete den Motor. Als Joan den Schlüssel ins Türschloss steckte und eintrat, hörte sie Perry davonfahren.
„Mommy?“, kam es sogleich aus dem Wohnzimmer.
„Ja, Schätzchen. Ich bin zu Hause.“ Joan legte ihren Schlüssel auf die Kommode im Flur. Da stieg ihr der Geruch von Gebratenem in die Nase und sie musste gegen die aufsteigende Übelkeit ankämpfen.
„Dann können wir ja doch gemeinsam baden gehen“, stellte Samantha erfreut fest, ohne sich von ihrer Puppe abzuwenden, deren Haare sie frisierte.
„Sam, lass deine Mom erst einmal richtig nach Hause kommen. Sie hatte einen harten Tag“, sagte Nicholas, der in der Küche mit dem Rücken zu Joan stand. Lächelnd drehte er sich zum Flur um. Augenblicklich veränderte sich sein Gesichtsausdruck. Statt des Lächelns stand nun tiefe Besorgnis in seinem Gesicht. Er legte das Messer zur Seite und eilte zu seiner Frau.
„Warum hast du mich nicht angerufen? Ich hätte dich abgeholt“, meinte er sanft und strich ihr eine Strähne aus dem Gesicht.
„Perry hat mich … hergefahren“, brachte sie abgehackt hervor, während sie verzweifelt versuchte, die Übelkeit zu bekämpfen.
Nicholas bemerkte es, ging zum Herd und zog die Pfanne mit dem Gebratenen

von der Herdplatte. Dann öffnete er das Fenster und kehrte zu Joan zurück, die noch immer im Flur stand. „Setz dich und atme tief durch."

Ohne Widerworte setzte sich Joan auf einen der Barhocker. Nachdem sie minutenlang die frische Luft eingeatmet hatte, ging es ihr besser und sie trank aus dem Glas Wasser, das Nicholas neben ihr auf die Theke gestellt hatte.

Mitfühlend sah er seine Frau an. „Seit wann ist dir übel?", fragte er leise, sodass Samantha sie vom Wohnzimmer aus nicht hören konnte.

„Ich weiß nicht genau, ein paar Stunden …" Joan sah ihren Mann an. „Zum Mittag habe ich ein Sandwich gegessen, kurz danach ist mir schlecht geworden."

Nicholas nickte. Obwohl er mit dieser Reaktion auf die Medikamente der Chemotherapie gerechnet hatte, schnürte sich sein Herz zusammen. *Warum nur musste Joan das alles durchmachen?*

„Du hättest nicht darauf bestehen sollen, dass ich dich ins Büro fahre."

„Ich wollte mir wohl beweisen, dass alles in Ordnung ist. Jetzt weiß ich es besser." Sie lächelte schwach.

„Kann ich …", begann Nicholas, brach jedoch ab, als Samantha zu ihnen gerannt kam. Strahlend fiel sie in die Arme ihrer Mutter.

„Können wir jetzt baden gehen?", fragte Samantha ihre Mutter.

„Heute nicht", antwortete Nicholas stattdessen. „Mom ist erschöpft."

„Aber ich will …"

„Sam, heute nicht", sagte er mit strenger Stimme, was selten vorkam, worauf Samantha ihre Mutter flehentlich ansah. *Dieser Blick!*, dachte Joan.

„Daddy badet dich, okay?", fragte Joan ihre Tochter.

„Aber bei ihm ziept es so, wenn er meine Haare kämmt", klagte Samantha.

„Ich werde vorsichtig sein, versprochen." Liebevoll fuhr er ihr über den Kopf. „Komm, wir gehen hinauf, sonst essen wir nachher zu spät."

„Und mit vollem Bauch kann man nicht schlafen", sagte Samantha.

„Stimmt genau."

„Ich mache inzwischen das Abendessen zu Ende." Entschlossen stand Joan auf und trat an den Herd.

„Entspanne dich lieber auf der Couch. Ich kann nachher den Rest fertig machen", bot Nicholas ihr an. „Aber erst, sobald die junge Dame hier gebadet ist." Lächelnd legte er die Hand an Samanthas Rücken und schob sie vor sich auf den Flur hinaus.

Am nächsten Morgen schlief Nicholas so fest, dass er nicht hörte, wie Joan sich eine halbe Stunde lang im Badezimmer übergab. Mit einem kalten Lappen auf der Stirn, die Augen geschlossen, saß sie danach auf dem Boden.

Als Nicholas schließlich durch das Klingeln des Weckers erwachte, war das Bett neben ihm noch immer leer. Verwundert stand er auf und ging zur Badezimmertür. „Liebling?“ Er drückte die Klinke hinunter, aber die Tür war von innen verschlossen. „Joan, geht es dir nicht gut?“

Da drehte sich der Schlüssel im Schloss und Joan öffnete die Tür. Mit blassem Gesicht sah sie ihren Mann an.

„Hey“, sagte er sanft.

„Das erinnert mich an Sams Schwangerschaft. Nur mit dem Unterschied, dass wir in neun Monaten kein Baby haben werden“, sagte sie matt und ging an ihm vorbei ins Schlafzimmer. Erschöpft sank sie aufs Bett.

„Du solltest heute zu Hause bleiben. Ich werde Sam in den Kindergarten fahren. Bleib einfach im Bett liegen und versuche dich zu entspannen.“

„Nein, ich muss Sam für den Kindergarten fertig machen“, widersprach Joan ihm.

„Das erledige ich.“

Während Nicholas und Samantha zusammen frühstückten, ruhte Joan sich im Bett aus. Sie lag auf dem Rücken und lauschte der Stimme ihrer Tochter, die in der Küche aufgeregt plapperte. Obwohl sie die Worte nicht verstehen konnte, wusste Joan, dass Samantha die ganze Zeit über den Ausflug vom Vortag erzählte. Sie hörte sie lachen und immer wieder kichern.

Eine halbe Stunde später zog Joan ihren Morgenmantel über ihr Nachthemd und lief in Socken die Treppe hinunter.

„Morgen, Mommy!“, rief Samantha fröhlich.

„Guten Morgen, mein Schatz.“ Lächelnd küsste Joan ihr auf den schokobraunen Mund und schmeckte die Nuss-Nougat-Creme, die nun auch an ihren Lippen klebte.

Samantha lachte, als ihre Mutter plötzlich das Gesicht verzog. Sie dachte, es wäre eine Grimasse.

„Iss weiter, Sam“, sagte Nicholas in beiläufigem Ton und stand auf. Er nahm ein Glas aus dem Schrank, befüllte dieses mit Wasser und reichte es wortlos seiner Frau, die sich von Samantha abgewandt hatte.

Still aß Samantha ihr Nuss-Nougat-Brötchen weiter und bemerkte zum Wohlwollen ihrer Eltern nicht, dass ihre Mutter mit der Übelkeit kämpfte. Aber nachdem Joan das Glas Wasser getrunken hatte, war der Cremegeschmack verschwunden und sie fühlte sich etwas besser.

Nicholas trat zu seiner Frau, die mit dem Rücken an der Arbeitsfläche lehnte. „Alles okay?“, fragte er leise.

„Ja, natürlich." Sie beugte sich zu ihm und küsste ihn zärtlich. „Es wird Zeit, Sam", sagte sie und wich dem Blick ihres Mannes aus.

„Kommst du so mit uns, Mommy?", fragte Samantha kichernd, nachdem sie vom Hocker gesprungen war. Joan trug noch immer ihren Morgenmantel.

„Daddy fährt dich heute allein in den Kindergarten, Schatz."

Samantha folgte ihrer Mutter hinaus auf den Flur. Dort setzte sie sich wie jeden Morgen auf die vorletzte Treppenstufe und zog sich die Schuhe an. „Warum kommst du denn nicht mit uns?", fragte sie trotzig.

„Weil ich heute erst später ins Büro fahre", erklärte Joan ihr, während sie die Schnürsenkel ihrer Tochter zuband. Suchend schaute sie sich um. „Wo hast du denn deinen Rucksack?"

Samantha zuckte mit den Schultern.

„Sam?", hakte ihre Mutter nach.

„Ich glaube, ich habe ihn in meinem Zimmer vergessen."

„Dann lauf rasch hinauf und hole ihn."

Vor der ersten Stufe hockend sah Joan ihrer Tochter nach, wie diese die Treppe hinauflief und im Schlafzimmer ihrer Eltern verschwand.

„Hast du wirklich vor, arbeiten zu gehen?", fragte Nicholas hinter ihr.

Joan stand auf und wandte sich zu ihrem Mann um, der sie mit besorgter Miene ansah. „Ich muss ins Büro, sonst bleibt zu viel Arbeit liegen."

„Ich könnte mir in meiner Mittagspause von Jill die wichtigsten Unterlagen geben lassen", bot er an. „Einiges könntest du sicher auch von hier aus erledigen."

„Das ist nicht nötig. Es geht mir gut."

„Würdest du deinen Entschluss ändern, wenn ich dich bitten würde, zu Hause zu bleiben?"

Sie schüttelte den Kopf. „Ich sehe keinen Grund warum."

„Okay." Zärtlich küsste er ihre Stirn. „Aber versprich mir, dich zwischendurch auszuruhen."

„Das werde ich."

„Ich habe ihn!", rief Samantha und kam die Treppe heuntergerannt.

Der Dezember kam und mit ihm begannen die Vorbereitungen zum Weihnachtsfest, die Joan dieses Jahr besonders schwerfielen. Der Schmerz über Isabelles Verlust war ausgeprägter denn je. Ihre Erinnerungen an die gemeinsamen Weihnachtseinkäufe, das Zubereiten des Essens und die stundenlangen Besuche der Eisflächen, auf denen die Familie Schlittschuh fuhr, waren keineswegs verblasst. Als sei es gestern gewesen, sah sie ihre Mutter, Brian und sich selbst, wie sie den Christbaum schmückten und Bleche voller Plätzchen backten. Um diese Jahreszeit fehlte ihr New York besonders. Sie sehnte sich nach dem Schnee, dem weihnachtlich geschmückten Rockefeller Center mit der riesigen Eisfläche und dem größten Weihnachtsbaum New Yorks. Sie hatte plötzlich Sehnsucht nach einer Welt, die sie vor Jahren hinter sich gelassen zu haben glaubte.

In Gedanken versunken saß Joan auf der Couch im Wohnzimmer und blickte ins Kaminfeuer, als Nicholas die Treppe herunterkam. Wortlos sah er zu ihr hinüber, trat an die Kücheninsel und nahm sich einen Apfel aus der Obstschale.

„Kann ich dir irgendetwas bringen?“, fragte er.

„Ich habe alles, danke“, antwortete Joan, ohne sich zu ihm umzudrehen. So ging es seit Wochen zwischen ihnen. Joan hatte von einem Tag zum anderen eine durchsichtige Barriere zu ihrem Mann aufgebaut und Nicholas wusste nicht, was er dagegen unternehmen konnte. Selbst wenn es seiner Frau schlecht ging, stand sie morgens auf und fuhr ins Büro. Und bei einem inoffiziellen Telefonat mit Perry hatte er erfahren, dass Joan sich dort täglich mehrmals übergeben musste. Inzwischen fragte sich Nicholas, für wen sie sich diese Quälerei Tag für Tag antat. Wem wollte sie etwas beweisen?

Vor einigen Tagen hatte sich Nicholas seinen Kummer bei Chris von der Seele geredet. Sie trafen sich auf ein Glas in ihrem Stammlokal und nach zwei Bier hatte Nicholas zu erzählen begonnen.

„Was ich auch tue, es ist immer falsch. Ich dringe nicht mehr zu ihr durch.“ Er trank einen kräftigen Schluck von seinem Bier, während Chris ihn musterte. Er ahnte, wie sich sein Freund fühlte. Hin- und hergerissen zwischen den Gefühlen eines Ehemannes und dem Wissen über diese Krankheit, das er als Onkologe unweigerlich besaß.

Langsam stellte Nicholas sein Glas wieder vor sich auf dem Tresen ab. „Sobald ich versuche, unsere frühere Bindung herzustellen oder mit ihr über die Krankheit zu sprechen, zieht sie sich von mir zurück und tut so, als sei alles wie vor einem Jahr. Ich komme einfach nicht an sie heran. Ich will ihr helfen, aber sie weist mich jedes Mal wieder ab.“ Er blickte starr vor sich hin. „Vor Wochen hörte ich, wie sie sich fürchterlich im Bad übergab, und wollte zu ihr …“ Er schüttelte in Gedanken daran den Kopf. Dann sah er seinen Freund an. „Sie sperrt die Tür ab, damit ich nicht zu ihr kann. Ich stehe nutzlos auf der anderen Seite der Tür und warte, bis sie herauskommt.“

„Lass ihr etwas Zeit“, riet Chris ihm verständnisvoll. „Die Krankheit hat sie aus der Bahn geworfen. Innerhalb weniger Wochen ist ihr ganzes Leben infrage gestellt worden.“

„Das ist es ja gerade“, meinte er verärgert. „Sie ändert nichts an ihrem Leben. Der Alltag genauso weiter wie noch Wochen zuvor. Sie akzeptiert nicht, dass sie schwer krank ist.“

„Vermutlich ist diese Routine eine Stütze für sie. Eine Sicherheit, nachdem der Rest zusammengebrochen ist.“

„Wenn Joan mich ließe, dann könnte ich ihr sicherlich einen Teil ihrer Angst nehmen.“

„Hast du ihr das einmal so deutlich gesagt?“ Chris sah seinen Freund an, der nach einem Moment den Kopf schüttelte. „Ich kann mir vorstellen, wie du dich fühlst, und dennoch, lass ihr Zeit. Du willst ihr helfen, doch ich sage, das tust du bereits. Du stehst jederzeit zur Verfügung, falls sie dich braucht. Außerdem kümmerst du dich um Samantha.“

Niedergeschlagen sah Nicholas ihn an. „Das ist mir aber nicht genug.“

„Ich weiß, aber so sehr ich deine Lage bedaure, im Augenblick zählt nur das Leben deiner Frau, und wenn sie es vorzieht, allein zu kämpfen, dann müssen wir das akzeptieren.“

„Das kann ich nicht“, sagte Nicholas ehrlich. „Ich bin nicht Arzt geworden, um zuzusehen, wie meine Frau vor meinen Augen stirbt. Jeden meiner Patienten habe ich zum bedingungslosen Kampf gegen den Krebs getrieben, aber bei meiner eigenen Frau versage ich. Diese Hilflosigkeit bringt mich noch um!“, stieß er hervor und bemerkte nicht, wie sich Köpfe zu ihnen umdrehten. Als der Barkeeper aufsah, hob Chris von Nicholas unbemerkt seine Hand, um den Mann zu beruhigen, da es nicht selten zu Prügeleien in seinem Lokal kam.

„Willst du den Rat eines guten Freundes hören?“, durchbrach Chris das Schweigen zwischen ihnen. „Lass Joan den Abstand, den sie anscheinend von dir braucht, egal wie weh es dir tut. Du kennst deine Frau besser als ich, aber selbst ich weiß, wie sie reagiert, wenn sie in die Enge getrieben wird.“

„Ich fürchte, dass ich das nicht sechs Monate durchhalte.“ Nicholas stützte den Kopf auf seine verschränkten Arme, bemüht, nicht vor allen Leuten in Tränen auszubrechen. „Die ständige Angst, sie könnte plötzlich die Chemo abbrechen, bringt mich noch um meinen Verstand. Ich brauche sie wie keinen anderen Menschen …“, sagte er verzweifelt.

„Ich bin jederzeit für euch da. Nicht nur für Joan“, sagte Chris ausdrücklich. „Wir sind Freunde, eure Sorgen sind auch meine Sorgen.“ Er lächelte schwach und klopfte seinem Freund auf die Schulter.

„Wenn sie doch nur mit mir sprechen würde …“

„Vielleicht kann ich sie bei unserem nächsten Treffen dazu bewegen, sich einer Selbsthilfegruppe anzuschließen. Einen Versuch ist es wert."

In Erinnerung an jenes Gespräch vor einigen Tagen ging Nicholas nun mit zwei Weingläsern in den Händen ins Wohnzimmer und setzte sich neben seine Frau auf die Couch. Er reichte Joan ein Glas, doch sie schüttelte den Kopf.

„Ich gehe nach oben", sagte sie distanziert und erhob sich. Manchmal tat ihre Kälte wirklich weh, dachte Nicholas verletzt und sah ihr nach.

Eine ganze Weile blieb er allein vor dem Kamin sitzen und blickte ins Feuer. Ich muss endlich vernünftig mit ihr reden, ging es ihm durch den Kopf. Er durfte ihr keine Gelegenheit geben, aufzustehen und davonzurennen. Sie musste ihm einfach zuhören. So konnten sie nicht länger miteinander leben.

Entschieden stand Nicholas auf, löschte das Licht und lief die Treppe hinauf. Als er in ihr Schlafzimmer trat, drang das Rauschen des Badewassers durch die geschlossene Tür des Badezimmers zu ihm. Er nahm sich fest vor zu warten, bis Joan aus dem Bad kam, und sank auf das gemeinsame Bett. Dort stützte er die Ellenbogen auf seinen Oberschenkeln ab und fuhr sich mit beiden Händen übers Gesicht. Minuten darauf hörte er, wie das Wasser ausgestellt wurde, und sah in Gedanken seine Frau vor sich, die nackt in die Wanne stieg, sah, wie sich der Schaum um ihren Körper hüllte und sie entspannt die Augen schloss.

Verdammt noch mal! Was ist nur los mit mir?, klagte er sich selbst an, sprang auf und lief im Zimmer auf und ab. Ich bin heraufgekommen, um mit ihr zu sprechen, und nun denke ich nur an ihren Körper. Er sehnte sich nach ihrer Nähe, das konnte er nicht leugnen. Er brauchte sie, sogar dringender als jemals zuvor, aber er wollte ihr nicht auf sexueller Ebene näherkommen, sondern auf psychischer. Er wollte für sie da sein, wirklich da sein. Ihre Ängste verstehen und teilen. Das musste er ihr ein für alle Mal klarmachen.

Er setzte sich erneut aufs Bett und fuhr sich mit den Händen über sein kurzes schwarzes Haar, aber er wurde ihr Bild nicht los. Sehnlichst wünschte er sich, seine Frau in die Arme zu schließen, ihren nackten Körper an dem seinen zu spüren …

Entschlossen, an ihrer Situation etwas zu ändern, streifte sich Nicholas Hose und Shirt vom Körper und ging zur Badezimmertür. Er zögerte einen Moment, dann öffnete er die Tür und sah Joan in der Badwanne sitzen. Überrascht blickte sie zu Nicholas auf, der nur in seinen Boxershorts in der Tür stand.

„Was … was hast du vor?" Ihm entging nicht ihr angstvoller Blick.

„Ich steige zu meiner Frau in die Wanne", sagte er ruhig.

„Das wirst du nicht tun, Nicholas."

Doch gegen ihren Willen zog er sich vor ihren Augen die Boxershorts aus. Joan wandte den Blick von ihm ab. Da stieg er hinter ihr in die Wanne und hielt sie am Arm fest, als sie aufstehen wollte.

„Bitte bleib“, bat er sie leise.

„Ich kann nicht“, sagte sie mit zittriger Stimme.

Doch sie blieb sitzen und Nicholas fuhr ihr schweigend mit dem nassen Schwamm sanft über den Rücken.

„Liebling, ich weiß, im Augenblick ist es schwer für dich, aber du sollst wissen, dass ich für dich da bin“, sagte er leise und küsste ihren Nacken. „Du hast dich in meinen Augen nicht verändert. Ich begehre dich wie bei unserem Kennenlernen.“ Sachte zog er sie gegen seine Brust. Seine Hände strichen an ihren Armen entlang, fuhren langsam über ihren Bauch.

„Schlaf mit mir“, flüsterte sie plötzlich.

„Ich sehne mich nach dir, aber …“

Da wandte sie sich zu Nicholas um, berührte mit ihren Fingern seine Wangen und küsste ihn leidenschaftlich.

„Liebling, ich …“ Ihr nächster Kuss brachte ihn endgültig zum Schweigen. Schließlich löste Joan sich von ihm, stieg aus der Badewanne und schwang sich ein Handtuch um den Körper. Dann verschwand sie im Schlafzimmer.

Nicholas tauchte in der Badewanne unter Wasser, um einen klaren Kopf zu bekommen, und folgte ihr Minuten später mit einem Handtuch um die Hüfte gebunden. Ich will nur mit ihr reden, erinnerte er sich immer wieder, aber als er seine Frau auf dem Bett sitzen sah, machten sich erste Zweifel breit.

„Joan, wir müssen miteinander reden“, versuchte er es aus sicherem Abstand erneut.

„Später“, sagte sie und streckte ihm den Arm entgegen. Er trat zu ihr ans Bett und nahm ihre Hand. Im selben Moment löste Joan mit der anderen Hand sein Handtuch. Zärtlich begann sie seinen Bauch zu küssen und fuhr langsam mit den Händen über seinen Rücken, während Nicholas mit geschlossenen Augen ihre Berührungen genoss. Er griff in ihre Haare, beugte sich zu ihr hinunter und küsste sie voller Verlangen, bis sie beide ins Bett fielen.

Mit einem Handgriff befreite Nicholas sie von ihrem Handtuch und betrachtete den makellosen Körper seiner Frau, die unter ihm lag. Die vollen Brüste, der flache weiche Bauch mit dem kleinen Nabel und die langen Beine …

„Du bist wunderschön“, sagte er leise. Lächelnd legte sie die Hand auf seine Wange und zog ihn zu sich hinunter. Ihre Münder fanden sich abermals und ließen erst Minuten später atemlos voneinander. Zart glitten seine Hände über ihren Bauch, liebkosten ihre Brüste. Ihr Körper sehnte sich nach ihm, und doch spürte Nicholas, dass sie nicht bei der Sache war. Er hatte das Gefühl, dass sie dies nur seinetwegen tat, hielt mit einem Mal inne und sah sie unsicher an. „Soll ich aufhören?"

„Nein …", flüsterte sie und schloss die Augen, als er ihre Brustwarze berührte. Zum ersten Mal spürte sie wieder Leidenschaft, die Nicholas in ihr entfachte. Sie hatte ganz vergessen, als Frau angesehen zu werden.

„Ich kann so nicht", sagte Nicholas plötzlich und ließ von ihr. „Du willst mich nicht …", sagte er über sie gebeugt, worauf sie lächelnd seine Hand ergriff und sie auf ihre Brust legte. Er spürte ihre harte Brustwarze.

„Ist das Beweis genug?"

„Dein Körper will mich, aber *du* nicht", sagte er energisch und zwang sich zugleich zur Ruhe. „Liebling, was geht in deinem Kopf vor, wenn ich dich berühre, dich küsse?" Zärtlich fuhr er über ihre Wange. „Ich habe die ganze Zeit das Gefühl, dass du nicht bei mir bist."

„Kannst du mich in die Arme nehmen?"

Wortlos schlag er seine Arme um sie und vergrub sein Gesicht in ihren Haaren. Sachte fuhr er mit der Hand über ihren Kopf. „Warum bist du so?", fragte er leise.

Mit Tränen in den Augen löste sie sich aus seiner Umarmung. „Was meinst du?"

„Verletzend." Sein Blick war auf sie geheftet, doch Joan wich ihm aus. „Seit Wochen lässt du mich bei jeder Gelegenheit spüren, dass du meine Hilfe nicht brauchst. Warum weigerst du dich, dir von mir helfen zu lassen?", fragte er gefasst. „Sag es mir, denn ich verstehe dich nicht."

Als sie zu ihm aufsah, spürte Nicholas, dass er sie wieder verlor. „Es gibt nichts, wobei du mir helfen könntest", sagte sie mit einer Ruhe, die ihn noch verzagter werden ließ.

„Rede mit mir, bitte", flehte er sie an. „Ich kann so nicht mehr leben …"

In diesem Moment merkte Joan, wie verzweifelt ihr Mann war. Sie setzte sich im Bett auf und zog die Decke über ihren nackten Oberkörper. „Manchmal fühle ich mich wie ein Monster …"

„Liebling, das bist du nicht", sagte Nicholas sogleich. „Es ist schwer für dich, ich weiß …"

„Tu nicht so, als würdest du nachvollziehen können, wie ich mich fühle", warf sie ihm postwendend vor. „Du weißt nicht, was ich durchmache. Es mag sein, dass du viele Menschen bei der Therapie begleitet hast, aber deshalb weißt du noch lange nicht, wie es ist, wenn diese Nadel in deinem Arm steckt, wenn du dich tagelang fürchterlich übergeben musst und dir dann auch noch die Haare ausfallen", sagte sie schluchzend.

„Dann hilf mir, dich zu verstehen. Bitte!"

Joan wich seinem durchdringenden Blick aus. Erst jetzt wurde ihr bewusst, wie sehr sie ihn in den letzten Wochen verletzt hatte. Er hatte nie etwas zu ihr gesagt, bis jetzt.

„Es stimmt, ich kenne dieses Gefühl nicht", sagte er resigniert. „Auch wenn es mit Schmerzen und unendlichen seelischen Qualen verbunden ist, ich würde dies auf mich nehmen. Lieber ertrage ich das, als die mir liebsten Menschen erst leiden und später dann sterben zu sehen", sagte er in verzweifelter Erinnerung an seinen Bruder und Isabelle. „Und jetzt du …", sagte er heiser. Joan wandte den Blick zu ihm und sah, dass Tränen in seinen Augen brannten. „Ich würde alles tun, um an deine Stelle zu treten, glaube mir."

„Nein, sag so etwas nicht", flüsterte sie.

„Aber es ist wahr. Sam braucht ihre Mom …"

„Ebenso wie ihren Dad", sagte sie mit weichem Blick. Dann fiel sie ihrem Mann schluchzend in die Arme. Wie zwei Ertrinkende klammerten sie sich aneinander und weinten gemeinsam.

Nach einer Weile löste Joan sich sachte aus der Umarmung und küsste Nicholas erst zart, dann leidenschaftlicher. „Ich brauche dich …", hauchte sie in sein Ohr.

Sanft umfasste Nicholas ihr Gesicht mit seinen Händen und küsste sie mit heißem Verlangen. Seine Hände kreisten über ihren Rücken und fuhren Zentimeter für Zentimeter ihre Schenkel hinauf, bis Joan die Beine um seine Hüfte schlang und er sie mit unendlicher Zärtlichkeit liebte.

Am 22. Dezember hatte Joan ihren nächsten Termin im Santa Monica Hospital, und zu aller Freude teilte Chris ihr ein gutes Ergebnis der Bluttests mit. Während später die Infusion durch ihre Adern floss, hoffte Joan inständig, ihr würde diesmal nicht dauernd übel werden, denn dann ließe sich ihr Zustand vermutlich nicht mehr länger vor Samantha verheimlichen. Joan wusste, dass sie bald mit ihrer Tochter sprechen musste, zögerte diesen Augenblick jedoch so weit wie möglich hinaus.

„Wie fühlst du dich heute?", erkundigte sich Chris bei Joan, die ruhig auf der Liege lag und zusah, wie die Infusionsflüssigkeit durch den Schlauch in ihre Adern rann.

„Besser. In den vergangenen Tagen hat die Übelkeit etwas nachgelassen."

„Wann ist dir gewöhnlich schlecht? Morgens oder erst nachdem du gegessen hast?"

„Sowohl als auch." Joan seufzte. „In den ersten Tagen musste ich mich bis zu sechs Mal übergeben, zumeist eine Stunde lang. Inzwischen sind es zwei, an schlimmen Tagen drei Mal."

„Warum hast du mich denn nicht angerufen?", fragte er verständnislos, rollte mit seinem Hocker zu dem kleinen Schreibtisch und griff nach dem Rezeptblock. „Ich schreibe dir ein Medikament gegen die Übelkeit auf."

„Nein, das ist nicht nötig."

Irritiert wandte Chris den Kopf zu ihr herum.

„Ich möchte meinem Körper nicht noch mehr Schaden zufügen. Bitte versteh das."

„Was ist mit deinem Job? Du sagtest, du willst weiterarbeiten."

„Das werde ich auch", sagte sie mit überzeugter Stimme.

Skeptisch sah Chris sie an. Schließlich wusste er von Nicholas, dass sie sich trotz hartnäckigster Übelkeit ins Büro quälte und erst am späten Nachmittag heimkehrte. „Joan, das wird dir auf Dauer mehr schaden als nützen. Du solltest deine Kräfte sammeln und sie gezielt gegen die Krankheit einsetzen."

„Ich brauche die Tabletten wirklich nicht", versicherte sie ihm entschlossen, denn neue Medikamente bedeuteten zwangsläufig weitere Nebenwirkungen, und sie hatte genug mit den derzeitigen zu kämpfen.

„Wie du meinst", sagte er und kam zu ihr gerollt. „Dann kann ich dir nur den Rat geben, über den Tag verteilt kleinere Mahlzeiten zu dir zu nehmen, dann wird dein Magen weniger belastet. Auf jeden Fall musst du die Tabletten regelmäßig einnehmen, egal ob dir danach schlecht wird oder nicht."

„Es fällt mir oft sehr schwer", offenbarte sie leise.

„Das geht den meisten Patienten so, dennoch musst du dir immer vor Augen führen, dass dir die Tabletten beim Kampf gegen den Krebs helfen. Sie leisten eine überaus wichtige Aufgabe, aber deine gegenwärtige Einstellung ist ebenso ausschlaggebend. Ohne deine Mithilfe können wir nicht gewinnen." Chris missfiel, was er sah. Joan schien tatsächlich mit niemandem über ihre Krankheit, geschweige denn ihre Ängste zu sprechen. „Joan, ich kann dir eine gute Selbsthilfegruppe empfehlen. Es sind alles Frauen, die an Brustkrebs erkrankt sind, und einige von ihnen haben den Krebs bereits erfolgreich besiegt. Warum schaust du nicht das nächste Mal bei einer Sitzung vorbei? Ich kann dich gern anmelden", sagte er hoffnungsvoll, doch er sollte enttäuscht werden.

„Das ist nichts für mich, Chris. Ich komme allein klar."

„Joan, es gibt niemanden, der das kann“, sagte er ruhig. „Du solltest dich an jemanden wenden.“

Sie lächelte. „Das tue ich doch. Wenn ich Fragen habe, komme ich zu dir.“

„Es geht nicht darum, Fragen zu stellen, sondern jemanden zu haben, an dessen Schulter du dich anlehnen und ausweinen kannst.“

„Das ist unglaublich! Hat Nicholas gesagt, dass du mir das vorschlagen sollst?“

„Nein“, sagte Chris unbeirrt. „Der Vorschlag kommt von mir, als dein behandelnder Arzt.“ Er folgte Joans ungeduldigem Blick hinüber zu dem Infusionsbeutel, dessen ganzer Inhalt sich nun in Joans Körper befand.

„Wir sind fertig“, erklärte sie mit ausdrucksloser Stimme, ohne Chris anzusehen, worauf dieser näherrückte und die Nadel aus ihrem Arm entfernte. Anschließend legte er einen Wattebausch auf die Einstichstelle und drückte den Daumen darauf. „Das mache ich selbst“, sagte sie und berührte seinen Finger, da Chris die Hand nicht schnell genug wegzog.

„Joan“, begann er erneut. „Nicholas leidet mit dir. Er würde dich niemals mit seiner Sorge belasten, aber ich kenne ihn. Er möchte dir helfen.“

„Das tut er. Er kümmert sich um Samantha, wenn ich es nicht schaffe. Mehr ist nicht nötig.“ Sie sah ihn verärgert an. „Kann ich jetzt gehen?“

Als sie einen Moment darauf zur Tür traten, reichte Chris ihr ein Rezept, es enthielt den Namen eines Medikamentes gegen Übelkeit.

„Das brauche ich nicht“, wehrte Joan ab.

„Steck es ein“, bat Chris sie. „Bei Bedarf kannst du es jederzeit einlösen.“

„Meinetwegen“, sagte sie, griff nach dem Rezept und steckte es in ihre Tasche. Dann lief sie mit schnellen Schritten den Gang hinunter und stieg in den leeren Fahrstuhl.

Drei Tage darauf fanden sich die Familie sowie Ben, Chris und Michelle in ihrem Haus in Malibu ein. Matthew, der bereits einen Tag zuvor aus New York eingetroffen war, zeigte sich zutiefst erschrocken über das blasse Aussehen seiner Tochter. Nachdem er Isabelle über Jahre hinweg bei ihrer Erkrankung begleitet hatte, wusste er, dass dies von den Nebenwirkungen kam, aber über eines machte er sich noch weit mehr Sorgen: Das Leuchten in Joans Augen war verschwunden.

Nachdem Matthew sich von dem Hotelchauffeur des Beverly Wilshire Hotels zum Haus seiner Tochter hatte fahren lassen, beanspruchte Samantha seine volle Aufmerksamkeit, sodass er den ganzen Tag über keine Gelegenheit fand, mit Joan allein zu sprechen. Dazu kam, dass Joan sich mehrmals zurückzog und erst nach langer Zeit wieder zu ihnen stieß.

Während des Abendessens bemühte sich Joan, an dem Gespräch zwischen Nicholas und ihrem Vater teilzunehmen. Sie spürte Matthews Blicke an sich haften und nur ihre bloße Willenskraft hinderte sie daran, aufzuspringen und dem starken Verlangen nachzugeben, in seine Arme zu flüchten. Seitdem er zur Tür hereingekommen war, wusste sie, wie sehr sie ihren Vater brauchte. Er war die Wurzel ihres Lebens, die Nabelschnur zwischen Mutter und Kind.

Spät am Abend folgte Joan ihrem Vater hinaus in den Garten. Sie sah gerade noch, wie er das kleine Tor öffnete, die drei Stufen zum Strand hinabstieg und seinen Gang nach rechts einschlug. Joan ging schneller, und als sie selbst am Tor ankam, sah sie Matthews Silhouette in einiger Entfernung vor sich am Strand. Mit nackten Füßen lief sie durch den Sand, bis sie ihren Vater erreichte, der im Schein des Vollmondes stehen geblieben war. Er blickte auf das Meer hinaus.

„Ich liebe das Meer", sagte Joan leise und hakte sich bei ihm ein. „Ich kann mir nicht mehr vorstellen, ohne diesen Blick zu leben."

Matthew lächelte in der Dunkelheit. „Wusstest du, dass deine Mom in Vollmondnächten oft am Fenster gesessen hat? Sie liebte den Anblick des Vollmondes."

Wehmütig dachte Joan an diese Nächte in ihrer Kindheit zurück. Wenn sie selbst einmal nicht hatte schlafen können, war sie zu ihrer Mutter gegangen und hatte sich zu ihr in die Decke gekuschelt. Gemeinsam hatten sie bewundert und geschwiegen.

„Du denkst noch sehr oft an Mom, nicht wahr?"

„Jeden Tag." Matthew tätschelte ihre Hand und dachte an Isabelle. Sie war seine große Liebe gewesen, er hatte sie bis zuletzt aus tiefstem Herzen geliebt. Ihre Liebe war unvergleichbar gewesen. Matthew wusste nicht, was ihn und Evelyn Parker, die neue Frau an seiner Seite, verband. Er mochte sie sehr, schätzte die Gespräche mit ihr, und doch wusste er, dass all dies bedeutungslos gegenüber seinen Gefühlen zu Isabelle war. Auch noch drei Jahre nach ihrem Tod hatte er, sobald er ein Bild von ihr sah, dasselbe Herzflattern wie damals, als er sie zum ersten Mal bei einem Empfang gesehen hatte.

„Kommst du mit der Therapie zurecht?", fragte Matthew nach einer Weile, während sie langsam am Strand entlangliefen.

„Ja", sagte sie leise, doch angesichts ihres Zustandes bei seiner Ankunft musste sie unwillkürlich lächeln. Sie wusste, sie konnte ihm nichts vormachen. „Es gibt auch gute Tage. Dann ist mir nur manchmal schlecht, aber wenn sich dieser Zustand hält, bin ich schon froh. Man lernt sehr schnell, sich an den kleinen Dingen zu erfreuen."

„Bei deiner Mutter habe ich schnell gemerkt, dass selbst Millionen Dollar nichts gegen diese heimtückische Krankheit ausrichten könnten. Dennoch möchte ich, dass du eines weißt: Die Behandlung ist kostspielig, und wenn ihr Geld benötigt, dann sagt mir Bescheid."

Joan blieb stehen und sah ihren Vater einfühlsam an. Sie ahnte, wie schrecklich er sich fühlen musste. Sie gab ihrem Verlangen nach und fiel in seine Arme. „Ich weiß, du würdest alles für mich tun", flüsterte sie.

„Aber ich tue nichts", sagte er kläglich. „Ich bin es leid, in New York zu sitzen und über belanglose Dinge zu streiten, während du Tausende von Kilometern entfernt leidest. Sag mir, wie ich dir helfen kann, Kleines", bat er sie.

„Es geht mir gut, Daddy." Joan, der Tränen in den Augen standen, bemerkte die feuchten Augen ihres Vaters nicht. „Chris sagt, meine Werte sind gut. Die Therapie scheint also Erfolg zu haben."

Matthew beugte sich zu ihr und küsste liebevoll ihre Stirn. „Das freut mich zu hören", erwiderte er sanft, aber der Kummer in seinen Augen blieb. Isabelle hatte er bereits auf schmerzliche Weise verloren, wenn er nun noch seine Tochter, sein eigen Fleisch und Blut, verlor, würde ihn dies umbringen. „Ich habe mit angesehen, wie deine Mutter den Kampf gegen diese Krankheit verloren hat. Ich habe Angst, dich …"

„Psst …", unterbrach Joan ihn und glitt erneut in seine Arme. Matthews Bemühungen, seine Tränen zurückzuhalten, waren vergebens. Langsam liefen sie an seinen Wangen hinunter.

„Es tut mir so leid …"

„Es ist nicht deine Schuld, Dad", flüsterte sie unter Tränen.

„Deine Mom wäre sehr stolz auf dich."

„Ich wünschte, sie könnte bei uns sein."

„Das ist sie." Matthew küsste abermals ihre Stirn. „Sie ist immer bei uns …"

Obwohl das Weihnachtsfest nur wenige Tage nach ihrem zweiten Zyklus lag, wollte Joan, die sich die meiste Zeit über unwohl fühlte, die Feier nicht absagen. Wie jedes Kind liebte Samantha Weihnachten, und wie hätte sie ihrer Tochter oder den anderen das Fest streitig machen können, nur weil ihr nicht zum Feiern zumute war. Wenn sie es also nicht verhindern konnte, wollte sie wenigstens vermeiden, dass das Fest für die anderen zu einem Fiasko wurde.

Trotz ihrer Übelkeit stand sie am Vormittag des 25. in der Küche und bereitete das Essen für neun Personen vor. Nicholas, der den Tag frei hatte, ging ihr zur Hand, wo er nur konnte.

„Daddy, kannst du mir da einen Hund hinmalen?" Samantha, die auf dem mittleren Barhocker saß und gemalt hatte, deutete mit dem Zeigefinger auf die Stelle unterhalb des grünen Baumes.

Nicholas warf einen Blick auf das Blatt, während er das Gemüse schnitt.

„Ich male dir später den Hund unter den Baum, okay? Aber jetzt müssen Mom und ich noch einiges vorbereiten."

„Für den Weihnachtsmann?", fragte die kindliche Stimme.

Nicholas lächelte. „Ja, für den Weihnachtsmann. Wenn er heute Abend zu uns kommt, soll doch alles aufgeräumt sein, und sicher hat er nach der langen Reise Hunger."

Samantha nickte. Sie glaubte ihrem Vater alles. „Isst der Weihnachtsmann bei den anderen Familien auch zu Abend?"

„Ich weiß nicht, Schatz. Vielleicht."

„Deshalb ist er bestimmt so dick." Sie kicherte.

Nicholas lachte. „Weißt du was, wenn er kommt, dann fragen wir ihn einfach."

Plötzlich eilte Joan aus der Küche und verschwand in dem zweiten Badezimmer, das gleich an der Haustür lag. Nicholas ließ sein Messer auf dem Brett liegen und folgte ihr. Er drückte die Klinke der Badezimmertür hinunter, und diesmal öffnete sich die Tür. Nicholas sah, wie seine Frau mit dem Kopf würgend über der Toilettenschüssel hing. Einen Moment darauf spürte Joan zwei starke Hände, die ihre Schulter umfassten, und erschrak.

„Nein!", rief sie voller Panik. Unsacht stieß sie Nicholas weg. „Kümmere dich um Sam!", brachte sie nur knapp heraus, ehe sie erneut würgte.

„Lass mich hierbleiben", bat er und griff nach ihrer Hand, doch diese stieß ihn abermals zurück und zögernd tat er, um was sie ihn gebeten hatte.

Als Nicholas aus dem Badezimmer trat, fing er augenblicklich den verängstigten Blick seiner Tochter auf, die nach wie vor auf dem Barhocker saß. Sie hatten noch nicht mit ihr über Joans Krankheit gesprochen, und seit Tagen fragte er sich, ob dies nicht doch ein Fehler gewesen war. Samantha spürte, dass irgendetwas mit ihrer Mutter nicht stimmte.

Nicholas setzte sich auf den Hocker neben dem seiner Tochter und zog sie auf seinen Schoß hinüber. „Schatz, es ist alles okay. Du brauchst keine Angst zu haben", sagte er sanft und drückte seine Wange an das zarte Kindergesicht.

„Was hat Mommy denn?", fragte sie mit unsicherem Blick.

„Deine Mom ist ein klein wenig krank, aber es wird ihr bald wieder besser gehen."

Zwei große Augen sahen ihn traurig an. „Versprochen?"

Nicholas nickte entschlossen. „Ich verspreche es dir." Er hielt sie in seinen Armen, küsste wieder und wieder ihre Wange, bis sie zu lachen begann.

„Nicht, Daddy!"

„Komm, wir gehen hinauf und ziehen uns für die Feier um. Dein Grandpa wird bald eintreffen", sagte Nicholas und stellte Samantha auf die Füße.

Bevor sie die Treppe hinaufgingen, sah Nicholas zur Tür des kleinen Badezimmers. Sie war noch immer geschlossen, aber es war kein Laut dahinter zu hören.

„Ehrlich gesagt gefällt mir gar nicht, wie Joan aussieht. Du hattest recht, sie ist stur", sagte Chris am Nachmittag zu seinem Freund, als sie allein auf dem Flur standen. „Nicholas, so kann es nicht weitergehen. Du weißt so gut wie ich, dass irgendwann ihr Immunsystem verrückt spielt, wenn sie nicht kürzertritt."

„Genau darüber mache ich mir seit Wochen Sorgen, aber sie will nichts davon hören. Ich weiß nicht, was ich tun soll." Verloren sah Nicholas ihn an. „Noch vor ein paar Tagen schien alles in Ordnung zu sein, wir hatten wieder zueinander gefunden, doch nun ist sie wieder distanzierter."

„Und daran bin ich schuld. Ich hätte den Mund halten sollen."

„Nein", widersprach ihm Nicholas. „Wenn du mir nicht zuvorgekommen wärst, hätte ich ihr den Vorschlag mit der Selbsthilfegruppe gemacht."

„Hast du schon mit Ben gesprochen? Vielleicht kann er sie überzeugen. Er scheint einen guten Zugang zu ihr zu haben."

„Er hat dieselbe Tortur wie sie durchgestanden, das verbindet." Sein Blick schweifte hinüber ins Wohnzimmer, wo Samantha auf dem Schoß ihres Großvaters saß und den bunt geschmückten Weihnachtsbaum bestaunte. Joan, die ihnen gegenübersaß, lächelte. „Sie hat recht mit ihrem Vorwurf", sagte er nun leise und Chris folgte seinem Blick. „Täglich haben wir mit der Krankheit zu tun, aber verstehen tun wir unsere Patienten nicht. Wir glauben zu wissen, wie sie sich währenddessen fühlen, in Wirklichkeit aber haben wir keine Ahnung, wie es hier drinnen bei einigen aussieht." Er legte die Hand auf seine Brust. „Allmählich beginne ich sie zu verstehen. Als Onkologen sehen wir oft genug, wie hart es für die Familie eines Krebskranken werden kann. Nicht selten werden Vorwürfe gemacht, oder eine Ehe zerbricht daran. Hast du niemals darüber nachgedacht, wie du dich verhalten würdest, wenn du Krebs hättest?"

„Nein, du etwa?"

Er nickte. „Gerade eben." Nicholas wandte den Kopf zu seinem Freund herum. „Ich würde nicht wollen, dass meine Frau oder meine Tochter mich in diesem Zustand sehen", sagte er, klopfte Chris auf die Schulter und ließ ihn im Flur allein zurück.

„Kann ich dir helfen?", bot Ben später Joan an, die in der Küche stand und die letzten Handgriffe fürs Abendessen erledigte.

„Nein, aber danke fürs Angebot." Sie wandte sich um und öffnete den Backofen. Sogleich stieg ihr der Bratengeruch in die Nase, was sich überhaupt nicht gut auf ihren empfindlichen Magen auswirkte. Schnell schloss sie den Backofen und eilte in das kleine Badezimmer. Während Joan sich dort übergab, wartete Ben geduldig in der Küche. 20 Minuten später wurde die Tür geöffnet. Joan lächelte, doch trotz des frisch aufgetragenen Make-ups bemerkte Ben ihr blasses Gesicht.

„Wie geht es dir?", fragte er mit weichem Blick. In den Stunden zuvor hatte er sie verstohlen beobachtet und mit Grauen an seine eigene Zeit im Krankenhaus zurückgedacht. Bis auf die Schwestern, Nicholas und Chris hatte er niemanden gehabt, der mit ihm seinen Geburtstag oder gar Weihnachten gefeiert hatte.

„Das ist das fürchterlichste Weihnachtsfest, das ich bisher gefeiert habe", sagte Joan, selbst überrascht, dass sie so ehrlich antwortete. „Ich freue mich, dass alle gekommen sind, aber …" Sie verstummte.

„Ich denke, ich weiß, was du meinst. Es sind viele Menschen um dich und doch fühlst du dich allein."

Joan nickte. „Darf ich dich etwas fragen?"

„Klar, was immer du willst."

„Wie hast du das alles überlebt?" Sie sah ihn kraftlos an. „Ich meine … Es kommt mir so vor, als würde die Chemo mir mehr schaden als nützen. Sie schwächt mich von Tag zu Tag mehr. Vorher hatte ich keine Schmerzen, ich fühlte mich gut. Ich habe den Krebs nicht gespürt …"

„Und doch war er da. Das ist das Heimtückische. Man fragt sich ständig, warum wir gegen etwas kämpfen sollen, dass wir nicht sehen, nicht spüren können. Aber ich kann dir eines sagen, Joan, die Diagnose steht und es lohnt sich zu kämpfen. Sieh mich an! Die Chemo war die Hölle, aber ohne sie wäre ich heute nicht hier", sagte er, von seinen Worten fest überzeugt. „Joan, du musst alles andere hintanstellen und dich voll und ganz auf die Chemo konzentrieren. Ein guter Freund sagte mir einmal in einer schwierigen Zeit meiner Behandlung, man kann die bestmöglichste Therapie anwenden, doch Erfolg hat sie nur, sofern man sie mit seiner Willenskraft unterstützt. Und er hatte recht."

„Es ist schwer, an einen Erfolg zu glauben, wenn ich mich andauernd übergeben muss", gab sie bekümmert zu bedenken.

„Dazu bin ich dann ja da. Ich muntere dich wieder auf", sagte er lächelnd. Im nächsten Moment sah er sie wieder ernst an. „Eine Sache habe ich jedenfalls durch die Krankheit gelernt: Ich genieße jetzt jeden Tag. Ich tue das, wozu *ich* Lust habe."

„Ich wünschte, ich hätte deinen Optimismus."

„Hey, du glaubst nicht, wie viele Tage es gab, an denen ich aufgeben wollte, aber Nicholas hat mir immer wieder Mut gemacht. Ich bin fest davon überzeugt, dass ich nur ihm mein Leben zu verdanken habe."

Nicholas, der auf der obersten Treppenstufe vor ihrem Schlafzimmer stand, hatte das Gespräch zwischen seiner Frau und Ben unbeabsichtigt mit angehört. Als Joan und Ben hinüber ins Wohnzimmer gingen, lehnte Nicholas mit dem Rücken an der Wand und fuhr sich mit seinen Fingern über Augen und Nasenflügel.

Zum Abendessen gab es einen vorzüglichen Braten, wie alle verkündeten, und anschließend standen frische Salate und Weißbrot auf der Kücheninsel bereit. Joan aß nur von dem Weißbrot, denn allein der Geruch der Salate beschwor die Übelkeit erneut hinauf.

Während ihre Gäste sich im Wohnzimmer oder bei warmen 20 Grad im Garten unterhielten, stand Joan nach einer Weile auf und räumte das benutzte Geschirr in die Spülmaschine. Sie bemerkte nicht, wie Rachel zurück ins Haus kam, durchs Wohnzimmer ging und an die Kücheninsel trat. Erst da sah Joan auf und lächelte. Rachel stellte ihr halb volles Weinglas vor sich auf die Theke, setzte sich wortlos auf einen der Barhocker und beobachtete Joan, die damit begann, den Salat in kleinere Schüsseln umzufüllen, um diese dann in den Kühlschrank zu stellen.

„Es geht mich vielleicht nichts an …", begann Rachel vorsichtig.

„Mach es nicht so spannend."

„Habt ihr mit Sam über deine Krankheit gesprochen?"

Abrupt hielt Joan mit ihrer Arbeit inne und sah ihre Freundin an. „Nein, und vorläufig werden wir es auch nicht tun", sagte sie leise, obwohl sie allein waren. „Ich kann meiner Tochter nicht sagen, dass ich Krebs habe. Der Grandpa einer Freundin von Sam ist vor Kurzem an Krebs gestorben. Sam würde sich schrecklich fürchten und glauben, dass auch ich sterben muss."

„Chris könnte dabei sein, wenn ihr es ihr erklärt", schlug Rachel vor. „Und vielleicht der Kinderpsychologe …"

„Nein, Rachel!", sagte Joan gereizt und kratzte wieder mit dem Löffel in der Schüssel. „Du hattest recht, es geht dich nichts an. Sam ist *meine* Tochter. *Ich* entscheide, wann ich ihr irgendetwas erzähle", fuhr sie ihre Freundin an.

„Jo, irgendetwas müsst ihr Sam sagen. Sie ist nicht dumm, sie spürt die Veränderung."

Joan fuhr herum. „Was meinst du damit?", fragte sie ängstlich.

„Sie hat mich vorhin ganz plötzlich gefragt, ob ich weiß, warum du so traurig bist."

„Oh Gott …"

„Als ich sie fragte, wie sie darauf käme, meinte sie, du würdest in letzter Zeit häufig traurig sein und viel weinen." Rachel verstummte, als sie die erstarrten Augen ihrer kranken Freundin sah. „Mach dir keine Vorwürfe, Jo", versuchte Rachel sie zu beruhigen. „Sprich einfach mit Sam. Du musst ihr zeigen, dass sie nicht schuld an deiner Traurigkeit ist."

„Ich wollte es so lange wie nur möglich aufschieben …" Tränen traten in ihre Augen. Rachel rutschte von ihrem Hocker und nahm ihre Freundin in die Arme.

„Tut mir leid … Ich dachte, du solltest es wissen."

„Ich weiß." Joan betupfte sich die Augen mit ihrem Taschentuch. „Danke, dass du es mir gesagt hast."

Die Silvesternacht kam und beim Neujahrskuss wünschte Nicholas sich nichts sehnlicher als ein langes, gemeinsames Leben mit seiner Frau. Sanft nahm er Joan in die Arme und küsste sie zärtlich, ehe er den Reißverschluss an ihrem Kleid öffnete und sie sich voller Leidenschaft liebten. Anschließend hielten sie sich eng umschlungen und Joan, erschöpft und mit Tränen in den Augen, wünschte, sie hätte in dieser Nacht ihr zweites Baby empfangen können.

Das neue Jahr begann und die vergangene Woche schien in Vergessenheit geraten zu sein. Nicholas hatte gedacht, es hätte sich etwas geändert, aber die gewohnte Hektik kehrte in Joans Leben zurück. Sie arbeitete so hart wie vor den Feiertagen und die einzigen Pausen, die sie sich während ihres langen Arbeitstages gönnte, verbrachte sie zumeist auf dem Boden ihres kleinen Badezimmers im Büro. Dieses war inzwischen mit allen wichtigen Dingen ausgestattet worden: Zwei Waschlappen hingen über dem Waschbecken, ein Kissen für den Kopf lag auf dem kleinen Hocker neben der Toilette. Sobald die Übelkeit nachgelassen hatte, legte Joan sich meist mit angewinkelten Beinen auf den Badezimmerboden und schloss einige Minuten die Augen, um zu entspannen.

Einen dieser Waschlappen hielt Joan nun erschöpft unter den kalten Wasserstrahl, stellte dann das Wasser ab und drückte den Lappen auf ihre Stirn, während sie sich mit dem Rücken auf den Boden legte. In solchen Momenten schätzte Joan Perry sehr. Sobald sie ins Bad flüchtete oder sich auf der Couch ausruhte, wimmelte ihr Assistent jegliche Personen und Anrufer ab.

Perry sah von der Unterlagenmappe auf, als er hörte, wie die Tür vom Badezimmer geöffnet wurde. „Geht es dir wieder besser?“, fragte er bekümmert und räumte ihren Schreibtischstuhl, damit sie sich setzen konnte.

„Ich könnte Bäume ausreißen“, sagte sie tapfer lächelnd, aber ihr blasses Gesicht bedeutete ihm etwas anderes. Langsam durchquerte Joan den Raum und Perry bemerkte, dass sie sich kaum auf den Beinen halten konnte, doch kannte er auch ihren Stolz, sodass er noch zögerte, ihr seine Hilfe anzubieten.

Kraftlos ließ Joan sich einen Augenblick später in ihren Stuhl fallen und schloss die Augen, als ein neuer Anflug von Übelkeit sie überrollte. Sie atmete ruhig und hoffte inständig, ihr würde es gleich besser gehen, denn ihr war durchaus bewusst, dass sie es in ihrer Verfassung niemals rechtzeitig zur Toilette schaffen würde. Und Perry war doch hier!

„Gab es Anrufe?“, fragte sie nach einigen Minuten leise. Ihre Augen hatte sie noch immer geschlossen.

„Einige, aber der Boss ist wohl der wichtigste. Er hat zweimal angerufen und nach dir verlangt.“ Am ersten Arbeitstag im neuen Jahr hatte Joan ihrem Assistenten das Du angeboten. Schließlich verband sie ein gemeinsames Geheimnis, das sie täglich im Büro vor allen anderen weiterhin geheim zu halten versuchten.

„Brian?“, fragte sie verwundert. „Hat er gesagt, was er wollte?“

„Nein, er verlangte ausdrücklich nach dir.“ Besorgt musterte Perry sie über den Schreibtisch hinweg. Joan sah grauenvoll aus, aber allmählich schien es ihr besser zu gehen. „Willst du dich nicht eine Weile auf die Couch legen und dich ausruhen?“

Mit einem dürftigen Lächeln öffnete Joan ihre Augen. „Ich fühle mich schon besser. Lass uns weiterarbeiten.“

„Bist du sicher?“, fragte er verblüfft.

„Ja. Wo waren wir stehen geblieben?“

„Wir waren bei …“ Durch das kurze Klopfen an ihrer Bürotür wurde Perry abgelenkt, doch ehe Joan den Besucher hereinbeten konnte, stand Brian bereits im Büro.

„Brian, was verschafft mir die Ehre?“, fragte Joan ausgelaugt.

„Wo hast du die ganze Zeit gesteckt? Ich habe zweimal bei dir angerufen, aber dein Assistent …“, er sah zu Perry, „… sagte, du seiest nicht zu sprechen.“

„Das war ich auch nicht. Ich habe die Toilette besucht“, antwortete sie schlicht. „Und es war gewiss kein angenehmer Besuch, Brian.“

Erst da fiel Brian das blasse Gesicht seiner Schwester auf. „Ich verstehe, bitte entschuldige“, sagte er und wollte sich am liebsten ohrfeigen.

„Ich schlage vor, du setzt dich und sagst mir, wie ich dir helfen kann."

Brian nickte, setzte sich ihr gegenüber auf den freien Stuhl neben Perry und kam sogleich auf den Punkt seines Besuches zu sprechen. Ende April feierte *Farley's* in Los Angeles sein zehnjähriges Jubiläum, und zu diesem Anlass sollte eine Modenschau mit den exquisitesten Modellen seit der Gründung aufgeführt werden. An bekannte Stars, Regisseure und Schauspieler sowie Personen aus der High Society waren bereits einige der heiß begehrten Einladungen versandt worden. Längst zählten die Modenschauen von *Farley's* zu den wichtigsten Veranstaltungen des Jahres. Diesmal würden weit mehr als 300 Gäste mit Rang und Namen dabei sein können.

„Ich wollte mich erkundigen, wie die Vorbereitungen zu unserem Jubiläum vorangehen. Hast du schon konkrete Vorstellungen, wo das Ganze stattfinden soll?"

„Ja", antwortete Joan und reichte ihrem Bruder eine Mappe. „Ich dachte mir, wir sollten etwas tun, was noch nie jemand zuvor getan hat."

„Du machst mich neugierig, Joan."

Sie lächelte. „Man stellt uns jederzeit einen Strandabschnitt des Santa Monica State Beach zur Verfügung. Sieh dir die Unterlagen in der Mappe an, ich habe dir alles aufgeführt." In den darauf folgenden Minuten erklärte sie Brian, wo sie sich den roten Teppich, die Bühne für die Modenschau und die Sitzplätze vorgestellt hatte. Darüber hinaus sollte es ein kaltes Buffet und zwei Bars geben.

„Wow, ich weiß nicht, wie du das trotz alledem schaffst", meinte Brian begeistert von ihrer Idee. „Du hast dich selbst übertroffen. Es wird gigantisch werden!"

Joan lächelte. Sie freute sich, dass es ihrem Bruder gefiel. „Die Ausstattung des Buffets und der Bars würde ich gern Theo überlassen. Sein Restaurant hat inzwischen einen hervorragenden Namen."

„Okay, aber lass Ben kochen", meinte Brian lächelnd.

Ben, der beinahe jede Minute seiner Freizeit bei den Blakes verbrachte, hatte nun ebenfalls in Los Angeles Fuß gefasst. Er bewohnte eine kleine Wohnung in Westwood, und nachdem er einige Monate zur Probe im Strandcafé *Theo's* gekocht hatte, bot Theo ihm eine feste Stelle als Koch in seinem Restaurant an, das er vor eineinhalb Jahren am Sunset Boulevard eröffnet hatte. Mittlerweile lief es besser als das Strandcafé.

Später hielt Joan mit ihrer Arbeit inne und stellte zu ihrer beider Freude fest, dass Perry und sie weit mehr als ihr angesetztes Pensum für diesen Tag geschafft hatten. Beim Blick auf ihre Armbanduhr erschrak sie jedoch. Es war halb fünf und sie hatte Nicholas und Samantha versprochen, um vier Uhr zu Hause zu sein.

„Machen wir für heute Schluss“, entschied Joan und schloss die Mappe.

„Okay“, sagte Perry und ordnete die Kataloge, die auf dem kleinen Tisch vor der Couch ausgebreitet lagen. „Bevor ich gehe, sehe ich noch bei John vorbei. Er wollte die Layouts für den Katalog fertigstellen. Ich werfe schon einen Blick darauf, dann können wir gleich morgen früh beginnen.“

„In Ordnung. Richte ihm einen lieben Gruß von mir aus.“

Perry, der sich seine Unterlagen unter den rechten Arm geklemmt hatte, nickte und küsste ihre Wange. „Ich wünsche euch einen schönen Abend.“

„Danke, dir auch.“

Lächelnd eilte Perry zur Tür hinaus. Minuten darauf verließ Joan ihr Büro und schickte auch Jill in den verdienten Feierabend, ehe sie mit dem Fahrstuhl in die Tiefgarage fuhr, wo ihr Cabriolet stand.

„Hallo, ich bin zu Hause!“, rief Joan beim Eintreten ins Haus, aber sie erhielt keine Antwort. Erledigt stellte sie ihre Tasche auf die Kommode und streifte sich die Pumps von den Füßen. „Wo seid ihr denn?“, rief sie und ging in die Küche, um sich ein Glas Wasser einzugießen. Da hörte sie jemanden die Treppe herunterkommen und wandte sich um.

„Hey, da bist du ja“, sagte Nicholas lächelnd, trat zu ihr und küsste sie.

„Wo ist Sam? Was macht ihr?“

„Wir haben das Puzzle angefangen, das Matthew ihr zu Weihnachten gechenkt hat. Es macht ihr anscheinend Spaß.“

Joan schluckte und hielt sich die Hand vor den Mund, aber die Übelkeit erfasste sie mit voller Wucht. Sie hatte keine Chance, das Badezimmer rechtzeitig zu erreichen. Mitten im Flur erbrach sie sich fürchterlich.

Sofort kniete Nicholas neben ihr nieder und hielt ihre offenen Haare zurück.

„Geh!“, sagte Joan und würgte abermals. „Bitte geh, Nick …“, flehte sie ihn nach einigen Minuten an, obwohl sie sich wünschte, er würde bleiben und sie weiter in seinen Armen halten, seine Nähe fühlte sich so unglaublich gut an. Aber ihre Angst, Samantha könnte die Treppe herunterkommen und sie so sehen, war zu groß.

Nicholas, der dieselbe Befürchtung wie seine Frau hatte, zögerte dennoch. Er wollte bei ihr bleiben, den zittrigen Körper seiner Frau in den Armen halten, doch insgeheim wusste er, dass er ihr die Angst nur dann nehmen konnte, wenn er zu Samantha ging. „Liebling, leg dich hin, bis du dich wieder besser fühlst.“

Er stand auf, eilte ins Bad und kehrte mit dem Kissen und einem Lappen zu ihr zurück. Da erbrach Joan sich wieder und Nicholas kämpfte mit sich, als er die Stufen hinaufging. Er blieb noch einmal in der Mitte stehen, hielt die geballte Faust an seinen Mund und versuchte die richtige Entscheidung zu treffen.

„Geh!", stieß Joan unter Tränen hervor.

Im nächsten Moment fiel die Tür zu ihrem Schlafzimmer leise ins Schloss.

Während Nicholas und Samantha auf dem Boden im Kinderzimmer saßen und puzzelten, stand Joan langsam auf, holte aus der Küche Reinigungsmittel und säuberte den Flur, wobei sie gegen die Übelkeit kämpfte, die der beißende Geruch des Erbrochenen erneut auslöste.

Das Abendessen verlief in einer ungewohnten Ruhe. Still saß Samantha auf ihrem Stuhl und warf dann und wann verstohlene Blicke zu ihrer Mutter hinüber, die keinen Bissen herunterbekommen hatte. Joan wollte sich am liebsten im Bett verkriechen. Sie fühlte sich elendig und fragte sich, ob sie noch genug Kraft haben würde, um die Treppe hinaufzusteigen.

Später saß Nicholas am Bett seiner Tochter, drückte die Bettdecke fest um ihren Körper und nahm das gewünschte Buch zur Hand. Er blätterte die Seiten zu der richtigen Geschichte durch und begann zu lesen.

„Daddy, ist Mommy sehr krank?", fragte Samantha plötzlich.

Nicholas blickte von dem Buch auf. Er betrachtete seine Tochter stirnrunzelnd und musste feststellen, dass er keine Wahl hatte. Es war an der Zeit, ihr verständlich zu machen, was mit ihrer Mutter geschah. Er klappte das Buch zu, legte es auf den Nachttisch und nahm die kleine Hand seiner Tochter. „Erinnerst du dich, was der Arzt zu dir sagte, als du vor etwa einem Jahr einige Tage im Krankenhaus gewesen bist?"

Samantha nickte zögernd. „Ich hatte böse Dinger in meinem Körper."

„Viren, genau. Und der Arzt gab dir eine Medizin, die diese bösen Viren verscheucht hat, denn du fühlst dich doch wieder kräftiger, oder?"

„Ja."

„So ähnlich geht es deiner Mom auch, und wie du damals bekommt sie auch eine Medizin."

„Aber sie hilft ihr nicht", wandte Samantha ein. „Es geht ihr schlechter."

„Das kommt uns nur so vor, Schatz, weil ihr nach der Einnahme der Medizin oft schlecht wird", erklärte er sanft und fuhr Samantha mit der Hand über den Kopf. Eine Träne rann aus ihrem Auge. „Hey, du brauchst keine Angst zu haben. Umarmst du mich?", fragte er, worauf Samantha in seine ausgebreiteten Arme fiel.

„Du hast gesagt, dass es Mommy bald wieder besser geht“, schluchzte sie.

„Ich weiß, Schatz … ich weiß.“ Tränen standen in seinen Augen. „Es dauert nur ein wenig länger, als ich dachte“, sagte er und wiegte sie in seinen Armen, bis sie nach einer Weile einschlief.

12. Kapitel

Gewöhnlich ging es Joan mittlerweile an den ersten vier Tagen nach einem neuen Zyklus so miserabel, dass sie kaum von der Toilette kam. Mit jedem weiteren Tag verringerten sich die Übelkeitsanfälle, bis sie einige Tage vor dem nächsten Zyklus zumeist ganz ausblieben. An diesen wenigen Tagen machten sie immer einen Ausflug zu dritt. So fuhren sie in den *Topanga State Park*, gingen in den Zoo oder besuchten Mickymaus und seine Freunde in Disneyland. Anschließend ließen sie jene Tage mit einem Restaurantbesuch ausklingen, da es etwas Besonderes für Joan sein sollte, das sie bei sich behielt.

Am Morgen, Stunden vor Joans dritter Infusion, klingelte das Telefon, während sie noch am Frühstückstisch saßen. Lächelnd griff Nicholas nach dem schnurlosen Hörer und verließ sogleich die Küche. Joan beobachtete, wie er ins Wohnzimmer hinüberging und den Blick hinaus in den Garten gerichtet leise sprach. Das Telefonat dauerte nur wenige Minuten und verwundert bemerkte Joan, dass ihr Mann sich mit der Hand unentschlossen durch seine kurzen Haare fuhr.

„Sam, bleib bitte sitzen und iss deinen Toast zu Ende“, sagte Joan ruhig zu ihrer Tochter, obwohl sie merkte, dass mit Nicholas etwas nicht stimmte. Sie ging zu ihm ins Wohnzimmer, legte die flache Hand auf seinen Rücken. „Was ist los? Ist etwas passiert?“

„Der Familie geht es gut“, beruhigte er sie, als er ihr besorgtes Gesicht sah. „Ich werde dringend in Pasadena gebraucht. Meinem Patienten geht es sehr schlecht und die Familie kann sich einen erneuten Krankenhausaufenthalt nicht leisten.“ Er sah sie an. „Aber in ein paar Stunden ist dein Termin und ich weiß nicht, ob ich bis dahin zurück sein werde“, erklärte er. Joan sah ihm die Verzweiflung an.

„Ich kann doch allein hinfahren.“

„Wir wollten das gemeinsam durchstehen, schon vergessen?“

„Nein, aber in diesem Fall ist dein Patient wichtiger. Fahr zu ihm. Es ist okay, wirklich.“

Unschlüssig sah Nicholas sie an. „Ich weiß nicht. Ich lasse dich ungern allein fahren.“

„Du könntest längst im Auto sitzen und nach Pasadena fahren. Mach dir keine Sorgen um mich. Ich komme klar“, versicherte sie ihrem Mann.

Er küsste ihre Stirn. „Bist du dir sicher?“

„Ja doch! Nun geh schon“, drängte sie ihn lächelnd.

„Ich versuche, rechtzeitig bei dir im Krankenhaus zu sein“, sagte er, ließ ihre Hand los und durchquerte das Wohnzimmer. Eine Minute später kam er mit seiner Arzttasche die Treppe hinuntergeeilt, verabschiedete sich von Joan und Samantha mit einem Kuss und verließ das Haus.

Nicholas war nicht da, als Chris mit der Infusion begann, aber Joan hatte es auch nicht erwartet. An Nicholas’ besorgtem Blick hatte sie erkannt, dass es um seinen Patienten nicht gut stand.

„Wir schaffen das schon, Joan“, sagte Chris aufmunternd, da er wusste, wie sehr sie die ganze Prozedur noch immer erschreckte. Obwohl eine gewisse Routine eingetreten war und Joan jeden einzelnen Ablauf kannte, war sie doch angespannt. Es war das Wissen, dass es ihr nach der Dosis wieder schlechter gehen würde.

Nach gut einer Stunde trennten sich Joan und Chris vor dem Fahrstuhl der Onkologie und Joan stieg bei der nächsten Gelegenheit in den Aufzug. Kurz darauf verließ sie das Santa Monica Hospital durch den Haupteingang und ging zermartert zu ihrem Auto, das sie in einer Nebenstraße geparkt hatte.

Auf halber Strecke zurück zum Büro machte sich das Sandwich bemerkbar, das sie unglücklicherweise zum Frühstück gegessen hatte. Joan musste an den Straßenrand fahren, wo sie aus dem Auto sprang und sich in die Sträucher übergab. Ein älteres Ehepaar sah von der gegenüberliegenden Straßenseite kopfschüttelnd zu ihr herüber. Vermutlich dachten sie, sie sei eine Betrunkene.

Zu Joans Wohlgefallen war diesmal nach zehn Minuten alles vorüber. Entkräftet ging sie langsam zur geöffneten Tür ihres Cabrios und setzte sich hinters Steuer. Sie zog ein Taschentuch aus ihrer Handtasche hervor und wischte sich den Mund damit ab. Autos hupten, wichen ihrem Heck aus, das zum Großteil auf der Fahrbahn stand, und fuhren an ihr vorbei. Manche schüttelten nur den Kopf, andere deuteten mit dem Zeigefinger an die Schläfe und wiederum andere beleidigten sie lauthals. Tränen rannten aus ihren Augen, als ihr die Demütigung vor all diesen Leuten bewusst wurde. Sie schämte sich, wollte sich in irgendeiner dunklen Ecke verkriechen.

Wortlos ging Joan eine halbe Stunde später an ihrer Sekretärin vorbei in ihr Büro. Jill folgte ihr zögernd und musterte ihre Chefin besorgt, die leichenblass in ihren Schreibtischstuhl sank.

„Kann ich dir etwas bringen? Ein Glas Wasser oder einen Tee, der den Magen beruhigt?“

„Ich glaube, Tee wäre gut. Danke, Jill.“

„Kommt sofort“, sagte ihre Sekretärin und lief zur Tür hinaus.

„Du solltest nach Hause fahren.“ Joan stöhnte, als sie Perrys bekümmerte Stimme erkannte, und öffnete die Augen. „Hat dir schon jemand gesagt, dass du fürchterlich aussiehst?“, fragte er ungehalten, ohne ihr Aussehen zu beschönigen.

„Hat sich bisher noch niemand getraut.“

„Hey, es geht dir schon besser“, sagte er lächelnd und setzte sich ihr gegenüber. „Im Ernst, du solltest dich wirklich ausruhen. Du bist ganz blass.“

„Das glaube ich dir aufs Wort“, sagte sie, sprang auf und rannte ins Bad. In der nächsten halben Stunde hörte Perry immer wieder ihr fürchterliches Würgen.

Schließlich öffnete Joan die Tür und trat blass und mit zerknitterter Hose zu Perry, der in ihrer Abwesenheit Weißbrot und frischen Tee besorgt hatte. Außerdem hatte er Jill die meisten Anrufe abwimmeln lassen und einige wenige selbst entgegengenommen.

„Joan, warum gönnst du dir nicht einen freien Nachmittag?“, fragte Perry und stand auf. In seiner vollen Lebensgröße überragte er seine Chefin um einen ganzen Kopf.

„Weil dann niemand diesen Berg von Anrufen erledigt“, antwortete sie und deutete auf die Liste, die Jill ihr hingelegt hatte. „Außerdem treffe ich mich heute mit dem Dekorateur.“

„Er hat vorhin bereits nach dir gefragt, aber du warst noch nicht aus dem Krankenhaus zurück. Ich habe alles mit ihm besprochen.“

„Wie bitte? Wie kommst du dazu, so wichtige Besprechungen ohne mich abzuhalten?“, fragte sie verärgert.

Erschrocken sah Perry sie an. „Joan, ich … Ich war dabei, als du die Modenschau geplant hast. Ich weiß, wie du sie dir vorstellst.“

„Ich gebe dir einen guten Rat für die Zukunft: Entscheide niemals wieder über meinen Kopf hinweg Dinge, die deine Position bei *Farley's* übersteigen.“ Sauer ging sie an ihm vorbei und trat, entschlossen weiterzuarbeiten, hinter ihren Schreibtisch.

„Du solltest nach Hause fahren und dich ausruhen.“

„Und du solltest meinen Rat sofort befolgen.“

„Dann leg dich wenigstens für eine Weile auf die Couch“, drängte er sie.

„Es geht mir gut, verdammt noch mal!“, fuhr Joan ihn an und schwankte.

„Das sehe ich anders“, meinte er, eilte um ihren Schreibtisch herum und half ihr zur Couch hinüber, wo Joan sich setzte. „Befolge nur einmal *meinen* Rat und leg dich bitte hin", bat er sie.

Nicht imstande, Perry zu wiedersprechen, legte sie sich auf die Couch und nahm dankbar das Kissen an, das er unter ihren Kopf schob. Joan schloss die Augen und bekämpfte die Übelkeit, die ihr Streit ausgelöst hatte.

„Tut mir leid, dass ich vorhin so …", sagte sie nach einigen Minuten.

„… gemein warst …", beendete Perry ihren Satz lächelnd. „Das bin ich schon gewöhnt."

Joan lächelte schwach. Sie blieb noch eine Weile liegen, während Perry seine Akten auf dem kleinen Tisch neben ihr ausbreitete und sich an die Arbeit machte. Später, Joan ruhte noch immer auf der Couch, arbeiteten sie gemeinsam die Unterlagen durch.

Kurz nach fünf Uhr klingelte das Telefon in ihrem Büro. Perry stand auf und drückte den Knopf der Freisprechanlage, damit Joan mithören konnte. Jill, die am anderen Ende der Leitung war, sagte ihr, dass Mrs. Foster sie sprechen wolle.

„Mrs. Foster?", fragte Joan verwirrt.

„Sie ist Samanthas Kindergärtnerin", half Jill ihr auf die Sprünge.

„Ah, natürlich. Wie spät ist es?" Langsam setzte sie sich auf der Couch auf.

„Fünf Uhr."

„Oh Gott!", sagte Joan laut.

„Joan, ist alles okay?", fragte Perry verwirrt.

„Wie konnte ich das nur vergessen? Vor einer halben Stunde hätte ich Sam aus dem Kindergarten abholen müssen!"

„Soll ich Mrs. Foster durchstellen?", fragte Jill.

„Wie? Oh … nein, Jill", sagte Joan wieder gefasst und griff nach ihrer Handtasche. „Sag ihr, dass ich auf dem Weg bin und im Stau feststecke."

„Okay."

„Perry, ich muss für heute weg. Schaffst du den Rest allein?", fragte sie in Eile.

„Natürlich. Mach dir keine Gedanken, bis morgen Mittag sind wir fertig", beruhigte er sie und sah, wie Joan ihre Aktentasche nahm.

„Ich danke dir", sagte sie und lief hastig aus ihrem Büro.

Auf dem Weg zum Kindergarten machte sie sich die schrecklichsten Vorwürfe. *Wie konnte ich nur meine Tochter vergessen?* Es war unverzeihlich. In zügigem Tempo fuhr Joan durch L. A. und hielt mit quietschenden Reifen auf dem Parkplatz neben dem Kindergarten. Müde und erschöpft lief sie durch den

Haupteingang, doch sie musste einige Minuten warten, ehe ihre Tochter sich von ihren Freunden verabschiedet und ihre Schuhe angezogen hatte.

Während der Heimfahrt saß Samantha in ihrem Kindersitz auf der Rückbank und plapperte pausenlos. Es schien ihr nichts ausgemacht zu haben, dass ihre Mutter sie später als üblich abgeholt hatte.

Kaum betraten sie das Haus, lief Samantha in die Küche, öffnete den Kühlschrank und holte die Milch heraus. Dann streckte sie ihren Arm weit aus, doch es fehlte ein ganzes Stück, um an eines der Gläser zu gelangen.

„Mommy?"

Joan, die ihr blasses Gesicht im Spiegel betrachtet hatte, legte einige Haarsträhnen hinters Ohr und ging zu ihrer Tochter in die Küche. „Was möchtest du? Ein Glas?"

„Ja, aber ich komme nicht dran. Ich bin zu klein."

„Du wirst noch wachsen, Schatz, und ehe du dich versiehst, bist du ein Teenager." Lächelnd fuhr Joan ihr über die Haare und stellte das Glas neben die Milch. „Aber lass dir damit bitte noch etwas Zeit."

„Warum?"

„Weil die Zeit viel zu schnell vergeht. Ich möchte, dass du immer mein kleines Mädchen bleibt."

„Und ich will, dass du immer meine Mom bleibst."

„Das werde ich, Schatz." Joan beugte sich zu Samantha hinunter und küsste sie auf den Mund. Da schlang Samantha plötzlich die Arme um den Hals ihrer Mutter und Joan spürte, dass hinter dem Satz *Und ich will, dass du immer meine Mom bleibst* mehr steckte. „Ich werde immer bei dir bleiben, Sam, das weiß du doch, oder?", fragte Joan und löste die Umarmung, sodass sie Samantha ansehen konnte, die fast unmerklich mit der Schulter zuckte.

„Kann Daddy dich wieder gesund machen?"

Einen Moment lang sah Joan erschrocken aus. „Warum Daddy?"

„Er ist doch Arzt", kam es leise zurück.

„Stimmt." Joan lächelte. „Aber Daddy behandelt Menschen mit anderen Krankheiten. Er kann mir nicht helfen", log sie, da sie ihre Tochter vor der Wahrheit schützen wollte. Noch war Samantha zu jung, um zu verstehen, welche Menschen zu Nicholas kamen. Würde sie jedoch das Wort Krebs aufschnappen, brächte Samantha es vermutlich mit dem Großvater ihrer Freundin in Verbindung, der daran gestorben war. Und das wollte Joan um jeden Preis verhindern. Sie wollte nicht, dass Samantha Angst hatte, ihre Mutter zu verlieren.

„Ist Daddy deshalb manchmal traurig?", wollte Samantha bedrückt wissen.

„Ja, ich glaube schon."

„Dann musst du Daddy auch in den Arm nehmen und ihm sagen, dass er nicht traurig zu sein braucht."

Joan, die noch immer vor ihrer Tochter in der Küche hockte, blickte sie gespielt zweifelnd an. „Meinst du, das hilft ihm?"

„Ja", antwortete Samantha überzeugt. „Du musst es machen. Bitte."

„Okay. Einen Versuch ist es wert."

Als Nicholas eine halbe Stunde darauf nach Hause kam, begegnete Joan dem vielsagenden Blick ihrer Tochter, die bis zu diesem Augenblick auf dem Barhocker in der Küche gesessen und an ihrem Bild gemalt hatte. Wortlos ging Joan unter dem Blick ihrer Tochter zu Nicholas und schlang die Arme um seinen Hals. Verwundert legte Nicholas die Arme um ihre Hüfte und küsste ihre Wange.

„Liebling, ist alles in Ordnung?", fragte er seine Frau mit sorgenvoller Stimme leise.

„Ja", antwortete Joan ebenfalls leise. „Spiel einfach mit."

Ungeduldig rutschte Samantha auf ihrem Hocker herum. „Daddy, bist du jetzt immer noch traurig?", fragte sie prüfend.

„Nein, bist du nicht", flüsterte Joan so leise, dass nur ihr Mann sie verstehen konnte.

„Es geht mir schon viel besser", sagte Nicholas ehrlich.

„Siehst du, Mom, ich habe es doch gesagt", freute sich Samantha.

„Habt ihr zwei etwa gewettet?" Nicholas machte ein entsetztes Gesicht und kitzelte Samantha.

„Nein, Daddy, nein!" Sie hüpfte vom Hocker hinunter und rannte vor ihrem Vater davon, der ihr dicht auf den Fersen war. Joan sah ihnen lächelnd aus der Küche zu, aber als Nicholas dies bemerkte, kam er grinsend zu ihr gelaufen.

„Nicholas, nein!", sagte sie lachend und hob abwehrend die Arme, doch ausgerechnet Samantha schlich sich von hinten an sie heran und kitzelte ihre Mutter. „Oh! Du fällst mir in den Rücken. Na warte!"

Lachend lief Samantha um die Kücheninsel herum, gefolgt von ihren Eltern, und versteckte sich hinter dem weißen Sessel, der mit dem Rücken zum Fenster stand. Plötzlich verstummten die Schritte und das Lachen ihrer Eltern. Samantha dachte, sie würden sich leise an sie heranschleichen, und wartete einen Moment hinter dem Sessel, aber als nichts geschah, blickte sie wie eine verschreckte Katze hinter dem Sessel hervor. „Daddy, wo ist Mommy", fragte sie ängstlich ihren Vater, der vom Flur zurück ins Wohnzimmer kam. Joan war ins Badezimmer gerannt, da ihr Magen durch das Rennen rebellierte.

„Es geht ihr nicht gut, Schatz", sagte Nicholas und setzte sich auf die Couch.

„Sie ist wieder im Bad", sagte Samantha leise. „Es ist meine Schuld."

„Sam, komm mal zu mir", bat er seine Tochter. Nicholas, der sich selbst verloren vorkam, hob Samantha auf seinen Schoß und legte die Arme um sie. Liebevoll fuhr er ihr durch die Haare. „Sam, dich trifft keine Schuld, dass Mommy krank ist, und auch nicht daran, dass es ihr jetzt nicht gut geht, hörst du? Egal was du anstellst oder sagst, es ändert nichts an dem Zustand deiner Mom."

Sie zog die Nase hoch. „Auch nicht, wenn ich immer lieb zu ihr bin?"

Nicholas lächelte. „Das bist du doch schon."

Samantha, die den Kopf gegen seine Brust gelegt und ihre Ärmchen eingerollt hatte, schloss die Augen. Mit feuchten Augen küsste Nicholas ihre Stirn und nahm sie in die Arme. Unscheinbar saß er auf der Couch, wiegte seine Tochter sachte hin und her, bis sie in seinen Armen eingeschlafen war.

Als Joan nach über einer Stunde aschfahl ins Wohnzimmer kam, hielt Nicholas noch immer seine Tochter im Arm. Schweigend setzte Joan sich zu ihnen, lehnte den Kopf gegen Nicholas' Schulter und betrachtete ihre Tochter im Schlaf. Mit einem Mal spürte sie die Hand ihres Mannes, die beruhigend durch ihre Haarsträhnen fuhr. Er wandte das Gesicht zu ihr und küsste zärtlich ihre Stirn, während Joan Tränen in die Augen stiegen und sie leise in seinen Armen zu weinen begann.

Der Appetit war ihnen beiden vergangen, sodass Joan und Nicholas beschlossen, an diesem Abend früher als gewöhnlich ins Bett zu gehen. Es war ein langer und anstrengender Tag gewesen.

Nicholas schlug die Decken ihres Ehebettes zurück und zog sich um. Währenddessen stand Joan im Badezimmer vor dem Spiegel und entfernte ihr Make-up. Dann griff sie nach ihrer Haarbürste und kämmte sich sorgfältig die langen Haare.

„Liebling?", fragte Nicholas vom Schlafzimmer aus.

„Ich bin gleich so weit", antwortete sie, betrachtete sich im Spiegel und legte die Bürste unbewusst auf die Ablage neben sich. Doch einen Moment später, gerade wollte sie nach der Creme greifen, fiel ihr Blick auf die Bürste. Lange blonde Strähnen hingen zwischen den einzelnen Borsten. Entsetzen stand in ihrem Gesicht, als sie langsam den Kopf zum Spiegel hinaufwandte. Mit Tränen in den Augen hob sie zögernd die rechte Hand und fuhr sich mit ihren bebenden Fingern durch die Haare, die nacheinander am Haaransatz nachgaben. Erschrocken zog sie die Hand zurück und betrachtete schluchzend die langen Haare in ihrer zittrigen Hand.

„Liebling, kommst du ins Bett?“ Nicholas trat in Boxershorts an die Badezimmertür und sah seine Frau mit dem Rücken zu ihm vor dem Waschbecken stehen. Als er ihr verzweifeltes Gesicht im Spiegel und das Haarbüschel in ihrer Hand sah, lief er zu ihr und nahm sie wortlos in die Arme.

„Das ertrage ich nicht“, schluchzte sie in seinen Armen.

Nicholas versuchte sie zu trösten und versicherte ihr unablässig, dass ihre Haare nach der Chemotherapie wieder wachsen würden, doch Joan schien dies nicht zu hören. Grob griff sie sich in die Haare und entriss sich somit weitere Strähnen, während Nicholas bemüht war, sie zu beruhigen. In ihrer Verzweiflung entwickelte sie eine ungeheure Kraft, und er spürte, dass Joan jeglichen Halt verlor. Sie stand auf der Waage, die zwischen Mut und Hoffnungslosigkeit hin- und herschwankte. Der Ausfall ihrer Haare hatte einen Schalter in ihrem Gehirn umgeklappt. Jetzt sah sie das ganze Ausmaß ihrer Krankheit, etwas, wogegen sie sich von Anfang an vehement gewehrt hatte.

Mit einem Mal befreite Joan sich aus den Armen ihres Mannes, sank vor der Toilettenschüssel auf den Boden und erbrach sich in der Toilette.

„Ich halte dich“, sagte Nicholas, kniete sich hinter sie und umfasste ihre Schultern.

Joan, die zu schwach war, um ihm zu widersprechen, würgte lange Zeit fürchterlich. Als der Brechreiz abgeklungen war, brach sie in seinen Armen zusammen. Im ersten Augenblick fürchtete Nicholas, sie wäre ohnmächtig geworden, aber da hörte er sie weinen. Hilflos klammerte sie sich an ihn, den Kopf gegen seine nackte Brust gelegt. „Ich kann nicht mehr … Ich habe keine Kraft mehr …“, schluchzte sie.

Nicholas drückte sie fester an sich. „Doch, du kannst.“ Er kämpfte gegen seine eigenen Tränen an. „Es dauert noch etwas, Liebling, aber du wirst es überstehen, das verspreche ich dir“, flüsterte er dicht an ihrem Ohr.

Erst nach einer halben Stunde versiegten Joans Tränen. Dann begann sie mit trockener Stimme zu sprechen. „Ich habe darüber nachgedacht auszuziehen …“ Sie spürte, wie sich jeder Muskel in seinem Körper anspannte. Langsam lockerte Nicholas die Umarmung und hob ihr Kinn, damit sie ihn ansah.

In seinem Blick lag die grenzenlose Liebe, die er für sie empfand. „Das würde ich niemals zulassen“, sagte er sanft, aber mit einer Entschlossenheit, die sie nicht an seinen Worten zweifeln ließen.

„Ich habe kein Recht, euch mit meiner Krankheit zur Last zu fallen.“

„Du fällst mir nicht zur Last, und das weißt du auch. Du bist krank, ja, aber das bekommen wir wieder in den Griff. Bald bist du wieder gesund.“

„Nick, ich habe nicht nur einen Schnupfen …“

„Das macht für mich keinen Unterschied“, fuhr er ihr ins Wort. „Wir sind verheiratet und lieben uns, also stehen wir deine Krankheit auch gemeinsam durch.“ Er sah sie eindringlich an. „Liebling, versprich mir bitte, dass du bei uns bleibst“, bat er sie und nahm ihre Hand in die seine.

Joan bemerkte die Tränen in seinen Augen. „Ich sehe doch, wie sehr mein Zustand dich quält.“

„Liebling, der Gedanke, dir nicht helfen zu können, quält mich. Ich bin Arzt und kann nichts für dich tun …“

„Das ist nicht wahr.“ Schluchzend fiel sie in seine Arme. „Du tust so viel für mich. Ich liebe dich so sehr. Ich brauche dich …“

Nicholas schlang seine Arme um ihren zitternden Körper, drückte seine Frau fest an sich und weinte eine Zeit lang mit ihr.

Eine Woche lang fürchtete Nicholas heimzukommen und sehen zu müssen, dass Joan ihre Andeutung, sie zu verlassen, wahr gemacht hätte. Danach schien sich die Lage wieder zu normalisieren, wenigstens soweit dies in solchen Zeiten möglich war.

In den darauf folgenden Wochen stellte Nicholas besorgt fest, dass Joan zusehends an Gewicht verlor. Zudem wirkte sie blasser als je zuvor. Die Tatsache, dass an manchen Stellen ihres Kopfes deutlich ihre Kopfhaut zu sehen war, machte die Situation für sie nicht leichter.

Joan, die nun Kopftücher über das lichter werdende Haar band, fragte Rachel bei der Feier zu Samanthas viertem Geburtstag, ob sie mit ihr einkaufen gehen würde. „Ich brauche eine Perücke, und du weißt ja, wie Männer in solchen Dingen sind. Ich fürchte, Nicholas wäre mir kein guter Berater.“

Rachel spürte, wie viel Überwindung diese Bitte ihre Freundin kostete, und nahm sie in die Arme. „Klar begleite ich dich. Wir werden etwas Schickes für dich finden“, meinte sie lächelnd.

Doch erst am Wochenende fanden die beiden Zeit und machten eine ausgedehnte Shoppingtour durch L. A. Nachdem sie durch alle Geschäfte des Rodeo Drive gezogen waren, fanden sie schließlich noch einen Laden, der Hüte, Tücher und Perücken verkaufte.

„Das Blond ist heller als deines, aber es steht dir“, sagte Rachel aufrichtig.

„Ich glaube, ich sehe Barbie zu ähnlich“, erwiderte Joan, die sich in der Perücke nicht wohl fühlte.

„Du könntest ihr glatt Ken wegschnappen.“

Joan lachte. „Um Himmels willen …“

In dem Moment kehrte die Verkäuferin zu ihnen zurück und zeigte zwei weitere Modelle, die Joans Beschreibungen ihrer eigenen Haare deutlich näher kamen. Joan verschwand erneut in der Kabine mit einem großen Spiegel und zog den Vorhang zu.

„Traust du dich nicht mehr heraus?“, fragte Rachel nach einigen Minuten gut gelaunt, gerade als Joan den Vorhang zurückzog und mit einer feuerroten Bobfrisur vor ihr stand. „Oh Schreck!“, platzte Rachel hervor. „Nicholas wird sich von dir scheiden lassen!“

„Meinst du, ich gefalle ihm so nicht?“, fragte Joan lächelnd und drehte sich vor dem Spiegel.

„Ich bin mir absolut sicher.“

Trotz des missbilligenden Blickes der Verkäuferin kicherten Joan und Rachel. Sie hatten viel Spaß und zum ersten Mal seit ihrer Erkrankung lachte Joan wieder ausgelassen.

Letztendlich entschied Joan sich für zwei hellblonde Perücken, wobei die eine etwas längeres Haar hatte, als das ihre zuletzt gewesen war. Bevor sie das Geschäft verließen, verschwand sie nochmals in der Kabine und setzte sich die Perücke auf, die ihren Haaren am ehesten glich.

Während sie anschließend den Rodeo Drive hinunterliefen, spürte Joan die Blicke der vorbeigehenden Menschen an ihr haften. Sie glaubte, sie würden sie anstarren, und überprüfte eilig, ob die Perücke noch auf ihrem Kopf saß.

„Danke, dass du mitgekommen bist“, sagte Joan später, als sie daheim an die Kaffeemaschine trat und Rachel und sich selbst einen Kaffee eingoss. „Ohne dich wäre es der Horror geworden.“

„Vielleicht benötige ich deine Beratung demnächst auch“, sagte Rachel ernst. „Ich überlege, ob ich mir nicht auch eine Perücke kaufe. Die schicke rote zum Beispiel!“

„Rachel!“ Sie brachen in lautes Gelächter aus.

„Egal was du mit meiner Frau angestellt hast, Rachel, ich habe nichts dagegen, wenn du es häufiger tust“, sagte Nicholas lächelnd. Erfreut, Joan ausgelassen lachen zu hören, ging er zu den beiden Frauen ins Wohnzimmer hinüber. „Hallo, Rachel.“ Er küsste ihre Wange.

„Hallo, Nicholas.“ Rachel unterdrückte nur mit Mühe ihr Lachen. Immerzu sah sie Joan in der roten Perücke vor sich. „Tut mir leid …“, sagte sie grinsend.

Nicholas sah seine Frau an. „Soll ich lieber wieder gehen?“

„Quatsch. Setz dich lieber zu mir. Und du hör auf, Rachel“, mahnte Joan ihre Freundin lächelnd.

Rachel grinste. „Okay, ich bin schon ruhig. Es ist nur so … du sahst total bescheuert in der roten Perücke aus."

„Rot?", fragte Nicholas mit hochgezogener Braue und setzte sich neben Joan auf die Couch.

„Feuerrot", korrigierte sich Rachel.

„Es war doch nur Spaß", wehrte Joan ab.

„Da bin ich aber beruhigt. Diese hier gefällt mir viel besser", meinte Nicholas und berührte das lange Haar, das auf ihre Schulter hinunterhing. „Du siehst bezaubernd aus, Schatz."

„Gefällt es dir wirklich?" Unsicher zupfte Joan sich an den Spitzen.

„Hey, es kommt nicht auf mich oder jemand anderes an, sondern nur auf dich", sagte er sanft. „Ich möchte, dass du dich wohl fühlst."

„Das tue ich", sagte sie ehrlich.

„Das sehe ich dir an." Er beugte sich zu ihr und küsste sie zärtlich.

Später begleitete Joan ihre Freundin zur Haustür.

„Ich danke dir. Ohne dich würde ich noch immer mit meinen hässlichen Tüchern herumlaufen und wie eine Vogelscheuche aussehen."

„Du sahst nie hässlich aus."

Joan lächelte schwach. „So habe ich mich aber gefühlt", gestand sie leise, worauf Rachel sie in die Arme nahm.

„Denke immer daran, dass du nicht allein bist. Du hast einen wunderbaren Ehemann und viele Freunde. Wann immer du Brian oder mich brauchen solltest, rufe einfach an, okay?"

Joan nickte und wischte sich die Tränen aus den Augen. „Danke."

Als Joan am nächsten Tag ins Santa Monica Hospital fuhr, erzählte Chris ihr nach der Blutuntersuchung nicht, dass ihre Werte sich verschlechtert hatten. Er hatte das Gefühl, diese Nachricht würde sie noch weiter hinunterziehen, und nahm sich deshalb vor, mit Nicholas über Joans Zustand zu sprechen.

Im Büro angekommen, rannte Joan sofort in das Badezimmer und übergab sich entsetzlich. Erst nach zwei Stunden hatte sie wieder genug Kraft, um aufzustehen. Langsam durchquerte sie ihr Büro und ließ sich auf der Couch nieder. Auf dem Tisch vor ihr standen Kekse und eine Kanne Tee für sie bereit.

„Das hat Perry für dich besorgt", sagte Jill, die zur Tür hereinkam, und musterte ihre Chefin besorgt. Joan war anzusehen, wie elendig sie sich fühlte, und Jill war nahe daran, Mr. Blake anzurufen.

„Hat die Präsentation schon begonnen?", fragte Joan mit trockener Stimme und bemühte sich, die Übelkeit unter Kontrolle zu bringen.

Jill nickte. „Perry konnte bei den Anwesenden eine halbe Stunde herausschlagen, dann musste er etwas tun. Er sagte, er wüsste über alles Bescheid …"

„Schon gut, Jill", unterbrach Joan ihre Sekretärin. „Ich bleibe noch ein paar Minuten hier sitzen und gehe mit etwas Verspätung zur Präsentation."

„Bist du sicher?", fragte Jill überrascht.

„Ja, das bin ich."

Jill ließ ihre Chefin allein und setzte sich hinter ihren Schreibtisch im Vorzimmer, während Joan die Augen schloss und sich allmählich entspannte. Eine Viertelstunde später stand sie auf, zog den Blazer über ihre weiße Bluse und schlüpfte in ihre schwarzen Pumps, die zu dem knielangen Rock passten. Nachdem sie im Badezimmer ihr Make-up aufgefrischt hatte, griff sie nach ihrer Unterlagenmappe und verließ ihr Büro, um wenige Minuten darauf mit ihrem berühmten Lächeln und einer knappen Entschuldigung der Präsentation beizuwohnen.

Anschließend bat Brian seine Schwester in sein Büro. Joan folgte ihm lächelnd, da die Präsentation ein offensichtlicher Erfolg gewesen war.

„Ich möchte nicht, dass das noch einmal vorkommt", sagte Brian ohne Umschweife und setzte sich in seinen Schreibtischsessel. „Entweder du bist pünktlich, oder du erscheinst gar nicht."

Joan blieb hinter dem Stuhl stehen, der für Brians Besucher gedacht war. Sie hatte die Hände auf die Rückenlehne gestützt. „Wo ist das Problem? Perry war bestens vorbereitet."

„Aber nicht *er*, sondern du repräsentierst die Marketingabteilung", sagte er scharf. „Ich verstehe, wenn du dich nicht wohl fühlst, aber darunter dürfen unsere Meetings nicht leiden. Sag mir das nächste Mal rechtzeitig Bescheid und ich kann unseren Kunden eine plausiblere Entschuldigung bieten, als du es getan hast."

„Okay, ab sofort werde ich meine Übelkeitsanfälle nach unseren Terminen richten. Kein Problem, Boss", sagte sie spitz und drehte sich um.

„Joan!", rief Brian ihr nach, aber sie lief schnellen Schrittes aus seinem Büro. „Verdammt!" Er schlug mit der Hand auf den Schreibtisch.

Zur gleichen Zeit saßen Chris und Nicholas im Ärztezimmer der Onkologie. Sie hatten soeben über einen Patienten gesprochen, dessen Operation für den folgenden Tag angesetzt war. Zufrieden klappte Nicholas die Patientenakte zu und trank den letzten Rest seines Kaffees aus.

„Wollen wir uns nicht mal wieder auf ein Bier treffen?" Besorgt musterte Chris seinen Freund.

„Du weißt, es ist zurzeit schwierig. Ich möchte Joan nicht unnötig allein lassen.“ Nicholas wollte so viel Zeit wie möglich bei seiner Frau verbringen, da er befürchtete, dass sie in einer ernsthaften Krise steckte.

„Wir sollten einmal in Ruhe reden.“

„Vielleicht nächste Woche. Ich gebe dir Bescheid“, sagte Nicholas, stand auf und wollte das Zimmer verlassen.

„Ich habe Joan vorhin nicht die Wahrheit gesagt.“

Nicholas' Kopf schnellte zu ihm herum. „Was meinst du damit?“

„Ihre weißen Blutkörperchen sind gesunken, noch nicht in einen ernsthaften Bereich, sodass wir den Zyklus verschieben mussten, aber dennoch bedenklich“, sagte Chris aufrichtig und warf Joans Akte in die Mitte des Tisches. Nicholas griff augenblicklich danach und las den aktuellen Laborbericht durch.

„Das bestätigt meine Vermutung“, sagte er leise und setzte sich langsam.

„Was ist mit euch los?“, fragte Chris teilnahmsvoll, da er sich nicht nur um Joans gesundheitlichen Zustand Sorgen machte, sondern auch um das Befinden seines Freundes, der seit Tagen wie ein Geist durch die Station lief. So hatte er Nicholas noch nie erlebt. Nicht einmal der plötzliche Tod seiner Eltern hatte ihn so aus der Bahn geworfen.

„Ich habe Angst, dass Joan sich aufgibt ...“

„Wie kommst du darauf?“

„Ich weiß nicht. Es sind die Dinge, die sie tut. Dinge, die sie sagt. Manchmal sitzt sie gedankenverloren vor dem Kamin und reagiert nicht, wenn ich sie anspreche. Sie scheint dann in einer anderen Welt zu sein ...“ Er stand auf und trat ans Fenster. Mit verschränkten Armen blickte er auf den Park hinunter. „Ich fürchte mich vor dem Tag, an dem sie die Behandlung abbricht.“

„Dann sollten wir etwas tun, damit es nicht dazu kommt“, sagte Chris ernst. „Was ihr zwei braucht, ist Abstand. Warum fährst du nicht mit ihr übers Wochenende weg? Nur ihr beide. Santa Barbara, San Francisco, irgendwohin, wo ihr den Kopf frei bekommt, vom Alltag abschaltet und euch entspannt.“

Nicholas wandte sich zu ihm um. „Wir können Sam nicht so einfach allein lassen.“

„Da lässt sich sicher etwas machen. Frag Brian und Rachel, und wenn sie nicht können, kann Sam die paar Tage zu mir kommen“, bot Chris an.

„Du und ein Kleinkind?“, sagte Nicholas skeptisch.

„Du vergisst, dass ich nicht mehr allein lebe. Michelle hat drei jüngere Geschwister.“

„Ich weiß nicht ...“

„Sprich mit Joan. Mein Angebot steht.“

„Und das weiß ich zu schätzen. Danke." Nicholas klopfte ihm freundschaftlich auf die Schulter. „Ich gebe dir Bescheid."

An diesem Tag kam Nicholas aufgrund eines Notfalls erst spätabends aus dem Krankenhaus, sodass Samantha bereits schlief, als er nach Hause kam. Müde ging er die Treppe hinauf und trat ins Schlafzimmer. Dort knöpfte er sein weißes Hemd auf, wobei sein Blick durch den Türspalt ins Badezimmer fiel, wo Joan mit dem Rücken zu ihm vor dem Spiegel stand. Sie hatte ein Badehandtuch um ihren Körper geschlungen und trocknete sich mit einem zweiten Handtuch soeben den Kopf ab. Nicholas öffnete den Mund, um sie zu begrüßen, doch er brach ab, als seine Frau das Handtuch von ihrem Kopf nahm und ihr nackter Schädel zum Vorschein kam. Es war das erste Mal seit ihrem Haarverlust, dass er sie ohne Perücke oder eines ihrer Tücher sah.

„Oh Gott!", sagte Joan, als sie seinen betroffenen Blick im Spiegel sah, und griff nach ihrer Perücke, doch als sie die Hand ihres Mannes auf der ihren spürte, hielt sie inne. Nicholas stand so dicht hinter ihr, dass sie seinen Atem an ihrem Nacken fühlte. Er nahm die Perücke aus ihrer Hand und legte sie auf die mit Fliesen eingefasste Armatur zurück. Als er aufsah, begegnete er dem Blick seiner Frau, die ihre Augen auf ihr Spiegelbild gerichtet hatte. Joan sah und spürte zugleich, wie seine Finger sachte ihren nackten Kopf berührten. Zärtlich küsste er ihren Hinterkopf, den kein Haar mehr zierte. Innerhalb weniger Tage waren ihr alle Haare ausgefallen.

„Ich möchte nicht, dass du dich vor mir versteckst", sagte er leise und küsste ihren Nacken. „Außerdem wollte ich schon immer mit einer Frau verheiratet sein, die eine Glatze hat", erklärte er grinsend.

Joan lächelte schwach, drehte sich zu ihm um und schmiegte sich in seine Arme. Sie war dankbar für sein Dasein, seine Liebe und Treue zu ihr, die seit ihrer Erkrankung auf eine harte Probe gestellt wurde, da sie sich aufgrund ihrer zunehmenden Schwäche nur selten näherkamen. Aber wenn sie sich liebten, war es exquisit, einzigartig und die Erinnerung daran ließ sie sich nicht nehmen. Seine Nähe, seine Zärtlichkeiten erhielten sie am Leben und Joan wusste, dass sie ihn für den täglichen Kampf brauchte. Dennoch kamen ihr dann und wann Zweifel, ob sie richtig handelte …

Drei Tage darauf lud Nicholas ihren Koffer ins Cabrio und sah mit schwerem Herzen zu, wie Joan sich von Samantha verabschiedete. Es war Freitag früh, am Sonntagabend wollten sie wieder in Los Angeles sein.

Mittags kamen sie in Santa Barbara an und bezogen ihr gemütliches Zimmer, von dessen Balkon man einen wunderbaren Blick aufs Meer hatte. Nachdem sie sich frisch gemacht und anschließend die nähere Umgebung zu Fuß erkundet hatten, kehrten sie zurück zum Hotel, wo sie beim Abendessen eine Familie mit zwei kleinen Kindern kennenlernten. Die Zwillinge, Joan schätzte sie nicht älter als fünf, genossen sichtlich die Spaghetti, denn ihre Münder und die weißen Tücher, die sie um ihre Hälse gebunden hatten, waren mit der roten Soße beschmiert. Beim Anblick der Kinder dachte Joan wehmütig an ihre eigene Tochter, die das Wochenende bei Brian und Rachel verbrachte.

„Bist du zu erschöpft, um mit mir noch ein Stück am Strand spazieren zu gehen?“, fragte Nicholas nach dem Abendessen seine Frau, ehe sie den Absatz der breiten Treppe erreichten, die zu ihrem Zimmer hinaufführte.

Sie lächelte. „Ich begleite dich gern.“

Nicholas legte den Arm um ihre Hüfte und führte sie hinaus in die sternenklare Nacht. Es wehte ein leichter Wind, der mit ihrem dünnen Trägerkleid spielte. Die weiße Seide wölbte sich an ihren Beinen und glitt weich an ihrer Haut entlang, bis der Windhauch sich gelegt hatte und alles stillzustehen schien. Kein Laut war zu hören, während sie den Sandweg hinunter zum Strand gingen. Nur das Rauschen des Meeres erklang in seinen wohlwollenden Tönen in ihren Ohren, als die Wellen das Land erreichten.

Joan, durch ihren Mann gestützt, zog sich am Rande des Strandes ihre Pumps aus und stieg sogleich mit den nackten Füßen in den Sand, der sich bei jedem Schritt wohlig zwischen ihren Zehen anfühlte. Sie neigte den Kopf gegen die Schulter ihres Mannes und legte ihm auch den Arm um seine Hüfte.

Trotz der milden 20 Grad begann Joan nach einiger Zeit zu frösteln. Nicholas, der ihre Gänsehaut bemerkte, zog sein Hemd aus und hängte es seiner Frau um die Schulter.

„Aber du …“, begann sie rücksichtsvoll, da sie wusste, dass er nun mit nacktem Oberkörper vor ihr stand, doch Nicholas legte den Zeigefinger auf ihren Mund.

„Mir ist warm genug“, erklärte er. Da spürte er plötzlich Joans Hand auf seiner Brust. „Lass uns zurückgehen. Du bist ganz kalt“, sagte er leise und küsste ihre Stirn.

„Bitte nicht … Ich möchte noch nicht zurück.“

Obwohl ihm nicht gefiel, dass Joan so ausgekühlt war, gab er ihrem Wunsch nach. Längst hatte er keine Vorstellung mehr, wie spät es bereits sein mochte. Wie lange liefen sie schon am Strand entlang? Er wusste es nicht.

Nach einer Weile wurden die Schritte seiner Frau langsamer und Nicholas wandte sich besorgt an sie. „Liebling, geht es dir auch wirklich gut?“

„Ja, ich muss mich nur einen Moment lang ausruhen."

„Komm, lehne dich an mich", sagte er sorgsam und legte sich mit dem Rücken auf den Sand.

Joan ging neben ihm in die Hocke, schmiegte sich an den warmen Körper ihres Mannes, während er sein Hemd um ihren Oberkörper zog und den Arm um ihre Schulter legte. Den Kopf seitlich an seiner Brust, blickte Joan zu den Sternen empor und bestaunte nicht zum ersten Mal die atemberaubende Schönheit des Himmels bei Nacht. „Es ist wunderschön", sagte sie leise.

„Du bist wunderschön." Zärtlich küsste Nicholas ihre Stirn.

Joan stützte sich auf ihren Ellenbogen, beugte sich über ihren Mann und berührte seinen Mund sachte mit ihren Lippen. Ihr Kuss war voller Leidenschaft. „Ich möchte einen Wunsch von mir wahr werden lassen", flüsterte sie dicht vor seinem Gesicht, während ihre Hand langsam über seine Brust glitt, sachte den Bauch hinunter bis an seinen Hosenbund wanderte.

„Welcher Wunsch ist das?", fragte er mit brüchiger Stimme.

Joan lächelte, als sie seine Erregung durch die Hose hindurch spürte. „Ich habe mir immer vorgestellt, wie wir am Strand miteinander schlafen." Sie küsste ihn zärtlich, doch ihre Zunge wurde fordernder und ließ sie schwer atmen.

„Liebling, bitte … lass das …", keuchte er. „Du weißt, ich würde dich gern spüren, aber ich möchte dich nicht noch mehr schwächen …"

„Mein Arzt meinte, ich kann alles tun, was mir Spaß macht." Lächelnd öffnete sie den Reißverschluss seiner Hose.

„Joan, ich …"

„Schlaf mit mir", flüsterte sie an seiner Wange.

Da verdrängte Nicholas seine Gedanken, umfasste ihre Wangen mit seinen Händen, zog sie zu sich hinunter und küsste sie voller Verlangen.

Am Morgen darauf fühlte Joan sich schrecklich. Noch vor dem Frühstück musste sie sich über eine Stunde so fürchterlich übergeben, dass sie glaubte, ihr Inneres nach außen gekehrt zu haben. Sie war so geschwächt, dass Nicholas sie nach einer Weile hochhob und sie hinüber zum Bett trug. Vorsichtig bettete er sie auf die Matratze und legte die Decke über seine Frau, die die Augen geschlossen hatte. Nach einigen Minuten war Joan in einen leichten Schlaf gesunken. Nicholas ließ ihre Hand los und trat mit seiner Kaffeetasse hinaus auf den Balkon, wo er die Ellenbogen auf das weiße Geländer stützte und gedankenverloren hinauf aufs Meer blickte. Er gab sich die Schuld an Joans geschwächtem Zustand. Er hätte sie am vergangenen Abend am Strand nicht anfassen dürfen. Sein Verlangen war stärker als seine Vernunft gewesen und darüber ärgerte er sich nun maßlos. Aber die Erinnerung an ihre gemeinsame Nacht am Strand schwächte seinen Verdruss. Er spürte wieder den zarten Wind auf seiner nackten Haut, hörte das Rauschen der Wellen im Hintergrund und das Stöhnen seiner Frau, als sie sich lustvoll miteinander vereinten.

Später blinzelte Joan, dann öffnete sie die Augen. Sie wusste nicht, wie lange sie geschlafen hatte, doch der Blick auf die Uhr zeigte ihr, dass es bereits Mittag war. Langsam drehte sie den Kopf herum und sah Nicholas auf dem Balkon stehen. Er hatte ihr den Rücken zugewandt, sodass er nicht sah, wie sie die Decke zurückschlug und sich mit sichtlicher Mühe im Bett aufsetzte. Sie überlegte, ihre Perücke aufzusetzen, die auf dem Nachttisch neben ihr lag, doch da Nicholas ihr kahler Kopf nicht mehr fremd war und sie selbst kein Verlangen danach verspürte, sammelte sie stattdessen ihre Kräfte, um sich mit den Armen hochstemmen zu können. Dann stand sie auf wackeligen Beinen inmitten des Zimmers und der Weg zur Balkontür schien unerreichbar. Zweimal fiel sie beinahe. Ihre Beine waren so schwer, dass sie nur schleppend vorankam, aber Minuten darauf erreichte sie erschöpft, aber lächelnd die Balkontür.

„Liebling", sagte sie leise.

Nicholas drehte sich augenblicklich zu seiner Frau um, die sich am Rahmen festhielt. Er sah es kommen, spürte förmlich, wie ihre Kräfte nachließen.

„Ohhhh …", hörte Nicholas sie sagen, ließ seine Tasse los, die sogleich klirrend zu Boden fiel, und sprang zu ihr, um sie aufzufangen.

„Warte, ich trage dich." Er legte ihren Arm um seinen Hals und hob sie mit beiden Armen hoch. „Ich bringe dich zurück ins Bett."

Sie schüttelte den Kopf. „Ich möchte nach draußen an die frische Luft."

„Es ist zu kalt für dich, Liebling."

„Wir nehmen eine Decke, bitte …"

„Okay", willigte Nicholas ein und trug sie über die kleine Stufe hinaus auf den Balkon. Er setzte sie auf die breite Bank, über deren Matratze ein weicher, hellblauer Bezug bezogen war. Dann lief er ins Zimmer und kam kurz darauf mit einer Decke zu ihr zurück. Ein Kissen im Rücken, setzte Nicholas sich in die rechte Ecke der Bank und zog seine Frau gegen seine Brust. Die Beine auf der Bank ausgestreckt, legte sie sich mit Nicholas' Hilfe die Decke über ihren Körper.

„Ist dir wirklich nicht zu kalt?", fragte Nicholas besorgt und schloss die Arme um sie.

Mit einem Lächeln im Gesicht schüttelte Joan den Kopf. „Genauso wollte ich es. In deinen Armen liegen." Sie verkreuzte ihre Finger mit den seinen, während sie hinaus aufs Meer sah.

Als sie am Sonntagabend in ihr Haus traten, wurden sie von Ben empfangen, der die Nachmittage auf Samantha aufgepasst hatte.

„Mommy! Daddy!", rief Samantha die Treppe hinunter und kam sogleich zu ihren Eltern gelaufen. Sie fiel in die ausgebreiteten Arme ihres Vaters.

„Hallo, mein Schatz", begrüßte Joan ihre Tochter. „Oh, wie wir dich vermisst haben." Sie küsste sie lächelnd auf die Wange und umarmte sie.

Nach zwei ungezwungenen Tagen in Santa Barbara musste Joan sich erst wieder an die gemeinsame Umgebung mit ihrer Tochter gewöhnen. Es gab Dinge, die sie in ihrer Nähe nicht tat, die sie nicht sagte. Vor allem aber musste sie daran denken, ihre Perücke am Morgen, bevor sie Samantha weckte, aufzusetzen, denn an den vergangenen Tagen hatte sie dies nur getan, sobald sie das Hotelzimmer verlassen hatte.

Am Mittwoch nach ihrer Rückkehr holte Joan ihre Tochter zur gewohnten Zeit aus dem Kindergarten ab und erledigte einige Besorgungen im nahe gelegenen Einkaufszentrum, ehe sie heimfuhren.

„Sam, ich gehe hinauf, mich umziehen", sagte Joan von der Küche aus, als sie alle gekauften Lebensmittel verstaut hatte, und sah zu ihrer Tochter hinüber, die neben dem Wohnzimmertisch auf dem Boden saß und mit irgendetwas spielte. „Sam, hast du gehört, was ich gesagt habe?"

„Ja, Mommy."

„Ich bin in ein paar Minuten wieder da, und dann spielen wir gemeinsam, okay?"

„Okay."

„Fein", sagte Joan leise und ging die Treppe hinauf. Im Schlafzimmer schlüpfte sie aus ihren Schuhen und öffnete die Tür des Kleiderschrankes. Sie schob Bügel mit Kleidern zur Seite, nahm eine dünne graue Schlabberhose von einem der hinteren Bügel und schloss die Tür wieder. Die Hose warf sie aufs Bett, dann zog sie die Schublade mit ihrer Unterwäsche auf. Plötzlich stockte sie und hielt sich die Hand vor den Mund, als sich das Sandwich bemerkbar machte, das sie unterwegs gegessen hatte. Sie bemühte sich, die Übelkeit unter Kontrolle zu bringen, aber mit einem Mal überfiel sie der Brechreiz und Joan eilte ins Badezimmer, wo sie den Toilettendeckel hochklappte und sich übergab. Nach einigen Minuten löste sie die Perücke von ihrem Kopf, da ihr die Haare immerzu ins Gesicht fielen, und legte sie neben sich auf den Boden. Der Brechreiz klang nicht ab, sodass sie unaufhörlich weiterwürgte.

„Mommy, was ist mit dir?", hörte Joan die verängstigte Stimme ihrer Tochter fragen und fuhr mit dem Kopf herum. Beim Anblick des kahlen Kopfes ihrer Mutter stieß Samantha einen entsetzlichen Schrei aus.

Nicholas, der soeben das Haus betreten hatte, ließ seine Tasche fallen, stürmte die Treppe hinauf und riss die Schlafzimmertür auf. Voller Entsetzen bemerkte er, wie seine weinende Tochter in der Tür zum Bad stand und ihrer Mutter beim Erbrechen zusah. Einen Moment verharrte er an Ort und Stelle.

„Nick … bring sie weg!“, brachte Joan keuchend hervor.

Sofort hob er seine schluchzende Tochter auf seine Arme und schloss die Badezimmertür. Während das schreckliche Geräusch weiter hinter der geschlossenen Tür anhielt, lief Nicholas mit Samantha auf dem Arm hinüber in ihr Zimmer, setzte sich auf ihr kleines Bett und versuchte sie zu beruhigen, aber es vergingen Minuten, ehe ihre Tränen nachließen. „Du brauchst keine Angst zu haben. Ich bin ja da“, flüsterte er leise und küsste zärtlich ihre Stirn.

„Was ist mit Mommy?“ Mit traurigen Augen blickte sie ihren Vater an. „Warum sind ihre Haare einfach abgefallen? Sie lagen auf dem Boden.“

Nicholas schloss sie fester in die Arme. „Ich weiß, das ist alles verwirrend für dich …“

„Was hat sie?“, fragte sie schluchzend.

„Deine Mom ist krank, Sam“, sagte er in einem bemüht ruhigen Ton. „… aber sie wird von sehr guten Ärzten behandelt und bald ist sie wieder gesund.“ Ihm ging das grausige Bild nicht aus dem Kopf, als sein kleines Mädchen in der Badezimmertür gestanden und ihre Mutter in einem grässlichen Zustand gesehen hatte. Wie nur sollte er ihr dies erklären, ohne sie noch weiter zu erschrecken?

„Meine Freunde sagen, dass Mommy Krebs hat. Stimmt das, Daddy?“, fragte Samantha verängstigt ihren Vater, der bestrebt war, sich nicht die Erschütterung ihrer Worte anmerken zu lassen. *Oh Gott! Worüber unterhielten sich die Kinder heutzutage?*

Joan, die im Schlafzimmer unbemerkt hinter der handbreit geöffneten Tür stand, brach leise in Tränen aus. Die zittrigen Finger lagen auf ihrem Mund.

„Habt ihr darüber gesprochen?“, fragte Nicholas heiser.

Zu seiner Bestürzung nickte Samantha. „Jennys Grandpa hatte Krebs und jetzt ist er im Himmel. Stimmt das, was die anderen sagen?“, fragte sie und sah ihn mit ihren großen schokobraunen Augen an. Da beschloss Nicholas, ihr die Wahrheit zu sagen. Mit ihren vier Jahren hätte er ihr eine solche Unterredung nur zu gern erspart, doch in ihrer Neugier und Wachsamkeit wusste sie längst, dass die Krankheit ihrer Mutter etwas Ernstes war.

Zögernd nickte Nicholas. „Aber deine Mom hat eine andere Form von Krebs, den ihren kann man besser behandeln.“

„Kommt Mommy auch in den Himmel?“

„Nein, Schatz“, sagte er mit fester Stimme, da sich jeder Zentimeter seines Körpers gegen diese Vorstellung sträubte, und zog sie in seine Arme. „Mommy verlässt uns nicht …“ Über ihren Kopf hinweg schloss er die Augen, aus denen Tränen rannten, und fuhr ihr liebevoll durch die Haare. „Erinnerst du dich, was ich dir über die Medizin erzählt habe, die Mommy nehmen muss?“ Samantha nickte. „Sie hilft ihr, die bösen Viren aus ihrem Körper zu verjagen, aber leider wird ihr dadurch hin und wieder schlecht.“

„Oft“, korrigierte Samantha ihren Vater.

Sein Gesicht verzog sich zu einem schmalen Lächeln. „Du hast recht. Aber das bedeutet nicht, dass die bösen Viren stärker sind als Mommy. Sie ist sehr stark und bald wird sie wieder völlig gesund sein.“

„Daddy, versprichst du, dass Mommy bei uns bleibt?“, fragte sie, noch immer in Angst um ihre Mutter.

„Ich verspreche es dir, Schatz“, sagte er und küsste abermals ihre Stirn. „Ich verspreche es …“

Nicholas blieb eine Weile bei seiner Tochter, da er spürte, wie dringend sie eine sichere Schulter zum Anlehnen brauchte. Er wusste, egal was er auch sagte, er konnte ihr die Angst um ihre Mutter nicht vollständig nehmen.

„Wie geht es ihr?“, fragte Joan verzweifelt, als ihr Mann zu ihr in die Küche kam.

„Ich habe ihr deinen Zustand erklärt und ich glaube, sie versteht es jetzt besser. Sie weiß nun, dass du Krebs hast.“ Joan wandte sich von ihm ab, sodass er ihren Rücken ansah. „Sie ist total verängstigt.“

„Kein Wunder“, meinte sie. „Ihre Mutter sieht wie ein Monster aus.“

„Liebling …“

Abrupt drehte sie sich zu Nicholas um. „Das hätte nicht passieren dürfen. Sam sollte mich niemals so sehen!“ Unbegreiflich schüttelte sie den Kopf. „Wie konnte ich so unachtsam sein? Was bin ich nur für eine Mutter?“, klagte sie sich selbst an. Vergeblich kämpfte sie gegen ihre Tränen an.

„Du hast es nicht mit Absicht getan. Es ist passiert, wir können es nicht mehr ändern.“

„Aber ich kann verhindern, dass dies wieder geschieht“, sagte sie bestimmt. „Vielleicht wäre es besser, ich würde gehen und euch nicht mit meiner Krankheit belasten.“

Erschrocken, dass sie diesen Gedanken noch immer nicht abgelegt hatte, sah Nicholas sie direkt an. „Du belastest mich nicht, Jo.“ Er trat zu ihr, legte seinen Zeigefinger unter ihr Kinn und hob ihr Gesicht zu sich empor. „Ich liebe dich. In guten wie in schlechten Zeiten.“

„Ich fürchte, die schlechten Zeiten überwiegen“, sagte sie leise, ging an ihm vorbei und versperrte die Tür des kleinen Badezimmers im Untergeschoss.

In dieser Nacht schliefen sie getrennt. Joan verbrachte schlaflose Stunden auf der Couch im Wohnzimmer, während sich Nicholas in ihrem gemeinsamen Ehebett von einer Seite auf die andere drehte.

„Sam, hast du deinen Rucksack?“, fragte Nicholas am nächsten Morgen seine Tochter, nachdem sie alle drei gefrühstückt hatten. Die Stimmung war gedrückt, kaum jemand sprach.

„Ja, Daddy“, antwortete Samantha und wandte sich zu ihrer Mutter um.

„Nimmst du mich noch einmal in den Arm?“, fragte Joan und sofort fiel Samantha ihr um den Hals. „Ich habe dich sehr lieb, Schätzchen, vergiss das nie.“

„Ich habe dich auch lieb, Mommy.“

Mit einem Lächeln im Gesicht löste Joan die Umarmung. „Gibst du mir einen Kuss?“ Samantha beugte sich vor und küsste ihre Mutter auf den Mund. „Nun müsst ihr aber los. Ich wünsche dir viel Spaß im Kindergarten.“ Sie stand aus der Hocke auf und reichte ihrem Mann Samanthas Rucksack.

„Bis nachher“, sagte Nicholas und küsste ihre Wange. Gefolgt von Samantha ging er zur Haustür hinaus.

Joan beobachtete von der Tür aus, wie Samantha sich in ihren Sitz auf der Rückbank setzte, Nicholas ihr beim Anschnallen half und schließlich selbst ins Auto stieg. Einen Moment darauf winkte sie mit Tränen in den Augen dem davonfahrenden Auto nach.

Sie wischte sich die Tränen aus den Augen, ging ins Haus zurück und räumte die Reste des Frühstückes weg. Dann lief sie die Treppe hinauf ins Schlafzimmer, hievte den schwarzen Koffer vom Kleiderschrank und begann ein Kleidungsstück nach dem anderen in den Koffer zu packen. Sie suchte sorgfältig aus, nahm überwiegend Kostüme, die sie im Büro trug, und einige ausgewählte Stücke, die sie in ihrer Freizeit anzog. Innerhalb weniger Minuten packte sie im Badezimmer eine kleine Tasche mit Wasch- und Schminkutensilien zusammen und legte die Tasche in die Reisetasche, in der sich bereits einige Schuhe und andere Dinge befanden, die sie benötigen würde. Während sie darüber nachdachte, ob sie etwas vergessen hatte, schweifte ihr Blick über die Bildergalerie an der Wand und sie blieb an einem Bild hängen, auf dem Nicholas, Samantha und sie zu sehen waren. Lächelnd dachte sie an den Tag der Aufnahme zurück; es war im vergangenen August von Brian geschossen worden, als sie mit ihm und Rachel einen Strandausflug gemacht hatten. Mit tränenverschleiertem Blick nahm sie das Bild von der Wand, betrachtete es noch einen Augenblick, dann legte sie es zwischen ihre Kleider in den Koffer und klappte diesen zu.

Ein letztes Mal lief sie durch alle Zimmer, verabschiedete sich im Stillen von ihrem Zuhause. Es war nicht leicht zu gehen, ihre Familie zu verlassen, aber sie wusste, sie tat das einzig Richtige. Schließlich kehrte Joan zum Flur zurück, nahm den Koffer in die eine, die Reisetasche in die andere Hand und verließ das Haus.

13. Kapitel

Um halb vier holte Nicholas wie vereinbart seine Tochter aus dem Kindergarten ab. Auf der Heimfahrt plauderten sie angeregt und Nicholas lachte über die tagesaktuelle Geschichte aus dem Kindergarten, die Samantha ihm aufgeregt erzählte.

Daheim wollte Samantha unbedingt ein Eis mit ihrem Vater essen. Sie drängelte so lange, bis er schließlich zustimmte. Sie verbrachten einen angenehmen Nachmittag miteinander, doch als es sechs Uhr wurde und Joan noch immer nicht zu Hause war, begann Nicholas sich Gedanken zu machen. Er versuchte sich an ihr Gespräch am Morgen zu erinnern, konnte sich jedoch nicht entsinnen, dass seine Frau ihm von einem späten Termin erzählt hatte.

„Schatz, hat Mom dir gesagt, dass sie heute später nach Hause kommt?" Mit ihrer Puppe beschäftigt, schüttelte Samantha ihren Kopf. „Sam, es ist wichtig", sagte er etwas lauter, als er gewollt hatte, doch es hatte seine Wirkung. Samantha sah zu ihm auf. „Hat Mom sich heute Morgen anders verhalten als sonst? Hat sie irgendetwas getan, was sie sonst nicht tut?"

Samantha drückte verängstigt ihre Puppe an sich. „Nein, Daddy."

„Entschuldige, Schätzchen." Nicholas ging zur Couch, setzte sich und zog seine Tochter auf seinen Schoß. „Du brauchst keine Angst zu haben. Es ist alles in Ordnung." Liebevoll küsste er ihr auf die Stirn und hoffte, er würde sie nicht belügen.

In den darauf folgenden zwei Stunden verstärkte sich Nicholas' Befürchtung. Nachdem er im Büro seiner Frau angerufen, aber niemanden erreicht hatte, wählte er Jills Privatnummer und erfuhr von ihr, dass Joan pünktlich das Büro verlassen und keinen Termin mehr gehabt hatte. Sie hätte längst zu Hause sein müssen.

Mit großem Gejammer ließ sich Samantha nach einem knappen Abendessen von ihrem Vater ins Bett bringen. Die anschließende Gute-Nacht-Geschichte blieb an diesem Abend aus.

In seiner Besorgnis rief Nicholas alle umliegenden Krankenhäuser an, aber es war keine Frau eingeliefert worden, auf die seine Beschreibung passte. Nicholas, der auf einem der Barhocker saß, bedankte sich bei der Schwester und beendete das Gespräch. Er ließ den Arm sinken und legte das Telefon neben seinen Block auf die Küchenplatte. Es war das letzte Krankenhaus auf seiner Liste gewesen.

Einerseits war er erleichtert, dass sie keinen Unfall gehabt hatte, andererseits wurde damit die Suche nach ihr weitaus schwieriger.

Da klingelte das Telefon. Sofort griff Nicholas danach. „Joan?“

„Ist sie immer noch nicht aufgetaucht?“, erkannte er Brians besorgte Stimme durch die Leitung.

„Nein“, erwiderte Nicholas, fuhr sich mit den Fingern des aufgestützten Armes über die Stirn und schloss die Augen. „Ich habe alle Krankenhäuser angerufen, sie ist nirgendwo bekannt.“

„Dann geht es ihr zumindest gut.“

„Bist du dir da sicher?“

„Was meinst du damit?“, fragte Brian verwundert. „Du glaubst, sie wird sich etwas antun?“

„Ich weiß es nicht.“ Mit knappen Worten erzählte er seinem Schwager von dem Vorfall am Vorabend zwischen Joan und Samantha. „Sag du es mir. Du warst damals bei ihr, als sie das Baby verloren hat.“

„Das war etwas anderes, Nick. Sie glaubte, allein zu sein.“ Brian schüttelte ungläubig den Kopf und setzte sich auf sein schwarzes Sofa. „Ich kann mir beim besten Willen nicht vorstellen, dass sie sich umbringen will. Sie hat sich verändert, Nick, sie ist stärker als damals. Ich muss dir in einem Punkt recht geben, meine Schwester wirkte in letzter Zeit sehr unausgeglichen, aber sie hat weder mir noch Rachel gegenüber eine Andeutung gemacht, dass sie an der Therapie zweifle. Und erst recht nicht, dass sie nicht mehr leben wolle.“

„Hat sie dich damals vorgewarnt?“, fragte Nicholas verzweifelt.

„Das ist völlig absurd! Ich will darüber gar nicht nachdenken!“

„Wir müssen aber alles in Betracht ziehen, Brian.“

„Aber nicht das!“, sagte Brian aufgebracht. Einen Moment herrschte absolute Stille zwischen ihnen, dann sprach Brian wieder ruhiger. „Joan wird nur eine Zeit lang allein sein wollen. Ich bin mir sicher, sie wird morgen zurückkehren.“

„Das ist nicht ihre Art“, sagte Nicholas zweifelnd. „Lass uns das Gespräch beenden, Brian, ich möchte noch einige Freunde anrufen und nachfragen, ob sie sich bei ihnen gemeldet hat. Vielleicht übernachtet sie bei einen von ihnen.“

„Okay, ruf an, sobald du sie gefunden hast.“

Der Abend wurde lang, sehr lang. Nicholas rief all ihre gemeinsamen Freunde an, aber die meisten von ihnen hatten seit Wochen nichts von Joan gehört, sie zuletzt vor Monaten gesehen. Sie fragten, wie sie die Behandlung verkrafte, und erst da stellte Nicholas mit Bedauern fest, dass Joan sich von all ihren Freunden zurückgezogen hatte, ohne dass es ihm aufgefallen war.

Um drei Uhr rief Nicholas bei der Polizei an, doch dort teilte man ihm mit, dass sie bei Erwachsenen erst nach 48 Stunden eine Vermisstenmeldung aufnehmen würden. Er solle abwarten, seine Frau würde schon wieder auftauchen. Niedergeschlagen und kein wenig beruhigt löschte Nicholas in der Küche das Licht und ging die Treppe hinauf ins Schlafzimmer. Er warf einen Blick in Samanthas Bett und war froh, dass wenigstens sie schlief. Leise ging er hinaus und schloss die Tür bis auf einen Spalt, damit er hörte, wenn sie erwachte und nach Joan oder ihm rief.

Er ging zur Balkontür, öffnete diese und trat hinaus in die frische Abendluft. Einige Minuten verweilte er am Geländer und dachte über seine Frau nach. *Wo bist du, Joan? Warum hast du uns verlassen?* Denn mittlerweile war Nicholas sich ziemlich sicher, dass Joan ihre Andeutung tatsächlich umgesetzt hatte. Sie hatte sich als Last für ihn und Samantha empfunden und dachte, sie würden ohne sie besser zurechtkommen. Wie sehr sie sich damit irrte, konnte er ihr nun nicht mehr sagen.

Als Nicholas zurück ins Schlafzimmer trat, fiel zum ersten Mal an diesem Abend sein Blick auf ihren Nachttisch. Und da stand er, ihr Abschiedsbrief. Erst beim näheren Hinsehen entdeckte er, dass es zwei Briefe waren.

Ehrfürchtig sank Nicholas auf ihre Seite des gemeinsamen Ehebettes und ließ seine zittrigen Finger über die Buchstaben seines Namens gleiten. Dann öffnete er vorsichtig die Lasche des Umschlages und zog eine einzelne weiße Seite heraus. Unverkennbar war es die Handschrift von seiner Frau, und doch sah er auf den ersten Blick, dass sie beim Verfassen des Briefes geweint haben musste. Ihre Tränen waren bereits getrocknet, als Nicholas mit verschleiertem Blick zu lesen begann:

Mein geliebter Nicholas!

Ich liebe dich mehr, als tausend Worte beschreiben könnten. Du bist der Mann, der mich zum Leben erweckt hat, der mich seelisch und körperlich befreit und der mir das wunderbarste Geschenk auf Erden bereitet hat, unsere gemeinsame Tochter. Wann immer ich Sam ansehe, sehe ich deine wunderschönen, weisen Augen und deine Lippen, die mich vor langer Zeit wach geküsst haben. Erst durch dich wurde ich zu der Frau, die ich heute bin. Mein Leben hat erst durch dich und Sam einen Sinn bekommen. Ihr zwei seid es, die es lebenswert machen. Ohne euch war ich nichts.

Liebling, du bist mein Körper, meine Hände, meine Augen, meine Lippen … du wirst immer eins mit mir sein, auch wenn wir uns nicht berühren werden. Es wird mir zur täglichen Qual werden, an uns und unsere gemeinsamen Nächte zu denken und doch nie in deiner Näher zu sein, nie deine Arme und deinen Körper um mich zu spüren. Aber die Erinnerung an deine sanften Hände und deine Lippen wird mich, so hoffe ich, noch eine Weile am Leben halten.

Egal wohin ich gehen werde, den Schmerz über euren Verlust spüre ich bereits jetzt in meiner Brust und er scheint mir den Verstand zu rauben. Ich habe nie etwas Vergleichbareres gefühlt wie meine Liebe zu dir und unserer Tochter. Du bist der wunderbarste und einfühlsamste Mann auf dieser Welt und es fällt mir unsagbar schwer, diese Zeilen zu schreiben, zu wissen, was du empfinden wirst, wenn du sie liest … und doch muss ich euch um euretwillen verlassen. Bitte vergib mir!

Mit all meiner Liebe, Joan

Nicholas las die Zeilen wieder und wieder, bis er vor tränenverschleiertem Blick keinen Buchstaben mehr entziffern konnte. *Warum tust du uns das an?*, schrie sein Körper voller Verzweiflung. Er brach zusammen, fragte sich immer wieder, was er falsch gemacht hatte, warum sie ihn und ihre gemeinsame Tochter verlassen hatte, doch er erhielt keine Antworten auf seine Fragen. Es war niemand da, der ihm Joans Verhalten erklären konnte.

In dieser Nacht bekam Nicholas kein Auge zu. Immerzu dachte er an Joan, überlegte, wo sie sein könnte. Er machte sich schreckliche Vorwürfe, dass er sie nicht schon vor Wochen ernst genommen hatte. Vielleicht hätte er sie damals von ihrem Vorhaben vollkommen abbringen können, so hatte sie es nur um einige Wochen verschoben.

Nach der langen, schlaflosen Nacht wurde der Morgen danach von seelischen Qualen begleitet, welche nicht nur durch das Verschwinden seiner Frau ausgelöst wurden. Sobald er Samantha geweckt hatte und sie putzmunter aus dem Badezimmer zurückkehrte, verstärkten sich seine Seelenqualen.

„Wo ist Mommy?“, waren die ausschlaggebenden Worte seiner Tochter.

Nicholas, der ihr gerade die Kleidungsstücke für den Tag aus dem Schrank heraussuchte, war bemüht, sich seine innere Zerrissenheit nicht anmerken zu lassen. Er wollte Samantha so lange wie möglich verschweigen, dass ihre Mutter sie beide verlassen hatte. Vielleicht besann Joan sich und kehrte schon heute zu ihnen zurück. Wozu also sein Kind verrückt machen, wenn er für sie beide verrückt genug sein konnte?

„Sie hat heute sehr früh das Haus verlassen, Schatz. Aber ich soll dich lieb von ihr grüßen und dir das von ihr geben.“ Lächelnd beugte er sich zu ihr hinunter und drückte ihr einen Kuss auf den kleinen Mund, worauf Samantha lachte.

Ihm war bewusst, dass er sich in Ausreden flüchtete, doch Besseres fiel ihm auf die Schnelle nicht ein. Er musste seine Frau finden und sie zur Vernunft bringen, denn Samantha nahm ihm nur vorerst seinen Schwindel ab. Sie war nicht dumm und würde spätestens in wenigen Tagen merken, dass ihre Mutter nicht mehr bei ihnen war.

Erst trödelte Samantha beim Anziehen herum und dann konnte sie sich nicht entscheiden, was sie zum Frühstück essen wollte, sodass sie viel zu spät von zu Hause losfuhren. An diesem Morgen kam einfach alles zusammen, ging es Nicholas durch den Kopf, der sonst nur sehr selten aus der morgendlichen Routine mit Samantha fiel. Schließlich brachte er Samantha eine Dreiviertelstunde zu spät in den Kindergarten und entschuldigte sich bei ihrer Erzieherin. Als er endlich im Krankenhaus eintraf, eilte er an dem wartenden Chris sowie der Oberschwester vorbei in sein Büro und zog sich seinen Kittel an. Fünf Minuten darauf begann unter Nicholas' Leitung die Visite.

Nach der Visite und einigen Gesprächen mit Patienten und Angehörigen, bei denen er an diesem Tag nicht ganz bei der Sache war, zog Nicholas sich mittags in seinem Büro zurück. Er setzte sich in seinen Schreibtischsessel, nahm den Telefonhörer vom Apparat und wählte die Nummer eines befreundeten Pärchens, die er in der vergangenen Nacht nicht erreicht hatte. Sein Freund war daheim, konnte Nicholas jedoch keine Auskunft zu Joans Aufenthalt geben, da sie sich auch bei ihnen nicht gemeldet hatte. Enttäuscht beendete Nicholas das Gespräch ohne großartige Erklärung an seinen verwunderten Freund und wählte gerade die nächste Nummer auf seiner Liste, als jemand an seine Bürotür klopfte.

„Herein", sagte Nicholas laut, den Hörer noch am Ohr haltend. Da wurde die Tür geöffnet und ein bekanntes Gesicht sah ihn an. „Matthew!", sagte er überrascht, legte den Hörer auf und erhob sich. „Was machst du denn in L. A.?"

„Warum?", fragte Matthew irritiert. „Joan rief mich doch gestern an und sagte, du bräuchtest Hilfe bei Samanthas Betreuung, da sie nicht verfügbar wäre. Ich versprach, so schnell wie möglich zu kommen."

Sie hatte alles genau geplant, ging es Nicholas durch den Kopf, als er sich wie erschlagen auf den Stuhl vor seinem Schreibtisch fallen ließ.

„Joan ist weg", platzte er ohne Umschweife heraus.

Matthew, der noch immer inmitten des Raumes stand, runzelte die Stirn. „Was meinst du damit?"

„Sie ist ausgezogen."

„Seid ihr denn beide verrückt geworden?!", warf Matthew ihm verärgert vor, ungeachtet dessen, dass die Bürotür offen stand und die vorübergehende Krankenschwester eigenartig hereinsah. „Wie konntest du das zulassen?"

Nicholas ging an seinem Schwiegervater vorbei. „Ich konnte es nicht verhindern." Er schloss die Tür und wandte sich Matthew direkt zu. „Nach dem Abend hätte ich es wissen müssen, aber gestern Morgen gab es keinerlei Anzeichen ..."

„Erzähle mir, was genau geschehen ist."

Er nickte und bot seinem Schwiegervater den Stuhl auf der anderen Seite seines Schreibtisches an. Dankend setzte sich Matthew.

„Als ich vorgestern nach Hause kam, begann Nicholas, „hörte ich Samantha plötzlich laut schreien. Ich bin wie ein Wahnsinniger die Treppe hinaufgerannt und sah sie weinend vor dem Badezimmer stehen." Vor seinem geistigen Auge erlebte er die Szene abermals und fuhr sich durch die Haare. „Sam sah ihrer Mutter beim Erbrechen zu."

„Mein Gott ..."

„Als hätte dies nicht genügt, trug Joan außerdem ihre Perücke nicht."

„Wie hat Samantha es verkraftet?", fragte Matthew erschüttert.

„Besser als Joan, fürchte ich", sagte Nicholas niedergeschlagen. „Soweit ich das im Moment beurteilen kann, kommt sie ganz gut damit klar. Ich mache mir weitaus mehr Sorgen um Joan. Sie hat schon einmal vor Wochen davon gesprochen, uns für die Zeit der Therapie zu verlassen, damit wir ihren Anblick und ihr Leid nicht *ertragen* müssen."

„Ich will doch hoffen, dass du ihr nicht zugestimmt hast", meinte Matthew scharf.

Es kränkte Nicholas, dass Matthew dies auch nur dachte. „Seit ich von ihrer Erkrankung erfahren habe, gab es nicht eine Sekunde, in der ich mir wünschte, sie wäre nicht bei uns."

„Und das weiß meine Tochter?"

„Glaube mir, ich habe es sie immer wissen lassen."

Während die Tage verstrichen und Nicholas nichts von seiner Frau gehört hatte, versuchte er Samantha gegenüber den Schein der heilen Welt zu wahren. Aber wenn er sich selbst davon nicht überzeugen konnte, wie sollte dann seine Tochter ihm glauben? Mit ihren vier Jahren war sie bereits sehr wachsam, was ihre Umwelt anging.

Voller Kummer, ihre Mutter wäre, wie der Großvater ihrer Freundin, für immer von ihnen gegangen, fragte Samantha schließlich eines Abends ihren Vater, wann ihre Mutter wiederkäme.

„Schatz …“, begann Nicholas und setzte sich zu ihr auf die Couch. Matthew, der mit seiner Enkelin einen Film gesehen hatte, stand rücksichtsvoll auf und ging in die Küche hinüber, damit Vater und Tochter ungestört miteinander reden konnten. „Sam, deine Mom wohnt eine Weile nicht bei uns.“

„Ist sie im Himmel?“, fragte sie ängstlich.

„Nein, Schatz, sie ist nicht im Himmel.“ Er nahm die kleinen Hände seiner Tochter. „Sie ist nur vorübergehend ausgezogen. Sie kommt bald zu uns zurück“, sagte er zuversichtlich und hoffte, er würde recht behalten.

Samantha zog ihre Hände aus den seinen. „Du hast gesagt, Mommy verlässt uns niemals. Du hast mich belogen!“, sagte sie mit Tränen in den Augen wütend. Und sie hatte recht mit ihrer Wut auf ihn, denn er hatte seine Frau nicht aufgehalten und damit sein Versprechen gegenüber seiner Tochter gebrochen. Doch Samantha wäre nicht seine Tochter, wenn er nicht auch die Angst in ihrer Stimme heraushören würde.

„Schatz … es geht ihr gut“, versuchte er sie zu beruhigen. Vorsichtig griff er nach ihrer Hand und war dankbar, dass Samantha sie ihm nicht wieder entzog. „Und ich bin mir sicher, dass sie dich sehr vermisst.“

„Ist Mommy böse auf mich?“, fragte sie mit gequälter Stimme.

Nicholas beugte sich zu ihr, küsste ihr liebevoll die Stirn. „Es hat nichts mit dir zu tun, Sam. Deine Mom ist nicht wegen dir gegangen“, sagte er ehrlich, bemüht, seine Fassung nicht zu verlieren.

Unglücklich blickte Samantha ihren Vater an. „Warum ist sie dann fort? Habt ihr euch gestritten?“

„Ein wenig“, gab Nicholas bedrückt zu. „Deine Mom und ich waren in einem Punkt anderer Meinung, aber das kommt häufiger bei Erwachsenen vor“, erklärte er seiner Tochter und merkte, wie sie ihre Hand abermals aus der seinen zog. Er spürte, wie er sie verlor, mit jedem Zentimeter mehr. „Sam …“

„Was hast du Mommy getan, dass sie jetzt böse auf dich ist?“

„Schatz, das ist sie nicht. Ich wollte nur …“ Er brach ab, als sie plötzlich aufsprang.

„Wegen dir ist Mommy fort!“, warf sie ihm weinend vor und rannte aus dem Zimmer, an Matthew vorbei und die Treppe hinauf in ihr Zimmer.

„Verflucht noch mal!“, stieß Nicholas aus und stand von der Couch auf. „Ich weiß nicht mehr, was ich noch tun soll“, sagte er an Matthew gewandt. „Was immer ich auch tue, es ist falsch. Sie laufen mir beide davon.“ Er trat ans Fenster. Den Rücken zu seinem Schwiegervater gewandt, verbarg er ihm seine Tränen, aber Matthew merkte das leichte Zucken seines Körpers. Er ließ Nicholas einen

Moment Zeit, bis er glaubte, dass dieser sich gefangen hätte, dann trat er hinter ihn und legte seine Hand auf Nicholas' Schulter.

„Das sollte euch nicht passieren. Ihr zwei habt genug durchgemacht", meinte er mitfühlend.

„Manchmal habe ich das Gefühl, dass es niemals endet."

„Ihr zwei seid aus demselben Holz geschnitzt. Ihr seid Stehaufmännchen."

„Ohne Joan bricht alles zusammen", sagte Nicholas leise. „Sie war mein Felsen in der stürmischen Brandung."

„Dann solltest du sie baldmöglichst zurückholen."

„Glaube mir, ich versuche alles Erdenkliche."

Sobald Nicholas abends allein in ihrem Ehebett lag, kreisten seine Gedanken einzig um Joan. Da sie seit ihrem Auszug keinen Termin bei Chris gehabt hatte, den sie wahrnehmen musste, hoffte er inständig, dass es seiner Frau gesundheitlich und psychisch gut ging. Stets hörte er die aufklärenden Worte seines Freundes in seinen Ohren hallen: *Ihre weißen Blutkörperchen sind gesunken, noch nicht in einen ernsthaften Bereich, dass wir den Zyklus verschieben müssen, aber dennoch bedenklich.* Was, wenn sie sich nun zu viel Stress im Büro zumutete – jetzt, wo niemand da war, der sie zurückhielt – und sich ihr Zustand verschlechterte?

Um Viertel vier verließ Nicholas zermartert sein Bett. Er musste seinen Kopf frei bekommen, sonst würde er noch den Verstand verlieren. Nachdem er in der Küche leise ein Glas Wasser getrunken hatte, um Matthew im Gästezimmer nicht aufzuwecken, wanderte er ruhelos im Haus herum, bis er schließlich neben dem Bett seiner Tochter stehen blieb und sie im Schlaf beobachtete. Wie friedlich sie dalag, in ihre Decke eingemummelt und ihren Teddy fest an sich gedrückt. Mit einem Lächeln im Gesicht erinnerte sich Nicholas an Samanthas zweiten Geburtstag. Der Teddy, den Nicholas in seiner Kindheit von seinen Eltern geschenkt bekommen hatte, war ihm damals wenige Tage vor der Feier wieder in die Hände gefallen. Der flauschige, braune Bär war eines von wenigen Dingen, die ihm aus seiner Kindheit geblieben waren, und Nicholas hatte ihn als Kind geliebt. Niemals hätte er auch nur vermutet, dass seine Tochter diesen Teddy so lieb gewinnen würde. Er fuhr auf dieselben Reisen wie Samantha, erlebte die gleichen Abenteuer wie sie und hatte so manchen Flicken überstanden. Seit Samanthas zweitem Geburtstag war Ted ihr Ein und Alles.

Während Nicholas dank Samantha und dem Klinikalltag tagsüber oft Ablenkung fand, wurde er in den Nächten von seiner Verzweiflung heimgesucht. Jene zeitlupenartig vergehenden Stunden waren die schlimmsten seines Tages, sodass er zumeist nur wenige Stunden schlief, ehe der Wecker ihn aus dem leichten Schlaf wach werden ließ.

So auch an diesem Morgen, nach fünf endlosen Nächten, die er allein im Bett verbracht hatte. Irgendwie gelang es ihm, wie an den Tagen zuvor aufzustehen, zu duschen und seine Tochter zu wecken, ohne im Nachhinein zu wissen, was er gerade getan hatte. Erst als Samantha, noch immer im Schlafanzug, zu ihm in die Küche kam, schien sein Gehirn mit der Arbeit zu beginnen.

„Ich will nicht in den Kindergarten", sagte sie bockig.

Doch so leid sie ihm auch tat, Nicholas ließ sich nicht von ihr breitschlagen. Anfangs bat er seine Tochter, sich umziehen zu gehen, aber als sie sich weiterhin weigerte, packte er sie mit einem Lächeln im Gesicht bei den Beinen und schwang sie sich über die rechte Schulter.

„Daddy, lass mich runter!"

„Du hast es so gewollt, junge Dame", sagte er im ernsten Ton, um ihr deutlich zu machen, dass das Spiel nun vorbei war. Er würde ihren Trotz nicht länger dulden. „Dann gehst du eben heute mit deinem Schlafanzug in den Kindergarten."

„Nein, Daddy!" Sie strampelte mit den Beinen, als er hinaus auf den Flur ging und die Haustür öffnete. „Ich will mein Kleid anziehen!"

Nicholas blieb in der Haustür stehen. „In fünf Minuten sitzt du fertig angezogen am Frühstückstisch, oder wir fahren so, wie du bist." Er ließ sie zu seinen Beinen hinab, wurde mit einem bösen Blick bedacht und sah dann Samantha nach, die die Treppe hinauflief. Mit einem Lächeln im Gesicht schloss er die Haustür und ging in die Küche zurück.

Sechs Minuten später saß Samantha fertig angezogen am Frühstückstisch. Schmollend weigerte sie sich, trotz des Drängens ihres Vaters, zu essen und nach zehn Minuten gab Nicholas schließlich auf. Ein Schritt nach dem anderen. Immerhin war sie für den Kindergarten angezogen, dachte er erleichtert, als er das Mittagessen seiner Tochter in deren Rucksack verstaute.

Während Nicholas seiner Arbeit im Santa Monica Hospital nachging, holte Matthew seine Enkelin aus dem Kindergarten ab und fuhr sie zurück in ihr Elternhaus. Später am Nachmittag stieß Ben zu ihnen und zu dritt spielten sie im Wohnzimmer Karten, als Nicholas nach Hause kam.

„Hallo, Engelchen", begrüßte er seine Tochter. Sein Kuss verfehlte jedoch ihren Mund und traf ihre Wange, da Samantha ihr Gesicht wegdrehte. „War es im Kindergarten schön?" Keine Reaktion. „Soll ich dir etwas Bestimmtes zum Abendessen kochen?", versuchte er es erneut. Wieder keine Antwort. „Okay." Nicholas wandte sie ab und ging.

Matthew, der die schwierige Situation zwischen seinem Schwiegersohn und seiner Enkelin traurig fand, stand wortlos auf und folgte Nicholas in die Küche.

„Sie gibt mir noch immer die Schuld“, sagte Nicholas leise und blickte zu Samantha hinüber. Die stille Schuldzuweisung seiner Tochter lag ihm schwer auf der Seele. „Sie weiß von dem Streit zwischen Joan und mir. Einen Tag danach ist ihre Mom verschwunden, es liegt auf der Hand, wer schuld daran ist.“

„Für ein Kind in ihrem Alter sicher, aber sie versteht schließlich die Umstände nicht“, räumte Matthew ein.

„Sie weiß schon jetzt mehr, als Joan und ich ihr überhaupt erzählen wollten. Ich will einfach nicht, dass ihre Angst noch wächst“, sagte Nicholas leise, damit Samantha und Ben ihn im Wohnzimmer nicht hören konnten.

Verständnisvoll nickte Matthew. „Hat Joan sich bei dir gemeldet?“

Er schüttelte den Kopf. „Chris hat sie ebenfalls nicht konsultiert und ihr nächster Termin ist erst in einer Woche“, sagte er deprimiert. Wie es aussah, würde dies Nicholas’ einzige Chance sein, seiner Frau zu begegnen. Der Tag der Chemotherapie stand seit Langem fest und konnte nicht von ihr verschoben werden.

Ben, der gern zum Abendessen bei ihnen blieb, bekam zum ersten Mal mit, wie Samantha sich standhaft weigerte zu essen. Mit seiner lockeren, lustigen Art schaffte er es jedoch nach einer Weile, dass Samantha einige Happen von ihrem Teller aß. Nicholas, der nach tagelangen Essenskämpfen mit seiner Tochter keine Kraft mehr hatte, war Ben dankbar dafür.

Es war kurz vor acht Uhr, als Ben sich von ihnen verabschiedete und Matthew sich in sein Zimmer zurückzog, nachdem er seiner Enkelin einen Gute-Nacht-Kuss gegeben hatte.

„Sam, es ist Zeit fürs Bett. Putze dir schon einmal die Zähne, ich komme gleich nach“, sagte Nicholas von der Küche aus, wo er das Geschirr in die Spülmaschine einsortierte.

„Ich bin noch gar nicht müde“, war Samanthas Antwort. Sie saß auf der Couch und spielte mit ihrer Puppe.

„Sam …“, ermahnte Nicholas seine Tochter.

Als das Telefon klingelte, sprang Samantha augenblicklich von der Couch und rannte zu der Station, doch Nicholas hatte das Telefon in der Küche und nahm ab.

„Blake.“

„Nick, ich bin es, Brian.“

„Einen Moment“, sagte er in den Hörer und wandte sich dann an seine Tochter. „Ab mit dir nach oben, Sam“, sagte er eindringlich.

„Ist das Mommy am Telefon?“, fragte Samantha mit hoffnungsvollem Blick.

„Nein, Schatz, es ist Onkel Brian.“ Nicholas tat der herzzerreißende Blick seiner Tochter in der Seele weh. Sie war enttäuscht, traurig und vermisste ihre Mom, die sich seit Tagen nicht meldete.

Mit Murren ging Samantha an ihm vorbei und lief die Treppe hinauf.

„Entschuldige, Brian, aber ich musste Sam erst Zähne putzen schicken, sonst ist sie in zwei Stunden noch nicht im Bett.“

„Kein Problem. Ich wollte auch nur nachfragen, ob sich Joan gemeldet hat?“

„Nein. Ich habe noch immer nichts von ihr gehört.“

„Ich habe mit Perry gesprochen, er sagt, sie stehen telefonisch und per Internet in Verbindung. Joan habe ihm gesagt, dass sie zunehmend unter den Nebenwirkungen der Therapie zu leiden hätte und sie nur sporadisch ins Büro kommen würde. Sie würde sich vorher bei ihm melden.“

„Sie hat alles genau geplant. Sie will mir nicht gegenübertreten“, meinte Nicholas niedergeschlagen.

„Was ist mit ihren Untersuchungen im Krankenhaus? Sie muss Termine einhalten.“

„Ihr nächster Termin ist erst nächste Woche.“

„Das konnte meine Schwester schon immer hervorragend, jemandem aus dem Weg gehen, wenn sie es wollte.“

„Gibst du mir Bescheid, sobald sie im Büro auftaucht? Falls ich so kurzfristig nicht kommen kann, dann sprich bitte du mit ihr“, bat Nicholas.

„Klar. Ich melde mich.“

„Danke. Für alles.“

„Ich will sie ebenso schnell finden wie du.“

Insgeheim hoffte Nicholas, dass sie bald Erfolg haben würden, denn die Ungewissheit, wo seine Frau untergekommen war und wie sie sich fühlte, quälte ihn 24 Stunden am Tag. Er wusste nicht, wie lange es noch dauern würde, bis er durchdrehte.

Nachdem Nicholas das Gespräch mit Brian beendet hatte, löschte er das Licht im Wohnzimmer und wollte dasselbe in der Küche tun, als das Telefon abermals klingelte.

„Brian, hast du etwas vergessen?“, fragte Nicholas sogleich in den Hörer, den er noch in der Hand gehalten hatte.

„Ich bin es …“, hörte er Joans zaghafte Stimme.

Vor Schreck ließ Nicholas beinahe das Telefon fallen. „Mein Gott, Liebling, wo bist du?“, erklang die verzweifelte Stimme ihres Mannes durch die Leitung und Joan spürte einen Stich im Herzen. Es würde schwieriger werden, als sie es sich vorgestellt hatte.

„Später, Nicholas", sagte sie gefasst. „Gib mir erst Sam. Sie schläft doch bestimmt noch nicht, oder?"

„Sie hat Angst, dass du nicht wiederkommst", sagte er heiser. „Sie denkt, dass du sterben wirst."

Seine Worte ließen sie erstarren. Sie brauchte einen Augenblick, ehe sie etwas sagen konnte. „Lass es mich ihr erklären. Bitte."

„Erkläre es mir!", fuhr Nicholas sie aufgebracht an und Joan zuckte zusammen. Einen Moment lang herrschte absolute Stille zwischen ihnen. „Ich habe alle Krankenhäuser angerufen und deine Beschreibung durchgegeben, weil ich dachte …" Mit tränenerstickter Stimme brach er ab, doch Joan ahnte, was ihm in den vergangenen Tagen durch den Kopf gegangen war.

„Ich tue mir nichts an, Nick. Ich werde kämpfen, solange ich die Kraft dazu habe … aber allein."

„Lass uns in Ruhe miteinander reden. Bitte", flehte er sie an.

„Es gibt nichts, worüber wir reden müssten. Ich habe eine Entscheidung getroffen und ich hoffe, irgendwann verzeiht ihr mir, dass ich gegangen bin. Ich liebe dich und Samantha", sagte sie mit Tränen in den Augen und legte auf. Sie bereute ihre Entscheidung nicht. Es war das einzig Richtige in ihrer Situation gewesen, obwohl sie wusste, dass sie alle darunter leiden würden. Und sie konnte nicht mit Bestimmtheit sagen, wer am meisten litt.

Es vergingen drei endlos lange Tage, an denen Nicholas jeden Morgen aufs Neue mit seiner Tochter kämpfte, die sich weiterhin weigerte, in den Kindergarten zu gehen. Erst als Matthew einschritt, der die Szene nicht länger mit ansehen konnte, gab Samantha mit Murren nach und ließ sich von ihrem Grandpa in den Kindergarten bringen. Es war auch Matthew, der seine Enkelin wieder abholte und mit ihr die Nachmittage verbrachte, bis Nicholas von der Arbeit nach Hause kam. Doch so sehr Nicholas sich auch um sie bemühte, Samantha hatte eine Barriere zu ihrem Vater aufgebaut, die er nicht einreißen konnte.

„Das ist bestimmt Mommy", rief Samantha freudig, als das Telefon am Sonntagabend klingelte und sprang sogleich von der Couch herunter. Wie in diesem Augenblick rannte sie jedes Mal, wenn es klingelte, zum Telefon, in der Hoffnung, die Stimme ihrer Mutter zu hören. Unzählige Male wurde sie bereits enttäuscht. Joan hatte nicht noch einmal angerufen.

„Nein, Sam, das wird Chris sein", rief Nicholas aus der Küche, um sie auf die Enttäuschung vorzubereiten, wenn sie seinen Freund und Kollegen hörte.

Hoffnungsvoll meldete sich Samantha am Telefon mit einem zaghaften „Hallo?".

„Habe ich ein Glück, dass du noch nicht im Bett bist, mein Schatz."

„Mommy!", rief Samantha freudestrahlend aus.

Nicholas legte das Messer erwartungsvoll auf das Schneidebrett und ging zu seiner Tochter hinüber, die es sich munter im Sessel bequem gemacht hatte.

„Wann kommst du wieder zu uns?", fragte sie gerade ihre Mutter, als Nicholas sich ihr gegenüber auf die Couch setzte.

„Das wird noch etwas dauern, Schätzchen", antwortete Joan befangen, da es das erste Gespräch mit ihrer Tochter seit ihrem Auszug war.

„Ich will aber, dass du jetzt zu uns kommst", jammerte Samantha.

„Das kann ich nicht, Schatz, noch nicht."

„Warum nicht?"

„Dein Dad hat es dir schon erklärt. Ich bin krank und brauche nun ärztliche Hilfe. Ich soll mich ausruhen, nicht zu viel arbeiten ..."

„Ich möchte zu dir", flehte Samantha herzzerreißend, sodass Nicholas mit sich kämpfte. Er wollte sie an sich reißen und mit ihr weinen. „Kommst du mich holen?"

„Nein, Schätzchen", sagte Joan mit Tränen in den Augen und ihre einschneidenden Worte kamen ihr wie der Schnitt der Nabelschnur vor. Es war so endgültig. Sie trennte sich von ihrer Tochter, obwohl sie Samantha mehr als ihr eigenes Leben liebte. „Du wirst bei deinem Daddy bleiben", sagte sie mit brüchiger Stimme. „Ihr zwei werdet viel Spaß miteinander haben."

„Aber er war gemein zu dir. Ihr habt euch gestritten."

„Nein, Sam, dein Dad hat nichts Unrechtes getan", widersprach Joan ihr in bestimmtem Ton. „Es ist weder deine noch die Schuld deines Daddys, dass ich gegangen bin. Ihr müsst aufeinander achtgeben, bis ich wieder bei euch bin, versprichst du mir das?"

„Ja", sagte Samantha leise. Tränen rannten ihr aus den Augen.

„Ich habe dich sehr, sehr lieb, Sam, das darfst du niemals vergessen. Ich liebe euch beide", meinte Joan sanft. Der Schmerz in ihrer Brust war kaum mehr zu ertragen, so schrecklich vermisste sie ihre Tochter und ihren Mann. Das war deine Entscheidung, ermahnte sie sich selbst. Du bist gegangen und hast dich seither in diesem Hotelzimmer verkrochen. Also heule jetzt nicht herum!

Erst nach einigen Minuten, Samantha schluchzte in den Hörer, bat Joan ihre Tochter, ihren Vater ans Telefon zu holen. „Von nun an rufe ich dich jeden Abend nach dem Abendessen an", versprach Joan ihr. „Ich liebe dich, mein Schatz."

„Ich liebe dich auch, Mommy“, sagte Samantha leise.

„Bis morgen, Schatz. Ich wünsche dir eine verträumte Nacht.“

Mit verweinten Augen sah Samantha ihren Vater an, dem das Herz bei ihrem kummervollen Anblick zerbrach. Wortlos trat Nicholas zu ihr, ging vor ihr in die Hocke und legte die Arme um seine Tochter. Einen Moment schmiegte Samantha sich weinend an seine Brust.

Joan hörte durch das Telefon, das auf dem Sessel lag, die leise Stimme ihres Mannes, der seiner Tochter beruhigende Worte sagte. Dann vernahm sie Samanthas Worte, die ihm mitteilten, dass Joan ihn sprechen wollte.

Langsam löste Nicholas die Umarmung. „Gehst du schon hinauf und machst dich fürs Bett fertig? Ich komme gleich nach, okay?“

Samantha nickte mit ihren großen Augen und griff nach Ted, ehe sie an ihrem Vater vorbeistolzierte und die Treppe hinaufging.

„Joan?“, fragte Nicholas, als er alleine war.

„Es tut mir leid, dass ich ihr diesen Kummer bereite …“

„Du kannst es jederzeit beenden.“

Schweigen breitete sich einen Moment lang aus.

„Ist mein Dad bei euch?“, fragte sie und wischte sich eine Träne aus dem Gesicht.

„Ja. Danke, dass du für alles gesorgt hast“, sagte er sarkastisch. Im selben Augenblick bereute Nicholas seine Worte. „Tut mir leid. Es ist nur …“ Er schwieg, versuchte seine Worte nun mit Bedacht zu wählen. „Liebling, komm zu uns zurück“, bat er seine Frau sanft. „Bitte, Liebling. Wenn du es nicht für mich tust, dann wenigstens für Sam. Sie versteht nicht, was hier vor sich geht. Sie gibt mir die Schuld an deinem Auszug, will nicht mehr in den Kindergarten gehen und weigert sich immer wieder zu essen … ich dringe einfach nicht zu ihr durch.“

„Ich habe ihr gesagt, dass es nicht an dir lag, Nick. Ich denke, sie wird kein Theater mehr machen“, sagte sie ruhig, doch innerlich war sie aufgewühlt. Es hatte sie geschmerzt, ihre Tochter weinen zu hören, zu wissen, dass sie der Grund für ihre Tränen war.

„Warum, Liebling?“, fragte er verständnislos. „Warum hast du uns verlassen?“

„Ich weiß, du hast dich über unsere Situation nie beklagt. Du hast mir nie Vorwürfe gemacht, worauf wir wegen meiner Krankheit in den letzten Monaten alles verzichten mussten. Ich war oftmals sehr launisch und gereizt“, sagte sie leise. „Und doch weiß ich, dass es für dich auch nicht leicht gewesen ist. Ich habe deinen Blick gesehen … Du bist so verzweifelt, so wütend, weil du mir nicht helfen kannst …“

„Damit muss ich klarkommen, nicht du."

„Und *ich* muss mit meiner Krankheit klarkommen. Deshalb kehre ich erst zu euch zurück, wenn ich geheilt bin."

Er wagte nicht, sie danach zu fragen was sein würde, wenn sie nicht geheilt würde, denn er selbst wollte keine Sekunde darüber nachdenken. „Schatz, können wir uns nicht treffen und in Ruhe miteinander sprechen?", bat er seine Frau. „Sam würde sich auch freuen, dich wiederzusehen."

Tränen standen in ihren Augen, als sie zögerte. Ein Teil von ihr wollte seine Bitte begeistert bejahen, doch die andere Seite in ihr ließ dies nicht zu. Joan wusste, dass es, wenn sie nachgab und sich mit ihnen traf, nachher für alle umso schwerer sein würde, wenn sie sich wieder trennten. „Besser nicht", antwortete sie deshalb mit belegter Stimme. „Und bitte frag mich nicht, wo ich wohne, ich werde es dir nicht sagen."

Trotz ihrer Entscheidung bemerkte Nicholas, wie sehr sie darunter litt. Er wusste von ihrer Angst vor der Zukunft, spürte ihre Unsicherheit ihm gegenüber. Zudem entging ihm die Traurigkeit in ihrer Stimme nicht.

„Darf ich dich wenigstens fragen, wie du dich fühlst?", fragte er sanft.

„Es geht mir gut", sagte sie, überzeugte aber nicht einmal sich selbst. „Ich arbeite mit Perry an den Vorbereitungen für die Modenschau. Es geht mir wirklich gut, mach dir keine Sorgen."

„Ich höre auf, mir Sorgen zu machen, wenn du wieder bei uns bist …"

„Daddy, kann ich bei dir schlafen?", fragte Samantha, als Nicholas gerade das Licht seiner Nachttischlampe löschen wollte. Er wandte den Kopf herum und sah seine Tochter in ihrem weißen Nachthemd in der geöffneten Tür ihres Zimmers stehen. Ted fest an ihren Bauch gedrückt, blickte sie ihren Vater mit großen, unglücklichen Augen an, sodass er es nicht fertigbrachte, sie abzuweisen. Zudem glaubte er, dass es ihnen beiden guttun würde.

„Komm her, Schatz", sagte er liebevoll und legte den Arm um seine Tochter, nachdem diese unter seine Decke gekrochen war. Zärtlich küsste er ihre Wange und hielt sie umschlungen, bis sie eingeschlafen war. Erst viel später schlief er mit den Gedanken an seine Frau ein.

Joan hielt ihr Versprechen und rief jeden Abend um dieselbe Uhrzeit an, um einige Minuten mit ihrer Tochter zu sprechen. Doch nur alle paar Tage blieb sie so lange am Telefon, dass auch Nicholas einige Worte mit ihr wechseln konnte.

Tatsächlich nahm Joan ihren Termin bei Chris wahr, aber zu Nicholas' Widerwillen verschob sie ihn ganz plötzlich telefonisch auf zwei Stunden später, nur um dann doch wie ursprünglich zu erscheinen. Nicholas erfuhr von ihrem Besuch, als sie bereits wieder fort war.

„Warum hast du mich nicht informiert?", fuhr er Chris aufgebracht an.

„Weil deine Frau penibel darauf geachtet hat, dass ich keine Sekunde den Raum verlasse. Außerdem weißt du, was ich davon halte. Das Krankenhaus ist nicht der richtige Ort für solch eine Auseinandersetzung." Wieder einmal stand Chris zwischen Baum und Borke. Doch er musste zugeben, dass er seine *Patientin* nicht verstand. In seinen ganzen Berufsjahren hatte es keinen anderen Menschen gegeben, der völlig allein den Kampf gegen die Krankheit aufgenommen und den Kummer bewältigt hatte. Selbst Ben hatte sich bald nach seiner Einweisung einen engen Vertrauten gesucht und diesen Menschen in seinem Arzt gefunden.

Die Wochen verstrichen und allmählich drang Nicholas wieder zu seiner Tochter durch. Er versuchte zeitig Feierabend zu machen und tauschte einige Male seinen Wochenenddienst mit Chris, um ihnen zumindest einen gemeinsamen Tag in der Woche zu ermöglichen. Als Samantha an einem Sonntagmorgen unerwartet zu ihrem Vater ins Bett gekrabbelt kam, hätte Nicholas vor Freude weinen können. Es wäre das Schlimmste für ihn gewesen, auch noch seine Tochter zu verlieren.

Drei Tage vor dem nächsten Termin seiner Frau wählte Nicholas die Nummer von Joans Büro bei *Farley's* und hatte nur Augenblicke darauf Jill am anderen Ende. Soeben hatte Brian ihn über Joans Anwesenheit im Büro informiert.

„Hallo, Jill. Wie geht es Ihnen?", fragte er die Sekretärin seiner Frau wie immer freundlich und lauschte ihrer Antwort. „Das freut mich für Sie, Jill. Den Urlaub haben Sie sich wirklich verdient."

„Anfangs wollte ich die Reise absagen, aber Joan hat mich dann doch dazu überredet."

Das war sein Stichwort. „Ist meine Frau denn da? Können Sie mich zu ihr durchstellen?", fragte er bemüht beiläufig.

„Tut mir leid, Sir, aber Ihre Frau hat mir ausdrücklich aufgetragen, Sie nicht zu ihr durchzustellen. Sie sagte, sie ruft Sie an."

„Dann sagen Sie ihr bitte, dass nicht alles nach ihrem Kopf geht. Ich werde mich nicht darauf einlassen, dass sie mich nur dann anruft, wenn es ihr gefällt", machte er seinem Zorn Luft.

„Mr. Blake, ich kann …"

„Joan, du siehst schrecklich erschöpft aus", hörte Nicholas Perrys besorgte Stimme im Hintergrund. „Du solltest zu deinem Arzt gehen …"

So plötzlich Nicholas die Stimme gehört hatte, so schnell verklang sie wieder und er konzentrierte sich abermals auf Jill, die weitergesprochen hatte, ohne sein Gehör gehabt zu haben.

„Tut mir wirklich leid, Mr. Blake", sagte sie nun ehrlich bedauernd.

„Meine Frau hat Ihnen sicher gesagt, dass sie ausgezogen ist und sich von ihrer Familie und ihren Freunden zurückgezogen hat." Er hielt inne, sagte dann eindringlich: „Versprechen Sie mir bitte, dass Sie auf meine Frau aufpassen. Jemand muss dafür sorgen, dass sie sich nicht zu viel Stress zumutet."

„Sie haben mein Wort, Mr. Blake."

„Wie geht es ihr?", fragte er mit besorgter Stimme.

„Ich glaube, nicht sehr gut", sagte Jill nach kurzem Zögern leise, da die Tür zum Büro ihrer Chefin offen stand. „Perry und ich meinen, dass sie sich von ihrem Arzt untersuchen lassen sollte."

„Wie hat sie auf Ihren Ratschlag reagiert?"

„Sie beschönigt alles. Wir sähen alles zu schwarz, wir würden sie bemuttern, sagte sie erst vorhin zu uns. Dabei meinen wir es nur gut."

„Das weiß ich, Jill", sagte Nicholas, der derselben Ansicht wie Jill und Perry war. Aber er kannte seine Frau, Joan würde sich nur an Chris wenden, wenn sie am Morgen nicht mehr aus dem Bett kam. „Bleiben Sie in ihrer Nähe, und wenn es sein muss, zwingen Sie meine Frau zur Ruhe."

„Sie kennen sie doch. Wie soll ich das anstellen?"

„Verschaffen Sie ihr mehr Freiräume zwischen den einzelnen Meetings und wenn das nichts ändert, sagen Sie ihre Termine ab", meinte er mit ruhiger, aber bestimmter Stimme. Wenn Joan glaubte, dass er sich nun aus ihrem Leben heraushielt, dann kannte sie ihn nicht gut genug. Er würde sie mit allen Mitteln vor sich selbst beschützen, und sei es, dass er sie dadurch für immer verlor. Für ihn zählte nur, dass sie lebte.

Nachdem sie das Gespräch beendet hatten, trat Jill an die Bürotür ihrer Chefin und klopfte zögernd an die geöffnete Tür.

Joan, die mit blassem Gesicht auf der Couch saß und sich widerwillig Perrys Sorgenrede anhörte, sah auf, dankbar für die Unterbrechung. Schließlich wusste sie selbst, wie schrecklich sie aussah; dazu brauchte sie keinen besorgten Assistenten, der vor ihr auf und ab lief.

„Perry, gib endlich einen Moment Ruhe und lass Jill zu Wort kommen."

Augenblicklich verstummte Perry und sah Jill mit fragendem Blick an.

„Dein Mann hat wieder angerufen. Diesmal habe ich ihn nicht vertröstet, sondern ihm gesagt, dass ich ihn nicht durchstellen soll."

Unwillkürlich fragte sich Joan, wie ihr Mann die Bemerkung aufgenommen hatte, doch dies konnte sie Jill unmöglich fragen. Gerade jetzt, wo Perry so auf sie einredete. „Das war in Ordnung so, Jill. Danke", sagte sie, um ein Lächeln bemüht. Die vergangenen zwei Stunden waren jedoch hart gewesen. Seit sie aufgestanden war, fühlte sie sich unwohl und erst vor zehn Minuten war sie aus dem Badezimmer gekommen, wo sie sich zuvor fürchterlich übergeben hatte. Anschließend war sie nicht auf die Beine gekommen und hatte sich gerade auf wackeligen Beinen mit letzter Kraft und Perrys Hilfe zur Couch retten können.

„Du machst einen Fehler", sagte Perry zu ihr, als sie wieder allein waren. „Du solltest zu deinem Mann zurückkehren …"

„Perry!", fuhr Joan ihm verärgert ins Wort. „Ich weiß deine Meinung in vielerlei Dingen sehr zu schätzen, aber ich möchte, dass du dich aus meinem Privatleben heraushältst."

Er hob die Arme. „Okay, okay! Wie du meinst."

Als Nicholas am Schreibtisch in seinem Büro saß und eine Patientenakte studierte, klingelte sein Telefon. Nach dem zweiten Klingeln nahm er den Hörer ab.

„Dr. Blake", meldete er sich wie üblich.

„*Nicholas* … Joan wurde gerade in die Notaufnahme eingeliefert", war das Einzige, was Nicholas von Chris hörte. Sobald er die Worte seines Freundes begriffen hatte, ließ er den Telefonhörer aus der Hand fallen. Mit schnellen Schritten rannte er die Gänge des Santa Monica Hospitals entlang. Die schlimmsten Gedanken gingen ihm durch den Kopf, während er an verwunderten Patienten vorbeilief. Nach einigen Minuten erreichte er endlich die Notaufnahme.

„Schwester, in welchem Behandlungszimmer liegt Mrs. Farley?", wollte er von der Krankenschwester hinter dem Pult der Anmeldung wissen.

„Einen Moment, Doktor, ich sehe im Computer nach", sagte diese und tippte den Namen in das dafür vorgesehene Feld im Computer ein. Ungeduldig trommelte Nicholas mit seinen Fingern auf das Pult. „Da ist es. Behandlungszimmer fünf."

„Danke", sagte Nicholas und wandte sich suchend um. Behandlungszimmer drei und vier sah er, doch die Nummer fünf fand er erst, als er um die Ecke herumging. Ohne anzuklopfen stürzte er zur Tür herein, worauf die korpulente Krankenschwester erschrocken den Kopf zu ihm herumriss. Im selben Moment atmete sie auf, da es sich anscheinend um den zweiten Arzt handelte, den Dr. Bacon erwähnt hatte.

„Wo ist Dr. Bacon, Schwester?“, fragte Nicholas anklagend, da er nicht verstand, warum sich niemand um seine Frau kümmerte, die auf der Liege inmitten des kleinen Raumes lag.

„Dr. Bacon hat Mrs. Farley untersucht und müsste jeden Moment mit den Ergebnissen zurückkehren“, antwortete die Schwester.

Joan, die die Stimme ihres Mannes erkannt hatte, öffnete die Augen und sah Nicholas mit einem schwachen Lächeln im Gesicht an.

„Liebling, was ist passiert?“, fragte Nicholas sie besorgt. Da er sie seit Wochen nicht gesehen hatte, wusste er nicht recht, wie er sich ihr gegenüber verhalten sollte. Instinktiv ergriff er die Hand seiner Frau, ließ den Blick über ihren Körper wandern und stellte erleichtert fest, dass ihr, abgesehen von der Wunde an ihrer Schläfe, nichts weiter fehlte. Diese hatte die Schwester soeben gesäubert und klebte nun einen Verband darüber.

„Mach dir keine Sorgen, das war nur ein kleiner Schwächeanfall“, sagte Joan mit heiser Stimme. „Es geht mir schon wieder viel besser.“

Da trat die Schwester hinter Nicholas. „Doktor, Sie sollten draußen warten, bis die Untersuchungen bei Mrs. Farley abgeschlossen sind“, sagte sie unnachgiebig, da sie bemerkt hatte, dass die beiden sich nahestanden. In diesem Fall musste sie den ihr fremden Arzt wie die Angehörigen jedes anderen Patienten behandeln.

„Das geht in Ordnung, Schwester. Dr. Blake kann bleiben“, sagte Chris, der gerade zur Tür hereinkam.

„Ich habe die Wunde versorgt. Benötigen Sie mich noch, Dr. Bacon?“

„Nein, das war alles. Danke für Ihre Hilfe, Schwester“, erwiderte Chris freundlich, worauf sich die Schwester abwandte und das Untersuchungszimmer verließ.

Nicholas, der sich derweil einen Hocker neben die Liege seiner Frau gezogen und sich gesetzt hatte, sah seinen Freund fragend an. „Hast du Joans Blutwerte?“

Chris begegnete dem besorgten Blick seines Freundes und nickte. Langsam trat er mit Joans Akte in der Hand ans Ende der Liege.

„Der Krebs, nicht wahr?“, fragte Joan leise. Eine Träne rann aus ihrem Auge, lief ihre Wange hinunter. Nicholas verstärkte den Druck seiner Hand.

„Aufgrund der Zytostatika spielt dein Blutkreislauf verrückt“, begann Chris mit seiner Erklärung. „Wie die Tests ergaben, sind sowohl deine Thrombozyten als auch deine Leukozyten gesunken.“

„Was heißt das?“, fragte sie mit zittriger Stimme.

„Durch die Absenkung der Thrombozyten ist deine Blutgerinnung gestört.

Stark blutende Wunden können deshalb lebensgefährlich werden, wenn sie nicht schnell genug versorgt werden." Er seufzte. „Mehr Sorgen mache ich mir jedoch um deine Leukozyten." Wohl wissend, dass Nicholas' Fragen tiefer gingen, als er Joan erklären konnte, reichte Chris seinem Freund Joans Akte. Sofort griff Nicholas danach und studierte sorgfältig die Ergebnisse der Blutuntersuchungen, während Chris seine Patientin weiter über ihren Zustand aufklärte. „Die Medikamente können mitunter starke Auswirkungen auf deine gesamte Blutzirkulation haben. Wir haben es gleich mit drei Problemen zu tun. Das erste ist die Blutgerinnung, die ich gerade schon erwähnte und die wir bis zu einem gewissen Grad unter Kontrolle haben. Schwieriger ist das mit den weißen Blutkörperchen, den Leukozyten, da die Chemotherapie die Produktion beeinträchtigt. Bei Erwachsenen liegt die Zahl der Leukozyten zwischen 3000 und 4000 pro Kubikmillimeter Blut. Wenn sie, wie bei dir, unter 3000 sinken, spricht man von einem kritischen Zustand. Die Infektionsgefahr steigt drastisch. Dein Organismus bildet keine Abwehrkräfte mehr, sodass sich mögliche Viren in deinem Körper sehr schnell vermehren können", beendete Chris seinen Gedanken. „Noch ein Problem haben wir mit deinem Knochenmark, das dein Blut bildet. An der Zahl der weißen Blutkörperchen können wir sehen, wie stark dein Körper durch die Therapie angegriffen ist."

„Du spürst es selbst", sagte Nicholas plötzlich. „Anhaltende Müdigkeit, Kraftlosigkeit und seit ein paar Tagen hast du sicher auch keinen Appetit mehr."

Die Beschreibungen ihres Mannes passten haargenau auf ihre Qualen der letzten Woche, nur dass Joan dies auf ihre schlechte seelische Verfassung geschoben hatte. „Kannst du irgendetwas dagegen tun?", fragte sie zögernd, da sie das Schlimmste befürchtete.

Chris nickte. „Wir müssen mit der Chemotherapie aussetzen, bis dein Körper wieder ausreichend weiße Blutzellen gebildet hat. Erst dann kannst du deinen siebten Zyklus bekommen." Er wechselte seinen Blick zwischen Joan und Nicholas, wusste, wie es privat bei ihnen aussah, und zog es dennoch in Erwähnung. „Wenn du dich in die Obhut deines Mannes begibst ...", sagte er an Joan gewandt, „... und dich zu Hause von ihm versorgen lässt, kann er dich gleich mitnehmen. Andernfalls muss ich dich stationär aufnehmen."

„Dann werde ich hierbleiben", entschied Joan, obwohl sie den hoffnungsvollen Blick ihres Mannes regelrecht spürte.

„In Ordnung. Ich werde deine Verlegung auf die Onkologie veranlassen und eine Schwester zu dir schicken, die dich hinüberbringt", meinte Chris, nahm ihre Akte in die Hand und ging zur Tür hinaus.

„Du könntest dich von deiner Familie verwöhnen lassen", meinte Nicholas liebevoll und nahm ihre Hand in die seine.

„Es ist besser, wenn ich im Krankenhaus bin, glaube mir."

„Aber ..." In dem Moment kam eine Krankenschwester mit einem Rollstuhl ins Zimmer und Nicholas verstummte.

„Schaffen Sie es, sich allein aufzusetzen, oder soll ich Ihnen behilflich sein?", fragte die Schwester freundlich.

„Ich denke, ich benötige Ihre Hilfe", sagte Joan niedergeschlagen.

Eine Minute darauf saß Joan im Rollstuhl und die Schwester schob sie aus dem Behandlungsraum.

„Sie haben hier sicher alle Hände voll zu tun, Schwester. Ich kann Mrs. Farley doch allein zur Onkologie bringen", meinte Nicholas entgegenkommend, als er den Ansturm von Menschen in der Notaufnahme sah.

„Es ist wirklich viel los", stimmte die Schwester ihm unsicher zu. „Ist das in Ordnung für Sie?", wandte sie sich an Joan. Diese zögerte einen Moment, nickte dann jedoch.

Während Nicholas seine Frau durch die Gänge schob und sie schließlich den verglasten Durchgang erreichten, der die Verbindung zwischen dem eigentlichen Krankenhaus und der Onkologie war, wechselten sie kein einziges Wort miteinander.

„Es ist leider kein Einzelzimmer mehr frei, Dr. Blake. Wir sind beinahe bis auf das letzte Bett ausgebucht", erklärte ihm die Oberschwester seiner Station bedauernd. Sie wusste, dass es sich um seine Frau handelte, konnte jedoch nichts an den belegten Betten ändern.

„Versuchen Sie es trotzdem", bat Nicholas sie.

„Das ist nicht nötig, Oberschwester", fuhr Joan dazwischen. „Ich möchte nicht anders behandelt werden als die übrigen Patienten. Ich habe gern Gesellschaft. Geben Sie mir irgendein Bett."

„Irgendein Bett bekommst du aber nicht", wiedersprach Nicholas ihr und wandte sich erneut an die Oberschwester. „Wo haben wir noch ein Bett frei?"

„Wir haben keine große Auswahl, Dr. Blake." Sie reichte ihm den Belegungsplan. Im ersten Zimmer lag ein älterer Mann, der an einem Gehirntumor erkrankt war. Da sich dieser jedoch seit seiner Einlieferung vor einigen Tagen als äußerst problematisch erwiesen hatte, schüttelte Nicholas entschieden den Kopf. Der Patient schrie Schwestern und Ärzte an, da würde er bei seinem Bettnachbarn sicher keinen Halt machen. Noch immer kopfschüttelnd fuhr Nicholas mit dem Finger die Zeilen entlang und hielt bei einem Namen inne. Anny Tosard, das nette Mädchen aus San Francisco.

„Was halten Sie von Anny, Oberschwester?"

„Das Mädchen könnte Unterhaltung gebrauchen. Es wird etwas eng, aber ich lasse sofort ein zweites Bett in ihr Zimmer stellen." Mit klappernden Schuhen lief die Oberschwester eilig den Gang hinunter.

„Anny?", fragte Joan.

„Anny ist zehn Jahre alt und bereits ein halbes Jahr bei uns", sagte Nicholas und setzte sich auf einen der weißen Stühle, die nebeneinander an der Wand standen. „Sie hat Leukämie. Seit Monaten wartet sie auf einen geeigneten Knochenmarkspender."

„Ihr werdet sicher bald jemanden finden", sagte sie zuversichtlich, worauf ihr Mann weniger optimistisch nickte. Anny hatte schon zwei Chemotherapien hinter sich, bevor sie nach Los Angeles gekommen war. Die neue Kombination der Chemotherapie, an deren Entwicklung Nicholas beteiligt gewesen war, schien bei ihr anzuschlagen, aber auf lange Sicht benötigte Anny einen Knochenmarkspender.

Bedrückt ließ Joan sich Minuten später von ihrem Mann in das Zimmer schieben, in dem sie die nächsten Tage, vielleicht Wochen verbringen würde. Dank des schönen Frühlingstages erhellte die Sonne das kleine Zimmer, an dessen rechter Wandseite zwei Betten mit einem Abstand von etwa eineinhalb Metern aufgestellt waren. Gegenüber den Betten stand ein Tisch mit zwei Stühlen, daneben der Schrank für Kleider und andere Dinge der Patienten.

Nicholas, der den Rollstuhl zum Bett schob, das sich gleich neben der abgetrennten Toilette befand, sah die Oberschwester fragend an. „Wo ist Anny?"

Die Oberschwester lächelte. „Sie sitzt mit ihrem kleinen Freund im Gemeinschaftsraum und sieht sich ein Video an." Dann wandte sie sich an Joan. „Ich habe Ihnen ein Nachthemd auf das Bett gelegt. Benötigen Sie sonst noch etwas?"

„Im Moment nicht, danke."

„Falls doch, klingeln Sie einfach", sagte die Oberschwester, ehe sie lächelnd das Zimmer verließ.

„Warte, ich helfe dir", sagte Nicholas, als seine Frau sich auf die Arme stützte, um aufzustehen. Joan wollte gerade seine Hilfe ablehnen, da knickten ihre Beine zusammen. Blitzschnell fing Nicholas sie mit beiden Armen auf und half ihr, sich auf das Bett zu setzen.

Nachdem sich Joan von dem kleinen Schrecken erhalt hatte, sah sie ihren Mann entschlossen an. „Ich möchte nicht, dass du jemandem von meinem Aufenthalt hier erzählst."

Nicholas trat vor sie und betrachtete sie eingehend. „Schatz, sie machen sich alle Sorgen um dich. Matthew ist auf deinen Wunsch nach L. A. gekommen und erfuhr erst von mir, was wirklich los ist."

Sie wich seinem Blick aus. „Er hat meiner Mom beim Leiden zugesehen, er muss mich nicht auch noch so sehen."

„Meinst du nicht, du solltest Matthew die Entscheidung überlassen?"

„Nein, es ist mein Leben."

„Also verbannst du alle Menschen, die dich lieben, aus deinem Leben?", fragte er vorwurfsvoll.

„Dasselbe würdest du doch auch tun!", warf Joan ihm aufgewühlt vor. „Du hättest Sam und mich schon vor Monaten verlassen." Tränen traten in ihre Augen, aber sie machte sich nicht die Mühe, sie fortzuwischen. Schon als sie ihrem Mann in der Notaufnahme begegnet war, hatte es sie reichlich Überwindung gekostet, nicht sofort in Tränen auszubrechen. Nun war der Damm jedoch gebrochen und die Tränen liefen unaufhaltsam.

„Liebling ...", sagte er sanft und setzte sich neben seine Frau.

„Nein, lass mich allein", schluchzte sie. „Geh, bitte."

„Ich lasse dich nie wieder allein", wiedersprach er ihr und zog sie trotz ihres Widerstandes in seine Arme. Liebevoll küsste er ihre Wange, fuhr ihr durch die Haare. „Komm zu uns zurück, bitte ...", flehte er, und als Joan ihn ansah, sah sie Tränen in seinen braunen Augen schimmern. Sie öffnete den Mund, um etwas zu sagen, aber Nicholas legte seinen Finger auf ihre Lippen. „Ich brauche dich, Liebling. Ich kann ohne dich nicht mehr leben."

Joan fiel in seine Arme. Es war, als wäre sie vor einer Woche von einem Zwanzigstöcker gesprungen, gefallen ... gefallen ... gefallen und endlich in sicheren Armen gelandet.

„Ich brauche dich auch", gestand sie mit verschleiertem Blick. „Ich habe euch schrecklich vermisst."

„Dann zieh wieder zu uns, wenn es dir besser geht", sagte Nicholas vorsichtig.

Sie zögerte. „Ich will nicht, dass du mich wie eine Kranke behandelst."

„Ich tue alles, was du willst, Liebling." Zärtlich küsste Nicholas seine Frau und nahm ihre Hände in die seinen. „Aber du musst endlich akzeptieren, dass du krank bist." Sein Blick war von Liebe erfüllt. „Die Chemo schwächt deinen Körper. Ich weiß, es ist schwer für dich, aber du musst endlich kürzertreten und dir von anderen helfen lassen."

Joan nickte, legte die Hand auf die Wange ihres Mannes. „Ich möchte euch nicht verlieren ..."

„Das wirst du nicht, Liebling. Ich verspreche dir, wir drei bleiben immer zusammen."

Joan, die die vergangene Woche in einem kleinen, unscheinbaren Hotel verbracht hatte, nannte ihrem Mann schließlich die Adresse, damit er ihr einige ihrer persönlichen Dinge bringen konnte.

Nach Dienstschluss fuhr Nicholas zu dem Hotel, das sich auf der gegenüberliegenden Straßenseite von Samanthas Kindergarten befand. Sobald die Kinder abgeholt werden konnten, hatte Joan am Fenster gestanden und ihre Tochter beobachtet, die mit Matthew oder Ben nach Hause gegangen war. Sie hat es also nicht einen Tag ohne unsere Tochter ausgehalten, stellte Nicholas mit einem angenehmen Gefühl im Bauch fest, als er alle Sachen seiner Frau zusammenpackte. Ihr Gepäck in den Händen, ging er schließlich die Treppe des Hotels hinunter und bezahlte an der Rezeption ihre Rechnung.

„Hallo, du bist sicher Anny", sagte Joan lächelnd, als ein kleines Mädchen mit Basecap und Morgenmantel zur Tür hereinkam. Über den Neuankömmling überrascht, blieb sie in der Tür stehen. „Ich bin Joan Blake, ab heute deine Bettnachbarin."

„Hallo", sagte Anny schüchtern und schloss die Tür hinter sich. Wortlos ging sie an Joans Bett vorbei und setzte sich in ihr eigenes. Den Rücken zu Joan gewandt, zog sie langsam ihren Morgenmantel aus. Beim Anblick der dünnen, blassen Arme des Mädchens zuckte Joan zusammen. Ihr Herz verengte sich, als Anny das Basecap vom Kopf nahm und es ans Bettende warf. Der Kopf des Mädchens war vollkommen kahl.

Ohne den verstohlenen Blick ihrer Zimmergenossin zu bemerken, legte Anny sich mit dem Rücken auf ihre Bettdecke, griff nach einer Zeitschrift und begann darin zu lesen.

Wie ihr selbst waren auch Anny Augenbrauen und Wimpern ausgefallen. Joan benutzte jedoch unechte Wimpern und saß morgens lange vor dem Spiegel, um sich das magere Gesicht, das sie durch die Therapie bekommen hatte, zu schminken. Vor allem in der vergangenen Woche waren ihre Wangenknochen immer mehr zutage gekommen.

Es verging eine Stunde, ehe Anny sich in ihrem Bett aufsetzte und das Wort an die fremde Frau richtete. „Sind Sie mit Dr. Blake verheiratet?"

Joan, die gedankenverloren an die Zimmerdecke gestarrt hatte, wandte den Kopf herum und nickte. „Im Juli werden es fünf Jahre."

„Er ist mein Arzt", erklärte Anny. „Haben Sie dasselbe wie ich? Leukämie?"

Joan, die nicht wusste, was sie darauf antworten sollte, schüttelte nur den Kopf.

Ihr eigenes Schicksaal zu akzeptieren war schwer genug, aber sie verstand nicht, warum dieses junge Mädchen an diesem Ort sein musste. Sie war noch so jung, zu jung, um so viel Leid zu erfahren.

„Du kannst du zu mir sagen, Anny. Ich bin Joan."

„Was für einen Krebs hast du, Joan?", blieb Anny hartnäckig.

Joan schluckte. „Ich hatte einen Tumor in der Brust. Er ist entfernt worden, und nun mache ich eine Chemotherapie."

„Ich habe schon zwei hinter mir", sagte sie mit traurigem Blick. „Ich hasse es, wenn ich erbrechen muss."

„Mir geht es genauso. Und dazu fallen einem die Haare aus."

„Dir nicht. Du hast schöne Haare."

Betrübt dachte Joan an ihre eigenen Haare, die ihr vor Monaten ausgefallen waren, und zupfte mit den Fingern an dem unechten Haar. „Das ist leider nur eine Perücke", sagte sie und nahm sachte die Perücke von ihrem Kopf, worauf ihr kahler Kopf zum Vorschein kam.

„Oh", sagte Anny verlegen. „Tut mir leid."

„Das braucht es nicht. Im Gegenteil, es freut mich, dass man meine Haare nicht als Perücke erkennt. Dann hat sich der Kauf gelohnt", sagte Joan lächelnd.

„Meine Haare waren pechschwarz. Sie gingen mir bis hier." Anny streckte ihren Arm hinter den Rücken und zeigte ihrer neuen Freundin, wie lang ihre Haare vor langer Zeit einmal gewesen waren. Gern hätte sie auch eine Perücke gehabt, doch an solch einen Luxus war nicht zu denken. Ihre Eltern konnten sich geradeso die teure Behandlung und einen Flug dritter Klasse aus San Francisco leisten. Alle zwei bis drei Wochen kamen sie ihre Tochter übers Wochenende in Los Angeles besuchen.

Es dauerte nicht lange, bis Joan und Anny sich angefreundet hatten. Schon zwei Tage nach Joans Einzug stibitzte Anny vom Servierwagen der Krankenschwester einen Schokopudding für ihre neue Freundin. Als die Schwester mit erhobenem Finger zu ihnen ins Zimmer kam, das kleine Schälchen war gut in Joans Nachschrank versteckt, konnten die beiden sich nur mit Mühe das Lachen verkneifen.

Da Anny aufgrund ihrer hohen Infektionsgefahr nicht hinaus in den Park durfte, saßen sie zumeist auf ihren Betten, spielten oder unterhielten sich lange. Anny wollte alles über die fremden Städte wissen, in denen Joan bereits gewesen war, und ihre Begeisterung schien kein Ende zu nehmen. Sie interessierte sich für alles, stellte unzählige Fragen und wurde der Erzählungen ihrer Freundin nie müde.

Doch es gab auch jene schlechten Tage, an denen die Nebenwirkungen der Therapie ihren Tribut forderten und sich eine von ihnen nicht wohlfühlte. Von Übelkeit geplagt oder zu schwach zum Aufstehen, ja selbst das Öffnen der Augen war an manchen Tagen Schwerstarbeit.

Nicholas' Besuche in ihrem Zimmer waren nicht selten. Sobald er zu seinem Dienst ins Krankenhaus kam, stattete er Joan und Anny einen morgendlichen Besuch ab, der zweite erfolgte bei der täglichen Visite – natürlich nur als Chefarzt – und an den Nachmittagen kam er zu ihnen, um Joan zu einem Spaziergang im überdachten Glaskomplex abzuholen. Pünktlich zum Abendessen brachte er sie zurück auf ihr Zimmer.

Angesichts seiner privaten Situation zeigte der Professor Nicholas gegenüber vollstes Verständnis und ließ seinem Chefarzt freie Hand über dessen Dienst, sodass Nicholas seit Monaten nur selten einen Nachtdienst übernommen hatte. Zumindest in den Nächten hatte er bei seiner Familie sein wollen. Nach Joans Auszug war er dann die Hauptbezugsperson seiner Tochter geworden, und in jeder Umarmung hatte er ihre Angst, auch er könne sie verlassen, spüren können.

„Störe ich?" Lächelnd steckte Nicholas eines Nachmittags den Kopf zur Tür herein.

Joan und Anny, die schwatzend in ihren Betten lagen, verstummten augenblicklich und wandten die Köpfe zu ihm herum. „Niemals!", sagten sie gleichzeitig und mussten lachen.

Da trat Nicholas ins Zimmer, blieb am Ende von Annys Bett stehen und fragte sie nach ihrem Befinden. Am Morgen hatte die Kleine ihren neuen Zyklus bekommen.

„Ganz okay", sagte Anny knapp.

Nicholas nickte und sah zu Joan. „Ich wollte mein Versprechen halten und dich zu einer Spazierfahrt durch den Park abholen. Hast du Zeit?" Auch wenn Anny noch immer nicht in den Park hinausdurfte, so gestattete Nicholas zumindest seiner Frau diesen kleinen Luxus, unter der Bedingung, dass sie in den nächsten Tag in Annys Gegenwart einen Mundschutz trug.

„Womit sollte ich denn beschäftigt sein? Du lässt mich ja nicht arbeiten." Wie oft sie sich in den vergangenen Tagen darüber unterhalten hatten! Joan, die Brian um einige Unterlagen aus dem Büro gebeten hatte, war noch am selben Tag von ihrem Mann bei der Arbeit erwischt worden. Prompt hatte Nicholas die Akten konfisziert und ihr ein striktes Arbeitsverbot erteilt.

„Schatz, es gibt noch andere Dinge, die du tun kannst", sagte Nicholas, während Joan sich den Morgenmantel über ihr Nachthemd zog. Sie wusste, dass diese Unterhaltung zwecklos war, da er ihr niemals zu arbeiten gestatten würde, und ging nicht weiter auf seine Bemerkung ein. Stattdessen setzte sie sich in den bereitstehenden Rollstuhl und ließ sich von ihrem Mann aus dem Zimmer und über die langen Gänge des Krankenhauses schieben. Im Schwesternzimmer informierte Nicholas die Oberschwester über den Spaziergang und überprüfte seinen Piepser, ehe sie die Station verließen.

Schließlich schob Nicholas den Rollstuhl die Rampe in den Park hinunter, wo er Joan eine Weile die hellen Sandwege entlangfuhr. Hohe Palmen und Bäume standen in größeren Abständen an den Wegen, dazwischen befanden sich immer wieder braun gestrichene Holzbänke.

„Herrlich", sagte Joan und atmete die frische Märzluft ein. Mit 22 Grad war es ein angenehmer Tag. Der leichte Wind, der Joans Haare umspielte, ließ sie einen Moment erschaudern, sodass sie ihren Morgenmantel enger zog. Nicholas bemerkte es.

„Wir sollten besser umkehren. Du fühlst dich heute nicht wohl", sagte er einfühlsam.

„Nein, es geht schon", wiedersprach Joan ihm. Sie war so lange nicht draußen gewesen und wollte jede Minute außerhalb des Krankenhauses genießen. „Wie läuft es zwischen Sam und dir?"

„Dank deinem Gespräch vor einigen Wochen gibt Sam mir nicht mehr die Schuld an deinem Auszug." Er lächelte. „Sie isst wieder regelmäßig und macht morgens nur noch selten Theater, wenn ich sie in den Kindergarten bringen will."

„Du solltest nicht so viel Zeit bei mir verbringen." Spürbar wurden Nicholas' Schritte langsamer. „Ich komme allein klar", sagte sie, da ihr die dunklen Ringe unter seinen Augen vorhin nicht entgangen waren. Von Matthew wusste sie, dass Nicholas in den Nächten ihrer Abwesenheit sehr schlecht, manchmal gar nicht geschlafen hatte, und seit sie im Krankenhaus war, zerteilte er sich regelrecht. Zum Schlafen schien er auch jetzt nicht zu kommen. „Sam braucht dich. Sie hat im Moment nur dich."

„Ich entscheide mich nicht zwischen euch."

„Das musst du auch nicht", sagte sie liebevoll. „Du beschränkst deine Besuche bei mir auf deinen Dienst und fährst anschließend heim. Dann bleibt euch beiden noch genug Zeit, um miteinander zu sprechen oder zu spielen, ehe ihr zu Abend esst und Sam schlafen geht."

„Willst du einen Rückzieher machen?", fragte er argwöhnisch. Erst am Vortag hatten sie sich geeinigt, dass Joan nach ihrem Krankenhausaufenthalt zurück zu ihnen ziehen würde.

„Nein, es bleibt dabei." Sie streckte den Arm über ihre Schulter und legte ihre Hand auf die ihres Mannes. „Ich möchte nur, dass du auch an dich denkst."

„Ich bin zweitrangig …"

„Nein", sagte sie bestimmt und griff mit den Händen nach den Rädern des Rollstuhls. Mit wenigen Bewegungen hatte sie sich auf dem Sandweg umgedreht und blickte zu ihrem Mann auf. „Es nützt niemandem, wenn du vor Erschöpfung umfällst, Nick. Deine Arbeit, Sam daheim und ich hier, das sind einfach zu viele Dinge, die du gleichzeitig bewältigen willst. Irgendetwas muss zurücktreten."

„Und da denkst du natürlich sofort an dich."

„Sam braucht dich", sagte sie abermals eindringlich. „Ich habe hier genug Menschen, die sich um mich kümmern, aber wen hat Sam denn schon?"

„Das könntest du ändern, wenn Sam dich besuchen käme." Mittlerweile hatten alle, bis auf Samantha, sie besucht und Nicholas fragte sich seit einigen Tagen, warum seine Tochter nicht auch ins Krankenhaus kommen sollte, um ihre Mutter wiederzusehen. Es würde beiden sicher besser tun als die abendlichen Telefonate.

„Das möchte ich nicht", sagte Joan und drehte ihm mit dem Rollstuhl den Rücken zu. Nicholas ging jedoch mit zwei Schritten um sie herum und sah sie direkt an.

„Warum nicht?"

„Weil das alles ihr schreckliche Angst einjagen würde. Es ist nicht nur das Krankenhaus, Nicholas, es sind die Menschen auf dieser Station. Schau sie dir einmal genau an und dann sag mir, was du siehst. Schau in ihre Augen …", sagte sie aufgewühlt, griff mit beiden Händen nach den Rädern des Rollstuhls und fuhr mit schnellen Armbewegungen ihrem Mann davon. Ein paar Meter weiter blieb sie an einer Bank stehen und wartete, bis Nicholas darauf Platz genommen hatte. „Ich gehöre zu diesen Menschen", sagte sie nach einem Moment mit zittriger Stimme. Tränen standen in ihren Augen, als sie nach der Hand ihres Mannes griff. „Ich weiß, ich kann Sam nicht vor allen schrecklichen Dingen beschützen, aber ich kann sie zumindest von dem Leid hier fernhalten. Es ist kein Ort, an dem Kinder sein sollten. Und Sam schon gar nicht."

Wortlos umfasste Nicholas mit beiden Händen ihre Wangen, beugte sich zu seiner Frau und küsste sie liebevoll. Stirn an Stirn sah er sie an. „Du hast recht", sagte Nicholas sanft. „Sam sollte dich hier nicht besuchen kommen. Sie wird früh genug wissen wollen, was genau ich tue. Ich wünschte, wir könnten diese Unterhaltung hinausschieben, bis sie 15 ist."

Mit feuchten Augen lächelte Joan. „Ich fürchte, dazu ist sie zu neugierig. Ob ich dabei bin oder nicht, du wirst die richtigen Worte finden."

„Du wirst mir zur Seite stehen." Er küsste sie zärtlich. „Liebling, ich liebe dich."

„Ich liebe dich auch", flüsterte sie, ehe sie sich abermals küssten.

Nachdem Nicholas sie zurück in ihr Zimmer gebracht hatte, sank Joan in einen leichten Schlaf. Die frische Luft hatte ihr gutgetan und sie gleichzeitig angestrengt.

Ein merkwürdig vertrautes Geräusch riss Joan aus dem Schlaf. Noch ehe sie richtig bei sich war, wandte sie sich im Bett um und sah zu Anny, die in ihrem eigenen Bett saß und in eine Schüssel erbrach. Der Anblick zerriss ihr das Herz.

So schnell sie mit ihren schwachen Beinen konnte, sprang sie aus ihrem Bett, setzte sich hinter Anny und hielt den Kopf ihrer kleinen Freundin, während diese unablässig erbrach. Es war entsetzlich. Anny würgte und hustete abwechselnd, sie verschluckte sich an ihrem eigenen Hochgewürgtem und klammerte sich verängstigt an Joans Hand. Tränen liefen aus ihren Augen.

„Ist ja gut, Anny. Versuche, ruhig zu atmen", versuchte Joan sie zu beruhigen und suchte blind nach der Klingel, um die Schwestern zu informieren.

Augenblicke später hatte sich Annys Atem wieder normalisiert und die Übelkeit war weitgehend verflogen. Weinend fiel sie in Joans Arme, die ihr liebevoll mit der Hand über den Kopf strich und leise, beruhigende Worte flüsterte. Als eine Schwester zu ihnen ins Zimmer geeilt kam, war Anny noch immer vollkommen erschöpft. Die Schwester brauchte nicht zu fragen, was geschehen war, denn der Geruch des Erbrochenen hing in der Luft.

„Können Sie mir zwei kalte Lappen bringen?", fragte Joan leise, nachdem die Schwester das Fenster weit geöffnet und die Schüssel entlehrt hatte.

„Natürlich", antwortete die junge Frau, lief aus dem Zimmer und kehrte wenig später zu ihnen zurück. Im Waschbecken ließ sie kaltes Wasser über die Lappen laufen und reichte sie dann Joan, die Anny den einen auf die Stirn, den anderen in den Nacken legte.

„Soll ich Dr. Blake holen?", fragte die Schwester Anny und bekam ein kurzes Kopfschütteln als Antwort. Da sie nichts für ihre kleine Patientin tun konnte, wandte sie sich um und verließ das Zimmer.

Im Arztkittel stand Nicholas vor der Tür und sah durch das verglaste Fenster. Der Anblick, der sich ihm bot, hatte ihn erstarren lassen. Langsam wiegte Joan

Anny in ihren Armen hin und her, genauso wie Nicholas es viele Male bei seiner Frau getan hatte. Die enge Verbundenheit zwischen den beiden, es war wie Seelenverwandtschaft, sah Nicholas mit gemischten Gefühlen. Einerseits freute er sich für Anny, die vor Joans Einlieferung für sich allein in ihrem Zimmer gewohnt und selten mit den Schwestern gelacht hatte. Mit Joans Unterstützung war der verschreckte Vogel wieder zum Leben erwacht. Doch angesichts seiner Frau hielt Nicholas die enge Freundschaft für äußerst gefährlich. Er wusste, hatte Joan erst einmal einen Menschen ins Herz geschlossen, ließ sie ihn nie mehr allein. Jeder ihrer Freunde gehörte automatisch zur Familie und war immer herzlich willkommen. Die tiefe Zuneigung, die Joan zu Anny entwickelte, konnte ihr irgendwann zum Verhängnis werden, denn wie es derzeit aussah, schlug die neu entwickelte Chemotherapie bei Anny doch nicht an.

Als spürte Joan ihren Mann an der Tür, wandte sie den Kopf herum und blickte Nicholas traurig an. Da öffnete er die Tür und trat langsam an Annys Bett. „Die Schwester sagte, dass du dich übergeben musstest. Wie fühlst du dich jetzt?“, fragte er mit einfühlsamer Stimme, ohne seine Frau anzusehen.

„Besser“, sagte Anny leise und ließ sich von ihrer Freundin auf das Kissen betten. Dann stieg Joan vom Bett und deckte die zurückgeschlagene Decke über den Körper des Mädchens.

„Das freut mich“, sagte Nicholas mit einem aufbauenden Lächeln und griff nach Annys Hand, um ihren Puls zu fühlen. Anschließend legte er seine Hand auf ihre Stirn, aber sie hatte kein Fieber. „Ruh dich ein wenig aus. Ich sehe später noch einmal nach dir, und wenn ihr Lust habt, dann spielen wir drei etwas zusammen, okay?“

Anny nickte erschöpft, schloss die Augen und drehte ihnen den Rücken zu.

Während Anny die vergangenen 20 Minuten zu verdrängen schien, kochte Joan innerlich vor Wut und folgte ihrem Mann vor die Tür.

„Was gibst du ihr, dass sie so fürchterlich erbrechen muss!?“, fuhr sie Nicholas auf dem Gang aufgebracht an und er wusste, dass sie sich genauso verhalten würde, wenn es um Samantha ginge.

„Schatz, beruhige dich“, bat er leise.

„Ich will mich aber nicht beruhigen!“

„Jo!“, sagte er mit Nachdruck, obwohl er mit seiner Frau mitfühlte, und zog sie um die Ecke des Ganges, damit sie ungestörter waren. Dies war ein Moment, vor dem er *sie* hatte schützen wollen. „Anny reagiert nach jedem neuen Zyklus so und ich kann es nicht ändern. Ich muss ihre Medikamente hoch dosieren“, erklärte er ruhig, „damit sie überhaupt eine Überlebenschance hat. So schmerzvoll es auch ist, ich tue alles, damit sie den Tag erlebt, an dem wir einen Spender für sie finden."

„Ihr könnt sie auch gleich umbringen", sagte Joan mit Tränen in den Augen. „Sie wäre beinahe an ihrem eigenen Erbrochenen erstickt."

„Welche Wahl habe ich denn?", fragte Nicholas sie entrüstet. Er hatte gedacht, sie verstehe seine Lage als Onkologe. „Wenn ich Anny die Medikamente nicht gebe, wird sie in absehbarer Zeit sterben. So hat sie wenigstens eine Chance. Aber wenn du glaubst, dass mir ihr Zustand und ihre Qualen vollkommen gleichgültig sind, dann irrst du dich gewaltig." Von ihrem Vorwurf verletzt, wandte er sich um und lief den Gang hinunter, ohne sich noch einmal zu seiner Frau umzudrehen.

Joan hatte versucht, allein gegen den Krebs zu kämpfen, und war kläglich gescheitert. Es war nicht nur ihre schlechte körperliche Verfassung und der Stress bei *Farley's*, was zu ihrer Ohnmacht geführt hatte, sondern auch die Sehnsucht nach Nicholas und Sam, nach ihrer Familie. Daran wäre ihr beinahe das Herz zerbrochen. Sie wusste, wenn sie überleben wollte, brauchte sie die Unterstützung ihrer Familie.

Seit einer Woche war Joan nun im Krankenhaus und Chris' Aussage zufolge hatten sich ihre Blutwerte verbessert, doch wollte er mit ihrer Entlassung noch einige Tage warten. Auf Drängen ihres Mannes gab Joan schließlich nach und informierte ihren Vater über ihren Krankenhausaufenthalt. Noch am selben Tag besuchte Matthew seine Tochter auf der Onkologie und schloss sie bei der Begrüßung fest in die Arme. Er hatte sich mehr Sorgen um sie gemacht, als er sich selbst eingestanden hatte.

Drei Tage später konnte Joan entlassen werden. Mit Tränen in den Augen umarmte sie Anny und versprach ihr, sie jede Woche mehrmals besuchen zu kommen.

„Grüßt du Sam von mir?", fragte Anny.

„Natürlich", antwortete Joan, obwohl sie wusste, dass sie ihrer Tochter erst in einigen Jahren von ihrer kleinen Freundin erzählen würde. Aber eines stand fest: Sam würde durch die Erzählungen ihrer Mutter dieses Mädchen so sehr lieben lernen, wie sie selbst es tat.

Nicholas, der die Reisetasche seiner Frau trug, hatte den Arm um ihre Hüfte gelegt, als sie die Gänge entlang zu Chris' Büro liefen, um zu erfahren, wie es nun mit ihrer Therapie weiterging.

„Wir werden zwei Tage pausieren", erklärte Chris Joan. „Am Donnerstag untersuche ich dich erneut, und wenn die Blutwerte in Ordnung sind, erhältst du deinen siebten Zyklus."

„Okay, dann bis Donnerstag", sagte Joan, stand auf und küsste Chris zum Abschied auf die Wange.

Die Fahrt nach Malibu verlief ungewöhnlich schnell, was äußerst selten für L. A.s Verhältnisse war. Zum ersten Mal wünschte Joan, die Straßen wären voller gewesen und sie würden noch eine Weile benötigen, um daheim anzukommen, doch da konnte Joan bereits ihr Haus sehen. Nicholas hielt das Cabrio neben Bens Motorrad und stellte den Motor aus.

„Liebling, ist alles in Ordnung?", fragte Nicholas, als Joan keine Anstalten machte auszusteigen, und ergriff die zittrige Hand seiner Frau.

„Hasst sie mich?"

„Wer? Sam?" Joan nickte. „Oh Gott, nein! Sie liebt dich. Sam wartet jeden Tag auf deine Rückkehr."

„Hast du ihr gestern Abend erzählt, dass ich heimkomme?"

„Nein. Du sagtest, du willst sie überraschen."

Joan lächelte schwach. „Ich bin mir nicht mehr sicher. Was ist, wenn sie …"

„Ihre Liebe zu dir hat sich nicht verändert, Liebling." Er beugte sich zu seiner Frau und legte die Hand an ihre Wange. „Du brauchst keine Angst zu haben. Ich bin bei dir, okay?"

Zögernd nickte sie, atmete tief ein und öffnete dann ihre Autotür. Nervös wartete sie, bis Nicholas ihre Reisetasche aus dem Kofferraum geholt hatte und zu ihr kam. Gemeinsam liefen sie zur Haustür und betraten einen Augenblick darauf ihr Haus.

„Mommy!", rief Samantha und rannte in die Arme ihrer Mutter, die auf dem Flur lächelnd in die Hocke ging.

„Hallo, mein Schatz!" Mit Freudentränen in den Augen küsste sie Samanthas Mund. „Ich habe dich so vermisst, Schätzchen."

„Ich habe dich auch vermisst, Mom", sagte Samantha leise.

„Geht es dir gut?"

Samantha nickte. „Bleibst du jetzt bei Daddy und mir?"

„Ich gehe nicht mehr fort, versprochen."

„Indianerehrenwort?"

„Indianerehrenwort!", sagte Joan und zog Samantha nochmals in ihre Arme. Die Arme noch immer um den Hals ihrer Mutter klammernd, ließ Samantha sich von ihr ins Wohnzimmer tragen, wo Matthew und Ben Joan begrüßten.

Der Nachmittag verging und es war, als wäre Joan niemals weg gewesen. Freudig erzählte Samantha ihrer Mutter die neuesten Geschichten aus dem Kindergarten und berichtete voller Stolz, dass sie im Mai ein Theaterstück aufführten, in dem sie einen Hund spielen durfte. Eine Nebenrolle, doch da keines der Kinder eine Sprechrolle hatte, war Samantha nicht traurig darüber. Vor allem nicht, weil es ein Hund war. Sie liebte Hunde und wünschte sich seit einiger Zeit einen eigenen, aber bisher hatten ihre Eltern es ihr nicht gestattet.

An ihrem ersten Abend daheim hatte Joan Mühe, ihre Tochter ins Bett zu bringen. Sie las ihr ihre Lieblingsgeschichte vor, anschließend zeigte Samantha jedoch noch immer keine Müdigkeit und verlangte nach einer zweiten Geschichte. Joan, die das Gefühl hatte, bei Samantha etwas gutmachen zu müssen, blätterte die Seiten in dem Buch weiter und begann zu lesen. Erst nach der Geschichte und einer festen Umarmung ließ Samantha ihre Mutter gehen. Joan wusste, dass Samantha ihr noch nicht ganz traute. Vermutlich befürchtete sie, ihre Mutter könnte trotz ihres Versprechens wieder über Nacht fortgehen.

„Möchtest du auch ein Glas Wein?", fragte Nicholas, als Joan sich zu ihm auf die Couch setzte.

„Gern." Sie hob die Beine auf die Couch, winkelte sie an und blickte nachdenklich ins Feuer, das ihr Mann im Kamin entfacht hatte.

Nicholas, der ihr das Glas Wein hinhielt, musterte sie besorgt, da sie ihn nicht wahrzunehmen schien. „Liebling, stimmt etwas nicht?"

„Mhm?" Joan wandte den Kopf zu ihm um. „Entschuldige, ich war mit meinen Gedanken woanders."

„Und bei wem?" Ein Lächeln umspielte seinen Mund.

„Vor 24 Stunden stand mein Bett noch im Santa Monica Hospital und jetzt bin ich hier. Ich muss mich erst wieder an euch gewöhnen", sagte sie lächelnd. „Mir geht einiges durch den Kopf."

„Anny?"

„Auch."

„Willst du darüber reden?", fragte er liebevoll.

Joan rückte näher zu ihrem Mann und lehnte den Kopf gegen seine Schulter. „Wärst du sehr böse, wenn wir einfach nur zusammen vor dem Kamin sitzen würden?"

Er legte den Arm um sie. „Solange du nur bei mir bist, ist mir alles recht. Du solltest wissen, dass du jederzeit mit mir sprechen kannst, okay?" Zärtlich küsste er ihre Stirn.

„Das weiß ich. Danke."

Zwei Tage darauf bekam Anny plötzlich Fieber. Trotz ihrer Bemühungen, das Fieber zu senken, stieg es innerhalb weniger Stunden immer weiter, sodass Nicholas seine junge Patientin auf die Intensivstation verlegen ließ, um ihren

Zustand besser beobachten zu können. Nach zahlreichen Untersuchungen diagnostizierte Nicholas schließlich eine Lungenentzündung. Sobald das Labor den Erreger bestimmt hatte, wollte er Anny mit den entsprechenden Antibiotika behandeln.

Stündlich machte Nicholas dem Labor Druck, da es Anny zusehends schlechter ging. Um halb drei griff er abermals in seinem Büro nach dem Telefonhörer und drückte die Durchwahltaste, als jemand an seine Bürotür klopfte. Im nächsten Moment steckte Schwester Michelle den Kopf zur Tür herein und wedelte mit einer Akte.

„Der Laborbericht von Anny“, sagte sie, worauf Nicholas sofort aufstand und um seinen Schreibtisch herumkam. Eilig nahm er den Bericht entgegen und las das Ergebnis. Michelle merkte, wie sich sein Gesichtsausdruck veränderte. Noch beim Lesen des Berichtes legte Nicholas seine Hand auf Michelles Rücken und schob sie wortlos zur Tür hinaus. Erst vor der Tür klappte er die Akte zu.

„Es ist ernster, als ich angenommen habe. Informierst du bitte ihre Eltern“, wies Nicholas Michelle in Gedanken an. „Sie sollten nach L. A. kommen.“

Wenige Schritte vom Büro ihres Mannes entfernt blieb Joan wie angewurzelt stehen. „Was ist mit Anny?“

Überrascht drehten Nicholas und Michelle sich um und blickten in Joans sorgenvolles Gesicht. „Geh schon vor, Michelle. Ich komme gleich nach“, sagte Nicholas und lief zu seiner Frau. „Was machst du denn schon hier, Schatz?“ Er küsste ihre Wange.

„Was ist mit Anny?“

„Sie hat eine Lungenentzündung. Ich habe soeben die Spezifizierung des Erregers erhalten und wollte gerade zu ihr, um ihr die Antibiotika zu verabreichen“, sagte er und Joan spürte seine Eile. Sie hatten schon so lange warten müssen.

„Du sagtest, es sei ernst.“

„Das ist es“, meinte er bewusst knapp.

„Ich will sie sehen“, sagte Joan und bemerkte das Zögern ihres Mannes. „Bitte, Nicholas“, bat sie ihn eindringlich.

Er nickte. „In Ordnung. Komm.“

Durch die Glasscheibe des Beobachtungsraumes sah Joan zu, wie Nicholas in der grünen Intensivkleidung an Annys Bett trat, einen Blick auf die Monitore warf und einige Worte mit Michelle wechselte, ehe er Anny das Antibiotikum spritzte.

Die Arme vor der Brust verschränkt, blickte Joan mit bangem Gefühl zu ihrer kleinen Freundin hinüber, die noch vor einer Woche so vergnügt gewesen war. Inzwischen hatte das Fieber ihrem kleinen Körper hart zugesetzt. Jeder Zentimeter war mit Schweiß bedeckt. Über Mund und Nase befand sich eine Atemmaske, da Anny zwischenzeitlich immer wieder das Atmen schwerfiel.

Wie eine Schwester Joan mitteilte, war das Fieber so hoch, dass Anny zumeist nichts von ihrer Umgebung mitbekam. Anfangs hatte sie mal geschlafen, mal war sie wach gewesen, nun war sie seit Stunden nicht mehr zu sich gekommen. Beim Anblick des Mädchens war beiden Frauen klar, dass es nicht gut um Anny stand.

Als Nicholas für den Moment nicht mehr für Anny tun konnte, verließ er ihr Zimmer und betrat den Beobachtungsraum, wo seine Frau sich gerade die Augen mit ihrem Taschentuch abtupfte. Wortlos ging Nicholas zu ihr und zog sie in seine Arme.

„Ist es meine Schuld, dass sie jetzt dort liegt?“, fragte Joan, nachdem sie sich aus seiner Umarmung gelöst hatte und zu Anny hinüberblickte.

Verwundert sah Nicholas seine Frau an. „Wie kommst du darauf?“

„Am Tag vor meiner Entlassung warst du mit mir im Park. Es wäre doch möglich, dass ich den Erreger …“ Sie verstummte.

„Da kann ich dich beruhigen. Anny hat mir bereits heute Morgen ihren kleinen Ausflug in den Park gestanden. Sie hat die Schwestern ausgetrickst und ist zur Hintertür hinaus.“

„Ich verstehe das nicht. Anny wusste doch, dass sie nicht nach draußen darf.“

Nicholas, der hinter seiner Frau stand, legte seine Hände auf ihre Schultern. „Anny ist ein Naturmensch. Sie liebt den Strand und das Meer, ebenso wie die Wälder. Sie hat nie ein Wort darüber verloren, aber ich weiß, dass sie sich im Krankenhaus immer eingesperrt gefühlt hat.“

Zwei Tage kämpfte Nicholas um das Leben seiner jungen Patientin, ohne dass eine Besserung eintrat. Als er am Sonntag seine Familie verließ und ins Krankenhaus fuhr, stellte er mit schwerem Herzen fest, dass sich Annys Zustand über Nacht weiter verschlechtert hatte.

„Wie sind die neuen Befunde?“, fragte Chris von Zuversicht gezeichnet, worauf Nicholas ihm wortlos die Papiere reichte. „Die Antibiotika schlagen nicht an“, stellte er unglücklich fest, nachdem er die Werte gelesen hatte, und sah seinen Freund bedauernd an, da auch ihm das Schicksaal von Kindern besonders zu Herzen ging.

„Ich kann nichts mehr für sie tun“, sagte Nicholas niedergeschlagen, während er sich mit der Hand durch die Haare fuhr. „Nun kämpft sie allein um ihr Leben …“

„Nicholas, du …", begann Chris, doch sein Freund verließ ohne ein weiteres Wort den Raum.

Die nächsten Stunden verbrachte Nicholas allein in seinem Büro. Er hatte sich vorgenommen, seine Unterlagen aufzuarbeiten, doch seine Gedanken schweiften immer wieder ab. Es war Anny, die unaufhörlich in seinen Verstand eindrang. Er sah wieder das kleine, abgemagerte Mädchen vor sich, das sie bei ihrer Einlieferung gewesen war. Eine für sie besser eingestellte Chemotherapie hatte sie langsam wieder zu Kräften kommen lassen. Obwohl Anny von Woche zu Woche an Kraft gewann, glaubte Nicholas zu ahnen, dass sie diese dritte Chemotherapie nicht mehr wollte. Er wusste nicht genau, wann sie sich aufgegeben hatte. Vielleicht erst vor wenigen Wochen … vielleicht aber auch schon vor ihrer Ankunft im Santa Monica Hospital.

Erst das Geräusch seines Piepsers ließ Nicholas in die Gegenwart zurückkehren. Rasch blickte er auf die Nummer, die sein Piepser anzeigte. Es war die Intensivstation. Anny!

Sofort sprang er auf, rannte aus seinem Büro und die langen Gänge hinunter. Eine Minute später stand er in Annys Zimmer, wo sein Kollege bereits eine Herzdruckmassage bei Anny machte. Eine Schwester stand auf der anderen Seite des Bettes und presste mit der Beatmungsmaske Luft in den kleinen Körper, aber Annys Herz wollte einfach nicht mehr schlagen …

14. Kapitel

Annys Tod lastete schwer auf Joans Seele. Der Verlust, der ungerechte Tod eines so jungen Menschen, warf ihr inneres Gleichgewicht völlig aus der Bahn. Sie wollte nicht begreifen, warum ausgerechnet Anny aus dem Leben gehen musste. Zugleich war Joan froh, dass sie selbst noch lebte, und hatte wegen dieser Gedanken schreckliche Schuldgefühle.

Nicholas wusste, dass seine Frau ihn brauchte, auch wenn sie dies niemals zugegeben hätte. Sie brauchten einander mehr denn je, denn auch an ihm war Annys Tod nicht spurlos vorübergegangen. Jedes Mal, wenn einer seiner jungen Patienten starb, benötigte er einige Zeit, um damit klarzukommen.

Annys Beisetzung fand an einem sonnigen Tag Mitte März in San Francisco statt. Von Trauer gezeichnet, stützten ihre Eltern sich gegenseitig und verfolgten die Worte des Pfarrers, der die Seele ihrer kleinen Anny in den Himmel schickte. Joan und Nicholas standen unter den übrigen Angehörigen und hielten einander an den Händen. Als die Worte des Pfarrers verstummten, stimmte ein männliches Mitglied der Kirche *Amazing Grace* an. Unaufhaltsam liefen Joan die Tränen und Nicholas legte ihr schützend seinen Arm um die Schulter.

Nachdem sie als Letzte eine Handvoll Sand auf das Grab geworfen hatten, traten Joan und Nicholas zu Annys Eltern und drückten ihnen abermals ihr tiefes Beileid aus. In ihrer beider Augen spiegelte sich die Trauer von Mr. und Mrs. Tosard wieder. Sie selbst hatten vor langer Zeit geliebte Menschen verloren, und nun hatte Anny für kurze Zeit auch zu ihrem Leben gehört. Ihr Verlust bedeutete für jeden etwas anderes, doch dass sie gegangen war, tat jedem von ihnen im Herzen weh.

Nach Annys Beisetzung schien es Joan von Tag zu Tag schlechter zu gehen. Die Trauer um ihre kleine Freundin ließ sie verschlossener werden. In den ersten Tagen verbrachte sie sehr viel Zeit mit Samantha, danach flüchtete sie sich erneut in ihre Arbeit und blieb oftmals bis spätabends in ihrem Büro, da die letzten Handgriffe für die bevorstehende Modenschau getätigt werden mussten.

Nicholas dagegen bemühte sich, so oft es irgendwie ging, zu Hause zu sein, um bei seiner Familie zu sein, die durch Annys Tod noch enger zusammengewachsen war. Während er allmählich den Schmerz überwand, konnte er noch immer keinen Unterschied bei seiner Frau erkennen. Er wusste, auch ohne dass sie mit ihm darüber sprach, dass sie viel über ihr eigenes Leben, ihren eigenen

Tod nachdachte, und wann immer es ihm möglich war, versuchte er sie von ihren Gedanken abzulenken und aufzuheitern.

Als Joan am Donnerstag, eine Woche nach ihrem zehnten Zyklus, am späten Nachmittag nach Hause kam, genügte Nicholas ein Blick in das Gesicht seiner Frau, um zu wissen, dass ihr Tag die Hölle gewesen war. Tatsächlich hatte Joan mehrere Stunden in dem kleinen Badezimmer in ihrem Büro verbracht.

„Hallo, Liebling." Zärtlich küsste Nicholas sie und versuchte seine Bestürzung über ihren Zustand zu verbergen, doch er machte sich ernsthafte Sorgen um sie. „Soll ich dir ein Bad einlassen?", fragte er umsichtig.

„Au ja, Mommy!", sagte Samantha enthusiastisch. „Gehen wir zusammen baden?"

„Du warst heute schon baden, Sam", zerstörte Nicholas die Freude seiner Tochter und fuhr ihr mit der Hand über den Kopf. „Deine Mom badet jetzt, und wir zwei werden schon zu Abend essen, okay?"

„Du hättest mir sagen können, dass Mom noch baden geht, dann hätte ich gewartet", meinte Samantha mürrisch und lief zurück ins Wohnzimmer.

„Beim nächsten Mal baden wir wieder zusammen, Schatz", versprach Joan ihr, wandte sich um und folgte Nicholas langsam die Treppe hinauf. „Danke", sagte sie erledigt. „Eine Diskussion mit Sam hätte ich heute nicht mehr vertragen."

„Es war ein schwerer Tag für dich", stellte er mitfühlend fest, während das Wasser in die Badewanne lief und Joan sich ihre Kleider auszog. Nicholas, der auf dem Rand der Badewanne saß, bemerkte, wie seiner Frau jeder Handgriff Schwierigkeiten bereitete, aber er hielt sich zurück. „Heute Morgen sagtest du, dass es nicht spät werden würde. Gab es irgendeinen Zwischenfall?"

Joan stöhnte. „Zwei der Models fallen aus. Und das drei Tage vor der Modenschau." Noch immer über den plötzlichen Ausfall der Models verärgert, stieg sie in die Badewanne. „Perry und ich haben den halben Tag herumtelefoniert, um Ersatz zu finden, aber so kurzfristig war das gar nicht so einfach. Die Models, die wir nicht genommen haben, sind inzwischen alle ausgebucht. Es blieb uns nichts anderes übrig, als bei einer Agentur anzufragen, die nicht so populär ist."

„Aber deshalb sind die Models doch nicht hässlich", wandte Nicholas ein.

Joan lehnte den Kopf gegen den Wannenrand. „Natürlich nicht. Wenn es nach mir ginge, würden wir nur bei einer solchen Agentur Models anwerben, aber *Farley's* ist nun einmal hoch angesehen." Sie sah ihren Mann mit hochgezogener Braue an. „In dieser Branche geht es ums Prinzip, verstehst du?"

Nicholas lächelte. „Ebenso wenig wie du." Er beugte sich zu ihr hinunter und küsste sie zärtlich. „Aber ich vertraue dir voll und ganz."

„Ich hoffe, ich enttäusche dich nicht."
„Das kannst du nicht, glaube mir."
Am darauf folgenden Morgen begannen die Aufbauarbeiten der Holzbühne am Santa Monica State Beach. Joan bat Perry, die Arbeiten zu beaufsichtigen, aber nach ihrem Meeting mit Brian fuhr sie ebenfalls zum Strand, um nach den Fortschritten zu sehen.
Nur 500 Meter vom Santa Monica Pier entfernt waren zwei Kilometer Strand entlang dem Meer bis hinauf zur Strandpromenade einzig für die Modenschau gesperrt worden. Auf dieser riesigen Fläche würden die Bühne mit dem langen Laufsteg, der parallel zum Pier stand, sowie zwei große Zelte ihren Platz finden. Während das eine etwas kleinere Zelt die gesamte Technik beinhalten sollte, diente das andere als Garderobe für die Models.
Am Ende des Laufsteges führten drei flache Stufen zu dem roten Teppich hinunter, den die Models entlanglaufen würden, wenn sie zum Zelt hinübergingen, um sich umzukleiden. Auf beiden Seiten des Laufsteges sollten über 300 weiße Stühle für die Gäste der Modenschau aufgestellt werden. Da eine Vielzahl an Prominenz erwartet wurde, hatten die Männer und Frauen von der Security den Auftrag, sich unauffällig unter die Gäste zu mischen.
„Ich möchte mit Ihnen alles noch einmal durchgehen", sagte Joan am Tag vor der Modenschau zu dem verantwortlichen Mann der Baufirma.
„Keine Sorge, Madam, wir werden unsere Arbeiten planmäßig beenden", antwortete der Mann geduldig, obwohl Joan ihn und seine Angestellten in den vergangenen Tagen beinahe verrückt gemacht hatte. Sie war wie Isabelle eine Perfektionistin, hatte am liebsten mit anpacken wollen.
„Liegen Sie im Zeitplan?", hakte Joan nach und warf einen Blick in die Runde. Bühne und Laufsteg standen in all ihrer Pracht vor ihr. Der Bogen am Ende des Laufsteges war mit natürlichen Ästen verziert, in denen sich weiße und rote Rosen rankten. Die beiden Zelte waren fertig aufgebaut und Joan sah, dass die Techniker bereits den Großteil ihrer Arbeit erledigt hatten. Soeben wurden die Licht- und Toneinstellungen abgestimmt.
Joan wechselte noch einige Worte mit dem Mann der Baufirma, dann wandte sie sich der Dame vom Catering zu. Das großzügige Buffet sowie eine Bar sollten ihren Platz in einem weiteren Zelt finden, das an der Längsseite vollständig begehbar war. Zu diesem Buffet sollten den Gästen vor und nach der Modenschau Tabletts mit allerlei Leckereien gereicht werden. Darüber hinaus vereinbarte Joan, dass weitere Kellner den Gästen Tabletts mit Champagner und Wein anboten.

Bis zum späten Abend blieb Joan vor Ort und gab letzte Anweisungen. Da die Kleider für die Modenschau teils mehrere Tausend Dollar wert waren, veranlasste Joan, dass sie in der Nacht von der Security bewacht wurden.

„Perry, ich fahre jetzt heim", sagte Joan zu ihrem Assistenten, während die Stangen mit den Kleidern ins Zelt gebracht wurden.

„Dann werde ich wohl auch bald aufbrechen. Die Leute hier wissen, was noch zu tun ist, und ich würde nur im Weg herumstehen. Und Angelina wird sich sicher auch freuen", sagte er lächelnd und trat aus dem Zelt. Dort wandte er den Blick zum Meer hinaus. „Die Modenschau wird einzigartig werden. So eine Kulisse hatte noch niemand zuvor. Deine Idee war einfach fantastisch, Joan." Freudig drehte er sich zu seiner Chefin um, die lächelte. Plötzlich hob sie den Arm und schwankte gefährlich. „Hey, Vorsicht", sagte Perry und hielt sie in seinen Armen, als ihr einen Moment schwarz vor Augen wurde.

„Es geht schon wieder", sagte sie tapfer und lächelte.

Besorgt musterte Perry sie. „Soll ich dich lieber nach Hause fahren?"

Joan schüttelte den Kopf. „Das schaffe ich schon." Sie legte die Hand auf seinen Arm und küsste seine Wange. „Danke, dass du so lange geblieben bist."

„Fühlst du dich wirklich gut genug, um Auto zu fahren?"

„Ja. Mach dir keine Sorgen, Perry. Bis morgen", sagte sie und ließ ihn vor dem Zelt der Models zurück.

Es wurde acht Uhr Abends, als Joan müde ihr Zuhause betrat. Erschöpft legte sie ihren Hausschlüssel auf die Kommode im Flur und sah nach Nicholas und Samantha, doch von beiden war nichts zu sehen, geschweige denn zu hören. Nachdem sie sich am Treppenansatz die Pumps von den Füßen gestreift hatte, ging sie langsam die Treppe hinauf ins Schlafzimmer und sank dort seitlich aufs Bett. Nur für einen Moment wollte sie die Augen schließen und den Worten ihres Mannes lauschen, der Samantha eine Geschichte vorlas. Eine Viertelstunde später fand Nicholas sie schlafend vor. Sachte hob er ihre Beine ins Bett und deckte sie zu.

„Morgen ist alles vorüber", flüsterte er und küsste zärtlich ihre Wange.

Am späten Nachmittag des 25. April zog Samantha mit der Hilfe ihres Vaters das von *Farley's* entworfene gelbe Seidenkleid an, das sie sich selbst vor einigen Wochen ausgesucht hatte. Majestätisch drehte sie sich vor ihm.

„Du bist eine richtige kleine Prinzessin", sagte Nicholas vor ihr hockend voller Stolz, worauf Samantha lächelte.

„Mom", sagte Samantha leise, als sie Joan in der Tür ihres Zimmers stehen sah.

In seinem schwarzen Anzug stand Nicholas auf und wandte sich zu seiner Frau um. Ihr Anblick verschlug ihm die Sprache. Joan trug ein knielanges weißes Spitzenkleid, ebenfalls von *Farley's*. Sie drehte sich lächelnd vor ihnen, sodass Nicholas sehen konnte, dass ihr Kleid am Rücken bis knapp oberhalb des Pos ausgeschnitten war. Die langen blonden Haare ihrer Perücke trug sie offen über der Schulter. Das goldverzierte Collier mit den zwei Diamanten, das Nicholas ihr zum letzten Hochzeitstag geschenkt hatte, schmiegte sich an ihren schlanken Hals.

Überwältigt trat Nicholas zu ihr und küsste sie zärtlich. „Liebling, du bist wunderschön."

Joan lächelte ihn an. „Du siehst auch gut in deinem Anzug aus."

„Bist du nervös?"

„Und wie!"

„Schatz, es wird alles genauso klappen, wie du es dir vorgestellt hast", sagte er überzeugt und wandte sich zu seiner Tochter um. „Wollen wir los?" Samantha nickte eifrig. Sie war noch aufgeregter als ihre Mutter und fühlte sich in ihrem Kleid tatsächlich wie eine Prinzessin.

Entlang dem gesperrten Strandabschnitt hatten sich bereits Hunderte eingefleischter Fans und Schaulustige versammelt, die von der Security stets im Auge behalten wurden. Nicholas hielt das Cabrio vor dem roten Teppich. Sofort öffneten zwei in Anzug gekleidete Männer ihnen die Türen, sodass sie aussteigen konnten. Nicholas gab dem Mann den Autoschlüssel, lief mit wenigen Schritten um das Auto herum und empfing dort lächelnd seine Frau und seine Tochter. Die wartenden Fotografen erkannten die Tochter von Matthew Farley und machten Fotos von den dreien.

„Dr. Blake …", sprach einer der Journalisten Nicholas an, „… wie fühlen Sie sich an der Seite Ihrer bekannten Frau?"

„Glücklich. Sehen Sie sich um, das alles stammt aus ihrer Feder", erklärte Nicholas voller Stolz lächelnd und drückte die Hand seiner Tochter.

Joan selbst beantwortete einige Fragen und ließ sich mehrfach fotografieren, ehe sie mit ihrer Familie weiterschritt und ihnen alles zeigte.

Es dauerte nicht lange, bis die ersten Limousinen vorfuhren. Regisseure, Produzenten, Schauspieler, Sänger und andere Leute aus der High Society ließen sich von den Fans weit abgeschirmt auf dem roten Teppich ablichten. Zur Begrüßung erhielt jeder ein Glas Champagner.

„Joan!"

Lächelnd wandte Joan sich im Zelt der Models zu Brian um, der in dem Gewühl von Models, Kleiderständern und Visagistinnen auf sie zugelaufen kam. Während Nicholas und Samantha bereits in der ersten Reihe am Laufsteg Platz genommen hatten, war Joan bei den Models nur nach dem Rechten schauen gegangen.

„Es ist fantastisch!“ Begeistert küsste Brian ihre Wange. „Und du siehst wundervoll aus“, sagte er, vom Aussehen seiner Schwester hingerissen.

„Danke für das Kompliment, Bruderherz.“

Nachdem Joan sich abermals vergewissert hatte, dass es bei den Models und den Kleidern keine Probleme gab, die sie nicht allein beheben konnten, ließ sie sich von Brian vors Zelt entführen. Brian, ganz der Gastgeber, stellte den seiner Meinung nach wichtigsten Gästen seine Schwester als Marketingchefin von *Farley's* und als verantwortliche Person dieser außergewöhnlichen Veranstaltung vor. Lächelnd schüttelte Joan Hände von Menschen, die sie noch nie zuvor gesehen hatte, aber auch von solchen, die in der Öffentlichkeit standen und in der Vergangenheit hohe Summen im Geschäft gelassen hatten. Von allen Seiten erhielt sie Glückwünsche, doch das wohl Bedeutendste kam von ihrem Vater selbst.

Unter wildem Blitzlichtgewitter traf Matthew Farley am roten Teppich ein und sprach freundlich mit den Journalisten. An seiner Seite ging eine lächelnde Evelyn Parker, die laut den New Yorker Boulevardblättern Matthew Farleys neue Lebensgefährtin war. Obwohl Matthew diesbezüglich kein Wort gegenüber seinen Kindern verloren hatte, gab es für Joan an der Glaubwürdigkeit dieser Nachricht keinen Zweifel und freute sich für ihren Vater.

„Daddy“, sagte Joan lächelnd, als Matthew zu seiner Familie trat, und streckte ihm die Arme entgegen.

Matthew nahm ihre rechte Hand und küsste ihre Finger, worauf Joan, von seiner Geste überrascht, lachte. „Hallo, mein Engel.“ Zärtlich küsste er die Wange seiner Tochter – ein Foto, das am nächsten Tag unter vielen anderen in der Zeitung erschien. „Du hast Meisterhaftes geleistet“, sagte Matthew voller Stolz. „In jedem Detail sieht man deinen Stil.“

Joan errötete. „Mir stand ein hervorragendes Team zur Verfügung.“

„Die Bescheidenheit hast du von Isabelle geerbt. Deine Mutter wäre heute sehr stolz auf dich, Liebling.“

„Das bedeutet mir sehr viel, Dad.“ Tränen standen in Joans Augen, als sie sich zu ihrem Vater beugte und seine Wange küsste. „Und ich wünsche dir, dass du mit Evelyn glücklich wirst“, flüsterte sie an seinem Ohr.

Mit sanftem Blick sah Matthew sie an. „Das sind wir, Liebling.“

Um Punkt 20 Uhr trat Brian hinter das Pult auf der Bühne und hielt seine Rede, in der er Matthew als hervorragenden Geschäftsmann und wunderbaren Vater bezeichnete. Er sprach über seinen eigenen Wechsel vor neun Jahren nach Los Angeles, den er niemals bereut hatte. „Wäre ich damals nicht nach Los Angeles gekommen, dann hätte ich meine bezaubernde Frau vermutlich nie kennengelernt." Glücklich blickte er zu Rachel hinunter. „Die Frau, die mich in einigen Monaten zum Vater machen wird." Ein Raunen ging durch die Menge, dann wurde Beifall geklatscht. Rachel, die nicht gewusst hatte, dass Brian ihre Schwangerschaft bei diesem Anlass verkünden würde, hielt die Luft an. Was würde ihre Familie nur denken? Doch als sie zögernd den Kopf zur Seite drehte, blickte sie in Matthews lächelndes Gesicht. Und auch Joan, die einige Plätze von ihr entfernt saß, lächelte sie an. „Ein Baby", formten ihre Lippen. „Ich freue mich."

Brian kam von der Bühne zu ihnen gelaufen, nahm seine Frau in die Arme und küsste sie. Ihre unerwartete Eröffnung am Morgen hatte diesen Tag zum wundervollsten in seinem Leben gemacht.

In den darauf folgenden zwei Stunden führte ein bekannter Moderator sie durch die Modenschau, in der *Farley's* neben den aufregenden Modellen für die Geschäftsfrau auch atemberaubende Abendkleider präsentierte. Die anwesenden Gäste waren von der neuen Kollektion überaus begeistert. Bei jedem weiteren *Oh* aus dem Publikum freute Brian sich mehr.

Die anschließende Party fand unter einem sternenklaren Himmel, begleitet vom Rauschen des Meeres, statt. So etwas hatte es noch nie zuvor in Los Angeles gegeben, und – um es mit den Worten der Journalisten zu sagen – es war die Nacht des Jahres.

Tagelang berichteten die Zeitungen von der Modenschau und den Stars und Sternchen, die das *Ereignis des Jahres* besucht hatten. Brian gab einige Interviews in den bekanntesten Modezeitschriften der Westküste, in denen man sein halbes Leben nachlesen konnte. Er schien in dieser einst verhassten Welt aufzugehen, ja, er fühlte sich wohl. Endlich schrieben die Zeitungen nicht mehr über den *Sohn von Matthew Farley*, sondern über Brian Farley, dem Mann, der *Farley's* in Los Angeles einen Namen verschafft hatte.

Joan dagegen hatte jeden Tag im Stillen ein Gebet gesprochen, dass die Presse sie und ihre Familie verschonen würde, doch sie war nicht blind. Sie hatte die Anzeichen gesehen und gewusst, dass ihre Gebete nicht erhört worden waren. Bereits einen Tag nach der Modenschau erhielt sie im Büro die erste Anfrage zu einem Interview, doch sie lehnte ab. Darauf folgten weitere Angebote, man wollte Brian und sie sogar gemeinsam in einer Show haben, aber immer erhielten die Anrufer dieselbe Antwort. Für Joan war ihr Leben in Los Angeles zweigeteilt; im Modeimperium *Farley's* war sie mit allen Konsequenzen Joan Farley, aber daheim war sie Joan Blake, Ehefrau und Mutter, und ihr Privatleben ging niemanden etwas an.

Die Journalisten und Fotografen sahen dies jedoch anders. Je weniger Joan sich der Öffentlichkeit zeigte und aus ihrem Leben offenbarte, desto neugieriger schienen die Presseleute zu werden. Sie erzählte nur wenig, beantwortete nur Fragen bezüglich ihres Jobs bei *Farley's* und blockte Fragen zu ihrem Privatleben sofort ab, obwohl sie sich darüber im Klaren war, dass sie sich damit auf sehr dünnes Eis begab.

Nicholas war bewusst, wovor seine Frau sie beschützen wollte. Nur zu gut erinnerte er sich an ihre New Yorker Besuche und daran, wie sie von Fotografen verfolgt worden waren. Ihnen war klar, dass die Idylle, in der sie bisher gelebt hatten, von einem Tag auf den anderen zerstört werden konnte, doch Joan wollte alles dafür tun, um dies zu verhindern.

Drei Tage nach der Modenschau verließ Nicholas das Krankenhaus eher als üblich und fuhr auf dem schnellsten Wege nach Hause. Vielleicht hatte er Glück, sagte er sich auf der Fahrt, und Joan hatte noch keine Zeit gefunden, um die Zeitung zu lesen. Am Morgen waren sie zur gleichen Zeit aufgebrochen und erst vor einer Stunde hatte Chris ihm den Artikel über sie ins Büro gereicht. Es genügte, den Text zu überfliegen und das Bild daneben zu sehen, das Joan zeigte, wie sie die Onkologie des Santa Monica Hospital verließ. Trotz der vorgehaltenen Hand sah man ihr mageres Gesicht, das sie sich an diesem Tag nicht geschminkt hatte.

„Joan? Sam? Seid ihr zu Hause?“, rief Nicholas, kaum dass er ins Haus trat.

„Hallo, Daddy!“, rief Samantha und kam aus dem Wohnzimmer zu ihm gelaufen. Nicholas breitete die Arme weit auseinander und hob sie hoch. „Hallo, Schätzchen. Ist alles in Ordnung?“ Samantha nickte und er küsste ihre Wange, aber er nahm die angespannte Atmosphäre im Haus wahr.

Als Nicholas hinüber ins Wohnzimmer ging, stand Joan von der Couch auf und wandte sich mit verschränkten Armen zu ihrem Mann um. Ihr Blick ließ ihn sofort erkennen, dass sie den Artikel bereits gelesen hatte.

Langsam stellte er Samantha wieder auf ihre eigenen Füße. „Schatz, lässt du Mom und mich für einen Moment allein“, bat er seine Tochter sanft. „Gehst du so lange in deinem Zimmer spielen?“

Anstandslos verließ Samantha das Wohnzimmer und ging die Treppe hinauf.

„Es tut mir so leid“, sagte Nicholas, als er sicher war, dass Samantha sie nicht hören konnte, und nahm seine Frau in die Arme. „Ich wünschte, ich könnte etwas tun, damit du das alles nicht durchmachen musst.“

Joan schniefte leise. „Früher oder später musste so etwas geschehen.“ Sie löste sich aus seiner Umarmung und setzte sich wieder auf die Couch. „Besser die Enthüllung, dass ich Krebs habe, als eine Exklusivstory über Mailand …“

Er schüttelte den Kopf. „Wir sollten nicht abwägen müssen“, sagte er resigniert und setzte sich neben seine Frau.

„So ist das nun einmal.“

Ihre Blässe gefiel ihm überhaupt nicht. Sie war in den vergangenen Wochen oft geschwächt gewesen, hatte sich für die Modenschau bis zum Letzten abgerackert und war abends todmüde ins Bett gefallen. Er hatte den Eindruck, dass sie nach ihrem Krankenhausaufenthalt nicht wieder richtig zu Kräften gekommen war.

„Liebling, du solltest eine Auszeit von der Arbeit nehmen“, meinte Nicholas vorsichtig, da er wusste, wie empfindlich sie auf dieses Thema reagierte. „Hier wärst du weit genug von der Presse weg und könntest dich erholen …“ Seit Monaten schon trug sie einen harten Kampf gegen den Krebs aus. Sie hatte wirklich genug mit sich selbst zu tun, als sich nun auch noch gegen die Medien zur Wehr zu setzen.

„Vielleicht hast du recht“, stimmte sie ihm nachdenklich zu, konnte Nicholas jedoch nicht vollends von ihrem Sinneswandel überzeugen. Er kannte seine Frau und wusste, dass sie es nicht lange ohne ihre Arbeit aushielt. Früher oder später würde sie also wieder ins Büro fahren.

In den nächsten Tagen wurde das Leben der Farleys in den Sensationsblättern völlig umgekrempelt. Obwohl man nach der Modenschau nur allgemein über die Geschwister hatte schreiben wollen, kam den Journalisten die Krebsenthüllung nicht ungelegen. So gab es Artikel mit offenen Fragen über Joans tatsächlichen Zustand, ehrliche Recherchen und Interviewanfragen, aber eben auch die absurdesten Behauptungen, die Joan in den Wahnsinn trieben. Nicholas wiederum war einfach nur wütend. Wenn Journalisten ihm vor dem Krankenhaus auflauerten, was nicht selten vorkam, und pausenlos Fragen über Joan stellten, dann drängte er sich zwischen ihnen hindurch und stieg wortlos ins Auto ein.

Nachdem Nicholas mit seinem Anwalt telefoniert hatte, saß er einige Minuten betreten an seinem Schreibtisch. Russel hatte ihm wenig Hoffnung gemacht, dass es eine Möglichkeit gab, die Meute zum Schweigen zu bringen.

Als sein Telefon klingelte, erschrak Nicholas aus seiner Erstarrung.

„Onkologie, Dr. Blake“, meldete er sich.

„Daddy!", sagte Samantha aufgeregt. „Alles ist voller Blut …"
Augenblicklich setzte Nicholas sich auf. „Sam, ganz ruhig. Erzähl mir, was passiert ist", sagte er bemüht ruhig, doch in seinem Blick lag die blanke Angst.
„Mommy liegt auf dem Boden und antwortet mir nicht. Was ist mit ihr?"
Oh Gott! Was war passiert?
„Sam, hör mir jetzt genau zu. Du nimmst das Telefon und setzt dich damit in die Küche. Ich bin sofort bei dir, hörst du?"
„Ich habe Angst, Daddy!"
„Ich weiß, Schatz", sagte er sanft und stand auf. „Ich bin bald bei dir. Tu, was ich dir gesagt habe." Nicholas legte den Hörer auf, griff nach seinem Autoschlüssel und rannte aus seinem Büro.
„Dr. Blake, können Sie …", sprach eine Schwester ihn auf dem Gang an.
„Jetzt nicht!", rief er in Sorge um seine Frau und stieg in den Fahrstuhl.

Mit quietschenden Reifen hielt Nicholas das Cabrio vor ihrem Haus, riss die Autotür auf und rannte ins Haus.
„Daddy!" Mit verweinten Augen sprang Samantha vom Barhocker und lief in seine Arme.
„Sam, Schätzchen, es ist alles in Ordnung", versuchte er seine Tochter zu beruhigen, während sein Blick an ihr vorbeiglitt. „Wo ist deine Mom?"
„Im Wohnzimmer", flüsterte sie verängstigt.
„Sam, ich möchte, dass du dich für einen Augenblick auf den Hocker setzt. Ich sehe nach deiner Mom und bin dann gleich wieder bei dir, okay?"
Samantha tat, was ihr Vater gesagt hatte, während Nicholas mit schnellen Schritten ins Wohnzimmer lief und sich über seine Frau beugte, die bewusstlos zwischen Couch und Tisch lag. Aus der tiefen Wunde an ihrer Stirn rann Blut.
„Liebling, kannst du mich hören?", fragte Nicholas und schlug ihr sachte gegen die Wangen.
„Mhmmm …", stöhnte Joan, als sie allmählich zu sich kam. Ihre Augen flackerten, dann sah sie ihren Mann plötzlich an. „Wo … wo ist … Sam?", fragte sie benommen.
„In der Küche", sagte er mit besorgter Miene und sah sich die Wunde genauer an. „Die Wunde muss genäht werden. Kannst du dich aufsetzen?" Kraftlos stützte Joan sich mit der Hand am Boden ab und versuchte, sich hochzustemmen. Vor Schmerz verzog sie das Gesicht.
„Warte, ich helfe dir", sagte Nicholas und fasste ihr unter die Arme.

„Was ist mit Mom?", fragte Samantha von der Küche aus.

„Es geht ihr gut, Schatz. Ihr war nur schwindlig", antwortete Nicholas.

„Wirklich?", fragte sie noch immer verängstigt.

„Es geht mir gut, Sam", sagte Joan mit schwacher Stimme.

„Kann ich zu dir kommen, Mom?"

Nicholas blickte zu seiner Tochter hinüber. „Sam, bleib bitte noch einen Moment dort sitzen. Ich hole dich dann." Er wandte den Blick von Samantha ab und sah Joan an. „Ich muss dich ins Krankenhaus bringen. Vermutlich hast du eine leichte Gehirnerschütterung."

„Mir war plötzlich so schwindlig", erinnerte Joan sich, als sie auf dem Boden saß, den Rücken gegen die Couch gelehnt.

„Anscheinend bist du gefallen und mit dem Kopf auf dem Glastisch aufgeschlagen." Mit zittrigen Fingern berührte Joan ihre Stirn und spürte das Blut an ihren Fingerkuppen, das an ihrer Schläfe hinunterrann.

„So kann ich Sam nicht gegenübertreten", sagte sie leise.

„Ich werde dich verbinden." Er stand auf und kehrte einen Augenblick später mit Verbandsmaterial zu ihr zurück. Mit wenigen Handgriffen versorgte er die Platzwunde.

„Meinst du, du kannst aufstehen und zum Auto gehen?"

„Ich denke schon."

Doch als sie mithilfe ihres Mannes langsam aufstand, waren ihre Beine schwer wie Blei. Sie musste sich auf der Couch abstützen, um nicht zu fallen.

„Ich werde dich zum Auto tragen", sagte Nicholas und hob sie hoch. „Sam, wir fahren alle drei ins Krankenhaus. Nimmst du bitte den Schlüssel von der Kommode und schließt die Tür hinter uns zu?", bat er seine Tochter, die sofort vom Barhocker hüpfte und ihrem Vater half.

Nachdem Nicholas unterwegs Chris über ihre baldige Ankunft informiert hatte, wurden sie von ihm am Hintereingang des Krankenhauses erwartet, um den Journalisten am Haupteingang zu entgehen. Samantha im Schlepptau, trug Nicholas seine Frau die wenigen Meter zu Chris und Michelle, die mit einem Rollstuhl auf sie warteten.

„Haben die Journalisten euch gesehen?", fragte Chris, als Nicholas Joan in den Rollstuhl setzte.

„Ich denke nicht", antwortete Nicholas und wandte seine Aufmerksamkeit Samantha zu, die sich dicht an sein Bein schmiegte und verängstigt ihre Mutter musterte. Er beugte sich zu ihr hinunter und hob sie auf die Arme. „Es geht Mommy gut, Schätzchen. Wir müssen nur die Wunde an ihrem Kopf richtig verbinden.“ Mit Samantha auf dem Arm folgte Nicholas seinen Freunden durch die Drehtür ins Krankenhaus. Michelle, die Joans Rollstuhl schob, stoppte Augenblicke darauf vor einem Behandlungszimmer und öffnete die Tür.

„Ihr versorgt Joan und ich kümmere mich in der Zwischenzeit um Sam“, sagte sie lächelnd und nahm Nicholas Samantha ab. „Wir sind im Schwesternzimmer, falls ihr uns sucht.“

Dankbar, dass sie die gedrückte Stimmung etwas auflockerte, brachte Nicholas trotz seiner Besorgnis um Joan ein Lächeln über die Lippen. „Es wird nicht lange dauern, Sam“, versprach er seiner Tochter und fuhr ihr über den Kopf.

Samantha, die ihre Arme um Michelles Hals klammerte, hielt über deren Schulter hinweg dem Blick ihres Vaters stand, bis dieser sich abwandte und dem Rollstuhl ins Behandlungszimmer folgte.

„Joan, was ist zu Hause passiert?“, fragte Chris, nachdem Joan sich mit seiner und Nicholas’ Hilfe auf den Behandlungstisch gelegt hatte und er sich ihre Wunde ansah.

„Ich weiß nicht.“ Sie schloss die Augen, als er ihre Wunde nähte. „Ich habe die Zeitung gelesen und mich wieder über einen Artikel aufgeregt. Dann bin ich ins Wohnzimmer hinübergegangen. Plötzlich wurde mir schwindlig. Das Nächste, an das ich mich erinnere, ist Nicholas’ Gesicht.“ Über Chris’ Schulter hinweg sah sie zu Nicholas, der mit verschränkten Aımen an der Tür stand.

„Von der Wunde wird man in einigen Wochen nichts mehr sehen“, sagte Chris zufrieden, stand von seinem Hocker auf und streifte die Handschuhe von den Fingern. „In den nächsten Tagen solltest du dich jedoch von deinem Mann verwöhnen lassen. Du hast eine leichte Gehirnerschütterung.“ Er warf die Handschuhe in den Mülleimer. „Wie fühlst du dich ansonsten? Ist dir übel?“

„Es geht mir ganz gut, und übergeben muss ich mich nur noch manchmal.“ Da begegnete sie dem Blick ihres Mannes. „Okay, in den letzten Tagen etwas mehr als sonst“, gab sie zu und setzte sich langsam auf. Sie selbst schien ihre Schwäche nicht zu bemerken, aber Chris und Nicholas wechselten einen vielsagenden Blick. „Das liegt sicher an den Artikeln, den Lügengeschichten, die über uns geschrieben werden. Es macht mir wohl mehr zu schaffen, als ich dachte.“

„Joan, ich möchte dich gründlich untersuchen“, sagte Chris entschieden. Joan sah zu ihm auf. Argwohn lag in ihren Augen. „Verzeih mir meine Offenheit, aber du siehst schrecklich blass und abgemagert aus. Wann hast du das letzte Mal richtig gegessen? Und damit meine ich nicht das Sandwich zum Mittag und das Obst zwischendurch.“

„In der Woche vor der Modenschau habe ich kaum etwas bei mir behalten.“

Entsetzt sah Nicholas sie an. „Warum hast du mir nichts gesagt?"
„Weil ich …" Sie verstummte, wich dem Blick ihres Mannes aus. „Weil ich mich selbst belogen habe. Ich schob die Müdigkeit und die schwindenden Kräfte auf meine Überarbeitung und ich wusste, wenn ich mich beklage, dann würdet ihr mich wieder in eines eurer Krankenhausbetten stecken. Aber jetzt weiß ich, dass es mir wirklich dreckig geht." Joan sah zu Chris auf. „Muss ich mir Sorgen machen?", fragte sie mit angstvoller Stimme.
„Vorerst nicht", sagte er zuversichtlich. „Ich vermute eine erneute Absenkung deiner Leukozyten, die wir wieder stabilisieren können, wenn wir die Chemotherapie abermals unterbrechen."
„Okay, dann tu, was du für richtig hältst", sagte sie kühl.
In der darauf folgenden halben Stunde ließ Joan Chris' Tastuntersuchung über sich ergehen und starrte teilnahmslos an die Decke, während er ihr Blut abnahm, um anhand des Blutbildes Auskunft über ihren Allgemeinzustand zu bekommen. Anschließend veranlasste Chris beim Radiologen eine Röntgenuntersuchung beider Brüste.
„Sobald mir dein Blutbild und die Röntgenbilder vorliegen, gebe ich dir Bescheid", sagte Chris, ehe er Joan zur Röntgenuntersuchung schickte. „Für die nächsten Tage verordne ich dir absolute Bettruhe. Keine Arbeit, ich gestatte dir nicht einmal ein Telefonat mit deiner Sekretärin." Joan öffnete den Mund, wollte etwas einwenden. „Keine Wiederrede", sagte Chris streng. „Du wirst dich ins Bett legen, genügend essen und trinken und ansonsten lässt du dich verwöhnen. Versprichst du mir das?"
Sie lächelte schwach. „Ich werde mich strikt an Ihre Anweisungen halten, Dr. Bacon."
„Das hoffe ich sehr. Und dich …", er wandte sich an Nicholas, „… will ich nur zur täglichen Visite auf der Station sehen. Michelle wird nicht begeistert sein, aber ich übernehme in den nächsten Tagen deinen Dienst, damit du bei deiner Frau bleiben kannst."
„Chris, das kann ich …"
„Du kannst." Er lächelte. „Wozu hat man denn gute Freunde?"
Am Morgen darauf rief Chris bei ihnen an und bat Joan und Nicholas, im Laufe des Tages im Krankenhaus vorbeizuschauen. Nachdem sie das Gespräch beendet hatten, ließ Joan langsam den Arm sinken. Ihre Hand zitterte, ihre Augen waren starr vor Angst. Wenn Chris sie anrief und ihr am Telefon die Ergebnisse der Untersuchungen nicht mitteilen wollte, konnte dies doch nichts Gutes bedeuten, oder?

„Liebling, ist etwas passiert?“, fragte Nicholas, der ihre Angst bemerkte.

Wie in Trance sah Joan zu ihrem Mann auf. „Chris, er will uns noch heute sprechen.“

„Hat er gesagt warum?“ Mit Tränen in den Augen schüttelte sie den Kopf. Nicholas, der ihre Gedanken erriet, zog sie gegen seine Brust. „Er wird nur eines seiner Gespräche mit uns führen wollen. Wir hatten bei deinem letzten Termin nicht viel Zeit.“ Zärtlich küsste er ihre Wange. Trotz seiner beschwichtigenden Worte konnte Nicholas sich selbst nicht ganz davon überzeugen, dass es sich nur um eines von Chris’ üblichen Gesprächen handelte, die sie einmal im Monat in seinem Büro führten.

Die Minuten zogen sich wie Stunden hin. Seit Chris’ Anruf kreisten Joans Gedanken immerzu um das anstehende Gespräch, die Diagnose, die sie bekommen würde. Während Joan schweigsam im Wohnzimmer saß, beschäftigte Nicholas seine Tochter, die er an diesem Tag früher als sonst aus dem Kindergarten abgeholt hatte. Endlich, am frühen Nachmittag, klingelte Ben.

Nicholas öffnete ihm die Haustür. „Hallo, Ben. Danke, dass du bei Sam bleibst.“

„Ihr hattet Glück“, sagte Ben und trat ins Haus. „Meine Schicht im Restaurant beginnt erst in drei Stunden. Bis dahin seid ihr doch zurück, oder?“

„Es handelt sich nur um ein Gespräch.“

Besorgt blieb Ben auf dem Flur stehen. „Warum die neuen Untersuchungen?“, fragte er seinen ehemaligen Arzt leise. „Stimmt irgendetwas nicht?“

Nicholas blickte ins Wohnzimmer hinüber zu seiner Frau. „Ich weiß es nicht“, antwortete er ebenfalls leise. „Aber ich kenne Chris, und um ehrlich zu sein, befürchte ich, dass er keine guten Nachrichten für uns hat.“

„Und Joan?“

„Sie sagt nichts, aber ich sehe ihr an, dass sie mit dem Schlimmsten rechnet.“

„Ich hoffe, du liegst falsch mit deiner Vermutung.“

Nicholas nickte und legte ihm die Hand auf die Schulter. „Das hoffe ich auch.“

Sobald Ben den Rest der Familie begrüßt hatte, brachen Joan und Nicholas kurze Zeit später auf. Schweigend fuhren sie die Strecke zum Santa Monica Hospital, immer wieder legte Nicholas seine Hand für kurze Zeit auf den linken Oberschenkel seiner Frau.

„Freut mich, dich zu sehen, Joan“, begrüßte Chris sie in seinem Büro und küsste ihre Wange, ehe er hinter seinen Freunden die Tür schloss. „Hallo, Nicholas.“

„Warum hast du uns herbestellt?“, fragte sie geradewegs. Sie konnte nicht länger warten. Unentwegt dachte sie an das, was Chris ihnen zu sagen hatte.

„Bitte, setzt euch doch“, sagte Chris und trat selbst hinter seinen Schreibtisch. „Bitte …“, bat er Joan, die einen Moment zögerte. Doch schließlich folgte sie seinem Wunsch und setzte sich neben Nicholas auf den zweiten Stuhl.

„Also?“, ging Joan in die Offensive.

„Ich weiß nicht, wie ich beginnen soll …“

„Chris, sag es einfach.“

Chris sah zu Joan auf, blickte sie direkt an. „Vorhin bekam ich deine Ergebnisse.“ Er sah kurz zu Nicholas und wandte sich dann erneut an Joan. „Ich habe Veränderungen festgestellt, die ich nicht zweifelsfrei auswerten kann.“

Einen Moment lang schien die Zeit stehen zu bleiben. Nur das Ticken der Wanduhr und die leisen Geräusche vom Gang drangen durch die Tür zu ihnen durch.

„Was bedeutet das?“, fragte Joan dann mit brüchiger Stimme.

„Ich muss weitere Untersuchungen durchführen, um völlig ausschließen zu können, dass es wieder Krebs ist. Der schwarze Fleck auf dem Röntgenbild kann harmlos sein, es könnte sich aber auch um eine Metastase oder einen erneuten Tumor handeln.“

„Das habe ich die ganzen Monate über befürchtet. Ich werde sterben …“

„Liebling, es ist noch keine Diagnose“, sagte Nicholas, ebenso erschüttert wie sie. „Lass uns die Untersuchungen abwarten …“

„Und was dann?“, fuhr sie ihn an. „Was ist, wenn ich wieder einen Tumor habe? Wieder Bestrahlung und Chemo?“ Sie schüttelte den Kopf. „Nein, das ertrage ich nicht noch einmal. Zwölf Zyklen, danach ist Schluss“, sagte sie mit entschlossener Stimme, sodass Nicholas nicht eine Sekunde an ihrer Entschlossenheit zweifelte.

„Liebling“, sagte er einfühlsam und nahm ihre Hand in die seine. „Bitte … wir müssen den derzeitigen Befund abklären lassen.“

Mit tränenverschleiertem Blick sah sie ihn an. „Ich kann nicht mehr …“ Ihre Hände zitterten, ihre Lippen bebten.

„Ich verspreche dir, dich zu nichts zu zwingen. Du allein entscheidest, was nach der Diagnose geschieht“, sagte Nicholas mit feuchten Augen, doch noch während er die Worte aussprach, wusste er, dass er sein Leben lang Schuldgefühle haben würde, wenn er sie verlor und nicht alles Machbare für sie getan hatte. Aber hier ging es nicht um ihn …

Chris, der sich bisher immer sicher hinter seinem Schreibtisch gefühlt hatte, fragte sich, was in diesen Minuten noch von der Theorie seines langen Studiums übrig geblieben war. Wo war die durchsichtige Mauer, die sie als Ärzte aufbauen sollten, um sich selbst zu schützen? Bei Gott, kein Mensch auf der Welt hatte solch ein Leid verdient, warum aber musste ausgerechnet seinen besten Freunden so etwas widerfahren? In ihrer Angst, ihrer Ungewissheit und ihrer Hilflosigkeit saßen sie vor ihm, und erstmals musste Chris selbst mit den Tränen kämpfen, so nahe ging ihm die Szene.

Langsam wandte Joan den Kopf zu Chris um. „Welche Untersuchungen hältst du für notwendig?"

„Wenn wir eine Gewebeprobe entnehmen, haben wir hundertprozentige Gewissheit. Einen, höchstens zwei Tage nach der Biopsie wissen wir Bescheid."

„Okay", sagte sie leise. „Wann?"

„Morgen um zehn Uhr."

Fast unmerklich nickte Joan.

Während der Heimfahrt sagte keiner von ihnen ein Wort. Gedankenverloren blickte Joan aus dem Seitenfenster. Nicholas dagegen hatte Mühe, sich auf den Straßenverkehr zu konzentrieren. Daheim angekommen, lief Joan wortlos die Treppe hinauf und schloss die Schlafzimmertür hinter sich.

„Sam, wir spielen gleich weiter", sagte Ben und ging mit angespannter Miene zu Nicholas, der seiner Frau nachblickte. „Hey, was ist los? Was hat Chris gesagt?", fragte er leise.

Langsam wandte Nicholas den Blick von der geschlossenen Schlafzimmertür ab und sah seinen Freund an. Der Schock über das eben Erfahrene spiegelte sich noch immer in seinen Augen wider. Sie hatten beide fest mit einer vollständigen Heilung nach der Chemotherapie gerechnet, und nun stand erneut alles in Frage.

„Sie muss morgen zur Biopsie …", brachte Nicholas mit feuchten Augen hervor.

Ben schnappte nach Luft. „Wie sicher ist es, dass der Krebs zurück ist?", fragte er leise.

„Die bisherigen Untersuchungsergebnisse geben nicht genug Aufschluss, sodass erst nach der Biopsie eine endgültige Diagnose gestellt werden kann." Nicholas verstummte, doch er musste einfach mit jemandem sprechen. Er hatte schreckliche Angst um seine Frau. Nachdem er die Röntgenbilder gesehen hatte, fürchtete er ernsthaft um ihr Leben. „Der dunkle Fleck lässt auf bösartiges Gewebe schließen", sagte er mit brüchiger Stimme und fuhr sich über den Nasenflügel.

„Wie kommt Joan damit klar?“

„Genauso beschissen wie ich“, entfuhr es Nicholas, im selben Moment rügte er sich, weil er sich hatte gehen lassen. „Entschuldige, ich wollte nicht …“

„Nein, schon okay“, versicherte Ben. „Ich hatte bereits die Hoffnung aufgegeben, dass du einmal zeigst, wie es da drinnen bei dir aussieht.“

„Das ist nicht wichtig. *Ich* bin nicht wichtig.“

„Wenn du daran zerbrichst, ist es sehr wohl wichtig.“

„Ben?“, rief Samantha aus dem Wohnzimmer ungeduldig.

„Ich bin gleich bei dir“, rief Ben ihr zu und wandte sich abermals an Nicholas. „Kann ich irgendetwas für euch tun?“

„Du hilfst uns genügend mit Sam.“

Nachdem Ben gegangen war, versuchten Joan und Nicholas, so gut es ging, ihre angespannte Stimmung vor Samantha zu verbergen, dennoch verbrachten sie den Tag und das Abendessen spürbar anders. Joan wirkte stets mit den Gedanken weit fort von ihnen und Nicholas fiel kein belangsloses Thema ein, über das sie sich unterhalten konnten. So sprach er überwiegend mit Samantha, oder besser, Samantha sprach überwiegend und er hörte ihr zu.

Als es für Samantha Zeit zum Schlafen wurde, hob Nicholas seine Tochter auf die Arme und trug sie die Treppe hinauf. Er stand in der Badezimmertür, während sie sich die Zähne putzte, und brachte sie anschließend zu Bett.

„Kommt Mommy noch zu mir?“, fragte sie, in ihre Decke eingemurmelt.

„Ich sage, dass du auf sie wartest.“ Nicholas küsste ihre Stirn. „Ich wünsche dir eine verträumte Nacht, Schatz.“

„Ich wünsche dir auch eine verträumte Nacht, Daddy“, kam es leise zurück.

Ehe Nicholas ihr Zimmer verließ, dämpfte er das Licht. Dann ging er die Treppe hinunter. Mit dem Rücken zu ihm saß Joan mit überkreuzten Beinen auf der Couch und las in einem Buch. Sie hatte sich sämtliche Literatur zum Thema Brustkrebs von ihrem Mann genommen. Was sie in einem der Bücher las, erschreckte sie zutiefst. Ein erfahrener Onkologe sagte, dass ein Tumor in der weiblichen Brust zum Tod führen konnte, wenn er noch einmal auftrat. Die ersten fünf Jahre nach Beendung der Therapie seien daher kritisch und die Patientin müsse zu regelmäßigen Untersuchungen zu ihrem behandelnden Arzt gehen, um ein *Rezidiv*, also einen Rückfall, rechtzeitig zu bemerken.

Langsam ließ Joan die Arme sinken, legte das Buch auf ihrem Schoß ab. Vielleicht falle ich unter die 25 Prozent der Frauen, die einen Rückfall haben und binnen der fünf Jahre starben, dachte sie erschüttert.

„Liebling …“, sagte Nicholas plötzlich. Erschrocken fuhr Joan zusammen. Sie war so in Gedanken verloren gewesen, dass sie ihn nicht hatte kommen hören. „Entschuldige, ich wollte dich nicht erschrecken.“

„Ist Sam schon im Bett?“, fragte sie und legte das aufgeschlagene Buch auf den Tisch.

„Ich habe sie vor ein paar Minuten raufgebracht, aber sie wartet noch auf dich. Ohne einen Kuss von dir kann sie nicht einschlafen“, meinte er lächelnd. „Das geht mir genauso.“

Ohne auf die Worte ihres Mannes einzugehen, erhob sie sich und verließ das Wohnzimmer. Nicholas’ Lächeln erstarb, als er ihr nachblickte. Er hörte, wie sie die Treppe hinaufging, und setzte sich auf den Platz seiner Frau. Da fiel sein Blick auf das Buch. Er nahm es in die Hände und überflog denselben Abschnitt, den Joan kurz vor seinem Erscheinen gelesen hatte.

Sein verschwommener Blick glitt über das Buch hinaus. Nun wusste er, warum Joan eben so durcheinander gewesen war. Nicholas konnte sich die Gedanken vorstellen, die ihr unweigerlich durch den Kopf gegangen sein mussten, und fuhr sich mit Daumen und Zeigefinger übers Nasenbein, um die Tränen zu verdrängen. Für einen Moment schloss er die Augen, doch die Gedanken überwältigten ihn. Sie brachen wie ein Platzregen auf ihn ein. Die Vorstellung, dass sie trotz Operation und der anschließenden Therapien Joan noch immer nicht geheilt hatten, war für ihn ein Schlag ins Gesicht. Sie waren sich so sicher gewesen und hatten endlich wieder begonnen, Zukunftspläne zu schmieden, doch mit einem Mal spielten all diese Dinge keine Rolle mehr. Joans Leben stand mehr denn je auf der Kippe. Seine Frau, seine geliebte Joan … Nicholas wollte sich nicht vorstellen, was ohne sie werden würde. Allein der Gedanke, ohne sie alt zu werden, schnürte ihm die Kehle zu. Er stützte die Ellenbogen auf den Knien ab und ballte die Hände, bis die Knochen weiß hervortraten. Tränen liefen aus seinen Augen, als er das Gesicht zwischen seinen Händen vergrub. Zum ersten Mal seit Joans Diagnose weinte er hemmungslos. Die ungeweinten Tränen, die er in den vergangenen Monaten erbarmungslos verdrängt hatte, rannen nun an seinen Wangen hinunter.

Nicholas ahnte nicht, dass Joan am Ende der Treppe stand und sein leises Schluchzen hörte. Er bemerkte sie erst, als er die Schritte seiner Frau auf der Treppe hörte, und wischte sich rasch mit den Fingern die Augen trocken. Im nächsten Augenblick stand er von der Couch auf und ging hinüber in die Küche.

Joan kam die letzten Stufen hinunter und trat zu ihrem Mann in die Küche.

Sie lehnte sich an die Kücheninsel und suchte seinen Blick, fing ihn jedoch nicht ein. „Wir sollten uns auf das Schlimmste gefasst machen", sagte sie nach einem Moment des Schweigens leise.

Er hob den Kopf und sie sah seine traurigen Augen. „Ich verstehe nicht, warum du so pessimistisch denkst. Lass uns die Biopsie abwarten." Verstimmt griff er nach der Wasserflasche, goss sich ein Glas voll und trank daraus.

„Der Krebs ist noch nicht weg", sagte Joan.

Es knallte, als sein Glas die Tischplatte erreichte. „Wie kannst du schon vor uns die Diagnose wissen?" Er war wütend. Auf Chris, der bei der Operation vielleicht doch bösartiges Gewebe übersehen hatte, und Joan, die so schnell aufgab.

„Ich weiß es, ich spüre es …", erwiderte sie leise.

„Liebling, das ist Wahnsinn", sagte er und legte seine Hand auf die ihre. „Du machst dich völlig verrückt."

„Wie erklärst du dir sonst meine Schwäche? Sieh mich doch an. Ich kann mich kaum mehr auf den Beinen halten und nehme immer mehr ab."

„Das Einzige, was ich sehe, ist meine wunderschöne Frau, die ich über alles liebe", sagte er sanft, legte die Arme um sie und küsste zärtlich ihre Stirn. „Fast jeder, der eine Chemotherapie durchmacht, hat irgendwann einen Rückschlag. Du wirst sehen, bald geht es dir wieder besser. Ich bin sicher, dass sich Chris' Verdacht nicht bestätigen wird", erklärte er bemüht zuversichtlich, obwohl er selbst an seinen Worten zweifelte. Ihr Zusammenbruch und die Vermutung auf einen erneuten Krebsherd hatten ihn schwer getroffen.

Später sah Nicholas noch einmal nach Samantha. Leise verließ er ihr Zimmer, zog die Tür hinter sich zu und stieg zu seiner Frau ins Bett. Als er das Licht löschte, schmiegte Joan sich an ihn und legte die Hand auf seine nackte Brust. Zärtlich küsste Nicholas ihre Stirn und blickte zum Fenster hinaus. Es war ein sternenklarer Himmel.

„Nicholas, versprichst du mir etwas?", fragte Joan leise.

Er drückte ihre Hand. „Alles, was du willst."

„Falls … falls ich sterben sollte …"

Er zuckte spürbar zusammen. „Liebling …"

„Lass mich das bitte loswerden", bat sie und hielt einen Moment inne, ehe sie mit Tränen in den Augen weitersprach. „Falls ich in absehbarer Zeit sterben sollte, möchte ich nicht, dass du danach lange allein bleibst. Such dir eine neue Frau, die bei dir und Sam ist."

„Es gibt keine andere Frau, die ich jemals so sehr lieben könnte, wie ich dich liebe."

„Tu es für Sam. Sie braucht eine Mutter, die sie liebt."

„Sie hat eine", presste er mit tränenerstickter Stimme hervor. „Welche Frau könnte sie mehr lieben, als du es tust?" Er umfasste ihre Wange mit der Hand und küsste sie zärtlich.

Doch schließlich nahm Joan ihrem Mann das Versprechen ab, um das sie ihn gebeten hatte. Nicholas jedoch wusste, dass er ihre Bitte nicht einhalten würde. Er hatte so viele Jahre nach ihr gesucht und in ihr seine Seelenverwandte gefunden. Zwischen ihnen war etwas Einzigartiges, etwas, das er bei keiner anderen Frau finden würde, selbst wenn er lange genug suchte. Wenn Joan von ihnen ging, würde sie auch einen Teil seines Herzens mit sich nehmen.

In der Nacht fand Joan keinen Schlaf. Sie war froh, als endlich die Sonne aufging und die Vögel zu zwitschern begannen. Noch lange vor Nicholas und Samantha verließ sie das Bett und bereitete sich seelisch auf die Biopsie vor, die vier Stunden später im Santa Monica Hospital durchgeführt werden sollte.

Während der Biopsie blickte Nicholas ungeduldig durch das Fenster in den Operationssaal. Angespannt lief er immer wieder auf und ab. Obwohl er nicht gläubig war, betete er zu Gott, dass der Befund der Histologie negativ ausfallen möge.

Kurz nach elf Uhr schoben zwei Schwestern in grüner Operationskleidung Joans Bett in den Aufwachraum. Nicholas, der dem Bett gefolgt war, zog sich einen Stuhl heran und ergriff die Hand seiner Frau, die diesmal nur eine örtliche Betäubung bekommen hatte.

„Hey, Liebling", sagte er liebevoll und strich mit den Fingern sanft über ihre Stirn.

„Wie lange muss ich hierbleiben?", fragte sie leise.

„Die Betäubung wird noch etwa eine halbe Stunde anhalten. Wenn du dich danach kräftig genug fühlst, bringe ich dich heim."

Sie nickte und schloss erschöpft die Augen. Eine Träne rann an ihrer Wange hinunter. „Wie soll ich es nur bis zum Befund aushalten? Ich werde verrückt."

„Du wirst keine freie Minute zum Nachdenken haben. Sam und ich werden dich ablenken", sagte Nicholas und legte den Kopf dicht neben den ihren.

Mit dem Verdacht auf einen erneuten Krebsherd hatte sich nicht nur Joans seelischer Zustand rapide verschlechtert, sondern auch ihre körperliche Verfassung. Wären Nicholas und Samantha nicht gewesen, so hätte sie ihr Bett vermutlich gar nicht mehr verlassen. So hatte Nicholas seine Frau noch nie erlebt. Gewöhnlich war Joan ein Stehaufmännchen. Selbst nach dem Tod Isabelles hatte sie sich in ihrer Trauer mit Samantha beschäftigt, aber in diesen Tagen schien ihr das Leben sinnloser und ungerechter als je zuvor.

„Samantha schläft", sagte Nicholas am Abend nach ihrer Biopsie und setzte sich zu seiner Frau auf die Couch. In eine Wolldecke eingehüllt, lag Joan auf der Couch vor dem Kamin und blickte in das knisternde Feuer. „Worauf hast du Appetit? Sag es einfach und ich zaubere dir dein persönliches Abendessen."

Sie lächelte schwach. „Lieb von dir, aber ich habe keinen Hunger. Ich bin müde. Ich glaube, ich gehe schlafen", sagte sie und legte mit kraftlosen Armen die Decke zurück.

„Soll ich dir nach oben helfen?", fragte er fürsorglich, als er merkte, wie viel Anstrengung es sie kostete, sich aufzusetzen.

Joan nickte. „Ich glaube, ich schaffe es nicht die Treppe hinauf."

„Dann trage ich dich", sagte er, umfasste mit dem linken Arm ihre Hüfte und schob den rechten unter ihre Knie, während Joan ihren rechten Arm um seinen Hals legte, um sich festzuhalten.

Langsam trug Nicholas sie die Treppe hinauf ins Schlafzimmer, setzte Joan auf dem Bett ab und half ihr anschließend beim Umziehen. Joan, die sich in diesen Momenten wie eine alte, kranke Frau vorkam, schämte sich fürchterlich vor ihrem Mann. Sie war noch keine 30 Jahre alt und konnte sich nicht einmal mehr allein ausziehen.

„Ich gehe nach unten und mache nur das Feuer aus", erklärte Nicholas, nachdem er die Decke über ihren geschwächten Körper gedeckt hatte. Als er zehn Minuten später ins Schlafzimmer trat, schlief seine Frau bereits. Für Nicholas war es jedoch noch nicht sehr spät. Zu früh, um ins Bett zu gehen, zumal er keine Müdigkeit empfand. So setzte er sich an den kleinen Schreibtisch im Schlafzimmer und arbeitete bis nach Mitternacht einige Unterlagen auf.

Schließlich ging auch er zu Bett, doch seine Nacht sollte nicht sehr lang werden. Um vier Uhr wurden sie durch das Klingeln des Telefons geweckt. Nicholas griff nach dem Hörer auf seinem Nachttisch.

„Ich mache mich sofort auf den Weg", sagte er leise, beendete das Gespräch und blickte zu Joan hinüber.

„Das Krankenhaus?", fragte sie verschlafen.

„Ja. Versuch weiterzuschlafen." Er küsste ihre Stirn und stand auf. „Vielleicht bin ich zum Frühstück zurück."

Joan nickte und sah, wie ihr Mann eilig seine Kleidung schnappte und leise zur Tür hinausging. Bereits auf der Treppe hatte er das Hemd angezogen, am Treppenende schlüpfte er in Hose und Schuhe. Nur wenige Minuten nach dem Anruf griff Nicholas nach seinem Motorradhelm und verließ das Haus. Joan hörte, wie er davonfuhr, und schlief einige Minuten darauf wieder ein.

Der Tag brach an, aber Nicholas war noch nicht aus dem Krankenhaus zurück. Mühselig stand Joan auf und bereitete ihrer Tochter das Frühstück zu. Dann rief sie Ben an und bat ihn, Samantha in den Kindergarten zu fahren, da sie selbst dazu die Kraft nicht hatte, und sie wollte keinen Unfall riskieren. Sobald Ben Samantha abgeholt hatte, legte Joan sich wieder ins Bett.

Zum Mittag war Nicholas noch immer nicht zu Hause. Joan sah auf den Anrufbeantworter, doch es schien niemand angerufen zu haben, während sie geschlafen hatte. Verwundert griff sie nach dem Telefon, wählte die Nummer des Schwesternzimmers und erfuhr, dass Nicholas im Operationssaal stand.

Die Stunden vergingen und es war bald wieder an der Zeit, Samantha aus dem Kindergarten abzuholen. Diesmal schaffte Joan es jedoch nicht einmal zur Toilette, so wackelig waren ihre Beine. Mit unglaublicher Mühe kroch sie zurück ins Bett und griff nach dem Telefon, um Ben abermals anzurufen. Sie hatte kein Glück, er war anscheinend arbeiten. Sie rief im *Theo's* an und klagte erstmals ihrem ehemaligen Chef ihr Leid. Dieser versprach, sofort loszufahren und Samantha abzuholen.

„Nicholas, lass uns darüber sprechen", sagte Chris am späten Abend und folgte seinem Freund ins Wohnzimmer. „Dich trifft keine Schuld."

„Erst Anny und jetzt das. Irgendetwas habe ich bei der Operation übersehen", meinte Nicholas wütend und fuhr sich mit der Hand durch die Haare.

„Ich war dabei! Es ist alles nach Plan verlaufen. *Dafür* gab es keine Anzeichen", beteuerte Chris zum wiederholten Male. „Niemand konnte damit rechnen. Ich habe mit der Anästhesistin gesprochen, und sie bestätigt, dass die Operation völlig normal gelaufen ist. Es gab keine Komplikation, nichts Ungewöhnliches."

„Es ist meine Schuld. Ich war nicht bei der Sache", klagte Nicholas sich selbst an. „Ich habe an Joan gedacht."

„Ich kenne dich und ich weiß, dass du im OP selbst in den schwierigsten Situationen abschaltest."

Nicholas sah langsam zu Chris auf. „Diesmal nicht", sagte er leise.

„Bleiben wir bei den Tatsachen", ignorierte Chris sein Bekenntnis. „Als sie aus dem OP kam, waren ihre Werte in Ordnung. Es hatte keine Komplikationen gegeben, sodass sie wie jeder andere Patient auf die Intensivstation gebracht wurde. Erst eine Stunde später hat sich ihr Zustand rapide verändert." Chris trat zu seinem Freund, der durch die Terrassentür hinausblickte. „Ich weiß, du suchst nach einem Grund für ihren Tod, aber es gibt keinen erklärbaren. Ich denke, sie hatte einfach mit dem Leben abgeschlossen."

„So leicht mache ich es mir nicht. Ich werde …" Er drehte sich zu Chris um und sah seine Frau im Morgenmantel auf der Treppe stehen. Sein Blick wurde sofort weich. „Liebling, warum bist du auf? Du sollst dich doch ausruhen."

„Es geht mir gut, Nicholas. Mach dir keine Gedanken", sagte sie, ging die letzte Stufe hinunter und kam langsam zu ihnen. „Hallo", sagte sie zu Chris, der darauf ihre Wange küsste und fragte, wie es ihr ginge. Joan sah ihn gespielt warnend an und er lächelte.

„Entschuldige, reine Gewohnheit."

„Dir sei vergeben." Sie lächelte schwach. „Ich wollte mir gerade ein Glas Wasser holen, wollt ihr auch etwas zu trinken?" Sie war bereits auf dem Weg zum Kühlschrank.

„Heute nicht", sagte Chris, dem die seltsame Situation bewusst war. Es war klar, dass Joan ihrem Wortlaut gefolgt war. „Michelle wartet auf mich."

„Dann wünsche ich euch einen schönen Abend."

„Den wünsche ich euch auch." Er wandte den Blick zu Nicholas. „Vergiss den Vorfall. Ich versichere dir, du hattest keine Schuld", sagte er leise, damit Joan ihn nicht verstand.

Nicholas nickte. „Ich bringe dich zur Tür."

„Nicht nötig, ich kenne ja den Weg." Er klopfte Nicholas auf die Schulter und verabschiedete sich von Joan, ehe er ihr Haus verließ.

„Ich habe euer Gespräch mit angehört", sagte Joan zu ihrem Mann, der zu ihr in die Küche trat und sich auf einen Barhocker setzte.

Bedauernd sah Nicholas sie an. „Tut mir leid. Das solltest du nicht hören."

Sie stellte ihr Glas ab. „Warum? Denkst du, mich interessiert deine Arbeit nicht mehr?"

„Für meine Krankenhaussorgen ist im Moment kein Platz. Du bist das Wichtigste. Du musst wieder gesund werden", sagte er eindringlich. „Der Rest ergibt sich schon irgendwie."

„Es wäre egoistisch, ausschließlich an mich zu denken", sagte sie leise. „Wir sind eine Familie. Jeder hat seine Probleme, aber du musst mich nicht in Watte packen, nur weil es mir nicht gut geht." Joan trat zu ihm und legte ihre Hand auf die ihres Mannes. „Schatz, was ist los?", fragte sie liebevoll.

„Es ist alles in Ordnung, Liebling", sagte Nicholas und küsste ihre Stirn.

„Das klang bei Chris aber nicht so."

„Ganz normaler beruflicher Stress", tat er die Sache als belanglos ab. „Chris und ich waren nicht einer Meinung, das ist alles. Mach dir darüber keine Gedanken."

„Ich kenne dich gut genug, um zu wissen, dass mehr dahintersteckt. Hey, noch bin ich da. Du kannst mit mir sprechen." Sie lächelte, als er sie ansah, und setzte sich zu ihm auf den zweiten Barhocker.

Nicholas seufzte. Er hatte sie nicht mit seinem Alltag belasten wollen, doch wenn er seine Frau nun ansah, wusste er, dass sie keine Ruhe geben würde, ehe er ihr alles erzählt hatte.

„Der Anruf in der Nacht … ich hatte eine Notoperation", begann er zögernd. „Meine Patientin ist kurz nach der Operation gestorben und ich kann nicht ausschließen, dass ich einen Fehler gemacht habe. Ich war unkonzentriert", sagte er mit schuldbeladener Stimme.

„Wenn ich euch vorhin richtig verstanden habe, dann war Chris bei der Operation dein Assistent. Er sagte, du hättest den Tod deiner Patientin nicht zu verantworten, du hättest keinen Fehler gemacht."

„*Ich* bin mir aber nicht sicher … tut mir leid." Er beugte sich zu seiner Frau, küsste ihre Wange und stand auf. Bedrückt ging er ins Wohnzimmer hinüber, wo er sich aus der Minibar einen Scotch einschenkte.

Die Selbstzweifel waren es, woran man als Arzt zerbrechen konnte. Immer wieder hallten Nicholas dieselben Fragen durch den Kopf: Hatte er wirklich alles für seine Patientin getan? War sie tatsächlich einem natürlichen Tod erlegen oder hatte ein Fehlverhalten seinerseits ihren Zustand so rapide verschlechtert? Die Fragen nahmen kein Ende, doch waren es nicht nur die nagenden Gedanken um seine Patientin, die ihn quälten, sondern auch die Ängste, die er um seine Frau ausstand. Er hatte ebenso große Angst wie sie und wollte, in dem irren Glauben, damit etwas ändern zu können, am liebsten davonlaufen. Gleichzeitig war er erpicht darauf, den Befund zu erfahren, um angemessen zu handeln.

Als Chris am darauf folgenden Tag nach der Visite in Nicholas' Büro trat, kam er abermals auf die gestrige Operation zu sprechen. „Du steckst in einem Gewissenskonflikt."

„Ich komme klar", erwiderte Nicholas mürrisch.

„Nicholas …"

„Ich komme damit allein klar", sagte er mit fester Stimme. „Jetzt geh wieder an deine Arbeit."

Chris wurde sich bewusst, dass es im Moment keinen Sinn hatte, mit seinem Freund vernünftig über den schrecklichen Ausgang der Operation zu sprechen. Nicholas brauchte anscheinend erst etwas Abstand, um selbst in Ruhe nachzudenken. Dann, so war sich Chris sicher, würde er früher oder später einsehen, dass er keinen Fehler begangen hatte.

Das wenige, was Joan zu sich nahm, blieb meist nicht lange in ihrem abgemagerten Körper. Gelang es Nicholas endlich, seine Frau zum Essen zu bringen, verging keine halbe Stunde und Joan musste sich übergeben.

„Kann ich dir irgendetwas bringen?", fragte Nicholas seine Frau sanft, nachdem er ihr vom Badezimmer zurück ins Bett geholfen hatte. Er hielt ihre kraftlose Hand und sah, wie sie den Kopf schüttelte. „Möchtest du, dass ich gehe, damit du schlafen kannst?"

„Nein … bitte bleib", sagte sie leise. „Kannst du dich zu mir legen?"

Nicholas zog sich die Schuhe aus und streckte sich an ihrer linken Seite aus. Sachte schob er den Arm unter ihren Kopf. „Ist das so angenehm?" Sie nickte und schloss erschöpft die Augen. Nach einer Weile kamen ihr die Tränen.

„Nicholas?"

„Hm?"

„Geht … geht es so mit mir zu Ende?", fragte sie leise.

Nicholas schloss die Augen, küsste zärtlich ihren Hinterkopf, dann die Schläfe. „Du wirst sehr, sehr alt werden, und wie ich dich kenne, überlebst du mich wahrscheinlich um Jahre."

Dankbar für seine Worte lächelte sie schwach. „Untersteh dich, vor mir zu gehen. Das würde ich nicht ertragen." Geborgen lag sie in seinen Armen und schlief bald darauf ein.

Später wachte Joan auf und lag schläfrig im Bett. Sie war allein, Nicholas war zu Samantha und Ben hinuntergegangen, um mit ihnen zu Mittag zu essen. Nur im Unterbewusstsein vernahm Joan das Klingeln an der Haustür. Augenblicke darauf hörte sie, wie jemand leise zur Tür hereinkam. Sie öffnete die Augen und sah ihren Mann mit ernster Miene zu ihr ans Bett kommen. Schweigend setzte er sich auf die Bettkante und ergriff ihre Hand.

„Liebling, Chris wartet unten."

„Hat … hat er … das Ergebnis?"

Nicholas nickte. „Liebling, ich weiß nicht, ob jetzt der richtige Zeitpunkt ist. Du fühlst dich nicht gut …"

„Mir wird es nicht besser gehen, ehe ich nicht Bescheid weiß."

„Ich weiß …"

„Hilfst du mir, mich etwas schick zu machen?", fragte sie und setzte sich mit seiner Hilfe langsam im Bett auf. Ein Kissen hinter ihren Rücken gesteckt, saß sie aufrecht im Bett. „Reichst du mir die Perücke und den Spiegel?", bat sie mit leiser Stimme, doch sie hatte nicht genug Kraft in den Armen, um sich die Perücke auf den kahlen Kopf zu setzen.

„Lass mich dir helfen“, sagte Nicholas, nahm seiner Frau die Perücke aus den Händen und setzte sie ihr mit unsicheren Fingern auf den Kopf, sodass Joan, den Blick in den kleinen Handspiegel gerichtet, die Strähnen nur noch an einigen Stellen zurechtzupfen musste.

„Wie sehe ich aus?“

„Wunderschön, wie immer“, sagte Nicholas sanft, beugte sich zu seiner Frau, umfasste ihre Wangen mit beiden Händen und küsste erst ihre Stirn, dann zärtlich ihren Mund. „Egal was Chris uns sagt, wir werden es gemeinsam schaffen. Wir sind eine Familie, wir gehen alle Wege zusammen …“, sagte er dicht vor ihrem Kopf.

Kurz darauf bat Nicholas seinen Freund zu ihnen ins Schlafzimmer. Während Nicholas sich wieder zu seiner Frau setzte, blieb Chris stehen.

„Hallo, Joan“, begrüßte Chris sie und küsste ihre Wange. „Ich weiß, ich soll dich nicht fragen, aber sagst du mir trotzdem, wie die letzten beiden Tage gewesen sind?“, sagte Chris mit besorgtem Blick zu ihr.

„Es hat schon bessere gegeben“, antwortete Joan. „Deshalb bist du aber nicht hier. Nicholas sagte, du hättest das Ergebnis der Biopsie.“

Chris nickte. „Richtig. Ich habe gute Nachrichten. Der Tumorbefund ist negativ“, erklärte er lächelnd, aber Joan und Nicholas schienen die Bedeutung seiner Worte nicht zu realisieren.

„Was bedeutet das?“ Verwirrt sah Joan von Chris zu Nicholas. „Erkläre es mir bitte, Nicholas …“

„Das heißt, dass kein erneuter Krebsherd gefunden wurde“, sagte Nicholas freudestrahlend und zog seine Frau mit Tränen in den Augen überschwänglich in seine Arme. Mit einem Mal fiel die Anspannung der letzten Monate, insbesondere der vergangenen zwei Tage, von ihren Schultern. Tränen der Freude standen in ihren Augen, als sie sich küssten.

„Und du bist dir absolut sicher?“, fragte Joan Chris. „Du kommst nicht in einigen Tagen zu mir und sagst, dass du dich geirrt hast?“

Er lächelte. „Es gibt keinen Zweifel, der Knoten ist gutartig.“

„Ich kann es noch gar nicht glauben.“ Erneut liefen ihr Tränen über die Wangen. „Musst du mich dennoch operieren?“

„Vorerst nicht“, sagte Chris. „Der Knoten ist nicht sehr groß und bereitet dir bisher keine Schmerzen. Aber um sicherzugehen, dass sich nicht doch bösartiges Gewebe daraus bildet, würde ich den Knoten einige Wochen nach deiner Chemotherapie operativ entfernen wollen. Es ist eine reine Sicherheitsmaßnahme“, versicherte ihr Chris.

Joan sah Nicholas an, der zustimmend nickte. „Wie du meinst. Ich möchte nichts riskieren." Zuversichtlich drückte sie die Hand ihres Mannes. „Aber eines verstehe ich nicht", sagte sie und wandte den Kopf zu Chris um. „Wenn es nicht der Krebs ist, woher kommen dann meine Übelkeit und die Kraftlosigkeit?"

„Sehr wahrscheinlich von deinen schlechten Blutwerten. Die letzten vier Wochen haben dich sehr viel Anstrengung gekostet, deinem Körper zu viel abverlangt. Du hast selbst gesagt, dass du erst nach deinem Zusammenbruch wieder zur Ruhe gekommen bist. Deshalb möchte ich dich noch eine Weile in der Obhut deines Mannes wissen. Ruh dich aus, schalte vom Alltag ab und vor allem entspanne dich", erklärte Chris lächelnd. „Sobald deine Werte besser sind, bekommst du die letzten drei Zyklen."

„Und danach?"

„Nach dem derzeitigen Stand ist deine Therapie damit beendet. Ich werde noch einige Routineuntersuchungen durchführen, aber nachdem wir den dunklen Fleck abklären konnten, mache ich mir dahingehend keine Sorgen."

„Dann bin ich also geheilt?", fragte Joan verblüfft. Sie glaubte ihren Ohren nicht trauen zu können. All die Monate hatte sie auf diese Worte gehofft, sie sehnsüchtig erwartet.

„Von einer vollständigen Heilung kann man erst in frühestens fünf Jahren sprechen … wenn bis dahin keine Veränderungen aufgetreten sind."

Was wäre die Welt ohne das Wörtchen *wenn*?, fragte sich Joan. Ihre Chancen standen gut, die nächsten fünf Jahre zu überleben, *wenn* sie keinen Rückfall hatte. *Wenn, wenn, wenn …* Joan wusste, dass Chris ihr keine Garantie auf eine Heilung geben konnte. Sie war noch nicht über den Berg, das war ihr nach dem Zusammenbruch bewusst geworden. Und ihre momentane Schwäche machte es ihr nur allzu deutlich.

Fünf Wochen – vielleicht sechs, sollten sich ihre Blutwerte nicht bald stabilisieren –, dann hatte sie ihren letzten Termin zur Chemotherapie hinter sich und konnte sich wieder vollkommen ihrer Familie widmen. Einem Leben, das vor sechs Monaten geendet hatte. Einem Leben, das es in dieser Form nie wieder geben würde. Es war nichts mehr wie früher. Der Krebs hatte jeden von ihnen auf die eine oder andere Weise verändert. Als Familie hatte er sie jedoch zusammengeschweißt.

Am 15. Juni lag Joan ein letztes Mal auf der Liege im Behandlungszimmer. Nicholas hielt die Hand seiner Frau und lenkte sie mit gemeinsamen Zukunftsplänen ab, während die Infusionslösung sich mit ihrem Blut vermischte. Nach den langen, zermürbenden Monaten voller Ungewissheit konnten sie endlich wieder Pläne schmieden. Bis vor einem Monat hatten sie nur von Tag zu Tag leben können, nun wurde wieder interessant, was in einer Woche, in einem Monat oder in einem Jahr passieren würde. Was machten die Freunde, die Joan selbst aus ihrem Leben ausgeschlossen hatte, um ohne deren Beistand gegen den Krebs zu kämpfen? Würden sie noch immer ihre Freunde sein?

„Was hältst du davon, wenn wir drei in Urlaub fahren, sobald du dich besser fühlst?", fragte Nicholas sie gespannt. Er dachte bereits seit einigen Tagen darüber nach.

Sie lächelte. „Das wäre wunderbar."

„Ich dachte an Europa. Paris ... London ... Venedig ..."

„Ich muss euch unbedingt Barcelona zeigen. Es ist herrlich dort!", meinte sie überschwänglich. „Und Rom!"

Wie schön es war, Joan wieder ungezwungen strahlen und lachen zu sehen. Er glaubte, das Leuchten in ihren wunderschönen blauen Augen wiedererkennen zu können, in das er sich damals zuerst verliebt hatte.

Später kehrte Chris zu ihnen zurück, und wie er ihnen freudig mitteilte, ließen die Mammografie, die Röntgenuntersuchung ihres Brustkorbes und die Bluttests eindeutig darauf schließen, dass sie gesund war. Tränen der Freude und Erleichterung liefen aus Joans Augen, als sie Nicholas glücklich in die Arme fiel.

„Liebling, ich bin so stolz auf dich", flüsterte er mit feuchten Augen an ihrer Wange. Sanft berührten sich ihre Lippen. „Ich liebe dich ..."

„Ich liebe dich auch", sagte Joan unter Tränen und wusste, dass sie nur mit der Hilfe ihres Mannes die schreckliche Chemotherapie überstanden hatte. Sieben Monate zwischen Hoffen und Bangen, und jetzt diese wunderbare Nachricht. Sie war gesund! Sie hatte es geschafft! Sieben Monate in Angst um diese letzte Diagnose. Sieben Monate, die aus den vielen Jahren davor und danach herausstechen würden. Sieben lange Monate, die sie ihr Leben lang nicht vergessen würden.

Nun konnte sie miterleben, wie Samantha zu einer jungen Frau heranwuchs, wie sie zur Highschool ging und vielleicht zum College und wie sie ihren ersten Freund mit nach Hause brachte. Joan spürte bereits jetzt den Stich im Herzen, wenn Samantha von zu Hause auszog, und wusste, dass Nicholas und sie bis dahin gewiss nicht von den üblichen Teenagerallüren verschont bleiben würden. Aber Joan waren jegliche Konflikte mit ihrer Tochter lieber, als diese Jahre niemals mit Samantha erleben zu dürfen.

„Ich habe euch noch etwas Erfreuliches mitzuteilen ...", begann Chris lächelnd. „Angesicht der Umstände fand ich es bisher unpassend, aber ich fürchte, ich kann die Neuigkeit nicht länger für mich behalten." Er machte eine kurze, spannungsgeladene Pause und Joan und Nicholas sahen ihn fragend an. „Michelle und ich werden im August heiraten. Wir bekommen Nachwuchs", sagte der werdende Vater stolz. Er sprühte vor Glück. Endlich konnte er mit seinen besten Freunden über *seine Familie* reden.

„Chris, was für eine schöne Nachricht!", sagte Joan sichtlich erfreut.

„Wie hast du das so lange vor mir verheimlichen können?", fragte Nicholas mit gespielt anklagendem Ton, doch er wusste, dass er in den letzten Wochen für das Leben anderer den Kopf nicht frei gehabt hatte. Er verließ seinen Hocker, ging zu seinem Freund und klopfte Chris auf die Schulter. „Glückwunsch, mein Freund. Damit ist dann wohl der letzte Junggeselle der Station unter der Haube."

„Ich versichere euch, ich komme in Fragen der Kindererziehung auf euch zurück. Ihr habt bei Sam alles richtig gemacht, das wollte ich euch schon lange sagen. Sie ist ein wunderbares kleines Mädchen", sagte er aufrichtig.

„Oh, Chris." Joan streckte die Hand in seine Richtung, worauf er zu ihr trat und sie umarmte. „Danke, das bedeutet mir sehr viel. Ich danke dir für alles. Du warst uns in einer schwierigen Zeit ein sehr guter Freund."

„Dasselbe hättet ihr auch für mich getan."

„Darauf kannst du wetten", erwiderte Nicholas. „Aber Joan hat recht. Du hast uns in vielerlei Dingen sehr geholfen. Das werde ich dir niemals vergessen."

„Nun hört aber auf, sonst werde ich ganz rot!"

Joan lächelte. „Richte Michelle ganz liebe Grüße von uns aus. Wir freuen uns sehr für euch. Ich rufe sie in den nächsten Tagen einmal an."

„Was meinst du, Nick, ich denke, wir können uns auf lange Telefonate unserer Frauen einstellen", meinte Chris lächelnd.

„Dann treffen wir uns in unserer Bar und trinken ein Bier zusammen."

„Abgemacht?" Chris streckte seinem Freund die Hand entgegen und Nicholas schlug sofort ein.

Epilog

Kannst du dir vorstellen, dass der kleine Bursche da eine Miniaturversion von mir ist?", fragte Chris seinen Freund grinsend, als er die ersten Gehversuche seines Sohnes beobachtete. Doch in seiner Stimme schwang der Stolz mit, den nur ein Vater für seinen Sohn empfinden kann. Es war dieselbe bedingungslose Liebe, die er gegenüber Michelle und Kathleen, seiner vierjährigen Tochter, empfand.

Mit einem Bier in der Hand saß er im Garten seiner Freunde und sah gemeinsam mit Nicholas ihren Kindern beim Spielen zu. Samantha war mit ihren zehn Jahren die Älteste und genoss sichtlich ihren Status als „Erwachsene".

Nicholas lächelte. „Es war nur eine Frage der Zeit, bis aus dem einstigen Draufgänger ein fürsorglicher Familienvater wird."

„Mit 38 können wir uns wirklich glücklich schätzen. Wir haben wundervolle Ehefrauen, gut geratene Kinder und einen Job, der uns noch immer gefällt." Und seit einem Jahr waren die beiden Familien direkte Nachbarn.

„Bleibt es dabei, dass wir Weihnachten zusammen feiern?", fragte Chris seinen Freund und reichte Michelle sein Bier, als diese sich zu ihnen auf die Terrasse setzte.

„Natürlich. Wie geplant kommt ihr zu uns herüber."

Die Weihnachtswoche sollte für die drei Blakes anstrengend werden. Am nächsten Morgen würden sie nach New York zu Matthew fliegen. Nach vier Tagen in Joans Geburtstadt kämen sie dann rechtzeitig zum Weihnachtsfeiertag mit Matthew zurück nach Los Angeles, um mit Chris' Familie, Brian, Rachel und deren gemeinsamer Tochter Amelie sowie Ben und dessen derzeitiger Freundin Monique zu feiern.

„Sam, hast du deine Mütze, Schal und Handschuhe?", fragte Joan, als sie sich in dem großen Wohnzimmer ihrer Suite des *Plaza Hotels* anzogen.

„Ich brauche hier viel länger beim Anziehen", beklagte sich ihre Tochter und band sich den Schal um den Hals.

„Der Winter in New York ist nun einmal viel kälter, als wir es von L. A. gewohnt sind, Schatz. Dafür gibt es hier aber auch Schnee." Seit ihrer Geburt war es erst das zweite Mal, dass sich Samantha in den Wintermonaten in New York aufhielt. Wie ihr Vater war sie von der weißen Schneepracht fasziniert.

„Verrätst du nun, wohin du uns entführen willst?", fragte Nicholas seine Frau und klang dabei wie Samantha in ihrer Trotzphase.

„Du bist ja schlimmer als Sam!“

„Bitte!“, flehte er sie an, worauf Joan lachend in seine Arme fiel und ihn zärtlich küsste.

„Hm …“ Er grinste. „Wir könnten auch hierbleiben und es uns im Bett gemütlich machen“, flüsterte er an ihrem Ohr.

„Mom! Dad!“, sagte Samantha plötzlich neben ihnen.

Lächelnd küsste Nicholas die Wange seiner Frau. „Das setzen wir heute Nacht fort.“

„Ich erinnere dich daran.“ Sie lächelte. „Hast du alles, Schatz?“, fragte sie ihre Tochter und griff nach ihren eigenen Handschuhen.

Als sie hinaus auf die 59th Street traten, entschied Joan sich gegen ein Taxi, da es einer dieser seltenen Tage war, an denen kein eisiger Wind wehte. Stattdessen liefen sie die Fifth Avenue entlang und bestaunten die vielen Geschäfte, die zur Weihnachtszeit bunt geschmückt waren. Nach einiger Zeit hatten sie ihr Ziel erreicht: das *Rockefeller Center.*

„Wow!“, staunte Samantha, als sie vor dem größten Weihnachtsbaum New Yorks standen, einer 20 Meter hohen Tanne.

„Ich bin gleich wieder da“, erklärte Joan und verschwand in der Menschenmenge. Wenige Minuten darauf kehrte sie mit drei Schlittschuhpaaren zu ihrer Familie zurück.

„Du hast mir vor langer Zeit einmal gesagt, dass du hier schon immer einmal Schlittschuh laufen wolltest“, sagte Joan zu ihrem Mann.

„Daran erinnerst du dich?“, fragte er lächelnd und zog sie in seine Arme.

„Ich vergesse nie, was du gesagt hast.“ Joan küsste ihn zärtlich und sah ihn dann lächelnd an. „Wollen wir uns auf die Eisbahn wagen?“

„Mommy, Daddy, kommt schon“, drängelte Samantha.

„Mommy?“, fragte Joan überrascht. „Ich dachte, für *Mommy* wärst du jetzt zu alt.“ Erst vor einer Woche hatte Samantha ihr mit bestimmtem Blick erklärt, dass sie mit zehn Jahren nun nicht mehr *Mommy* zu ihr sagen würde.

„Mom!“

Joan lächelte über ihren kleinen Triumph. „Wir kommen ja, Schatz.“

Sie konnten vom Schlittschuhfahren nicht genug bekommen. Fast zwei Stunden liefen sie mit anderen Menschen auf der Eisbahn, drehten sich kunstvoll und fielen nicht nur einmal auf ihre Hinterteile, doch bei alledem hatten sie viel Spaß miteinander.

„Da ist Grandpa!“, rief Samantha erfreut, als sie Matthew an der Absperrung stehen sah, und winkte ihm zu. Er sah es und winkte zurück.

Nach einer ausgiebigen Begrüßung verließen Joan und Nicholas die Eislaufbahn, um einen Spaziergang durch den Central Park zu machen. Währenddessen würde Matthew seine Enkelin im Auge behalten, die voller Freude ihre Runden drehte.

In ihren neuen Mantel gehüllt, hakte Joan sich lächelnd bei ihrem Mann unter und winkte zwei Straßen weiter eine Pferdekutsche heran. Eine warme Decke über den Beinen, saßen sie aneinandergekuschelt auf der Bank und hielten sich an den Händen, während die Pferde sie durch die Straßen New Yorks und in den Central Park führten.

„Sollen wir lieber umkehren?", fragte Nicholas mit besorgter Miene, als Joan hinter vorgehaltener Hand gähnte. Ihm war nicht entgangen, dass sie seit einiger Zeit häufiger über Müdigkeit klagte. Obwohl die kritischen fünf Jahre hinter ihr lagen, fürchtete Nicholas immer wieder, der Krebs könnte eines Tages zurückkehren und damit ihr Schicksaal besiegeln.

„Sorge dich nicht, Liebling", flüsterte sie. Zärtlich fuhr sie mit ihren Fingern über seine Wange. „Ich weiß, es sind noch einige Tage bis Weihnachten …", sie griff in ihre Jackentasche und zog ein Stück Papier hervor, „… aber ich kann meine Überraschung nicht länger für mich behalten." Lächelnd reichte sie ihrem Mann das Papier, das dieser sofort als Ultraschallaufnahme erkannte.

„Ist … ist es das, was ich denke?", fragte er unsicher und blickte zu ihr auf. Lächelnd nickte Joan. „Oh mein Gott! Wir sind schwanger!" Strahlend zog Nicholas sie in seine Arme und küsste sie überschwänglich.

„Bald sind wir zu viert", flüsterte Joan dicht an seinem Gesicht glücklich. Seit einem Jahr wünschte sie sich ein zweites Kind, aber bisher hatte es einfach nicht sein wollen. „Ich hatte bis Weihnachten warten wollen, aber ich wollte es vom ersten Moment an mit dir teilen …" Der eindringliche Kuss ihres Mannes ließ sie verstummen. In seinen Armen schmolz sie wie am Tag ihrer ersten Begegnung dahin.

Neun Monate später erblickte Chris Matthew Blake das Licht der Welt und machte das Leben der kleinen Familie perfekt. Er war das Wunder einer einzigartigen Liebe, einer Liebe, die mit ihren Höhen und tragischen Tiefen gewachsen war.

„Wann hast du dich eigentlich in mich verliebt?", fragte Joan ihren Mann am Tag der Geburt leise, während sie den kleinen Wonneproppen stillte.

Nicholas, der seinen Arm um sie gelegt hatte und seinem Sohn fasziniert zusah, meinte glücklich: „Ich verliebe mich jeden Tag aufs Neue in dich, Liebling."

Sie lächelte. „Wann zum ersten Mal?"

„Damals bei unserem ersten Treffen auf der Intensivstation. Der Widerspruch in deinen wunderschönen Augen hat mich fasziniert. Du gabst vor, sterben zu wollen, aber deine Augen haben mir etwas anderes gesagt."

„Was sagen sie dir jetzt in diesem Augenblick?"

Zärtlich fuhr Nicholas mit seinen Fingern über ihre Wange, berührte zaghaft den Rand ihres Auges. „Sie zeigen mir all das, was du durchgestanden hast. Aber du bist eine sehr starke Frau, du blickst nicht zurück, sondern nach vorn."

Dies war einer der schönsten Augenblicke meines *zweiten* Lebens. Morgen für Morgen danke ich Gott aufs Neue dafür, dass ich die Augen öffnen und den Tag mit meiner Familie verbringen darf. Die Angst vor dem Krebs ist immer da, mal mehr … mal weniger. Aber mit der Zeit habe ich gelernt, damit zu leben. Das Leben jedes Einzelnen ist begrenzt. Jeder Tag ist kostbar und ich versuche ihn zu etwas Besonderem zu machen. Samantha Isabelle und Chris Matthew machen unsere Tage vollkommen.

Meine Mom sagte einmal, es gibt Menschen, die ihr Leben lang die wahre, die einzige Liebe suchen … und es gibt wenige Menschen, die diese Liebe finden, sie festhalten und sie bis über den Tod hinaus im Herzen tragen. Mein Traum ist wahr geworden. Ich habe das Glück, mit einem Mann zusammenzuleben, der dieses Gefühl für immer in meinem Herzen hinterlassen hat.

Joan Blake